Carla Laureano

Ein unerwartetes Vermächtnis

Über die Autorin

Carla Laureano hat viele Jahre im Vertrieb und Marketing gearbeitet, bis sie sich dazu entschlossen hat, ihren Job an den Nagel zu hängen und nur noch zu schreiben. Ihre Romane sind in Amerika bereits ausgezeichnet worden und erfreuen sich großer Beliebtheit. Sie lebt mit ihrem Mann und zwei Söhnen in der Nähe von Denver, Colorado.

CARLA LAUREANO

Ein unerwartetes Vermächtnis

Roman

Aus dem Amerikanischen übersetzt von Antje Balters

GerthMedien

1

Es war gut, wieder zu Hause zu sein. Jedenfalls wäre es das gewesen, wenn sie auch nur die geringste Vorstellung gehabt hätte, was der Begriff „zu Hause“ eigentlich bedeutete.

Melissa Green zwängte sich vom Rücksitz des Wagens ins Freie, wuchtete ihren Rollkoffer heraus, winkte dann dem Fahrer noch einmal kurz zu und ging den steilen Weg zum Eingang hinauf. In den vier Wochen, die sie fort gewesen war, hatte in Pasadena der Herbst begonnen – jedenfalls so viel Herbst, wie es in Südkalifornien überhaupt gab – und die bunt gefärbten Blätter der Roteichen bildeten einen auffälligen Kontrast zu den Palmen, von denen das Grundstück eingerahmt war. Ihr Koffer rumpelte über den holprigen Untergrund, begleitet vom Klackern ihrer hochhackigen Stiefel, bis sie vor einem schmiedeeisernen Tor mit dem Metallschild *Design mit Geschichte* stehen blieb.

Melissa lächelte vor sich hin und drückte auf den Klingelknopf der Gegensprechanlage.

„Sophie … ich bin's.“

Der Türöffner summte und das Tor sprang mit einem metallenen Klick auf. Melissa drückte es auf, es öffnete sich quietschend, und nachdem sie hindurchgegangen war, fiel es mit einem lauten Klappern wieder ins Schloss. Sie atmete einmal tief durch, als sie die mexikanischen Keramikfliesen betrat, mit denen der Hof vor dem Haus gepflastert war. Hätte sie einen Ort ihr Zuhause nennen müssen, dann wäre es dieser hier gewesen, auch wenn das Anwesen im spanischen Stil nur gemietet war und ihr nicht nur als Wohnung, sondern auch als Arbeitsplatz diente. Es war der Ort, an dem sich ihre Antiquitäten befanden, und deshalb gehörte auch sie dorthin – noch jedenfalls. Denn jedes Jahr im November wurde die Miete erhöht, und bei der nächsten Erhöhung würden sie und Sophie nicht mehr mitgehen können und auf der Straße sitzen – zumindest Melissa. Sophie hatte eine finanzkräftige Familie im Rücken, auch wenn sie die nur höchst ungern um Hilfe bat.

In dem Moment, in dem Melissa durch die Eingangstür mit dem Rundbogen das Haus betrat, tauchte in der Diele eine hübsche brünette Frau mit einem schnurlosen Telefon am Ohr auf. Sie hob einen Finger, während sie das Telefonat beendete und schenkte Melissa gleichzeitig ein strahlendes Lächeln.

„Gott sei Dank bist du früher zurück!"

Melissa lachte und umarmte ihre Freundin und Assistentin Sophie Daniels. Die Kette aus Holzperlen, die Sophie als Accessoire zu ihrem üblichen Outfit im Boho-Style trug, drückte dabei schmerzhaft gegen Melissas Brustbein, aber sie entzog sich der Umarmung trotzdem nicht. Dass sie Südkalifornien während ihrer Abwesenheit vermisst hatte, konnte sie nicht behaupten, aber ihre Freundin hatte ihr sehr gefehlt, einschließlich des penetranten Duftes ihres Rosenparfums.

„Ich bin doch nur einen Tag früher als geplant zurück", sagte Melissa, löste sich schließlich doch von Sophie und ließ die Eingangstür hinter sich zufallen. Sie erstarrte, als ihr ein entsetzlicher Gedanke kam. „Es steckt aber nicht wieder eine Maus im Badewannenabfluss fest, oder?"

Sophie schauderte es. „Nein, zum Glück nicht. Wäre das noch einmal passiert, dann wäre das Haus jetzt wahrscheinlich bis auf die Grundmauern niedergebrannt. Komm, setz dich doch erst mal und erzähl mir alles über Europa."

Melissa folgte ihr in den Raum, den sie als Büro nutzten, und der noch genauso aussah wie an dem Tag, an dem sie abgereist war – zwei Schreibtische und Stapel von Papieren, Stoffmustern und Katalogen, die sich auf dem Besprechungstisch türmten. Sophie hatte also offensichtlich ihr selbst gestecktes Ziel, während Melissas Abwesenheit das gemeinsame Büro aufzuräumen und zu putzen, nicht erreicht.

Sie schob eine Kiste mit Zementfliesenmustern zur Seite, damit Melissa sich irgendwo setzen konnte, und ließ sich dann der Freundin gegenüber auf einen Stuhl fallen.

„Also trotz all der Auktionen war London ein ziemlicher Reinfall“, berichtete Melissa. „Ich habe bei *Christie's* ein modernistisches Gemälde für das Vergara-Projekt ersteigert und ein paar silberne Serviceteile bei *London Silver Vaults* für Rebecca Moon, aber …“

Sophie verdrehte die Augen und sagte: „Die Sachen, die du gekauft hast, interessieren mich gar nicht, sondern wen du kennengelernt hast.“

So war Sophie. Immer optimistisch. Aber wenn Melissa geschäftlich unterwegs war, konnte sie schon von Glück sagen, überhaupt einmal etwas anderes zu sehen zu bekommen als die Auktionshäuser und Antikmärkte, ganz zu schweigen von den *attraktiveren* Sehenswürdigkeiten der betreffenden Städte. Aber das hinderte Sophie nicht daran, Melissa immer wieder zu ermutigen, auf ihren Reisen auch ein bisschen Spaß zu haben. Insgeheim hatte sie wahrscheinlich die Hoffnung, dass ihre Freundin und Arbeitgeberin sich in einen europäischen Prinzen verlieben oder in eine Romanze mit irgendeinem gut aussehenden Schotten stürzen würde.

Dabei waren die sieben Jahre Freundschaft mit Sophie die längste Beziehung, die Melissa je zu einem Menschen gehabt hatte.

„Du solltest mich eigentlich besser kennen. Was ist denn so passiert, während ich weg war? Außer dass ein Tornado über meinen Schreibtisch gefegt ist.“

„Wir haben einen neuen Kunden …“

„Warum hast du das nicht gleich gesagt? Erzähl schon!"

Sophies Gesicht erstrahlte und sie sprang auf, um ihr Tablet vom Tisch zu holen. „Warte nur, bis du sein Haus siehst. Es ist ein modernes Haus, das Thornton Ladd Mitte des vergangenen Jahrhunderts entworfen hat. Es steht in den *Marina Estates*, in Long Beach. In den 80er-Jahren ist es bei einer Renovierung total verhunzt worden und jetzt möchten die Thomases es wieder in seinen ursprünglichen Zustand zurückversetzen."

Sie rief auf ihrem Tablet die Bildergalerie zu dem Projekt auf und zeigte alle Fotos von dem Gebäude, die sie aus jeder nur denkbaren Perspektive aufgenommen hatte. Man konnte über Sophie sagen und denken, was man wollte, aber auf jeden Fall war sie gründlich.

„Wow, Fischgrätparkett aus Walnussholz, das findet man wirklich nicht mehr oft."

Melissa wischte auf dem Tablet noch einmal zurück und vergrößerte dann das Foto, um Details am Betonkamin des Hauses besser erkennen zu können, der mit furchtbaren künstlichen Backsteinen verblendet worden war.

„Wenigstens ist es nur eine dünne Schicht, die wahrscheinlich nicht schwer zu entfernen ist, auch wenn der Kamin dann neu verputzt werden muss."

An diesem Punkt wurde es spannend. Melissas Stil ging nämlich eher in Richtung europäischer Antiquitäten und aufwendiger, kunstvoller Oberflächenbehandlungen. Sie liebte alles, was mit Tradition zu tun hatte – französischer und spanischer Landhausstil sowie Tudorstil –, aber es konnte sicher auch Spaß machen, einmal an etwas Modernem zu arbeiten, besonders weil ihre Kunden und Kundinnen zunehmend eine Mischung aus unterschiedlichen Stilen in ihren Räumen wünschten.

„Und wann fangen wir damit an?", fragte Melissa ihre Assistentin.

Sophie antwortete nicht sofort, sodass Melissa aufblickte, sie ansah und fragte: „Was ist?"

„Na ja … also es ist so, dass sie konkret mich angefragt haben. Ohne dich."

„Ach so." Melissa musste schlucken, weil ihr diese Antwort einen Stich versetzte.

„Ja dann …. Ich dachte … nein, das ist wirklich großartig."

„Bist du sicher? *Mid-Century* ist genau mein Stil und nachdem du mir die Leitung des Najarian-Projektes überlassen hattest …"

„Ja klar, das ergibt absolut Sinn. Du machst das bestimmt großartig. Es wird wirklich höchste Zeit, dass du anfängst, auch selbstständig Projekte zu übernehmen. Und wenn jede von uns Projekte allein übernehmen kann, steigt auch unser Umsatz."

„Ja, das habe ich auch gedacht", erklärte Sophie und atmete erleichtert auf. Aber dann huschte wieder ein Schatten über ihr Gesicht. „Eigentlich wollte ich es dir erst sagen, wenn du richtig angekommen bist …"

Melissa erstarrte. „Du willst doch nicht etwa kündigen und deine eigene Firma gründen, oder?"

„Nein! Natürlich nicht", antwortete Sophie lachend, wurde dann aber gleich wieder ernst. „Es gibt auch Neuigkeiten vom Vermieter."

Gerade war Melissa noch ein bisschen verletzt gewesen, aber jetzt verspürte sie Panik in sich aufsteigen.

„Wie schlimm?"

„Nicht allzu schlimm. Achttausend."

„Im Monat?"

„Na ja, bestimmt nicht pro Jahr."

Melissa schloss die Augen und versuchte, ihr plötzlich panisches Herzklopfen in den Griff zu bekommen. Achttausend Dollar im Monat klang preiswert im Vergleich zu den ortsüblichen Mieten für Gewerbeobjekte, aber weil sie hier auch wohnten, konnten sie nur einen Teil der Miete steuerlich absetzen. Den Rest mussten sie von ihren Gehältern bezahlen, die eher mager waren, wenn man bedachte, wie viel von ihrem Geld in Warenbestand und Außenständen steckte.

„Dann passt es ja richtig gut, dass du jetzt auch eigene Kunden hast", sagte Melissa schließlich und richtete sich dabei kerzengerade auf. „Wenn wir beide auch unabhängig voneinander arbeiten, dann können wir die Miete vielleicht gerade noch finanzieren. Dann wird es jetzt aber auch Zeit, dass du deinen eigenen Auftritt als Innenausstatterin auf unserer Firmen-Website bekommst."

Sie zwang sich zu lächeln. „So, und jetzt lass mich erst rasch meine Sachen in mein Zimmer bringen und mich umziehen. Danach kannst du mir zeigen, was du vorhast."

Sophie erwiderte das Lächeln, und Melissa stand auf, aber als sie jetzt mit dem Rollkoffer auf dem Fliesenboden zu ihrem Schlafzimmer ging, klangen ihre Schritte nicht forsch, sondern eher gedämpft und verhalten.

Das im spanischen Stil gebaute Haus hatte zwei gleich große Schlafzimmer, jeweils mit einem angrenzenden Bad, sodass Sophie und sie beide genug Platz für sich hatten. Melissa empfand es als großes Glück, in einer Millionenvilla in einer der schönsten Wohngegenden von Pasadena wohnen zu dürfen. Das war ein Luxus, von dem sie als Kind nicht einmal zu träumen gewagt hätte.

Bis jetzt waren die Arbeitsbereiche der beiden Frauen immer klar voneinander getrennt gewesen: Melissa hatte die Fähigkeiten, das Können und die Erfahrung als Gestalterin; Sophie übernahm die gesamte Organisation und Verwaltung und arbeitete ihr außerdem als Assistentin hinsichtlich der Entwürfe zu. Erst im Laufe der letzten paar Monate hatte Melissa ihr auch Projekte komplett überlassen, allerdings nur, weil sie selbst völlig überlastet gewesen war. Sie hätte nie damit gerechnet, von einer ihrer Einkaufsreisen zurückzukommen und zu erfahren, dass ihre Assistentin einen eigenen Auftrag angenommen hatte.

„Jetzt sei mal nicht albern", flüsterte sie sich selbst zu und musste etwas zurückdrängen, was sich verdächtig nach Eifersucht anfühlte. Melissa mochte zwar mit ihren neunundzwanzig Jahren noch jung sein für dieses Business, aber sie hatte sich sowohl mit ihrem unfehlbar guten Geschmack hervorgetan als auch mit ihrer Fähigkeit, einmalige Möbel und ganze Einrichtungen mit interessanten – und vollständig dokumentierten – Geschichten aufzutun. Jeder, vom Filmstar über Filmproduzenten, bis hin zu irgendwelchen anderen Prominenten wollte eine Vitrine von der Ur-Ur-Urgroßnichte von Katharina von Aragon oder den Prototyp eines Möbels des dänischen Designers Hans Wegner, der es nie in die Serienfertigung geschafft hatte. Sie hatte den Ruf, dass sie alles Menschenmögliche unternahm, um die Herkunft eines Stückes lückenlos zu recherchieren, und war dadurch zu einer Art Wunderkind in der Designwelt von Südkalifornien geworden. Das war wahrscheinlich auch der Grund, weshalb sie den Auftrag für das Thornton Ladd-Haus überhaupt bekommen hatten.

Aber es war Sophies Entwurfsmappe, die für den Abschluss letztlich ausschlaggebend gewesen war. *Und wage es ja nicht, ihr das abzusprechen,* ermahnte Melissa sich selbst. Sie würde gegen den Drang ankämpfen müssen, das Projekt zu beaufsichtigen, denn ihr war klar, dass sie den Ruhm dafür ganz allein Sophie zugutekommen lassen musste. Ihre Aufgabe bei dem Projekt bestand lediglich darin, einfach da zu sein, um einspringen zu können, wenn doch etwas schiefging.

Melissa stieß die Tür zu ihrem Schlafzimmer auf, atmete einmal tief durch und zog den Koffer zum Schrank. Während im übrigen Teil des Hauses antike Möbel und farbenprächtige Textilien vorherrschten, war ihr Schlafzimmer minimalistisch, ja beinah spartanisch eingerichtet. Die einzige Möblierung war ein schlichtes eisernes Bett mit einer flauschigen weißen Tagesdecke, einer Bank mit einem handgewebten Polsterbezug am Fußende, einem einzigen Gemälde an der Wand und einem großen abgetretenen Perserteppich, der den Holzboden fast vollständig bedeckte. Der Raum war wunderschön schlicht und ruhig, ein Ort zum Fokussieren und Entspannen. Ihr Heiligtum, das niemand betrat, nicht einmal Sophie.

Der einzige Wermutstropfen war jedoch, dass dieses Zimmer nicht ihr Eigentum war und ihr jederzeit genommen werden konnte, wenn es mit den Mieterhöhungen so weiterging.

Melissa zog ihre Stiefel aus, stellte sie sorgfältig in das Schuhregal in ihrem begehbaren Schrank und holte dann ein Paar flache, aus recyceltem Plastik gefertigte Hausschuhe hervor. Die Lederjacke hängte sie neben ihre Blazer und tauschte sie gegen eine gemütliche Strickjacke. Ihre langen blonden Haare, die nach dem zehnstündigen Flug nicht mehr wellig, sondern völlig zerknautscht waren, wurden zu einem Dutt auf dem Kopf zusammengezurrt, und dann war sie bereit für die Arbeit.

Doch als sie wieder in den gemeinsamen Bürobereich kam, war Sophie gerade dabei, hastig Sachen in eine Umhängetasche zu packen.

„Was hast du denn vor?“

Schuldbewusst blickte Sophie auf. „Tut mir leid, aber ich habe eben einen Anruf von Renee Thomas bekommen. Sie ist gerade in irgendeiner Fliesenausstellung und hat etwas gefunden, was ihr sehr gefällt. Sie möchte, dass ich sofort hinkomme.“

„Ach so“, sagte Melissa und musste kurz blinzeln. „Ja klar. Dann reden wir, wenn du wieder zurück bist. Ich muss sowieso erst mal die Post durchsehen.“

„Auf dem Rückweg hole ich uns dann etwas zu essen und eine Flasche Wein“, versprach Sophie grinsend.

Melissa zwang sich zu lachen. „Na, dann achte aber darauf, dass es eine gute Flasche ist. Viel Spaß. Und jetzt geh und rette deine Kundin vor sich selbst.“

„So wird's wohl werden“, sagte Sophie und verdrehte dabei die Augen, aber ihre gespannte und aufgeregte Miene besagte, dass es gerade nichts gab, was sie lieber täte. „Bis später dann.“

Melissa nickte und nahm dann mit dem Rücken zu Sophie auf ihrem Bürostuhl Platz, so als hätte sie schon vergessen, dass sie das Haus verließ. Sie machte Sophie deshalb keine Vorwürfe – denn so waren Kunden nun mal.

Diese sagten zwar, dass sie den Innenausstatterinnen bei der Auswahl der Materialien und bei der Beaufsichtigung der Durchführung ganz und gar vertrauten, verbrachten dann aber doch ihre gesamte freie Zeit damit, in Katalogen und Ausstellungsräumen zu stöbern. Manchmal hatten sie einen erlesenen Geschmack und erleichterten ihnen damit die Arbeit, aber häufiger war es so, dass sie den Kunden möglichst diplomatisch klarmachen mussten, dass Glasmosaikfliesen schon seit Jahren nicht mehr angesagt waren und außerdem nicht in ein Holzhaus aus den 20er-Jahren passten.

Als die Eingangstür hinter Sophie ins Schloss gefallen war, fiel ihr die plötzliche Stille noch mehr auf. Melissa ging deshalb hinüber zum Bücherregal und schaltete den Bluetooth-Lautsprecher ein, der mit ihrem Handy verbunden war. Dann ließ sie sich an ihrem Schreibtisch vor ihrem überquellenden Posteingangs-Korb nieder.

Die Hälfte der Post war Werbung und konnte sofort entsorgt werden, die andere Hälfte waren Rechnungen, die sie mit den Auftragskopien abgleichen und dann zum Bezahlen an Sophie weiterleiten musste. Aber dann stieß sie auf einen dünnen Briefumschlag, dessen Leinenstruktur sich von allen anderen Umschlägen abhob.

„Jasper Lake, Colorado?“, murmelte Melissa, als sie auf den Absender in der oberen linken Ecke schaute. Sie war zwar in Colorado geboren und aufgewachsen, hatte dort aber keine Angehörigen mehr, und von einem Ort namens Jasper Lake hatte sie mit Sicherheit noch nie im Leben gehört. „Na, hoffentlich ist das jetzt nicht eine *Einladung* zur einmaligen Chance, ein Vermögen zu machen.“

Melissa schob die Klinge ihres silbernen Brieföffners unter die Verschlusslasche und zog ein einzelnes Blatt Papier aus dem Umschlag. Fett gedruckt stand da ganz oben „Erbenbenachrichtigung“ und darunter etwas kleiner: In der Erbangelegenheit Constanze Green, Immobilien betreffend.

An die Erben und Erbinnen der oben genannten Immobilie: Dies ist die offizielle Benachrichtigung, dass Mrs Constanze Green, die Erblasserin, am 8. September 2016 verstorben ist. Zum Verwalter der Immobilie wurde Mr Matthew Avery, wohnhaft 21 Main Street, Jasper Lake, Colorado bestimmt. Alle Dokumente, Schriftsätze und Informationen im Zusammenhang mit der Immobilie sind bis zum 21. Oktober im Amtsgericht unter dem Aktenzeichen R000049872 einzusehen. Der Nachlass der Immobilien von Mrs Constanze Green wird bis zu 30 Tage nach dieser Benachrichtigung durch den Verwalter der Immobilie der Mrs Constanze Green übereignet …

Melissa ließ den Brief auf den Schreibtisch sinken, weil ihre Hände so stark zitterten, dass sie die Schrift nicht mehr lesen konnte.

Constanze Green

Sie hatte den Namen noch nie gehört, aber sie und diese Frau trugen denselben Nachnamen. Und jetzt wurde sie von irgendjemandem darüber informiert, dass sie von dieser Frau Immobilien geerbt hatte, was nichts anderes bedeuten konnte, als dass sie irgendwie mit ihr verwandt gewesen sein musste.

In den vierundzwanzig Jahren, seitdem sie in einer Kinderbetreuung in einem Vorort von Denver abgegeben und nicht wieder abgeholt worden war, hatte sie sich immer vorgestellt, dass irgendwann so etwas passieren würde. Aber jetzt, da es tatsächlich so war, hatte sie absolut keine Ahnung, was sie tun sollte, außer den Anwalt anzurufen, dessen Name und Telefonnummer im Briefkopf standen.

Und vielleicht, nur vielleicht, würde sie endlich erfahren, was damals mit ihrer Mutter passiert war.

Melissa zögerte einen Moment, bevor sie ihr Handy in die Hand nahm und die angegebene Nummer wählte. Das Telefon am anderen Ende klingelte, und sie rechnete damit, dass eine Sekretärin den Anruf entgegennehmen würde, doch stattdessen meldete sich eine schroffe Männerstimme. „Matthew Avery."

Melissa räusperte sich, bekam erst kaum ein Wort heraus und sagte schließlich: „Guten Tag, Mr Avery. Mein Name ist Melissa Green. Ich habe gerade einen Brief von Ihnen bekommen …"

„Melissa Green!", donnerte die Stimme des Anwalts daraufhin durch die Leitung und klang jetzt nicht mehr schroff, sondern richtig begeistert. „Also, das ist jetzt aber wirklich auf den letzten Drücker."

Sie blinzelte. „Wie bitte?"

„Na ja, bis zum 21. Oktober sind es nur noch zwei Wochen."

„Ja, ich weiß, aber ich habe den Brief eben erst bekommen. Ich war den ganzen vergangenen Monat auf Reisen und bin gerade heute wieder nach Hause gekommen."

„Das mag ja sein, aber der Tod von Mrs Green liegt mittlerweile fast fünf Jahre zurück, und Jasper Lake befindet sich derzeit in einer äußerst kritischen Lage."

Melissa presste die Fingerspitzen gegen ihre Schläfen und versuchte, hinter den zusammenhanglosen Informationen des Anwalts irgendwie einen Sinn zu erkennen.

„Die Stadt? Ich dachte, es geht hier um eine Erbangelegenheit, um die Immobilie einer verstorbenen Verwandten."

In der Leitung blieb es stumm, sodass sie kurz das Handy vom Ohr nahm, um sich zu vergewissern, ob die Verbindung noch bestand. Als sie sah, dass das der Fall war, hielt sie es wieder ans Ohr. „Hallo?"

„Entschuldigung. Ich …" Matthew Avery klang verwirrt. „Hat Sie denn niemand kontaktiert, als Connie gestorben ist?"

Da brach sie in Lachen aus, wobei ihr bewusst war, dass das möglicherweise leicht hysterisch wirkte. „Mr Avery, ich bin im Alter von fünf Jahren ausgesetzt worden und in einer Pflegefamilie aufgewachsen. Ich wusste gar nicht, dass ich überhaupt noch Familie habe, und deshalb kenne ich natürlich auch keine Namen."

Da stieß der Anwalt am anderen Ende der Leitung einen tiefen Seufzer aus. „Also, ich habe wirklich nicht damit gerechnet, dass ich der Erste bin, der ihnen das mitteilt. Dass Ihre Mutter Caroline hieß, werden Sie ja wahrscheinlich wissen, und mehr kann ich Ihnen dazu leider auch nicht sagen. Die Immobilie, um die es geht, gehörte allerdings ihrer Großmutter, Constanze."

Sie hatte also eine Großmutter gehabt. Natürlich hatte sie eine gehabt, aber ob die auch gewusst hatte, dass sie eine Enkelin hatte? Wenn sie gewusst hatte, dass es Melissa irgendwo gab, warum hatte sie dann nicht nach ihr gesucht und sich mit ihr in Verbindung gesetzt? Und warum hatte es fünf Jahre gedauert, Melissa darüber zu informieren, dass ihre Großmutter gestorben war? Melissa hatte die Frau ja gar nicht gekannt. Deshalb war sie jetzt umso erstaunter, als sie plötzlichen den Anflug eines Verlustes empfand.

Dann hörte sie wieder Avery reden und merkte, dass sie einen großen Teil von dem, was er gesagt hatte, gar nicht mitbekommen hatte.

„... kommen Sie doch einfach her, schauen Sie es sich an und entscheiden Sie dann, was Sie damit anfangen", hörte sie ihn sagen und fragte: „Entschuldigung ... was haben Sie gesagt?"

„Ich kann mir vorstellen, dass das gerade ziemlich viel für Sie sein muss, Miss Green, aber es handelt sich um ein recht großes Anwesen, und weil Sie die einzige Erbin sind, würde es vollständig an das County fallen, wenn Sie nicht offiziell Ihren Anspruch auf das Erbe geltend machen. Das können Sie zwar auch von ihrem Wohnort aus tun, aber ich glaube, es würde die Sache vereinfachen, wenn Sie die Angelegenheit persönlich hier vor Ort regeln würden."

Avery sprach noch weiter, aber Melissa hörte nicht mehr zu. *Ein ziemlich großes Anwesen,* hatte er gesagt. Colorado war doch recht teuer, oder? Das bedeutete, dass die Immobilie etwas wert sein musste, selbst wenn sie sich in einer kleinen Stadt befand. Angesichts der drastischen Mieterhöhung für ihr Haus war für Sentimentalität weder Platz noch Zeit.

„Natürlich", sagte sie und zum ersten Mal im Laufe dieses Telefonates klang ihre Stimme entschlossen. „Ich komme so schnell wie möglich."

2

Als Melissa bei der Ausfahrt Jasper Lake vom Highway abfuhr, war sie enttäuscht, dass sie nicht das geringste Gefühl von Wiedererkennen hatte, auch wenn das natürlich albern war. Soweit sie wusste, war sie nicht dort geboren, und selbst wenn es so gewesen wäre, hätte sie sich nicht erinnern können. Es gab also keinen Grund, irgendeine Art von Verbindung, Verwurzelung oder sonst etwas zu empfinden.

Nein, das Einzige, was sie gerade verspürte, war anhaltende Übelkeit wegen der holprigen Landung am Flughafen in Denver, gefolgt von der kurvigen Fahrt im Mietwagen in die Berge von Colorado. Aber wahrscheinlich war ihr eher wegen der Vorstellung übel, dass sie in fünf Minuten mit einem Teil ihrer Vergangenheit konfrontiert sein würde, von der sie nicht das Geringste gewusst hatte.

Die asphaltierte Straße ging jetzt in eine anscheinend unbefestigte Wegstrecke über. An beiden Seiten des Weges türmten sich schmutzige Schneewälle auf, wo der Schneepflug sie hingeschoben hatte. Durch die Sonneneinstrahlung hatten sie löchrige und ausgezackte Oberflächen mit gelegentlich einem Flecken frischem Weiß. Sie bremste und fuhr langsamer, als sie durch die Fahrt auf der holprigen Straße durchgerüttelt wurde und jetzt an beiden Seiten der Straße Gebäude im Blockhausstil bemerkte. An einem der Gebäude gab es eine Werbung für Miet-Snowmobile und Rafting-Boote, an einem anderen für Eisangelausrüstung.

Ein schneller Blick auf das Thermometer im Wagen zeigte um

14:00 Uhr 5°C Außentemperatur an. Kein Zweifel, sie war nicht mehr in Südkalifornien.

Sie schaute auf das Navi in ihrem Handy, bog auf die Hauptstraße des Ortes ab und atmete einmal tief durch. An einer hölzernen Promenade entlang standen dicht an dicht Holz- und Backsteingebäude mit bunten Schildern, die sie als Cafés, Eisdielen und Karamellfabrik auswiesen. Nach jedem Häuserblock hatte man ganz kurz einen Blick auf ein strahlendes Blau in der Ferne – den Jasper Lake, auf dessen gekräuselter Wasseroberfläche sich die Sonne spiegelte und diese wie Diamanten glitzern ließ. Obwohl sie wusste, dass das Wasser eiskalt war, sehnte sich die Wasserratte in Melissa danach, die Zehen hineinzutauchen.

Aber sie war schließlich nicht hier, um Urlaub zu machen, sondern sie war gekommen, um die Erbschaftsangelegenheit ihrer unbekannten Großmutter zu regeln, und zwar in letzter Minute … Sie hatte fast eine ganze Woche gebraucht, um in der Firma alles so weit geordnet zu hinterlassen, dass sie nach Colorado fliegen konnte. Deshalb blieb ihr nun bei ihrer Ankunft nicht einmal eine ganze Woche Zeit, ihren Erbanspruch geltend zu machen, bevor die Frist verstrich. Und aus Gründen, die sie immer noch nicht verstand, wollte Jasper Lake es auf gar keinen Fall so weit kommen lassen.

Der Punkt auf dem Navi sagte ihr, dass das Büro von Matthew Avery eigentlich gleich zu sehen sein müsste, deshalb fuhr sie rasch in eine der wenigen freien Parklücken an der Main Street, direkt vor einem blauen holzverschalten Gebäude mit einem Schild mit der Aufschrift *Matthew Avery, Rechtsanwalt*. Sie nahm ihre Handtasche vom Beifahrersitz, die Daunenjacke vom Rücksitz und stieg aus, ohne die Jacke erst anzuziehen, was sie augenblicklich bedauerte, denn aufgrund der kalten Temperaturen begann sie sofort am ganzen Körper zu zittern. Völlig überrumpelt von dem schneidend kalten Wind zog sie so schnell wie möglich den Reißverschluss ihrer

Jacke zu. Wie konnte es trotz des strahlenden Sonnenscheins so kalt sein?

„Für ein paar Tage wirst du damit einfach fertigwerden müssen", murmelte sie vor sich hin, als sie den hölzernen Gehsteig betrat und zum Anwaltsbüro ging. Dabei machten ihre Stiefel bei jedem Schritt ein dumpfes Geräusch. Doch dann erstarrte sie – dieses Mal allerdings nicht wegen der Kälte –, denn da hing ein handgeschriebenes Schild mit der Aufschrift: *Bin auf Elchjagd.*

„Was?", brach es fassungslos aus ihr hervor.

Sie musste sich richtig verrenken, um durch die verglaste Tür zu spähen, in der Hoffnung, jemanden zu sehen – vielleicht sogar Avery selbst –, der ihr sagen würde, es handele sich nur um einen Scherz. Doch es kam niemand.

Na toll. Jetzt war sie den weiten Weg hierher geflogen – hatte dem Anwalt sogar noch ihre Ankunftszeit mitgeteilt – und er war auf der Jagd? Oh Entschuldigung, auf Elchjagd. Denn das war natürlich ein großer Unterschied in Bezug auf den Grund, weshalb er nicht wie ein normaler Anwalt in seinem Büro saß und arbeitete.

Sie holte ihr Handy heraus, gab mit zorniger Entschlossenheit seine Nummer ein und wartete, während es klingelte. Doch schon im selben Moment hörte sie im Inneren des Gebäudes ein altmodisches Festnetztelefon klingeln.

Im Ernst? Er leitete die dienstlichen Anrufe nicht einmal auf sein Handy um? Sie hatte gedacht, sie wäre in den Colorado Mountains und nicht ins Jahr 1972 zurückversetzt worden.

Aber in einer so kleinen Stadt kannte ja wahrscheinlich jeder jeden, also gab es bestimmt irgendjemanden, der oder die Averys Handynummer kannte. Sie drehte sich also noch einmal um die eigene Achse, um sich zu orientieren, was ihr aber natürlich auch nicht weiterhalf, weil sie sich hier absolut nicht auskannte.

Sie beschloss deshalb, in Richtung des Sees zu gehen. Dort gab es mehr Häuser als in dem Teil des Ortes, durch den sie schon gekommen war, und es gab bestimmt auch ein Rathaus oder eine Touristeninformation. Ein paar Straßen weiter fand sie beides in einem großen Gebäude, das im selben rustikalen Blockhausstil gebaut war wie die anderen Gebäude in der idyllischen Main Street. Ein dunkelhaariger Mann in Jeans, Kapuzenpulli und lammfellgefütterter Lederjacke stand auf einer Leiter vor der Eingangstür und war dabei, ein Banner aufzuhängen.

„Entschuldigung?", rief sie zu ihm hinauf.

Der Mann schaute zu ihr hinunter und sie war sofort von der Intensität seiner strahlend blauen Augen fasziniert. Vielleicht war diese Reise nach Jasper Lake ja doch nicht so ganz verkehrt.

Sie hatte angenommen, dass sie mittlerweile gegen hübsche Gesichter immun wäre, aber dieser Gedanke kam ihr leider den Bruchteil eines Moments zu langsam.

„Hey … wahrscheinlich wissen Sie auch nicht, wie man den Anwalt Matthew Avery da hinten erreichen kann, oder? Wir waren eigentlich verabredet, aber er ist nicht da."

Im gleichen Moment leuchtete so etwas Ähnliches wie Wiedererkennen in dem gut aussehenden Gesicht des Mannes auf und er stieg die Leiter herunter. „Dann müssen Sie Melissa Green sein. Matthew hat mich gebeten, nach Ihnen Ausschau zu halten."

„Ach." Einen Moment lang war sie nur verblüfft. „Wirklich?"

Der Mann wollte ihr die Hand geben, merkte dann aber, dass er darin immer noch den Hammer hielt. Er wechselte ihn in die andere Hand und wiederholte dann den Versuch.

„Gabriel Brandt", stellte er sich vor.

Gabriel Brandt also, dachte Melissa und musterte ihn verstohlen. Sie schätzte ihn auf Anfang dreißig. Sein Haar war etwas länger und von der steifen Brise zerzaust, die über die Promenade fegte. Er war etwas größer als sie, was bedeutete, dass er ziemlich groß sein musste, denn sie maß in diesen Stiefeln schon über 1,80 Meter. Seine Jeans hatten Farbflecken und seine Arbeitsstiefel sahen getragen und abgenutzt aus. Ob er vielleicht ein bei der Stadt angestellter Handwerker oder gar der Hausmeister des Rathauses war?

Sie merkte, dass er immer noch auf eine Reaktion auf seine Vermutung wartete, also nickte sie halbherzig und sagte: „Dann … haben Sie mich wohl gefunden. Oder ich Sie. Und was jetzt?"

„Also, er hat in seinem Büro ein paar Unterlagen bereitgelegt, die Sie unterschreiben sollen. Wir können gleich hingehen." Gabriel Brandt nahm die Leiter, zog die Tür auf und ließ sie vorgehen.

Als sie das Gebäude betrat, traf die Wärme einer voll aufgedrehten Heizung sie wie ein Schlag, sodass sie ihren Daunenparka auszog. Den Schal behielt sie um. Die paar Minuten im Freien hatten gereicht, dass ihr die Kälte bis in die Knochen gekrochen war, und es würde bestimmt den ganzen Abend dauern, bis ihr wieder warm wurde. Dass sie sich in Kalifornien niedergelassen hatte, obwohl sie in Colorado aufgewachsen war, hatte auf jeden Fall einen guten Grund. Das Wetter hier hatte ihr nie gefallen, und in den Sommern hatte sie stets die Hitze aufgesogen, als könnte sie sie für den Rest des Jahres speichern.

Gabriel streifte sie leicht, als er an ihr vorbeiging, und sagte: „Hier entlang, bitte."

Von außen wirkte das Gebäude rustikal, aber im Inneren dominierten Holz und Glas – High End, so wie auch sie es für ein Skiresort geplant hätte. An den Türen waren Schilder mit der Bezeichnung der unterschiedlichen Dienststellen und Räumlichkeiten angebracht: Handelskammer, Ordnungsamt, Sitzungssaal, und vor einer Tür mit der Aufschrift *Bürgermeister von Jasper Lake* blieb er schließlich stehen, öffnete sie und betrat das Büro.

Das Vorzimmer, allem Anschein nach der Arbeitsplatz einer Sekretärin, war nicht besetzt. Vielleicht war sie ja mit auf der Elchjagd. Gabriel Brandt schien über ihre Abwesenheit jedoch nicht verwundert zu sein und ging einfach weiter durch eine offen stehende Tür in ein kleines, geschmackvoll eingerichtetes Büro.

Melissa zögerte, blieb einige Schritte zurück und sagte: „Ich kann auch warten, bis wieder jemand da ist. Ich habe es gar nicht so eilig."

„Ach, Linda musste nur ihre Tochter von der Schule abholen, weil sie anscheinend einen Magen-Darm-Infekt hat. Außerdem weiß sie über die Angelegenheit gar nicht Bescheid."

Er fing an, Papierstapel auf dem Tisch hin und her zu schieben, in Unterlagen zu blättern und diese dann wieder beiseitezuschieben.

„Dürfen Sie denn das überhaupt?", fragte Melissa.

Er blickte auf und ein Lächeln breitete sich über sein ganzes Gesicht aus. „In Anbetracht der Tatsache, dass es mein eigener Schreibtisch ist, glaube ich schon!"

Da ging Melissa plötzlich ein Licht auf und sie wurde rot. „Sie sind der Bürgermeister, oder?"

„Laut 642 Bürgern von Jasper Lake, ja", antwortete er.

„Auf dem Ortsschild stand aber, dass hier 750 Leute wohnen."

„Tja, was soll ich sagen? Ungefähr einhundert von ihnen hatten Zweifel", erklärte er achselzuckend, aber immer noch lächelnd. „Sie haben es wirklich nicht gewusst, oder? Hat Matthew es Ihnen denn nicht gesagt?"

Jetzt, da sie wusste, dass dieser Mann der Bürgermeister war, hatte sie keinerlei Bedenken mehr, sich auf einen der beiden Sessel vor dem Schreibtisch sinken zu lassen.

„Matthew hat mir so gut wie gar nichts gesagt. Nur, dass die Zeit langsam knapp wird und ich beim County etwas beantragen muss. Ich weiß gar nicht, wie er mich überhaupt ausfindig gemacht hat. Und wenn ich so leicht aufzuspüren war, warum hat er sich dann nicht schon vor fünf Jahren mit mir in Verbindung gesetzt?"

Daraufhin wurde Gabriels Miene mitfühlend und statt hinter seinem Schreibtisch Platz zu nehmen, hockte er sich auf die Schreibtischkante und antwortete: „Dafür müssen wir uns wirklich bei Ihnen entschuldigen. Der Testamentsvollstrecker Ihrer Großmutter hat uns mitgeteilt, er hätte in der Erbangelegenheit alles Notwendige in die Wege geleitet, bevor er dann krank wurde und verstorben ist. Und ehrlich gesagt, haben wir uns dann nicht mehr weiter um die Angelegenheit gekümmert. Erst als ich darauf aufmerksam gemacht wurde – das war, nachdem ich mein Amt als Bürgermeister angetreten hatte –, dass die Immobilie, auf die niemand Anspruch erhoben hatte, ans County zurückgehen sollte, ist mir aufgefallen, dass die Kanzlei des Testamentsvollstreckers den Vorgang gar nicht an seinen Nachfolger Matthew Avery übergeben hatte und somit ein Verfahrensfehler vorlag. Ich habe dann eine Agentur beauftragt, die darauf spezialisiert ist, unauffindbare Erben aufzuspüren, und die hat dann nach langwierigen Recherchen Sie gefunden. Ich verstehe gar nicht, warum man Sie nicht schon vor fünf Jahren gefunden hat."

„Also, das kann ich erklären", sagte Melissa. „Vor der Grünung meiner Firma vor vier Jahren habe ich praktisch völlig anonym gelebt. Ich hatte nicht einmal ein Girokonto."

„Ach so, na dann wird mir einiges klar. Die Firma sucht nämlich in erster Linie mithilfe von Behördendaten, um die Anzahl der Menschen mit demselben Namen möglichst eng einzukreisen."

„Mir hat niemand gesagt, dass die Sache so dringlich ist. Aber was wäre denn so schlimm daran, wenn die Immobilie ans County ginge? Ich bin natürlich dankbar, dass Sie mich informiert und auf die Frist aufmerksam gemacht haben, aber warum sind Sie so erpicht darauf, dass ich mein Erbe antrete? Sie hätten die Suche doch einfach auf sich beruhen lassen und das Erbe einstreichen können."

„Es handelt sich hier nicht um eine 08/15-Behausung, sondern diese Immobilie ist etwas ganz Besonderes."

Melissa starrte ihn an. „Besonders? Inwiefern besonders?"

Einen Moment lang sagte er nichts und sah sie nur an. „Vielleicht sollten Sie es sich lieber selbst ansehen."

3

Gabriel Brandt schloss die Tür seines Büros ab und bedeutete Melissa mit einer Geste, ihm den Gang entlang und wieder hinaus auf die Straße zu folgen. Selbst nachdem Matthew ihm erzählt hatte, dass die seit Langem verloren geglaubte Erbin nach Jasper Lake kommen würde, um Connies Erbe anzutreten, hatte Gabriel es immer noch nicht ganz glauben können. Die sechs Wochen zwischen dem Zeitpunkt, an dem sie ausfindig gemacht worden war, und dem, als sie endlich auf den Brief des Anwalts reagiert hatte, waren ihm endlos vorgekommen – wie eine langsam tickende Zeitbombe, die nicht entschärft werden konnte. Und in vielerlei Hinsicht war aus der Immobilie, auf die niemand Anspruch erhob, genau das geworden.

„Wenn wir uns jetzt mit einer so persönlichen Angelegenheit wie dem Erbe Ihrer Großmutter befassen, sollten wir uns vielleicht duzen. Das macht doch einiges leichter."

„Wir können uns sehr gerne duzen", sagte Melissa locker, „aber bitte nenn sie nicht meine Großmutter, denn ich habe sie überhaupt nicht gekannt, geschweige denn als Großmutter erlebt. Sie ist eine völlig fremde Person für mich, die mir zufällig das große Los geschenkt hat."

Bei dieser eiskalten Beurteilung zog er die Augenbrauen hoch. Er war zwar nicht in Jasper Lake aufgewachsen, hatte aber seine Teenagerjahre hier verbracht, und es gab keinen einzigen Bewohner des Ortes, der Connie Green nicht gekannt und geliebt hatte. Mit ihrem grauen Haar und dem ansteckenden Lachen war sie so etwas wie die Grande Dame der Stadt gewesen, Vorsitzende jedes Festkomitees, Mitglied der historischen Gesellschaft – zumindest bis die Stadt von einer Flut heimgesucht und der größte Teil des Stadtarchivs zerstört worden war – sowie Leiterin der Sonntagschule der Jasper Lake Presbyterian Church. Ja, wenn man in dieser Stadt protestantisch aufwuchs, dann war man um biblischen Unterricht bei Constanze Green nicht herumgekommen.

Doch dann hatten Melissas Mutter und Connie sich aus Gründen, die Gabriel nicht kannte, zerstritten. Vielleicht hätte seine eigene Großmutter etwas darüber gewusst, denn sie war eng mit Connie befreundet gewesen, aber sie war kurz nach Melissas Großmutter ebenfalls verstorben. Sein Großvater hatte zu dem Thema nicht viel zu sagen, entweder, weil er nichts wusste, oder weil er das Gefühl hatte, dass es ihn nichts anging. Das Ergebnis war am Ende dasselbe.

Gabriel blieb bei seinem Wagen stehen – einem bulligen Truck mit breiten Reifen. Seine Freunde pflegten zu scherzten, dass er so ein Auto anscheinend bräuchte, um irgend ein Manko zu kompensieren. Die Winde vorne war allerdings keine Angeberei, denn er war Mitglied bei *Clear Creek 4x4*, einer Gruppe Ehrenamtlicher, die gestrandeten Reisenden halfen, wenn sie im Winter im Schnee stecken blieben.

„Das Anwesen liegt auf der anderen Seite des Sees“, erklärte er. „Wenn du nichts dagegen hast, können wir mit meinem Wagen hinfahren.“

Melissa zuckte allem Anschein nach nicht mit der Wimper, als er ihr die Tür auf der Beifahrerseite aufschloss und sie ihr dann aufhielt. Sie hielt sich einfach am Griff fest und hievte sich mit Schwung auf den Beifahrersitz.

Gabriel ging um den Wagen herum auf die Fahrerseite, stieg ebenfalls ein, ließ den Motor an und fuhr rückwärts aus der Parklücke. Er schaute zu Melissa hinüber und wusste plötzlich nicht mehr, was er sagen sollte. Sie war ganz anders, als er erwartet hatte.

Als die Agentur ihm die Informationen über sie übermittelt hatte, war als Bildmaterial nur ein winziges Foto von der Website ihrer Firma dabei gewesen. Darauf hatte sie stylisch ausgesehen und sehr kalifornisch. Und auch jetzt sah sie so aus. Die schmal geschnittene Daunenjacke und die fellgefütterten Stiefel waren die Art von Bekleidung, von der Menschen vom Flachland glaubten, dass man sie in den Bergen bräuchte. Das war zwar praktisch, entlarvte sie aber todsicher als Touristin.

Nein, das alles war genau, wie er es sich gedacht hatte. Er hatte nur nicht damit gerechnet, dass sie so … attraktiv war.

Hübsch, ja. Aber hübsch war nichts Besonderes und hatte auf Gabriel genauso wenig Wirkung wie ein Wetterbericht mit Schneeankündigung. Aber in Melissas grün-grauen Augen blitzte Intelligenz, und ihr spitzbübisches Lächeln und die leicht rauchige Stimme deuteten darauf hin, dass sie einen tiefgründigen Humor hatte, von dem er bisher allerdings noch nichts bemerkt hatte. Ganz zu schweigen davon, wie stoisch sie das Geholper auf der unbefestigten Straße ertrug, nachdem er von der Hauptdurchgangsstraße der Stadt auf die Straße abgebogen war, die um den See herumführte. Sie hatte kalifornischen Schick, aber dieser Hauch von Zynismus, der sie umgab, ließ keinen Zweifel daran, dass Melissa Green hart im Nehmen war.

Und so etwas erlebte er nicht oft.

Als Melissa nichts sagte, räusperte Gabriel sich und versuchte, ein Gespräch zu beginnen. „Was weißt du denn bereits über die Stadt?“

Sie sah zu ihm hin und ein Lächeln umspielte ihren Mund. „Nur das, was ich auf Wikipedia gefunden habe. Höhe über dem Meeresspiegel 2804 Meter. Jährlicher Schneefall 4,5 Meter. Die Chance, von einem Elch angegriffen zu werden: hoch.“

„Das hat da wirklich gestanden?“

„Nicht wortwörtlich, aber ich habe es daraus geschlossen."

Gabriel grinste. Hatte er also recht gehabt mit seiner Einschätzung ihres Humors. „Dann will ich dich mal informieren. Du hast tatsächlich eine geringe Chance, von einem Elch angegriffen zu werden, aber nur, wenn du ihm während der Brunft zu nahe kommst, oder wenn du eine Elchkuh mit Kalb oder Kälbern störst. Das ist jedoch nicht annähernd das Interessanteste an diesem Ort. Jasper Lake wurde Ende der 1880er-Jahre gegründet – das genaue Datum ist nicht bekannt –, und zwar von Bergleuten, die sich auf der Suche nach der heiligen Dreieinigkeit der Erze befanden: Gold, Silber und Blei. Es gibt aus diesem Grund ganz in der Nähe sogar eine Stadt namens Trinity, weil dies hier die einzige Gegend in Colorado ist, wo alle drei Bodenschätze in hoher Konzentration direkt nebeneinander vorkommen. Jasper Lake soll angeblich seinen Namen nach einem halbedlen Mineral bekommen haben, das hier im Überfluss gefunden wird."

Er brach ab, weil er merkte, dass er fast selbst wie die Homepage der Stadt klang. Aber schließlich war er auch ihr Bürgermeister, und die Menschen erwarteten von ihm, dass er über die Geschichte der Stadt Bescheid wusste.

„Interessant. Gibt es hier irgendwelche alten Gebäude? Ich erinnere mich, dass ich als Kind mit der Schulklasse mal in einer Geisterstadt war, aber ich kann mich nicht mehr erinnern, wo genau die gewesen ist. Als Kind schenkt man der Gegend, aus der man kommt, keine besondere Beachtung."

„Das stimmt. Du bist ja in Denver aufgewachsen, das hatte ich ganz vergessen." Gabriel verstummte. „Tut mir leid. Es ist seltsam, dass ich so viel über dich weiß, obwohl wir uns gerade erst kennengelernt haben. Ich habe den Bericht gelesen, nachdem du in Kalifornien aufgespürt worden waren."

Melissa zuckte mit den Schultern. „Es ist ja nicht so, dass ich aus meiner Vergangenheit ein Geheimnis mache. Ich rede nur nicht gern darüber."

„Ist notiert." Irgendwie hatte er sie eher in die Plaudertaschen-Schublade gesteckt, aber bisher schien sie sich damit zu begnügen, ihm zuzuhören. „Egal, du hast nach alten Gebäuden gefragt. Oben in den Bergen gibt es immer noch ein paar Goldgräber-Hütten, und dann sind da noch ein paar vereinzelte Backsteingebäude aus der Jahrhundertwende, als aus dem ehemaligen Goldgräberlager eine richtige Stadt wurde. Aber die interessantesten Gebäude sind die, die wir jetzt gleich sehen werden."

Melissa horchte auf. „Dann ist Connies Immobilie also alt?"

„Das kann man wohl sagen." Er sah ihre faszinierte Miene. Natürlich fand sie als Innenausstatterin, die auf Antiquitäten spezialisiert war, alte Häuser faszinierend.

Der Jasper Lake hatte die Form einer ausgezackten Niere. Er war nicht länger als etwa anderthalb Kilometer und ungefähr 600 Meter breit, aber durch die zahlreichen Einbuchtungen war die kurvige Straße um den See herum ungefähr doppelt so lang wie die Strecke in Luftlinie.

Melissa schaute aus dem Fenster und betrachtete interessiert die Kulisse, genau wie er es geplant hatte. Er hätte auch die Strecke über den Highway wählen und dann in der Hälfte der Zeit auf der anderen Seeseite ein Stück zurückfahren können, aber er setzte darauf, dass die natürliche Schönheit der Stadt eine Saite in ihr zum Klingen bringen würde. Die Entscheidungen, die sie in den nächsten Tagen träfe, würden Auswirkungen für viele haben.

„Im Sommer kann man in der Nähe der Stadt Boote und Kajaks mieten. Auf dieser Seite des Sees gibt es einen Segel- und einen Ruderverein, und im Sommer veranstalten wir Regatten, zu denen Leute aus ganz Colorado herkommen."

„Und im Winter?"

„Eisangeln. Bisher hat es dieses Jahr erst ein paar starke Fröste gegeben, aber in ein, zwei Monaten ist der See so weit zugefroren, dass das Eis begehbar ist."

„Schade, dass ich dann nicht mehr da bin", sagte sie, und es klang so, als ob es ihr tatsächlich leidtäte. „Obwohl ich Kälte eigentlich gar nicht mag."

„Du bist noch nie Ski gelaufen?"

Sie warf ihm einen Blick zu, unter dem er innerlich zusammenzuckte. Natürlich war sie noch nie Ski gelaufen. Die Worte „in staatlicher Obhut" waren in dem Bericht der Agentur, die nach ihr gesucht hatte, hervorgehoben gewesen. Es gab sicher nicht viele Pflegeeltern, die ihr Pflegekind mit in den Skiurlaub nahmen.

Einige Minuten stockte das Gespräch, bis Melissa weitersprach. „Du bist noch recht jung. Ich schätze … so dreißig, einunddreißig?"

„Zweiunddreißig", sagte er

„Gut. Also wie wird ein zweiunddreißigjähriger Mann Bürgermeister einer Stadt, die – bis jetzt jedenfalls – so aussieht, als wäre der Großteil ihrer Bevölkerung ü-50?"

„Wahrscheinlich, weil sich die Ü-50-Einwohner Sorgen um die Zukunft ihrer Stadt machen, wenn sie nicht für jüngere Familien attraktiver wird. Die ältere Generation wird aussterben, und es gibt keine Jüngeren, die an ihre Stelle tritt."

„Das ergibt Sinn. Aber warum gerade du?", fragte sie und sah ihn dann aufmerksam von der Seite an, während er fuhr und plötzlich den Drang verspürte, seinen Wahlkampf für sie noch einmal zu wiederholen. Doch dann gab er sich innerlich einen Tritt in den Hintern, weil er sich selbst so albern fand. „Möchtest du die kurze oder die lange Version hören?"

„Das kommt darauf an. Du weißt am besten, wie weit es noch ist und wie viel Zeit du hast. Ich bin ja gezwungenermaßen dein Publikum."

Sie waren jetzt an der Abzweigung in den Ortsteil Gable Pines, also entschied er sich für die Kurzfassung. „Bachelor in Soziologie, Master in Stadtplanung. Sechs Jahre Berufserfahrung bei einer Hilfsorganisation in Detroit, die Konzepte erstellt, wie man heruntergekommene Gegenden wiederbeleben kann. Und ich habe zufällig meine Teenagerzeit hier verbracht, weil ich bei meinen Großeltern gelebt habe. Also habe ich ohne Gegenkandidaten kandidiert."

Melissa lachte schallend, weil sie das offenbar nicht erwartet hatte. „Und was ist mit den …", sie rechnete rasch im Kopf nach, „108 Personen, von denen du nicht gewählt worden bist?"

„Das waren Nichtwähler. Manche von ihnen wohnen nur im Sommer hier und waren deshalb gar nicht da."

Und manche hatten ein gutes Gedächtnis und konnten sich noch allzu gut an den zornigen Dreizehnjährigen erinnern, als der er damals in der Stadt angekommen war. Wütend war er gewesen, auf Gott und die Welt und fest entschlossen, alles zu tun, was in seiner Macht stand, damit sich jeder genauso mies fühlte wie er selbst. Wenn er sich an den großmäuligen – und destruktiven – Typen erinnerte, der er damals gewesen war, dann wünschte er sich eine Zeitmaschine, mit der er die Zeit zurückdrehen konnte, um sich dann einen Schlag auf den Hinterkopf zu verpassen.

Zum Glück betrachtete der Rest der Stadt die Erfolgsgeschichte ihres Kleinstadt-Lebensstils als Beispiel dafür, was Bewegung an frischer Luft, genügend Aufmerksamkeit und eine „Es braucht ein ganzes Dorf, um ein Kind zu erziehen"-Mentalität bei schwierigen Kindern bewirken konnten. Daran war bestimmt etwas Wahres, aber Gabriel wusste, dass es eher an der Geduld und der unbeugsamen Überzeugung seiner Großeltern gelegen hatte, dass Gott mehr mit ihm vorhatte als eine kriminelle Karriere.

Gabriel bremste ab, als die unbefestigte Straße einen scharfen Knick machte und dann wieder in eine Asphaltstraße mit tiefen Schlaglöchern überging. Melissa bestaunte aus dem Auto heraus durch das Fenster der Fahrerseite mit vielen Aaaahs und Ooohs den prächtigen Blick über den See. Dabei musste sie sich zeitweise über die Mittelkonsole hinweg auf seine Seite lehnen, worüber er sich aber keineswegs beschwerte.

Doch es führte auch dazu, dass sie gerade in die falsche Richtung schaute, als sie ihr Ziel erreicht hatten, er anhielt und sagte: „Das ist es."

Sie drehte sich daraufhin mit einem Ruck um und sagte staunend: „Das ist es?"

Sie öffnete die Autotür, bevor er reagieren konnte, und betrat den Seitenstreifen, dessen Kies unter ihren Schritten knirschte. Der Wind riss ihr sofort ein paar Haarsträhnen aus dem blonden Dutt und sie zog gegen die Kälte rasch den Reißverschluss ihres Parkas hoch. „Ich weiß gar nicht, was ich sagen soll. So etwas wie das hier habe ich ganz sicher nicht erwartet, als von einem alten Haus die Rede war."

„Mit so etwas rechnet man ja auch nicht. Soviel wir wissen, gibt es im gesamten County keine viktorianischen Häuser wie diese hier. Vielleicht im gesamten Bundesstaat nicht."

Gabriel kam jetzt um den Wagen herum, stellte sich neben sie und verspürte etwas, das sich verdächtig nach Stolz anfühlte, als er das Wohngebiet – oder besser gesagt das, was einmal ein Wohngebiet werden sollte – betrachtete. Während die übrigen Häuser auf dieser Seite des Sees planlos am Ufer entlang verstreut lagen, standen hier fünf Gebäude direkt nebeneinander, stolz und aufrecht, als gehörten sie in eine der vornehmen Wohngegenden von Chicago oder San Francisco – mit ausladenden Veranden, Giebeln, Gauben und bunten Farben. Manche sahen gepflegt aus, andere nicht so sehr; eine abgesackte Vorderveranda bei einem und einem Fensterladen, der nur noch an einem Scharnier hing, bei einem anderen der Häuser, waren ein Zeichen dafür, dass die Häuser jetzt schon seit einer ganzen Weile leer standen.

Melissa schaute noch einmal länger zu den Häusern hin und ihre Miene drückte eine Mischung aus Faszination und Ehrfurcht aus. „Und welches davon ist jetzt meins?"

Ausnahmsweise war Gabriel jetzt nicht wütend darüber, wie

Matthew seine Pflichten vernachlässigt hatte, denn sonst hätte er nicht ihre völlig geschockte Miene zu sehen bekommen, als er antwortete: „Alle."

4

„Alle?“, fragte Melissa, blickte mit einem Ruck in Gabriels Richtung, und die Frage kam eher wie ein Piepsen heraus.

Es war schon Überraschung genug gewesen zu erfahren, dass das geerbte Haus keine rustikale Hütte oder ein seelenloses Haus am See war, aber zu erfahren, dass sie tatsächlich fünf Häuser geerbt hatte … Sie machte ein paarmal den Mund auf und wieder zu, bevor sie auch nur annähernd die Bedeutung dessen erfasste, was er da gerade gesagt hatte.

„Und auch noch das umliegende Land. Connie war ziemlich wohlhabend, und da immer mehr Leute aus der Stadt weggezogen sind, standen immer mehr Häuser leer. Sie hat dann angefangen, die Häuser zu kaufen, nachdem die Eigentümer ausgezogen waren. Wahrscheinlich hat sie gedacht, dass es dem Tourismus in der Stadt helfen würde, sie zu renovieren und dann als Ferienhäuser zu vermieten.“

„Und hat es der Stadt geholfen?“

„So weit ist es gar nicht mehr gekommen. Connie ist krank geworden und dann gestorben, bevor sie den Plan weiterverfolgen konnte“, antwortete Gabriel und studierte mit bedauerndem Ausdruck Melissas Miene.

Er schien besorgt um ihren seelischen Zustand, also war ihm offenbar immer noch nicht richtig klar, dass Constanze Green für Melissa eine völlig fremde Person war. Eine Fremde, die Melissa zwar ihren gesamten Besitz hinterlassen, sich aber nicht genügend für sie interessiert hatte, um im Laufe der 24 Jahre, seitdem sie von ihrer Mutter verlassen worden war, wenigstens den Versuch zu unternehmen, nach ihr zu suchen.

„Kann ich mir vielleicht eines der Häuser auch von innen anschauen?“, fragte sie schließlich.

Gabriel nickte. „Klar. Wir können einen Blick in das mittlere werfen. Das war das Haus deiner ... also das war Connies Haus, deshalb ist es von allen im besten Zustand.“

Melissa schlang die Arme um ihren Oberkörper, um sich vor einer weiteren Windbö zu schützen, und überquerte hinter ihm die Straße. Von den fünf Häusern war das dritte tatsächlich im besten Zustand. Die Holzverschalung war in Meerschaumgrün gestrichen und das Mauerwerk war offenbar erst vor Kurzem neu verfugt worden.

„Die Häuser sind übrigens nicht viktorianisch“, sagte sie, als sie seitlich vor der Eingangstür stand, während er einen Schlüsselbund aus der Hosentasche zog.

„Ach nein? Was denn dann?“

„Neogotisch. Der Baustil wird auch als Tischlergotik bezeichnet. Es gibt hier oben eine ganze Reihe von Gebäuden in dem Stil, aber ich bezweifle, dass viele davon so kunstvoll und aufwendig gebaut sind wie die fünf hier.“

Sie sah sich auf der Veranda um und war sich ihrer Einschätzung jetzt ganz sicher. Das Spitzbogenfenster, die Boden-Deckel Verschalung und auch die Zierverblendungen an den Fenstern und Giebeln, das alles war typisch für Tischlergotik, auch wenn die breite umlaufende Veranda wirklich eher viktorianisch anmutete.

„Wahrscheinlich hat irgendein Architekt dem Stil noch einmal seine ganz eigene Handschrift gegeben. Ich hätte das Haus eigentlich auf die 1870er datiert, aber diese Veranda ist eher im Queen-Anne-Stil gebaut, also 1880 oder 1890, würde ich sagen.“

Gabriel warf ihr einen erstaunten Blick zu und bemerkte: „Ich dachte, du wärst auf Antiquitäten spezialisiert und nicht auf Architektur."

„Das gehört eigentlich immer zusammen, besonders beim Restaurieren. Du kannst dir gar nicht vorstellen, auf wie viele Stilbrüche in Bezug auf die Epochen ich stoße. Es erfordert dann einiges an Detektivarbeit, um die ursprünglichen Details zu finden, aber genau das ist zum Glück meine Spezialität." Sie verspürte jetzt die Art von Spannung, die sich oft dann einstellte, wenn sie zum ersten Mal die Immobilie eines Kunden in Augenschein nahm. „Kann ich hineingehen?"

„Ja natürlich." Gabriel drehte den Schlüssel im Schloss, die Tür öffnete sich mit einem gut geölt klingenden Klick. Er trat anschließend einen Schritt beiseite, um ihr den Vortritt zu lassen.

Melissa drückte langsam die Haustür auf und gelangte mit dem nächsten Schritt in einen kleinen geschlossenen Windfang, dessen Boden mit einem Orientteppich bedeckt war. Sie schnappte nach Luft. Das war ...

... nicht, was sie dem Äußeren nach erwartet hatte. So sicher sie gewesen war, als sie das Äußere des Gebäudes als Tischlergotik identifiziert hatte, so wenig wusste sie jetzt, wie sie das Innere einordnen sollte. Sie trat einen zögerlichen Schritt vor und stieß die zweite Tür auf, die in die Eingangsdiele führte. Dort erstreckten sich früher einmal glänzende Holzböden in alle Richtungen, nur unterbrochen von einer Vielzahl von Perserteppichen in Blau- und Rottönen. Die Wände waren dreiviertelhoch mit einer Kassettenvertäfelung aus Eiche versehen, und die verputzte Wand darüber war in einem sehr hellen Cremeton gestrichen.

Vor ihr und zur rechten Seite hin befand sich eine Treppe mit einem reich verzierten Holzgeländer. Zu beiden Seiten dieser Treppe lagen Zimmer, und zwar allem Anschein nach ein Salon und eine Bibliothek. Sie stand da und ließ die Holzbalken und die Zierleisten auf sich wirken. Dem ersten Eindruck nach war alles im *Craftsman-Style* gestaltet, aber statt schlichter *Arts and Crafts*-Konsolen, waren diese hier mit Miniaturdarstellungen geschnitzter Akeleien verziert.

Gabriel folgte ihr, und sie hörte das Klimpern des Schlüsselbundes, das er noch in der Hand hatte. „Ziemlich beeindruckend, oder?"

„Ja, sehr", bestätigte Melissa und ging weiter in die Bibliothek, die mit einer William Morris-Tapete tapeziert war – sie konnte nicht sagen, ob es sich um einen Originaldruck des Musters oder um eine Reproduktion handelte. Mit wachsender Spannung schaute sie sich in dem Zimmer um. Obwohl alles ein ausgeprägtes historisches Flair hatte, hatte Connie Green sich nicht sklavisch an eine vorgegebene Stilrichtung gehalten. Wenn Melissa sich nicht irrte, dann war das in der Ecke ein original Eames-Sessel, dessen cognacfarbener Lederbezug genauso gut in den Raum passte wie die schlichte dänische Vitrine. Wenn sie eines über die Person sagen konnte, die ihr dieses Haus hinterlassen hatte, dann, dass sie Geschmack gehabt hatte.

Und zum ersten Mal hatte sie das Gefühl, dass das hier mehr war als eine Reise in ihre rätselhafte Vergangenheit oder die Lösung ihrer finanziellen Probleme. Es fühlte sich immer mehr an wie eine Lösung von Melissas grundsätzlichen Problemen.

Sie zählte die Anzahl der Räume, während sie weitergingen, und bewunderte nicht nur die Architektur des Hauses, sondern auch die erlesene antike Einrichtung. Unter anderem Dutzende von Perserteppichen, manche in perfektem Zustand, andere schon ziemlich abgetreten … für die ihre Kunden in Los Angeles ein Vermögen bezahlen würden. Möbel von klassisch über modernes dänisches Design bis *American Mid-Century*, ja, es waren sogar ein paar Stücke dabei, die sehr nach viktorianischem Stil aus England aussahen. Erst viel zu spät dachte sie daran, mit ihrem Handy Fotos zu machen und die Bilder mit Anmerkungen zu versehen. Gabriel folgte ihr schweigend.

Als sie schließlich ihren Rundgang durch das Haus beendeten, blieb Gabriel in der großen Eingangsdiele stehen. „Ich muss dich fragen, wozu du die Fotos gemacht hast.“

„Damit ich mich später an Einzelheiten erinnern kann. Ich muss recherchieren, wie viel die Stücke wert sind, und entscheiden, welche ich abholen lasse.“

Er blinzelte, als er sie daraufhin ansah. „Abholen lassen?“, fragte er.

„Ja, für meine Kunden. Es sind ein paar wunderschöne Stücke dabei, und mir fallen auf Anhieb mindestens vier Projekte meiner Firma ein, zu denen sie perfekt passen würden. Ich muss natürlich noch einmal herkommen und mir die Möbel genauer anschauen, denn es hat ja keinen Sinn, für viel Geld Sachen nach Kalifornien zu transportieren, wenn sich dann herausstellt, dass es nur Reproduktionen sind.“

Gabriel sah sie mit einer Miene an, die so etwas wie Entsetzen ausdrückte, woraufhin sie die Stirn runzelte und fragte: „Was hast du denn gedacht, was ich damit machen würde?“

Er schüttelte sich, als müsste er sich in die Realität zurückholen, und antwortete dann: „Keine Ahnung. Ich habe wohl gedacht …“

„Also hierherziehen werde ich ganz bestimmt nicht“, erklärte Melissa lachend. „Was soll ich denn in Jasper Lake? Und dazu noch mit fünf Häusern.“

„Na ja, es gibt ja immer noch die airbnb-Option.“

„Ja sicher, wenn ich hier leben würde, wäre das eine Möglichkeit, aber mein Lebensmittelpunkt ist in Pasadena. Meine Kunden sind über ganz Südkalifornien verteilt und nichts für ungut, aber in einer Stadt wie Jasper Lake sehe ich mich auf gar keinen Fall.“

„Ist schon gut“, sagte er, aber sein Tonfall strafte ihn Lügen. „Das heißt ja dann wohl, dass du die Häuser verkaufen wirst, oder?“

„So weit habe ich noch gar nicht gedacht“, antwortete Melissa, aber im Grunde war es genau das, was sie vorhatte. Sie brauchte jetzt unbedingt einen Ort mit WLAN, um gleich ihren Laptop auszupacken und herauszufinden, wie viel Häuser von dieser Qualität in dieser Gegend wert waren. Wahrscheinlich nur einen Bruchteil dessen, was sie in Kalifornien dafür bekommen würde, aber vermutlich würden sie auch der gut betuchten Skipisten-Gesellschaft gefallen, die unbedingt ein kleines Stück vom Bergparadies für sich haben wollte.

„Da du ja eine Liebe zur Architektur hast, gibt es noch etwas, das du wissen solltest, bevor du eine Entscheidung triffst. Hast du heute noch Termine oder etwas Bestimmtes vor?"

„Nein, nichts außer mir auch noch die anderen vier Häuser anzuschauen."

„Dann lass uns wieder zurück in mein Büro fahren. Ich möchte dir etwas zeigen."

Auf der Rückfahrt war Gabriel ziemlich still, während sich Melissa die Fotos von den Möbelstücken ansah, die sie mit dem Handy aufgenommen hatte. Ihre Freude an dem Haus war echt gewesen und sie kannte sich sowohl mit Architektur als auch mit Möbeln wirklich aus, das war nicht zu übersehen. Aber er konnte sich nicht helfen, er hatte das Gefühl, dass sie nur an das Geld dachte, das sie für die Häuser bekommen könnte. Er hatte wohl vergeblich gehofft, dass sie irgendeine Verbindung zu dem Haus spüren würde, in dem ihre Großmutter gelebt hatte und ihre Mutter aufgewachsen war. Obwohl sie ihre Familie nicht gekannt hatte, hatte er doch gehofft, dass sie trotzdem einen Funken von … irgendetwas spüren würde.

Und diese Hoffnung war nicht nur auf die Häuser beschränkt. Ihm war nur allzu bewusst, dass Melissa direkt neben ihm in seinem Truck saß – die Art, wie ihr die blonden Locken ins Gesicht fielen, der schwache Hauch eines nach Jasmin duftenden Parfums und das leicht rauchige Lachen, wenn sie ein unerwartetes Detail an einem der Möbelstücke entdeckt hatte, hatten ihn für sie eingenommen. Ihre Begeisterung war ansteckend, und dadurch fand er sie jetzt sogar noch anziehender als in dem Augenblick, in dem er sie zum ersten Mal auf der Promenade erblickt hatte.

Doch diese Anziehung war anscheinend absolut einseitig, denn Melissa hatte in der gesamten Zeit, die sie jetzt schon zusammen unterwegs waren, ihre professionelle Art beibehalten. Das bedeutete nicht, dass sie unterkühlt war – ihre Begeisterung war ein Beweis für das Gegenteil –, aber es war die Art von Begeisterung, wie sie beispielsweise ein Antiquar an den Tag legt, wenn er das Manuskript eines frühen Shakespeare-Dramas entdeckt.

Im Moment flogen ihre Finger über das Display ihres Handys, als sie eine ganze Reihe von Textnachrichten schrieb. Er schaute hinüber und sah, dass sie gerade die Fotos, die sie mit dem Handy gemacht hatte, an jemanden verschickte. An einen Partner? Oder einen Kunden?

„Wie unhöflich von mir", sagte sie plötzlich. „Es tut mir wirklich leid. Es ist nur so, dass meine Assis … meine Geschäftspartnerin gerade die Renovierung und Neugestaltung eines *Mid-Century*-Hauses übernommen hat, und der Sessel und die Vitrine in der Bibliothek würden perfekt in das Haus passen. Deshalb möchte ich ihr die Fotos davon sofort schicken, damit sie sie in ihre Planung einbeziehen kann, bevor es zu spät ist."

„Kein Problem", erklärte er in gleichmütigem Ton, obwohl sie ihm gerade vorkam wie ein Geier, der um seine Beute kreiste. Aber sie konnte ja auch nicht wissen, dass er genau in dem besagten Sessel gesessen und mit Kopfhörern Musik gehört hatte, wenn seine Großmutter Connie besucht hatte. Das war in der Zeit gewesen, als Schule und Jugendamt zur Auflage gemacht hatten, dass er ständig unter Aufsicht war. Damals hatte er es gehasst, seine Großmutter überallhin begleiten zu müssen, aber irgendwie verband er mit dem

Haus der Greens genauso viele Erinnerungen wie mit dem seiner Großeltern.

Doch mit Sentimentalität bekam er Melissa ganz sicher nicht zu fassen. Er musste sie bei ihrer Liebe zur Architektur packen und bei ihrem Gefühl für Gestaltung. Als sie schließlich wieder beim Rathaus ankamen, stieg er aus und ging um den Wagen herum, um ihr die Beifahrertür zu öffnen, aber sie war schneller.

„Okay", sagte sie. „Was wolltest du mir zeigen?"

Er ging noch einmal mit ihr in sein Büro, blieb kurz bei seiner Sekretärin stehen, um sie Melissa vorzustellen und dann weiter in sein eigenes Büro, wo er ihr mit einer Geste bedeutete, Platz zu nehmen. Von einer Anrichte, die hinter ihm stand, nahm er einige Baupläne und breitete sie vor ihr aus.

„Du kennst ja jetzt die kleine Reihe wunderschöner alter Häuser, nicht wahr? Wenn du die Häuser verkaufst, wird dort das hier gebaut."

Melissa beugte sich vor und schaute sich die Pläne genauer an. Dabei veränderte sich ihre Miene von Irritation zu blankem Entsetzen. „Sie sollen abgerissen werden? Für das hier?"

„Ja, für das."

Es war der Plan eines Monstrums von einer Luxus-Hotelanlage in rustikal-kitschig nachempfundenem Gebirgscharme. Wenn das gebaut würde, wäre es vorbei mit den Pinien- und Espenbeständen am Hang, der an den See grenzte. Stattdessen würde dort ein klotziges Fake-Holz-Gebäude mit Hunderten von Zimmern entstehen, mit zwei Swimmingpools und einem Steg, an dem man Paddelboote und Jetskis mieten konnte.

„Der Investor will aus der Gegend ein angesagtes Ferienziel machen, und zwar nicht nur für Touristen aus dem Flachland, sondern er will auch Gäste aus den umliegenden Skiorten abziehen."

„Und die Stadt zieht tatsächlich in Erwägung, das zuzulassen?"

Melissas Stimme klang vor Entsetzen ganz gepresst und ihn erfasste eine Welle von Zuversicht.

„Leider steht es mit den Finanzen der Stadt nicht zum Besten. Wir haben den Großteil der Touristen und auch der Bewohner der Stadt verloren, als wir vor ein paar Jahren durch eine Überschwemmung von der Außenwelt abgeschnitten waren. Es gab hier zwar nicht so schwere Schäden wie in den umliegenden Orten, weil es noch einen zweiten Weg aus dem Ort hinaus gibt, aber um die grundlegende Infrastruktur zu gewährleisten, wie beispielsweise die Instandhaltung der Straßen und die Feuerwehr, brauchen wir höhere Steuereinnahmen. Bis jetzt konnte der Investor noch nicht weiterplanen, weil die fünf Häuser mitten auf dem Gelände liegen, das er bebauen will, aber ..."

„... wenn ich verkaufe, wird er die Häuser kaufen und abreißen lassen?" Man konnte Melissa ihr Entsetzen anmerken. „Kann ich nicht mit dem Stadtrat sprechen und darlegen, wie einzigartig die Gebäude sind? Sie würden doch sicher nicht zulassen ..."

„Das Geld entscheidet. Um ehrlich zu sein, bin ich gewählt worden, weil ich versprochen habe, die Stadt neu zu beleben. Und ich glaube nicht, dass ich da noch viel tun kann, wenn der Stadtrat sich für das Hotelprojekt entscheidet. Das ist ganz sicher nicht die Vision, die ich für Jasper Lake habe, aber es würde auf jeden Fall die Steuereinnahmen erhöhen."

Melissa stieß einen tiefen Seufzer aus und lehnte sich auf dem Stuhl zurück. „Du hast ja keine Ahnung, was du da von mir verlangst."

„Doch, ich glaube, das ist mir sehr bewusst."

„Nein, das kannst du gar nicht wissen." Sie sah ihn jetzt direkt an, und zum ersten Mal, seitdem sie angekommen war, nahm er eine Spur von Verletzlichkeit bei ihr wahr. „Meine Geschäftspartnerin und ich können kaum noch die hohe Miete für das Haus aufbringen, in dem wir leben und arbeiten. Es ist nicht nur unser Firmensitz und Showroom, sondern wir wohnen auch dort. Der

Vermieter erhöht immer wieder die Miete, aber eine gewerbliche Immobilie können wir uns erst recht nicht leisten. Wenn ich die Häuser hier verkaufen würde, könnte ich meinem Vermieter unser Haus abkaufen."

Gabriel ließ sich auf den Sessel neben ihrem sinken. „Das verstehe ich. Wirklich. Aber … es gibt Alternativen, Melissa. Du könntest die Häuser beispielsweise vermieten oder du könntest Connies Idee verwirklichen und sie zu Ferienwohnungen umbauen. Ich arbeite außerdem gerade an einem anderen Plan für die Stadt, bei dem die Häuser nicht abgerissen oder an einen Investor verkauft werden müssten, der daraus irgendeinen Themenpark-Quatsch machen will à la *Summer Mountain World*."

Melissa schenkte ihm ein kleines, mitleidiges Lächeln und sagte dann: „Der Marktwert meines Hauses in Kalifornien beträgt 1,7 Millionen Dollar."

Da erlosch bei Gabriel der letzte Funken Hoffnung. Wenn man die Häuser einzeln verkaufte, könnte man dafür wahrscheinlich mindestens diese Summe erzielen. Wenn man sie aber an jemanden verkaufte, der die Grundstücke unbedingt brauchte, um ein lukratives Hotelprojekt zu realisieren, dann bedeutete das, dass sie fast jeden beliebigen Preis dafür aufrufen konnte. Es bestand kein Zweifel, dass sie für das ganze Anwesen 1,7 Millionen Dollar bekommen konnte. Und wenn er an ihrer Stelle gewesen wäre, hätte er diese Chance vielleicht auch genutzt.

„Bevor du irgendetwas tun kannst, musst du als Erstes beim County-Gericht deinen Anspruch auf die Erbschaft geltend machen, und nach meinen Berechnungen hast du dafür nur noch zwei Tage Zeit." Er zwang sich zu lächeln und fuhr fort: „Also darum müsstest du dich jetzt am dringendsten kümmern. Und dann … würdest du dir bitte wenigstens ein paar Tage Zeit nehmen, um darüber nachzudenken? Ich würde wirklich gern versuchen, dich doch noch umzustimmen."

Sie sah ihn lange an und nickte dann mit Nachdruck. „So lange wird es auch mindestens dauern, eine Inventarliste zu erstellen. Und ich weiß, dass du das nicht gern hörst, aber wenn ich am Ende doch verkaufe und die Häuser dann abgerissen würden, dann werde ich wahrscheinlich einige der kunstvollen Baudetails ausbauen lassen und sie woanders wiederverwenden. Das ist doch besser, als sie zu entsorgen, oder?"

Für ihn klang das ein bisschen so, als würde man behaupten, dass die Spende für die Orgel zu Ehren eines Verstorbenen dessen Tod abmildert. Trotzdem nickte er. „Wenn du mir ein paar Tage Zeit gibst, dann stehe ich dir bei, egal, wie du dich entscheidest. Und jetzt lass uns erst mal den Papierkram erledigen und die Unterlagen ausfüllen. Was ich dich außerdem noch fragen wollte: Weißt du schon, wo du hier unterkommst?"

„Ich habe gedacht, ich nehme mir ein Zimmer in einem Motel. Schlimmstenfalls würde ich eben zum Übernachten zurück nach Georgetown oder Golden fahren."

„Nein, tu das nicht. Ich habe etwas Besseres für dich. Und ich kenne jemanden, der sich schon freut, dich kennenzulernen", entgegnete er.

5

Melissa fuhr in ihrem Mietwagen hinter Gabriels Truck her, erst ein Stück die Main Street entlang und dann Richtung See. Selbst der atemberaubende Blick aufs Wasser konnte ihr ungutes Bauchgefühl nicht vertreiben. Bei ihrer Anreise war sie überzeugt gewesen, dass es sich um eine Angelegenheit handelte, die schnell geregelt werden konnte. Sie brauchte nur den Erbanspruch auf Constanze Greens Immobilien geltend zu machen, eine Spedition zu beauftragen, alle wertvollen Möbel und Einrichtungsgegenstände nach Kalifornien zu schaffen und dann das Haus mithilfe eines ortsansässigen Maklers zum Verkauf anzubieten.

Durch den Umstand, dass sie nicht nur ein Haus, sondern gleich fünf Häuser und ein größeres Stück Land geerbt hatte, war ihre Hoffnung noch größer geworden, denn dadurch würde rasch Geld fließen, und genau das brauchten Sophie und sie gerade dringend. Es war das erste Gute, das sie jemals von einem Menschen erfuhr, der behauptete, mit ihr verwandt zu sein. Und dennoch ... jetzt, da sie wusste, dass der mutmaßliche Käufer diese prachtvollen Exemplare historistischer amerikanischer Baukunst einfach dem Erdboden gleichmachen und stattdessen einen beleidigend geschmacklosen Koloss errichten würde ... fühlte sich das alles gar nicht mehr schnell und unkompliziert an.

Aber warum eigentlich nicht? Sie war dieser Stadt nicht das Geringste schuldig. Bis zu diesem Tag hatte sie noch nie einen Fuß in diesen Ort gesetzt, und bis zu dem Tag, an dem der Brief von dem

Anwalt gekommen war, hatte sie noch nicht einmal gewusst, dass es den Ort Jasper Lake überhaupt gab.

Gabriel hatte vielleicht auf den Sentimentalitätsfaktor gesetzt, der sie eventuell davon abhalten würde, die Immobilien so schnell wie möglich zu verkaufen, aber er konnte ja nicht wissen, dass sie schon vor langer Zeit jegliche Neugier in Bezug auf ihre Vergangenheit aufgegeben hatte. Offenbar hatte Constanze von ihrer Existenz gewusst, aber trotzdem nie versucht, sie zu finden.

Sie hatte nichts getan, um sie vor der nicht enden wollenden Reihe von Pflegefamilien und Heimen zu retten, bevor sie dann irgendwann bei der Pflegefamilie gelandet war, in der sie hatte bleiben können. Sie hatte nichts unternommen, um ihr die vielen Jahre zu ersparen, in denen sie gehofft hatte, ihre Mutter würde irgendwann plötzlich wieder auftauchen, stets gefolgt von dem gleichen heftigen Schmerz, wenn diese Hoffnung einmal mehr zunichtegemacht wurde.

Melissa schüttelte heftig den Kopf. Nein, sie war weder Connie Green noch dieser Stadt auch nur das Geringste schuldig. Sie hatte sich in Kalifornien ein neues Leben aufgebaut, das Vorrang vor allem anderen hatte.

Gabriel hielt vor einem blau gestrichenen viktorianischen Gebäude, vor dem an einer Fahnenstange zwei kleine Fahnen flatterten, und zwar eine amerikanische und die des Bundesstaates Colorado. Selbst so spät im Jahr war der Rasen vor dem Haus noch grün, und auf den Stufen der Betontreppe standen Töpfe mit bunten Astern. Auf einem Schild vor dem Haus stand mit drei zierlichen, verschnörkelten und ineinander verschlungenen Bs: *Brandt Bed-and-Breakfast.*

Sie stieg aus dem Mietwagen, nahm ihre Reisetasche, und als sie zu dem Haus ging, wartete Gabriel schon auf dem Gehsteig auf sie. Mit ausgebreiteten Armen verkündete er: „Da wären wir. Das ist das beste Bed & Breakfast in Clear Creek County.“

„Ist es vielleicht auch das einzige Bed & Breakfast in Clear Creek County?“, erkundigte sie sich mit einem Lächeln, denn bei seiner dermaßen offensichtlichen Begeisterung gelang es ihr nicht, ihre düstere Miene beizubehalten. Was auch immer letztlich das Motiv für seine Munterkeit sein mochte, sie war auf jeden Fall ansteckend.

„Nein, aber es gehört meiner Familie, deshalb bin ich bestimmt ziemlich voreingenommen“, antwortete er. Dann tat er so, als müsste er nachdenken, und sagte schließlich: „Nein, es ist immer noch das beste. Tritt ein.“

Gabriel nahm ihr die Reisetasche ab und bedeutete ihr mit einer Geste, ihm zur Eingangstür zu folgen. Er betrat das Haus, ohne zu klingeln, und rief dann: „Opa?“

Schon im nächsten Moment tauchte ein älterer Mann auf. Er trug eine Hose mit Bügelfalte, ein helles Oberhemd und darüber eine Strickweste. Mit leichtem Stirnrunzeln seines ohnehin schon zerfurchten Gesichts kam er langsam auf sie zu.

„Gabriel? Was machst denn du hier mitten am Tag?“, fragte er mit einem ganz leichten deutschen Akzent.

„Ich bringe dir einen Gast, Opa.“

Der Mann zögerte kurz und tastete dann nach seiner Brille, die er in seinen Hemdkragen gehakt hatte. Überrascht sah er sie an und die blauen Augen in seinem runzeligen Gesicht blickten beinah erschrocken drein.

„Du musst Melissa Green sein“, sagte er. „Ich würde dich wirklich überall erkennen, denn du bist deiner Mutter Carrie wie aus dem Gesicht geschnitten.“

Irritiert schaute Melissa zu Gabriel hin. Sie hatte gedacht, dass dieses Bed & Breakfast von einer gemütlichen alten Dame geführt würde, die ihr eine Tasse Tee mit einem selbst gebackenen Keks anböte und nicht von einem streng dreinblickenden Deutschen, der sich trotz seines leicht schlurfenden Gangs kerzengerade hielt.

Da der alte Herr offenbar immer noch auf ihre Antwort wartete, nickte sie. „Ja, ich bin Melissa. Sie müssen Gabriels Großvater sein."

Er gab ihr nicht die Hand, sondern begrüßte sie nur mit einem Nicken, das ihr gleichermaßen altmodisch wie galant vorkam und sagte: „Werner Brandt, aber du kannst mich Werner nennen. Freut mich, dich kennenzulernen." Dann deutete er mit der einen Hand zur Treppe. „Folge mir doch bitte."

Melissa zögerte, aber Gabriel schien ihre Unsicherheit nicht zu bemerken.

„Bringen wir sie in einem Zimmer mit Seeblick unter, Opa?"

„Natürlich bekommt sie das See-Zimmer", entgegnete Mr Brandt in einem Ton, der eine Spur von Zurechtweisung enthielt. „Das wäre doch sonst eine Vergeudung des schönen Ausblicks und der Morgensonne, die in das Zimmer scheint. Außerdem kann Melissa von dem Zimmer aus sehen, wenn du kommst und dann jeweils entscheiden, ob sie sich von dir stören lassen will oder nicht."

Melissa unterdrückte ein Lächeln, und als sie zu Gabriel hinübersah, ertappte sie ihn gerade noch dabei, wie er die Augen verdrehte. Trotz ihrer anfänglichen Vorbehalte konnte sie nicht anders, als den kurz angebundenen alten Mann zu mögen. Er hatte ein Augenzwinkern – ganz ähnlich wie Gabriel –, das sie auf den Gedanken brachte, seine Strenge könnte gespielt sein oder einfach eine Angewohnheit.

Sie folgte ihm die ausgetretene, mit einem Orientläufer versehene Holztreppe hinauf und musste einfach mit den Fingern über die alte Holzvertäfelung streichen, die offenbar irgendwann weiß gestrichen worden war. Das Haus hatte Charme und Geschichte, so wie sie es mochte, obwohl es verwohnter und nicht so unverwechselbar war wie das Haus von Connie Green. Oben angekommen, bog Werner Brandt von der Treppe aus nach rechts ab, blieb vor der ersten Tür stehen, die offenbar zu einem Zimmer auf der Vorderseite des Hauses gehörte, und ließ Melissa herein.

„Oh, wow!"

Ein geschnitztes Vierpfostenbett, etwa aus der Zeit, in der das Haus erbaut worden war, mit einem weichen handgenähten Quilt als Tagesdecke darauf, beherrschte den Raum. Vor dem großen Giebelfenster stand ein antiker Tisch mit zwei Polstersesseln. Bei einem kurzen Blick ins angrenzende Bad sah sie klassische schwarzweiße Fliesen und strahlend weiße Keramik. Die meisten Mädchen bekamen keine Gänsehaut, wenn sie irgendwo original sechseckige Bodenfliesen entdeckten, sie dagegen versuchte, seitdem sie in ihrem Beruf tätig war, sogar neuen Gebäuden den Charme dieser Epoche zu verleihen. Sie ging hinüber zu dem Fenster, von dem aus sich ein herrlicher Blick über den See bot.

„Dann gehe ich also davon aus, dass es dir gefällt?", fragte Werner Brandt sehr förmlich, aber wieder mit diesem Augenzwinkern.

„Es ist perfekt, danke", antwortete sie und lächelte den Vermieter an. „Was kostet es denn pro Nacht? Nur damit ich vorbereitet bin …"

„Ach was", sagte Mr Brandt nur und tat ihre Frage mit einer unwirschen Handbewegung ab. Dann drehte er sich um und fügte als Erklärung noch hinzu. „Niemand mit dem Namen Green bezahlt dafür, Gast unter meinem Dach zu sein."

Die Begeisterung, die Melissa eben noch verspürt hatte, schwand, und sein Wohlwollen empfand sie als unangenehm. „Nein", sagte sie mit fester Stimme. „Ich bestehe darauf."

Doch Werner schien es nicht gehört zu haben. Wahrscheinlicher war allerdings, dass er *beschlossen* hatte, sie nicht zu hören. „Komm nach unten, wenn du fertig bist. In der Küche gibt es Scones und Kaffee."

Gabriel lächelte sie hilflos an, zuckte mit den Schultern und streifte sie ein wenig, als er an ihr vorbeiging, um ihre Reisetasche aufs Bett zu stellen.

„Ich warte dann unten auf dich", sagte er.

„Danke", murmelte sie und wartete darauf, dass er die Tür hinter sich schloss, bevor sie sich mit einem Stoßseufzer auf einen der Sessel sinken ließ.

Die Umgebung war so schön, dass sie fast das Gefühl hatte, hier auf einer Auszeit in den Bergen zu sein und Gabriel wäre ein freundlicher Einheimischer, der wild entschlossen war, ihr die Zeit hier so angenehm wie möglich zu machen. Er war sympathisch, intelligent und zudem auch noch recht ansehnlich. Sie konnte jedoch nicht einfach ignorieren, dass er außerdem auch Bürgermeister von Jasper Lake war, und dass der einzige Zweck, weshalb er sie hergebracht hatte, darin bestand, sie für seine Zukunftsvision für diese Stadt zu begeistern und auf seine Seite zu bringen.

Sie schaute auf die Uhr und rief dann Sophie an. Es klingelte zweimal, bevor ihre Assistentin das Gespräch annahm und dann nicht einmal Hallo sagte, sondern anfing, ohne Punkt und Komma zu reden.

„Ist es furchtbar? Ist es fantastisch? Komm, erzähl schon!"

Melissa lehnte sich auf dem Sessel zurück und lachte. Allein schon die Stimme ihrer Freundin zu hören, sorgte dafür, dass alle Anspannung von ihr abfiel.

„Furchtbar ist es ganz bestimmt nicht. Es ist sogar wunderschön. Der See hier ist einfach unglaublich und die Bäume leuchten in allen Gelb-, Orange- und Rottönen. Ich wünschte, du wärest auch hier."

„Ja, das wünschte ich auch. Aber was ist jetzt mit diesem Haus?"

„Also ... es handelt sich nicht um ein Haus, sondern um Häuser", korrigierte sie Sophie und erklärte ihr dann, wie es kam, dass sie fünf Häuser und außerdem noch ein Stück Land geerbt hatte. „Der einzige Haken an der Sache ist, dass der Bürgermeister der Stadt versucht, mich davon zu überzeugen, die Häuser nicht zu verkaufen, jedenfalls nicht an einen Baulöwen, der sie abreißen und hier eine riesige Hotelanlage bauen will."

„Das klingt ja furchtbar", sagte Sophie, doch dabei war ihr deutlich anzumerken, dass sie in dem Gespräch nicht richtig bei der Sache war, denn Melissa hörte das Klackern einer Computertastatur.

„Was machst du gerade?", fragte sie. „Schreibst du etwas?"

„Ich recherchiere nur gerade was." Dann schnappte sie hörbar nach Luft und rief: „Oh mein Gott, Melissa, hast du eine Ahnung, wie viel die Häuser wert sein könnten? Selbst wenn sie am Ende der Welt stehen, ist jedes mindestens eine Viertelmillion wert. Ich dachte, es ginge um irgendwelche Hütten oder Schuppen … aber … 1,25 Millionen? Also, das nenne ich mal ein Erbe."

„Ja, und sie sind in einem viel besseren Zustand als du dir vorstellen kannst. Der Gedanke, dass sie abgerissen werden könnten, ist schon ziemlich deprimierend. Wenn ich sie am Ende doch verkaufe, dann baue ich auf jeden Fall die Buntglasfenster und einen Teil der Holzarbeiten aus und nehme sie mit nach Kalifornien."

„Was soll das heißen, wenn du am Ende doch verkaufst? Du hast doch nicht etwa ernsthaft vor, eine Million Dollar irgendwo in den Bergen verkommen zu lassen, oder? Du hasst Schnee, läufst nicht einmal Ski und kannst Kälte nicht leiden."

„Ja, du hast ja recht", lenkte Melissa ein und verrenkte sich dabei ein wenig, um von der Stelle, an der sie saß, einen Blick auf den See zu erhaschen. Wenn sie die Augen zusammenkniff, konnte sie durch das Flirren der untergehenden Sonne auf dem Wasser die winzige Straße mit den fünf Häusern in Tischlergotik erkennen.

„Ich muss einfach stark bleiben. Bis jetzt habe ich noch nicht einmal meinen Erbanspruch beim Gericht angemeldet, und das ist der erste Schritt. Danach werde ich wohl einen Makler engagieren, aber vorher möchte ich erst eine Inventarliste der Häuser erstellen."

„Und was meinst du, wie lange das dauert?"

Melissa zögerte. „Das war das andere, worüber ich mit dir reden wollte. Ich glaube, es wird schon ein, zwei Wochen dauern, bis ich hier fertig bin. Ich hatte eigentlich alle Aufträge erledigt, bevor ich nach Europa geflogen bin. Es sind nur noch ein paar letzte Kleinigkeiten zu tun, und die Kunden, um die es da geht, wissen, dass es eine Weile dauern kann, bis ich genau die passenden Stücke gefunden habe. Kommst du in der Firma so lange ohne mich zurecht?"

„Ja klar. Nimm dir so viel Zeit, wie du brauchst, und schick die wertvollen Antiquitäten so schnell wie möglich per Spedition hierher. Um die Immobilienangelegenheit kannst du dich ja kümmern, wenn die Häuser leer sind. Aber verkauf auf jeden Fall die Häuser."

„Ist notiert", sagte Melissa und konnte jetzt – gestärkt durch den entschlossenen Tonfall ihrer Freundin – wieder lächeln.

Sie wusste ja, was sie zu tun hatte. Sie hatte wohl nur noch einmal daran erinnert werden müssen, was auf dem Spiel stand. „So, ich muss jetzt Schluss machen. Unten in der Küche meines Bed & Breakfast gibt es frisch gebackene Scones."

„Lass dich bloß nicht durch leckeres Gebäck umstimmen", lachte Sophie. „Und außerdem bin ich ein bisschen sauer auf dich, weil du immer noch Gluten verträgst. Ruf mich bald wieder an, ja?"

„Mach ich", versprach Melissa, beendete das Gespräch und straffte die Schultern. Ja, unten erwartete sie tatsächlich leckeres Gebäck. Und so reizend und hartnäckig die Brandts auch sein mochten, sie würde stark bleiben.

6

Gabriel ging hinter seinem Großvater her die Treppe hinunter und folgte ihm in die Küche, wo der Duft nach Butter, Weizenmehl und Zitronenwasser in der Luft lag. Das hier war Werner Brandts Domäne, und dass er früher einmal Bäcker von Beruf gewesen war, konnte man an der absolut zweckmäßigen Einrichtung und Gestaltung der Küche erkennen. Statt des kunstvollen viktorianischen Stils, den Gabriels Großmutter so geliebt hatte, war die Küche jetzt vollständig gefliest, die Schränke hatten schlichte Fronten, und die Geräte und Arbeitsflächen waren aus Edelstahl.

In der Blütezeit der Stadt war das Bed & Breakfast ständig ausgebucht gewesen und er hatte mit dem Kochen und Backen für die Gäste jede Menge zu tun gehabt; jetzt backte Opa für mehrere Cafés und Restaurants in der Stadt. Er behauptete zwar, das täte er nur zum Zeitvertreib, aber Gabriel vermutete, dass er mit den Einnahmen die Kosten abdeckte, die er von seiner Rente und den Einnahmen aus dem Bed & Breakfast nicht bezahlen konnte.

Gabriel griff nach einem der runden Scones, die auf einem Abkühlgitter lagen, woraufhin ihn Opa mit seinem typischen strengen Blick ansah und sagte: „Finger weg. Die sind noch heiß und zerfallen bei der kleinsten Berührung."

Aber in dem Moment, in dem der alte Mann nicht mehr hinschaute, stibitzte Gabriel sich doch einen von dem Gitter, und er zerbröselte tatsächlich auf der Stelle in tausend Krümel, von denen er sich nur die Hälfte in den Mund schieben konnte.

Sein Großvater schüttelte empört den Kopf und grummelte: „Hab ich's dir nicht gesagt?"

„Das war es allemal wert", murmelte er mit vollem Mund. „Orange-Mandel?"

Bei diesen Worten wurde die Miene seines Großvaters etwas weicher. Gabriel musste blinzeln, weil ihm plötzlich Tränen in den Augen standen. Opa war zwar immer der offizielle Bäcker des Bed & Breakfast gewesen, doch gekocht hatte seine Oma, und er hatte ihr an der Kochinsel gegenübergesessen, wenn sie das Abendessen kochte.

Sie hatten ein Spiel daraus gemacht zu raten, welche Gewürze in ihrem Essen waren, und diesem Spiel hatte er nicht einmal in seinen ewig schlecht gelaunten Teenagerjahren widerstehen können. Oma und diese Küche waren sein Refugium gewesen, als er es am dringendsten nötig gehabt hatte. Selbst jetzt, fünf Jahre nach ihrem Tod, konnte er immer noch nicht recht glauben, dass sie wirklich nicht mehr da war.

Anscheinend ging es Opa gerade ähnlich, denn er stellte ein Glas Schokomilch vor Gabriel und schob ihm noch einen Scone hin.

„Ich vermisse sie", sagte Gabriel leise. „Ich glaube, sie hätte auf den ersten Blick gewusst, was sie Melissa sagen muss, um sie davon zu überzeugen, nicht zu verkaufen."

„Ja, deine Großmutter hatte wirklich Menschenkenntnis", sagte Opa, zog sich einen Hocker an die Seite der Kochinsel und setzte sich auf dessen Rand. „Als Oma und ich uns das erste Mal begegnet sind, hat sie mich angesehen und gesagt, dass ich sie zum Essen einladen würde."

„Oma? Sie hat doch immer gesagt, sie hätte so getan, als wäre sie nicht so leicht zu haben."

Da musste Opa schallend lachen. „Deine Großmutter? Schwer zu halten vielleicht, aber nicht schwer zu haben. Sie wusste genau, was sie wollte, und wenn sie es dann in Angriff nahm, gab es kein Halten mehr. Ich habe einfach Glück gehabt, dass ich etwas hatte, was sie unbedingt wollte." Er warf Gabriel einen Blick zu. „Ein bisschen von dieser Art spüre ich auch bei deiner Melissa. Es liegt in ihrer Familie. Stur wie ein Ochse war Connie Green. Und ihre Tochter auch."

„Glaub mir, sie ist nicht *meine* Melissa. Und ob die Greens stur waren oder nicht, sie will mit der Familie und deren Geschichte nichts zu tun haben. Sie sind für sie völlig fremd."

„Vielleicht ist es jetzt deine Aufgabe, etwas dazu beizutragen, dass sie keine Fremden mehr für sie sind. Hilf ihr zu begreifen, dass es eine Verbindung zwischen ihr und dieser Stadt gibt. Das hätte jedenfalls meine Greta gesagt." Opa sah ihn bedeutungsvoll an und griff dann nach dem Spültuch, um die Arbeitsflächen abzuwischen.

Gabriel seufzte. Das war leichter gesagt als getan. Wenn Melissa so stur war wie die anderem Greens, dann war es eher unwahrscheinlich, dass er Einfluss auf ihre einmal getroffene Entscheidung hatte.

Er wechselte lieber das Thema. „Sieht sie ihrer Mutter wirklich so ähnlich?"

„Sie ist ihr wie aus dem Gesicht geschnitten, wenn auch natürlich ein bisschen älter. Carolin war noch nicht einmal ganz achtzehn, als wir sie das letzte Mal gesehen haben. Deine Großmutter hat sich immer gewünscht ..." Er schüttelte den Kopf. „Aber wünschen bringt niemanden wieder zurück, nicht wahr?"

Gabriel hatte das Gefühl, dass sie jetzt nicht mehr über Caroline Green sprachen. Opas Blick schweifte in die Ferne, und Gabriel mochte ihn nicht stören, denn er hatte das Gefühl, dass sein Großvater gerade tief in Erinnerungen eingetaucht war. Nach vierzig Ehejahren hatte er da einen riesigen Fundus.

Genau in diesem Moment steckte Melissa ihren Kopf zur Küchentür hinein. „Darf ich hereinkommen?"

„Ja sicher, komm rein", sagte Opa, winkte sie zu sich und bedeutete ihr mit einer Geste, sich zu setzen. „Nimm dir doch schon einen Scone. Ich hole dir eine Tasse Kaffee."

Melissa zog sich einen Hocker neben Gabriel heran und warf einen Blick auf sein Glas. „Das sieht aber nicht aus wie Kaffee."

„Tja, was soll ich sagen. Ich mag immer noch gern meine Schokomilch. Aber verrate das bloß nicht den Wählern. Als ich mich um das Amt des Bürgermeisters beworben habe, hat mich die Hälfte der Wähler gefragt, ob ich mich schon rasiere."

Melissa kicherte. „Aber ehrlicherweise muss man sagen, dass du wirklich ziemlich jung aussiehst."

Genau das wollte jeder Mann von einer attraktiven Frau hören.

„So jung nun auch wieder nicht … hoffe ich wenigstens. Es ist jedenfalls über zwei Jahre her, dass ich gefragt worden bin, ob ich einen Kinderteller möchte."

Er sah, wie Melissa hinter dem Kaffeebecher, den ihr sein Großvater hingestellt hatte, ein Lächeln unterdrückte, was er als Erfolg verbuchte.

„Und, was hast du den Rest des Tages noch so vor?", fragte Gabriel. „Wir könnten noch mal in mein Büro gehen und die Unterlagen durchgehen, die du brauchst, um beim Gericht dein Erbe geltend zu machen. Den Antrag kannst du allerdings erst morgen stellen. Ich fahre dich gern zum Gericht in Georgetown, das sind knapp 50 Kilometer."

„Das ist wirklich nicht nötig. Du hast doch bestimmt zu tun, oder?"

„Nein, eigentlich nicht. Die Planung für das Herbstfest ist abgeschlossen, und wenn meine Mitarbeiter etwas brauchen oder wissen wollen, können sie mich jederzeit auf dem Handy erreichen." Er beugte sich vor, senkte den Kopf und raunte ihr zu: „Ich verrate dir jetzt mal ein Geheimnis – Bürgermeister haben in Wirklichkeit gar nicht so viel zu tun. Die Entscheidungen werden ja alle vom Stadtrat getroffen. Ich sorge dann nur für die Exekutive."

„Du exekutierst die Mitglieder des Stadtrates?", witzelte Melissa mit spitzbübischem Blick.

Woraufhin Gabriel grinste und antwortete: „Nur wenn sie die falschen Entscheidungen treffen. Ich sage dir was. Du trinkst jetzt deinen Kaffee fertig – oder besser noch – du nimmst ihn in einem To-go-Becher mit – und ich zeige dir die Stadt. Du solltest dann allerdings vielleicht noch ein, zwei Schichten mehr anziehen. Sobald die Sonne weg ist, kühlt es nämlich rasch ab."

Opa war offensichtlich klar, was Gabriel vorhatte, denn er holte sofort einen To-go-Thermosbecher für den Kaffee aus einem der Schränke.

„Das ist eine großartige Idee. Und wenn ihr fertig seid, dann geh mit ihr in der *Pine View Cantina* essen. Die Dessertauswahl dort ist einfach phänomenal."

Gabriel lachte, auch wenn Melissa irritiert aussah und offensichtlich nicht verstand, was daran so komisch sein sollte.

„Ich sehe schon, du bist bescheiden wie immer", sagte Gabriel zu seinem Großvater, rutschte von seinem Hocker, ging um die Kochinsel herum und umarmte ihn kurz. „Mach dir keine Sorgen, ich bringe sie zu einer anständigen Zeit wieder nach Hause."

Doch Opa ignorierte ihn und wandte stattdessen seine Aufmerksamkeit Melissa zu. „Hier, nimm dir noch einen Scone mit. Ich gebe dir eine Tüte dafür."

Gabriel lächelte vor sich hin, als Opa Melissas Kaffee in den Thermosbecher umfüllte, ihr eine Tüte in die Hand drückte und die beiden dann aus der Küche scheuchte. Sein Großvater hatte recht: Er musste ihr das Gefühl vermitteln, dass sie eine persönliche Beziehung zur Stadt hatte.

Das war der offizielle Start der Operation: *Melissa Green überzeugen.*

7

Melissa nahm ihren To-go-Becher und die Tüte mit dem Scone mit hinauf in ihr Zimmer, wo sie rasch die kleine Auswahl an Kleidung durchsah, die sie eingepackt hatte. Sie war nur mit einer Handgepäcktasche in den Flieger gestiegen, aber das lag nicht daran, dass sie bewusst wenig mitgenommen hatte, sondern dass sie fast nur Kleidung für das warme südkalifornische Klima besaß und nicht für dieses Winter-Wonderland mit seinen rasch fallenden Temperaturen.

Ein paar Pullover hatte sie aber eingepackt, also nahm sie einen davon aus der Tasche, zog ihn über ihr T-Shirt und wickelte sich dann noch einen Wollschal um den Hals. In letzter Minute nahm sie auch noch ihre Strickmütze aus der Seitentasche, löste ihren Dutt, damit die Mütze passte und nahm sich einen Moment Zeit, die langen Locken über die Schultern zu drapieren. Als sie kurz darauf nach unten kam, wartete Gabriel schon in der Diele auf sie und fing bei ihrem Anblick an zu lachen.

„Was ist denn?", fragte sie irritiert. „Du hast doch gesagt, ich soll mich warm anziehen."

„Stimmt. Ich habe gesagt, dass du dich warm anziehen sollst, aber dabei habe ich nicht gedacht, dass du mit mir auf eine Südpolexpedition gehen willst", erklärte er kopfschüttelnd und immer noch grinsend. „Diese Leute von der Westküste", murmelte er vor sich hin.

Melissa zog eine Augenbraue hoch und entgegnete leicht pikiert:

„Ich bin in Colorado aufgewachsen, falls du es vergessen hast, aber vielen Dank auch."

„Aber dein Blut ist von den vielen Matcha-Lattes wahrscheinlich völlig verdünnt", erwiderte Gabriel mit einem Augenzwinkern und bot ihr dann den Arm. „Komm, Miss Kalifornien, jetzt zeige ich dir mal eine richtige Stadt in den Bergen."

Doch Melissa ignorierte seinen Arm – ebenfalls mit einem Grinsen – und öffnete die Eingangstür selbst. „Dafür, dass du Bürgermeister einer Stadt bist, bist du aber nicht besonders nett", bemerkte sie.

„Also, ich bin sehr freundlich, aber nicht immer nett. Das ist ein Unterschied."

„Ach ja?"

„Ja, natürlich. Weil ich freundlich bin, sage ich dir, dass an deiner Jacke noch das Preisschild hängt." Er riss es mit einem Ruck ab, steckte es ihr in die Tasche und fuhr fort: „Wenn ich nur nett wäre, hätte ich nichts gesagt, damit es dir nicht peinlich ist."

Melissa merkte, wie sie rot wurde. Sie hatte gehofft, dass die Jacke als Kleidungsstück durchgehen würde, das sie bereits länger besaß, und nicht als Kauf, der sie kurz vor der Abreise noch vier Stunden Zeit und 200 Dollar gekostet hatte. Der Verkäufer hatte sie davon überzeugt, dass man in Colorado dicke Daunenjacken brauchte, aber schon ein paar Minuten nachdem sie das Bed & Breakfast verlassen hatte, musste sie den Reißverschluss aufziehen, weil ihr zu warm war.

Wieder grinste Gabriel.

„Okay, Herr Bürgermeister, du biestest mir eine Stadtführung an? Ich bin ganz Ohr."

Das hatte sie zwar scherzhaft gemeint, aber es stellte sich heraus, dass er tatsächlich alles über die Stadt wusste. Als sie eine ruhige Straße mit Wohnhäusern zu beiden Seiten entlanggingen, deren Asphaltbelag voller Schlaglöcher und mit einer feinen braunen

Schicht bedeckt war – Reste von Magnesiumchlorid, das auf der Interstate als Enteisungsmittel eingesetzt wurde –, erzählte er ihr mehr über die Geschichte von Jasper Lake: Dass die Wohngegend mit den viktorianischen Häusern, durch die sie gerade gingen, von Bergwerks- und Firmeneigentümern gegründet worden sei, die sich dauerhaft in Jasper Lake niedergelassen hatten. Und dass die kleineren holzverschalten Häuser auf der anderen Seite einmal Pensionen gewesen seien, bevor sie dann in den 20er-Jahren zu Einfamilienhäusern umgebaut worden waren.

Als sie schließlich wieder an der hölzernen Promenade ankamen, fragte Melissa: „Und was ist hiermit?"

„Das ist ein reiner Touristenköder aus den 80er-Jahren", antwortete er grinsend. „Wir sind nur ein paar Stunden von Denver entfernt, also haben wir hier von April bis September jede Menge Tagesgäste. Jedenfalls war es früher so. Ab Oktober kommen weniger Touristen, weil das Risiko gesperrter Highways wegen Wetterkapriolen mit Schnee oder Blitzeis dann zunimmt. Die Großstädter aus Denver ..."

„... sind bei Schnee und Eis genauso schlechte Autofahrer wie die Leute von der Westküste", beendete Melissa den Satz.

Gabriel lachte. „Genau. Aber ich bin zu freundlich, um das laut zu sagen."

Sie wusste um die Animositäten zwischen Gebirglern und Flachländern, die ihren Grund nicht zuletzt darin hatten, dass die Touristen aus dem Flachland oft in ihren teuren SUVs in die Skiorte schwärmten und sich aufführten, als gehörte dort alles ihnen. Aber sie nahm ihm das, was er gesagt hatte, nicht übel. Obwohl sie in Denver aufgewachsen war, fühlte sie sich mit der Stadt genauso wenig verbunden wie mit Jasper Lake.

Sie hatte schon vor langer Zeit gelernt, dass man nach vorn und nicht zurück in die Vergangenheit schauen musste, wenn man glücklich sein wollte. Jedenfalls galt das für ihre eigene Vergangenheit. Ironischerweise hatte sie einen Beruf gewählt, in dem es viel um die Vergangenheit anderer Menschen und deren Lebensstil ging.

Sie schlenderten jetzt langsam die hölzerne Promenade entlang, Gabriel mit einem Anstandsabstand zu ihr, die Hände in den Taschen vergraben, während sie sich die Auslagen in den Schaufenstern ansah. Wie erwartet, waren die meisten der Läden auf Touristen ausgelegt: Bonbon- und Karamell-Manufakturen, Geschenkeshops mit Alpaka-Pullovern und Schmuck sowie Christbaumschmuck und sogar ein T-Shirt-Shop mit unterschiedlichsten Versionen der allgegenwärtigen Flagge des Bundesstaates Colorado.

Zu Hause hätte diese idyllische Atmosphäre der Stadt sie wahrscheinlich genervt, weil sie so offensichtlich künstlich war, aber dieser Ort hier hatte etwas Ernsthaftes, etwas authentisch Kleinstädtisches an sich – von der pastellrosa gestrichenen Eisdiele mit hausgemachtem Eis bis hin zu dem winzigen Maklerbüro mit seinen auf schlichtem weißen Druckerpapier ausgedruckten Angeboten, die von innen an die Schaufensterscheibe geklebt waren. Plötzlich fühlte es sich richtig herzlos an, das Maklerbüro aufzusuchen und ihre Häuser zum Verkauf anzubieten.

„Was ist denn das hier?“, fragte sie und verlangsamte das Tempo vor einem kleinen mit einem Maschendrahtzaun abgesperrten Grundstück, das zwischen einem Sandwich-Laden und dem nächsten Block von Läden eingeklemmt lag. Auf dem Grundstück stand allein und verlassen vor breiten Bahnen grünen Kunstrasens ein heruntergekommenes Gebäude aus Beton, dessen Fenster mit braunem Packpapier abgeklebt waren.

„Ist das eine Minigolfbahn?“

„Das war eine Minigolfbahn“, korrigierte Gabriel sie.

Er zog ein Stück Maschendraht hoch, das nicht im Boden verankert war, sodass Melissa gebückt darunter hergehen konnte, und stützte sie am Ellenbogen, als sie sich den Weg zwischen Trümmern auf der ehemaligen Anlage bahnten. Die Hälfte der Metallhindernisse fehlte und die Plastiklöcher der Bahnen waren mit faulendem Laub gefüllt. Als sie das Gebäude erreichten, wischte Gabriel mit dem Ärmel die Fensterscheibe ab, sodass sie durch eine Lücke zwischen zwei Packpapierbahnen hindurch ins Innere spähen konnten.

Sie hatte damit gerechnet, einen offenen, leeren Raum zu sehen, aber hinter den Fenstern befand sich eine Spielhalle mit Unmengen von Spielautomaten – Flippergeräten, elektronischen Wahrsagemaschinen und Hau-den-Lukas. Im hinteren Teil gab es sogar ein Kinderkarussell, dessen Baldachin und Pferde von einer dicken Staubschicht bedeckt waren.

„Das ist wirklich … traurig", murmelte sie. „Warum ist der Laden geschlossen worden?"

„Nicht genug Touristen, kaum Kinder in der Stadt …" Er warf ihr einen Blick zu und erklärte: „Nur fünf Prozent der Einwohner hier sind unter sechzehn."

Sie rechnete nach. „Dann gibt es nur etwas über dreißig Kids in der Stadt?"

Gabriel nickte. „Und die meisten von ihnen sind schon Teenager, die der Stadt spätestens den Rücken kehren, wenn sie aufs College gehen. Kaum einer kommt je wieder zurück."

„Aber das weißt du doch gar nicht", sagte Melissa. „Es ist so schön hier."

„Ja, aber es gibt in der Stadt ausschließlich Jobs im Dienstleistungssektor und nur wenige Leute wollen die 80 Kilometer nach Denver pendeln. Ganz zu schweigen von fehlenden Freizeitangeboten."

Er sah sie bedeutungsvoll an und neigte den Kopf ein ganz klein wenig in Richtung Straße. Sie folgte ihm über ein Minenfeld verlassener Minigolfbahnen und dann wieder zurück durch die Lücke in dem Maschendrahtzaun.

Wieder auf der Holzpromenade angekommen, wurde ihr nach

dem Aufenthalt im Windschatten rasch kalt, und sie zog sich ihre Mütze über die Ohren. Doch ihr war nicht nur wegen des Windes kalt. Das Bild vom Zustand der Stadt, das Gabriel gerade gezeichnet hatte, war wirklich düster. Sie konnte verstehen, dass die Bewohner ihn zum Bürgermeister gewählt hatten, in der Hoffnung, er könne mit seinem jugendlichen Schwung etwas für die Wiederbelebung der Stadt tun. Doch nach allem, was sie bisher gesehen hatte, war dazu mehr nötig als ein Mann mit seiner Begeisterung.

Vielleicht war eine Hotelanlage doch gar keine so schlechte Idee.

„Ich sehe, was du versuchen willst", sagte sie schließlich. „Und es ist nicht so, dass ich das nicht verstehe. Der Ort hat Charme und Geschichte, und der Wunsch der Menschen hier, ihm wieder zu seinem alten Glanz zu verhelfen, statt zuzulassen, dass daraus ein Abklatsch der hippen Wintersportorte wird, ist absolut verständlich. Aber … das ändert nichts daran, dass meine Situation so ist, wie sie ist. Und deine auch. Das ist alles doch nur … Wunschdenken."

Gabriel nickte ganz langsam. „Vielleicht hoffe ich einfach, dass sich noch eine Alternativlösung auftut."

Eine Alternativlösung im Wert von über einer Million Dollar? Das bezweifelte sie. Aber sie hielt lieber den Mund und nickte, statt im Vorbeigehen in noch mehr Schaufenster zu schauen. Für eine so kleine Stadt gab es sehr viele Geschäfte. Aber vielleicht war es ja auch nur so, dass hier alle Geschäfte direkt an der Promenade lagen und nicht, wie in den meisten Kleinstädten, im gesamten Stadtzentrum verstreut.

„So, da wären wir", sagte Gabriel schließlich und wirkte erleichtert über die Chance für einen Themenwechsel, als sie sich einem Eckrestaurant näherten, über dem ein rustikales Schild mit der Aufschrift *Pine View Cantina* hing. Gabriel öffnete die Tür, bevor sie die Chance hatte, und führte sie in einen engen Vorraum mit einem Pult für die Restaurantleiterin, an dem die Gäste begrüßt und danach an einen Tisch geführt wurden.

Eine Frau mittleren Alters in einer karierten Bluse und einer schwarzen Schürze sah sie von der Bar aus kommen und lief rasch zu ihnen herüber. „Bürgermeister Gabriel! Wie schön, Sie zu sehen. Ein Tisch für zwei Personen?“

„Ja, Julie. Vielen Dank.“

„Dann bitte hier entlang“, sagte Julie, warf Melissa einen Blick zu und führte sie in eine kleine Fensternische im hinteren Bereich des Lokals. Sobald sie Platz genommen hatten, reichte sie ihnen die Speisekarten und stellte eine Metallschale mit Erdnüssen auf den Tisch. Anstatt aber jetzt ihre Getränkebestellung aufzunehmen, blieb sie einfach stehen und schaute abwechselnd Melissa und Gabriel an.

„Ich glaube nicht, dass ich Sie schon mal in der Stadt gesehen habe. Sind Sie neu hier?“, fragte sie an Melissa gewandt.

„Ich bin nur zu Besuch“, antwortete Melissa in demselben Moment, in dem Gabriel sagte: „Das ist Melissa Green.“

Sofort bekam Julie große Augen. „Melissa Green? Wow. Na, eigentlich hätte ich es sehen müssen. Sie sehen aus wie Ihre Mutter. Carrie und ich sind zusammen zur Schule gegangen, wissen Sie? Sie war einen Jahrgang über mir, Cheerleaderin und so. Ich habe sie immer so bewundert, bis …“, peinlich berührt unterbrach sie abrupt ihren Redefluss. „Egal. Es ist schön, dass Sie wieder in der Stadt sind. Ziehen Sie in das alte Haus der Greens am See?“

„Ich habe mich noch nicht entschieden“, antwortete Melissa. Das war einfacher als die echte Antwort, *auf gar keinen Fall, Lady,* zu geben, die ihr schon auf der Zunge gelegen hatte. „Kann ich bitte eine Cola bekommen?“

Das schien Julie wieder in die Gegenwart zurückzuholen. „Ja natürlich. Du bekommst das Übliche, Gabriel?“

„Ja bitte. Danke, Julie.“

Sie sah die beiden noch einmal abwechselnd an, als verstünde sie nicht so recht, was gerade vor sich ging, und sagte dann: „Werfen Sie doch in Ruhe einen Blick in die Speisekarte. Ich bin sofort wieder da und nehme Ihre Bestellung auf."

Melissa schaute Julie hinterher und war beunruhigt. Kannte jeder in dieser Stadt ihren Namen und wusste über sie Bescheid? Wenn ja, wussten hier alle sehr viel mehr über sie als sie selbst. Sie sah zu Gabriel hin und wusste nicht recht, ob sie wirklich fragen sollte, aber dann konnte sie nicht anders.

„Was hat sie gemeint, als sie gesagt hat ‚… bis'? Warum hat Julie mich plötzlich nicht mehr angesehen?" Aber in ihr keimte die Vermutung auf, dass sie es bereits wusste.

In dem Moment räusperte sich Gabriel und sagte: „Sie ist in ihrem letzten Jahr auf der Highschool schwanger geworden." Immerhin konnte er ihr dabei in die Augen sehen.

„Mit mir", sagte Melissa mit erstickter Stimme.

„Ja. Sie musste die Schule verlassen, und soweit ich weiß, konnte sie dadurch nur einen mittleren Bildungsabschluss machen und nicht auf ein gutes College gehen."

Melissa zog eine Augenbraue hoch und war verärgert um der Frau willen, nach der sie sich immer gesehnt, die sie aber auch gehasst hatte. „Das war ja dann eine Moral wie in den 50er-Jahren."

„Na ja, es ist ja auch immerhin schon dreißig Jahre her. Damals dachte man in den Schulen, dass es andere Mädchen ermutigen würde, wenn man solche unehelichen Teenagerschwangerschaften einfach stillschweigend hinnahm …"

„Ermutigen, Sex zu haben?", fragte Melissa mit einem verächtlichen Schnauben und fuhr dann fort: „Dann habe ich Neuigkeiten für dich. Niemand plant, während der Highschool schwanger zu werden, aber es hält niemanden davon ab, zu tun, was er oder sie will. Übrigens … woher wissen eigentlich alle hier meinen Namen?"

Wieder zögerte Gabriel. „Bist du ganz sicher, dass du das alles wirklich wissen willst?"

„Jetzt, da ich das Gefühl habe, dass die ganze Stadt mehr über mich weiß als ich selbst, bin ich absolut sicher, dass ich mehr erfahren möchte."

Bisher war ihr noch gar nicht aufgegangen, dass sie in dieser Stadt eine Geschichte hatte. Hätten die Häuser, die sie geerbt hatte, in Los Angeles oder in Denver gestanden, hätte sie es wahrscheinlich nur mit einem Anwalt und einem Makler zu tun gehabt, die sie beide nicht wirklich kennengelernt hätte. Ihre Herkunftsgeschichte wäre endgültig ausgelöscht worden und damit außer für die unmittelbar Beteiligten ein für alle Mal verloren gewesen, genauso wie Melissa es sich eigentlich wünschte.

Es hatte drei Jahre gedauert, bis sie in der Lage gewesen war, Sophie zu erzählen, dass sie als Kind verlassen worden und in Heimen und Pflegefamilien aufgewachsen war. Aber hier war es so, dass jedes Mal, wenn sie sich einer neuen Person vorstellte, ihre Biografie im kollektiven Gedächtnis der Stadt wieder hochkam.

„Also gut", sagte Gabriel schließlich. Er hatte die Hände mit gespreizten Fingern vor sich auf die klebrige Tischplatte gelegt. „Ich kenne nicht die ganze Geschichte, und mein Großvater kennt sie wahrscheinlich auch nur zum Teil, aber er stand Connie auch nicht so nah wie meine Großmutter. Soweit ich weiß, hat Carolin ihr Baby – also dich – zur Welt gebracht, und eine Zeit lang sah es so aus, als ob sie in der Stadt bleiben würde, aber dann hatte sie einen heftigen Streit mit Connie und ist entweder freiwillig gegangen oder wurde aus dem Haus geworfen. Darüber gab es hier damals viele Spekulationen."

Melissa wirkte ungerührt, weil sie nicht in der Lage war, die unzähligen Gefühle, die in ihrem Inneren rumorten, zu deuten. „Das Ergebnis ist ja dasselbe. Und was ist dann passiert?"

Gabriel spreizte seine Finger noch weiter. „Mehr wissen wir auch nicht. Caroline ist von hier fortgegangen, als du noch nicht einmal ein Jahr alt warst, und niemand hat euch beide jemals wiedergesehen. Es gab natürlich Gerüchte. Manche Leute glaubten, Carrie wäre nach Los Angeles gezogen, um dort ein Filmstar zu werden. Ich habe gört, dass sie sehr schön gewesen sein soll." Er lächelte mit einem Hauch von Erheiterung im Blick und fügte dann noch hinzu: „Im Hinblick darauf, dass jeder betont, wie ähnlich du ihr siehst, muss ich ihnen recht geben."

„Das war jetzt aber ein ziemlich zweifelhaftes Kompliment", sagte Melissa, lächelte aber trotzdem und merkte, wie sie ganz kurz einen winzigen Anflug von Freude verspürte. Aber dann kam ihr etwas anderes in den Sinn. „Und was ist mit meinem … ich meine … mit Carries Freund?"

Das Wort Vater brachte sie einfach nicht heraus. Sie konnte sich die Situation schon vorstellen, aber irgendwie hatte sie bis jetzt eigentlich nie über den Mann nachgedacht, der seinen Beitrag zu ihrer Existenz geleistet hatte.

„Das kann ich dir nicht sagen. Jedenfalls habe ich nie jemanden darüber sprechen gehört. Die Stadt hat zwar ein gutes Gedächtnis, aber auch hier geht das Leben ja weiter."

Bevor Melissa darauf etwas sagen konnte, kam Julie wieder an den Tisch, was ganz gut war, denn es fiel ihr schwer, auf das zu reagieren, was sie da gerade erfahren hatte. Es klang so, als hätte ihre Mutter mit ihr die Stadt verlassen, als sie noch ein Baby gewesen war. Hatte es danach noch einmal vier Jahre gedauert, bis Caroline dann zu dem Schluss gelangt war, dass es doch zu schwierig war, ein Kind ganz allein großzuziehen?

Wenn sie Melissa nicht gewollt hatte, warum hatte sie sie dann nicht einfach bei der Großmutter gelassen? Es sei denn, Connie hatte Caroline rausgeworfen, weil sie nichts mit dem Baby zu tun haben wollte, was natürlich ein sehr viel unschöneres Licht auf die ganze Situation geworfen hätte. Melissas Magen schlug einen kleinen Salto, und sie trank reflexartig einen Schluck Cola, um die aufsteigende Übelkeit zu unterdrücken.

„Sind Sie bereit zu bestellen?"

„Ach ja", sagte Melissa leicht abwesend und schaute auf die Speisekarte, die sie noch nicht einmal aufgeschlagen hatte. „Tut mir leid, ich habe mich noch nicht entschieden."

„Darf ich vielleicht?", fragte Gabriel, woraufhin Melissa stumm nickte. „Wir nehmen den *Pine-View*-Schmaus".

Dann legte Gabriel die beiden Speisekarten aufeinander und gab sie Julie mit freundlicher Miene zurück, sein Ton signalisierte sehr deutlich, dass sie jetzt wieder gehen konnte.

„Ich gebe das sofort ein", sagte Julie mit einem Lächeln und ging in die Küche. Doch Melissa entging nicht, wie sie sich im Gehen noch einmal kurz zu ihnen umdrehte.

„Es bringt sie um, dass sie nicht weiß, worüber wir reden, oder?", fragte Melissa.

„Kannst du es ihr verdenken? Wärst du nicht auch neugierig, wenn das lange verschollene Kind einer Schulkameradin plötzlich wieder in der Stadt auftauchen würde?"

„Nein, eigentlich nicht. Ich hatte nie eine engere Beziehung zu irgendwelchen Kameradinnen."

„Warum nicht? Bist du oft umgezogen?", fragte Gabriel, unterbrach sich dann und fuhr nach einer kurzen Pause fort: „Sorry. Das war jetzt ziemlich unsensibel. Ich dachte nur, weil …"

„… weil ich ein Pflegekind war, wurde ich viel herumgeschubst? Ja, als ich klein war, war es tatsächlich so. Aber dann bin ich bei einer Familie gelandet, bei der ich bis zum Highschool-Abschluss geblieben bin."

„Das war wahrscheinlich gut so", sagte Gabriel ganz langsam. „Hast du noch Kontakt zu der Familie?"

Melissa packte einen Trinkhalm aus und steckte ihn in ihr Glas. „Warum sollte ich?"

Darauf reagierte er nur mit einem kaum wahrnehmbaren Kopfschütteln. „Egal, ich habe mir jedenfalls überlegt, dass wir morgen früh vielleicht in mein Büro gehen, dort die nötigen Erbschaftsunterlagen ausfüllen und zum Gericht in Georgetown fahren könnten, um den Erbschaftsanspruch einzureichen."

„Aber das ist wirklich nicht nötig. Ich habe einen Mietwagen und kann selbst fahren."

„Es macht mir keine Umstände. Ich weiß den Weg und kenne mich im Gericht aus. Das vereinfacht die Sache sehr."

Er meinte wohl, dass so dafür gesorgt würde, dass die Sache tatsächlich erledigt wurde. Als ob sie die Angelegenheit bei dem, was für sie auf dem Spiel stand, vergessen oder vermasseln würde. Dennoch hatte sie den Eindruck, dass er ihr wirklich nur helfen wollte, und möglicherweise würde sie seine Hilfe noch öfter brauchen können, solange sie hier war – ganz zu schweigen von dem Umstand, dass sie im Bed & Breakfast seines Großvaters untergebracht war – also nickte sie und sagte: „Einverstanden. Danke."

„Okay."

Bevor das Gespräch wieder auf das Thema ihres Erbes oder ihrer Vergangenheit kommen konnte, faltete sie die Hände vor sich, sah ihn an und sagte: „Jetzt erzähl doch mal, was du so machst, wenn du nicht gerade bürgermeisterst."

„Bürgermeistern?" Er grinste. „Ach, so dies und das."

„Da musst du schon etwas konkreter werden oder ist es etwa etwas Peinliches? Bist du vielleicht heimlich das einzige männliche Mitglied der Synchronschwimm-Truppe von Jasper Lake? Oder bist du Fußmodel für Flipflops? Oder ist es vielleicht eher so etwas wie mikroskopische Taxidermie?"

Er lachte schallend und fragte: „Mikroskopische Taxidermie? Gibt es das überhaupt?"

„Keine Ahnung. Sag du es mir."

„Nein, es ist leider nichts so Interessantes wie mikroskopische Taxidermie. Ich mag Musik. Und Bücher."

Melissa lehnte sich auf ihrem Stuhl zurück. „Na, das ist ja mal wirklich etwas Aufregendes. Ein Mann, der liest. Und was liest du so?"

„Ach, ein bisschen von allem. Bestseller, Thriller, Krimis." Und mit gesenkter Stimme fügte er dann noch hinzu: „Sogar Liebesromane."

„Uuuuu, Bürgermeister Gabriel mag ‚seichte Literatur'."

„Psssst, nicht so laut. Ich habe schließlich einen Ruf zu verlieren." Aber eigentlich sah er gar nicht so beschämt aus und auch nicht allzu ernst, was seine Aussage betraf, sodass sie keine Ahnung hatte, ob er das mit den Liebesromanen wirklich ernst gemeint hatte oder sie nur aufziehen wollte.

„Also gut. Welches Buch hast du denn als Letztes gelesen?", fragte sie ihn.

Er überlegte kurz und sagte dann: „Kunst und Architektur in Colorado von 1850-1950."

„Nein. Im Ernst?"

„Ja wirklich. Es war interessant. Ich bin immer auf der Suche nach Dingen, die dieser Stadt weiterhelfen können."

Sie seufzte. Da waren sie also wieder beim Thema. Sie wollte ihm gerade sagen, dass Lektüre, die mit der Arbeit zu tun hatte, nicht zählte, als Julie mit einer großen Platte wiederkam, die gehäuft voll war mit Essen. Melissa machte große Augen, als die Kellnerin sie vorsichtig in der Mitte des Tisches abstellte.

„Danke Julie. Können wir bitte noch etwas mehr Barbecue Soße bekommen?"

„Kommt sofort."

Melissa starrte auf die Platte mit jeder nur erdenklichen Art von Gegrilltem: Rinderbrust, Rippchen, Hühnchen, Pulled Pork und etwas, das aussah, wie unterschiedliche Arten von Würstchen. Gabriel zeigte auf die einzelnen Sorten und erklärte: „Wildschwein, Elch und Büffel."

„Im Ernst?"

„Im Ernst. Alles Produkte aus der Region und unglaublich gut. Ich wette, du hast keine der drei Sorten schon mal gegessen."

„Da liegst du absolut richtig.“

Julie brachte die Soße mit der Aufforderung, Bescheid zu sagen, falls sie noch etwas bräuchten und dann fing Melissa an, sich Fleisch auf ihren Teller zu häufen. Und als würde das Fleisch allein noch nicht reichen, gab es auch noch Beilagen bestehend aus Bohnen, Coleslaw und frisch gebackenem Maisbrot, die Sorte, die in der Pfanne gebraten und dann wie eine Torte in Stücke geschnitten wurde.

Sie nahm den ersten Bissen und stieß einen seligen Seufzer aus. „Das ist fantastisch.“

„Ja, es ist ziemlich gut, oder?“, pflichtete Gabriel ihr bei und füllte sich jetzt ebenfalls Essen auf. „Das Lokal hier gehört Julies Eltern, und seitdem sie sich zur Ruhe gesetzt haben, hat sie die Leitung übernommen. Alle Fleischgerichte von der Karte werden in Smokern auf einem Platz hinter dem Haus zubereitet und das Fleisch kommt von ortsansässigen landwirtschaftlichen Betrieben. Viel mehr Colorado als das hier bekommt man also nirgends.“

„Ich beklage mich ja gar nicht. Ich bin gerade aus Europa zurück und habe ein gutes altmodisches amerikanisches Barbecue ziemlich vermisst.“

„Gibt es so etwas dort denn nicht?“

„Nur wenn man in ein Lokal einer amerikanischen Kette geht, und auch dann ist es längst nicht so gut.“

Melissa bestrich ihr Maisbrot mit Butter und biss davon ab. Vielleicht lag es an der frischen Luft, aber sie konnte sich nicht erinnern, wann sie das letzte Mal etwas so Köstliches gegessen hatte. Als sie mehr als die Hälfte der Platte verputzt hatten und Gabriel um eine Box zum Mitnehmen der Reste bat, betrachtete Melissa ihn aufmerksam. Es musste an ihrem vollen Bauch liegen, dass ihre Gefühle für ihn plötzlich freundlicher waren.

„Erzähl doch noch mal mehr über diese Alternativen.“

„Die was?“

„Du hast gesagt, du hoffst, dass ich in der Gegend bleibe und die Alternativen zum Verkauf der Häuser auslote. Also welche Alternativen gibt es, außer die Häuser zu vermieten?“

Gabriel lehnte sich gegen die Kunststofftrennwand der Sitznische. „Soll ich ehrlich sein? Ich habe keine Ahnung. Ich habe das Gefühl, dass ich schon alle Möglichkeiten ausgeschöpft habe.“

„Du könntest beispielsweise darauf drängen, dass der Stadtrat den Flächennutzungsplan ändert, sodass dort kein Hotel gebaut werden kann“, schlug sie vor.

„Das ist nicht so einfach.“

„Warum nicht? Was hat es denn für einen Sinn, Bürgermeister zu sein, wenn du dich nicht auch ein bisschen wichtig machen kannst?“

„Das hier ist eine Kleinstadt, Melissa. Jeder hängt irgendwie mit jedem zusammen. Die Hälfte des Stadtrates würde zugunsten des Investors stimmen, weil ihre Familien sich seit Generationen kennen. Und die Hälfte hat Angst, dass zwar das traditionelle Zusammenleben hier durch das Projekt zerstört würde, aber sie würden lieber den Charakter der Stadt opfern, als miterleben zu müssen, wie sie ganz verschwindet.“

„Und du?“

Es war, als ob die Frage Gabriel aus der Fassung brachte, denn nachdem er eine ganze Weile nachgedacht hatte, sagte er schließlich: „Was ich denke, spielt keine Rolle. Es kommt einzig und allein darauf an, wovon ich den Stadtrat überzeugen kann.“

„Natürlich spielt es eine Rolle, was du denkst. Wenn du die Überzeugungen, auf die du dich berufst, nicht leidenschaftlich vertreten kannst, wie willst du dann jemals den Stadtrat davon überzeugen, für deine Anträge zu stimmen?“

„Du verstehst das nicht.“

„Was verstehe ich nicht?“, fragte Melissa, faltete ihre Hände auf der Tischplatte und beugte sich vor. „Du machst dir solche Sorgen um die Zukunft der Stadt, dass du nachgeben und etwas zulassen würdest, das du eigentlich entschieden ablehnst? Das ist ein wirklich schlechter Grund, etwas zu tun. Wenn du davon überzeugt bist, dass es eine andere Möglichkeit gibt, dann überzeuge die Leute im Stadtrat davon. Ich habe absolut keinen Zweifel, dass du sehr überzeugend sein kannst."

In Gabriels Blick flackerte etwas auf, das sie nicht recht deuten konnte. Es konnte Erheiterung sein, aber auch Zweifel ... oder Hoffnung?

„So gut kennst du mich also schon nach nur einem Tag?", fragte er.

„Ich weiß genug", sagte sie darauf nur.

Und das stimmte wirklich, aber nur solange sie den krittelnden Teil ihres Gehirns zum Schweigen brachte, der sie immer wieder daran erinnerte, dass man manchmal mit reiner Willenskraft Menschen dazu bringen konnte, ihre Meinung zu ändern, manchmal aber auch den Kürzeren zog, sosehr man sich etwas auch wünschte. Aber das sagte sie ihm in diesem Moment lieber nicht, denn er brauchte jetzt eine Ansprache, die ihn motivierte, eine Lösung für sein Problem zu suchen. Und es musste eine Lösung sein, die nicht beinhaltete, dass historische Häuser abgerissen wurden oder dass Melissa ihr Zuhause in Pasadena verlor.

„Also, wenn ich mich recht erinnere, war doch die Rede von Dessert, oder?"

Als sie die *Pine View Cantina* wieder verließen, war Melissa so satt, dass sie sich kaum noch rühren konnte. So gut das Barbecue auch gewesen war – und es war wirklich außergewöhnlich gut gewesen –, die Süßspeisen seines Großvaters hatten es noch übertroffen. Sie hatte ihr Stück Torte aufgegessen und es trotzdem noch geschafft, ein paar Happen von Gabriels *Brownie à la Mode* zu stibitzen. Dass er nicht protestiert hatte, machte ihn ihr noch sympathischer.

Als sie das Restaurant verließen, war es vollständig dunkel und sehr viel kälter. Melissa sah, wie ihr Atem zu Wölkchen kondensierte, und zog den Reißverschluss ihres Mantels zu. Außerdem schlang sie sich den Schal fester um den Hals. Weil die Stadt dort, wo sie sich gerade befanden, nur dürftig beleuchtet war, sah sie, dass der Himmel über ihnen mit unzähligen Sternen übersät war. Sie blieb auf dem Gehweg stehen und legte staunend den Kopf in den Nacken.

„Ich habe noch nie so viele Sterne gesehen, weil ich immer in der Stadt bin und es dort zu hell dafür ist."

„Das ist eines der Dinge, die wir im Überfluss haben", sagte Gabriel, blieb neben ihr stehen und legte ebenfalls den Kopf in den Nacken. „Sterne meine ich, nicht Licht."

Sie lächelte ihn an und ging weiter. „Du liebst diesen Ort, nicht wahr?"

„Ja. Es ist so schön hier, aber es gibt nicht mehr viele Kleinstädte von der Sorte, in der jeder jeden kennt und sich alle umeinander kümmern. Als ich das erste Mal hergekommen bin, habe ich allerdings gedacht, es wäre der schlimmste Ort auf der Welt." Er warf ihr einen schiefen Blick zu und erklärte: „Na ja, da war ich dreizehn und plötzlich weit weg von all meiner schlechten Gesellschaft … eine Zeit lang habe ich damals meine Großeltern absolut wahnsinnig gemacht."

„Du? Schlechte Gesellschaft? Das ist schwer zu glauben."

„Sagen wir einfach, es war eine rebellische Phase. Ich war voller Wut und habe nach Möglichkeiten gesucht, der ganzen Welt heimzuzahlen, dass ich mich so schlecht fühlte. Dann habe ich mich mit Leuten eingelassen, die mit Drogen gedealt haben, und es dauerte gar nicht lange, da hatten sie mich mit in ihre Geschäfte hineingezogen und setzten mich erst zum Schmierestehen ein, später dann auch als Kurier. Als meine Mutter das herausbekommen hat, ist sie natürlich völlig ausgerastet."

„Verständlich."

„Und dann hat sie mich hierherverfrachtet. Meine Großmutter

hat mich für den Rest des Schuljahres sogar zu Hause unterrichtet, damit sie mich die ganze Zeit im Auge behalten konnte."

„Ich wette, das kam ganz groß an, oder?", fragte Melissa.

Als Neunjährige war sie auch eine Zeit lang in einer Pflegefamilie zu Hause unterrichtet worden, hatte sich dann aber dermaßen schlimm aufgeführt und gestört, dass die Familie sie nach drei Monaten wieder abgab. Sie war allerdings immer noch nicht bereit, die Schuld dafür bei sich zu suchen. Sie war damals einfach aus einer Unterbringung herausgerissen worden, in der sie zwei Jahre lang gelebt und Freunde gefunden hatte und wo es zumindest so etwas Ähnliches wie Normalität gegeben hatte, um dann zusammen mit fünfjährigen Drillingen den ganzen Tag an einem Küchentisch sitzen und lernen zu müssen. Zu sagen, dass sie dagegen rebelliert hatte, wäre die Untertreibung des Jahrhunderts gewesen.

Gabriel lachte leise über ihre Einschätzung und beantwortete dann ihre Frage mit den Worten: „Ungefähr so gut, wie du es dir vorstellen kannst. Aber Oma hatte unendliche Geduld mit mir, obwohl sie so streng und sehr konsequent mit mir sein musste. Und das galt auch für ziemlich alle anderen Bewohner der Stadt, einschließlich deiner Großmutter."

„Ich bin froh, dass wenigstens jemand Zeit mit meiner Großmutter verbracht hat."

Gabriel ging langsamer. „Ich weiß nicht, was passiert ist, Melissa, und warum du am Ende … dort gelandet bist, wo du eben gelandet bist, aber deine Mutter hat dich geliebt, das hat Connie immer gesagt und meine Oma auch. Ich bin sicher, dass deine Mutter – aus welchem Grund auch immer – geglaubt hat, dass du ohne sie besser dran wärst."

„Ein Kind ist nie besser dran ohne die Eltern, egal, wie schlimm sie sind", sagte Melissa darauf mit einem Kopfschütteln, als müsste sie die finsteren Gedanken abschütteln. „Aber das spielt ja jetzt ohnehin keine Rolle mehr, denn ich bin erwachsen. Und ich habe es doch ganz gut hinbekommen, selbst auf mich aufzupassen, oder?“

Darauf sagte Gabriel nichts, und sie wusste nicht, ob er ihre Einschätzung nicht teilte oder einfach nicht wusste, was er sagen sollte. Schweigend gingen sie den Rest des Weges zum Bed & Breakfast, wo Gabriel sie noch bis ins Foyer begleitete.

„Dein Auto kann über Nacht ruhig an der Main Street stehen bleiben, aber wenn du möchtest, kann ich es auch gern herholen.“

„Nein, schon gut. Ich hole es morgen früh. Treffen wir uns bei dir im Büro?“

„Nein, lieber hier. Ich möchte nämlich auf gar keinen Fall das Frühstück verpassen, das mein Opa dir auftischen wird. Wenn er dieses Funkeln in den Augen hat, dann heißt das, er hat etwas Großartiges vor.“

Melissa lachte. „Wenn das so ist, möchte ich es auch nicht verpassen. Danke für das Essen, Gabriel, und dafür, dass du mich morgen fährst.“

„Kein Problem. Bis dann also.“

Er lächelte sie noch einmal an, winkte kurz und ging dann durch die Eingangstür wieder hinaus. Wie aus einem Reflex verriegelte Melissa die Tür hinter ihm und ging dann die Treppe hinauf in ihr Zimmer.

Mit einem Seufzer der Erleichterung zog sie die Stiefel aus, wickelte sich den Schal vom Hals und ließ sich in einen der Sessel am Fenster fallen. Alles in allem war es ein guter Tag gewesen. Sie hatte erfahren, dass sie praktisch einen ganzen Häuserblock geerbt hatte, und außerdem noch einen Tag mit einem angenehmen und gut aussehenden Typen verbracht. Deshalb verstand sie absolut nicht, dass sie jetzt anfing zu weinen und gar nicht wieder aufhören konnte, nicht einmal, als sie längst im Bett lag und das Licht ausgeschaltet hatte.

8

Gabriel stieg in seinen Truck und saß einfach nur da, den Schlüssel im Zündschloss. Für Melissa war der Tag bestimmt anstrengender gewesen als für ihn, trotzdem war er völlig fertig.

Melissa irritierte ihn. Er hätte gedacht, dass die Enthüllungen über ihre Vergangenheit sie umhauen würden, aber sie hatte das alles abgeschüttelt, als ginge es sie nichts an oder mache ihr nichts aus. Sie hinterfragte seine Leidenschaft und seine Vision für die Stadt, sie scherzte mit ihm, als wären sie beste Freunde, machte aber jedes Mal dicht, sobald er etwas berührte, was ihr zu persönlich zu sein schien.

Vielleicht war das ihr Schutzmechanismus, und wenn man bedachte, wie sie aufgewachsen war, wäre das nur allzu verständlich gewesen. Lass keine allzu große Nähe zu, weil du am Ende ja doch wieder wegmusst. Normalerweise hätte er das für einen traurigen, entfremdeten Lebensstil gehalten, aber im Moment fragte er sich, ob es nicht vielleicht auch etwas Positives hatte. An diesem Abend hätte er nämlich selbst gut einen Schutzmechanismus gebrauchen können.

Die Zukunft der Stadt lag in ihren Händen, und schon allein das hätte ihn eigentlich auf Abstand halten müssen und nicht den Wunsch bei ihm wecken dürfen, mehr über sie zu erfahren. Aber Melissa war nicht nur schön, sondern auch lustig, schlagfertig, hatte ein herzliches Lachen und sagte offen ihre Meinung. Es machte ihr absolut nichts aus, vor seinen Augen eine kolossale Menge Gegrilltes und dann noch Nachtisch zu verputzen – was er ausgesprochen sexy fand. Er konnte es nämlich nicht leiden, wenn er eine Frau zum Essen einlud und sie dann nur einen Salat aß, weil sie unterstellte, er würde beurteilen, wie viel sie aß.

Und all diese Eigenschaften in einer Person vereint lösten bei ihm den Wunsch aus, sie besser kennenzulernen.

Die Realität sah jedoch so aus, dass er Melissa Green nie so gut kennenlernen würde, wie er es sich gewünscht hätte, weil nichts, was er sagte, an ihrem Entschluss etwas ändern würde, die geerbten Immobilien zu verkaufen. Was auch immer sie in Kalifornien zurückgelassen hatte, es bedeutete ihr viel mehr als eine unbekannte Vergangenheit in den Bergen von Colorado. Und das stellte ihn vor zwei Probleme: Erstens musste er sein Interesse an Melissa abwürgen, solange es noch nicht mehr als ein leises Flüstern war, und zweitens musste er sich einen Alternativplan für Jasper Lake überlegen – was eigentlich ganz einfach schien, abgesehen von der Tatsache, dass er das ja schon versuchte, seit er gewählt worden war. Irgendwie hatte er gedacht, dass er mit Ersterem mehr Glück haben würde als mit Letzterem.

Er seufzte und drehte den Schlüssel im Zündschloss. Der Truck sprang an und er fuhr langsam auf die verlassene Straße. Zwei kurze Minuten später kam er auf der Auffahrt seines kleinen Hauses an und schaltete den Motor aus. Im Gegensatz zur historischen Fassade des Bed & Breakfast mit seinen mehreren Stockwerken und den Holzverzierungen lebte er in einem ebenerdigen Blockhaus, dessen lang gestreckte Seitenansicht und dunkle Farben sich dem Wald anpassen sollten, in den das Wohngebiet hineingebaut worden war.

Als er die Eingangstreppe hinaufging, stolperte er und wünschte, er hätte das Licht auf der Veranda angelassen. Aber als er am Morgen das Haus verlassen hatte, war er nicht davon ausgegangen, erst bei Dunkelheit wieder zurückzukehren, nachdem er einer verlorenen Tochter der Stadt die Umgebung gezeigt hatte.

Bei diesem Gedanken musste er lächeln, als er den Schlüssel ins Schloss der Eingangstür steckte. Melissa hätte wahrscheinlich ein paar passende Bemerkungen zu dieser Formulierung gehabt, unter anderem bestimmt auch die, dass der verlorene Sohn aus der biblischen Geschichte ja den Wunsch gehabt hätte, wieder nach Hause zu kommen.

In dem Moment, als er die Tür öffnete, war aus dem hinteren Teil des Hauses das Geräusch von Krallen auf dem Hartholzfußboden zu hören. Gabriel hatte kaum die Tür hinter sich geschlossen, als auch schon ein fast 50 Kilo schwerer Irish Mastiff auf ihn zugeschliddert kam.

„Uff. Warum habe ich bloß das Gefühl, dass das heute deine einzige Bewegung war, Fitz?"

Er griff nach unten, um die struppigen Hängeohren des Hundes zu kraulen, und wurde von dem gewaltigen Tier mit einer Sabberzunge, dem Ausdruck höchster Ekstase, belohnt. Als Fitz ihn jetzt ansprang, ließ Gabriel sich auf die Knie sinken.

„Okay, okay, ich kraule dir ja schon den Bauch."

Gabriel lachte, kraulte den Hund und stand dann wieder auf. Es war, als ob er sich das Haus mit einem gutmütigen Elefanten teilte. Als er Fitz aus dem Tierheim geholt hatte, war ihm nicht klar gewesen, dass er sich damit einen riesigen Schoßhund ausgesucht hatte, der nicht nur das Sofa, sondern auch Gabriels Bett mit Beschlag belegen würde.

„Okay, Kumpel, dann lass uns mal was essen."

Fitz drehte sich vom Rücken wieder auf die Seite, stand auf, schüttelte sich und trottete in die Küche, ungefähr mit derselben Begeisterung, die der Hund für alles an den Tag legte. Gabriel warf seinen Schlüsselbund im Vorbeigehen auf den Esstisch und quetschte sich dann durch den kleinen Spalt in der Küchentür, den ihm der Hund in dem winzigen Raum noch ließ.

„Sorry, dass ich heute Abend so spät komme", sagte er, als

hätte Fitz auch nur den Hauch einer Ahnung, worüber er da redete.

Dann füllte er Trockenfutter aus einem Vorratsbehälter in den Edelstahlnapf, der in einem leicht erhöhten Gestell steckte. Der Hund war nämlich so groß, dass er sich beim Fressen praktisch hinlegen musste, wenn der Napf auf dem Boden stand.

„Ich habe heute ein Mädchen kennengelernt", sagte Gabriel, woraufhin Fitz den Kopf schief legte, als dächte er wirklich über das nach, was Gabriel gesagt hatte.

Doch dann merkte Gabriel, dass er immer noch den Löffel mit Hundefutter in der Hand hatte. Er füllte den Inhalt in den Napf und der Hund machte sich hungrig darüber her.

„Sie ist sehr hübsch. Ich habe sie nicht gefragt, ob sie Hunde mag, aber ich wette, sie würde dich mögen. Wer mag dich denn nicht?"

Und das entsprach so ziemlich der Wahrheit. Sein Freund Luke nannte Fitz nicht ohne Grund einen Frauen-Magneten. Er war gesellig, gut erzogen und sah gut aus.

„Er hat alles, was du nicht hast", meinte Luke immer wieder.

Und es stimmte. Jedes Mal, wenn er mit dem Hund in der Stadt unterwegs war, musste er ständig stehen bleiben, weil irgendjemand Fitz streicheln wollte. Vielleicht sollte er Luke eine Nachricht schreiben, dass sie sich morgen etwas früher treffen müssten, damit er ein bisschen mit dem Hund trainieren konnte, bevor er dann Melissa in seinem Büro traf.

Er holte also sein Handy aus der Hosentasche und rief den Verlauf seiner Textnachrichten mit seinem besten Freund auf: *Können wir uns morgen schon um 6 statt um 7 Ecke Main Street treffen? Habe Fitz dabei.*

Ein paar Minuten später kam die Antwort: *Hat das etwas mit einer gewissen Frau zu tun, mit der du heute Abend in der Pine View Cantina gesichtet wurdest?*

Gabriel seufzte. Er hätte sich denken können, dass sich die Sache schnell herumsprechen würde, und Luke hatte überall in der Stadt Kontakte.

Ich erzähl's dir morgen. Es ist nicht annähernd so spannend, wie es scheint.

Ist es das denn überhaupt jemals?

Gabriel lachte leise vor sich hin und legte sein Handy auf den Küchentresen. So gern er sich jetzt einfach ins Bett gelegt und geschlafen hätte ... das ging leider nicht, denn er hatte immer noch Melissas Herausforderung in den Ohren, sich einen Alternativplan für die Stadt zu überlegen. Das dürfte eigentlich gar nicht so schwer sein, denn schließlich hatte er einen Abschluss in Stadtplanung und fünf Jahre Berufserfahrung. Die hatte er gesammelt, indem er heruntergekommenen Wohngegenden zu neuem Leben verholfen hatte. Es war also nicht so, dass er so etwas noch nie gemacht hätte, aber er war noch nie so sehr persönlich betroffen gewesen.

Er schüttete also Kaffeebohnen in die Mühle auf der gefliesten Arbeitsfläche mit den vielen abgestoßenen Stellen und füllte dann den gemahlenen Kaffee in die Kaffeemaschine. Fünf Minuten später hatte er einen großen Becher Kaffee vor sich stehen, hatte es sich mit seinem Laptop auf dem Sofa bequem gemacht und etwa dreißig Kilo Hund, nämlich Fitz' Vorderhälfte, auf seinen Beinen liegen.

„Du weißt aber schon, dass ich mich so kaum rühren kann, oder?", bemerkte er.

Daraufhin ließ Fitz seinen Kopf auf die Vorderpfoten sinken und zog eine Augenbraue hoch.

„Okay, du Faulpelz, dann bleib halt da liegen."

Drei Stunden später konnte er die mangelnden Fortschritte bei seinem Projekt genauso wenig auf das Gewicht des Hundes schieben, wie er Melissa anlasten konnte, was nach dem Verkauf ihrer Häuser damit geschehen würde. Erschöpft strich er sich mit der Hand durchs Gesicht und schickte ein hilfloses, stilles Gebet zum Himmel.

Er war sich so sicher gewesen, dass es einen Grund hatte, dass er in diese Stadt geführt worden war. Es konnte doch kein Zufall sein, dass ein arbeitsloser Stadtplaner gezwungen war, genau in dem Moment wieder nach Hause zurückzukehren, in dem die Stadt, die er liebte, mit Veränderungen konfrontiert war, die deren typischen Kleinstadtcharme für immer zunichtemachen würden.

Es hatte sich so klar und eindeutig nach der Hand Gottes angefühlt, dass Gabriel nicht einen Moment lang innegehalten und sich gefragt hatte, ob er seine Versprechungen in Bezug auf die Stadt wirklich würde einlösen können. Zum damaligen Zeitpunkt hatte sich diese Gewissheit angefühlt wie Glauben, doch jetzt fürchtete er, dass es vielleicht doch eher Größenwahn gewesen war. Unter den Folgen einer solchen Selbstüberschätzung würde letztlich nicht nur er selbst zu leiden haben, sondern in erster Linie die Stadt, die er liebte, und die Menschen, die ihre Hoffnung und ihr Vertrauen auf ihn gesetzt hatten.

Es war nur eine Frage der Zeit, bis Jasper Lake es herausfinden würde: Ihr Bürgermeister, der große Stadtplaner, der Lokalmatador, der es zu etwas gebracht hatte, war in Wirklichkeit ein Hochstapler.

9

Also. Erzähl mir mehr über diese Frau."

Gabriel kniete mit einem Bein auf der taufeuchten Wiese, um Fitz' Maul den schmierigen Ball zu entwinden, den er dann quer über den Rasen warf, bevor er es wagte, die Frage zu beantworten.

„Du meinst Connie Greens Enkelin?"

Gabriels bester Freund Luke Anderson sah ihn über den Rand seines Kaffeebechers hinweg an und zog demonstrativ eine Augenbraue hoch. „Ja natürlich meine ich Connie Greens Enkelin. Es sei denn, du hattest gestern Abend zwei Dates, und der Buschfunk von Jasper Lake hat mich absolut im Stich gelassen – was niemals passieren würde."

Dass diese Einschätzung zutreffend war, lag daran, dass Luke nicht nur Chef einer Firma für Web-Design war, sondern auch der Leiter des Gewerbevereins von Jasper Lake. Außerdem hatte er am häufigsten Dienst in der Touristeninformation, die ihren Sitz im Rathaus hatte. Und er suchte in regelmäßigen Abständen alle Firmen im Ort auf, um sich zu erkundigen, wie es lief und ob es Verbesserungsvorschläge oder Kritik gab. Das alles zusammen bedeutete, dass er meist als Erster den neuesten Klatsch und Tratsch aus der Stadt erfuhr.

Aber das hier war wirklich sehr schnell, selbst für Lukes Verhältnisse.

„Das war kein Date", erklärte Gabriel. „Und nur zu deiner Info, ich fahre heute Vormittag mit ihr zum Gericht in Georgetown, um ihren Anspruch auf das Erbe ihrer Großmutter geltend zu machen."

„Das passiert – wie viele? – zwei Tage vor Ablauf der Frist?“

„Ja, so ungefähr.“ Gabriel warf ihm einen Blick zu und wusste ganz genau, worauf Luke hinauswollte. Deshalb erklärte er weiter: „Ihr Aufenthalt hier ist nur ein Aufschub meiner Hinrichtung. Sie will nichts mit der Stadt zu tun haben und sie braucht dringend das Geld.“

Luke zuckte mit den Schultern. „Dann musst du eben dafür sorgen, dass sie ihre Meinung ändert.“

„Du klingst wie mein Großvater.“ Luke konnte das leicht sagen, genauso wie Melissa leicht sagen konnte, dass er sich eben eine Alternative zu der Hotelanlage überlegen müsse. Die Realität war viel komplizierter.

„Hey, sie ist Single …“, sagte er. „Vielleicht könntest du ja dafür sorgen, dass sie ihre Meinung ändert.“

Luke hätte sich beinah an seinem Kaffee verschluckt. „Willst du mich etwa verkuppeln?“, fragte er.

„Du weißt genau, dass ich das nicht gemeint habe. Aber du hättest bestimmt bessere Chancen als ich, sie zu überzeugen.“

Luke galt als der begehrteste Junggeselle der Stadt, denn er wurde nicht selten mit dem Schauspieler Chris Hemsworth verglichen.

„Wie auch immer. Du bist doch auch Single“, wandte Luke jetzt ein. „Amanda Lee macht mir gegenüber übrigens immer noch Andeutungen.“

In dem Moment kam Fitz endlich wieder zurück, nachdem er sich beim Apportieren alle Zeit der Welt gelassen hatte, und ließ den glitschigen Ball vor seine Füße fallen.

Gabriel hob ihn vorsichtig auf, leinte Fitz wieder an und erklärte: „Ich bin nicht interessiert an Amanda Lee.“

In schweigendem Einvernehmen gingen sie hinüber zu der rustikalen Holzbank und setzten sich. Fitz zwängte sich zwischen sie, um sich von wem auch immer streicheln zu lassen.

Luke griff nach unten, kraulte dem Hund automatisch den Kopf und fragte nach: „Für wen oder was interessierst du dich denn dann?“

„Im Moment? Für eine zündende Idee.“ Gabriel lehnte sich auf der Bank zurück. „Ich habe gestern Abend drei Stunden im Internet gesurft, in der Hoffnung, irgendetwas zu finden, was den Stadtrat überzeugen könnte, dass wir keine Hotelanlage brauchen. Ich habe aber immer noch nicht mehr Ideen als zu dem Zeitpunkt, an dem ich gewählt wurde, nämlich im Sommer durch Festivals und Veranstaltungen Besucher anzuziehen. Das haben wir dann ja auch versucht, aber zwei Jahre in Folge wurde die Ruderregatta wegen zu starken Windes abgesagt, und das Outdoor-Kunstfestival endete damit, dass Bilder im Wert von Hunderttausenden von Dollars durch einen Hagelsturm beschädigt wurden. Die Mitglieder des Stadtrats sind mittlerweile gegenüber neuen Vorschlägen richtig abgestumpft.“

Luke räusperte sich. „Ich weiß, dass du es nicht hören willst, aber wäre es denn wirklich so schlimm, die alten Häuser abzureißen und einer Hotelanlage zuzustimmen? Zugegeben, die alten Häuser sind besonders schön, und es gibt sie schon so lange, wie es die Stadt gibt, aber wenn es am Ende sie oder wir heißt ...“

Gabriel schüttelte energisch den Kopf. „Es ist ja nicht nur das. Wenn eine Hotelanlage gebaut wird, besonders wenn es eine Luxus-Anlage ist wie die geplante, dann bringt das der Stadt zwar Steuern und stärkt den Tourismus, aber es zieht auch weitere Investoren an, die dann billig Land aufkaufen, jede Menge bauen und dadurch die Immobilienpreise in die Höhe treiben. Das ist zwar großartig für Leute, die ihr Haus verkaufen und wegziehen wollen, aber dadurch steigen die Grundsteuern und die Lebenshaltungskosten unserer älteren Mitbürger, die schon jetzt kaum über die Runden kommen. Am Ende retten wir zwar vielleicht die Stadt, schaden aber ihren Einwohnern. Wenn wir das wollen, können wir genauso gut gleich alle nach Vail ziehen.“

„Und deshalb bist du die Person, die das verhindern muss", sagte Luke und piekte Gabriel mit Nachdruck mit dem Zeigefinger in die Schulter. „Weil du dich mit den Folgen einer solchen Entwicklung für unsere Gemeinschaft auskennst. Du bist Stadtplaner. Man könnte doch zum Beispiel ein Modell bauen und zeigen, wie die Stadt mit so einer Hotelanlage aussehen würde. Sei ehrlich ... zeig es ihnen in Hochglanz. Und dann zeige ihnen, wie es sich auf ihren Geldbeutel auswirken würde. Die meisten Mitglieder des Stadtrats leben schon ihr ganzes Leben in den Bergen und ihre Familien schon seit Generationen. Du hörst doch, wie sie über die Flachländer herziehen, die mit ihren SUVs unsere Kleinstädte gentrifizieren und sie unerschwinglich machen für jeden, der dort leben will, wo er auch arbeitet. Es ist das eine, es ihnen zu sagen, aber ich glaube, es ist noch etwas ganz anderes, wenn sie es mit eigenen Augen sehen."

Gabriel starrte ihn an. Das war so simpel, und er fühlte sich wie ein Idiot, weil ihm das nicht schon viel früher selbst eingefallen war. „Du hast recht. Du bist ein Genie."

„Das versuche ich dir doch die ganze Zeit klarzumachen."

„Wärest du bereit, mich mit deinen Fähigkeiten dabei zu unterstützen? Ich habe weniger als einen Monat Zeit, um das vor der nächsten Stadtratssitzung umzusetzen, und ich kann die Abstimmung nicht noch einmal verschieben."

Lukas nickte mit Nachdruck. „Ich bin da und helfe dir, wo und wie immer ich kann."

Zum ersten Mal seit Monaten fasste Gabriel wieder Mut. Momentan sah die Stadt nur die positiven Auswirkungen einer neuen Hotelanlage. Wenn die Menschen aber begriffen, welche langfristigen negativen Auswirkungen das Projekt auf ihre Gemeinschaft haben würde, dann würden sie vielleicht doch noch den Wert eines eher konservativen Ansatzes erkennen. Es löste zwar nicht die Frage, was sie tun sollten, aber es konnte zumindest bewirken, dass der Flächennutzungsplan für das Hotelprojekt geändert wurde. Und das würde ihm Zeit verschaffen.

„Ich hatte mir schon gedacht, dass ich dich hier finde", hörten sie da eine Frauenstimme sagen.

Gabriel drehte sich um und sah, dass Melissa mit den Händen in den Taschen über den Rasen auf sie zugeschlendert kam. Sie war an diesem Tag noch legerer gekleidet als am Vortag mit einer Leggings, gefütterten Stiefeletten und einer Steppweste über einem flauschigen Pullover. Es war ein Outfit, das nichts tat, um ihre schlanke Figur und die weichen Rundungen zu verbergen.

„Jetzt sehe ich, warum Amanda Lee keine Chance hat", murmelte Luke und stand auf.

„Halt die Klappe", zischte ihm Gabriel gerade noch aus dem Mundwinkel zu, bevor er ebenfalls lächelte und aufstand. „Morgen, Melissa. Sie haben mich beim Schwänzen im Park erwischt."

Sie grinste und schaute auf den Hund. „Und wer ist der hübsche Kerl?"

„Eigentlich Luke, aber sag ihm das nicht, denn sein Ego ist auch so schon groß genug", antwortete er, woraufhin Luke ihm einen Stoß in die Rippen versetzte.

Melissa lachte und kniete sich vor Fitz auf den Boden, der aussah wie in Ekstase, als sie ihm den Hals und die Ohren kraulte. „Du bist aber ein großer Junge. Du bist bestimmt ein ganz Braver, oder? Wie heißt du denn?"

Luke warf Gabriel einen drohenden Blick zu, den er erwiderte. „Fitz", antwortete Gabriel schließlich. „Er ist ein Irish Mastiff. Ich fand Fitz für ihn sehr passend."

Melissa richtete sich wieder auf, aber Fitz beschloss, sich bei seiner neuen besten Freundin anzulehnen, und hatte sie dadurch schon fast umgestoßen, bevor sie sich gegen ihn stemmen konnte.

„Oooch, du bist aber auch ein Süßer, was?" Da war wieder die Babystimme, gefolgt von einem weiteren liebevollen Tätscheln.

Fitz war jetzt offiziell verliebt. Doch nun wandte Melissa ihre Aufmerksamkeit endlich Luke zu und reichte ihm die Hand.

„Dann nehme ich an, dass du Luke bist? Ich bin Melissa."

„Ja. Freut mich, dich kennenzulernen, Melissa. Ich wollte eigentlich gerade gehen."

„Aber bitte nicht meinetwegen. Ich war nur früh wach und brauchte einen Kaffee, wollte aber Mr Brandt deshalb nicht stören. Ich muss gleich wieder zum Frühstück im Bed & Breakfast sein."

„Nein, wirklich, ich muss noch einiges abarbeiten, bevor ich die Touristeninformation aufsperre." Er lächelte. „Viel Spaß, ihr beiden."

Dann winkte er noch kurz und ging mit einem vieldeutig Grinsen davon. Gabriel würde seinen Freund nie im Leben davon überzeugen können, dass er zurzeit nicht an Melissa interessiert war, besonders weil Luke mitbekommen hatte, wie ihm bei Melissas Anblick beinah die Augen aus dem Kopf gefallen waren.

„Er scheint nett zu sein", sagte Melissa und schaute Luke mit leicht gerunzelter Stirn hinterher. Anscheinend war ihr die wortlose Verständigung zwischen den beiden nicht entgangen.

„Das Wort nett würde ich zwar nicht wählen, aber wir kennen uns schon ewig. Er kennt also sämtliche Leichen in meinem Keller." Gabriel lächelte, um deutlich zu machen, dass er scherzte. „Und, wie geht es dir bei Opa? Hast du gut geschlafen?"

„Wie ein Stein. Ich glaube, das ist die bequemste Matratze, auf der ich je gelegen habe. Ich werde nicht wieder abreisen wollen."

Ein Punkt für die Einrichtung seiner Großmutter. Gabriel warf einen Blick auf seine Uhr. „Du hast grade was von Kaffee gesagt?"

„Bitte", sagte sie daraufhin und es klang wie ein erleichtertes Flehen. Sie löste sich von Fitz, damit sie neben Gabriel hergehen konnte.

„Es ist gar nicht so kalt heute", bemerkte sie.

„Doch, es ist genauso kalt wie gestern, aber du gewöhnst dich langsam an die Temperaturen."

„Kann sein", sagte sie, klang aber nicht überzeugt. „Fahren wir gleich nach dem Frühstück nach Georgetown?"

„Auf jeden Fall. Und wenn wir schon mal da sind, könnten wir uns doch auch die Stadt ein bisschen anschauen. Es gibt eine coole alte Dampfeisenbahn und man kann eine Mine besichtigen."

Melissa warf ihm einen Blick zu und fragte: „Ist das dein Ernst?"

„Ja. Warum nicht? Also für Viertklässler ist das jedenfalls Pflichtprogramm."

„... was bedeutet, dass ich es in der vierten Klasse gesehen habe. Ich bin nämlich in Denver zur Schule gegangen. Du erinnerst dich?" Sie schüttelte den Kopf, als ob sie ihn amüsant fand, und erklärte dann: „Nichts für ungut, aber ich muss mich so bald wie möglich an die Inventarisierung der Häuser machen. So gut Sophie mich auch vertritt, aber meine Kunden werden irgendwann merken, dass ich nicht da bin."

Es war tatsächlich ein etwas lahmer Versuch von ihm gewesen, ihr Interesse für die Gegend zu wecken, und er hatte dabei auch noch völlig vergessen, dass sie ja in Denver aufgewachsen war. Das lag sicher daran, dass sie so sehr der Vorstellung vom typischen *California Girl* entsprach. Vielleicht war das hier also ein ganz und gar hoffnungsloses Unterfangen.

Nein, so durfte er nicht denken. Der einfachste Weg, das Hotelprojekt zu verhindern, bestand darin, dass er den Verkauf der Immobilien und der Grundstücke gar nicht erst zustande kommen ließ, und um das zu erreichen, musste er Melissa auf seine Seite bekommen. Sie musste sich mit Jasper Lake verbunden fühlen und dafür war ihr nächstes Ziel ideal.

Gabriel stupste Melissa an, um ihr zu signalisieren, dass sie die Straße überqueren mussten, und führte sie direkt zu einem alten Backsteingebäude, das mit dem Schriftzug *Main Street Mocha* im Graffiti-Stil geschmückt war. Er schlang Fitz' Hundeleine um einen Fahrradständer, woraufhin sich der Hund sofort mit einem resignierten Seufzer niederließ. Gabriel hielt Melissa die Tür auf, und als sie den Coffeeshop betraten, wurden sie von dem kreischenden Geräusch einer Kaffeemühle und dem Zischen von Dampf begrüßt.

Genüsslich atmete er den Kaffeeduft ein und dachte, dass das *Main Street Mocha* sein Lieblingslokal in der Stadt war. Bei der Einrichtung dominierten schwarzer Stahl, unbearbeitetes Holz und ein kunstvoll marmorierter Betonfußboden, eine Art rustikaler Industrieschick. Direkt hinter der Bar hing ein Plakat, auf dem das Logo der *Solid Grounds Coffee Company* abgebildet war, ein Tribut an die Kaffeerösterei in Denver, von der Delia ihre Kaffeebohnen bezog. Sie war unerschütterlich von der Verwendung ausschließlich regionaler Produkte und vom Grundgedanken der Nachhaltigkeit überzeugt, deshalb hingen überall im Lokal Fotos und Logos von Firmen in Colorado, die sie als ihre Geschäftspartner betrachtete.

Gabriel beobachtete Melissas Miene, als sie sich in dem Coffeeshop umschaute, und fragte sich, ob das Lokal wohl ihrem offenbar sehr hohen Anspruch in Bezug auf Design und Inneneinrichtung genügen konnte.

Ihre Miene verriet nichts, aber sie zog eine Augenbraue ein ganz klein wenig hoch, als sie sich vorbeugte und murmelte: „Der Fußboden ist wunderschön. Die Leute haben ja keine Ahnung, wie schwer es ist, auf Beton diesen Effekt zu erzielen.“

Dann waren sie auch schon an der Reihe. Gabriel trat vor und lächelte die Frau mittleren Alters hinter dem Tresen an. „Morgen, Delia.“

„Morgen, Gabriel.“ Delia Crawford war die Einzige, die ihn nicht „Bürgermeister Gabriel“ nannte, und sie war auch die Einzige in der Stadt, die wie eine Rockabilly-Queen in Kleidern im 40er-Jahre-Stil und tätowierten Armen auftrat. „Zweimal innerhalb von einer Stunde? Das ist ja sogar für deine Verhältnisse rekordverdächtig.“

„Meine neue Freundin Melissa braucht ihre Koffein-Dröhnung", sagte er zur Erklärung.

„Dafür sind wir da", antwortete Delia und lächelte Melissa herzlich an. „Was darf ich dir denn machen?"

„Einen großen *Pumpkin Spice Latte*?"

„Kommt sofort."

Melissa griff nach ihrem Portemonnaie, aber Gabriel stupste sie mit dem Ellenbogen am Arm an und gab Delia das Geld, bevor sie es konnte. „Kannst du das bitte zum Mitnehmen machen? Opa wartet mit dem Frühstück auf uns."

„Grüß ihn von mir. Und sag ihm auch, dass seine Mandel-Scones gestern der Renner waren. Nächstes Mal bestelle ich die doppelte Menge."

„Das freut ihn bestimmt." Gabriel trat zur Seite, um Platz für den nächsten Kunden zu machen, und Melissa folgte ihm zum Ende des Tresens, wo sie ihren Kaffee abholen mussten.

Sie schaute sich mit anerkennender Miene weiter in dem Coffeeshop um. „Das ist wirklich ein fantastisches Lokal. Falls ich mal verlorengehen sollte, such mich als Erstes hier."

In dem Augenblick klingelte Gabriels Handy in seiner Hosentasche, und er holte es heraus, in der Hoffnung, dass es nur sein Opa sein möge, um zu fragen, wo sie denn blieben. Aber nein, es war ein dienstliches Gespräch. Wenn er schon so früh am Tag einen Anruf bekam, dann hatte das meist nichts Gutes zu bedeuten.

„Entschuldige mich bitte kurz, ja?", bat er Melissa.

„Ja klar."

Gabriel ging durch den Hintereingang in einen Innenhof und hielt sich das Handy ans Ohr. „Hallo?"

Und dann hörte er Lindas vertraute Stimme. „Hallo, Gabriel. Ich habe gerade einen Anruf von Sheriff Martinez bekommen. Er bittet darum, euer Treffen von morgen auf übernächste Woche zu verschieben. Ist das okay?"

Er atmete auf. Bei dem Treffen ging es um nichts Wesentliches. „Ja, das passt. Für mich wäre der beste Tag dann der nächste Donnerstag."

„Okay, danke. Bleibt es dabei, dass du heute später kommst?"

„Ja, wahrscheinlich gegen Mittag." Er drehte sich um und schaute durchs Fenster in das Lokal, aber Melissa war nicht mehr allein … und beim Anblick des Mannes, der da bei ihr stand, hielt er sein Handy so fest, dass er Angst hatte, das Display könnte dadurch zerbersten. „Also, wenn ich recht überlege, kann es auch sein, dass ich heute gar nicht mehr ins Büro komme. Aber du kannst mich jederzeit auf dem Handy erreichen."

„Okay, sag einfach Bescheid, ja?"

Gabriel beendete das Gespräch, steckte das Handy wieder in die Hosentasche und marschierte kampfbereit zurück ins Lokal.

Als Gabriel nach draußen ging, um zu telefonieren, stand Melissa auffällig sichtbar am Ende des langen Tresens. Trotz der trendigen Einrichtung des Coffeeshops waren die Gäste eher älter und nicht hip, sondern zweckmäßig gekleidet mit Fleecejacken und Cowboy- oder Arbeitsstiefeln. Eigentlich hätte ein Lokal wie dieses um diese Zeit überfüllt sein müssen mit Leuten, die an Laptops saßen und mit ihren Handys telefonierten, Schulkindern, die vor dem Unterricht noch einen heißen Kakao kauften, und Geschäftsleuten in Anzügen, die sich auf dem Weg zur Arbeit noch einen kleinen Koffein-Kick gönnen wollten.

Als sie die Situation jetzt mit eigenen Augen sah, wurde ihr plötzlich das Ausmaß der Herausforderung bewusst, vor der Gabriel stand. Die Stadt starb nicht nur wegen des fehlenden Tourismus langsam aus, sondern auch, weil das Durchschnittsalter der Bevölkerung um einiges über 50 lag. Um die Wirtschaft vor Ort anzukurbeln, brauchte es aber junge Familien und Firmen, Schulen und Dienstleistungen. Diese Erkenntnis fand sie seltsam beunruhigend, besonders weil sie zu dem Schluss gekommen war, dass sie dem Ort absolut nichts schuldig war.

„Entschuldigung", hörte sie da eine Stimme neben sich und ein großer stabiler Mann in einer dicken Daunenjacke beugte sich an ihr vorbei, um sich eine Serviette aus dem Serviettenspender am Ende des Tresens zu nehmen, hielt dann inne, betrachtete sie intensiv und sagte dann: „Sie sind Melissa Green."

Mit gerunzelter Stirn sah sie ihn an. Er war etwa Mitte fünfzig, sah sportlich aus, war von der Jacke bis hin zu den Stiefeln teuer gekleidet, kam ihr aber nicht im Entferntesten bekannt vor.

„Ja, die bin ich. Kennen wir uns?"

„Nein", antwortete er, und seine weißen Zähne blitzten, als er ihr seine Hand gab. „Ich bin Phil Burton."

Sie hatte Mühe, den Namen zuzuordnen, bis sie sich an das Logo auf den Plänen erinnerte, die Gabriel ihr am vergangenen Nachmittag gezeigt hatte: *Burton Property Group.*

Ihr Instinkt schaltete sofort auf höchste Alarmstufe, während sie aber gleichzeitig ein freundliches Lächeln aufsetzte und sagte: „Ach ja, Sie sind der Investor, der auf der Südseite des Sees bauen will, nicht wahr?"

Er sah überrascht aus. „Ja, genau. Wie ich sehe, haben Sie Ihre Hausaufgaben gemacht. Das erleichtert mir meinen Job sehr."

„Ach ja?"

„Ich möchte Sie nicht schon so früh am Morgen mit Geschäftlichem überfallen, aber ich würde mich gerne so bald wie möglich mit Ihnen treffen. Ich nehme an, Sie werden nicht lange vor Ort sein, oder?"

Etwas an der selbstgefälligen Art, in der er sein Anliegen in einem verschwörerisch klingenden Tonfall vortrug, bewirkte, dass sich ihr die Nackenhaare aufstellten. Er tat so, als wären sie Verbündete in irgendeiner Sache, obwohl sie ihm noch nie zuvor begegnet war.

Sie beschloss deshalb, sich dumm zu stellen, und antwortete: „Ach ja? Warum glauben Sie das?"

„Na ja, Sie sind eindeutig nicht aus der Gegend hier." Er sah sie von oben bis unten an, als würde das alles erklären. „Und mit Ausnahme dieses feinen Etablissements gibt es für jemanden wie Sie hier nichts."

„Einmal *Pumpkin Spice Latte*", rief Delia in dem Moment ein bisschen lauter als nötig und ihr Blick ging zwischen Melissa und Burton hin und her.

Melissa ließ sich Zeit, ihr Getränk entgegenzunehmen, und dann sogar noch ein bisschen mehr Zeit für den ersten Schluck. Sie war augenblicklich abgelenkt durch den Geschmack von gutem Espresso, perfekt geschäumter Milch und einer nicht zu süßen Würze des gesamten Getränks.

„Jemand wie ich?", fragte sie und tat ahnungslos.

Burton lächelte. „Eine kalifornische Designerin mit einer Vorliebe für europäische Antiquitäten? Ich gehe davon aus, dass der Ort hier Ihnen ein bisschen zu rustikal ist. Hören Sie, ich weiß, dass Sie so schnell wie möglich wieder nach Hause möchten, und will Ihnen ein faires Angebot für die Häuser machen. Ich nehme Ihnen alle zusammen ab und Sie können ungestört Ihr Leben in Kalifornien fortsetzen."

Und das war der Punkt, an dem es ihr reichte. Nicht die Andeutung, dass er alles über sie wusste, war dabei das Entscheidende, sondern wie er einfach davon ausging, dass sie sich nicht informiert hatte. Er hielt sie für völlig ahnungslos und tat so, als würde er ihr einen Gefallen tun, indem er ihr ein *faires Angebot* machte, und rechnete offenbar fest damit, dass er die Immobilien zum Schnäppchenpreis bekommen würde, um dadurch das letzte Hindernis für sein Projekt aus dem Weg zu räumen, und sie ihm gleichzeitig auch noch dankbar wäre.

Und wenn es eines gab, was sie verabscheute, dann, von einem Mann wie Phil Burton unterschätzt zu werden. „Haben Sie sich die Häuser denn überhaupt schon angesehen?“, fragte sie.

„Das brauche ich nicht“, antwortete er achselzuckend. „Die sind doch Folklore-Stil. Es gibt da oben Hunderte solcher Häuser, von denen manche eben von der Lage und dem Zustand besser sind als andere.“

„Heißt das nein?“

„Das heißt, es spielt keine Rolle. Ich brauche das Land eigentlich gar nicht, weil schon alles drum herum mir gehört. Glauben Sie, dass Ihre Immobilien noch etwas wert sein werden, wenn sie erst einmal von drei Seiten von meinem Hotel zugebaut sind? Sie sind klug genug, um den Tatsachen ins Auge zu blicken.“ Er zog eine Visitenkarte aus der Hosentasche und sagte: „Rufen Sie mich an. Ich bin bereit, schnell zu handeln. Wir können die Sache mit minimalem Aufwand abwickeln und Sie wieder in Ihr Leben entlassen.“

„Hmmm.“ Melissa nahm die Karte entgegen und nickte ihm kurz angebunden zu.

Er lächelte sie schleimig an und machte dann auf dem Absatz kehrt, genau in dem Augenblick, als Gabriel das Lokal wieder betrat. Ihr entging nicht der wortlose Austausch zwischen den beiden Männern. Burtons Miene war triumphierend und Gabriels wutentbrannt.

„Was wollte er?“, fragte Gabriel, als er näher kam. „Oder brauche ich das gar nicht zu fragen?“

„Doch, du kannst gerne fragen. Er hat mich angeschaut, vermutet, dass ich jemand bin, den man übers Ohr hauen kann, indem er sowohl die Architektur der Häuser als auch die Tatsache heruntergespielt hat, wie wichtig das Land für ihn ist. Er hat mich gedrängt, die Sache *schnell abzuwickeln*, damit ich wieder in *mein Leben entlassen werden kann*. Wenn ich ein bisschen kleiner wäre, hätte er mir vielleicht sogar über den Kopf gestreichelt.“

Melissa führte ihren Kaffeebecher zum Mund, ließ ihn dann aber wieder sinken. Sie wollte sich den Genuss dieser hervorragenden Latte nicht mit dem schlechten Geschmack im Mund verderben, den Burtons herablassende Art hinterlassen hatte.

„Und … wirst du ihn anrufen?", fragte Gabriel.

Sie drehte die Visitenkarte in ihrer Hand um, spürte das schwere Material, das er dafür gewählt hatte, und betrachtete die glänzende Goldfolie. Als sie wieder zu Gabriel aufblickte, hätte sie gewettet, dass in ihren Augen etwas Wildes aufblitzte. „Nicht, wenn ich es irgendwie vermeiden kann."

„Dann bist du also an Bord?"

Melissa schaute auf die Stelle, wo gerade noch Burton gestanden hatte. „Es hat sich nichts geändert, Gabriel. Ich brauche das Geld immer noch und ich muss immer noch verkaufen. Aber ganz sicher nicht an ihn." Und endlich wandte sie sich ihm wieder zu und hoffte, dass er genau verstand, was sie da sagte. „Wir müssen uns einen Plan überlegen, und zwar schnell."

10

Hätte Gabriel gewusst, dass nicht mehr nötig war als eine Begegnung mit Phil Burton, um Melissa auf seine Seite zu ziehen, dann hätte er dafür gesorgt, dass sie Burton gleich nach ihrer Ankunft in Jasper Lake über den Weg gelaufen wäre. Er hatte angenommen, es ginge nur ihm so, dass er das Gefühl hatte, gewalttätig werden zu müssen, wenn sich Burton in seiner unmittelbaren Nähe aufhielt, und er hatte gedacht, es läge daran, dass ihm die Stadt so sehr am Herzen lag, aber Melissa fühlte sich nicht so stark mit Jasper Lake verbunden und schäumte trotzdem innerlich.

„Ich hasse Männer, die glauben, dass Frauen keinen Geschäftssinn haben", murmelte sie auf dem Weg zum Bed & Breakfast zwischen zwei Schlucken ihrer *Pumpkin Spice Latte*. „Als würde ich in der Gegend herumstehen und darauf warten, dass mir jemand sagt, was ich mit meinen Immobilien tun soll."

Die Tatsache, dass sie von *ihren* Immobilien sprach und nicht von Connies, war schon mal ein Fortschritt; endlich interessierte sie sich ein wenig für die Häuser, auch wenn der einzige Grund dafür Burtons Versuch war, sie über den Tisch zu ziehen. Aber dagegen hatte Gabriel nichts, wenn sie dadurch beide in der Auseinandersetzung auf derselben Seite standen.

„Er hat auf jeden Fall ein Ohrfeigen-Gesicht", sagte Gabriel leichthin, woraufhin Melissa ihn angrinste und sagte: „Ach, hätte ich doch nur so schnell geschaltet."

Gabriel stupste sie mit dem Ellenbogen an. „Ist wahrscheinlich besser so. Burton ist der Typ, der dich dafür anzeigen und dann unter Druck setzen würde, mit dem Versprechen, die Anzeige zurückzuziehen, wenn du ihm die Grundstücke mit den Häusern günstig verkaufst, um sich das Land unter den Nagel zu reißen."

„Wahrscheinlich", sagte sie mit einem Hauch von Bosheit in der Stimme und leicht zusammengekniffenen Augen.

Und das war der Moment, in dem Gabriel zu dem Schluss kam, dass er diese Frau wirklich gern hatte. Seltsam, dass alles, was es gebraucht hatte, um sie zusammenzubringen, ein gemeinsamer Feind und Gewaltandrohung war. Trotz ihres Tonfalls war die Stimmung jetzt ungezwungen, fast konspirativ, und an der Art, wie sie neben ihm herging, glaubte er erkennen zu können, dass sie es auch so empfand.

„Kannst du mir ein wenig über Delia erzählen? Sie scheint mir keine typische Bewohnerin dieser Stadt zu sein", sagte Melissa.

„Du meinst, weil sie u-60 ist?", fragte Gabriel grinsend.

„Ja, deshalb und auch wegen der Tattoos, der Art, wie sie geschminkt ist, wegen der Frisur und der Vintage-Klamotten … du weißt schon, wegen des gesamten Rockabilly Looks. Sie stammt nicht von hier, oder?"

„Ursprünglich schon", korrigierte er sie. „Sie ist aber von hier aufs College gegangen, hat geheiratet und ist dann nach ihrer Scheidung wieder zurückgekommen. Anschließend hat sie den Coffeeshop eröffnet und den Rest weißt du ja."

Melissa nickte. „Jetzt brauchen wir nur noch 300 Leute mehr wie sie, nicht wahr?"

„Ich wage zu behaupten, dass es schon schwierig werden würde, auch nur eine weitere Person wie sie zu finden, aber ja, ich verstehe, was du meinst. Um als Kleinstadt zu überleben, brauchen wir nicht nur Rentner, sondern auf jeden Fall auch Menschen, die noch im Erwerbsleben stehen. Die meisten Jüngeren sind längst weggezogen und nicht wieder zurückgekommen."

„Dann muss das oberste Ziel doch darin bestehen, die Stadt für jüngere Menschen wieder attraktiv zu machen.“ Mit gerunzelter Stirn trank Melissa noch einen Schluck von ihrer Latte. „Was ist denn nötig, um für junge Berufstätige oder Berufsanfänger attraktiv zu sein? Bezahlbarer Wohnraum, richtig? Den gibt es ja schon.“

„Im Vergleich zu den hippen Wintersportorten ist Wohnen hier günstiger, ja. Aber in erster Linie sind Jobs nötig, und alle Jobs, die es hier gibt, haben entweder mit Gastronomie und Dienstleistungen zu tun oder sind Saisonjobs. Was nützen bezahlbare Wohnungen, wenn man hier kein Geld verdienen kann?“

„Hmm, und Jobs lassen sich nun mal nicht einfach herbeizaubern.“

„Du hast offensichtlich erkannt, worin meine Herausforderung besteht …“

„Ja, das habe ich.“ Sie legte ihren Kopf schräg und fragte: „Und was ist mit Luke?“

Sofort wurde Gabriel wachsam. Nein, nicht wachsam, sondern richtig eifersüchtig. „Was soll mit Luke sein?“, fragte er.

„Er ist doch jung? Wovon lebt er?“

„Er ist Webdesigner und arbeitet online für Kunden im ganzen Land.“

Melissa ging weiter, dachte einen Moment lang nach und sagte dann: „Ich vermute, das heißt, dass ihr hier in der Stadt über schnelles Internet verfügt, oder?“

„Wir sind zwar in den Bergen, aber nicht hinter dem Mond“, antwortete er darauf.

„Wie wäre es denn dann, wenn du versuchen würdest, die Stadt als Oase für Telearbeiter zu vermarkten? *Virtuell arbeiten in der schönsten Stadt von Colorado* … Wie du weißt, haben wir Millenials es ja sehr mit der Work-Life-Balance.“

„Ach ja?“, fragte er und warf ihr einen amüsierten Blick zu.

„Das habe ich jedenfalls gehört. Also bei mir gibt es wenig Balance, sondern eigentlich nur Work, deshalb bin ich wahrscheinlich kein gutes Beispiel dafür, aber mal im Ernst … könntest du das Problem nicht von dieser Seite aus angehen?“

Er überlegte einen Moment. Als Stadtplaner durchdachte er Dinge normalerweise unter dem Aspekt der physischen Infrastruktur, besonders auch, da er aus Detroit stammte, einer Stadt mit vielen Fabriken. Aber es gab ja auch ganze Branchen, die ausschließlich virtuell arbeiteten. Warum sollten sie es nicht versuchen?

„Ich glaube, dann bleibt als große Herausforderung das Wohnen. Wohnen ist hier noch erschwinglich, aber es ist ja nun auch nicht so, dass es Wohnungen im Überfluss gibt.“

„Ja, aber du kennst doch bestimmt einen Bauunternehmer – einen, der nicht Phil Burton heißt –, der Interesse daran hätte, Mietwohnungen und gewerbliche Räume zu bauen, oder?“ Melissas Gesicht leuchtete auf. „Weißt du, so hippe, moderne kleine Kabinen mit Telefon und schnellem Internet, die monatsweise vermietet werden, große und kleinere Konferenzräume für kleine Firmen oder Meetings. In Los Angeles ist das total angesagt, besonders wenn sie auch noch hundefreundlich sind.“

Gabriel schaute automatisch zu Fitz hinunter und kraulte ihm einmal kurz den Kopf. Ihm fielen Dutzende von Dingen ein, die getan werden müssten, bevor so ein Plan realisiert werden konnte, und manches davon würde Jahre in Anspruch nehmen … aber das musste ja eigentlich nicht er allein schaffen, sondern er brauchte erst einmal nur zu erreichen, dass die Einwohner seine Vision für die Stadt besser fanden als Burtons Plan. Er musste nur so viel erreichen, dass er die Befürwortung des Hotelprojektes durch den Stadtrat verhinderte und Melissas Häuser rettete. Und wenn der Stadtrat für seinen Plan stimmte, dann könnten sie langsam, aber stetig Schritte in Richtung einer vernünftigen Umsetzung unternehmen. Das war zwar nicht so sexy, wie einen Hotelkomplex aus dem Boden zu stampfen, aber es gab im Bereich der Stadtplanung ohnehin sehr wenig, was man als sexy bezeichnen konnte.

„Weißt du, du besitzt fünf ziemlich große Häuser in einer hervorragenden Gegend …", sagte er langsam.

„Du meinst, ich soll sie vermieten? Aber das hatten wir doch schon. Ich brauche sehr viel mehr Geld, als die Mieten einbringen würden."

„Vielleicht nicht verkaufen, sondern sie eher … unterteilen und dann einzeln als Eigentumswohnungen verkaufen." Er schüttelte den Kopf. „Ich sammle nur Ideen."

„Glaub mir, ich weiß, was an Häusern wie denen alles getan werden muss, um sie in Wohnungen zu unterteilen, und das ist nicht schön. Ich müsste die Grundrisse und wunderschöne Details aus der Epoche zerstören, um Mehrfamilienhäuser daraus zu machen. Es gibt zurzeit Menschen, die Hundertausende von Dollars ausgeben, solche umgebauten Mehrfamilienhäuser wieder zurückzubauen", erklärte sie ihm.

„Das stimmt. Aber wir können doch keine große Marketingkampagne starten, um neue Bewohner zu gewinnen, wenn wir gar keinen bezahlbaren Wohnraum haben. Das würde dieselben Probleme nach sich ziehen wie das Hotelprojekt."

„Den Versuch zu unternehmen, Burton zu einem Kurswechsel zu bewegen, ist wahrscheinlich aussichtslos, oder? Wenn der Stadtrat den Flächennutzungsplan ändert und eine Genehmigung blockiert, dann könnte er seine Pläne doch gar nicht umsetzen. Was würde er denn dann mit all dem Land anstellen, das ihm schon gehört?"

„Es behalten und daran festhalten, nur um uns Knüppel zwischen die Beine zu werfen?", vermutete Gabriel. „Bisher habe ich ihn nicht als besonders kooperativ erlebt."

„Aber das ändert sich ja vielleicht, wenn er nicht mehr alle Trümpfe in der Hand hat."

Gabriel warf Melissa einen Blick von der Seite zu. „Vergiss nicht, dass du selbst fünf Trümpfe in der Hand hast."

Sie zog ein Gesicht, den Blick dabei auf den Horizont gerichtet. „Wie könnte ich das vergessen?"

Er verspürte heftige Schuldgefühle. In den vergangenen paar Tagen war viel auf sie eingestürmt. Sie hatte durch Julie ein wenig von der Geschichte ihrer Mutter erfahren und die gesamte Zukunft der Stadt hing von ihrer Entscheidung bezüglich der geerbten Immobilien ab. Und wohin sie auch ging, gab es immer jemanden, der oder die sie daran erinnerte. Plötzlich wünschte er sich nichts mehr, als ihr sagen zu können, dass sie sich keine Sorgen machen und tun solle, was sie eben tun müsse. Den Rest würde er schon irgendwie hinbekommen.

Das war zwar vielleicht ein ritterlicher Impuls, aber auch ein fataler. Er war nämlich immer noch der Bürgermeister von Jasper Lake, und seine erste und oberste Priorität musste sein, das zu tun, was das Beste für die Stadt war. Selbst wenn es bedeutete, dadurch Melissa Green das Leben richtig schwer zu machen.

Sie kamen schließlich beim Bed & Breakfast an, wo Gabriel ihr die Eingangstür aufschloss und dann direkt in den Garten hinter dem Haus weiterging. Dort leinte er Fitz ab, und der riesige Hund galoppierte davon, begeistert, sich endlich wieder frei bewegen zu können. Doch diese Energie war rasch erschöpft und der Hund ging schnurstracks zu den Lounge-Möbeln im Innenhof. Zum Glück hatte Opa das Tier insgeheim gern, sonst hätte er Fitz das sicher nicht durchgehen lassen.

Gabriel kam durch die Hintertür wieder in die Küche, wo Melissa bereits an der Kücheninsel saß und mit seinem Großvater plauderte. Dem Duft nach briet Opa gerade köstliche Würstchen, die aus dem Fleisch der Schweine von der Hernandez-Ranch hergestellt wurden. Nicht nur das Fleisch war fantastisch, sondern auch die Gewürzmischung, die Ellie Hernandez für die Würstchen verwendete, und selbst Opa gab zu, dass er es nicht besser machen könnte. Und weil die Deutschen als Würstchenspezialisten galten, hatte so eine Aussage schon etwas zu bedeuten.

Melissa trank den Rest von ihrer *Pumpkin Spice Latte*, während Opa ihr von der schlimmen Flut erzählte, die das Wachstum von Jasper Lake stark gebremst und die Existenz vieler seiner Nachbarn vernichtet hatte.

„Es hat fast zwei Jahre gedauert, bis die Brücke auf der anderen Seite von Silverlark wieder aufgebaut worden war, weshalb dieser Ortsteil vom Rest der Welt fast vollständig abgeschnitten gewesen war, es sei denn, man kam mit unbefestigten, ausgefahrenen Straßen zurecht."

„Wow", sagte Melissa. „Und wie hat man die Versorgung der Leute gesichert?"

„Wenn man hier oben lebt, ist man darauf vorbereitet, dass man vielleicht monatelang eingeschneit ist. Deshalb war die Lage nicht sofort dramatisch, und nach einer Weile wurde dann ein Schleichweg für Lieferfahrzeuge planiert, der aber für Touristen gesperrt war."

Irgendwann merkte Melissa, dass Gabriel am Hintereingang stand, und sie sagte: „Oh, hallo. Dein Großvater hat mir gerade von der Flut erzählt, und wie lange es gedauert hat, bis die Gelder für den Wiederaufbau geflossen sind."

„Ja, und bis dahin war der Schaden schon angerichtet."

Opa stellte vor jeden von ihnen einen Teller, auf dem jeweils gebratene Eier, Landschinken, Ellies Würstchen und Toast-Dreiecke angerichtet waren. Gabriel sagte ihr nicht, dass dieses englisch-amerikanische Frühstück eigentlich nur die Gäste bekamen. Er selbst war mit einem Frühstück aus Brötchen und Marmelade, Salami und Käse aufgewachsen.

Melissa machte sich als Erstes über den Schinken her und stöhnte genüsslich. „Der ist fantastisch."

Gabriel lächelte. „Dann probier erst mal die Würstchen."

„Das mache ich", sagte sie, warf ihm einen erheiterten Blick zu und sagte: „Bin ich froh, dass ich heute eine Hose anhabe, die nachgibt."

Gabriel hielt sich die Hand vor den Mund, damit er lachen konnte, ohne dass ihm Essen aus dem Mund fiel. Sie mochte zwar stylisch sein, aber zimperlich war sie nicht.

„Und, Werner, was weißt du über Phil Burton?", fragte Melissa jetzt.

Sofort wurde aus Gabriels Husten ein ersticktes Keuchen, sodass Melissa ihm auf den Rücken klopfte und Opa ihm ein Glas Wasser hinschob. Als sichergestellt war, dass er überleben würde, hakte Melissa noch einmal nach. „Kennst du Burton?"

Opas Miene verhärtete sich. „Ja, ich kenne ihn. Warum?"

„Ich habe gerade mit Gabriel darüber gesprochen, ob er wohl bereit wäre, seinen Kurs zu ändern, wenn der Stadtrat gegen sein Hotelprojekt stimmen würde. Ich habe ihn heute Morgen getroffen, aber ich könnte nicht sagen, was für ein Mensch er ist."

Sie spielte die Sache herunter, das stand fest, denn ihm gegenüber hatte sie kein Geheimnis daraus gemacht, was für eine Art von Mensch Burton in ihren Augen war.

Opas Miene war jedenfalls angespannt, als er antwortete: „Philipp Burton tut immer das, was in Philipp Burtons höchsteigenem Interesse ist."

Melissa schien die Anspannung in seinen Worten nicht zu bemerken, denn sie nickte nur nachdenklich. „Dann muss Gabriel Burton vielleicht davon überzeugen, dass dieser Kurswechsel seine Idee war."

Gabriel schnaubte. „Es ist höchst unwahrscheinlich, dass es dazu kommt."

„Man kann nie wissen" wandte sie ein. „Wenn du Burton sagst, dass für die Stadt erschwinglicher Wohnraum wichtiger ist und ein Hotelkomplex dazu so gar nicht beiträgt, könntest du dir nicht vorstellen, dass er darin eine neue Chance wittert? Männer wie er sind einem Revierdenken verhaftet, und wenn du einen anderen Bauunternehmer ins Spiel bringst oder das auch nur andeutest, dann gerät er wahrscheinlich unter Zugzwang. Er wird auf jeden Fall verhindern wollen, dass ein Fremder ihm ein Geschäft im eigenen Revier vor der Nase wegschnappt."

„Weißt du was? Das ist gar keine schlechte Idee", meinte er und fand, dass sie für eine Person, die so süß und unschuldig aussah, erstaunlich verschlagene Gedanken hatte, und das war ein weiterer Punkt für Melissa Green.

„Danke." Zufrieden wandte sie sich wieder ihrem Essen zu, aber Opa starrte weiter Gabriel an.

„Was ist denn?", sagte der schließlich und räusperte sich, als sein Großvater ihn finster ansah.

Opa wischte weiter die Arbeitsflächen ab. Gabriel hatte es ihm zwar noch nie gesagt, aber diese Angewohnheit verriet ihm, dass er seinem Enkel gleich etwas Unangenehmes sagen würde. „Ich weiß jemanden, den du mit ins Boot holen könntest, und ich bin sicher, dass er sich sehr freuen würde, wenn er in dieser Angelegenheit helfen könnte."

Jetzt war es Gabriel völlig egal, ob er unhöflich rüberkam. Er starrte auf seinen Teller und stach dann mit seiner Gabel so heftig in das Eigelb, dass es sich über den ganzen Teller verteilte. „Das kommt nicht infrage."

„Gabriel …"

Doch der schüttelte entschieden den Kopf, und Opa ließ das Thema daraufhin fallen, sodass Melissa ihn nur neugierig musterte. Zum Glück fragte sie nicht nach, worum es in diesem wortlosen Austausch ging, allerdings vermutete er, dass von allen Menschen, die er kannte, wahrscheinlich sie am besten verstand, wie er in Bezug auf dieses Thema empfand.

Die Atmosphäre in der Küche des Bed & Breakfast wurde durch Gabriels Reaktion unangenehm angespannt, und Melissa hatte das Bedürfnis, die Stille zu füllen, egal, womit. Also fragte sie, woher das Fleisch auf ihrem Teller käme, was Mr Brandt am besten daran gefiele, ein Bed & Breakfast zu führen, und wie lange er schon in seinem Haus lebte. Es stellte sich heraus, dass er zwar zu den älteren Bewohnern von Jasper Lake gehörte, doch in der Stadt wohnte er noch gar nicht so lange. Er war erst vor dreißig Jahren mit seiner Frau hergezogen.

„Greta, Gott hab sie selig, wollte immer in der Großstadt leben, in New York oder San Francisco. Sie sagte, es würde sie an Berlin erinnert. Daher stammte nämlich ihre Familie. Eine Weile haben wir auch dort gelebt, und irgendwann hat sie dann gesagt, jetzt wäre ich an der Reihe. Da habe ich mir diesen Ort hier ausgesucht, denn er erinnert mich in mancherlei Hinsicht an Bayern, wo ich aufgewachsen bin."

„Hat denn einer von euch jemals daran gedacht, wieder nach Deutschland zurückzugehen?", fragte sie nach.

„Nein", antwortete er mit Bestimmtheit.

Sein Blick schweifte in die Ferne und seine hängenden Mundwinkel deuteten auf unschöne Erinnerungen hin.

„Gretas Familie hat Deutschland schon vor dem Krieg verlassen. Meine Familie hatte nicht so viel Glück, wenn auch immer noch mehr Glück als so manch andere. Nur durch Gottes gütige Hand wurde irgendwie übersehen, dass wir jüdische Wurzeln hatten. Trotzdem …", er schüttelte den Kopf, „ich weiß, dass Greta ihr Heimatland sehr vermisste, aber sie hat nicht gesehen, was ich gesehen habe; all die Zerstörung und die Not nach dem Krieg. Ich hätte nicht wieder dorthin zurückgehen können."

Melissa hörte mit gespannter Aufmerksamkeit zu. Ihr starkes Interesse lag vielleicht daran, dass sie nichts über ihre eigene Vergangenheit wusste. Sie fand die Lebensgeschichten anderer Menschen faszinierend und wollte gerade noch mehr Fragen stellen, als Gabriel die leeren Teller nahm und zur Spüle brachte.

„Wir müssen jetzt los, Opa. Melissa muss heute Morgen beim Gericht ihren Erbanspruch geltend machen."

In Melissa stieg eine Welle der Enttäuschung auf, aber sie nickte. „Ja, leider. Danke für das Frühstück, Werner. Es war wirklich köstlich."

Wie immer winkte Mr Brandt ab, als sie sich bedankte. „Ach, das ist doch nicht der Rede wert. Hier, nimm doch noch ein paar Scones mit."

„Aber wir sind doch nur eine halbe Stunde unterwegs, Opa. Und nach deinem Frühstück sind wir bis zum Abendessen pappsatt."

„Trotzdem", widersprach er und war schon dabei, die übrig gebliebenen Scones einzupacken und nach Bechern für den restlichen Kaffee zu suchen. Melissa rechnete damit, dass Gabriel protestieren würde, aber er sagte nichts, sondern nahm die Scones und die Becher entgegen und umarmte seinen Großvater zum Abschied noch einmal.

Einen der Becher reichte er Melissa, als sie auf die Hinterveranda des Hauses traten. Sie rechnete fast damit, dass Fitz auf sie zugesprungen kommen würde, aber der Hund hob kaum den Kopf von seinem Platz auf dem Sofa und sah sie hoffnungsvoll an. „Hast du etwas dagegen, wenn wir noch kurz bei mir zu Hause haltmachen, und das Untier hier absetzen?"

„Mag er denn nicht Auto fahren?"

„Doch, er liebt es sogar, aber er kommt mit den kurvigen Straßen nicht klar."

Melissa zog ein Gesicht. „Wenn das so ist, dann nein, dann habe ich nichts dagegen, ihn zu Hause abzusetzen. Ist es weit?"

„Nein. Falls du es noch nicht bemerkt haben solltest, ist in dieser Stadt nichts weit voneinander entfernt."

Er stieß einen Pfiff aus, auf den hin Fitz sich vom Sofa bequemte, zu ihm hin getrottet kam und sich widerstandslos anleinen ließ. Auf dem Gehweg angekommen, gingen sie nebeneinanderher, wobei Fitz nur hin und wieder stehen blieb, um an einer interessanten Pflanze oder sonst etwas anderem zu schnuppern.

„Warum sind die Häuser am Lakeshore eigentlich so weit entfernt vom Rest der Stadt?", fragte Melissa. „Es war doch bestimmt ziemlich aufwendig, Wasser, Strom und Kanalisation bis dort draußen zu verlegen."

„Als die Häuser gebaut wurden, gab es die Versorgungseinrichtungen hier noch gar nicht", erklärte Gabriel. „Und sie waren dann sogar die ersten Häuser in Jasper Lake, die fließendes Wasser hatten. Auf den Hügeln dahinter kannst du immer noch die alten schwerkraftbetriebenen Wassertanks sehen."

„Wirklich faszinierend", sagte Melissa. „Bleibt trotzdem meine Frage, warum die Häuser so weit vom Ort entfernt gebaut wurden?"

„Das ist eine gute Frage, auf die es aber leider keine Antwort gibt, weil nicht bekannt ist, wer sie gebaut hat. Man sollte ja eigentlich meinen, dass es darüber Aufzeichnungen gibt, aber fast das gesamte Archiv der Historischen Gesellschaft von Jasper Lake ist damals bei der Flut vernichtet worden. Und davor hat sich wahrscheinlich niemand genügend für die Häuser interessiert, um es herauszufinden. Ich denke, dass die Häuser von einem reichen Mann gebaut worden sind, der Abstand zu den einfachen Leuten haben wollte – vergiss nicht, dass das hier eine Bergarbeiterstadt war."

Das war eine naheliegende Vermutung, und ob nun ein Bergwerkbesitzer die Häuser für sich und seine Kinder gebaut hatte oder einer der ersten Fabrikbesitzer mit der Vision von einer eleganten Gemeinde in den Bergen, sie waren auf jeden Fall prunkvoller als alles, was es aus dieser Zeit sonst noch in Jasper Lake gab.

Sie wechselten jetzt vom Gehweg einer gepflasterten Straße auf einen unbefestigten, tief gefurchten Weg. In dieser Gegend der Stadt standen die Häuser kreuz und quer durcheinander und die Straße schlängelte sich um sie herum. Vor einem eingezäunten Blockhaus blieb Gabriel stehen. „Das ist es."

Erstaunt zog sie die Augenbrauen hoch. Dieses winzige, bescheidene Gebäude war das Haus des Bürgermeisters von Jasper Lake? Es sah eher wie eine Jagdhütte aus, obwohl es eindeutig neuer war als die umstehenden Häuser.

Gabriel sah ihre erstaunte Miene und bemerkte: „Nicht besonders beeindruckend, was? Ich bringe nur rasch den Hund hinein und hole meine Autoschlüssel. Dann können wir aufbrechen."

Er öffnete das Gartentor und trat einen Schritt zurück, um sie vorzulassen, dann gingen sie auf dem Kiesweg zur Haustür, die ohne eine Veranda oder einen Windfang davor ungeschützt an einer Seite des Hauses lag. Gabriel schien erstaunt, dass sie ihm zum Haus folgte, aber er öffnete ihr die Tür, ließ sie vorgehen und folgte dann.

„Es ist nichts Großartiges", sagte er entschuldigend. „Ich bin gleich wieder da …"

Er hatte recht. Es war wirklich nichts Großartiges, aber von innen sah es besser aus, als es von außen wirkte. Das gesamte Haus schien mit handgehobelten Hartholzdielen versehen zu sein, deren Oberfläche von Schuhen und Hundekrallen verschrammt waren. Im Wohnzimmer gab es ein paar schöne Möbel – ein ziemlich abgewetztes, aber hübsches Chesterfield-Sofa und einen offenbar handgeknüpften Perserteppich. Die nachgemachte Tiffany-Lampe auf dem rustikalen Beistelltisch hätte sie wahrscheinlich nicht ausgesucht, aber sie war viel besser als die grauenhaften Glas- und Messinggebilde, die sie schon in vielen Junggesellenbuden gesehen hatte. Alles in allem … gar nicht so übel für einen alleinstehenden Mann, der nichts mit Design zu tun hatte. Eigentlich hatte Gabriel Brandt sogar einen ganz guten Geschmack.

Vor sich hin lächelnd ging sie in die eine Ecke des Raumes, wo ein elektronisches Schlagzeug stand. Sie nahm einen der hölzernen

Drumsticks, schlug damit auf die Mesh Head und fragte ihn: „Du spielst?"

„Ob ich spiele?", wiederholte er und steckte dann den Kopf aus einem Raum heraus, in dem sie die Küche vermutete. „Ach, das Schlagzeug meinst du. Ein Bisschen, nur zum Spaß.

Melissa legte den Kopf schräg und musterte ihn. Sie glaubte, es ihm anzusehen. Er war der Schlagzeugtyp, jedenfalls eher als jede andere Art von Musiker. „Jeder braucht ein Hobby, was?"

Er verschwand wieder und in dem Raum nebenan hallte seine Stimme ein wenig. „Ja, so ähnlich. Apropos – was sind denn deine Hobbys?"

„Ich ..." Sie hielt inne. „Ich glaube, ich habe keine."

Früher war es einmal Design gewesen, aber seitdem sie das zu ihrem Beruf gemacht hatte, war kein neues Hobby nachgerückt.

Sie ging in die Küche und blieb dann entsetzt stehen. „Ach du meine Güte."

Es war eine Küche aus den Achtzigern mit abgestoßenen gefliesten Arbeitsflächen und einem Spritzschutz aus Fliesen, die zum Teil dunkelgrün glasiert und zum Teil mit handgemalten Berg- und Tiermotiven gestaltet waren. Die Hängeschränke waren typische Baumarktschränke, an denen der Hausbesitzer den Versuch unternommen hatte, ihnen einen rustikalen Touch zu verleihen, indem er sie mit bronzefarbenen Beschlägen versehen hatte, die wie Äste aussahen. Es war ...

„Grauenhaft, was?" Gabriel hatte ihren Gesichtsausdruck gesehen und schaute sich jetzt mit ratloser Miene um. „Ich meine, es gibt zwar noch schlimmere Küchen, aber ..."

„... nicht viel schlimmer", beendete Melissa den Satz für ihn. „Ich lege mal die Umstände zu deinen Gunsten aus und sage, dass du diese Einrichtung nicht ausgesucht hast."

Er lachte leise. „Wohl kaum. Das Haus ist gemietet. Eines der sehr wenigen Häuser hier, dessen Grundstück eingezäunt ist. Ein Teil der

Möbel gehört mir und ein Teil stand schon drin. Zum Beispiel die kitschige Lampe im Wohnzimmer.

„Und das Sofa und der Teppich?"

„Gehören beide mir." Er sah sie amüsiert an und sagte: „Du beurteilst mich nach der Auswahl meiner Möbel, oder?"

„Ja absolut. Aber ich bin froh, sagen zu können, dass du dabei ganz gut wegkommst. Besonders der Teppich ist sehr schön."

„Eine der wenigen Sachen, die ich aus Michigan mitgebracht habe. Ich hatte dort ein hübsches kleines *Craftsman*-Haus gemietet, aber ich war nicht lange genug dort, um Wurzeln zu schlagen oder mich richtig einzurichten." Er stellte den Wassernapf auf etwas, das wie ein selbst gebautes Gestell aussah, und richtete sich dann wieder auf. „Wenn ich wüsste, dass ich dauerhaft hierbleibe, müsstest du mir das Haus einrichten."

„Das könntest du dir wahrscheinlich gar nicht leisten", entgegnete Melissa mit einem verschämten Lächeln.

„Wahrscheinlich nicht." Er tätschelte Fitz ein letztes Mal und nickte dann in Richtung des Wohnzimmers. „Bist du bereit aufzubrechen?"

Sie folgte ihm nach draußen, aber erst als sie sich beide im Wagen angeschnallt hatten, stellte sie ihm die Frage, die sie schon die ganze Zeit beschäftigte. „Wie lange bist du überhaupt schon wieder zurück in Jasper Lake? Und warum sagst du, dass du nicht langfristig hierbleiben wirst?"

Er legte den Rückwärtsgang ein, fuhr von der Auffahrt auf die Straße und sah sie noch einmal an, bevor er wieder in den ersten Gang schaltete. „Ich bin seit über einem Jahr wieder hier. Hatte aber nie vor zu bleiben."

„Aber du bist der Bürgermeister der Stadt."

„Ja, bis auf Weiteres. Ich … ich versuche nur, Jasper Lake in die richtige Spur zu bringen, bevor ich wieder gehe."

„Das verstehe ich nicht. Warum investierst du so viel Arbeit in diese Stadt, wenn es gar nicht deine Stadt ist?"

„Ich habe nicht gesagt, dass es nicht meine Stadt ist, sondern nur, dass ich nie vorhatte zu bleiben."

Entweder antwortete Gabriel absichtlich ausweichend oder sie verstand ihn nicht. „Das verstehe ich nicht", sagte sie deshalb.

Er schaute wieder zu ihr hinüber. „Dies wird immer meine Stadt sein, denn sie hat mich gerettet. Aber machen wir uns nichts vor, es ist ja nicht so, dass es hier in der winzigen Stadt in den Bergen viel Arbeit für einen Stadtplaner gibt."

„Ich weiß nicht – es klingt so, als hättest du hier eine Aufgabe, die wie für dich gemacht ist, besonders wenn du das Hotelprojekt stoppen und in eine ganz andere Richtung planen kannst."

„Ich bin jetzt zweiunddreißig. Wenn ich hier vielleicht die nächsten fünf Jahre damit verbringe, den Bebauungsplan hinzubekommen, eine Art Stadtplanung auf Papier entwickle … und mit siebenunddreißig dann in eine andere Stadt ziehe – welche Perspektive habe ich dann?"

Da hatte er natürlich recht. Es fühlte sich an, als ob man mit Ende dreißig, wenn die Richtung, die man im Leben eingeschlagen hatte, feststand, kaum noch die Chance hatte, von diesem Weg noch einmal abzuweichen. Das war auch einer der Gründe, weshalb sie jetzt keine größeren Veränderungen in ihrem Leben vornehmen wollte. Ihre Firma war mittlerweile gut eingeführt, Sophie und sie hatten eine Arbeitsteilung, die gut funktionierte, sie hatten ein wunderschönes Zuhause, das gleichzeitig Showroom und Design-Versuchslabor war, und sie hatte viele Kunden, die mittlerweile wussten, wo sie zu finden waren. Wenn sie mit ihrer Firma an einen Ort mit günstigeren Mieten umzöge, wie beispielsweise nach Covina oder Rosemead, dann würde die größere Entfernung zu ihrer Kundschaft den Job nicht nur erschweren, sondern es könnte so aussehen, als ob die Firma nicht gut liefe … und daraus würde dann vielleicht wiederum der Schluss gezogen, dass sie keine guten Designerinnen wären.

Leider traf der Spruch „Fake it till you make it“* in den meisten Karrieren zu.

„Ich finde das jedenfalls ziemlich uneigennützig von dir“, sagte sie zu Gabriel.

„Im Gegenteil – es ist sogar ziemlich egoistisch“, widersprach er, warf ihr dabei einen kleinlauten Blick zu und erklärte weiter: „Ich hatte mein Leben lang immer einen Ort, an den ich gehen konnte, wenn etwas schiefgelaufen ist. Das war wie eine Art Sicherheitsnetz. Jasper Lake war da, als ich es brauchte, und ich möchte dafür sorgen, dass das auch so bleibt.“

Genau da lag der Unterschied zwischen Gabriel und Melissa. Er hatte ein Sicherheitsnetz, einen Ort, an den er immer gehen konnte. Sie hatte nichts als … die Gegenwart. Sie hatte nur das, was sie sich für sich selbst mit großer Anstrengung und enormem Einsatz selbst erarbeitet hatte. Er mochte den Wunsch haben, dass sich der Charakter der Stadt nicht veränderte, aber so einen Luxus konnte sie sich nicht leisten. Sie musste tun, was nötig war, um zu überleben.

Trotzdem konnte sie ihn auch verstehen. Wenn sie an nur einem Ort aufgewachsen wäre, und dazu noch an einem, der ihr etwas bedeutet hätte, dann hätte sie vielleicht auch so empfunden. Um seinetwillen hoffte sie, dass es ihnen gelingen würde, ihr jeweils oberstes Interesse zusammenzubringen. Denn auch wenn sie ihn zunehmend mochte, war es für sie keine Frage, was sie tat, wenn sie sich zwischen einem Leben in Jasper Lake und ihrem derzeitigen Leben in Pasadena entscheiden müsste. Wenn es eines gab, was man als Pflegekind lernte, dann, dass man sich nur auf sich selbst verlassen konnte.

Gabriel schien sich dessen, was da gerade zwischen ihnen stand, gar nicht bewusst zu sein, aber für sie waren diese Gründe undurch-

---

* Übersetzt: Durch Schein zum Sein.

dringlich wie eine Wand. Sie fand, dass sein Glaube an sie – oder zumindest die Hoffnungen, die er in sie setzte – unangebracht war, und es war nicht fair, ihn das nicht wissen zu lassen.

Zum Glück war die Fahrt nach Georgetown kurz und schon bald parkten sie den Wagen vor dem Gerichtsgebäude. Melissa nahm ihre Handtasche und wappnete sich für den bürokratischen Marathon, der vor ihr lag.

„Möchtest du, dass ich mitkomme?", fragte Gabriel.

„Nein, das schaffe ich schon allein. Solange es dir nichts ausmacht zu warten. Ich hab ja keine Ahnung, wie lange es dauern wird."

Sie rechnete mit mindestens zwei Stunden und dann waren es nicht einmal zehn Minuten!

Sie musste zunächst fragen, an welchem Schalter sie ihren Antrag abgeben musste, wartete dann, bis die Sachbearbeiterin, die für sie zuständig war, bereit war, gab ihr den ausgefüllten Antrag; die Sachbearbeiterin stempelte die Unterlagen ab und gab ihr eine Eingangsbestätigung.

„Ist das schon alles?", fragte Melissa.

„Ja, das wär's."

Wie betäubt verließ Melissa das Gerichtsgebäude wieder und stieg in den Truck. Es konnte doch unmöglich so unkompliziert sein, den Anspruch auf das Erbe von Immobilien im Wert von über einer Million Dollar geltend zu machen. Es konnte doch nicht sein, dass sie nur ein Formular abgegeben und eine Bearbeitungsgebühr bezahlt hatte.

„Das war wirklich einfach", sagte sie nur.

„Das habe ich mir schon gedacht. Wir sind hier nicht in Denver."

„Ja, das merke ich." Sie sah ihn an und fragte: „Und was jetzt?"

„Wenn du möchtest, können wir ein bisschen in der Stadt herumlaufen und unsere Scones verzehren. Wir können aber auch nach Jasper Lake zurückfahren; ganz wie du möchtest.

Als sie an all die Arbeit dachte, die dort auf sie wartete, richtete sie ihren Fokus wieder auf ihr Ziel. „Ich glaube, wir fahren lieber zurück nach Jasper Lake. Ich möchte heute gern mit der Inventarisierung der Häuser anfangen."

Er nickte und legte den Rückwärtsgang ein. „Dann also zurück nach Hause. Wahrscheinlich ist es auch für mich ganz gut, wenn ich heute Nachmittag noch ein bisschen im Büro bin."

Seiner widerstandslosen Zustimmung nach war er nicht enttäuscht über ihre Entscheidung, aber aus irgendeinem unerklärlichen Grund hatte sie das Gefühl, dass sie selbst es war.

11

Gabriel setzte Melissa vor dem Bed & Breakfast ab, wo ihr Mietwagen stand, und sie stieg um, ohne vorher noch ins Haus zu gehen. Gabriel wartete mit laufendem Motor und hatte das Gefühl, er hätte sie noch zu ihrem Wagen begleiten sollen. Aber schließlich war ihre gemeinsame Fahrt ja kein Date gewesen. Doch allein schon der Gedanke, dass er sich wie bei einem Date hätte verhalten sollen, zeigte, wie lange es her war, dass er eines gehabt hatte.

Melissa winkte ihm noch einmal fröhlich zu, nachdem sie in ihr Auto gestiegen war – eine eindeutige Verabschiedung –, und er fuhr weiter in die Stadt. Da die Temperatur endlich über 5 °C gestiegen war, hielten sich mehr Menschen im Freien auf, die meisten allerdings nur, um ihre Einkäufe zu erledigen. Im Winter öffneten viele Geschäfte erst um 10:00 Uhr oder gar nicht, und die Tatsache, dass Mitte Oktober immer noch so viele Läden die geregelten Öffnungszeiten der Saison beibehielten, war ein Zeichen für einen erstaunlichen Optimismus in der Stadt, der unbedingt aufrechterhalten bleiben musste. Was Melissa und er am Morgen bei ihrem Brainstorming herausbekommen hatten, war sicher kein Patentrezept gegen das, woran die Stadt krankte, aber es enthielt wenigstens eine reelle Chance.

Gabriel steckte kurz seinen Kopf zum Büro der Stadtsekretärin Elizabeth hinein, einer älteren Dame, die das Verwaltungsrückgrat der Stadt darstellte. Dann ging er weiter in sein eigenes Büro, wo Linda schon an ihrem Schreibtisch saß und an ihrem Computer arbeitete. Durch ihr professionelles Auftreten am Telefon waren die meisten Menschen überrascht, wenn sie erfuhren, dass Linda noch jünger war als er.

Sie blickte auf, als er hereinkam, und zog sich das Headset vom Kopf. „Guten Morgen, Gabriel."

„Morgen. Wie geht es deiner Tochter? Ich hoffe, sie hat sich von ihrem Magen-Darm-Infekt erholt."

„Ach, du meinst den Mathe-Infekt?", sagte sie mit einer hochgezogenen Augenbraue. „Die Art Infekt, die von jetzt auf gleich da ist, wenn man nicht für die Mathearbeit gelernt hat?"

„Autsch!", sagte Gabriel und zuckte zusammen.

Lindas zehn Jahre alte Tochter Ava war bezaubernd, und sie war noch nie in eine Situation geraten, aus der sie sich nicht hatte herausquatschen können. Anscheinend hatte sie diese Fähigkeit noch weiter ausgebaut, indem sie in der Schule Krankheit vorgetäuscht und sich dadurch bei ihrer Mutter nicht gerade beliebt gemacht hatte, denn die Grundschule war fast eine halbe Autostunde vom Rathaus entfernt.

„Und, wie viel Ärger hat sie jetzt?"

„Sagen wir es mal so: In meinem Garten wird heute Abend kein Fitzelchen Laub mehr zu finden sein."

Daraufhin sah Gabriel sie erstaunt an und bemerkte: „Aber du hast doch gar keinen Garten. Du wohnst in einem Mietshaus."

Sie blickte ihren Chef amüsiert an und antwortete: „Ja, das stimmt. Aber die Wohnungsgesellschaft hat mir zu Weihnachten eine Karte geschickt, auf der sie sich ausdrücklich dafür bedankt, wie großartig ich mich um die Außenanlage kümmere."

Gabriel grinste und klatschte sie ab, als er in sein Büro weiterging. Seine Assistentin hatte wirklich ein Rückgrat aus Stahl, was, so vermutete er, daran lag, dass sie seit ihrem achtzehnten Lebensjahr alleinerziehend war. Sie hatte ständig zu kämpfen, um den Lebensunterhalt für sich und Ava zu erwirtschaften, und er war beeindruckt, wie gut ihr das gelang.

Natürlich musste er dadurch erneut an Caroline Green denken und daran, dass sie etwa mit achtzehn aus Jasper Lake verschwunden war. Den Erzählungen seiner Großmutter nach mussten Caroline und Linda sich ziemlich ähnlich sein. Was wohl passiert sein mochte, dass Caroline ihre Tochter Melissa nach vier Jahren verlassen hatte?

Er schüttelte den Kopf und versuchte, die Gedanken an Melissa loszuwerden. Er wünschte, er hätte seine Faszination von ihr als Schwärmerei abtun können, aber obwohl es zweifellos einen Funken von Zuneigung gab, waren seine Gefühle dazu viel zu aufgewühlt. Auch Melissa hatte diese harte Schale, legte diese Entschlossenheit an den Tag, es allein zu schaffen, koste es, was es wolle. Sie hatte diesen Biss, der von einer schwierigen Kindheit und viel zu früher Selbstständigkeit rührte.

Wenn er daran dachte, wie es gewesen sein musste, wurde ihm ganz weh ums Herz … und eigentlich hielt er sich nicht für einen Mann, dem weh ums Herz wurde. Wie kam es also, dass er bereits eine solche Anteilnahme empfand, nachdem er sie erst seit einem Tag kannte?

Das war so, weil er wusste, wie es sich anfühlte, verlassen zu werden, selbst wenn es bei ihm nicht im wörtlichen Sinn passiert war. Und im Unterschied zu ihm hatte sie niemanden gehabt, der sie hätte auffangen können.

Aber jetzt Schluss mit diesen Gedanken. Er konnte nicht seine gesamte Zeit damit verbringen, sich Gedanken über Melissa zu machen, denn sie würde wahrscheinlich immer sicherer auf den Füßen landen als jede Katze.

Schließlich war da ja auch noch die Stadt, die ihn brauchte. Er setzte sich also an seinen Schreibtisch, stöpselte seine eigenen Ohrhörer in sein Handy und schaltete eine 80er-Metal-Playlist ein. Linda hatte ihm einmal den Knopf aus dem Ohr gezogen, um zu hören, was er da bei der Arbeit hörte, und er musste immer noch lachen, wenn er an ihre entsetzte Miene dachte. Er konnte selbst nicht erklären, warum ihm die laute Heavy-Metal-Musik half, sich zu konzentrieren.

Er holte den karierten Notizblock hervor, auf dem er Mindmaps für Projekte erstellte, und nahm seinen Lieblingsstift zur Hand. Innerhalb weniger Minuten hatte er eine grobe Skizze von seinen Ideen rund um den zentralen Gedanken Hotelanlage-Projekt erstellt mitsamt all den Dingen, die berücksichtigt werden mussten, falls der Stadtrat für das Projekt stimmte: Verkehrsfluss und Verbesserung der Straßen; die Auswirkungen des Projektes auf die Wasserscheide und entsprechende Gutachten; Wertzuwachs von Immobilien; höhere Einnahmen aus der Grunderwerbssteuer und steigende Lebenshaltungskosten … manche der Faktoren wirkten sich positiv aus, andere negativ.

Und dann waren da noch die nicht materiellen Faktoren: Lebensqualität; Verkehr; auswärtige Investoren, die Immobilien kauften, aber gar nicht in der Stadt lebten; Auswirkungen auf das öffentliche Schulsystem usw. Ihm war bewusst, dass das, was er hier gerade tat, hochspekulativ war und dass seine Sichtweise vielleicht einseitig war, aber wenn er den Stadtrat überzeugen wollte, dann musste er ein realistisches Bild davon zeichnen können, wie die Stadt in zehn bis fünfzehn Jahren aussehen könnte, falls das Hotelprojekt realisiert wurde. Wachstum musste ja nicht per se etwas Negatives sein, wenn es in vernünftige Bahnen gelenkt wurde. Er war nur einfach nicht sicher, dass das hier der Fall war.

Es gab jetzt kaum noch etwas, das er tun konnte, ohne erst ein 3-D-Modell zu erstellen, also rief er seine Modell-Software auf dem Laptop auf und lud – nachdem er die Koordinaten gecheckt hatte – Satellitenbilder von der Stadt herunter. Die Software war nicht ohne Mängel, und trotzdem hatte er innerhalb von ein paar Stunden die Grundlagen für ein ganz ansehnliches Modell zusammen, mit dem er weiterarbeiten konnte.

„Arbeitest du heute länger?", fragte Linda, die den Kopf zur Tür hereinsteckte, die Handtasche schon über die Schulter gehängt.

Überrascht blickte er auf und schaute auf die Uhr. Es war bereits halb sechs. Der Nachmittag war wie im Flug vergangen, während er in die Erwachsenenversion der „Sims" völlig vertieft gewesen war.

„Nein, ich mache auch gleich Schluss. Du kannst ruhig schon gehen."

„Danke, Gabriel. Mach nicht mehr so lange. Du arbeitest zu viel."

Doch er winkte ab und hatte das Gefühl, dass sie ihn völlig falsch einschätzte. Er hatte bisher sehr wenig für die Stadt getan; das hier war der erste konkrete Schritt zur Einhaltung seiner Wahlversprechen. Und selbst das, was er sich hier überlegte, war überwiegend Wunschdenken und Spekulation. Wenn er doch nur eine Kristallkugel hätte, um zu sehen, wie die ganze Sache ausgehen würde.

Oder du könntest einfach versuchen zu beten. Dieser verschrobene Gedanke kam halb aus seinem eigenen Kopf, halb hörte er ihn aus dem Mund seiner Großmutter. Sie war auf jeden Fall der „immer-zuerst-beten"-Typ einer Christin gewesen, während bei Gabriel leicht seine analytische Art siegte, besonders wenn es um seine Arbeit ging.

„Okay, Herr", sagte er laut und lehnte sich auf seinem Stuhl zurück. „Was hältst du von alldem hier? Schlage ich überhaupt gerade die richtige Richtung ein?"

Nachdem er eine Weile an die Decke gestarrt und auf eine Art Antwortimpuls gewartet hatte, kam er zu dem Schluss, dass es Zeit war, Feierabend zu machen und es am nächsten Tag noch einmal zu versuchen. Vielleicht würde er morgen früh mit irgendeiner Art von Entschluss aufwachen. Aber vielleicht musste er auch einfach weitermachen und darauf hoffen, dass er im Verlauf des Prozesses Klarheit gewinnen würde. Die ganze Zeit hatte er gedacht, dass er nach Jasper Lake geschickt worden sei, um diese Angelegenheit in die richtigen Bahnen zu lenken, deshalb musste er auf jeden Fall selbst daran glauben, dass ihm eine Lösung gezeigt werden würde.

Vielleicht war es aber auch nur so, dass er nur arbeitslos geworden war und daraufhin wieder nach Hause gekrochen kam. Deshalb konnte es gut sein, dass er die ganze Zur-richtigen-Zeit-am-richtigen-Ort-Geschichte nur erfunden hatte, um sich nicht ganz so mies zu fühlen.

Nein, das alles konnte er einfach nicht glauben. Die Stadt brauchte ihn. Und er würde sie nicht enttäuschen.

Es ist kalt hier drin. Das war Melissas erster Gedanke, als sie das erste ihrer Häuser aufschloss und betrat. Gas und Strom waren mittlerweile natürlich schon seit einer ganzen Weile abgestellt, aber irgendwie hatte sie gar nicht bemerkt, wie kalt es im Haus ihrer Großmutter war, als sie es sich gestern angeschaut hatten. Heute war es schwierig, das Bibbern und Zähneklappern zu ignorieren.

Sie schlang sich die Arme um ihren Oberkörper und wünschte, sie hätte ihren Mantel angezogen und nicht nur eine Steppweste. Sie würde sich beeilen müssen mit dem Inventarisieren und dann in den Baumarkt fahren, um einen Heizlüfter zu kaufen, sonst würde Gabriel sie später als blau gefrorenen Eiszapfen vorfinden, das Handy in der Hand festgefroren.

Der Gedanke an Gabriel machte sie irgendwie unruhig. Sie musste sich immer wieder selbst daran erinnern, dass sie ihn erst gestern kennengelernt hatte, dass sie entgegengesetzte Prioritäten hatten und dass sie ihm nicht so leichtfertig vertrauen sollte. Aber seine freundliche und direkte Art war einfach entwaffnend. Sie konnte nicht anders, als ihn zu mögen, besonders wenn sie ihn mit seinem Großvater und seinem riesigen, verrückten Hund erlebte.

Und dann waren da noch diese faszinierenden blauen Augen,

seine schlanke Figur und die kantigen Gesichtszüge, die ein ganz klein wenig zu maskulin waren, um ihn als schön zu bezeichnen – aber nicht, dass sie sich darüber besonders viele Gedanken machte.

„Jetzt sei nicht so dumm", sagte Melissa zu sich selbst und marschierte mit ihrem Handy in der Hand durch den Salon in die kahle Küche.

Es stellte sich dann aber heraus, dass sie das Handy gar nicht brauchte. Das Haus hatte zwar ein paar der gleichen beeindruckenden architektonischen und baulichen Merkmale wie Connies – allerdings ohne die William-Morris-Tapete –, aber es stand kein einziges Möbelstück darin. Die ehemaligen Eigentümer hatten alles mitgenommen außer einer ramponierten Anrichte, die aber nur noch als Feuerholz taugte. Melissa machte rasch ein paar Fotos von den beiden Kaminen, die sie für den Fall eines Abrisses auf jeden Fall retten würde, schloss dann das Haus wieder ab, verzog sich rasch in die Wärme ihres Mietwagens und fuhr zum Baumarkt.

Eine Dreiviertelstunde später war sie mit einem kleinen Propangasheizlüfter und einer Ersatzgasflasche aus dem Baumarkt zurück. An der Eingangstür des zweiten Hauses ging sie die Schlüssel in ihrer Hand durch und brauchte vier Versuche, bis sie den richtigen gefunden hatte. Morgen würde sie ein Fläschchen Nagellack mitbringen und die Schlüssel markieren, sodass sie nicht jedes Mal lange suchen musste, wenn sie eine Tür aufschließen wollte.

Am Ende schaltete sie den neuen Heizlüfter nicht einmal ein, weil sie das zweite Haus genauso vorfand wie das erste. Keine Möbel, Details aus der Epoche, in der es erbaut worden war, hübsche Kamine. In diesem Haus gab es wenigstens eine interessante eingebaute Eckvitrine im Esszimmer, von der sie glaubte, dass man sie ausbauen konnte, wenn man dabei behutsam vorging. Doch auffällige Details, wie sie in Connies Haus vorhanden waren, wie beispielsweise die geschnitzten Akeleien an den Deckenabschlussleisten, gab es auch hier nicht. Ob das bedeutete, dass Connies Haus das Original war, das Haus des „Big Boss", und die anderen nur Kopien für Familienmitglieder oder hochrangige Angestellte?

Die beiden Häuser auf der Westseite ging Melissa dann genauso schnell durch und dokumentierte dort nur das, was sie eventuell retten würde. Dann kehrte sie wieder zu Connie Greens Haus zurück. In angespannter Haltung stand sie auf der Straße davor. Wenn sie ganz ehrlich war, hatte sie in den anderen vier Häusern absichtlich Zeit vertrödelt, weil sie sich nicht dem stellen wollte, was sie in dem Haus vorfinden würde.

Wenn Connie Green gewusst hatte, dass sie eine Enkelin hatte und dass diese Enkelin noch lebte, was würde sie dann vielleicht dort über sich finden? Und was würde sie über ihre Mutter herausfinden?

Melissa holte ihr Handy heraus und rief Sophie per Videocall an, aber ihre Freundin antwortete nicht. Also schrieb sie ihr stattdessen eine Nachricht. *Was machst du gerade? Hast du kurz Zeit?*

Es kam rasch eine Antwort: *Kundengespräch. Melde mich später.*

Melissa steckte ihr Handy wieder in die Tasche und seufzte. Nicht einmal ihre Freundin konnte sie jetzt vorschieben, um das Betreten des Hauses hinauszuzögern. Okay, dann also los.

Sie betrat das Haus durch den Haupteingang und blieb im Windfang stehen. Sie musste die Disziplin aufbringen, ihre Gefühle beiseitezulassen, durfte sich zum Beispiel nicht fragen, ob ihre Mutter nach der Schule wohl ihren Rucksack auf diese Bank im Eingang geworfen hatte oder ob sie selbst wohl als Baby auf diesem Perserteppich herumgekrabbelt war. Hier ging es jetzt ausschließlich um Möbel und bauliche Details.

Melissa beschloss, in der Bibliothek anzufangen, obwohl sie schon jetzt einen Kloß im Hals hatte. Es war leicht gesagt, dass sie unbeteiligt bleiben musste, aber all die Jahre, in denen sie sich Möbel nicht nur mit analytischem, sondern auch mit kreativem Blick angeschaut hatte, ließen sich nicht einfach ignorieren. Genau dieser Blick war es nämlich, durch den sie in ihrem Job so gut war. Und er war es auch, der ihr half, die Geschichte selbst der rätselhaftesten Gegenstände herauszubekommen. Es war ihre Fähigkeit und Bereitschaft, sich vorzustellen, was diese Möbel alles gesehen und erlebt hatten, von welchen Menschen sie benutzt worden waren, wie sie von ihrem Herstellungsort dorthin gelangt waren, wo sie sie gefunden hatte. Doch als sie sich nun die Möbel im Haus ihrer Großmutter anschaute, sah sie immer nur eine Geschichte, an der sie hätte beteiligt sein können, es aber nicht gewesen war.

Ihr Aufschluchzen und die Enge in ihrer Kehle und ihrer Brust überraschten sie selbst. Sie floh aus der Bibliothek und wieder zum Haupteingang hinaus, wo sie auf der ersten Stufe zusammenbrach und das Gesicht in ihren Händen barg.

„Ich schaffe das nicht", murmelte sie und versuchte, den plötzlichen inneren Sturm zu beruhigen. Die Gleichgültigkeit, die sie jahrelang hatte aufrechterhalten können, war angesichts dieser Begegnung mit ihrer Vergangenheit und dem, was ihr Zuhause hätte sein können, wie weggeblasen. Wenn sie überhaupt wusste, was ein Zuhause war.

Sie schaute auf ihr Handy, aber Sophie hatte immer noch nicht geantwortet. Sie tat genau das, was sie sollte – die Kunden an die erste Stelle stellen –, aber Melissa fühlte sich auf unerklärliche Weise abgeschnitten.

Das Dröhnen eines Dieselmotors ließ sie aufblicken. Sie erkannte Gabriels Truck und wischte sich rasch die Tränen ab. Langsam stand sie auf, während er den Wagen am Straßenrand parkte und ausstieg.

„Was machst du denn hier?"

„Ich dachte, ich schau mal nach dir", antwortete er und ließ beim Näherkommen seinen Schlüsselbund um den Zeigefinger kreiseln. Dann änderte sich seine Miene und er sagte: „Es ist schwerer, als du gedacht hast, oder?"

Sie wollte es gerade leugnen, aber irgendetwas an dem Verständnis in seinem Blick bewirkte, dass sie es sich anders überlegte und gestand: „Ja."

„Was hältst du davon, wenn wir jetzt Feierabend machen und du morgen einen zweiten Versuch startest?" Er deutete mit einem Nicken quer über den See in Richtung Stadt. „Wir haben noch ein paar Restaurants mehr, die du unbedingt ausprobieren musst. Oder wenn du gern erleben möchtest, wie mein Leben hier wirklich aussieht, dann habe ich eine ziemlich beeindruckende Sammlung von Frühstückszerealien."

Seine gespielt ernste Miene bewirkte, dass sie laut lachen musste. „Versuchst du gerade, mich zaghaft darauf vorzubereiten, dass kochen nicht Teil deines Zaubers ist?"

„Kochen ist definitiv nicht Teil meines Zaubers, aber um ehrlich zu sein, komme ich meistens allein durch mein gutes Aussehen weiter." Er zwinkerte ihr zu, was ein erneutes prustendes Lachen bei ihr auslöste, und dann deutete er mit einer Geste in Richtung des Hauses. „Komm schon, schließ zu und lass uns gehen."

Melissa zögerte nur einen kurzen Moment, ging dann aber zurück ins Haus, und nachdem sie sich kurz vergewissert hatte, dass der Heizlüfter ausgeschaltet war, tauchte sie wieder im Eingang auf und schloss die Tür hinter sich ab. Die Enge in ihrer Brust blieb zwar, aber wenigstens legte sich jetzt eine Leichtigkeit darüber, die vorher nicht da gewesen war.

„Woraus besteht denn die Dinnerauswahl – abgesehen von deinen Zerealien natürlich?"

„Sandwichs, Burger oder italienisch. Alle Restaurants sind gut."

Melissa kam die Stufen herunter auf ihn zu. „Weißt du was? Wähl du etwas aus. Ich vertraue dir."

„Ach ja? " Wieder blitzten seine Augen und es wurde ihr plötzlich etwas schwummerig. „Wenn das so ist, habe ich eine Idee."

12

Auf dem Rückweg in die Stadt fuhr Gabriel voraus. Zuerst stellten sie Melissas Wagen vor dem Bed & Breakfast ab, und dann fuhr er zurück zur Main Street, um etwas zu essen zu holen: Sandwichs, eingelegtes Gemüse und Pommes mit Essig und Salz aus dem Deli. Halb rechnete er damit, dass sie ihn doch noch an seiner Wahl hindern würde, aber sie hielt Wort und bestellte Pastrami auf Roggenbrot und ungesüßten Tee. Minuten später waren sie mit dem verpackten Essen auf dem Rückweg zu seinem Truck.

„Du hast keine Höhenangst, oder?", fragte Gabriel, als er den Wagen anließ und stadtauswärts zum Highway fuhr.

Sie warf ihm einen misstrauischen Blick von der Seite zu. „Nein … nicht dass ich wüsste."

„Gut", bemerkte er grinsend. „Aber ich verrate dir nicht, wohin wir fahren."

Ihm war bewusst, dass er damit viel Vertrauen von ihr verlangte, denn schließlich kannten sie sich kaum, aber nachdem er sie weinend auf den Stufen des Hauses ihrer Großmutter vorgefunden hatte, war er zu dem Schluss gelangt, dass sie etwas Abstand von der Stadt brauchte.

Er fuhr also den gleichen Weg, auf dem sie gekommen waren, wieder um den See herum, aber statt auf den Lakeshore Drive abzubiegen, fuhr er auf dem unbefestigten Weg weiter, der sich in die Berge schlängelte. Sie rumpelten über einen Hohlweg, und Melissa griff nach dem Haltegriff über der Beifahrertür, um sich festzuhalten.

„Sorry. Je weiter die Saison vorangeschritten ist, desto schlechter werden die Straßen. Mit den Mitteln, die wir für die Instandhaltung zur Verfügung haben, können wir diese unbefestigten Wege leider nur einmal im Jahr planieren – wenn's gut läuft."

„Ich nehme an, das ist ein guter Grund, um mit Allradantrieb zu fahren, oder?"

„Ja, das kann man so sagen."

Er lächelte, fuhr weiter bergauf, bog irgendwann auf eine Art verwilderten Pfad ab, und als er dann anhielt, standen sie auf einem Felsvorsprung, und vor ihnen fiel der Berg steil zum Seeufer ab. Die Stadt lag wie die Miniaturstadt einer Modelleisenbahn vor ihnen, gleichzeitig realistisch und märchenhaft wegen des kleinen Maßstabs. Es erinnerte ihn an das Modell, das er heute mithilfe seines CAD-Zeichners angefertigt hatte, und daran, dass eine Abbildung manches eben doch nicht vermitteln konnte.

Melissa öffnete die Autotür und stelle sich aufs Trittbrett, um den Ausblick auf sich wirken zu lassen. „Wow!"

„Genau das habe ich auch gerade gedacht", sagte Gabriel, stieg aus dem Truck und holte eine schwere Wolldecke vom Rücksitz. Dann griff er nach den Tüten mit ihrem Essen, ging vorn um den Wagen herum und stieg auf die Motorhaube. „Leistest du mir hier oben Gesellschaft?"

Melissa machte große Augen, aber dann wurde ihr Gesicht ganz weich, und sie lächelte.

„Okay", sagte sie, brauchte aber mehrere Versuche, um auf die Stoßstange zu klettern, sodass er ihr irgendwann die Hand hinhielt und sie neben sich zog. Sie rutschte voller Unbehagen hin und her und sagte: „Ich möchte keine Delle in deine Motorhaube machen."

„Dazu bist du gar nicht schwer genug. Und außerdem – siehst du denn die Hagelschäden nicht?" Er zeigte auf golfballgroße Dellen, mit denen die Motorhaube übersät war.

Melissa zuckte zusammen und bemerkte: „Das hat bestimmt wehgetan, oder?"

„Die Dellen waren schon da, als ich ihn gekauft habe", erklärte er achselzuckend. „Sonst hätte ich mir den Wagen gar nicht leisten können, und weil ich wusste, dass ich viel Zeit hier oben verbringen würde, brauchte ich etwas Robustes. Im vergangenen März hatten wir hier 1,30 Meter Schnee."

Er warf einen Blick in eine der braunen Papiertüten und gab sie dann ihr.

Statt gleich anzufangen zu essen, rutschte sie nach hinten, lehnte sich an die Windschutzscheibe und streckte die Beine lang nach vorne aus. Das Licht des schwindenden rosa gefärbten Sonnenuntergangs verlieh ihren blonden Haaren einen warmen Schimmer, sodass sie fast die gleiche Farbe hatten wie ihre Wangen. Schweigend schaute sie zu, wie der Horizont zu einer Mischung von Pastelltönen verschmolz und der Himmel darüber nach und nach in ein Blauviolett überging.

„Wie wunderschön!", sagte sie schließlich.

„Das hier ist einer meiner Lieblingsplätze."

Sie warf ihm einen erheiterten Blick zu, der aber auch etwas Wachsames hatte. „Ich wette, du kommst mit all deinen Mädchen hierher."

„In meiner Highschool-Zeit war die Stelle als Knutschplatz bekannt." Er grinste sie an. „Aber seitdem ich siebzehn war, bin ich nicht mehr hier gewesen."

Sie griff nach ihrem Tee und trank einen Schluck, während sie über seine Worte nachdachte. „Daraus schließe ich, dass du keine Frau oder Freundin hast", sagte sie schließlich, hob dann eine Hand und fuhr fort: „Ich will gar nicht spekulieren; ich habe mir nur gedacht, dass du nicht mit mir hierherkommen würdest, wenn es so wäre."

„Nein, ich habe keine Frau und auch keine Freundin."

In Michigan hatte er eine Freundin gehabt – eine Kollegin –, und er hatte gedacht, aus ihm und Madeline könnte etwas werden, aber damit war Schluss gewesen, als er entlassen worden war. Vielleicht hatte sie Angst gehabt, dass seine Entlassung sich negativ auf ihre eigenen Chancen auswirken könnte, oder vielleicht hatte sie auch einfach kein Interesse mehr an ihm gehabt.

Womöglich hatte es aber auch an der Tatsache gelegen, dass sie über ein Jahr lang eine On-off-Beziehung geführt und nie miteinander geschlafen hatten. Er glaubte, dass ihn das zum Christen und zum Gentleman machte, wusste aber mittlerweile, dass manche Frauen so ein Verhalten auch als Demütigung empfanden. Madeline und er hatten jedenfalls nicht so gut zusammengepasst, wie er anfänglich geglaubt hatte.

Gabriel konzentrierte sich jetzt wieder auf Melissa. „Und was ist mit dir?"

„Nein, ich habe auch keine Frau und keine Freundin."

Einen Moment lang wusste er nicht so recht, was er denken sollte, aber dann lächelte sie. „Und auch keinen Freund oder Ehemann."

„Sehr witzig."

„Ich konnte einfach nicht anders. Du hast dich nicht gerade präzise ausgedrückt."

Gabriel lehnte sich neben ihr zurück an die Windschutzscheibe und griff in seine Papiertüte, um das Sandwich herauszunehmen. „Es fällt mir schwer, dir das abzunehmen."

„Warum denn das?"

„Weil du schön und tüchtig bist und weil du wahrscheinlich von Männern nach deiner Telefonnummer gefragt wirst, wo immer du auch auftauchst."

Sie zuckte mit einer Schulter, was er als widerwillige Bestätigung seiner Vermutung deutete. „Wenn die Typen sich nicht die Mühe machen, mit mir zu reden und sich für mich zu interessieren, bevor sie mich nach meiner Nummer fragen, dann mache ich mir auch nicht die Mühe, auf ihre Anrufe zu reagieren."

Das verstand er und antwortete: „Deren Pech."

Daraufhin wurde Melissa still, nahm ihr eigenes Sandwich aus der Tüte und biss davon ab. Sie kaute eine Weile nachdenklich und ließ das Sandwich dann wieder sinken. „Ich glaube, ich kann das nicht."

Er schaute zu ihr hin. „Dein Sandwich essen und mit mir zusammen hier sitzen?"

Er sah den Anflug eines Lächelns. „Nein, in Connies Haus die Sachen durchgehen."

Er hatte sich schon gefragt, ob sie dazu noch etwas sagen würde. Es war jedenfalls einer der Gründe, weshalb er mit ihr hier hochgefahren war. Irgendwie war es leichter, sich seinen Problemen zu stellen, wenn man auf einem Berggipfel war.

„Warum sagst du das?", fragte er.

„Es fühlt sich an wie ein Gedächtnisverlust. Ich weiß, dass es eine Verbindung zwischen mir und dem Haus gibt, aber ich habe nicht die geringste Erinnerung daran. Es sagt mir nichts, absolut nichts, obwohl ich weiß, dass es das eigentlich müsste. Es fühlt sich an wie …"

„… wie ein Paralleluniversum?", fragte er.

Sie legte den Kopf schräg und sah ihn an. „Ja, irgendwie schon. Das klingt, als wüsstest du, wie das ist."

Gabriel holte tief Luft. Er hatte nicht vorgehabt, über sich selbst zu sprechen, aber jetzt fühlte er sich doch dazu genötigt. „Ich habe dir ja erzählt, dass ich mit zwölf, dreizehn Jahren diese rebellische Phase hatte, nicht wahr?"

Sie nickte.

„Der Grund dafür war, dass ich herausgefunden habe, dass der Mann, den ich mein Leben lang für einen Freund der Familie gehalten hatte und den ich Onkel Bob nannte, in Wirklichkeit mein Vater war."

Sie zog die Augenbrauen hoch und ihr Mund bildete ein tonloses O.

„Mein Vater hat nie eine Rolle gespielt und meine Mutter hat mich allein großgezogen, was nicht leicht war. Sie lebte von einem Sekretärinnengehalt, das zwar für alles Notwendige reichte, aber nie für irgendwelche Extras."

„Und wie hast du die Wahrheit erfahren?", fragte Melissa leise.

„In einem Winter bekam ich eine Lungenentzündung und musste ins Krankenhaus. Dort wollte man etwas über die Krankheiten in der Familie wissen, und meine Mutter hat gesagt, sie wisse nichts über meinen Vater. Als sie dann dachte, dass ich schliefe, hat sie telefoniert. Kurze Zeit später hat sie das Zimmer verlassen und ich habe auf Wahlwiederholung gedrückt. Es war das Büro von *Onkel Bob*." Als er den Namen nannte, machte er mit den Fingern Anführungszeichen in die Luft. „Ich habe verlangt zu erfahren, was los ist, und da ist sie zusammengebrochen und hat es mir erzählt."

„Wow. Wer war er denn, dass sie seine Identität nicht preisgeben wollte?"

Gabriels Gesicht konnte man ansehen, dass er nach all den Jahren immer noch tiefe Enttäuschung empfand. „Er war ihr Chef, der zum damaligen Zeitpunkt verheiratet war und mit seiner Frau zwei Töchter hatte."

„Ach." Diese Information musste sie erst einmal sacken lassen. „Da wäre ich aber auch wütend gewesen."

„Ich war rasend vor Wut. Besonders auch weil er wusste, dass wir finanziell kaum über die Runden kamen, aber trotzdem nie Unterhalt gezahlt hat. Er hat meine Dankbarkeit genossen, wenn er mir eine neue Fußballausrüstung für die Schule oder zu Weihnachten ein Fahrrad geschenkt hat. Ich habe ihn für einen tollen Typen gehalten, der das alles aus reiner Freundlichkeit tat, dabei war er in Wirklichkeit ein Versager, der sich weigerte, sein eigenes Kind angemessen zu versorgen, weil er schon eine Familie hatte."

„Ich nehme an, du hast dich bis jetzt noch nicht mit ihm versöhnt, oder?"

Wenn sie das an seinem Tonfall hatte ablesen können, dann hatte er seine Bitterkeit wohl nicht so gut verbergen können, wie er gedacht hatte. Er stieß ein abfälliges Schnauben aus und antwortete: „Stimmt."

Da legte sie ihre Hand auf seinen Unterarm und sagte: „Das tut mir wirklich leid, Gabriel. Das ist furchtbar, und es kann dir niemand verübeln, dass du damals so reagiert hast."

Sein Blick ging flackernd hinunter zu ihrer Hand, aber seine Miene blieb ungerührt, weil er sie nicht erschrecken wollte. Bis jetzt war sie so distanziert gewesen, dass ihm ihre freiwillige Berührung wie ein Vertrauensbeweis vorkam.

„Danke. Ich wünschte, ich könnte behaupten, dass ich darüber hinweg bin. Also meiner Mutter habe ich vergeben, und ich habe keinen Zweifel daran, dass für mich alles zu meinem Besten gelaufen ist, aber ich verstehe immer noch nicht, was er sich bei der ganzen Sache gedacht hat."

„Wissen seine Frau und seine Kinder es denn?"

„Er ist inzwischen geschieden, und die Ironie an der Sache ist, dass seine Frau ihn wegen eines anderen Mannes verlassen hat." Er zog ein Gesicht. „Da bestand dann kein Grund mehr, es geheim zu halten. Seine Kinder wissen es mittlerweile, deshalb vermute ich, dass seine Ex-Frau ebenfalls im Bilde ist."

„Aber er und deine Mutter …"

„Sie reden kaum miteinander. Meine Reaktion damals hat dem ganzen Arrangement einen ziemlichen Dämpfer verpasst. Sie hat einen neuen, besseren Job gefunden, und soviel ich weiß, haben die beiden kaum Kontakt."

Melissa zog ihre Hand wieder von seinem Arm weg und er empfand darüber schmerzliches Bedauern. Und er merkte, dass er hoffte, sie würde sein Vertrauen erwidern und ihm etwas aus ihrem Leben erzählen, aber sie aß nur ihr Sandwich weiter.

Und dann fragte sie mit dünner Stimme. „Weißt du, wann das

Testament meiner Großmutter aufgesetzt wurde? Glaubst du, sie hat gewusst, wo ich war und mich als Erbin bestimmt? War es … eine Art Sinneswandel auf dem Sterbebett?“

Er bedauerte, dass er ihr wieder nicht mit einer Information weiterhelfen konnte. „Tut mir leid, aber ich habe keine Ahnung. Connies Testament war für alle eine absolute Überraschung.“

„Es ist nur so … bis zu meinem zehnten Lebensjahr war ich schon in vier Pflegefamilien und in einem Heim.“ Sie lächelte ihn an. „Ich war ganz sicher, dass meine Mutter mich suchte, und deshalb bin ich jedes Mal weggelaufen, wenn eine Familie mich adoptieren wollte, oder ich habe in der Schule so viel Ärger gemacht, dass ich aus der Familie herausgenommen wurde.“

Hinter ihrem nüchtern-sachlichen Tonfall nahm er ihren Schmerz wahr, aber er sagte nichts, damit sie weiterredete.

„Irgendwann bin ich dann zu dem Schluss gekommen, dass sie nicht mehr kommen würde. Also bin ich nicht mehr weggelaufen, bin auf der Schule geblieben und habe meinen Abschluss gemacht. Mein Leben war von da an ganz okay“, sagte sie mit einem Achselzucken. „Die Novaks waren gute Menschen. Es ist nur so … wenn meine Großmutter gewusst hat, dass es mich irgendwo da draußen gibt und sie meinen Namen gekannt hat, dann hätte ich doch ziemlich einfach zu finden gewesen sein müssen. Warum hat sie nicht nach mir gesucht?“

Gabriel schüttelte ganz langsam den Kopf. „Das weiß ich nicht, Melissa. Das Testament wurde schon ein paar Jahre vor ihrem Tod aufgesetzt, deshalb glaube ich nicht, dass es eine Entscheidung auf dem Sterbebett war. Vielleicht hat sie nie die Hoffnung aufgegeben, dass du irgendwo da draußen bist. Ich wünschte, ich könnte es dir mit Sicherheit sagen.“

Sie nickte und ihre Miene war jetzt eher resigniert. Sie öffnete ihre Tüte mit Pommes, steckte sich einen nach dem anderen in den Mund und kaute nachdenklich.

„Glaubst du … glaubst du, es könnte dir helfen, wenn du beim Durchschauen von Connies Haus Gesellschaft hättest?“, fragte er sie.

Sie hörte auf zu kauen und sah ihn ein wenig misstrauisch an. Sie schluckte heftig, verzog das Gesicht, als die Pommes ihr die Kehle hinunterschrammten, und sagte dann: „Stellst du dich etwa freiwillig zur Verfügung?“

„Ja, genau das.“

„Aber du musst doch arbeiten. Du bist der Bürgermeister. Du kannst dir doch nicht einfach freinehmen, um mir zu helfen.“

„Also, ich wäre ja nicht aus der Welt. Ich habe mein Handy und meinen Laptop dabei, falls jemand etwas braucht, und morgens kann ich ja auch zuerst noch ein paar Stunden im Büro sein.“

Dabei war ihm bewusst, dass er noch zwei Modelle am Computer erstellen musste, zwei mögliche Zukunftsvisionen, die er auf der entscheidenden Sitzung des Stadtrats gegenüberstellen wollte. Das bedeutete, dass er bis dahin noch etliche Abende und Nächte mit seinem Hund auf dem Sofa verbringen würde. Aber bei dem Hoffnungsschimmer in ihren Augen konnte er unmöglich anders handeln. Sie brauchte ihn, und er konnte nicht anders, als seine Hilfe anzubieten.

„Ich habe Schuldgefühle, wenn ich dich von deinen eigentlichen Pflichten abhalte“, sagte sie, aber es klang schon nicht mehr ganz so zögerlich.

„Es ist in Ordnung. Versprochen. Außerdem brauchen wir zu zweit nur halb so lange. Aber ich warne dich, ich kann Chippendale nicht von *Chip and Dale* unterscheiden.“

Sie lachte laut auf über diesen Kalauer. „Das eine ist ein Möbelstil, das andere sind Comicfiguren. Ich bin sicher, du lernst schnell.“ Doch dann wurde sie wieder ernst. „Bist du ganz sicher? Ich möchte nicht, dass die gesamte Stadt sauer auf mich ist, weil ich dich von deiner eigentlichen Arbeit abhalte.“

„Glaube mir, es weiß sowieso niemand, was ein Bürgermeister eigentlich tut. Ein paar Tage außerhalb meines Büros werden mich schon nicht umbringen." Er hielt ihr seine Hand hin. „Also haben wir einen Deal?"

Sie zögerte und legte dann ihre Hand in seine. „Deal."

Sie gaben sich die Hand, und Melissa schenkte ihm ein Lächeln, das ihn bis ins Mark wärmte. Und wieder befiel ihn das Gefühl, ein totaler Hochstapler zu sein, dieses Mal nicht wegen seiner Fähigkeiten im Job, sondern weil er so tat, als wäre er nur ihr Freund.

Dabei wollte er in Wirklichkeit so viel mehr.

13

In der darauffolgenden Stunde hatte Melissa Mühe, ihre Stimme gleichmütig klingen zu lassen und dafür zu sorgen, dass ihre Gesprächsthemen nicht zu tiefgründig wurden, auch wenn das Beben in ihrem Magen das fast unmöglich machte. Sie hatte nicht vorgehabt, mit Gabriel über ihre persönliche Geschichte zu sprechen, aber nachdem er ihr von seinem Vater erzählt hatte, war ihr der Gedanke gekommen, dass er vielleicht das einzige nicht-Pflegekind war, dem sie jemals begegnen würde, das nachvollziehen konnte, wie es sich anfühlte, seiner eigenen Zukunft beraubt worden zu sein.

Es war nicht fair, dass er mit einem Vater aufgewachsen war, der immer irgendwo im Schatten lauerte, obwohl es absolut in *Onkel Bobs* Macht gestanden hätte, sich zu zeigen und ein anständiger Vater zu sein. Genauso wie es nicht fair war, dass Connie Green gewusst hatte, dass es Melissa irgendwo gab, sie aber nicht nach ihr gesucht hatte. Wie es schien, litten beide immer noch unter dieser Unfairness.

Deshalb war die Verbindung, die sie zu ihm empfand, beunruhigend. Es war nichts Sexuelles, obwohl sie nicht leugnen konnte, dass sie ihn attraktiv fand. Es war nur dieser unleugbare Drang, an ihn heranzurutschen und sich an ihn zu schmiegen. Einfach … zur Abwechslung einmal jemandem nahe zu sein.

Sie hatte jedoch immer wieder festgestellt, dass so etwas mit Männern nicht ging, weil meist jede Art von Körperkontakt als sexuelle Annäherung gedeutet wurde. Bisher war es immer so gewesen, dass, wenn sie versucht hatte, diesen Irrtum richtigzustellen, sie entweder fallen gelassen worden war oder der betreffende Mann versucht hatte, eine Entscheidung zu erzwingen. Deshalb war es besser, sich auf diese eher unverbindliche Vereinbarung zu einigen, als das Risiko einer kurzlebigen Liebesgeschichte einzugehen. Im Moment brauchte sie seine Hilfe – und seine Freundschaft. Denn außer Sophie hatte sie keine Freunde.

Als ihr schließlich so kalt war, dass ihr Po auf der metallenen Motorhaube ganz taub wurde und ihre Hände langsam weiß wurden, sammelte er die Abfälle ihrer Mahlzeit zusammen und reichte ihr die Hand, um ihr von der Motorhaube herunterzuhelfen. Bei der Berührung seiner Finger ging ein Kribbeln durch ihren gesamten Arm. Er schien jedoch nichts Derartiges zu spüren.

Er öffnete ihr nur die Tür des Trucks, wartete, bis sie eingestiegen war, und schlug die Tür dann wieder zu. Auf dem Weg den Berg hinunter redete er nicht viel, also lehnte sie sich auf dem Beifahrersitz zurück und schaute zu, wie die Scheinwerfer die Dunkelheit durchbrachen und das leuchtende Silber der Espenstämme sich vom Hintergrund der immergrünen Nadelbäume abhob.

Als er vor dem Bed & Breakfast anhielt, rechnete sie dennoch halb damit, dass er sich über die Mittelkonsole beugen und ihr einen Kuss geben würde, aber er saß nur mit ernsten blauen Augen da, die eine Hand locker auf das Lenkrad gelegt, und sagte: „Ich kann morgen gegen 10:00 Uhr mit dir zum Haus fahren. Sag einfach kurz vorher Bescheid, ob wir uns dort treffen, oder ob ich dich irgendwo abholen soll."

Etwas irritiert über sein Verhalten saß sie da und fragte schließlich: „Wie kann ich dich denn eigentlich erreichen?"

„Ach ja." Er zog sein Handy aus der Hosentasche. „Sag mir mal eben deine Nummer."

Sie gab sie ihm und er tippte sie ein. Kurz darauf vibrierte ihr eigenes Handy. „Ich habe dir gerade eine Nachricht geschrieben. Sag mir morgen früh einfach Bescheid, ja?"

„Okay, das mache ich." Nach einem etwas unbeholfenen Zögern stieg sie schließlich aus dem Wagen. „Danke noch mal. Das war schön."

„Ich habe zu danken", sagte er lächelnd und sah sie unverwandt an, auch noch nachdem sie die Tür schon zugeschlagen hatte.

Als sie auf der obersten Stufe der Eingangstreppe angekommen war, drehte sie sich noch einmal um und sah, dass er immer noch zu ihr hinschaute. Er winkte ihr kurz zu, und da wurde ihr klar, dass er warten wollte, bis sie im Haus war.

Wie unerwartet nett von ihm. Aber aufgrund der Erfahrungen, die sie bisher mit Gabriel Brandt gemacht hatte, hätte sie damit eigentlich rechnen müssen.

Es war noch nicht sehr spät, aber im Haus war alles still, sodass sie auf Zehenspitzen die Treppe hinauf in ihr Zimmer schlich, das sie mit demselben Schlüssel wie dem der Haustür aufschloss. Sie war gerade dabei, den Mantel auszuziehen, als ihr Handy klingelte. Ganz kurz dachte sie, es könnte Gabriel sein, der noch einmal nach ihr hören wollte, aber als sie aufs Display schaute, sah sie dort Sophies Namen. Ihr ging das Herz auf, als sie den Videoanruf annahm.

„Sophie!"

„Es tut mir so leid, Melissa. Ich hatte einen völlig verrückten Tag!"

Am Hintergrund erkannte sie, dass Sophie noch im Büro war. Sie trug einen Hosenanzug mit Seidenbluse.

„Es zeigt sich, dass die Thomas' unglaublich anspruchsvoll sind, aber sie sind auch bereit, ein Vermögen für die Umgestaltung auszugeben. Ich kann mich also nicht beklagen."

Melissa lachte froh. „Manche Kunden sind nun mal so. Und was gibt es sonst Neues?"

„Also, wir haben noch einen weiteren potenziellen Kunden."

Sophie griff nach etwas, das sich außerhalb der Handykamera befand, und hielt dann ein Bild auf ihrem Tablet hoch. „Erkennst du das wieder?"

Melissa schnappte nach Luft. „Das ist doch nicht ..."

„Das *Woolridge House*? Doch, ist es."

Sie presste sich die Hand auf den Mund. Das *Woolridge House* war eines der Paradebeispiele für den *Craftsman*-Stil in Pasadena, das von einem Industriellen erbaut und seit über hundert Jahren in Privatbesitz war. Außer einer gelegentlichen Abbildung auf einer Doppelseite in einer Architektur- oder Geschichtszeitschrift war über das Innere kaum etwas bekannt. Weil nur ein paar wenige Räume des Hauses jemals fotografiert worden waren, hatte Melissa schon lange die Vermutung, dass das Innere des Hauses komplett renoviert oder restauriert werden musste.

„Wie haben sie dich denn kontaktiert?", fragte Melissa, als sie endlich ihre Sprache wiedergefunden hatte.

„Telefonisch. Ich habe sie gebeten, zuerst ein paar Fotos von dem Objekt zu schicken, damit du es dir anschauen kannst. Die Fotos habe ich schon hochgeladen und den Link schicke ich dir nach unserem Gespräch." Sophie strahlte vor Aufregung. „Guck dir das mal an."

Und dann fing sie an, über ihr Tablet zu wischen, und mit jedem Foto bekam Melissa größere Augen. Die ersten paar Fotos sahen so aus, als wären sie einer Zeitschrift entnommen worden, aber die übrigen bestätigten, dass sie recht gehabt hatte. Die Fotos zeigten das Ergebnis jahrzehntealter, stümperhafter und unkoordinierter Renovierungen, die dafür gesorgt hatten, dass die Schlafzimmer, die Flure und die Wohnräume im hinteren Teil des Hauses in schrecklich grellen Farben gestrichen worden waren. Der einzigartige Stuck war an manchen Stellen überstrichen worden, an anderen durch Feuchtigkeit beschädigt. Es bestand kein Zweifel, dass es sich hier um ein gigantisches Projekt handelte.

„Was hast du ihnen gesagt?"

„Dass wir zurzeit total ausgebucht seien, ich aber wisse, dass du an diesem Haus ein ganz besonderes Interesse hättest. Ich würde schauen, ob es irgendeine Möglichkeit gebe, das Projekt doch noch irgendwann im Laufe des nächsten Jahres mit einzuplanen." Sophie klang jetzt wieder unsicher. „Das war doch in Ordnung, oder? Ich wollte nicht übereifrig klingen, weil ich mir gedacht habe, dass es sie vielleicht misstrauisch machen könnte, wenn wir für diesen Auftrag alles stehen und liegen lassen."

„Nein, nein, das war genau richtig." Sophies Reaktion war gut für den exklusiven Ruf der Firma. Und Sophie war außerdem so schlau gewesen, ihr etwas Zeit zu verschaffen. „Haben sie etwas zum Budget gesagt?"

„Es scheint da keine Grenze zu geben. Sie möchten, dass das Haus offiziell als Baudenkmal anerkannt wird."

Melissas Herz machte vor Aufregung einen Satz. Das war genau das große Projekt, das sie jetzt brauchten. Die Arbeit an einem so bekannten Objekt wie dem *Woolridge House* würde dafür sorgen, dass sie in jeder bauhistorischen Publikation und Architekturzeitschrift erwähnt werden würden. Darüber hinaus würde es ihnen für die Zeit der Renovierungsarbeiten jede Menge Stoff für die sozialen Medien liefern. Dieser Aspekt war nicht zu unterschätzen für die Akquise neuer Kunden.

„Schick mir doch bitte die Fotos, ja? Vielleicht muss ich auch erst einmal eine Objektbegehung vereinbaren und mir einen persönlichen Eindruck verschaffen. Sag ihnen, ich bin gerade auf einer Einkaufstour, und dass ich zufällig auf ein paar Sachen gestoßen bin, die perfekt zu ihrem Haus passen würden."

„Dann gehe ich davon aus, dass es bei dir gut vorangeht?", fragte Sophie, immer noch mit aufgeregter Stimme.

„Ja, sehr gut." Melissa log nicht bewusst, aber sie wollte auch nicht verraten, wie schwierig der Tag heute für sie gewesen war.

Außerdem wollte Gabriel ihr ja helfen, und sie war sicher, dass seine Anwesenheit die Inventarisierung des Hauses ihrer Großmutter beschleunigen würde. Zumindest würde er eine willkommene Ablenkung sein.

„Heute habe ich nicht so viel geschafft, weil ich erst mal einen Heizstrahler kaufen musste, als ich die Hälfte der Häuser hinter mir hatte, aber ich glaube, morgen wird es besser."

„Hervorragend." Dann wurde Sophies Ton neckisch. „Ich gehe mal nicht davon aus, dass es dort oben gute … Aussichten gibt … oder?"

Melissa lächelte. „Es ist wunderschön. Viele Bäume. Und die Sonnenuntergänge sind fantastisch."

Sophie verdrehte die Augen. „Doch nicht solche Aussichten."

„Doch, es gibt auch was Süßes für die Augen. Der Bürgermeister ist schon irgendwie attraktiv, und der Typ, der die Gäste in der Touristeninformation begrüßt, auch. Aber sie sind einfach nur Kumpeltypen." Sie versuchte locker-leicht zu klingen, damit Sophie nicht merkte, was sie wirklich dachte.

Wie vorherzusehen gewesen war, verdüsterte sich die Miene ihrer Freundin daraufhin. „Also, wenn du in der Wildnis von Colorado keinen Kerl findest, wo denn dann?"

„Keine Ahnung, Sophie. Vielleicht sind die Guten alle von hier weggegangen."

Sie klärte ihre Freundin nicht über ihren Eindruck von Jasper Lake auf, besonders weil sie nicht wollte, dass Sophie sich noch weiter nach Gabriel und Luke erkundigte.

„Aber ich habe heute einen sehr gut aussehenden Jungen kennengelernt, allerdings ist er ziemlich stark behaart." Und dann erzählte sie von Gabriels Hund, weil sie wusste, dass sich ihre hundeverrückte Freundin dadurch ganz leicht von dem anderen Thema ablenken lassen würde.

Und es funktionierte tatsächlich. Nachdem sie ihr das Versprechen abgenommen hatte, ihr ein Foto von Fitz zu schicken, sagte Sophie: „Ich muss jetzt aber wirklich Schluss machen und mich umziehen. In einer Stunde holt Sean mich ab."

„Viel Spaß dann und grüß Sean von mir."

Sophies Freund war ein netter Kerl, aber sie waren jetzt schon so lange zusammen, dass Melissa langsam Zweifel hatte, ob er jemals die Frage aller Fragen stellen würde. Und warum hätte er das auch tun sollen? Sie waren beide so beschäftigt, dass sie sich höchstens ein-, zweimal die Woche zum Abendessen trafen, und wenn Sophie am nächsten Tag keinen frühen Termin hatte, übernachtete sie bei ihm. Das war ein Arrangement, das ihm wahrscheinlich absolut recht war. Es gab wirklich keinen Grund, den nächsten Schritt zu tun.

„Halte mich auf dem Laufenden, ja? Bis dann."

Sophie blies noch ein Küsschen in die Kamera und beendete dann das Videogespräch, sodass Melissa in ihrem stillen gemieteten Zimmer wieder allein war.

„Bis dann", sagte sie leise und warf ihr Handy aufs Bett.

Genau in dem Moment, als die Einsamkeit sie überfiel, kam aus ihrem Handy das Signal, dass eine E-Mail eingegangen war. Es waren die angekündigten Fotos von Sophie.

Sie holte ihren Laptop hervor, verband ihn mit dem überraschend guten WLAN des Bed & Breakfast und fing an, sich die Fotos anzuschauen, die Sophie in die Cloud hochgeladen hatte. Die Innenausstattung des *Woolridge House* sah schlimmer aus, als sie gedacht hatte. Viele der ursprünglichen Besonderheiten waren bei fragwürdigen Modernisierungen verschwunden. Ein Projekt wie dieses gehörte zu ihren Lieblingsaufträgen, weil es sehr gründliche Recherche erforderte und unendlich viele Details bedacht werden mussten, nicht zu vergessen die Hundertausenden von Dollar Kosten, von denen dann ein bestimmter Prozentsatz als ihr Honorar abgerechnet wurde.

Vielleicht würden sie ja dann das Geld aus dem Verkauf ihrer geerbten Häuser gar nicht mehr brauchen. Wenn sie dieses Projekt an Land ziehen konnte, dann bekämen sie möglicherweise ein Darlehen, um das Haus zu kaufen, und für die Anzahlung könnten sie die Provision für den Auftrag verwenden.

Ihr wurde leichter ums Herz. Wenn sie die geerbten Häuser nicht verkaufen musste, vereinfachte das die Dinge, und zwar sowohl für sie selbst als auch für Gabriel, und das wurde ihr langsam wichtiger, als sie erwartet hatte.

14

Am nächsten Morgen wachte Gabriel mit einem erwartungsvollen Gefühl früh auf. Es dauerte einen Moment, bis er sich erinnerte, weshalb er so erwartungsvoll war – er hatte Melissa angeboten, ihr heute dabei zu helfen, das Inventar im Haus ihrer Großmutter durchzugehen –, und dann dauerte es noch mal einen Augenblick, bis ihm klar wurde, was ihn geweckt hatte. Es war Fitz, der jaulte und versuchte, seine Hand von der Bettkante zu stupsen. Gabriel setzte sich im Bett auf, rieb sich die Augen und taumelte dann zu der Glasschiebetür.

„Okay, Fitz, lauf und leg los."

Der Hund sprang nach draußen, um sein Geschäft zu erledigen, während Gabriel sich an den metallenen Türrahmen lehnte und die morgendliche Kühle ihn richtig wach machte. Er verspürte ein nervöses Magengrummeln, das allerdings nichts mit dem erwartungsvollen Gefühl beim Aufwachen zu tun hatte, sondern damit, dass ihm bewusst wurde, wie viel er zu tun hatte. Seine To-do-Liste, die sich gestern Abend noch angefühlt hatte, als wäre sie einigermaßen zu bewältigen, überforderte ihn jetzt völlig. Es war gut, dass Fitz' kleine Blase ihn schon vor dem ersten Morgengrauen geweckt hatte, denn er würde alle Zeit gebrauchen, die er bekommen konnte.

Fitz mochte die Kälte ebenso wenig wie Gabriel, deshalb kam er schnell wieder angetrottet. Gabriel schloss die Schiebetür hinter ihm und ging dann in die Küche, um sich eine Kanne Kaffee zu kochen. Dann holte er zwei Stücke Peperoni-Pizza aus dem Kühlschrank – Reste seines Mittagessens von vor zwei Tagen –, legte sie kalt, wie sie waren, auf einen Teller und blieb barfuß neben der Kaffeemaschine stehen, bis der Kaffee fertig war.

Sein Großvater wäre entsetzt gewesen bei der Vorstellung, dass Gabriel zum Frühstück kalte Pizza aß. Gabriel würde nie verstehen, warum Pancakes oder Waffeln mit genügend Zucker, um auch als Dessert durchzugehen, ein akzeptierter Start in den Tag waren, ein Stück Pizza, das alle wichtigsten Nährstoffgruppen enthielt, dagegen nicht.

Er musste selbst grinsen über dieses Argument, das er immer anbrachte, aber sein Lächeln schwand, als er sich daran erinnerte, wie Madeline sich über solche Dinge geärgert hatte. Sie hatte ihn ständig aufgefordert, sich erwachsener zu benehmen und aufzuhören, sich wie ein in die Jahre gekommener Student aufzuführen – was nicht einer gewissen Ironie entbehrte, denn gleichzeitig beklagte sie sich ständig bei ihm, wie ihre Ex-Freunde nur auf ihre Karriere bedacht gewesen waren. Inzwischen hielt er es für besser, dass ihre Beziehung im Sande verlaufen war, denn rückblickend hatte er den Eindruck, dass sie mit ihm nie richtig glücklich gewesen war.

„Und jetzt bin ich Bürgermeister einer Stadt“, sagte er, prostete mit seiner Pizza irgendeiner imaginären Person zu und fuhr fort: „Erwachsener wird's nicht.“

Er war Bürgermeister einer Stadt, die es dringend nötig hatte, dass er sich nicht bei Erinnerungen aufhielt, sondern sich endlich an die Arbeit machte. Er brachte seinen Kaffee und die Pizza zu dem kleinen Küchentisch und klappte dann seinen Laptop auf, der dort stand. Er hatte damit weitergemacht, die Karte der Stadt auf seine Zeichen-Software zu übertragen, und war damit gut vorangekommen. Bis auf einige Wohnhäuser, die etwas außerhalb lagen, waren alle Gebäude vorhanden. Jetzt musste er nur noch die einzelnen Gebäude in die Straßenansichten ziehen, damit sie in der Animation einigermaßen echt aussahen.

Als er das nächste Mal vom Bildschirm aufblickte, schien die Sonne bereits zum Fenster herein und ihm direkt in die Augen. Er sah auf die Uhr und hätte beinah seinen Kaffee auf dem Laptop verschüttet, als er von seinem Stuhl aufsprang. Es war schon nach acht. Er musste sofort ins Büro, wenn er noch etwas schaffen wollte, bevor er sich mit Melissa traf.

Zwanzig Minuten später saß er geduscht und angezogen in seinem Truck und war auf dem Weg ins Büro. Er hob die Hand zum Gruß, als er an dem einzigen Auto vorbeikam, das ihm auf dem Weg begegnete, aber ansonsten war die Stadt wie immer menschenleer.

Wäre es denn wirklich so schlimm, hier ein bisschen Leben und Trubel zu haben?, piekte ihn sein Gewissen.

Nein, das wäre es nicht, aber er fände es besser, wenn das Leben und der Trubel von einer pulsierenden Gemeinschaft ständiger Bewohner käme als von den Touristen aus dem Flachland, die mit ihren teuren Range Rovern anreisten und die ständigen Bewohner von Jasper Lake wie dumme Landeier behandelten. Das war vielleicht eine etwas negative und pessimistische Sichtweise, aber diese Entwicklung deutete sich in Orten wie Idaho Springs oder Steamboat Springs schon an, und in Breckenridge und Keyston war sie bereits in vollem Gang. Ja, es gab dort eine dynamische Wirtschaft, und es kamen das ganze Jahr über Touristen, aber diese Orte wurden immer mehr zum Abklatsch von Wintersportorten wie Vail und Aspen und verloren dadurch ihren ganz eigenen Charakter und Charme. Er würde nicht zulassen, dass so etwas auch mit Jasper Lake passierte.

Mit ganz neuem Schwung parkte er seinen Wagen vor dem Bürogebäude und suchte Laptop und Kaffeebecher zusammen, bevor er ausstieg.

„Morgen, Gabriel."

Er musste sich ein bisschen verrenken, um Bruce McKay, den Besitzer des Schneemobil- und Bootsverleihs sehen zu können, hob den Kaffeebecher zum Gruß und antwortete: „Morgen, Bruce. Bleibt es dabei, dass Sie am Wochenende bei dem Lagerfeuer mithelfen?"

„Das würde ich doch auf keinen Fall verpassen wollen. Meine Gasfackel liegt schon bereit."

„Vielleicht lassen wir die Fackel dieses Mal lieber zu Hause, was? Wir können es uns nicht leisten, den ganzen Park abzufackeln", sagte Gabriel grinsend in seine Richtung, winkte noch einmal freundlich und setzte dann seinen Weg ins Rathaus fort.

Als er das Büro betrat, saß Linda bereits an ihrem Schreibtisch und das zweifellos schon seit 7:00 Uhr. Sie hatte Ohrhörer in den Ohren und tippte etwas. Als er hereinkam, blickte sie auf und lächelte ihn verschmitzt an.

„Na, spät geworden gestern Abend?"

Er sah sie fragend an.

„Jemand hat gesehen, wie du zusammen mit Melissa Green von der anderen Seite des Sees gekommen bist. Du hast wohl beschlossen, ihr die Stelle zu zeigen, wo die Jugendlichen zum Knutschen hinfahren, oder?"

„Das ist ein Aussichtspunkt und ja, wir waren da. Ich habe mir gedacht, dass sie die Stadt vielleicht gern mal von oben sehen würde. Schließlich soll ich sie davon überzeugen, ihre Immobilien nicht zu verkaufen, schon vergessen?"

„Uuuuh, wer reagiert denn da gleich so angefasst …?", bemerkte sie, woraufhin Gabriel nur die Augen verdrehte. „Natürlich regiere ich angefasst, wenn du die Stelle im Zusammenhang mit Melissa als Knutschstelle bezeichnest."

Aber weil er wusste, dass seine Motive, Melissa zu helfen, weder hundert Prozent lauter waren noch hundert Prozent mit dem Wohl der Stadt zu tun hatten, konnte er nicht großartig protestieren.

„Ich werde versuchen, ein paar Sachen abzuarbeiten, und am Nachmittag bin ich dann außer Haus."

„Melissa?", fragte Linda grinsend.

„Ja, Melissa. Ich habe ihr angeboten, ihr bei der Inventarisierung des Hauses ihrer Großmutter zu helfen. Sie findet es … schwierig."

Da wurde Linda wieder ernst. „Versetz du dich doch nur mal in ihre Lage. Zu erfahren, dass man eine Familie hatte, nachdem man seine ganze Kindheit und Jugend in Heimen und Pflegefamilien verbracht hat? Das muss doch furchtbar sein. Sie muss sich doppelt im Stich gelassen fühlen."

„Ich bin sogar sicher, dass es so ist", sagte er, hielt inne und fuhr dann fort: „Du weißt nicht zufällig etwas über diese Sache, oder? Also, ich habe Connie Green besser gekannt als viele andere Leute hier, aber sie hat nie verraten, was mit ihrer Tochter oder ihrer Enkelin passiert ist, zumindest mir nicht."

Linda schüttelte den Kopf. „Tut mir leid. Ich weiß auch nicht mehr als du. Noch nicht einmal Klatsch und Tratsch darüber ist mir zu Ohren gekommen."

„Das ist doch irgendwie seltsam, oder? Hier, wo über wirklich alles getratscht wird. Ich kann ja nicht einmal mit Melissa zusammen ein Sandwich essen, ohne dass du mich darauf ansprichst."

„Vielleicht war es für Connie ja einfach zu schmerzhaft, darüber zu sprechen. Ohne Informationen kein Tratsch, richtig?"

„Ja, wahrscheinlich ist es so", sagte er kopfschüttelnd.

Für die Aufgabe, die er vor sich hatte, war das zwar nicht von Bedeutung, doch er wünschte trotzdem, er hätte Melissa irgendeine Erklärung anbieten können. Zum Leben in der Kleinstad gehörte aber eben auch, dass jeder alles über jeden wusste, und es war schon ungewöhnlich, dass es jemanden unter ihnen gegeben hatte, über die rein gar nichts bekannt war.

„Ich habe jedenfalls Handy und Laptop dabei, also leite ruhig wichtige Anrufe an mich weiter. Ich hoffe, die Sache dauert nicht länger als bis Ende der Woche, sodass ich dann ab Montag wieder zu den normalen Zeiten im Büro bin."

Gabriel ging weiter in sein Büro und schloss dort den Laptop an, aber er konnte sich einfach nicht auf die Arbeit konzentrieren. Es war wirklich seltsam, dass es über Carrie oder Melissa nicht mehr Informationen gab; sie waren wie vom Erdboden verschluckt gewesen. Doch die Tatsache, dass Connie Melissa die Immobilien vermacht hatte, bedeutete doch, dass sie ihre Enkelin nicht aufgegeben oder abgeschrieben hatte, auch wenn sie den Funken Hoffnung kaum hatte am Leben halten können.

Vielleicht hatten sie ja Glück und würden in dem Haus einen Hinweis darauf finden, was wirklich geschehen war … und warum Melissa eine Tochter Jasper Lakes war, die von der Stadt vergessen worden war.

Melissas Plan, schon früh am nächsten Morgen zu den Häusern am Lakeshore zu fahren, scheiterte daran, dass es am Abend sehr spät geworden war, und an dem außergewöhnlich bequemen Bett. Als sie aufwachte, strömte bereits Sonnenlicht durch den Spalt zwischen den beiden Vorhanghälften hindurch ins Zimmer, und Vogelgezwitscher signalisierte, dass der neue Tag bereits angebrochen war. Schon fast in Panik warf sie die Bettdecke zurück, aber dann wurde ihr bewusst, dass sie Gabriel ja gar nicht mehr geschrieben hatte, wie sie heute vorgehen wollte, und deshalb konnte sie auch gar nicht zu spät kommen.

Sie ließ sich Zeit beim Duschen, Frisieren und Anziehen, gestand sich aber nicht ein, dass sie sich heute besondere Mühe mit ihrem Äußeren gab. Es wäre gelogen gewesen, wenn sie behauptet hätte, der vergangene Abend hätte bei ihr nicht einen Funken von persönlichem Interesse an Gabriel entfacht, aber ebenso gelogen wäre es gewesen zu behaupten, sie hätte auch nur den Hauch einer Ahnung gehabt, was sie dagegen tun sollte. Sie wusste allerdings sehr genau, dass sie nichts dagegen hätte, wenn er sie noch einmal mit diesem Blick ansehen würde, der besagte, dass er sie bezaubernd fand.

Aber das spielte sowieso alles keine Rolle. In höchstens drei Tagen wäre sie mit dem Projekt fertig, und sie hatte schon den Namen und die Kontaktdaten eines Umzugsunternehmens, das bereit war, den ganzen Weg nach Jasper Lake zu kommen, um all die Möbel, die sie aus Connie Greens Haus mitnehmen wollte, für den Transport vorzubereiten und nach Kalifornien zu bringen. Es gab hier keine Zukunft für sie, und es war für alle am besten, wenn es ihr gelang, das nicht zu vergessen.

Trotzdem zupfte sie noch ein letztes Mal ihre Haare zurecht und bauschte sie ein wenig auf, bevor sie ihre Mütze aufsetzte und dann die Wellen so ordnete, dass sie ihr hübsch über die Schultern fielen. Dann schaute sie sich in dem großen Spiegel in der Schranktür noch einmal von hinten an, um sich zu vergewissern, dass ihr Hintern in dieser Jeans wirklich so gut aussah, wie die Verkäuferin behauptet hatte. Sie musste über ihre eigene Eitelkeit grinsen, denn ihr war absolut klar, dass sie am Ende des Tages völlig eingestaubt sein würde. Die Aufgabe, die ihr bevorstand, war ja nicht gerade sexy.

Unten angekommen, lehnte sie Mr Brandts freundliches Frühstücksangebot ab, nahm aber auf dem Weg nach draußen gerne eine Tüte mit einem Kürbismuffin mit. Dann traf sie spontan die Entscheidung, ihren SUV vor dem Bed & Breakfast stehen zu lassen und stattdessen die kurze Strecke in die Stadt zu Fuß zu gehen. Als sie die belebte Main Street erreichte, war ihre Nase schon ganz taub vor Kälte, und ihre Wangen prickelten, aber sie konnte nicht leugnen, dass die Kälte und die frische Luft sie belebten. Sie stieß die Tür des *Main Street Mocha* auf und die Wärme dort war ein herrlicher Kontrast zu der Kälte draußen.

Beim Bimmeln der Türglocke blickte Delia von ihrer Espressomaschine auf und ein Lächeln breitete sich auf ihrem Gesicht aus.

„Morgen, Melissa!“, begrüßte sie sie.

Wow, die Betreiberin des Coffeeshops erinnerte sich nach nur einem Besuch schon an ihren Namen. Melissa erwiderte das Lachen.

„Guten Morgen."

„Was hättest du denn gerne? Wieder einen *Pumpkin Spice Latte* oder möchtest du mal etwas anderes probieren?"

Melissa studierte die Tafel hinter dem Tresen. „Mr Brandt hat mir einen Kürbismuffin mitgegeben, deshalb probiere ich lieber etwas anderes. Was würdest du denn empfehlen?"

„Zimt-Vanille-Chai", sagte Delia mit Bestimmtheit.

„Dann nehme ich den."

„Gut. Wenn du mir deinen Muffin gibst, mache ich ihn dir noch ein bisschen warm."

Melissa gab ihr die Tüte, zusammen mit ihrer Kreditkarte, und während Delia die Karte ins Lesegerät steckte und auf die Bearbeitung wartete, schaute sie Melissa neugierig an.

„Ich habe gestern dein Gespräch mit Burton mitbekommen."

„Ach ja?"

„Hast du das wirklich ernst gemeint? Ich meine, dass du nicht an ihn verkaufen wirst?"

Melissa konnte sich nicht erinnern, etwas in dieser Art gesagt zu haben, aber es war gut möglich, und so antwortete sie: „Ich weiß nicht, was ich sonst tun könnte, aber es wäre auf keinen Fall meine erste Wahl. Was hat es mit ihm eigentlich auf sich?"

Delia zog ein Gesicht, als sie Melissa die Kreditkarte zurückgab, und drehte sich dann nach hinten um, um den Muffin in den Ofen zu legen.

„Bauunternehmer – muss ich noch mehr sagen?"

„Aber nicht alle Erschließungen und Bauprojekte sind schlecht", sagte Melissa reflexartig. „Kommt er aus Denver?"

„Nein, aus Park City, Utah. Und natürlich ist mir klar, dass nicht alle Bauprojekte schlecht sind. Aber es ist so, dass er hier einen Abklatsch seiner anderen Hotelanlage bauen will, um schnelles

Geld zu machen, auch wenn dadurch alles zerstört wird, was Jasper Lake als Ort so einzigartig macht."

„Und was macht es einzigartig?"

Delia bewegte sich geschmeidig zur Espressomaschine und begann, Milch für Melissas Chai aufzuschäumen. „Bist du diese Woche noch zum Kürbisfest da?"

„Zum was?"

„Zum Kürbisfest. Da gibt es leckeres Essen, Musik und ein großes Feuer im Park. Das veranstalten wir jedes Jahr und es zieht Besucher aus der ganzen Umgebung an. Manche kommen sogar aus Denver und Boulder hierher."

Jetzt, wo sie es sagte ... das stand wahrscheinlich auf dem großen Banner, das Gabriel gerade aufgehängt hatte, als sie angekommen war. Sie hatte nur nicht so genau hingeschaut und deshalb nicht mehr gesehen als einen großen orangefarbenen Fleck.

„Ich weiß es noch nicht", sagte sie schließlich. „Das hängt ganz davon ab, wie es in den nächsten paar Tagen so läuft."

Delia war jetzt mit dem Chai fertig und reichte ihr den Becher. „Also, wenn du bleibst, wirst du sehen, was ich meine."

„Ich versuch's", versprach sie, hob zum Gruß noch die Hand mit dem Becher und wandte sich vom Tresen ab.

„Melissa?", hörte sie da Delia rufen und drehte sich noch einmal um.

„Falls du morgen Abend nichts vorhast, wir veranstalten einen kleinen Mädelsabend. Hast du vielleicht Lust, dabei zu sein?"

Melissa blinzelte, weil sie wegen der Einladung so überrascht war. Sie war Delia erst ganze zwei Mal begegnet, und jetzt lud sie sie schon ein, zusammen mit ihr und ihren Freundinnen auszugehen?

„Hm, vielleicht?"

Delia lächelte sie an, als hätte sie gerade zugesagt.

„Super", sagte sie, nahm eine der Visitenkarten vom Tresen und schrieb etwas auf die Rückseite. „Das ist meine Handynummer. Schreib mir einfach eine Nachricht, sobald du es weißt, dann schreibe ich dir die Einzelheiten."

„Okay, danke." Melissa steckte die Karte in die Tasche, verließ rasch den Coffeeshop und dachte darüber nach, was da gerade eben passiert war.

Delia suchte wahrscheinlich nur noch einmal eine Gelegenheit, sie davon zu überzeugen, nicht an Burton zu verkaufen. Aber besser, sie interpretierte nicht zu viel in Dinge hinein. Andererseits schien Delia sie bei dem Mädelsabend wirklich dabeihaben zu wollen und allem Anschein nach war die Coffeeshop-Besitzerin eine interessante Persönlichkeit. Was konnte es schon schaden, wenn sie mitging?

Doch sie schob die ganze Angelegenheit erst einmal beiseite, um später in Ruhe zu überlegen, was sie tun sollte, während sie wieder auf die Straße trat und langsam weiterschlenderte. Entweder war es heute wärmer als am Vortag, oder sie gewöhnte sich langsam an das Wetter, denn zwischen dem heißen Getränk in ihrer Hand und ihrer Ausrüstung für kaltes Wetter fand sie langsam Gefallen an der beißenden Kälte auf der Haut. Das Wetter war wirklich ein Schock für sie gewesen – ein rascher Blick auf das Wetter zu Hause besagte, dass in Pasadena an diesem Tag die 35°C erreicht werden würden –, aber sie verstand, warum sich so viele Leute in die Berge zurückzogen. Bei Menschen, die den größten Teil des Sommers in der Gluthitze des Flachlandes festsaßen, würde eine Hotelanlage in den Bergen bestimmt gut ankommen.

Sie war so in ihre Gedanken vertieft, dass sie am Rathaus vorbeigegangen war, ohne es zu merken, bis eine vertraute Stimme von der anderen Straßenseite her ihren Namen rief. Als sie sich umdrehte, sah sie Gabriel neben seinem riesigen Truck stehen.

„Hallo!" Sie schaute nach beiden Seiten – was allerdings unnötig war, denn es war weit und breit kein Auto zu sehen –, bevor sie zu ihm hinüberging. „Guten Morgen."

„Weil ich nichts mehr von dir gehört habe, habe ich gedacht, dass du schon beim Haus am Lakeshore wärst."

„Tut mir leid. Ich habe vergessen, mich noch mal zu melden", sagte Melissa und hielt den Becher hoch. „Ich bin durch Delias Chai abgelenkt worden."

„Sie mischt die Gewürze dafür selbst und ist ganz besonders stolz auf ihren Chai", erklärte Gabriel.

„Das kann sie auch sein." Melissa schloss beide Hände um den Becher und trank noch einen Schluck.

„Ich wollte mich jetzt gerade auf den Weg zum Lakeshore machen. Willst du mitfahren?"

Sie zögerte. Sollte sie den ganzen Tag mit Gabriel zusammen sein, ohne die Möglichkeit zurückzufahren, wann sie wollte? Doch dann wurde ihr klar, dass dieser Gedanke dumm war, weil Gabriel wahrscheinlich vor ihr wieder aufbrechen musste. Deshalb antwortete sie: „Ja gerne, danke."

Gabriel entriegelte den Wagen und sie stieg auf der Beifahrerseite ein, bevor er auf ihre Seite kommen und ihr die Tür aufhalten konnte. Er stieg ebenfalls ein und startete mit aufheulendem Motor.

„Und, hast du gut geschlafen?"

„Wie ein Stein. Ich weiß, dass ich das schon einmal gesagt habe, aber das Bett ist wirklich hervorragend."

„Ich weiß. Ich drohe immer wieder an, dass ich eines Tages eins für mein Haus stehle." Er warf ihr noch rasch einen Blick zu, bevor er aus der Parklücke fuhr. „Und, bist du bereit?"

„Willst du eine ehrliche Antwort? Eigentlich nicht. Aber ich habe einen Plan. Hast du Lust, heute mein Assistent zu sein?"

„Was hast du denn vor?"

„Ich werde Fotos machen, aber es wäre eine große Hilfe, wenn du für mich die Notizen dazu machen könntest. Das würde viel Zeit sparen."

„Und was willst du mit Connies persönlichen Sachen machen?“, fragte Gabriel.

Eine ernüchternde Frage für Melissa, die sie bis jetzt verdrängt hatte. Es war das eine, sich Gedanken darüber zu machen, was mit den Möbeln passieren sollte, aber etwas ganz anderes, die Kleidung und Erinnerungsstücke zu sortieren.

„Ich glaube, ich hole die Sachen, die ich nach Kalifornien schicken will, heraus, und alles, was dann noch übrig ist, kann bei einem Haus-Flohmarkt verkauft werden.“ Sie hielt inne. „Ich hatte gedacht, den Erlös dann vielleicht der Stadt zukommen zu lassen. Es gibt doch bestimmt Notfallfonds oder Wohltätigkeitseinrichtungen, die das Geld gut gebrauchen könnten, oder?“

„Ja, die gibt es, aber die Sachen gehören rechtmäßig alle dir, Melissa. Die Einnahmen …“

„Ich möchte nichts davon“, sagte sie darauf nur rasch. „Die Sachen haben doch alle zu dem Leben gehört, das sie hier geführt hat. Da finde ich es nur richtig, dass das Geld dafür wieder zurück an die Stadt geht.“

Außerdem wollte sie nicht die vielen Beweise dafür um sich haben, dass das Leben ihrer Großmutter auch ohne sie weitergegangen war und wie schnell sie vergessen gewesen war. Sie konnte einfach nicht verstehen, dass sie sie aufgegeben hatte, nachdem sie mit ihrer Mutter wegen irgendein impulsiven Teenagerentscheidung verschwunden waren.

„Okay, wie du willst. Aber vielleicht sollten wir uns die Sachen wenigstens erst ansehen, bevor du eine Entscheidung triffst. Vielleicht änderst du ja doch noch deine Meinung.“

„Ganz sicher nicht“, erklärte Melissa daraufhin entschieden, atmete einmal tief durch, verschloss ihr Herz und versuchte, irgendwie ihre Nerven zu beruhigen.

Sie würde es schaffen, die Sachen durchzugehen. Je schneller sie damit fertig waren, desto schneller konnte sie wieder nach Hause, um etwas anzufangen, was ihre gesamte Konzentration erfordern würde: das *Woolridge House.*

Als sie schließlich bei den Häusern am Lakeshore Drive ankamen, parkte Gabriel den Wagen an der Straße vor Connies Haus, und sie stieg sofort aus. Dieses Mal wusste sie genau, welcher Schlüssel zur Eingangstür gehörte, und betrat das Haus, in dem es eisig war wie in einem Kühlschrank. Diese alten Häuser waren zwar solide gebaut, aber der Temperatur im Inneren nach zu urteilen, waren sie schlecht gedämmt und zugig.

„Ich mache erst mal den Heizlüfter an", sagte Gabriel, als er den Propangasheizer im Eingangsbereich stehen sah. „Wo möchtest du denn anfangen?"

„Im Salon", antwortete sie und ging nach links. Sie holte ihr Handy und das Notizbuch heraus, während Gabriel den Heizlüfter einschaltete, und reichte ihm dann Stift und Papier. „Bist du bereit?"

„Du vergeudest wirklich keine Zeit, was?" Er schlug das Notizbuch auf, zog die Kappe vom Stift und war bereit.

Sie unterdrückte ein Lächeln, weil er so ernsthaft aussah. Die meisten Männer wären beleidigt gewesen, wenn man sie gebeten hätte, eine Assistententätigkeit zu übernehmen, aber Gabriel nahm seine Aufgabe sehr ernst. Sie begann mit dem ersten Stück, das ihr ins Auge fiel, und machte mit dem Handy ein paar Fotos von vorn, von den Seiten und von innen.

„Nummern 0054 bis 0059. Eichenvitrine im *Mission-Style.*" Sie strich mit einer Hand über das Innere, um festzustellen, ob alles aus Massivholz war, und zog dann eine Schublade heraus, um zu untersuchen, ob es sich um eine Schwalbenschwanzverbindung handelte. Auf dem Boden der Schublade fand sie genau das, was sie gesucht hatte. „Von Limbert, zwischen 1902 und 1905."

Gabriel notierte alles, was sie sagte, und sah sie dann fragend an. „Woher kennst du die Datierung?"

Sie zeigte auf die eingebrannte Markierung in der Schublade.

„Sieh mal, hier steht Grand Rapids. Nach 1906 hätte da auch noch Holland gestanden. Deshalb wissen wir, dass sie irgendwann in diesen fünf Jahren hergestellt worden sein muss. Ich habe zu Hause ein paar alte Charles-Limberg-Kataloge, wenn das hier ein gelistetes Stück ist, dann könnte ich den Entstehungszeitraum sogar noch genauer eingrenzen."

„Ist die Vitrine wertvoll?"

Melissa lächelte. „Ziemlich. Und dazu ist sie auch noch gut erhalten."

Genauso gingen sie dann auch den Rest des Zimmers durch, nahmen Stühle, Tische und sogar Lampen auf, ließen dabei aber eine antike Standuhr aus, weil so viel Restaurierungsarbeit hätte hineingesteckt werden müssen, dass es sich nicht gelohnt hätte.

„Du kennst dich wirklich aus", sagte Gabriel. „Wo hast du das alles gelernt? Hast du das studiert?"

„Ja, so ähnlich", antwortete Melissa, ging auf Hände und Knie, um nach einer Herstellersignatur zu suchen, und erklärte: „Ich habe eine Design-Ausbildung und außerdem in einem Kurs ein Gutachterzertifikat beim Auktionshaus *Sotheby's* erworben. Der Rest ist einfach ganz viel Praxiserfahrung und das Studium alter Kataloge und Bücher. Und ein paar sehr teure Fehler."

„Zum Beispiel?"

„Sekretär, geflammtes Mahagoni, ohne Herstellernachweis. Wahrscheinlich frühes neunzehntes Jahrhundert."

Gabriel sah sie an und sie deutete auf das Notizbuch. Da merkte er, dass sie über das Möbelstück vor ihnen sprach, und er notierte die Informationen rasch.

„Also, im Grunde bin ich auf eine gute Nachbildung hereingefallen und habe viel zu viel dafür bezahlt. Mein Chef hat mich noch gerade rechtzeitig davor gerettet, das Stück in das Haus eines Kunden zu stellen, und dann hat er das Ganze als ziemlich teure Lektion bezeichnet und zu den Akten gelegt. Später haben wir das betreffende Möbelstück dann für ein anderes Projekt verwendet, dessen Auftraggeber Herkunft und Echtheit der Möbel nicht so wichtig waren – natürlich zu einem sehr viel niedrigeren Preis."

Bei der Erinnerung daran wand Melissa sich immer noch innerlich. Sie hatte damals Glück gehabt, dass Joseph Kramer so ein netter Mann war und sie wegen dieses Fehlers nicht gefeuert hatte. Immerhin hatte sie das Stück aus der Firmenkasse bezahlt. Aber sie hatte durch diese Aktion und seine Reaktion auch gelernt, wie wichtig bei jedem einzelnen Objekt die Recherche war, bevor man Geld dafür ausgab und natürlich bevor man es einem Kunden ins Haus stellte. So einen Fehler hatte sie danach nie wieder gemacht.

Zum Teil lag es daran, dass sie inzwischen abgeklärter geworden war, zum Teil aber auch daran, dass sie mehr Wissen und Erfahrung gesammelt hatte. Sie konnte innerhalb der ersten zwanzig Sekunden erkennen, ob ein Stück echt oder eine Fälschung war. Und bis jetzt war jedes Stück, das sich in diesem Haus befand, echt.

„Jetzt die Teppiche", sagte sie, machte ein Foto von einem Perserteppich und schlug eine Ecke um, sodass die Rückseite zu sehen war. „Wolle auf Baumwolle, Kashan in Creme, Rot und Gold. 1920 oder später, aber ich schätze, dass er aus den 1960ern ist."

„Woran erkennst du das?"

„Instinkt", antwortete Melissa und lächelte ihn an. „Und Abnutzung. Die cremefarbenen Felder gibt es erst seit den 20er-Jahren. Erst da reagierten die persischen Teppichknüpfer auf den Bedarf im Westen nach gedämpfteren Farben. Bei dem hier sind die Farben ein bisschen verblichen und er ist leicht abgenutzt, das ist typisch für einen etwa sechzig Jahre alten Teppich. Aber vielleicht kann ich irgendwo das genaue Muster ausfindig machen, um noch eine bessere Datierung zu bekommen. Genau genug, um zu wissen, dass er wirklich alt ist." Sie hielt kurz inne und sagte dann: „Connie hatte wirklich einen guten Geschmack."

„Das scheint in der Familie zu liegen", bemerkte er.

Daraufhin räusperte sich Melissa und schaute weg. Die einzige Möglichkeit, diesen Tag hinter sich zu bringen, bestand darin, sich hinter einer professionellen Fassade zu verstecken. Es war wirklich nicht nötig, sie an ihre persönliche Verbindung zur ehemaligen Besitzerin des Hauses zu erinnern.

„Lass uns mit der Bibliothek weitermachen", schlug sie dann vor.

„Ich möchte dich wirklich nicht drängen, Melissa, aber das könnte vielleicht eine Chance sein, etwas mehr über deine Großmutter zu erfahren und mit der Vergangenheit abzuschließen."

In der Tür zur Bibliothek blieb sie stehen, atmete einmal tief durch und unterdrückte den Impuls, etwas Zorniges zu entgegnen. Sein Ton war freundlich, und sie hatte keinen Zweifel daran, dass er es gut meinte, aber auch wenn er selbst Schweres mit seinen Eltern erlebt hatte, konnte er sie nicht verstehen. Ja, er war belogen worden, aber sein Vater hatte sich wenigstens so weit interessiert, dass er an seinem Leben Anteil genommen hatte, wenn auch unter der Tarnung eines Freundes der Familie. Er konnte unmöglich das Ausmaß ihres Zorns und ihrer Verletztheit ermessen.

Ohne sich umzudrehen, sagte sie deshalb nur in gleichmütigem Tonfall: „Die einzige Familie, die ich hatte, hat mich verlassen, Gabriel. Daran werden auch ein paar Möbelstücke nichts ändern."

Gabriel wusste sofort, dass er Melissa gegenüber einen Fehler gemacht hatte, denn die lockere Kameradschaft, die sich zwischen ihnen entwickelt hatte, verflüchtigte sich im Nu. Es war gar nicht so, dass sie unhöflich wurde oder aufhörte, mit ihm zu scherzen, sondern sie errichtete einfach eine unsichtbare Barriere zwischen ihnen, die er nicht benennen konnte, die aber trotzdem da war. Nur indem er den Vorschlag gemacht hatte, dass es vielleicht einen Weg gab, ihre Ursprungsfamilie zu verstehen, hatte er sich in ihren

Augen, und ohne es zu wollen, auf deren Seite geschlagen. Dabei war er ganz und gar auf ihrer Seite.

Trotzdem fanden sie weder zu dem anfänglichen Gefühl der Vertrautheit zurück noch zu dem zerbrechlichen, ja fast flüchtigen Vertrauen, das sie am vergangenen Abend an dem Aussichtspunkt erlebt hatten, als sie jetzt durch die übrigen Räume im Erdgeschoss gingen.

Warum ist dir das so wichtig? Du kennst sie noch nicht einmal zwei Tage, fragte er sich. Zwei Tage reichten doch nicht aus, um sich verraten zu fühlen oder das Gefühl zu haben, sie verraten zu haben. Sie waren ja praktisch eine Fremde, denn sie hatte ihren Lebensmittelpunkt in einem anderen Bundesstaat und er war für sie lediglich ein Mittel zum Zweck.

Trotzdem lag ihm bereits nach der kurzen Zeit etwas an ihr. Vielleicht war es der Teil von ihm, der sich für die Underdogs einsetzte – der Teil, der ihn nach dem Studium dazu gebracht hatte, einen Job bei einer gemeinnützigen Organisation anzunehmen, statt eine lukrativere Stelle als Stadtplaner. Er wollte einfach erleben, dass die Sache zu ihren Gunsten ausging. Und vielleicht war es dieser lächerliche Impuls, ein Gutmensch zu sein, der den Wunsch in ihm weckte, etwas dazu beizutragen.

Vielleicht war es auch einfach die Art, wie sie sich beim Nachdenken unbewusst eine blonde Strähne aus dem Gesicht strich und hinters Ohr schob und dabei so anziehend aussah, dass er am liebsten die Hand ausgestreckt und ihr dabei geholfen hätte.

Er hatte eine Verantwortung der Stadt gegenüber und im Moment passten seine persönlichen Interessen und die der Stadt zusammen. Wenn sich aber daran etwas änderte, würde er sich entscheiden müssen, das war ihm absolut klar, auch wenn es ihm nicht gefiel.

Als der kleine Zeiger der Uhr auf die fünf vorrückte und das warme Sonnenlicht in das bläuliche Licht der einsetzenden Dämmerung überging, kam Melissa unter dem Esstisch hervorgekrochen, reckte und streckte sich, dass es an etlichen Stellen knackte, und sagte: „Also, ich weiß ja nicht, wie es dir geht, aber ich bin hier fertig. Von all dem Herumkriechen und den Verrenkungen ist mein Rücken völlig verknotet. Eine Massagepraxis gibt es wahrscheinlich nicht in der Stadt, oder?"

„Nein, leider nicht, und der nächste Chiropraktiker ist in Georgetown." Er hielt ihr eine Hand hin, um ihr aufzuhelfen, und sie ergriff sie nach kurzem Zögern. „Was hältst du davon, wenn wir uns irgendwo etwas zu essen holen?"

Daraufhin wurde ihre Miene plötzlich verschlossen und sie antwortete: „Wenn es dir nichts ausmacht, esse ich heute lieber allein, glaube ich. Ich habe noch einiges zu tun. Wahrscheinlich hole ich mir nur einfach etwas aus dem Sandwichladen und esse dann vor dem Computer."

„Klar, das verstehe ich."

Er hatte sich also nicht getäuscht. Er hatte die Sache zwischen ihnen vermasselt, sodass sie nicht mehr Zeit mit ihm verbringen wollte als unbedingt nötig. Deshalb erklärte er: „Ich habe auch noch jede Menge zu tun."

Da wurde ihre Miene unsicher. „Tut mir leid. Ich hatte ganz vergessen, dass du ja deine eigene Arbeit schwänzt, um mir bei meiner zu helfen. Wenn du morgen keine Zeit hast, mit mir hierherzukommen, dann kann ich das natürlich absolut verstehen."

„Nein, das ist schon okay", sagte er, obwohl ihm jetzt noch Stunden am Computer bevorstanden. Und das war nur eine der Stadtansichten, die er zusammensetzen musste. Wenn er mit dem Modellprojekt noch in diesem Jahrhundert fertig werden wollte, dann musste er Luke als Hilfe mit ins Boot bekommen.

„Ich glaube zwar nicht, dass es okay ist, aber trotzdem danke." Sie hielt kurz inne und ihr Ausdruck wurde weicher. „Das hier wäre allein sehr viel schwieriger zu schaffen gewesen."

„Gern geschehen. Gehen wir?"

„Ja", antwortete sie, schaltete den Heizlüfter aus, brachte ihn nach vorn in den Windfang, folgte Gabriel dann hinaus vor die Eingangstür und schloss sie ab.

Ihm war klar, dass sie jetzt ein Wettrennen zum Truck eröffnen würde, damit er ihr nicht die Tür öffnen und ihr in den Wagen helfen konnte, aber er schaffte es trotzdem, Erster zu werden und die Tür aufzureißen.

„Mylady."

Bevor sie einstieg, warf sie ihm noch ein vielsagendes Grinsen zu. Der Impuls, etwas Dummes zu sagen, war so stark, dass er sich auf dem Rückweg in die Stadt entschied, lieber zu schweigen.

Erst als sie vor dem Bed & Breakfast hielten, sah er sie endlich an und sagte: „Dann treffen wir uns morgen beim Haus? Sagen wir um zehn Uhr?"

„Perfekt. Bis dann." Sie stieg aus, winkte ihm noch kurz zu, bevor sie die Tür zuschlug und dann, ohne sich noch einmal umzudrehen, ins Haus ging.

Als Gabriel weiterfuhr, rief er sofort Luke an.

Sein Freund nahm das Gespräch bereits beim ersten Klingeln an. „Und, wie ist dein Antiquitäten-Date gelaufen?"

Gabriel verdrehte die Augen. „Ich habe es geschafft, sie schon in den ersten beiden Stunden auf die Palme zu bringen, und jetzt ist sie nur noch höflich zu mir. Außerdem war es gar kein Date."

„Nee, ist klar. Du schwänzt ja auch andauernd deine Arbeit, um einer *Fremden zu helfen.*"

Gabriel konnte durchs Telefon die Anführungszeichen hören.

Er lachte leise. „Ja, und jetzt bezahle ich dafür und ich könnte deine Hilfe gebrauchen. Ich nehme nicht an, dass du deinen Abend für jede Menge langweiliger grafischer Gestaltungen opfern würdest, oder?"

Luke schwieg, als würde er nachdenken. „Was bietest du denn dafür?"

„Pizza und Bier?"

„Von der guten Sorte?"

„Von der guten Sorte Pizza oder von der guten Sorte Bier?"

„Beides. Meine Hilfe hat ihren Preis."

„Na gut, dann beides."

„Ich bin in einer Stunde bei dir."

Gabriel grinste und beendete das Gespräch. Er hatte noch gerade genug Zeit, um bei dem kleinen Supermarkt haltzumachen, in dem sowohl die Pizzeria der Stadt untergebracht war als auch der Tante-Emma-Laden. Zum Glück machte Angelo die beste Pizza im gesamten Clear Creek County. Der Besitzer war ehemaliger New Yorker und hatte früher eine eigene kleine Kette von Pizzerien in Brooklyn betrieben.

Eine Dreiviertelstunde später kam Gabriel wieder zu Hause an, und zwar beladen mit einem Sixpack Bier aus einer kleinen ortsansässigen Familienbrauerei und einem Karton mit einer Peperoniwurst-Familienpizza. In dem Augenblick, in dem er das verräterische Geräusch von Krallen auf dem Hartholzboden hörte, stellte er vorsichtshalber die Pizza ab, bevor er unter der Pizza und zusätzlich 50 Kilo Hund landete.

„Hey, Fitz, wie geht's, alter Junge?", fragte Gabriel und nahm sich ein paar Minuten Zeit, um den Kopf und den Bauch des Hundes zu kraulen, wobei Fitz die Zunge vor Freude weit aus dem Maul hing. Dann öffnete Gabriel die Hintertür, wohin ihm der arme Hund, der zweifellos schon sehnsüchtig darauf gewartet hatte, schnurstracks folgte. Gabriel fühlte sich sofort schuldig. Normalerweise kam er in der Mittagspause nach Hause, um mit Fitz zu laufen, aber er war den ganzen Tag auf der anderen Seite des Sees gewesen. Jetzt, wo er daran dachte, fiel ihm auf, dass sie gar keine Mittagspause gemacht hatten. Er war ganz und gar in den Sog von Melissas Entschlossenheit geraten, an diesem Tag mit den Räumen im Erdgeschoss fertig zu werden.

Als Fitz sein Geschäft erledigt hatte, holte Gabriel ihn wieder herein, füllte dann großzügig seinen Futternapf und kraulte ihn noch ein bisschen. Er war gerade damit fertig, seine Hände zu waschen und Teller auf den Tisch zu stellen, als es auch schon an der Haustür klopfte.

„Es ist offen!", rief er und einen Moment später hörte er das schabende Geräusch der Fliegengittertür.

„Ich hätte gedacht, dass die Zeit in Detroit dich ein bisschen vorsichtiger gemacht hat", hörte er Lukes tiefe Stimme aus dem Nebenraum und dann kam sein Freund auch schon um die Ecke.

In seinem karierten Flanellhemd und den Arbeitsstiefeln sah er aus wie ein norwegischer Holzfäller. Als ob der Kerl im Laufe des Tages körperlich mehr tat, als seinen Laptop hochzuheben, was Gabriel ihm auch immer wieder gern sagte.

„Warum sich Sorgen machen?" Gabriel zog eine Bierflasche aus dem Pappcontainer und bot sie Luke an, der sie kommentarlos öffnete.

Er trank einen Schluck und drehte dann die Flasche, um sich das Etikett anzuschauen. „Gut! Hast mich ja wirklich nicht mit was Billigem abgespeist."

„Nein, heute Abend nicht. Du tust mir ja einen Gefallen. Bringst du die Pizza ins Esszimmer?"

Luke tat, was ihm aufgetragen wurde, und Gabriel folgte ihm mit den Tellern und einer Rolle Küchenpapier. Sie waren beide bei ihrem zweiten Stück Pizza angelangt, als Luke fragte: „Also, Melissa Green?"

„Was ist mit ihr?"

„Was geht ab?"

„Ich versuche nur, sie davon zu überzeugen, die geerbten Häuser nicht zu verkaufen. Ich hatte gedacht, ich könnte sie dazu bringen, irgendeine Verbindung mit dem Haus zu spüren, aber dazu ist sie immer noch viel zu wütend auf ihre biologische Ursprungsfamilie."

„Das kann man ihr ja auch wirklich nicht verdenken", sagte Luke mit einem Achselzucken. „Wer lässt denn sein Kind dermaßen im Stich?"

„Da hast du recht", sagte Gabriel, biss wieder von seiner Pizza ab und bereute erneut, dass er geredet und erst dann nachgedacht hatte. Er hatte doch nur helfen wollen, aber Tatsache war, dass er ein solches Ausmaß an Verletztheit nicht nachvollziehen konnte, weil er es selbst noch nicht erlebt hatte.

Nach einer Weile fragte Luke: „Wie überzeugend bist du denn eigentlich?"

„Jedenfalls nicht überzeugend genug." Zu spät bemerkte er das hinter dem Stück Pizza verborgene halbe Lächeln seines Freundes. „Nein, so ist das nicht."

„Warum nicht? Sie ist umwerfend. Also, wenn du nicht interessiert bist, dann könnte ich ja vielleicht …" Luke unterbrach sich selbst, als er Gabriels Blick sah.

„Was ist denn? Also bist du doch interessiert?"

Ja, irgendwie war er schon interessiert, aber …

„Es ist kompliziert", antwortete er nur.

„Na, so kompliziert ja nun auch wieder nicht. Gestern hat sie noch mit dir geflirtet. Sie ist interessiert, du bist interessiert …", sagte Luke mit einem Achselzucken. „Das scheint mir doch eigentlich ein überzeugender Grund hierzubleiben."

Aber genau das war auch der Grund, weshalb er keinen nächsten Schritt machen konnte. Melissa würde denken, dass er versuchte, sie so zu manipulieren, dass sie das tat, was das Beste für die Stadt war. Und sie war sowieso schon misstrauisch, was die Motive der Menschen hier anging. Es gab also keinen guten Weg durch dieses Minenfeld.

Schweigend aßen die beiden Freunde weiter Pizza, bis Luke die Reste wegschob und seinen Laptop aus seiner Umhängetasche holte. „So, dann sag mir jetzt mal, was wir zu tun haben."

Gabriel berichtete ihm, wie weit er schon mit seinem Modellprojekt gekommen war und sagte dann: „Jetzt müssen Fotos von der Website der Stadt in die Gebäude in dem 3-D-Modell eingefügt werden."

„Ach, das ist doch gar kein Problem", erklärte Luke, verband seinen Laptop mit Gabriels WLAN, und dann flogen seine Finger nur so über die Tastatur, als er sich in das Backend der Website einloggte. Ein paar Sekunden später hatte er den gesamten Ordner mit Fotos heruntergeladen und sie auf eine Handoff Site hochgeladen.

„Und was jetzt?"

Gabriel hatte gewusst, dass dies der richtige Weg war. Lukes Zugang zum Backend sorgte dafür, dass nicht jedes Foto einzeln hochgeladen und dann eingefügt werden musste, und dadurch ging alles viel schneller.

„Jetzt brauche ich noch eine Abbildung, die für die Hotelanlage steht. Ich habe da nur das bisschen Material, was Burton dem Stadtrat eingereicht hat."

„Aber hast du nicht gesagt, dass all seine Hotel- und Ferienanlagen gleich aussehen? Es dürfte doch dann nicht allzu schwierig sein, Fotos und Zeichnungen von seinen anderen Hotels zu finden und sie in deine Abbildung einzufügen. Also, ich wette, wenn wir suchen ..."

Es stellte sich dann heraus, dass es so einfach, wie Luke es darstellte, nun auch wieder nicht war, aber nach drei Stunden hatten sie eine ganz ordentliche Abbildung der geplanten Hotelanlage hochgeladen und die Hälfte der Bilder der Stadt eingefügt. Und dann stellte sich heraus, dass nicht das Erstellen des Modells das Problem war, sondern die Tatsache, dass es richtig gut aussah.

Burton war ein bekannter Bauunternehmer mit einem talentierten Team von Planern und Architekten. Die Hotelanlage fügte sich so gut in die natürliche Umgebung ein, wie es bei einem 10.000-Quadratmeter-Koloss nur möglich war, und er hatte sich

Möglichkeiten überlegt, wie man sowohl die Aussicht auf den See als auch den Zugang zum Hotel verbessern konnte. Das Gebäude selbst würde ohne Zweifel ein durchschlagender Erfolg werden, aber das Gebäude an sich war ja gar nicht der Hauptgrund, weshalb sie gegen das Projekt waren.

Der eigentliche Grund waren das zusätzliche Verkehrsaufkommen und die Auswirkungen auf die Umwelt und die ortsansässige Wirtschaft, ganz zu schweigen von den Veränderungen des typischen Kleinstadtcharakters von Jasper Lake in den Bergen. Gabriel fing an, vierspurige Highways mit ihren Auswirkungen auf die Umgebung in das Modell einzufügen, und dann arbeitete er mithilfe seiner Vorstellungskraft die Ladenzeilen ein, die unweigerlich neben dem neu ausgebauten Highway wie Pilze aus dem Boden schießen würden. So etwas hatte er schon gesehen, und so gut es für die Steuereinnahmen sein mochte, für den typischen Bergstädtchen-Charakter des Ortes war es der Anfang vom Ende.

Irgendwann gähnte Luke und schaute auf die Uhr. „Es ist fast elf. Ich muss noch ein paar Sachen zu Ende bringen und morgen früh raus. Ich hau jetzt ab."

„Danke, Mann. Du kannst dir gar nicht vorstellen, wie sehr du mir geholfen hast."

„Doch, kann ich", widersprach Luke, nahm seinen Laptop, alles Zubehör und schob alles in seine Tasche. „Sonntag, Basketball?"

Als Gabriel zögerte, lachte er. „Verstanden. Du bist bei Melissa. Jedenfalls hoffst du das."

Das konnte Gabriel nicht leugnen.

15

Als Melissa früh aufwachte, war sie völlig orientierungslos. Wo war sie? Warum drückte ihr etwas Hartes und Nasses in die Wange?

Immer noch benommen hob sie den Kopf und ganz langsam nahm sie die Einzelheiten in ihrem Zimmer wahr. Ein Blick auf sich selbst beantwortete dann die zweite Frage. Sie hatte immer noch die Kleider vom Vorabend an und das Harte an ihrer Wange war die Kante ihres Laptops. Auf dem Boden neben ihrem Bett lag die Plastikverpackung des Sandwichs, das sie gegessen hatte.

Als die Erinnerung zurückkehrte, stöhnte sie auf. Sie war noch lange auf gewesen und hatte die Herkunft der Möbelstücke aus Connie Greens Haus recherchiert. Dabei musste sie dann irgendwann vor Erschöpfung eingeschlafen sein. Ihre Augen fühlten sich an, als wäre Sand darin, und im Mund hatte sie noch den Geschmack der Zwiebeln vom Sandwich. Sie schaute auf die Uhr. Erst sechs Uhr – deshalb war es draußen noch dunkel.

Gabriel würde sicher erst viel später bei dem Haus am Lakeshore sein, es würde also niemand erfahren, wenn sie noch ein paar Stunden schlief. Aber dazu hatte sie noch viel zu viel Arbeit vor sich. Bis jetzt hatte sie es umgehen können, irgendwelche persönlichen Sachen ihrer Großmutter durchzugehen, außer einer bunt gemischten CD-Sammlung, aber ihr war klar, dass sich das ändern würde, wenn sie heute mit der Inventarisierung im Obergeschoss weitermachen wollten. Dort würden sie Kleidung, andere persönliche Gegenstände und vielleicht auch Erinnerungsstücke finden, und sie war nicht sicher, ob sie Gabriel als Unterstützung dabeihaben oder lieber allein sein wollte, für den Fall, dass das alles sie überforderte.

Dabei kam die Erinnerung an den vergangenen Abend zurück und wie abrupt sie sich von Gabriel verabschiedet hatte. Die Schuldgefühle diesbezüglich bewirkten, dass ihr ganz eng ums Herz wurde. Gabriel hatte schließlich nur versucht zu helfen und sie war richtig auf ihn losgegangen.

Aber es gab eigentlich auch keinen Grund, ihn näher an sich heranzulassen. Er half ihr beim Inventarisieren, weil sie im Zusammenhang mit den geerbten Immobilien ein gemeinsames Interesse hatten. So freundlich und verständnisvoll er auch sein mochte, er hatte einen Job zu erledigen und sie auch. Da war kein Platz für persönliche Gefühle.

Sie stöhnte noch einmal laut und stand auf. Erst mal duschen. Dann Kaffee. Und dann konnte sie sich immer noch Gedanken über alles andere machen.

Als sie fertig geduscht und angezogen war, kam die Sonne gerade hinter dem Horizont hervor. Sie packte ihren Laptop und ein paar persönliche Sachen in ihre Tasche, zog einen Blazer über und ging dann die Treppe hinunter ins Erdgeschoss. Sie hatte Mr Brandt gesagt, dass sie während ihres Aufenthaltes kein Frühstück mehr bräuchte – ihr Hosenbund spannte schon jetzt –, aber der Duft nach frischem Kaffee lockte sie dann trotzdem in die Küche.

„Guten Morgen", sagte Mr Brandt, als Melissa hereinkam. Er schien kein bisschen überrascht, sie zu sehen. „Gut geschlafen?"

Melissa berührte ihre Wange, um festzustellen, ob der Abdruck von ihrem Laptop immer noch da war. „Einigermaßen."

„Aber mit leerem Magen kannst du doch nicht arbeiten. Kaffee ist kein Frühstück, auch wenn mein Enkel etwas anderes behauptet. Hier." Werner Brandt türmte Würstchen und Ei auf etwas, das wie ein frisch gebackenes Brötchen aussah, und verpackte es in Alufolie. „Du kannst alles zu Delia mitnehmen. Sie hat nichts dagegen."

Jetzt war sie erst seit zwei Tagen da, und alle wussten schon, wie sie ihren Tag begann? Aber vielleicht lag es ja auch daran, dass jeder morgens als Erstes ins *Main Street Mocha* ging.

„Danke", sagte Melissa mit einem Lächeln und steckte das Brötchen in die Außentasche ihrer Laptoptasche. „Das werde ich mir auf jeden Fall schmecken lassen."

Mr Brandt tat ihr Lob mit seiner gewohnten Schroffheit ab. „Wie geht es denn drüben mit der Arbeit voran?"

Melissa wappnete sich, aber der Ansturm von Gefühlen, der auf die Frage folgte, überraschte sie dennoch. „Langsam. Aber Gabriel ist mir eine große Hilfe", antwortete sie.

„Gabriel und Connie haben sich ziemlich nahegestanden, weißt du?", erklärte Werner jetzt.

Melissa runzelte die Stirn. Davon hatte er gar nichts gesagt. „Ach ja? Inwiefern denn?"

„Sie war seine Sonntagsschullehrerin und hat viel dazu beigetragen, etwas von dem wieder geradezubiegen, was durch die Situation mit seiner Mutter aus dem Lot geraten war." Er sah sie bedeutungsvoll an und fuhr fort: „Ich nehme an, er hat dir davon erzählt, oder?"

„Ja, hat er. Dann war Connie also eine gläubige Christin?"

„Ja, das war sie. Sie war Älteste in der Gemeinde, hat jahrelang in der Sonntagschule unterrichtet und war der ganzen Stadt ein wunderbares Vorbild."

„Das hätte ich mir denken können. Da bin ich aber froh, dass sie sich wenigstens für irgendetwas interessiert hat." Melissa tippte auf ihre Tasche, wo das Bröchen steckte, und sagte: „Danke für das Frühstück."

Erst als sie draußen vor dem Haus stand, holte sie sehr tief Luft. Jetzt ergab alles einen Sinn. Connie hatte sich für die unmoralische Lebensweise ihrer Tochter geschämt und sie deshalb entweder rausgeworfen oder dafür gesorgt, dass sie sich wegen ihrer Schwangerschaft so schlecht fühlte, dass sie freiwillig gegangen war. Und als Carrie dann gemerkt hatte, dass sie mit der Mutterrolle nicht zurechtkam, hatte sie Melissa ausgesetzt. Wie ein Tier, dass sich ein Bein abnagte, um sich aus einer Falle zu befreien.

Sowohl für Connie als auch für Carrie war Melissa das notwendige Opfer gewesen. Nur zu gern hätte sie geglaubt, dass sie sich das nur einbildete, aber dazu hatte sie zu viele schlechte Erfahrungen mit christlicher Tugendhaftigkeit gemacht.

Diese Erkenntnis verdarb ihr vorübergehend die Laune, aber durch die frische Luft und die morgendliche Kälte verbesserte die sich rasch wieder, während sie zu Fuß in die Stadt ging. Als sie beim *Main Street Mocha* ankam, war das Lächeln, mit dem sie Delia begrüßte, schon fast echt.

„Morgen, Melissa", sagte Delia. „Was bekommst du denn heute Morgen?"

„Ach, ich lasse mich gern überraschen. Der Chai gestern war jedenfalls fantastisch."

„Wie wäre es denn dann mit einem See-Nebel? Das ist meine Teespezialität."

„Wenn er munter macht, nehme ich ihn", erklärte Melissa, und nachdem sie bezahlt und einen Tisch gefunden hatte, setzte sie die Arbeit fort, über der sie am Vorabend eingeschlafen war.

Sie hatte kaum ihren Laptop hochgefahren, als die Morgensonne, die durchs Fenster auf sie schien, von einer Gestalt blockiert wurde. Sie blickte auf und sah Philipp Burton hoch über sich aufragen. Sofort verspürte sie heftige Abneigung.

„Melissa Green", sagte Burton, zog, ohne zu fragen, einen Stuhl an ihren Tisch, setzte sich und schlug die Beine übereinander. Dann betrachtete er sie eine Weile und fuhr fort: „Ich hatte gehofft, von Ihnen zu hören."

„Ich hatte zu tun. Es gibt in dem Haus viele Sachen, die gesichtet werden müssen."

„Verständlich. Ich habe gehört, dass der Richter die Erbangelegenheit endlich abgeschlossen hat", erklärte der Bauunternehmer.

Melissa legte den Kopf ein wenig schräg. „Sie sind gut informiert, denn das weiß noch nicht einmal ich."

„Ich rechne damit, dass Sie heute irgendwann einen Anruf von Matthew Avery bekommen. Aber wahrscheinlich weiß er es auch noch nicht."

Melissas Abneigung wuchs. Das hier war eindeutig eine Machtdemonstration, mit der er zeigen wollte, dass er über die wirklich wichtigen Beziehungen verfügte und sie im Vergleich dazu ein ganz kleines Licht war. Das provozierte bei ihr allerdings eine gewisse Dickköpfigkeit.

„Was kann ich für Sie tun, Mr Burton?", fragte sie deshalb nur ziemlich ungerührt.

„Jetzt, da Sie die rechtmäßige Eigentümerin der Immobilien sind, bin ich bereit, Ihnen ein sehr schönes Angebot zu machen."

Er nahm einen Notizblock aus seiner Westentasche und schrieb eine Zahl auf das oberste Blatt. Dann riss er es ab und schob es ihr hin. $ 750.000 waren dort zu lesen.

Sie lachte und es war ein echtes Lachen. „Soll das ein Scherz sein?"

„Das ist ein faires Angebot. Die Häuser sind in einem schlechten Zustand. Von außen sehen sie vielleicht schön aus, aber durch die Nähe zum See muss sehr viel an den Fundamenten getan werden, und ich glaube nicht, dass Sie die finanziellen Mittel für die notwendigen Reparaturen haben."

„Schon möglich, aber ich weiß auch, dass dieses Land für Sie sehr viel mehr wert ist, als Sie mir anbieten, und deshalb: nein danke.

Er faltete die Hände, wie um Geduld zu signalisieren. „An wie viel hatten Sie denn gedacht?"

Sie machte den Mund auf, um zu sagen, was sie wirklich glaubte, wie viel die Immobilien wert waren – nämlich 1,25 Millionen –, doch dann kam etwas ganz anderes heraus.

„Drei Millionen", sagte sie.

Die freundliche Miene verschwand abrupt und er fragte: „Entschuldigung, wie bitte?"

„Ich habe mich nämlich auch informiert. Ich weiß, wie viel Sie für das Land in vergleichbaren Lagen anderer Städte bezahlen müssten, und ich weiß auch, wie viel es nach Fertigstellung Ihres Projektes wert sein wird. Wenn Sie es also so eilig haben und das Land wirklich haben wollen, dann kostet es drei Millionen Dollar."

Mit undurchdringlicher Miene hielt Melissa seinem Blick stand, auch wenn ihr Herz so schnell schlug, dass sie sicher war, er konnte es durch ihre Daunenjacke hindurch sehen.

„Gut", sagte er, und für einen kurzen Schockmoment dachte sie schon, sie hätte gewonnen, doch dann redete er weiter: „Ich habe Ihnen mehr als den Marktwert angeboten, wenn man die Mängel an den Gebäuden bedenkt, aber Sie haben anscheinend kein Interesse an einem guten Geschäft."

„Nicht, wenn Sie mich dermaßen unterschätzen, nein, dann wirklich nicht." Sie zwang sich zu lächeln und hoffte, dass es überlegen aussah. „Über jedes angemessene Angebot werde ich selbstverständlich gern nachdenken, Mr Burton."

„Das ist das angemessenste Angebot, das Sie bekommen werden", entgegnete er, lächelte sie auf eine Art an, dass es ihr eiskalt den Rücken hinunterlief, und fuhr dann fort: „Ich hoffe, Sie werden Ihre Entscheidung nicht bereuen."

Melissa saß stocksteif da und schaute ihm nach, wie er den Coffeeshop verließ, aber sofort, als er außer Sichtweite war, sackte sie auf ihrem Stuhl in sich zusammen. Was hatte sie nur getan? Sie hatte möglicherweise soeben die einzige Person verprellt, die bereit war, einen anständigen Preis für ihre Immobilien zu bezahlen. Es waren zwar nicht die 1,7 Millionen Dollar, die sie eigentlich für ihr Haus in Pasadena brauchte, aber immerhin fast die Hälfte davon. Mit einer Dreiviertelmillion hätte sie viel anfangen können. In ihrem Bauch rumorte es vor Angst.

„Hier." Delia stellte einen Keramikbecher neben ihre Hand und rutschte dann auf die Sitzbank ihr gegenüber. „Also, das war ja mal ein Anblick. Ich glaube, ich habe noch nie erlebt, dass jemand sich ihm dermaßen widersetzt hat. Klar, es gibt Leute, die ihn lautstark beschimpfen, aber das ist etwas anderes."

Delias Humor brach sich jetzt durch Melissas Schrecken hindurch Bahn und sie lächelte. „Keine Ahnung, was da gerade in mich gefahren ist. Ich ... also ich kann diesen Typen einfach nicht leiden. Und dafür habe ich noch nicht einmal einen konkreten Grund. Er ist einfach so ..."

„Arrogant? Selbstgefällig? Schmierig?" Delia legte den Kopf schräg. „Ich schätze, das ist dasselbe wie arrogant, aber im Zusammenhang mit ihm kann man es gar nicht oft genug wiederholen."

„Mir ist ganz schlecht", murmelte Melissa, griff aber trotzdem nach dem Tee und trank davon. Er rann ihr die Kehle hinunter, hinterließ eine warme Spur bis in den Magen und linderte die Übelkeit ein wenig. „Der ist richtig gut. Was ist da drin?"

Delia grinste. „Geheimrezept – aber überwiegend Tee und Kokosmilch."

„Also, das Geheimrezept ist jedenfalls köstlich. Danke." Melissa trank noch einen Schluck. „Du bist in dieser Stadt Geschäftsfrau. Wie schaffst du es, dass der Laden läuft?"

„Das ist auch ein Geheimrezept, aber es macht süchtig." Delia lachte leise, als Melissas Augenbrauen nach oben gingen. „Nein, das war ein Scherz. Wie ich das schaffe? Offen gesagt mit vielen schlaflosen Nächten und viel Gebet. Ich arbeite viel und mache mir manchmal noch mehr Sorgen."

Die Sache mit dem Beten schnappte nach ihrer Psyche, aber

Melissa entspannte sich rasch wieder, weil sie wusste, dass diese Frau aus ganz anderem Holz geschnitzt war als Connie Green. Soweit sie wusste, war Delia nämlich Buddhistin.

„Wäre es für dich und den Coffeeshop nicht sogar besser, wenn das Städtchen hier die Hotelanlage bekäme? Wenn viele Leute hier in Hotels untergebracht wären, dann würde das doch automatisch auch zusätzliche Einnahmen für die Cafés und Restaurants vor Ort bedeuten."

„Ja, das stimmt, aber ich bin wieder hierher zurückgekommen, weil ich eine Pause von meinem Leben unten im Flachland brauchte, von all der sinnlosen Hektik in der Großstadt. Das langsamere Lebenstempo war das, was mich wieder nach Jasper Lake gezogen hat; die Tatsache, dass hier jeder jeden kennt und einem der Rücken freigehalten wird. Das findet man heutzutage sonst nirgends mehr."

„Nein, da hast du recht." In dem Moment ging mit Gebimmel die Eingangstür auf. Delia schaute zu den Kunden hinüber, und Melissa forderte sie auf, sich um sie zu kümmern und sich nicht von ihr aufhalten zu lassen.

Delia stand auf, drehte sich aber noch einmal zu Melissa um und fragte: „Das mit dem Mädelsabend klappt doch, oder?"

„Das würde ich doch auf keinen Fall verpassen wollen", antwortete Melissa lächelnd, während Delia bereits ging. Nur in dem Augenblick, in dem sie wieder allein war, war auch das Rumoren in ihrem Bauch wieder da. Burton so abblitzen zu lassen, hatte ihr leider nur für eine kurze Zeit Befriedigung verschafft.

Was hatte sie nur getan?

16

Als Gabriel beim Haus am Lakeshore ankam, mit einem Becher von Delias bestem Filterkaffee und den berühmten Blaubeer-Muffins seines Großvaters als Treibstoff, stand Melissas Mietwagen schon da. Gabriel ging zur Eingangstür, klopfte, und als niemand antwortete, probierte er aus, ob die Tür offen war.

Sie ging ohne Widerstand auf und er rief: „Melissa?"

„Ich bin hier oben!", hörte er ihre Stimme und ging langsam die Treppe hinauf, wo er sie in einem der Gästezimmer auf Händen und Knien antraf. Sie suchte offenbar nach der Herstellerinformation einer Frisierkommode.

An den Türrahmen gelehnt stand er da und musste ein Lächeln unterdrücken. „Wie ich sehe, bist du schon bei der Arbeit."

Sie kam unter dem Möbelstück hervorgekrochen und schrieb etwas in das Notizbuch, das gestern er benutzt hatte. „Ich bin schon seit acht Uhr hier. Ich war früh wach, und da habe ich gedacht, dass ich die Zeit nutzen kann."

Gabriel schaute zu, wie sie aufstand und mit der Kommode neben dem Tisch weitermachte. Sie war heute irgendwie … anders. Sonst war sie immer forsch und munter, aber mit dieser geradezu fieberhaften Energie hatte er sie noch nicht erlebt.

„Was ist denn los?", fragte er.

Melissa sah ihn mit großen Augen an und antwortete: „Nichts."

„Du schwindelst. Was ist passiert?"

Da ließ sie sich auf die Bettkante sinken und antwortete: „Phil Burton hat mich heute Morgen im Coffeeshop abgepasst."

„Und?"

„Er hat mir ein Angebot gemacht, das ich ohne Probleme ablehnen konnte … $ 750.000."

Gabriels Augenbrauen gingen nach oben. „Das ist viel Geld."

„Ich weiß. Und genau darauf hat er ja gesetzt. Er wollte, dass ich mich von den vielen Nullen blenden lasse und vergesse, dass die Immobilien das Doppelte – wenn nicht noch mehr – wert sind, wenn man bedenkt, dass er das Land für sein Projekt benötigt."

„Also hast du abgelehnt?"

„Ich habe ihm meinen Preis genannt", antwortete sie und zog dabei ein Gesicht. „Drei Millionen Dollar."

Er hätte sich beinah verschluckt. „Drei Millionen? Und was hat er gesagt?"

Sie reagierte mit einem schiefen Lächeln. „Sagen wir so: Er war *nicht begeistert.* Ich habe keine Ahnung, was in dem Moment in mich gefahren ist. Es war nur … diese selbstgefällige, arrogante Visage …"

„… die bei dir den Wunsch weckt, ihm auf die Nase zu boxen und dann mit einem Baseballschläger zu den Frontscheinwerfern seines Lexus zu gehen?" Als Melissa ihn daraufhin nur anstarrte, grinste er. „Also nicht, dass ich über so etwas schon mal nachgedacht hätte …"

„Ich verstehe schon, was du meinst."

„Also, was ist das Problem? Ich kann mir schon vorstellen, dass er deine Forderung nicht akzeptiert hat, aber das ist ja eigentlich keine besondere Überraschung, oder?"

„Ich weiß ja nicht. Als ich seine ganze Aufmerksamkeit hatte, habe ich gesagt, dass ich jedes angemessene Angebot annehmen würde, woraufhin er geantwortet hat, angemessener werde es nicht, und er hoffe, dass ich es nicht bereuen werde. Das hat sich wie eine Warnung angehört."

Daraufhin wurden Gabriels Augen ganz schmal. Er mochte Burton generell nicht, aber das klang jetzt ganz so, als versuchte er, Melissa unter Druck zu setzen, und das wiederum verwandelte seine Antipathie in Zorn. „Hat er dich bedroht?"

„Nein, nicht konkret mit Worten. Du kennst ihn doch. Er ist so aalglatt, dass man nach dem Gespräch mit ihm nicht mehr ganz sicher ist, ob er wirklich gesagt hat, was man glaubt, das er gesagt hat. Ich weiß, dass nicht alle Immobilieninvestoren so sind wie er, aber Leute wie er werfen ein schlechtes Licht auf alle anderen."

„Besonders wenn sie irgendwo anders ein Vermögen gemacht haben und dann wieder zurück in ihre Heimatgegend kommen und dort eine Art Leichenfledderei betreiben."

Melissa blinzelte. „Wie meinst du das?"

„Du kannst es nicht wissen, aber das ist einer der Gründe, weshalb er hier so verhasst ist. Er gehört zur Generation unserer Eltern, ist hier aufgewachsen …", er verzog sein Gesicht, als ihm wieder einfiel, dass das für Melissa ja keinerlei Bedeutung hatte, „… und auf dieselbe Highschool gegangen wie wir alle hier. Anschließend hat er an einer der teuren Unis an der Ostküste studiert, ist im Big Business gelandet und hat immer behauptet, er werde zurückkommen und die Probleme dieser Stadt angehen und lösen. Offensichtlich ist seiner Meinung nach das Problem von Jasper Lake die Tatsache, dass es nicht Park City ist."

Schon allein diese Vermutung laut auszusprechen, bewirkte, dass es ihn in den Fingern juckte, Phil Burton das selbstzufriedene Grinsen aus seiner Luxusvisage zu vertreiben. Er mochte zwar einmal ein Einheimischer gewesen sein, aber es war unverkennbar, dass er sich mittlerweile als zu fein für die verschlafene Kleinstadt hielt. Als Gabriel in der Sitzung des Stadtrats Burtons Motive hinterfragt hatte, hatte dieser ihn beschuldigt, Vorurteile gegen Großstädter zu haben. Was in gewisser Hinsicht durchaus möglich war, aber nur, wenn es sich um Großmäuler wie Phil Burton handelte.

Er merkte plötzlich, dass sein innerer Monolog mit ihm durchging, und Melissa saß einfach nur da und grübelte über die neuerliche Enthüllung. „Mach dir keine Sorgen. Er kann dir nichts tun. Sobald die Immobilien dir überschrieben worden sind, bist du offiziell Eigentümerin und kannst damit machen, was du willst."

„Das ist das Nächste. Er hat mir gesagt, es sei schon alles geregelt und ich würde heute einen Anruf von Matthew Avery bekommen. Das heißt doch, dass er das schon vor meinem Anwalt erfahren haben muss."

„So schnell?"

„Ich bin die Erbin und somit die Einzige, die den Erbanspruch geltend machen konnte. Wahrscheinlich waren sie froh, dass sie die Sache endlich vom Tisch haben."

„Und was machst du jetzt?"

Melissa setzte an, etwas zu sagen, brach dann aber wieder ab und sagte seufzend: „Ich habe absolut keine Ahnung."

Einen Moment lang sah sie so mutlos aus, dass ihm plötzlich überdeutlich bewusst wurde, was sie aufgegeben hatte. Eine Dreiviertelmillion Dollar war wirklich viel Geld und es wäre eine schöne Anzahlung für ihr Haus in Pasadena gewesen. Die Tatsache, dass sie das Geld abgelehnt hatte, ließ vermuten, dass sie den Abriss der Häuser genauso wenig wollte wie er. Aber was hatte sie für eine andere Wahl?

Gabriel hatte sich so darauf konzentriert, Burton aus der Sache herauszuhalten, dass er sich gar keine Alternativen für sie überlegt hatte. Wenn er einen Fehler hatte – und Gott wusste, dass er sich wünschte, es wäre nur einer – dann, dass er sich in Dinge stürzte, ohne richtig zu planen und einfach darauf vertraute, dass die richtige Seite schon gewinnen würde. Er nannte das Optimismus, Madeline hatte es als Naivität bezeichnet. Vielleicht war es das. Aber es blieb ihm gar nichts anderes übrig, als einfach zu glauben, dass es für diese Situation mehr als nur einen möglichen Ausgang gab.

„So, jetzt schließen wir erst einmal die Inventarisierung des Hauses ab“, sagte er schließlich. „Was haben wir?“

Sie reichte ihm das Notizbuch, und er sah, dass sie das Inventar des anderen Schlafzimmers schon vollständig und das dieses Schlafzimmers auch schon fast komplett aufgenommen hatte. Es blieb also eigentlich nur noch das Schlafzimmer von Connie Green übrig, und es sah ganz so aus, als ob sie sich dieses für den Schluss aufgespart hatte.

„Bist du dazu bereit?“, fragte er ganz ruhig.

Melissa warf ihm ein Lächeln zu, aber er bemerkte die Unsicherheit dahinter. „So bereit, wie ich nur sein kann.“

Melissa versuchte, ihre Ängstlichkeit hinter einem Lächeln zu verbergen, aber Gabriels Miene nach zu urteilen ließ er sich nicht täuschen. Ihm war also klar, wie schwer das hier für sie war. Gästezimmer und Wohnzimmer waren noch relativ öffentliche Räume. Das Schlafzimmer ihrer Großmutter war da schon etwas anderes, weil dort ihre Kleider und persönlichen Dinge ihren Platz hatten. Und es gab dort viele Fotos. Melissa hatte es bis zum Schluss aufgespart, weil ein Teil von ihr nicht sehen wollte, was sie dort finden würde.

Die mutigen Worte, die sie Gabriel gegenüber geäußert hatte, waren eine Lüge, aber sie hatte keine andere Wahl. Sie ließ ihren Blick durch den Raum wandern und überlegte, wo sie anfangen sollte. In dem Zimmer stand ein Himmelbett, das nicht ganz zum *Craftsman*-Stil des Hauses passte, außerdem zwei gleiche Kommoden mit Aufsatz und zwei gleiche niedrige Kommoden sowie ein paar Ölbilder, die offenbar eher Laienkunst waren.

„Fangen wir mit dem Bett an“, sagte sie zu Gabriel.

Sie machte ein paar Fotos aus unterschiedlichen Perspektiven, aber es kostete sie unendliche Überwindung, das Zimmer tatsächlich zu betreten. Das Bett war ein hübsches Möbelstück, aber schon bevor sie es genauer begutachtet hatte, wusste sie, dass sie es nicht mitnehmen würde.

„Kirsche, nachgemachter *Craftsman*-Stil, aber es ist offenbar ein relativ neues Stück, keine Antiquität. Es passt zu keiner der wichtigen Stilrichtungen, sodass es auch für Sammler nicht interessant ist."

„Als Nächstes die niedrige Kommode."

Sie machte wieder Fotos, rasselte die Details herunter, zog die erste Schublade heraus und verstummte. Sie war voller Oberteile. Drei Stapel auf exakt dieselbe Größe gefaltet. Der muffige Geruch in der Schublade war ein Zeichen dafür, dass sie schon sehr lange nicht mehr geöffnet worden war, was natürlich kein Wunder war, denn schließlich war Connie schon seit fünf Jahren tot.

Trotzdem konnte Melissa nicht widerstehen, das oberste Kleidungsstück kurz zu berühren. Es war ein schwarz-weiß gestreiftes Poloshirt, das nicht in das Bild passte, das sie sich von Connie Green gemacht hatte. Sie hatte angenommen, dass sie Schränke voller Seidenblusen und Hosen mit messerscharfen Bügelfalten sehen würden, nicht etwas so Normales wie Poloshirts aus Baumwolle. Sie schob die Schublade rasch wieder zu und zog die nächste auf, in der sich Unterwäsche befand, überwiegend praktische und nur ein paar Teile mit einem Hauch von Spitze verziert. Diese Schublade schloss sie genauso schnell wieder. In der untersten Schublade fand sie unter Stapeln ordentlich gefalteter Jeans und Chinos schließlich das, wonach sie gesucht hatte: Einen Stempel und ein Metallplättchen.

„Stickley", sagte sie.

Gabriel sah beeindruckt aus. „Das kenne ja sogar ich. Das ist teuer, oder?"

„Im Vergleich zu IKEA auf jeden Fall", bestätigte sie ihm mit einem Lächeln. „Aber es ist nicht antik, sondern stammt aus den

80ern, vielleicht sogar aus den frühen 90ern. Es ist allerdings eine sehr gute Reproduktion."

„Ich bin wirklich etwas desillusioniert, denn ich hätte nie gedacht, dass Connie auch nur eine einzige Reproduktion in ihrem Haus hätte."

„Das ist kein Grund, desillusioniert zu sein, denn es sind sehr hochwertige Möbel, die neu sicher ein paar Tausend Dollar gekostet haben. Wenn man die Sachen noch 50 Jahre aufbewahrt, sind es auf jeden Fall wertvolle Antiquitäten."

„Nimmst du sie mit?", fragte er.

„Vielleicht", antwortete sie, denn im Moment wusste sie noch gar nichts. Es gab ein paar schöne Stücke, aber sie fühlten sich alle so … persönlich an. Sie hatte das Gefühl, dass sie alle zu stark mit ihrer Besitzerin verbunden wären und einfach in dieses Haus gehörten, solange es stand, was angesichts der Gesamtsituation womöglich nicht mehr sehr lange sein würde.

Bei diesem Gedanken wurde ihr ganz eng ums Herz. Vielleicht hatte sie keine persönliche Beziehung zu diesem Haus, aber in den vergangenen beiden Tagen darin zu arbeiten, hatte zu einer Vertrautheit geführt, die sie schön fand. Sie konnte sich vorstellen – ja geradezu vor sich sehen –, dass das hier das Zuhause von jemandem werden konnte. Dieses Haus, das eigentlich ihr Zuhause hätte sein sollen.

„Melissa?"

Sie blinzelte und drehte sich mit einem Ruck zu Gabriel um. „Ach, tut mir leid. Ich war mit meinen Gedanken gerade ganz woanders. Sollen wir weitermachen?"

Es dauerte nicht lange, bis sie den Rest der Gegenstände in dem Raum aufgenommen hatten, und dann war nur noch der begehbare Kleiderschrank übrig. Sie öffnete die Tür, ging hinein und eine seltsame Schwere befiel sie, so als würde sie in die Vergangenheit zurückgeworfen.

Sie hatte Connie Green also doch nicht falsch eingeschätzt. Hier hingen all die seidigen Hemdblusen und Hosen und die gepflegten, eleganten Etuikleider. Sie war ganz offensichtlich eine Frau mit Geschmack und Geld gewesen, aber das war ja eigentlich nie eine Frage gewesen. Als sie mit den Fingern über die Kleidungsstücke strich, hatte sie das Gefühl, sie zu kennen, wenigstens ein kleines bisschen, und das löste eine solche Wut in ihrem Bauch aus, dass sie kaum atmen konnte.

Neben den aufgehängten Kleidungsstücken stand eine Reihe übereinandergesetzter Schubladen. Sie öffnete eine davon und fand darin Gürtel, Seidentücher und ein Tablett mit geschmackvollem, schlichtem Goldschmuck.

Das sagte etwas über diese Kleinstadt aus. Jeder hier hatte gewusst, dass sich in dem Haus Wertsachen befanden, trotzdem hatten diese Wertsachen fünf Jahre lang in dem verlassenen Haus überdauert. Und noch etwas sagten die Sachen aus: Für Connies Entscheidung, Melissa zu suchen – oder es eben nicht zu tun –, konnte nicht Geldmangel ausschlaggebend gewesen sein.

Sie schob die Schublade zu – weg mit all dem Glanz des Goldes – und schaute sich die Regale über den Kleiderstangen an. Dort gab es mehrere Archivboxen aus fester Pappe mit der Aufschrift *Dokumente* und jeweils einer Jahreszahl. Sie verspürte zwar keinerlei Drang, die alten Papiere durchzugehen, aber vielleicht waren ja wichtige Dokumente darunter, die mit den Häusern zu tun hatten. Trotzdem ließ sie alles, wo es war, weil sie für persönliche Details aus Connies Leben nicht bereit war.

Sie verließ den begehbaren Schrank wieder und schloss die Tür. „Den Schrank gab es natürlich ursprünglich nicht. Der ist erst vor ein paar Jahrzehnten nachträglich eingebaut worden. Die Möbel in diesem Zimmer sind also alles in allem relativ neu. Deshalb glaube ich, dass sie dieses Schlafzimmer irgendwann hat renovieren lassen."

„Wenn du das genauer wissen möchtest, lässt sich das sicher herausfinden", sagte Gabriel. „Wenn es größere Umbauten waren, sind in den Papieren sicher die entsprechenden Genehmigungen zu finden. Mir ist aufgefallen, dass auch die Küche neuer aussieht als der Rest des Hauses."

„Ja." Melissa setzte sich auf das Bett und hatte das Gefühl, dass aus unerfindlichen Gründen alle Energie aus ihr herausgeflossen war. Es war erst mitten am Vormittag, aber sie fühlte sich, als hätte sie gerade einen Marathon hinter sich gebracht.

Auch Gabriel setzte sich, sah sie an und fragte: „Alles in Ordnung mit dir?"

Sie rieb sich die Nase. „Ich glaube schon. Es ist nur …"

„Ja, ich weiß."

„Für mich wäre es einfacher gewesen, wenn dieses Haus eine Bruchbude wäre und Connie ein erbärmliches Leben geführt hätte. Dann könnte ich wenigstens glauben, dass ich in den Pflegefamilien besser dran war, als ich es hier gewesen wäre. Aber das hier …", mit enger Kehle machte sie eine Geste in den Raum. „Sie hat hier dieses wunderschöne Leben geführt, und selbst wenn meine Mutter mich nicht gewollt hat, hätte doch Connie sich um mich kümmern können. Die Mittel dazu hätte sie jedenfalls gehabt."

Gabriels Hand fand ihre Hand auf der Tagesdecke und umschloss sie ganz fest. Seine Hand war warm und stark, und anstatt ihre Hand wegzuziehen, hielt sie seine fest.

„Ich weiß, wie schwer das sein muss, Melissa. Und ich wünschte, ich könnte dir eine einleuchtende Erklärung dafür geben, aber nichts wird jemals die Tatsache wiedergutmachen, dass du nicht bei deine Familie aufgewachsen bist und dass weder deine Mutter noch deine Großmutter bei dir war. Und das hätte so sein müssen. Ist es dir eine Hilfe zu wissen, dass sie zumindest am Ende an dich gedacht hat?"

„Ich weiß es nicht. Vielleicht." Melissa holte lange und tief Luft und atmete dann geräuschvoll wieder aus. „Womöglich hat sie ja wirklich nicht gewusst, ob ich überhaupt noch am Leben war. Vielleicht hat sie gewusst, dass sie stirbt und mich nur als Erbin eingesetzt, damit jemand nach mir sucht."

Tief in ihrem Inneren wusste sie, dass das Wunschdenken war und sie auf diese Weise versuchte, besser mit der Tatsache fertigzuwerden, dass sie verlassen worden war. Aber konnte es nicht vielleicht doch die Wahrheit sein? Konnte es nicht sein, dass Connie Green gehofft hatte, ihr Testamentsvollstrecker könnte das schaffen, was ihr selbst nicht gelungen war?

„Ich weiß, du willst das nicht hören, aber das passt sehr viel besser zu der Frau, an die ich mich erinnere, als die Vorstellung, dass sie dich einfach im Stich gelassen hat." Gabriel drückte ihre Hand, stand auf und sagte: „Ich lasse dich mal einen Augenblick allein."

Melissa saß nur da, betrachtete das Schlafzimmer ihrer Großmutter und nahm gar nicht richtig wahr, dass Gabriel ging. Sie hatte gedacht, sie könnten einfach herkommen, alles Wertvolle katalogisieren und es dann nach Kalifornien transportieren. Sie hatte angenommen, sie könnte ihre Gefühle dabei komplett heraushalten und diese Reise völlig geschäftsmäßig abwickeln, aber jetzt war ihr klar, dass das von Anfang an unmöglich gewesen war. Hier in dem Haus, in dieser Stadt, war sie mit einer Vergangenheit konfrontiert, die ihr völlig unbekannt war.

Sie stand von dem Bett auf, ging noch einmal zurück in den begehbaren Schrank und öffnete dort die oberste Schublade mit dem Schmuck. Sie strich mit den Fingern über Reihen von Ohrringen, Halsketten und Ringen, bis sie ein ganz schlichtes Schmuckstück berührte, das offensichtlich antik war, wenn auch vielleicht nicht so wertvoll wie die übrigen Stücke. Auf jeden Fall sah man ihm an, dass es mehr getragen worden war als alle anderen. Es war ein Goldring mit einem Aquamarin im Kissenschliff, der ihr unerklärlicherweise bekannt vorkam, obwohl es unmöglich war, dass sie sich daran erinnerte. Sie nahm ihn von dem Samtpolster und steckte ihn sich an den Ringfinger der rechten Hand. Er passte perfekt.

Sie hatte sich die ganze Zeit selbst etwas vorgemacht. Sie würde ihr Leben nicht fortsetzen können, bevor sie nicht die Wahrheit kannte.

17

Nachdem Melissa und Gabriel sich getrennt hatten, fuhr Melissa zurück zum Bed & Breakfast. Auf dem Weg dorthin entstand in ihrem Kopf ein Plan. Gabriel hatte gesagt, seine Oma habe Connie nähergestanden als sein Opa, aber irgendetwas musste doch auch Werner über Connie wissen und darüber, was damals passiert war. Er war zwar in dieser Hinsicht bisher nicht besonders mitteilsam gewesen, aber sie war sich nicht sicher, ob das einfach seine Art war oder ob es mit ihr zu tun hatte.

Doch als sie bei ihrer Unterkunft ankam, war Mr Brandt nirgends zu finden. Melissa schob ihre Enttäuschung von sich und ging auf ihr Zimmer. Bis zu dem Treffen mit Delia und ihren Freundinnen musste sie noch einige Zeit überbrücken, also ließ sie sich im Schneidersitz auf ihrem bequemen Bett nieder und klappte den Laptop auf. Es waren immer noch Fotos von Möbeln, deren Herkunft sie recherchieren musste, auf ihrem Handy, die sie herunterladen musste. Außerdem musste ein Umzugswagen gebucht werden.

Wie auch immer die Sache mit Phil Burton ausgehen mochte, sie würde die Häuser auf jeden Fall räumen müssen, und das konnte sie dann ebenso gut sofort erledigen. Es konnte allerdings sein, dass Sophie wegen der Menge an Möbeln, die sie nach Kalifornien schicken wollte, noch zusätzlichen Lagerraum würde mieten müssen. Sie bezweifelte, dass auch nur die Hälfte der Sachen in den Raum passen würden, den sie generell für ihren Lagerbestand an Antiquitäten bereithielten, außerdem waren da noch nicht die Sachen, die sie auf ihrer Einkaufstour in Europa gekauft hatte, mit dabei.

Doch statt irgendeine dieser anstehenden Aufgaben zu erledigen, ging sie noch einmal die Fotos vom *Woolridge House* durch, die Sophie geschickt hatte. Für eine Innenausstatterin war das wirklich ein beeindruckender Auftrag. Und sie hatten ganz konkret sie angefragt. Warum wohl? Es gab jede Menge Innenausstatter rund um Los Angeles, die bereit und willens gewesen wären, das Projekt zu übernehmen, und viele von ihnen waren erfahrener und bekannter als sie. Doch als sie von einem Foto zum nächsten klickte und ihr auffiel, wie viel von der Originalausstattung nicht mehr vorhanden war und wie viel Restaurierungsarbeit nötig war, wurde es ihr klar. Es gab viele Innenausstatter, die auf den *Arts and Crafts*-Stil spezialisiert waren, aber ihr Ruf gründete sich darauf, dass sie aus ihnen allen herausstach, weil sie authentische Stücke aufstöbern und dafür sorgen konnte, dass diese vollständig und originalgetreu restauriert wurden. Dabei war sie dann weniger Innenausstatterin als Historikerin, Detektivin und plastische Chirurgin für Antiquitäten, die aufspürte und reparierte, was die Zeit verwüstet hatte.

Wenn sie im Bereich Recherche wirklich so gut war, dann musste sie doch eigentlich auch in der Lage sein, die Wahrheit über ihre Vergangenheit oder doch wenigstens über die ihrer Häuser herauszubekommen. Gabriel hatte gesagt, dass große Teile des Archivs der Historischen Gesellschaft von Jasper Lake bei der großen Flut beschädigt oder sogar ganz zerstört worden seien – aber nicht alles. Und wenn sie sich recht erinnerte, war sie irgendwann an dem Gebäude der Historischen Gesellschaft vorbeigekommen, als sie zu Fuß in der Stadt unterwegs gewesen war. Wo war das noch gewesen?

Melissa rief die Homepage der Stadt auf und suchte unter dem Punkt Vereine nach, bis sie die *Jasper Lake Historical Society* fand. Wenn sie den Stadtplan richtig las, dann befand sich der Sitz der

Gesellschaft nur drei Straßen weiter Richtung Norden in einem historischen Gebäude. Sie schob den Laptop beiseite, zog Stiefel und Jacke an, schnappte sich ihre Handtasche und verspürte neue Entschlossenheit in sich aufkeimen.

Als sie aus dem Haus trat, fühlte es sich an, als wäre es noch ein paar Grad kälter geworden, denn die Luft fühlte sich jetzt richtig beißend an und brannte auf der Haut und in der Lunge, obwohl der Himmel klar und strahlend blau war wie immer. Sie holte ihre Handschuhe aus der Jackentasche und zog sie an. Nein, es fühlte sich nicht nur kälter an, sondern es war definitiv kälter geworden. Anscheinend zog eine Kaltfront heran.

Als sie beim Gebäude der Historischen Gesellschaft ankam, war sie völlig durchgefroren. Sie ging die Eingangsstufen des alten viktorianischen Gebäudes hinauf, öffnete die Tür und betrat einen großen offenen Raum, dessen Wände komplett von Bücherregalen bedeckt waren.

Sofort war sie von Wärme eingehüllt und nahm sich einen Moment Zeit, um es zu genießen. Dann zog sie ihre Handschuhe aus und rief: „Hallo, ist hier jemand?"

Daraufhin hörte sie irgendwo im Hintergrund Schritte auf dem Holzboden näherkommen und ein alter, gebückt gehender Mann mit strahlenden Augen tauchte auf. „Hallo, meine Liebe. Was kann ich für Sie tun?"

Melissa mochte ihn sofort und lächelte. „Ich bin Melissa Green."

Er nahm seine Brille, die er an einer Kette um den Hals trug, und setzte sie sich auf die Nase. Dann blinzelte er kurz und sagte. „Also, ja. Ja, die sind Sie wirklich. Ich bin Patrick O'Neill."

Melissa lachte leise. „Es freut mich, Sie kennenzulernen, Mr O'Neill. Ich hatte gehofft, dass Sie vielleicht Informationen über die Häuser am Lakeshore haben. Ich habe sie geerbt, weiß aber so gut wie nichts über ihre Entstehung."

Daraufhin schnalzte er bedauernd mit der Zunge, schlurfte zu einem der Regale hinüber und sagte: „Ich fürchte, da kann ich Ihnen nicht viel helfen, meine Liebe. Gabriel Brandt war vor Kurzem auch schon hier und hat nach denselben Informationen gesucht, aber wir haben da leider nur sehr wenig gefunden. Ich kann Ihnen aber gerne zeigen, was ich auch ihm gezeigt habe."

Er strich mit einem Finger über die in Leder gebundenen Buchrücken mehrerer dicker Wälzer, zog erst einen heraus, dann noch einen und brachte sie zu einem Eichenschreibtisch am Fenster.

Melissa folgte ihm und schaute ihm über die Schulter, als er das erste Buch aufschlug und dann mit zittrigem Finger an den in feinster Handschrift geschriebenen Spalten entlangfuhr. Es handelte sich anscheinend um ein Steuerregister aus dem späten 19. Jahrhundert. Wenn man etwas über die Geschichte eines alten Hauses erfahren wollte, schaute man immer als Erstes im Steuerregister nach. Details mochten verlorengehen und Menschen weiterziehen, aber Steuerunterlagen waren von Dauer.

In jeder Zeile standen ein Datum, eine Adresse und ein Name, gefolgt von einer Zahl. In ihrem Fall stand in der Zeile, auf die Patrick zeigte: 1-5 Lakeshore Drive, J. Green.

Wenigstens hatte sie recht damit gehabt, dass alle fünf Häuser derselben Person gehört hatten. Und dann begriff sie. „Green? Wer ist dieser J. Green?"

Den Namen gab es häufig, aber das hier war ganz bestimmt kein Zufall.

„Ungefähr so weit ist Gabriel auch gekommen", sagte Patrick, lehnte sich an den Tisch und wandte sich ihr mit einem eindringlichen Blick zu. „Constanze hat immer gesagt, dass diese Häuser eine Bedeutung für die Familie haben. Deshalb ist es schon einleuchtend, wenn es sich um einen Vorfahren von Ihnen handeln würde."

Sie schaute noch einmal in das Buch und dann wieder ihn an. „Gibt es noch andere Steuerunterlagen für die Häuser außer diesen von J. Green?"

„Ja", antwortete er. „Aber ich bin mir nicht sicher, ob die Ihnen weiterhelfen." Er ging wieder zu den Regalen und kam kurz darauf mit drei weiteren dicken Bänden zurück. „Ich habe die Eigentümer der Häuser alle persönlich gekannt, und die Häuser hatten mehrere Eigentümer, die keinen Bezug zur Familie Green hatten. Alle Dokumente nach 1960 sind digitalisiert und im Gerichtsgebäude des County archiviert."

Das bedeutete für sie möglicherweise eine weitere Fahrt nach Georgetown. Sie blieb trotzdem dort stehen, während er die entsprechenden Aufzeichnungen in dem Buch fand, und machte mit dem Handy Fotos davon. Wenn nötig, konnte sie immer noch die ehemaligen Besitzer der Häuser ausfindig machen und fragen, ob diese mehr über die Häuser wussten. Ganz kurz fragte sie sich, warum sie sich überhaupt die Mühe machte, aber die Antwort war sofort klar: wegen Gabriel.

Er hatte alles stehen und liegen lassen, um ihr zu helfen, obwohl sie bei seinem Plan nicht mitmachte und obwohl er eine noch viel größere Aufgabe zu bewerkstelligen hatte. Da war doch das Mindeste, was sie tun konnte, ihr Recherchekönnen für ihn und seine Sache einzusetzen.

Sie wollte sich gerade bei Mr O'Neill bedanken und gehen, als ihr noch etwas anderes einfiel. „Sie bewahren hier keine Exemplare von den Highschool-Jahrbüchern des Countys auf, oder?"

Das Blitzen in seinen Augen verriet ihr, dass ihm klar war, was sie wollte. „Nein, leider nicht", antwortete er. „Aber sie sind in der Highschool archiviert. Sie brauchen nur dort anzurufen und einen Termin zu vereinbaren."

Sie nickte, versuchte, ihre Enttäuschung zu verbergen, und sagte: „Okay, ich verstehe. Vielen Dank für Ihre Hilfe."

„Es war mir ein Vergnügen, Melissa. Ich hoffe, Sie finden, wonach Sie suchen."

Melissa lächelte und trat dann nur widerwillig wieder hinaus auf die Veranda des Gebäudes. Das lag teils daran, dass sie nur so wenig hatte in Erfahrung bringen können, zum größeren Teil hatte es aber mit der Kälte zu tun, auf die sie draußen traf und die sich nach der behaglichen Wärme in dem Gebäude jetzt noch schlimmer anfühlte.

Sie schaute auf ihre Uhr und stellte fest, dass es noch nicht einmal 14:00 Uhr war. Mit den Mädels war sie erst um 18:00 Uhr verabredet, also konnte sie noch einmal zurück ins Bed & Breakfast gehen, schauen, ob Mr Brandt wieder da war, und versuchen herauszufinden, was er wirklich wusste. Oder sie konnte einfach in der Stadt herumlaufen. Es war eine kleine Stadt, in der jeder über jeden Bescheid wusste, und wenn sie sich Mühe gab, konnte sie bestimmt ein wenig Dreck aufwühlen.

Sie ging in Richtung Main Street und sah sie jetzt mit ganz neuen Augen. Auf eine irgendwie abstrakte Art hatte sie sie bis jetzt für idyllisch und bezaubernd gehalten, aber hinter jedem Laden und jedem Lokal stand ein Mensch, der dort arbeitete und dessen Lebensunterhalt sowohl vom Tourismus als auch vom Nahverkehr abhing. Waren Gabriels Pläne wirklich im Interesse der Stadt?

Wenn sie ihn zum Bürgermeister gewählt hatten, weil er versprochen hatte, Jasper Lake zu retten, dann bedeutete das doch auch, dass sie mit dem Stopp des großen Bauprojekts einverstanden sein mussten, um ihren Lebensstil und das Kleinstadtflair von Jasper Lake zu bewahren und erhalten. Aber manchmal wünschten sich Menschen ja etwas anderes, als sie brauchten. Eine Hotelanlage und entsprechender Tourismus würden der Stadt auf jeden Fall die dringend benötigten Steuereinnahmen bringen.

Und dann dachte sie an Menschen wie Delia, die aus Denver hergezogen waren, um ein ruhigeres Leben zu führen – und das wahrscheinlich um den Preis eines sehr viel geringeren Einkommens als dort. Wenn die Stadt größer wurde, dann brachte das steigende Mieten und höhere Grundsteuern mit sich. Dann würden die Grundstückspreise und Mieten für Gewerbeimmobilien so teuer werden, dass viele einheimische Geschäftsleute sie sich nicht mehr würden leisten können, besonders da ihr Einkommen überwiegend saisonabhängig war, die Mieten aber das ganze Jahr gleich hoch blieben. Melissa musste also davon ausgehen, dass die Menschen hier wussten, was sie mehr brauchten als irgendeine Zugereiste wie sie oder Phil Burton.

Die erste Firma, an der sie vorbeikam, war die Boots- und Schneemobil-Vermietung, die in einer Art Blockhütte untergebracht war. Vor dem Gebäude lagen auf Gestellen mehrere Paddelboote und Kanus und mehrere Schneemobile waren mit Ketten auf Anhängern festgezurrt. Es war eher unwahrscheinlich, dass sie diesen Laden aus persönlichem Interesse für das Angebot aufgesucht hätte, aber sie fand, das war kein Grund, ihn auszulassen. Sie drückte die Eingangstür auf, die sich mit dem Geräusch von Glöckchen öffnete, und sofort kam ein Mann mit fragender Miene aus einem Hinterzimmer.

„Hi. Kann ich Ihnen helfen?“

Womöglich ging das Geschäft ja wirklich nicht besonders gut, wenn der Ladeninhaber so überrascht auf Kundschaft reagierte. Aber vielleicht lag sein Erstaunen ja auch daran, dass mittlerweile jeder in Jasper Lake wusste, wer sie war.

„Hi, ich, äh …“ Jetzt, da sie erklären musste, was sie wollte, wurde ihr klar, dass die Worte „Ich hatte einfach gehofft, dass ich ein paar Informationen von Ihnen bekommen kann“ keine besonders gute Einleitung waren.

Seine Miene entspannte sich etwas. „Sie müssen Melissa Green sein. Ich bin Bruce McKay.“ Er streckte ihr die Hand hin, Melissa drückte sie und dankte ihm im Stillen für seine Freundlichkeit.

„Also, ein Boot brauche ich eigentlich nicht“, sagte sie lächelnd und fuhr fort: „Ich versuche nur, die Stadt etwas kennenzulernen.“ Dabei sah sie ihn etwas genauer an. Er musste etwa Ende vierzig sein und demnach etwa im Alter ihrer Mutter. „Leben Sie schon lange hier?“, fragte sie.

„Ich bin in Jasper Lake geboren und aufgewachsen“, antwortete er, hielt dann kurz inne und fuhr fort: „Ich bin mit Ihrer Mutter zur Schule gegangen.“

Sie blinzelte und ihr wurde plötzlich schwindelig. „Wirklich?“

McKay schien zu merken, dass ihr kurz schummrig wurde, denn er zog einen Hocker hinter dem Ladentisch hervor und bedeutete ihr mit einer Geste, sich zu setzen.

„Ja. Und ich muss gestehen, dass ich mal richtig in sie verknallt war. Das war ... also wir müssen damals ungefähr zwölf gewesen sein. Ich glaube sogar, dass Carrie das erste Mädchen war, in das ich verknallt war.“

„Wie war sie?“ Die Frage platzte einfach so aus ihr heraus, auch wenn sie ihn nach einer Person fragte, die er fast dreißig Jahre lang nicht gesehen hatte.

Doch er lächelte freundlich und antwortete dann bereitwillig: „Sie war lustig. Hübsch. Ich glaube, ich habe sie gefragt, ob sie mich heiraten will.“

Melissa lachte leise. „Ich nehme an, sie hat Ihren Antrag abgelehnt, oder?“

„Wenn ich mich recht erinnere, hat sie gesagt, dass sie sich geschmeichelt fühlt, aber sie wüsste, dass auch andere Mädchen in mich verliebt wären, und sie wolle nicht der Grund sein, dass sie enttäuscht wären. Sie war eine Nette ... wollte wohl mein junges Ego nicht plattwalzen, indem sie sagte, dass wir beide noch Kinder wären. Wir waren aber die gesamte Highschool-Zeit weiter befreundet. Ich habe sie sehr vermisst, als sie weg war.“

„Wann ist sie denn von hier weggegangen?“

„Nachdem sie von der Schule abgegangen ist. Sie wissen schon ... sie war schwanger und man sah es langsam.“

Es war dieselbe Geschichte, die sie schon an ihrem ersten Abend in Jasper Lake gehört hatte. Auf eine etwas schräge Weise bedeutete das, dass Bruce sie schon als Fötus gekannt haben musste, was wiederum wahrscheinlich machte, dass er nicht der einzige gute Freund ihrer Mutter gewesen war.

„Hatte sie denn einen Freund?", fragte sie weiter.

Er sah sie seltsam an, so als wäre er überrascht, dass sie es nicht wusste. „Ja, sie war mit Daniel Burton zusammen."

Daniel Burton. Burton? „Sie meinen wie Phil Burton?"

„Ja, Daniel war Phils jüngerer Bruder."

Jetzt aber mal langsam ... Wenn Melissa nicht schon gesessen hätte, dann hätte sie nun nach einem Stuhl Ausschau gehalten.

„Dann ist ... Phil Burton mein ... Onkel?"

Bruce druckste ein wenig herum, sodass sie sein Unbehagen spürte, und schließlich antwortete er: „Das weiß niemand ganz genau. Es gab damals Gerüchte, dass Dan nicht der einzige Junge war, mit dem sie zusammen war. Keine Ahnung, ob das stimmte. Vielleicht waren die Leute damals auch nur besonders gemein, wegen der Situation, in der sie sich befand. Die Frage kann jedenfalls nur Carrie selbst beantworten. Ich weiß, dass Dan ein Football-Stipendium an der CSU hatte, und das hätte er ganz sicher durch nichts in Gefahr gebracht."

Melissa atmete einmal tief durch die Nase ein und stieß die Luft geräuschvoll wieder aus. Dann hatte ihre Mutter entweder mit mehreren Jungs etwas gehabt und nicht gewusst, wer der Vater ihres Kindes war, oder der Freund hatte ihre Mutter und sie für eine Karriere im College-Football verlassen.

„Was ist denn aus Dan geworden? Wo ist er jetzt?", fragte sie.

„Er ist bei einem Autounfall ums Leben gekommen, nicht lange nachdem Ihre Mutter fortgegangen war. Es hieß damals, es wäre Alkohol im Spiel gewesen. Traurig. Ein wirklich hoffnungsvolles Leben – einfach vergeudet."

„Weiß darüber eigentlich jeder in der Stadt Bescheid?"

Bruce zuckte mit den Schultern und auch jetzt war ihm wieder sein Unbehagen deutlich anzumerken. „Schwer zu sagen, an was sich die Leute noch erinnern. Damals war es eine Art Sensation, als wir erfahren haben, dass jemand, mit dem wir zur Schule gegangen sind, ums Leben gekommen ist. Wie viel Klatsch und Tratsch es auch außerhalb der Highschool über diese Sache gab, weiß ich nicht."

„Aber Phil Burton müsste doch eigentlich wissen, dass sein Bruder mit meiner Mutter zusammen gewesen ist und möglicherweise mein Onkel sein könnte, oder?"

„Oh ja. Das weiß er auf jeden Fall."

Als sie das hörte, stieg heißer Zorn in ihr auf, und sie stand von dem Hocker auf, auf dem sie gesessen hatte. „Vielen Dank, Bruce. Sie haben mir sehr geholfen."

„Gern geschehen." Er hielt inne und fragte dann: „Dann sind Sie also nur zu Besuch hier? Oder haben Sie vor zu bleiben?"

„Ich bin nur zu Besuch hier", antwortete sie. „Danke noch mal."

Er nickte, und sie drehte sich um, um zu gehen, aber als sie schon beinahe an der Tür angelangt war, rief er ihr noch nach: „Sie sollten aber auf keinen Fall das große Lagerfeuer morgen verpassen. Die ganze Stadt wird dort versammelt sein."

Ob er nur versuchte, freundlich zu sein, oder seine Bemerkung darauf hinweisen sollte, dass sie bei einer solchen Zusammenkunft vielleicht mehr Glück haben könnte, mehr über ihre Herkunft zu erfahren, konnte sie nicht sagen. Sie nickte deshalb nur, winkte noch einmal und trat dann hinaus in die Kälte. Als sie daraufhin spürte, wie ihr der Atem stockte, wusste sie genau, dass das nichts mit der Kälte zu tun hatte.

Burton wusste also, dass er möglicherweise ihr Onkel war. Aber vielleicht war ihm das ja genauso egal, wie es seinem Bruder gewesen war. Womöglich wollte er auch nur verhindern, dass sie die persönliche Verbindung ausnutzte, oder er wartete nur darauf, sie damit zu einem anderen Zeitpunkt zu konfrontieren oder unter Druck zu setzen. Weshalb auch immer er sich so verhielt, jedenfalls war es ein Grund mehr, ihn nicht leiden zu können.

Und ein Grund mehr, dafür zu sorgen, dass, was auch geschah, ihm ihre Häuser und die Grundstücke nicht in die Hände fielen.

18

Nach diesen neuen Informationen von Bruce war Melissa absolut nicht mehr motiviert, auch noch die anderen Ladenbesitzer zu befragen, also ging sie zurück in das Bed & Breakfast und nutzte ausgiebig die beeindruckende Klauenfuß-Badewanne in ihrem Bad. Sie ließ sich tief in das warme Wasser sinken – das dank des Badesalzes nach Lavendel duftete – und versuchte, alles zu vergessen, was sie gerade erfahren hatte. Aber die Gedanken daran ließen sich einfach nicht abschütteln.

Um sich vor der Verantwortung für die Vaterschaft zu drücken, hatte der Freund ihrer Mutter ihren Ruf ruiniert, indem er sie wie die Stadtschlampe hatte dastehen lassen, und jetzt, Jahre danach, tat sein Bruder so, als wüsste er nicht, wer Melissa war, um sie finanziell über den Tisch zu ziehen. Wer auch immer sie sein mochten, jedenfalls wollte keiner von ihnen etwas mit ihr zu tun haben.

Heiße Tränen liefen ihr übers Gesicht, aber sie wischte sie sich rasch mit ihrer nassen Hand weg und tat so, als wären es Spritzer vom Badewasser. Sie konnte nicht zulassen, dass diese Stadt, ihre Geschichte und die Menschen hier ihr so nahkamen und sie verunsicherten. Sie musste stark bleiben, zu Ende bringen, was sie angefangen hatte, und dann zu ihrem Leben in Kalifornien zurückkehren – zu ihrer Freundin und Geschäftspartnerin und zum *Woolridge House*. All das wartete dort auf sie.

Bei näherem Überlegen konnte Melissa nicht einmal mehr genau sagen, was sie hier in Jasper Lake eigentlich noch erreichen wollte.

Das Inventar von Connies Haus war aufgezeichnet, sodass sie für die nächste Woche einen Umzugswagen organisieren, die Sachen verpacken, die Häuser für einen horrenden Preis zum Verkauf anbieten und Burton entscheiden lassen konnte, ob sie ihm den Preis wert waren, den sie forderte. Das Wahrscheinlichste war allerdings, dass sie gar kein Geld bekommen würde, und dann wäre für sie und ihre Geschäftspartnerin wieder alles beim Alten. Sie würden wieder jeden Cent zusammenkratzen müssen, um die immer weiter steigende Miete ihres Hauses in Pasadena zahlen zu können. Und das wiederum bedeutete, dass sie Gabriel wieder sich selbst und seinen Möglichkeiten zur Rettung der Stadt würde überlassen müssen.

„Na und?“, murmelte sie und ihre Stimme klang trotzig. „Ich bin hier doch niemandem verpflichtet.“

Doch ebenso wenig war Gabriel ihr verpflichtet. Ja, er hatte sogar allen Grund, sie als Gegnerin zu betrachten, und trotzdem setzte er Zeit und Mühe ein, ihr zu helfen. Nur immer, wenn er ihre Hand nahm, wurde ihr ein ganz klein wenig warm ums Herz, das konnte sie nicht leugnen. Sie mochte ihn und sie wollte ihn bestimmt nicht scheitern sehen.

„Aaah.“

Sie ließ sich tiefer in die Wanne sinken, bis sie vollständig untergetaucht war und die Luft anhielt, solange sie konnte, in der Hoffnung auf etwas mehr Klarheit. Als sie kurz darauf wieder auftauchte, wusste sie immer noch nicht genauer, was sie fühlte, dafür hatte sich aber ihre Wimperntusche verabschiedet und lief ihr die Wangen hinunter.

„Also gut“, sagte sie zu niemandem konkret, stieg aus der Wanne, wobei sie Wasser auf die antiken Fliesen verspritzte, und griff nach dem Handtuch, das auf dem Handtuchwärmer bereitlag.

Sie hatte immer noch viel zu viel Zeit bis zu ihrer Verabredung mit Delia, aber sie würde auch mindestens eine Stunde brauchen, um ihr dickes Haar zu föhnen. Sie wickelte sich also in ein flauschiges Handtuch und griff nach dem Föhn, der in einem Korb unter dem Waschbecken lag. Sie gab sich extra Mühe, ihre Mähne zu glätten, und konzentrierte sich dann ganz aufs Schminken.

Um Viertel vor sechs zog sie schließlich Jacke und Stiefel an und ging aus dem Haus. Wieder war sie richtig geschockt, wie kalt es wurde, sobald die Sonne weg war. Wie viel die in dieser Höhe zur Erwärmung beitrug, merkte man erst, wenn sie untergegangen war. Melissa bibberte jedenfalls bereits vor Kälte, als sie die Eingangstreppe des Bed & Breakfast hinuntergegangen war. Auf ihrem Weg Richtung Mainstreet beschleunigte sie ihr Tempo, in der Hoffnung, dass ihr dann wärmer werden würde, aber der peitschende Wind, der um die Häuser und durch die Querstraßen pfiff, sorgte dafür, dass ihr bis auf die Knochen kalt wurde.

Trotzdem musste sie gestehen, dass die Stadt jetzt am Abend besonders hübsch aussah. Altmodische Straßenlaternen warfen warmes, goldgelbes Licht auf die Gebäude, und jedes Mal, wenn sie an einer Lücke zwischen den Gebäuden vorbeiging oder eine Querstraße überquerte, konnte sie sehen, wie sich der Mondschein auf dem See spiegelte und das Wasser zum Glitzern brachte. Beim Park angekommen, sah sie, dass auf einer befestigten Feuerstelle bereits das Holz für das große Feuer am nächsten Tag aufgeschichtet war. Lange Lichterketten mit großen Glühbirnen schaukelten zwischen Pfählen und Bäumen und Straßenlaternen hin und her, sodass der Himmel über ihnen wie eine Wolke tanzender Glühwürmchen glitzerte. Und dann erblickte sie schließlich auch die *Pine View Cantina*, aus der durch die geöffnete Tür Wärme, Licht und Stimmen hinaus ins Freie drangen.

Sie ging hinein und die vereinte Körperwärme der vielen Menschen dort vertrieb augenblicklich die Kälte aus ihren Knochen. Es sah so aus, als ob die gesamte Stadtbevölkerung an diesem Abend dort war, und ihr war schleierhaft, wie sie in dem Gewimmel jemals Delia finden sollte.

Aber dann hörte sie jemanden ihren Namen rufen. Aus einer Nische in der Ecke winkte Delia ihr wie wild zu, um sie auf sich aufmerksam zu machen.

„Wir sind hier drüben, Melissa!“

Sie bahnte sich langsam den Weg zu Delia, die mit vier Frauen etwa im Alter zwischen zwanzig und vierzig Jahren an einem Tisch saß. Alle waren sehr ähnlich bekleidet – mit Jeans und Steppwesten oder -jacken.

Delia stand auf, umarmte sie zur Begrüßung und sagte: „Ich freue mich so, dass du kommen konntest. Ich stelle dich erst mal den anderen vor, ja?“

Die ersten beiden Frauen waren ungefähr in Melissas Alter. Rebecca war eine hübsche brünette Frau mit auffälligen Fingernägeln, die ihren Namen als Goldanhänger an einer Halskette trug. Rebecca sei die Besitzerin des Geschenke- und Andenkenshops am Ende der Straße, erzählte Delia.

Als Nächste kam die kleine zierliche, blonde Eliza – „Nenn mich einfach Liz“ – die als Guide für Rucksacktouristen im Hinterland arbeitete, wenn sie nicht gerade schwanger war, was momentan definitiv der Fall war.

Die anderen beiden gehörten zu den entgegengesetzten Enden des Altersspektrums: Allison war in den Zwanzigern, hatte Haare mit pink gefärbten Spitzen und machte gerade online ihren Master in sozialer Arbeit, während sie zusätzlich hier in der *Cantina* als Kellnerin arbeitete. Und dann war da noch Nicole, eine klassische Schönheit ungefähr Anfang vierzig. Sie berichtete von sich aus, dass sie am ersten Roman über Jasper Lake arbeitete, während ihr Mann an der Highschool Naturwissenschaften unterrichtete.

Die einzelnen Mitglieder der Gruppe hätten unterschiedlicher nicht sein können, aber sie schienen einander gut zu kennen, und alle lächelten Melissa freundlich an. Nicole rutschte ein Stück zur Seite, um Platz zu machen, damit Melissa sich neben Delia setzen konnte, und so fühlte sie sich gleichzeitig ein wenig unbehaglich, aber auch willkommen.

„Warum sind hier so viele Menschen?", fragte sie und schaute sich in dem Raum um. Es waren zwar Leute da, die aßen, aber genauso viele schienen mit Getränken in der Hand herumzustehen.

„Weil hier heute Live Musik gespielt wird", sagte Delia. „Von den *Hometown Heroes.*"

„Da jetzt alle da sind, können wir doch auch was essen, oder?", fragte Liz, stand auf und winkte der Kellnerin, die etwas gehetzt zurückwinkte.

Liz strich sich über den großen Babybauch und setzte sich dann mit einem tiefen Seufzer wieder hin. „Ich verhungere gleich. Also dieses Baby saugt jede Kalorie, die ich zu mir nehme, sofort aus meinem Körper heraus."

„Das war bei mir anders", sagte daraufhin Nicole. „Ich habe fast zwanzig Kilo zugenommen."

Melissa warf einen Blick in die Runde. „Habt ihr alle Kinder?"

„Nur ich", sagte Nicole, „und natürlich Liz … fast. Die einzigen Nichtverheirateten sind Rebecca und Delia … und du natürlich. Jedenfalls vermute ich das, oder?"

„Ja, ich bin Single", bestätigte Melissa.

Ein paar der Frauen wechselten vielsagende Blicke und Melissa runzelte die Stirn. Sie wollte gerade fragen, ob sie irgendetwas nicht mitbekommen hätte, als die Kellnerin endlich an ihren Tisch kam. Jetzt aus der Nähe betrachtet, erkannte sie, dass es Julie war, die Gabriel und sie am ersten Abend hier bedient hatte, sich aber nicht anmerken ließ, ob sie Melissa wiedererkannte.

„Was kann ich euch denn bringen, Mädels?"

Delia bestellte etwas, das ominös *The Mother Load zum Teilen* hieß und dann Cocktails und Bier, für Liz natürlich alkoholfrei. Melissa schaute sich am Tisch um und war ziemlich verblüfft über die Zusammenstellung dieser Gruppe. Sie war immer stolz darauf gewesen, dass sie umgänglich und nahbar war und sich auch in Gesellschaft fremder Menschen wohlfühlte. Doch das erlebte sie normalerweise in einem geschäftlichen Umfeld oder mit Männern, die sie bei irgendwelchen geselligen Anlässen kennenlernte. Diese Art von Mädelstreffen war für sie etwas völlig Neues und Unbekanntes, und sie hatte plötzlich das überwältigende Gefühl, eine Außenseiterin zu sein in einem Umfeld und an einem Ort, von dem sie noch nicht einmal wusste, ob sie überhaupt dazugehören wollte.

Allison beugte sich über ihre gefalteten Hände hinweg nach vorn, fokussierte sich mit der Präzision eines Lasers auf Melissa und fragte: „Und, Melissa, was machst du so?"

„Ich bin Innenarchitektin", antwortete sie. „Ich habe eine eigene Firma in Südkalifornien."

„Wow, das klingt aber interessant!", rief Nicole neben ihr aus. „Wie bist du darauf gekommen, so etwas zu machen? Das klingt nach einem Traumjob, aber ich weiß nicht, wie man den Wunsch, diesen Beruf zu ergreifen, umsetzt."

Melissa machte den Mund auf, um ihre eingeübte Standardantwort auf die Frage zu geben, aber dann merkte sie, dass die Neugier in den Mienen der Frauen echt war, und schon war sie dabei, ihnen die ganze Geschichte zu erzählen: Wie sie einen Job gebraucht hatte, als sie mit achtzehn ausgezogen war – den Teil darüber, wie sie aus der Jugendfürsorge herausgefallen war und die Pflegefamilie hatte verlassen müssen, ließ sie lieber aus –, und als Rezeptionistin an einer Designschule gearbeitet hatte.

„Ich hatte außer der Arbeit nichts als eine traurige – und ich meine wirklich traurige – Wohngemeinschaft. Deshalb habe ich angefangen, an der Schule als Gasthörerin Vorlesungen zu besuchen. Irgendwie ist einer meiner Professoren dann auf mich aufmerksam geworden und hat mich einem seiner Freunde, einem bekannten Innenarchitekten, als Praktikantin empfohlen. Joseph hat mir fast alles beigebracht, was ich weiß und kann, und mir außerdem die Chance gegeben, eigene Projekte zu betreuen. Als das Praktikum zu Ende war, habe ich dann meine eigene Firma gegründet, und den Rest wisst ihr ja."

„Das ist ja fantastisch", sagte Delia. „Das klingt, als hätte Gott das alles schon für dich vorbereitet."

„Also, das mit Gott weiß ich nicht", erklärte Melissa, „aber am Ende hat es jedenfalls geklappt."

Daraufhin lächelte Delia, aber Melissa bekam sehr wohl die Blicke mit, die die Frauen wechselten, und sie merkte, dass ihr da offenbar ein Fauxpas unterlaufen war. Dabei hatte sie immer gedacht, Colorado wäre liberal und progressiv. Ihr war nicht klar gewesen, dass sie hier in Jasper Lake an eine Gruppe von Leuten geraten war, die etwas mit Glauben und Kirche zu tun hatten.

Bisher waren sie aber ausschließlich nett zu ihr gewesen, deshalb schluckte sie ihr Unbehagen herunter und stellte jetzt Allison eine Frage. „Soziale Arbeit ist ja ein ziemlich schwieriges und anstrengendes Geschäft. Warum hast du dich dafür entschieden?"

„Ich habe in meiner Kindheit und als Jugendliche selbst ziemlich traumatische Erfahrungen mit der staatlichen Kinder- und Jugendfürsorge gemacht, weil ich in Armut aufgewachsen bin. Wir waren so arm, dass uns buchstäblich das Dach unserer Hütte über dem Kopf zusammengebrochen ist. Eine Zeit lang wurde ich dann von den Behörden in Obhut genommen, durfte nicht mehr bei meinen Eltern leben und habe bei einer Pflegefamilie gelebt. Aber wir hatten Glück, weil eine sehr gute Sozialarbeiterin für uns zuständig war, die die Familie unbedingt wieder zusammenbringen wollte.

Ich weiß, dass das nicht immer so klappt, und jetzt, da ich älter bin, erkenne ich auch die Herausforderungen, vor denen Sozialarbeiter in einem überlasteten System stehen, aber mir ist auch klar geworden, wie viel eine einzelne Person ausrichten kann. Ich säße nicht hier, wenn die besagte Sozialarbeiterin meiner Mutter nicht wieder auf die Beine geholfen und ihr das nötige Handwerkszeug vermittelt hätte, ihre Kinder gut zu versorgen. Ich empfinde es deshalb als meine Verantwortung, genau das auch für andere zu tun."

„Wow." Zu dieser Aussage fiel Melissa wirklich nichts mehr ein. Anders als einige der Kinder und Jugendlichen, denen sie in Heimen und Pflegefamilien begegnet war, hatte sie nie den Sozialarbeitern die Schuld an ihrer Situation gegeben. Schon als kleinem Mädchen war ihr klar gewesen, dass das eigentlich ein aussichtsloser Job war, in dem man kaum etwas erreichen konnte. Die meisten der Sozialarbeiter, mit denen sie zu tun gehabt hatte, waren ziemlich anständige Leute gewesen, die in einem mangelhaften System arbeiteten. Aber wenn Allison in einer solchen Welt arbeiten wollte, nur zu! Es hatte schließlich einen Grund gehabt, warum keiner von den Leuten, die für Melissa zuständig gewesen waren, länger als zwei Jahre durchgehalten hatten.

„So, und jetzt, da ihr alles über die heilige Allison erfahren habt, fragt ruhig weiter, warum ich den Andenkenverkauf zu meiner Lebensaufgabe gemacht habe", witzelte nun Rebecca.

Alle am Tisch lachten. Offenbar war das ein Insiderscherz, den sie alle kannten, und Allison streckte den anderen wie ein Teenager die Zunge heraus.

Melissa grinste, fragte dann aber tatsächlich: „Und warum ist der Andenkenverkauf deine Lebensaufgabe?"

„Also, wenn ich keine überteuerten, hässlichen Kühlschrankmagneten verkaufe, wer soll es denn dann tun?", antwortete Rebecca lachend. „Nein, Spaß beiseite. Der Laden hat meinen Eltern gehört, und ich habe ihn übernommen, als sie beschlossen haben, dem Schnee Adieu zu sagen und nach Arizona zu ziehen. Ich bin praktisch in dem Laden groß geworden und konnte die Vorstellung nicht ertragen, dass er endgültig geschlossen werden würde."

„Und was hältst du dann von dieser Hotelanlage, die da gebaut werden soll?", fragte Melissa. „Es sieht doch ganz so aus, als hätte so ein Projekt nur Vorteile für dich."

Aber Rebecca bekam gar nicht erst die Gelegenheit, darauf zu antworten, weil sich in dem Moment alle Köpfe zur Bühne drehten, auf der sich Musiker hinter Mikrofonen aufstellten oder Gitarren umschnallten. Sie verrenkte den Hals, um auch den Rest der Band sehen zu können, doch ein großer Mann mit einer dicken wattierten Jacke versperrte ihr die Sicht.

Ohne weitere Einleitung begann die Band, mit einer Gitarre und einem Trommelwirbel den ersten Song zu spielen, den Melissa sofort einordnen konnte: Frühe 2000er *Maroon 5* … das war die einzige musikalische Phase der Band, die Melissa gefiel. Sie musste laut lachen, als sie sah, dass Luke der Sänger der Band war, dieser so offensichtlich gut aussehende Webdesigner und Mitarbeiter bei der Touristen-Information. Und er war wirklich gut. Sie beugte sich weiter vor, um zu sehen, ob sie auch einen Blick auf die anderen Bandmitglieder erhaschen konnte. Den anderen Gitarristen und auch den Bassisten kannte sie nicht, aber den Schlagzeuger …

Ihr blieb der Mund offen stehen und ihr entfuhr: „Oh, Nein."

Aber Nicole entgegnete grinsend: „Oh, doch."

Da schlug Melissa sich die Hand vor den Mund, und bevor sie ihre Mimik wieder unter Kontrolle hatte, ging ihr ein albernes Grinsen übers ganze Gesicht. Der Mann am Schlagzeug war nämlich kein anderer als Gabriel Brandt in Jeans und einem verblichenen T-Shirt. Mit den Drumsticks in den Händen sah er aus wie ein absoluter Profi.

Sie wollte eigentlich Fragen stellen, merkte aber, dass sie sich vom Anblick der Band – von Gabriel – einfach nicht losreißen konnte. Der Bürgermeister der Stadt war also Schlagzeuger einer Coverband. Das war so zum Lachen, aber gleichzeitig auch so absolut passend, dass sie bis zum Ende des Songs einfach nur fasziniert zuschaute. Als sie zusammen mit allen anderen Anwesenden in stürmischen Applaus ausbrach und sich dabei zu den Mädels umdrehte, sah sie, dass diese vielsagende Blicke austauschten.

„Was war denn das gerade? Ist das hier etwa alles ein abgekartetes Spiel?“

„Nein“, antwortete Delia langsam mit nachdenklicher Stimme. „Arrangiert ist das ganz sicher nicht.“

Aber der Blick, mit dem sie Melissa dabei ansah, bewirkte erneut, dass sie das Gefühl hatte, irgendetwas Wichtiges nicht mitzubekommen.

Die Band begann mit dem nächsten Song, und wieder dauerte es nur einen Moment, bis sie erkannte, dass es ein Song von der Punkband *Green Day* war. Punkmusik in den Bergen von Colorado? Sie war jedenfalls schwer beeindruckt, wie absolut schnell das Schlagzeug war. Sie hatte zwar nicht auf Details geachtet, aber eines stand fest: Gabriel konnte wirklich Schlagzeug spielen.

„Ich weiß gar nicht, was ich dazu sagen soll“, verkündete sie am Tisch und wurde mit einer Runde Gelächter belohnt.

Das hätte aber auch genauso gut der Platte von der Größe eines runden Mülltonnendeckels gelten können, die eine Kellnerin jetzt in die Mitte ihres Tisches stellte. Die Platte war gehäuft voll mit Fingerfood wie kleinen gefüllten Kartoffeln, Chickenwings und Mozzarella-Sticks. Melissa nahm den kleinen Teller, den Delia ihr reichte, und füllte sich ein wenig von allem auf, derweil die Band ein paar Klassiker spielte, bevor sie mit etwas neueren Hits weitermachte.

Und während Melissa versuchte, trotz der lauten Musik dem Gespräch zu folgen, ging ihr Blick immer wieder hinüber zur Bühne, wo Gabriel sich offenbar großartig amüsierte. An einem normalen Tag war er freundlich und witzig, aber da war immer ein Unterton von Ernsthaftigkeit, der sie zu dem Gefühl veranlasst hatte, er könnte vielleicht etwas fade und … langweilig sein. Doch an dem Musiker Gabriel war definitiv nichts Langweiliges. Sie vermutete, dass der blonde Luke mit seiner unerwartet großartigen Stimme und dem Talent als Gitarrist die meiste Aufmerksamkeit bekam, aber sie interessierte sich viel mehr für den absolut dynamischen Drummer.

Ja, so war es!

Sie interessierte sich für Gabriel.

Und zwar für viel mehr als nur Freundschaft.

Melissa schaute zu Delia, die sie gerade mit einem wissenden Lächeln ansah. „Mal im Ernst, das war doch die eigentliche Idee hinter diesem Mädelsabend, oder?"

„Vielleicht ein bisschen." Da war immer noch etwas Vorsichtiges in ihrem Tonfall, das Melissas Magen unerklärlich zum Flattern brachte. „In erster Linie habe ich aber gedacht, dass du deinen Freitagabend doch bestimmt nicht allein in deinem Bed & Breakfast verbringen willst, so gemütlich es da auch sein mag."

Melissa wurde rot, und es war ihr peinlich, dass sie so viel in eine nur freundlich gemeinte Einladung hineininterpretiert hatte. Dann schaute sie wieder hinüber zur Bühne, was allerdings kein bisschen gegen das Erröten half.

Sie sah Gabriel jetzt in einem völlig anderen Licht, und das lag nicht daran, dass sie auf Musiker stand – vielleicht war sie sogar die einzige Frau auf dem Planeten, auf die das nicht zutraf –, aber ihm dabei zuzuschauen, wie er etwas tat, das er wirklich liebte, und zwar aus reinem Spaß, brachte sie auf den Gedanken, dass er vielleicht doch nicht nur an Geschäftliches dachte und daran, wie er die Stadt retten konnte. Und wenn es bei ihm so war, dann vielleicht auch bei ihr.

Als die Band nach einer Weile eine Pause machte, war es genauso, wie Melissa es vorhergesehen hatte: Zwei junge Frauen stürmten sofort zu Luke, der andere Gitarrist und der Bassist gingen jeweils zu einer Frau, die offenbar ihre Freundin beziehungsweise Frau war, aber Gabriel stand da und ließ seinen Blick eine Weile über die Menge schweifen. Dann sah er überrascht aus und bahnte sich den Weg hinüber zu ihrem Tisch.

„Hey", sagte er und meinte damit alle Frauen am Tisch, schaute dabei aber die ganze Zeit nur Melissa an. Das merkten natürlich auch die anderen Frauen, denn sie sagten nichts und überließen das Reden Melissa.

„Hi", sagte sie. „Warum hast du mir nicht gesagt, dass du heute Abend hier spielst?"

Er fuhr sich verlegen mit der Hand durchs Haar und antwortete: „Ich weiß es nicht. Ich habe gedacht, dass du eine Coverband vielleicht uncool findest. Auch wenn es uns Spaß macht, die alten Songs zu spielen."

Jetzt sah er auch die anderen Frauen an, so als hätte er deren Anwesenheit gerade erst bemerkt. „Und, hat euch der erste Teil gefallen?"

„Na klar", antwortete Allison als Erste. „Ihr seid doch immer gut, Jungs. Könnt ihr im nächsten Teil auch mal was von *Pink* spielen?" Sie grinste und zupfte an ihren Haarspitzen.

„Ich glaube, es könnte was von ihr auf der heutigen Songliste sein."

Er grinste Allison an, bevor sein Blick wieder zu Melissa ging. „Kann ich dir etwas zu trinken mitbringen? Ich hol mir noch eine Limo, bevor wir weitermachen."

„Ja, gerne. Ich kann mir aber auch selbst etwas holen,"

Delia rutschte aus ihrer Nische, um Melissa durchzulassen, die sich verlegen den Pulli glatt strich. Sie hatte die letzten paar Stunden mit diesen Leuten verbracht, warum war sie nur plötzlich so befangen? Sie ging hinter Gabriel her durch die Menschenmenge zur Bar, aber als sie sich noch einmal zu ihrem Tisch umdrehte, schickte Nicole ihr ein Daumen-hoch hinterher. Leise lachend schüttelte Melissa den Kopf.

„Also, an dieser Stelle wolltest du mir bestimmt sagen, wie beeindruckt du bist, oder?", fragte Gabriel, wackelte mit den Augenbrauen und grinste sie an, als sie in der Schlange vor der Bar warteten.

„Das hätte ich bestimmt getan, wenn du nicht mit dem *Fishing for Compliments* angefangen hättest. Jetzt glaube ich, dass dein Ego keine weitere Hilfestellung mehr braucht."

„Das ist hart, aber wahrscheinlich fair", stellte er fest, schaute zurück zum Tisch und fragte dann: „Aber jetzt mal im Ernst. Amüsierst du dich? Als mir Delia heute über den Weg gelaufen ist, hat sie mir erzählt, dass sie dich zu ihrem Mädelsabend eingeladen hat, und ich fand, das war eine tolle Idee. Das sind wirklich alles nette und sehr kluge Frauen. Ich habe den Eindruck, dass du gut in die Truppe passt."

„Also wirklich, Gabriel Brandt, war das etwa ein Kompliment?", fragte sie und klimperte ihn mit ihren den Wimpern an. Sie hatte gar nicht viel getrunken, fühlte sich aber plötzlich ganz beschwingt und sogar ein bisschen in Flirtlaune.

„Ja, das könnte schon sein", antwortete er. Er suchte Blickkontakt mit dem Mann hinter der Bar, der sofort zu ihnen herüberkam. „Eine Cola für mich und …"

„… ein Mineralwasser. Ein Bier ist mein Limit und außerdem bin ich von all dem Fingerfood pappsatt."

„Ach, das *Mother Lode*", stöhnte Gabriel auf. „Dann wirst du nachher nach Hause rollen. Die Platte ist wirklich der Hammer."

Da dämmerte es Melissa, dass sie gerade völlig hirnverbrannten Small Talk hielten, als hätten sie sich gerade erst kennengelernt und nicht schon ein paar sehr persönliche Informationen über sich selbst ausgetauscht. Aber es war, als ob ein Perspektivwechsel sie auf völlig neues Terrain verpflanzt hätte, und sie hatte Mühe, dort Sicherheit zu finden. Sollte sie flirten? Sollte sie über Geschäftliches reden? Sollte sie …?

„Ups, ich muss wieder spielen", sagte Gabriel und deutete mit dem Kopf in Richtung der Bühne, wo Luke und der Bassist schon wieder ihre Plätze eingenommen hatten.

Er nahm dem Mann an der Bar die Cola ab und sagte: „So, ich muss jetzt wieder da hoch. Ich kann gut verstehen, wenn du nicht bis zum Schluss bleibst. Ich meine, du bist natürlich herzlich willkommen … aber fühl dich nicht verpflichtet, meinetwegen zu bleiben."

Er schien zu merken, dass er schwafelte, also trank er rasch einen Schluck von seiner Cola und deutete noch einmal mit dem Kopf zur Bühne. „Ich geh dann mal …"

Melissa schaute ihm nach und ein Lächeln ging über ihr Gesicht. Der ach so geschmeidige und gefasste Bürgermeister schien ihretwegen tatsächlich ein bisschen die Sprache verloren zu haben. Jedenfalls war sie nicht die Einzige, die durch die Begegnung in dieser ganz anderen Umgebung ein wenig durcheinander war. Sie nahm also ihr Mineralwasser und bahnte sich den Weg zurück zu ihrem Tisch.

Delia rutschte wieder, um ihr Platz zu machen, aber niemand sagte etwas, sondern alle strahlten sie einfach nur an.

„Ich habe wohl keine Chance, die Coole zu spielen, was?"

„Nee", bestätigte Rebecca. „Hier watet heute Abend alles knietief in Pheromonen."

Melissa merkte, dass sie rot wurde, aber sie lachte trotzdem und bat Delia mit einer Geste, ihr ihren Teller zu reichen. Die Betreiberin des Coffeeshops stupste sie zum Zeichen ihrer Solidarität mit der Schulter an, sodass Melissa ganz warm ums Herz wurde. Sie kannte diese Frauen kaum, aber sie drückten ihr eindeutig die Daumen, dass sie ihr Glück fand. Und zum ersten Mal seit langer Zeit konnte sie sich vorstellen, wie es sein könnte, Freundinnen zu haben.

19

Weil Gabriel den Rest des Abends große Mühe hatte, sich auf sein Schlagzeug zu konzentrieren, war es gut, dass die Band die anspruchsvolleren Songs schon am Anfang gespielt hatte. Einen einfachen Rockbeat konnte er praktisch im Schlaf halten, und das war auch nötig, denn sein Blick ging ständig hinüber zu dem Ecktisch, an dem Melissa bei ihren neuen Freundinnen saß. Er sah, wie sie – zumindest alle anderen Frauen außer Melissa – bei seiner Musik plauderten, doch jedes Mal, wenn sein Blick auf Melissa fiel, schaute sie in seine Richtung. Das förderte natürlich nicht gerade seine Konzentration.

Als er dann beim nächsten Song einen Einsatz verpasste und auch noch den Übergang zum Chorus nicht richtig hinbekam, riss er sich zusammen, fand zurück ins Spiel und beendete den Teil des Konzerts ohne weitere Aussetzer. Er benahm sich wie ein liebeskranker Highschool-Schüler, der von dem Mädchen in der ersten Reihe, in das er verliebt ist, abgelenkt wird.

Bei dem Gedanken musste er grinsen, steckte die Sticks in die Tasche und begann, sein Schlagzeug abzubauen, während die anderen Bandmitglieder sich um das Abbauen und Verpacken der Verstärker, Mikroständer und Kabel kümmerten.

Als er gerade dabei war, seine High-Hat auseinanderzubauen, blieb Luke direkt vor ihm stehen und sagte: „Ich würde ja fragen, was da gerade eben mit dir los war, aber das ist nicht so schwer zu erkennen."

„Tut mir leid, Mann. Ich bin abgelenkt worden."

Daraufhin schaute Luke hinüber zu dem Tisch ganz hinten in der Ecke, wo die Mädels schon aufgestanden waren und ihre Jacken und Mäntel zusammensuchten. Gabriel hatte Melissa die Möglichkeit offengelassen, auch schon vor Ende des Konzerts zu gehen, aber sie war trotzdem geblieben. Ob sie auf ihn wartete?

„Ja, man kann wohl sagen, dass du abgelenkt warst", bestätigte Luke, stupste Gabriel mit dem Ellenbogen an und wandte sich dann ab, um seine Gitarre zu verstauen.

Dabei schüttelte er den Kopf und murmelte die ganze Zeit irgendetwas von Frauen vor sich hin. Das lag daran, dass er keinen Spaß daran hatte, von Frauen aller Altersgruppen angeschmachtet zu werden, wenn er Musik machte. Luke ging auf keine ihrer Flirtereien ein, aus Gründen, über die Gabriel nur mutmaßen konnte.

Im Unterschied zu Frauen redeten Männer nämlich nicht über solche Dinge miteinander, auch wenn er vermutete, dass Melissa da anders war als andere Frauen. Er hätte gewettet, dass sie in den zwei Stunden, in denen sie mit Delia und ihren Freundinnen zusammen gewesen war, nur sehr spärliche Informationen über ihr Leben preisgegeben hatte.

Gabriel verpackte gerade das letzte Teil des Schlagzeugs in einer Segeltuchhülle mit Reißverschluss, als er hinter sich ein „Hallo" hörte, sich mit einem Ruck umdrehte und sah, dass Melissa dort stand, die Hände tief in den Manteltaschen vergraben.

„Hi, dann bist du also doch geblieben", sagte er.

„Ich hatte gedacht, du könntest mich vielleicht zu Fuß nach Hause begleiten, dabei habe ich aber gar nicht an dein Equipment gedacht." Sie deutete mit dem Kopf auf die in Segeltuch verpackten Schlagzeugteile und fuhr fort: „Mal all die Scherze von vorhin beiseite. Du warst wirklich gut heute Abend. Abgesehen von dem einen kleinen Aussetzer."

„Das hast du also bemerkt, was?“, fragte er.

„Das ist auch gut so“, entgegnete sie. „Da bleibst du wenigstens bescheiden und wirkst wie ein ganz normaler Mensch, nicht wie ein Rock-Gott.“

„Ich mag ja vieles sein, aber sicher kein Rock-Gott“, entgegnete Gabriel lachend.

„Sag das mal deinen Bewunderinnen. Ich hätte gar nicht gedacht, dass es so viele Singlefrauen in dieser Stadt gibt, aber es sah ganz so aus, als ob jede von ihnen heute Abend hier war.“

Gabriel wollte ihr gerade sagen, dass das nichts mit ihm zu tun hätte, aber sie war bereits im Gehen, sodass er ihr nur noch hinterherrufen konnte: „Es ist draußen sehr kalt geworden. Wenn du noch ein paar Minuten wartest, kann ich dich auf meinem Heimweg beim Bed & Breakfast absetzen.“

„Mach dir keine Umstände. Es ist ja nicht weit“, entgegnete sie.

„Es friert aber heftig und es macht mir wirklich keine Umstände.“

Jetzt sah Melissa aus, als ob sie es sich überlegte, dann siegte ihr kalifornisches Blut und sie willigte mit einem kurzen Nicken ein. „Dann warte ich da drüben auf dich, ja?“

Gabriel baute so schnell er konnte noch den Rest ab und begann dann, die Schlagzeugteile hinaus zu seinem Truck zu bringen, der zum Glück direkt vor dem Lokal auf der anderen Straßenseite geparkt war. Als auch das letzte Teil verladen war und er den Raum nach Melissa absuchte, war sie in ein lebhaftes Gespräch mit Luke vertieft.

Der winkte ihn herüber und sagte: „Gabriel, Melissa hat mir gerade erzählt, dass du sie noch gar nicht zu dem Lagerfeuer morgen eingeladen hast.“

Auch Melissa drehte sich jetzt um, und zwar mit verschmitztem Blick. „Du bist mir vielleicht ein Bürgermeister. Ich musste von Bruce davon erfahren.“

Ach ja, richtig, das Lagerfeuer. Er hatte sich so sehr auf andere Dinge konzentriert, dass er daran gar nicht mehr gedacht hatte. Die Planung für das Kürbisfest war schon so lange abgeschlossen, dass es sich für ihn so anfühlte, als läge das Event bereits Monate zurück und nicht noch vor ihnen.

„Du hast recht, ich vernachlässige meine Pflichten. Wie gut, dass ich unseren Begrüßungs-Luke von der Touristeninformation habe, der für mich einspringt."

Als Gabriel den Spitznamen benutzte, den ein paar der Ladys aus der Stadt ihm gegeben hatten, bedachte Luke erst ihn mit einem Blick, der hätte töten können, und danach Melissa mit einem Lächeln und sagte: „In diesem Sinne mache ich mich jetzt vom Acker. Ich hoffe, wir sehen uns morgen dort."

Gabriel warf seinem Freund einen finsteren Blick zu wegen seiner indirekten Unterstellungen, aber der grinste nur demonstrativ zurück.

Also wandte sich Gabriel jetzt an Melissa und fragte: „Können wir gehen?"

„Ja klar."

Im Führerhaus von Gabriels Truck war es fast so kalt wie draußen, deshalb drehte er in dem Moment, in dem er den Motor startete, die Heizung auf die höchste Stufe.

„Laut Wetterbericht soll es am Sonntagmorgen schneien."

„Wirklich?" Melissa klang, als wüsste sie nicht so genau, ob sie sich darüber freuen oder ängstlich reagieren sollte.

„Du bist doch in Colorado aufgewachsen, da ist es wahrscheinlich kein großes Problem für dich ..."

„Ich bin seit Jahren nicht mehr hier gewesen. Und wenn ich ganz ehrlich sein soll, ist das Einzige, was ich aus meiner Kindheit vermisse, Schnee."

Gabriel fuhr rückwärts aus der Parklücke und lenkte den Truck dann in Richtung des Bed & Breakfast seines Großvaters. Er wusste, dass er lieber keine neugierigen Fragen stellen sollte, aber dann konnte er sich einfach nicht bremsen und fragte: „War deine Kindheit wirklich so furchtbar? Ich will gar nichts werten; ich würde es nur gern wissen."

Eine ganze Weile sagte Melissa nichts und dann: „Nein, furchtbar nicht – jedenfalls am Ende nicht. Ich hatte sogar ziemliches Glück, dass meine letzten Pflegeeltern großartige Menschen waren. Aber sie waren eben keine Blutsverwandten, weißt du? Ich weiß nicht so genau, ob man mit so etwas jemals wirklich fertigwerden kann. Es ist das eine, wenn die leiblichen Eltern sterben, zum Beispiel bei einem Unfall oder so. Dafür können sie nichts. Aber in meinem Fall sieht es ja ganz so aus, als ob weder mein Vater noch meine Mutter mich wollten, also ..." Sie zuckte mit den Schultern und ihre Stimme erstarb.

Gabriel wagte noch einen Blick in ihre Richtung und rechnete halb damit, dass ihr Tränen übers Gesicht laufen würden. Doch sie weinte nicht, sondern wirkte eher nüchtern und gleichmütig, so als wäre sie bereits vor langer Zeit zu dieser Schlussfolgerung gelangt, die dann so sehr ein Teil von ihr geworden war, dass sie sie nicht mehr infrage stellte.

„Ich bin nicht sicher, ob das stimmt", sagte er schließlich. „Menschen treffen falsche Entscheidungen, wenn sie verzweifelt sind oder Angst haben, aber dass sie dich nicht haben wollten, glaube ich nicht. Das war doch schon in den 90er-Jahren, und wenn deine Vermutung zuträfe, dann hätte deine Mutter doch auch abtreiben können."

„Na ja, dass sie ihr Baby nicht umbringen wollte, heißt ja noch lange nicht, dass sie es haben und selbst großziehen wollte", sagte Melissa darauf mit ausdrucksloser Stimme und dazu fiel Gabriel dann kein Gegenargument mehr ein.

Auch sein eigener Vater hätte seine Mutter zu einer Abtreibung drängen können, damit seine Affäre nicht aufflog, aber das hatte er nicht getan. Stattdessen hatte er entschieden, seine Vaterschaft zu leugnen, und Gabriel konnte wirklich nicht behaupten, dass er sich dadurch erwünschter fühlte.

Er wollte sich gerade für seine Neugier entschuldigen, als Melissa das Thema wechselte. „Also, dieses Kürbisfest morgen mit dem Lagerfeuer …"

„Ja?"

Sie schaute zu ihm hinüber und ein Lächeln umspielte ihren Mund. „Wolltest du mich eigentlich noch einladen, mit dir auf das Fest zu gehen?"

Gabriel lachte leise, obwohl ein Teil von ihm durch ihren blitzschnellen Stimmungsumschwung ein wenig aus dem Gleichgewicht geriet. „Würdest du denn gerne mit mir hingehen?"

Jetzt strahlte sie ihn völlig ungebremst an und sagte: „Ich hab schon gedacht, du würdest gar nicht mehr fragen."

„Ich muss vor Beginn des Festes noch einiges vorbereiten, aber ich könnte gegen 18:00 Uhr bei dir vorbeikommen und dich abholen …"

„Nicht nötig. Wir können uns doch auch dort treffen. Ich möchte morgen noch mal zu dem Haus fahren und ein paar Sachen erledigen. In einer so kleinen Stadt wie Jasper Lake dürftest du ja eigentlich nicht allzu schwer zu finden sein, oder?"

Mittlerweile waren sie beim Bed & Breakfast angekommen, also fuhr Gabriel rechts ran und machte sofort den Motor aus, weil es schon spät war.

In die Stille hinein sagte er: „Dann sehen wir uns morgen. Zieh dich warm an …"

„Das mache ich. Bis dann."

Als sie die Autotür öffnete, traf der Lichtschein der Straßenlaterne auf den Stein in einem Ring an ihrer rechten Hand, ein Ring, von dem er ganz sicher war, dass er in den Tagen, die er mit ihr verbracht hatte, noch nicht da gewesen war. Doch bevor er mehr als einen flüchtigen Blick darauf werfen konnte, war sie schon ausgestiegen und auf dem Weg zum Eingang. Und nicht zum ersten Mal hatte er das Gefühl, dass er, egal, wie viel Zeit er mit Melissa verbrachte, nie wissen würde, was sie gerade dachte.

Melissa schlief tief und fest und wachte am nächsten Morgen wieder völlig orientierungslos auf. Es dauerte einen Moment, bis ihr klar war, dass sie nicht zu Hause in Pasadena in ihrem Bett lag, sondern in einem gemieteten Zimmer in den Bergen von Colorado. Sie drehte sich auf die andere Seite, um auf den Wecker zu schauen, der 9:00 Uhr anzeigte. Sie runzelte die Stirn, als sie in das Licht schaute, das zum Fenster hereinströmte. Bisher war sie hier jeden Morgen schon um acht vom Sonnenschein geblendet worden. Sie schlug die Bettdecke zurück, tapste zu dem großen Erkerfenster, zog die Vorhänge auf und wurde von einem stahlgrauen Himmel und von Nebelschwaden begrüßt, die an den Bäumen klebten. Sie wollte gerade wieder vom Fenster zurücktreten, als sie kurz blinzelte und genauer hinschaute. War das etwa Schnee?

Ihr Mund verzog sich zu einem Lächeln. Schnee. Als Gabriel gestern Abend den Wetterbericht erwähnt hatte, war sie zwar äußerlich cool geblieben, aber ihr inneres Kind war völlig aus dem Häuschen gewesen. Zehn Jahre in Kalifornien hatten anscheinend bewirkt, dass sie besonders das zu schätzen wusste, was es dort nicht gab, auch wenn sie die Kälte nicht besonders vermisste.

Einen wilden Moment lang überlegte sie, einen Schlitten oder einen Mülltonnendeckel zum Rodeln zu organisieren, verwarf die Idee aber rasch wieder. Was da vom Himmel kam, war noch kein richtiger Schnee, sondern es waren nur ein paar vereinzelte Flocken. Aufgrund ihrer Erfahrungen wusste sie, dass die Art von Wolken, die sie am Himmel sah, kaum genug Schnee produzierten, auf jeden

Fall nicht genug, um Schlitten fahren zu können. Außerdem musste sie zu dem Haus am Lakeshore und dort die Archivboxen mit den persönlichen Unterlagen ihrer Großmutter durchsehen.

Sie hatte kurz überlegt, die Boxen zu holen und im Bed & Breakfast durchzugehen, aber die meisten davon hatten wahrscheinlich mit dem Haus zu tun, und sie würde sie dann ohnehin wieder dorthin zurückbringen müssen. Außerdem wusste sie nicht so genau, ob sie wollte, dass ihre Vergangenheit in den angenehmen Kokon eindrang, zu dem das Bed & Breakfast für sie geworden war.

Dann diskutierte sie mit sich selbst, ob sie sich jetzt schon für das Fest und das Lagerfeuer anziehen und zurechtmachen sollte, dachte dann aber, dass sie bestimmt rechtzeitig zurück sein würde, um sich zu schminken und ihre Locken zu frisieren. Also flocht sie ihre Haare erst einmal zu einem langen Zopf, wusch sich das Gesicht und fing an, sich mehrere Schichten Kleidung anzuziehen, um in dem ausgekühlten Haus einigermaßen warm zu bleiben.

Zum Glück hatte sie sich vor ihrer Abreise noch Thermosocken zugelegt, also zog sie sich die Unterwäsche aus Merinowolle unter ihre Jeans und den flauschigen elfenbeinfarbenen Pullover an, den sie neulich schon angehabt hatte. Darüber kamen dann ihre wattierte Jacke und ein Schal und an die Füße ein Paar warme Wollsocken und Stiefel. Als sie sich danach im Spiegel anschaute, musste sie lachen. Sie sah aus wie kurz vor dem Aufbruch zu einer Antarktisexpedition und nicht wie vor einer Autofahrt bei ein paar mickrigen Schneeflöckchen.

Sie wollte gerade das Haus verlassen, überlegte es sich dann aber anders und steckte kurz den Kopf zur Küche hinein, wo Mr Brandt gerade dabei war, einen großen Teigklumpen auf einer bemehlten Marmorarbeitsfläche zu kneten.

Überrascht blickte er auf. „Guten Morgen. Wolltest du Frühstück? Ich dachte …"

Melissa schüttelte den Kopf. „Nein, vielen Dank, Werner. Ich hole mir in der Stadt einen Kaffee. Ich wollte nur fragen, ob du mir vielleicht eine Laterne leihen könntest. Ich will heute noch einmal zum Haus fahren und da draußen ist es ziemlich dunkel. Es wird sicher gar nicht so einfach sein, ohne Strom im Haus die Papiere durchzugehen."

„Da habe ich bestimmt etwas für dich", sagte Mr Brandt. „Ich knete das hier nur noch rasch fertig, dann schaue ich sofort nach." Er deutete mit der mehligen Hand auf die andere Seite des Küchenblocks und sagte: „Wenn du möchtest, nimm doch gern noch so lange Platz."

Melissa hockte auf der Kante des Hockers und schaute zu, wie Mr Brandt den Teig mit einem großen Spachtel in gleich große Stücke zerteilte und sie dann zu glatten, grapefruitgroßen Kugeln formte. „Was für ein Brot machst du denn da?"

„Das ist Challah. Das kann man hervorragend für French Toast verwenden."

„Mmm, mein Lieblingsbrot", sagte Melissa und im selben Moment knurrte wie zur Antwort ihr Magen. „Deine Backwaren gehen im *Main Street Mocha* im wahrsten Sinne weg wie warme Semmeln. Wenn man am Spätnachmittag hingeht, ist die Vitrine normalerweise schon leer."

Mr Brandt wirkte zufrieden über das Kompliment. „Wie geht es denn drüben mit deinem Haus voran?"

„Ganz gut. Gabriel war wirklich eine große Hilfe bei der Inventarisierung."

„Ach ja, wirklich?"

Melissa konnte nicht genau sagen, ob er überrascht war, es ihm missfiel oder er einfach nur Konversation mit ihr trieb. Also sprach sie weiter: „Ja, es sind nur noch Archivboxen mit persönlichen Unterlagen übrig."

„Ich könnte mir vorstellen, dass du da einiges finden wirst, was du im Zusammenhang mit den Häusern brauchen kannst, die notariellen Urkunden und solche Sachen."

Also diese Bemerkung war jetzt wirklich eine Einladung zum Gespräch und Melissa nutzte die Gelegenheit. „Gabriel hat erzählt, dass deine Frau und Connie sich sehr nahegestanden haben. Hast du sie auch gut gekannt?"

Mr Brandt war mittlerweile dabei, die geformten Brotlaibe auf Backbleche zu legen, und deckte dann jedes mit einem Geschirrtuch ab. „Ja, aber längst nicht so gut wie Greta. Connie war ein eher zurückhaltender Mensch. Versteh mich nicht falsch; sie war schon kontaktfreudig und hat viel für die Menschen hier vor Ort getan, aber was sie wirklich dachte und fühlte, war immer schwer zu sagen."

Sofort war Melissa wieder ernüchtert. Er schien ihr also auch nichts über ihre Großmutter sagen zu können. Wenn Gabriel und seine Oma so viel Zeit in dem Haus am Lakeshore verbracht hatten, sie ihr aber trotzdem so gar nichts über sie sagen konnten, wie standen dann wohl die Chancen, dass sie selbst jemals die Wahrheit würde in Erfahrung bringen können?

„Natürlich konnte man es ihr nicht verübeln, dass sie eher zurückhaltend war nach dem, was passiert war", erklärte Werner jetzt.

Das weckte Melissas Aufmerksamkeit erneut. „Ach, was ist denn passiert?"

„Nun ja, die Sache mit ihrem Mann. Das war ein Riesenskandal damals, und es fühlt sich immer noch nicht richtig an, darüber zu sprechen."

Es ging hier also gerade gar nicht um ihre Mutter, aber es war immerhin eine Information. „Ich gehöre zur Familie, Werner, deshalb steht es mir doch zu, es zu erfahren, oder?"

Mr Brandt drehte sich von ihr weg und schob dann die Backbleche eines nach dem anderen in den Backofen.

„Ihr Mann hat sie verlassen", sagte er.

Also das klang nun wirklich nicht besonders skandalös. Traurig, ja, aber so etwas passierte doch ständig.

„Wegen eines Mannes“, fuhr Mr Brandt fort.

Okay, das wiederum kam nicht so häufig vor. Melissa war sicher, dass ihre Augenbrauen bis zum Haaransatz hochgegangen waren.

„Was ist passiert?“

„Er hat sie verlassen und ist nach Boulder gezogen, wenn ich mich recht erinnere. Mit seinem Freund zusammen.“ Mr Brandt zuckte mit den Schultern. „Du musst bedenken, dass das fast vierzig Jahre her ist. Jeder kannte Menschen, die homosexuell waren, aber es war dann doch schockierend zu erfahren, dass der Mann, mit dem man ein Kind hatte, mit dem man seit über zehn Jahren verheiratet war und zusammenlebte, nicht der war, für den man ihn gehalten hatte.“

„Aber über so etwas würde doch auch heute noch geredet“, bemerkte Melissa.

„Ja, da hast du wahrscheinlich recht, aber inzwischen sind die Leute doch nicht mehr so sehr entsetzt. Jedenfalls scharte sich danach die ganze Stadt um Connie und Carrie. Die Männer halfen Connie, wenn es etwas an dem Haus zu tun gab, was früher Jon erledigt hatte“, sagte Mr Brandt, hielt dann inne und schüttelte den Kopf. „Dadurch standen Connie und Carrie sich unheimlich nah. Sie waren praktisch nur getrennt, wenn Carrie in der Schule war.“

Das passte gar nicht zu dem Bild, das sich Melissa vom Alltag ihrer Mutter gemacht hatte.

„Das heißt, bis meine Mutter schwanger wurde?“

„Ja, das war schon ein Schock für Connie und ganz sicher nicht das, was sie sich für ihre Tochter vorgestellt hatte. Aber sie stand hinter der Entscheidung ihrer Tochter, das Baby zu behalten. Dich zu behalten.“

„Und warum hat sie sie dann doch hinausgeworfen?“

„Das hat sie gar nicht“, erklärte Werner daraufhin stirnrunzelnd. „Wie kommst du denn auf die Idee?“

Melissa kramte in ihrem Gedächtnis und stellte fest, dass ihr keine Gelegenheit einfiel, bei der sie darüber gesprochen haben könnte. „Ich weiß es nicht. Aber warum ist sie denn dann fortgegangen?“

Mr Brandt wischte sich die Hände ab und setzte sich neben Melissa auf einen Hocker am Küchentresen. „Ich habe keine Ahnung. Und was noch wichtiger ist, auch deine Großmutter wusste es nicht, und es hat ihr das Herz gebrochen. Sie hat Carrie bei der Polizei als vermisst gemeldet, aber deine Mutter war volljährig, sodass sie nicht als *Ausreißerin* gesucht werden konnte. Connie wusste jedenfalls nicht, ob sie noch lebte oder tot war … und du weißt ja, wie sehr sich Mütter sorgen können.“

Melissa war kurz versucht zu sagen, dass sie das nicht wisse, aber das stimmte nicht. Das eine Mal, als sie von den Novaks weggelaufen war, hatten sie sie schließlich in einem Park in der Nähe gefunden. Sie hatte einen Rucksack mit all ihren irdischen Besitztümern bei sich gehabt. Aber statt mit ihr wegen ihrer Rücksichtslosigkeit und Undankbarkeit zu schimpfen, war ihre Pflegemutter auf die Knie gegangen, hatte Melissa in die Arme geschlossen und vor Erleichterung geweint. Danach war Melissa nie wieder weggelaufen.

„Und dann bekam Connie irgendwann eine Weihnachtskarte mit einem Foto von dir“, fuhr Mr Brandt fort. Er überlegte kurz und sagte: „Da musst du ungefähr drei gewesen sein. Das müsste also 1994 gewesen sein?“

„1995“, flüsterte Melissa. „Aber sonst hat sie nie wieder etwas von uns gehört?“

„Nicht dass ich wüsste. Wenigstens damals nicht“, antwortete Werner Brandt und legte Melissa tröstend die Hand auf die Schulter. „Ich geh jetzt mal und schau nach einer Laterne, ja?“

„Danke“, sagte Melissa, aber in ihrem Kopf wirbelten die Gedanken durcheinander.

Was, wenn ihre Großmutter die Postkarte behalten hatte? Was, wenn es zwischen all den persönlichen Unterlagen im Haus irgendeinen Hinweis darauf gab, wohin ihre Mutter damals gegangen war?

Kurz darauf kam Werner mit einer klobigen Plastiklaterne mit LED-Birnen zurück. „Die benutze ich immer, wenn der Strom ausfällt. Sie müsste eigentlich genug Licht geben, um zu arbeiten."

„Vielen Dank", sagte Melissa und nahm ihm die Laterne ab.

„Gern geschehen. Kommst du heute Abend auch zu dem Lagerfeuer?"

„Wenn es nicht schneit, ja."

Mr Brandt reckte den Hals, um aus dem Fenster zu schauen, und bemerkte: „Sieht nicht so aus, als ob das viel Schnee gibt."

Melissa lächelte. Zu Hause in Kalifornien ging man davon aus, dass es Herbst war, wenn die Temperatur unter 25 °C fiel und ein paar Bäume sich bunt färbten. Es war nicht ungewöhnlich, dass Kinder, die zu Halloween von Tür zu Tür gingen und ihr „Süßes – sonst gibt's Saures" aufsagten, bei über 35 °C in ihren Kostümen schwitzten. Wenn in Jasper Lake Schneeflocken als erste Anzeichen für den Herbst galten, dann war Weihnachten ohne Schneetreiben wahrscheinlich unvollständig.

Als sie in die Stadt fuhr, hielt sie sich dort nur so lange auf, bis sie sich ihr tägliches Heißgetränk im *Main Street Mocha* geholt hatte, dieses Mal eine dunkle Kaffee-Schokoladen-Mischung mit einem Hauch Zimt und einem kräftigen Cayennekick und Chipotle-Pfeffer. Sie verstaute das Getränk und einen Muffin auf dem Rücksitz ihres Wagens und während der Fahrt baute sich ganz langsam in ihr eine Spannung auf. Vielleicht gab es in den Archivboxen ja doch die Hinweise auf ihre Vergangenheit, nach denen sie suchte.

20

Drei Stunden später verging Melissa langsam der Optimismus. Die Archivboxen in dem begehbaren Schrank hatten so klein gewirkt, als sie sie herausgeholt und in einer Ecke des Schlafzimmers gestapelt hatte. Und sie hatten gar nicht so abschreckend ausgesehen, als sie den Deckel der ersten abgenommen hatte. Aber da hatte sie noch nicht gewusst, dass ihre Großmutter jeden Kassenbon von jedem einzelnen Gegenstand, den sie jemals erworben hatte, aufbewahrt hatte. Da half es auch nicht, dass Melissa merkte, wie sie richtig in den Sog der Unterlagen geriet, besonders wenn sie etwas mit der Möblierung und Ausstattung des Hauses zu tun hatten.

Es gab Quittungen von Antiquitätenhändlern für die älteren Stücke wie beispielsweise die *Craftsman*-Vitrine und den *Eames*-Sessel, der, wie sich herausstellte, ein Original aus dem Jahr 1956 war – was seinen Wert erheblich steigerte. Andere Quittungen und Belege waren weniger interessant: Fenster mit Dreifachverglasung aus dem Jahr 2005, Reparaturen an den Hartholzböden in dem Bad im Obergeschoss und vor nicht ganz zehn Jahren eine neue Heizung.

Doch keine Spur von jeglicher persönlicher Korrespondenz. Ja, alles in den ersten beiden Schachteln – außer den Belegen für die Antiquitäten – war so banal, dass sie sich fragte, warum Connie Green das alles überhaupt aufbewahrt hatte.

Sie schob die ersten beiden Archivboxen auf dem antiken Teppich beiseite und zog die dritte zu sich heran. Vielleicht würde sie in der etwas Interessantes finden. Sie nahm den Deckel ab und holte einen Hefter heraus, in der Hoffnung, darin etwas anderes zu finden als Bons und Quittungen – vielleicht Geburtstagskarten, Familienfotos, handgeschriebene Briefe oder auch Ausdrucke von E-Mails, auch wenn es keinerlei Hinweis darauf gab, dass Connie Green einen Computer besessen hatte. Sie nahm den Deckel der dritten Box ab – und zum Vorschein kamen … Autoversicherungsunterlagen von 2015.

Melissa seufzte und ließ ihr Kinn auf die Brust sinken. Vielleicht erwartete sie einfach zu viel. Sie legte den Ordner auf die Archivbox und presste sich die Fingerspitzen auf die Augen, was sie allerdings sofort bereute, denn ihre Hände fühlten sich vom Anfassen all der alten Papiere sehr schmuddelig an, und es gab kein fließendes Wasser, um sich die Hände zu waschen.

Sie spürte hinter ihrem einen Auge das Pochen ihres Pulses, was sie als Stresssymptom deutete. Sie holte deshalb einmal tief Luft, hielt die Luft an und atmete dann mit einem Seufzer – der allerdings eher wie das Geräusch eines Nebelhorns klang – durch den Mund wieder aus. Diese Atemtechnik hatte sie bei einer Therapeutin gelernt, zu der sie als Kind gegangen war. Wenn sie gestresst oder frustriert war oder wenn sie Angst hatte, hielt sie oft unbewusst die Luft an. Bewusstes Ein- und Ausatmen löste die Verspannung in ihrem Zwerchfell und die angespannte Muskulatur in Gesicht, Brustkorb und Rücken lockerte sich ebenfalls.

Sie konzentrierte sich so sehr auf ihr lautes Ausatmen, dass es einen Moment dauerte, bis sie das Klopfen unten an der Eingangstür hörte. Sie stand auf und ging mit gerunzelter Stirn schnell die Treppe hinunter. Was um alles in der Welt war denn das?

Sie riss die Eingangstür auf und ein Stoß kalter Luft mit Schneeflocken kam hereingeweht. Auf der Veranda stand Gabriel, dick eingepackt und mit den Füßen stampfend, eingerahmt von einer weißen Wand.

„Alles in Ordnung bei dir, Melissa? Hast du den Wetterumschwung gar nicht bemerkt?“

Melissa riss sich von Gabriels Anblick los und schaute in das Schneetreiben hinaus. „Nein! Ich war oben und hatte den Heizlüfter und die Laterne an.“

Sie hatte sich so sehr auf ihre Schatzsuche konzentriert, dass sie gar nicht daran gedacht hatte, ab und zu aus dem Fenster zu schauen. Jetzt trat sie beiseite, um Gabriel hereinzulassen, und schloss die Tür hinter ihm. „Woher wusstest du denn, dass ich hier bin?“

„Sobald klar war, dass der Schneesturm seinen Kurs geändert hat und über uns hinwegziehen würde, habe ich angefangen, die einzelnen Firmen und Geschäfte im Ort anzurufen, um mitzuteilen, dass das Kürbisfest wegen des Wetters auf nächstes Wochenende verlegt wird. Als ich Delia Bescheid gegeben habe, hat sie mich gefragt, ob du es auch schon wüsstest, denn du hättest ihr gesagt, du würdest hier rausfahren wollen. Warum bist du denn nicht an dein Handy gegangen?“

Melissa tastete alle ihre Taschen ab, bis sie ihr Handy in der Innentasche ihrer Jacke fand. Auf dem Display waren fünf verpasste Anrufe registriert und genauso viele Textnachrichten.

„Tut mir leid. Es ist auf lautlos geschaltet.“

Gabriel fuhr sich mit der Hand durchs Haar, was sie zunächst als Frust interpretierte, aber dann wurde ihr klar, dass er sich nur den Schnee aus den Haaren streichen wollte.

„Hol am besten gleich deine Sachen. Deinen Mietwagen lassen wir hier stehen, den holen wir später ab.“

Melissa vergeudete keine Zeit damit, Fragen zu stellen, und hielt auch nicht inne, um zu überlegen, warum ihr so warm ums Herz wurde. Gabriel hatte sich Sorgen um sie gemacht, und als er sie nicht hatte erreichen können, war er in dem heftigen Schneegestöber hier herausgefahren. Sie nahm ihre Handtasche und schaltete den Heizstrahler aus, der, wie sie erst jetzt bemerkte, zwar noch blies, allerdings nur noch kalte Luft, weil im Laufe der letzten paar Minuten das Gas ausgegangen sein musste. Und auch die geliehene Laterne nahm sie mit. Unten an der Treppe stand schon Gabriel mit den Autoschlüsseln in der Hand und trat von einem Fuß auf den anderen.

„Fertig?", fragte er munter.

Doch die Anspannung unter der Munterkeit bewirkte, dass ihr Magen einen kleinen Purzelbaum schlug.

Sie holte noch ihre Strickmütze aus der Tasche, setzte sie auf, zog sie sich über die Ohren und sagte: „So, fertig."

Gabriel nahm ihre bloße Hand in seine behandschuhte und half ihr die Treppe hinunter, auf der sich eine Eisschicht mit schon mindestens fünfzehn Zentimetern Schnee darauf gebildet hatte. Sie rutschten und schlitterten den Fußweg entlang zu Gabriels Wagen, dessen Motor noch lief. Sie protestierte nicht, als er ihr um den Wagen herum auf die Beifahrerseite half, bevor er dann selbst wieder zurück auf die Fahrerseite ging. Die dicke Schneeschicht auf der Windschutzscheibe versperrte ihr die Sicht.

„Bist du sicher, dass wir so fahren können?", fragte sie.

Gabriel schaltete die Scheibenwischer ein, vergewisserte sich noch einmal, ob sie angeschnallt war, und antwortete dann: „Ich habe Winterreifen, Allradantrieb und eine Winde. Die Straßenverhältnisse sind eigentlich kein Problem. Das Problem ist die Sicht. Aber wir versuchen es."

Er fuhr los in Richtung Highway. Melissa versuchte unbesorgt auszusehen, aber als zum ersten Mal die Reifen durchdrehten und der Wagen ins Schlingern geriet, packte sie den Haltegriff über der Tür und klammerte sich daran, als ginge es um ihr Leben.

„So schlimm ist es gar nicht", sagte Gabriel, um sie zu beruhigen, aber sein angespannter Tonfall sagte etwas ganz anderes. Sie fuhren keine zehn Stundenkilometer, hatten eine Sichtweite von etwas über fünf Metern und rutschten und schlingerten auf der Eisschicht, die sich gebildet hatte, als der Schnee beim Kontakt mit der Straße noch geschmolzen war. Sie schaute auf die Temperaturanzeige und sah, dass es mittlerweile minus acht Grad war.

Er sah zu ihr hinüber. „Ist alles in Ordnung?"

„Augen nach vorn auf die Straße", brachte sie nur zwischen zusammengebissenen Zähnen hervor, aber im Grunde spielte das gar keine Rolle mehr, denn soweit sie es beurteilen konnte, war da keine Straße mehr zu sehen. Nur der Rand des Sees, der kaum erkennbar rechts von ihnen lag, zeigte, dass sie in die richtige Richtung unterwegs waren. Als sie es endlich auf den Highway geschafft hatten, schlug ihr Herz so heftig, dass sie vermutete, man konnte es trotz des laufenden Dieselmotors hören.

Dann war plötzlich ein furchtbares metallisches Schaben auf der einen Seite des Trucks zu hören und sie drehte den Kopf mit einem Ruck in die entsprechende Richtung.

Sie blickte nach draußen und fragte: „Was war das?"

Gabriel verzog das Gesicht und bremste ab. „Die Schneemarkierungen."

„Diese Stangen zur Orientierung für die Räumfahrzeuge?"

„Ja." Er schaute zum Fenster hinaus und dachte nach. Dann sagte er: „Okay, ich ziehe die Reißleine. Wir fahren zurück."

„Ich dachte, das würden wir schon die ganze Zeit tun. Zurück in die Stadt fahren."

„Nein, ich meine zurück zum Haus."

Erleichterung, dass sie nicht die Fahrt in die Stadt zu wagen brauchten, stand jetzt gegen die Angst, mit einem praktisch fremden Menschen eingeschneit zu sein.

„Aber da gibt es weder Heizung noch Wasser. Und das Gas für den Heißlüfter ist gerade ausgegangen, als du gekommen bist."

„Darüber mach dir mal keine Sorgen. Ich habe immer Vorräte in meinem Truck. Der Sturm wird irgendwann heute Nacht aufhören, und wenn die Sicht dann wieder besser ist, können wir vielleicht schon bald in die Stadt zurückfahren."

Melissa merkte, dass er auf ihre Zustimmung wartete, obwohl er das Kommando übernommen hatte und ihre Einwilligung nicht gebraucht hätte.

Sie nickte. „Okay. Wenn du das für das Beste hältst."

„Das tue ich." Vorsichtig wendete Gabriel in drei Zügen, bis die eigene Wagenspur wieder vor ihnen lag. Der Schnee wurde schon wieder hineingeweht, aber die Spur war so tief, dass sie ihr den ganzen Weg bis zurück zum Haus folgen konnten. Gabriel parkte den Wagen davor, stieg aus und rannte los.

„Gibst du mir die Schlüssel? Ich bringe die Sachen hinein und du wartest noch hier im Warmen."

Melissa reichte ihm wortlos die Schlüssel fürs Haus und wartete, bis er aus dem hinteren Fußraum einen Rucksack und vom Rücksitz eine riesige Reisetasche genommen hatte und damit zur Eingangstür stapfte. Als sie losgefahren waren, hatte ihnen der Schnee nur bis an die Knöchel gereicht, jetzt ging er ihm schon beinah bis zu den Waden. Wie viel mochte es also geschneit haben? Zehn Zentimeter in einer Stunde? Das hier war kein einfacher Schneesturm, sondern ein Monster-Blizzard.

Ein paar Minuten später tauchte Gabriel wieder auf und bahnte sich erneut den Weg zum Truck. Sie hatte den Motor ausgemacht und den Zündschlüssel abgezogen, bevor er die Tür öffnen konnte, weil sie nicht wollte, dass er länger als nötig in der Kälte stehen musste. Er half ihr von dem rutschigen Trittbrett auf den spiegelglatten Weg zur Haustür und dann die Eingangstreppe hinauf.

„Ich habe erst mal alles nach oben ins Schlafzimmer gebracht", sagte er. „Es wäre dumm, jetzt nicht das Zimmer zu nutzen, das den ganzen Tag geheizt war und in dem es deshalb noch einigermaßen warm ist."

Sie traten sich den Schnee so gut wie möglich von den Füßen und Beinen, bevor sie die Treppe hinauf in Connies Schlafzimmer gingen. Mit irgendeinem Typen im Schlafzimmer ihrer Großmutter gestrandet zu sein, war wider Erwarten kein bisschen unangenehm. Aber Gabriel war ja auch eigentlich kein Fremder mehr.

In dem Zimmer war es warm, auch wegen des mittlerweile wieder laufenden Heizlüfters. Gabriel hatte ihn an eine neue Propangasflasche angeschlossen, ihn aber auf niedrige Stufe eingestellt.

„Nur um zu verhindern, dass es hier drinnen friert“, erklärte er. „Ich habe zwei volle Propangasflaschen dabei, aber wir müssen sparsam damit umgehen, falls wir heute nicht mehr wegkommen und hier übernachten müssen. Es wundert mich, dass in der Zeit, in der wir unterwegs waren, nicht mehr Wärme verloren gegangen ist.“

„Das liegt an den dreifach verglasten Fenstern“, sagte Melissa, und als er sie daraufhin fragend ansah, deutete sie auf die Archivboxen. „Und ich hatte schon gedacht, dass all die Quittungen völlig nutzlos sind. Wenn unser Überleben von Informationen über die Dämmung der Unterkunft abhängt, dann sind wir jedenfalls gut gerüstet.“

Gabriel lachte leise. „Ich bin froh, dass ich so vorausschauend war, meinem Großvater Bescheid zu sagen, bevor ich hierher aufgebrochen bin.“ Dann öffnete er den Rucksack und holte eine große Thermosflasche und eine Tupperdose heraus. „Kaffee und frisch gebackenes Bananenbrot.“

„Hattest du vor, hier noch ein Picknick zu veranstalten, bevor wir aufbrechen?“, fragte sie, woraufhin er ihr einen amüsierten Blick zuwarf und antwortete: „Nein, ich habe nur gedacht, dass ich dich unterwegs mit einem Snack gut von den Straßenverhältnissen ablenken könnte.“

„Da hast du vermutlich recht, aber ich bin mir nicht sicher, ob das bis morgen reichen wird. Ich bin eine Frau, die drei richtige Mahlzeiten am Tag braucht, falls du das noch nicht bemerkt haben solltest. Na gut, zwei, denn ich glaube, Kaffee zählt nicht als richtige Mahlzeit, oder?“

Gabriel griff jetzt in seinen Rucksack und holte zwei in Alufolie gewickelte Päckchen heraus. „Ich habe mich darum gekümmert, dass wir genug zu essen haben, vorausgesetzt, du magst Chickencurry und schwedische Hackbällchen."

„Aber wir haben kein Wasser", wandte sie ein.

Gabriel schaute mit vielsagendem Blick zum Fenster, das mittlerweile völlig weiß war.

„Ach ja, richtig." Sie nahm eines der Päckchen und drehte es um. „Ich schätze, das hier wird ein richtiges Abenteuer."

„Ein Abenteuer mit gefüllter Speisekammer. Ich habe mich dort umgeschaut und eingekochtes Gemüse und auch Konserven gefunden. Ich habe mir gedacht, dass wir hier, wo es Betten und etwas zu essen gibt, sehr viel komfortabler festsitzen als im Auto."

„Gute Entscheidung." Doch dann bekam sie ganz große Augen, als ihr etwas klar wurde. „Und was ist mit der Toilette? Wir haben kein Wasser zum Spülen." Dann schaute sie zum Fenster hinüber und fuhr fort: „Nach draußen gehe ich auf gar keinen Fall."

„Das ist kein Problem. Wenn es Wasser gibt, kann man das ja auch zum Spülen der Toilette verwenden. Das Spülwasser muss schließlich nicht unbedingt aus dem Spülkasten kommen. Also, ich bin gleich wieder da."

Damit sprang er auf und verschwand. Sie hörte ihn in der Küche rumoren, dann ging die Hintertür auf und wieder zu, und kurz darauf tauchte er mit zwei mit Schnee gefüllten Eimern wieder auf.

Er stellte die Eimer ab und sagte: „Sobald der Schnee in den Eimern geschmolzen ist, können wir das Wasser für die Toilettenspülung und zum Waschen benutzen."

Melissa streckte ihre Beine aus und lehnte sich gegen das Bett. Bis jetzt hatten sie beide die ganze Zeit auf dem Fußboden gesessen und hatten so getan, als wäre das Bett gar nicht da. Es wäre wesentlich unverfänglicher gewesen, sich im Salon aufzuhalten, aber er hatte recht. Wenn sie in dieser Nacht schlafen wollten, dann wäre das in einem Bett wesentlich bequemer, und mehr als ein Zimmer zu heizen, wäre Energieverschwendung gewesen.

„Also." Gabriel deutete mit dem Kopf auf die Archivboxen mit den Papieren und sagte: „Was hältst du davon, wenn wir die jetzt fertig durchsehen?"

Melissa machte eine einladende Handbewegung und antwortete: „Du bist herzlich eingeladen. Mit zwei von den drei Boxen bin ich schon fertig und habe nichts Interessantes gefunden. Ich hatte mir irgendeinen Hinweis erhofft, was mit meiner Mutter passiert sein könnte."

Gabriel nahm den Deckel von der Schachtel und holte den Ordner heraus, den Melissa zuoberst hatte liegen lassen. „Versicherungen."

„Ja, den habe ich auch schon gesehen."

Er legte den Ordner beiseite, fing mit einem zweiten an und war offenbar ganz in seine Suche vertieft. Melissa schaute ihm schweigend zu. Ihr war schon aufgefallen, dass er sich nicht allzu oft rasierte, und dieser Dreitagebart stand ihm ausgesprochen gut. Seine strahlend blauen Augen und die feinen Gesichtszüge waren schon fast zu schön, wenn er auch noch glatt rasiert war. So wie jetzt, in der Daunenjacke mit einem schweren Sweatshirt darunter und den Stiefeln, die sie einmal für geradezu lächerlich übertrieben gehalten hatte, sah er genauso aus wie der Naturbursche, der er tatsächlich auch war.

Er merkte, dass sie ihn ansah, und fragte: „Ist etwas?"

„Ich habe nur gerade gedacht, dass du viel besser über so Survivalsachen Bescheid weißt, als ich gedacht hätte."

Gabriel lachte leise. „Nur weil ich weiß, dass man eine Toilette auch spülen kann, indem man Wasser hinterherschüttet? Also, das ist wirklich Allgemeinwissen, besonders wenn man auch schon außerhalb der westlichen Welt unterwegs gewesen ist."

„Bist du das denn? Ich meine, so weit gereist?"

Er legte die Papiere, die er gerade anschaute, zur Seite. „Nach dem College war ich in Europa. Danach auch in Marokko, Thailand und Hongkong. Und du?“

„Ich bin auf europäische Antiquitäten spezialisiert, also …“

„Ach ja. Da besteht dann natürlich keine besondere Notwendigkeit, auch woandershin zu reisen. Aber nicht einmal nur so zum Spaß?“

„Ich muss meinen Lebensunterhalt selbst verdienen, seitdem ich achtzehn war. Da bleibt keine Zeit für Vergnügen.“

Er hielt inne. „Das ist vielleicht das Traurigste, was ich jemals gehört habe.“

„Warum denn? Ich mag meine Arbeit.“

„Ja, aber es gibt doch im Leben mehr als nur Arbeit.“

„Nicht, wenn sie alles ist, was man hat.“

Ihre Blicke trafen sich und Gabriels Miene wurde ernst. „Was hast du mit alldem hier vor, Melissa?“, fragte er.

Sie schluckte und spürte, wie etwas in ihr sich zurückzog. „Du meinst mit den Häusern? Ich weiß es wirklich nicht. Und sieh mich nicht so an, das meine ich ehrlich.“

„Ach, komm schon, du kannst mir doch nicht erzählen, dass du nicht erkennst, wie viel Charme dieses Haus hat.“

„Natürlich erkenne ich das! Ich erkenne den Charme von vielen Orten und Häusern, aber das reicht nicht aus, um alles wegzuwerfen, wofür ich so hart gearbeitet habe. Für dich ist das hier deine Heimat, aber für mich sind es nur die Geister der Vergangenheit. Geister, die nie gewollt haben, dass ich hierher zurückkomme.“

„Ich weiß, dass du viel Schweres erlebt hast, Melissa, aber …“

Sein beschwichtigender Tonfall war mehr, als sie ertragen konnte, deshalb stand sie vom Fußboden auf und sagte: „Ich gehe nach unten und schaue mal nach, was es dort Essbares gibt. Du hast doch sicher einen Campingkocher dabei, oder?“

Er nickte und gab ihr zögerlich ein kleines Etui, mit dem sie das

Zimmer verließ und sehr darauf achten musste, nicht geräuschvoll die Treppe runterzustampfen, denn das wäre noch kindischer gewesen, als den Raum zu verlassen, um das Gespräch zu beenden. Sie spürte den Temperaturwechsel, als sie aus dem warmen Zimmer kam und die Treppe hinunter ins Erdgeschoss ging.

In der Küche war es eisig, also zog sie den Reißverschluss ihrer Jacke zu und machte sich daran, die Speisekammer zu durchforsten. Und tatsächlich, es gab einige Dosensuppen, deren Haltbarkeitsdatum noch nicht allzu lange überschritten war. Solange die Konserven keine Dellen hatten, mussten sie eigentlich noch in Ordnung sein. Um ganz sicherzugehen, ließ sie die Muschelcremesuppe dann doch lieber auf dem Regal stehen und nahm stattdessen den Rindfleischtopf und eine italienische Minestrone.

Es dauerte ein paar Minuten, den Kocher aufzubauen und auszutüfteln, wie er an die Propangasflasche angeschlossen wurde, aber schon bald köchelte der Rindfleischeintopf in einem kleinen Kochtopf, den sie in einem der Unterschränke gefunden hatte. Zum Glück hatte sie die Küchenutensilien einfach gelassen, wo sie waren, als sie die Küche inventarisiert hatte.

Zum ersten Mal war sie jetzt dankbar für das Haus, wenn auch aus anderen Gründen als dessen materiellem Wert: Es war ein sehr viel besserer Ort, um sich vor einem Schneesturm zu schützen als ein Auto. Allerdings wäre sie natürlich gar nicht erst hier herausgefahren, wenn sie das Haus nicht gehabt hätte. Der Gedanke war also im Grunde ziemlich sinnlos.

Ebenso sinnlos war es, an Gabriels resignierten Blick zu denken. Der war allerdings nicht so leicht abzuschütteln. Er hatte wirklich mit ihr reden wollen und sie war einfach weggegangen. Sie wollte nichts darüber hören, dass sie sich für diese Stadt interessieren sollte, die so gar nichts für sie getan hatte. Aber das stimmte eigentlich auch nicht so ganz, oder?

Delia hatte sich Sorgen um sie gemacht, und Gabriel war den

ganzen Weg hier zu ihr herausgefahren, als sie nicht an ihr Handy gegangen war. Zu Hause in Kalifornien gab es niemanden, dem so viel an ihr lag, dass er sich solche Gedanken um sie gemacht hätte. Wenn Melissa nicht nach Hause gekommen wäre, hätte Sophie angenommen, dass sie jemanden getroffen hatte oder dass sie noch auf eine After-Work-Party gegangen war oder über Nacht weg war, weil sie irgendeine interessante Antiquität aufgetrieben hatte. Sophie hätte vielleicht eine Nachricht geschickt, aber sie hätte sich ganz sicher nicht die Mühe gemacht, nach ihr zu suchen.

Und das Schlimmste daran war, dass diese fehlende Nähe gar nicht an Sophie, sondern an ihr selbst lag. Es hatte eine Zeit gegeben, da hatte Sophie sich so eine enge Freundschaft gewünscht, hatte gedacht, sie würden für immer beste Freundinnen sein, aber Melissa hatte sie immer auf Armeslänge von sich ferngehalten. Es war freundschaftlich gewesen zwischen ihnen, aber nie innig. Melissa hatte mit Gabriel in einer Woche mehr über sich selbst und ihre Vergangenheit gesprochen als in den gesamten vergangenen sieben Jahren mit Sophie. Gestern in der *Cantina* hatte sie den Mädels wahrscheinlich sogar mehr von sich erzählt als ihrer Kollegin und Mitbewohnerin in all den Jahren.

Aber der Grund dafür lag bei ihr, nicht bei den anderen. Wenn man niemanden an sich heranließ, konnte man auch nicht verletzt werden, falls man abgewiesen wurde. Man war dann nicht so leicht zu enttäuschen. Es war leichter, sich von sich aus fürs Alleinsein zu entscheiden, als jemand anderen darüber entscheiden zu lassen. Doch das Gefühl, dass jemandem etwas an ihr lag, hatte sie nicht mehr erlebt, seitdem ihre Pflegemutter damals geweint hatte, als sie in dem kleinen Park wiedergefunden worden war.

Bis jetzt.

Melissa wischte sich eine Träne fort, füllte die mittlerweile köchelnde Suppe in eine große Schüssel und erhitzte die zweite Dose.

Sie kannte Gabriel noch nicht einmal eine Woche, aber er hatte bereits erreicht, dass sie etwas empfand, was sie noch nie bei jemand anderem empfunden hatte, und zwar egal, ob diese Person nur einen Tag oder ein Jahr in ihrer Nähe gewesen war. Sie fühlte sich sicher. So sicher, dass sie ihm ihre tiefsten Gefühle mitteilen konnte. So sicher, dass sie ehrlich sein konnte.

Weshalb also kämpfte sie gegen diese offensichtliche Anziehung an? Sie hätte das elektrisierende Gefühl, das sie durchfuhr, wenn sie sich berührten, ohne Weiteres auf die Kälte schieben können. Und sie hätte auch behaupten können, dass ihre Atemlosigkeit an ihrer Nervosität wegen ihrer prekären Situation liege und nicht daran, dass sie sich wünschte, er würde sie noch einmal berühren. Wenn das Leugnen von etwas absolut Offensichtlichem eine olympische Disziplin gewesen wäre, dann wäre sie auf jeden Fall goldmedaillenverdächtig gewesen.

Es war nämlich unverkennbar, dass sie in Gabriel Brandt verliebt war. Und sie war gerade dabei, es zu vermasseln.

Die zweite Suppe kochte endlich, sodass sie sie ebenfalls in eine Schüssel umfüllen konnte. Dann schaltete sie den Kocher aus, wischte den Topf so gut es ging mit Küchenpapier aus, das sie in der Speisekammer gefunden hatte, und benutzte eine Einkaufstüte als Müllbeutel. Die Suppe, die sie zuerst erhitzt hatte, war natürlich mittlerweile wieder kalt, aber die würde sie dann eben selbst nehmen und Gabriel die heiße geben. Sie holte noch zwei Löffel aus der Schublade, nahm dann die beiden Schüsseln und ging damit vorsichtig die Treppe hinauf.

Zu spät merkte sie, dass sie nicht gleichzeitig die beiden Schüsseln balancieren und auch noch eine Tür öffnen konnte, deshalb rief sie: „Gabriel?"

Die Tür ging sofort auf, und er wollte nach den Schüsseln greifen, aber sie huschte an ihm vorbei, stellte sie auf die Kommode und drehte sich dann zu ihm um. „Okay, Folgendes …"

Irritiert über diese Einleitung schloss Gabriel die Tür wieder. Was wollte sie denn überhaupt sagen? *Okay, Folgendes: Ich glaube, ich könnte mich in dich verlieben, weil du wirklich nett zu mir bist.*

Aber er wartete geduldig, und sie hatte immer noch keine Ahnung, was sie sagen sollte. Also ging sie auf ihn zu, griff mit einer Hand nach seinem Kinn und küsste ihn.

Einen ganz kurzen, stillen Moment dachte sie, er würde sich entziehen. Aber dann schlang er seine Arme um sie und zog sie ganz fest an sich. Halb rechnete sie damit, dass er ihren Kuss erwidern und sie dann zum Bett hinschieben würde, und zumindest ein ganz kleiner Teil von ihr glaubte, sie hätte nichts dagegen gehabt. Aber er hatte eine Hand fest in ihre Taille gelegt, und ihre Körper waren einander so nah, dass sie die Wärme spüren konnte, die er abstrahlte, während sein Mund langsam und geduldig ihren erkundete. Seine Zurückhaltung war erregender als sie es sich hätte vorstellen können, und ihr wurde vor Verlangen ganz schwindelig.

Aber genau in dem Moment, in dem es sich anfühlte, als würde er nachgeben, löste er sich von ihr, sah ihr tief in die Augen und fragte: „Wofür war denn das?"

„Ich wollte es einfach", erklärte sie lahm. Und dann machte sie einen zweiten Versuch und sagte: „Weil ich gemerkt habe, wie sehr ich dich mag." Das war zwar genauso lahm, aber in seinen Augen leuchtete etwas auf.

„Ich mag dich auch sehr, Melissa."

Sie lächelte und ihr wurde ganz warm ums Herz.

„Aber …"

Ein kalter Hauch breitete sich in ihr aus.

„In Anbetracht der Umstände …"

Sie trat einen Schritt zurück. „Wegen des Hauses, meinst du?"

Er sah irritiert aus. „Ja sicher."

Melissa löste sich aus seiner Umarmung und Enttäuschung überfiel sie. „Ich habe nicht versucht, dich zu überzeugen, Gabriel. Mir ist klar, dass du mich nicht sehr gut kennst, aber ich habe gedacht, doch etwas besser, als dass du so etwas von mir denken würdest."

Jetzt wurde aus seiner Verwirrung echtes Staunen, so als spräche sie in einer fremden Sprache. Und dann wurde seine Miene amüsiert, er streckte seine Arme aus, zog sie wieder an sich und senkte den Kopf zu ihrem Ohr.

„Ich habe gemeint, weil wir hier ganz allein sind, über Nacht in einem Schlafzimmer gestrandet. Weil mir klar ist, wie leicht ich bei dir die Kontrolle verlieren könnte."

Ihr überraschter Blick traf den seinen, und es war nicht zu leugnen, dass sein Blick voller Verlangen war.

Sie atmete einmal tief durch und sagte dann: „Ich ... ich dachte ..."

„... dass es einfacher wäre, wenn wir bei dem Problem mit dem Haus auf derselben Seite stehen würden? Daran besteht kein Zweifel, aber ... das ändert nichts daran, was ich für dich empfinde."

Er lächelte und sprach dann jedes Wort sehr sorgfältig aus: „Ich mag dich wirklich sehr, Melissa."

Irgendwie bedeuteten ihr diese sechs Worte mehr als jede Liebeserklärung. Schon einige Männer hatten ihr gesagt, dass sie sie liebten, normalerweise während sie gleichzeitig versuchten, sie auszuziehen. Aber das hier war anders. Das hier war so, als würde er ihr sagen, dass er sie wirklich ansah und dass ihm gefiel, was er sah, sogar mitsamt ihrem Drama, ihren Blockaden und ihren Komplexen. Es war das exakte Gegenteil von Abweisung. Wer hätte gedacht, dass genau das, was man in der sechsten Klasse zu einer Person sagte, in die man verknallt war, einem auch als Erwachsenem so viel bedeuten konnte?

Sie standen immer noch eng aneinandergeschmiegt da, und sie konnte nicht widerstehen, ihre eine Hand seine Brust hinaufgleiten zu lassen. „Also das, was du da sagst, ist sicher klug, aber ... noch ein Kuss mehr kann doch nicht schaden, oder?"

Er grinste. „Ich hoffe nicht." Und dann küsste er sie noch einmal, bis sie drauf und dran war, zu seinen Füßen zu einer Pfütze zu zerschmelzen.

Als sie sich wieder voneinander lösten, sagte sie atemlos: „Also, das Gute ist, dass unsere Suppen jetzt beide kalt sind. Weil ich nämlich wirklich gern die Minestrone wollte."

Gabriel lachte leise. „Das verstehe ich nicht."

„Ach, egal."

Sie drehte sich um, um die beiden Schüsseln zu holen, und ihr wurde sofort kalt, als sie sich aus seiner Wärme entfernte, aber in ihrem Inneren loderte eine Glut, die nicht einmal der tosende Schneesturm draußen hätte zum Erlöschen bringen können. Sie setzten sich wieder nebeneinander auf den Teppich, so nah, dass sich ihre Knie berührten, aßen ihre Suppe und unterhielten sich dabei.

Er sah ihr unverwandt ins Gesicht, so als könnte er es nicht ertragen, auch nur für einen kurzen Moment den Blickkontakt zu ihr zu verlieren. Und sie stellte fest, dass sie ihm Geschichten aus ihrer Vergangenheit erzählte ohne die sonst übliche Melancholie dabei: Wie sehr sie es bedauerte, dass sie zwar eine Ausbildung als Innenausstatterin absolviert hatte, allerdings ohne einen offiziellen Abschluss; wie sie in ihrem letzten Ausbildungsjahr Sophie kennengelernt hatte; wie sie über soziale Medien in Kontakt geblieben waren und wie sie ihre Freundin dazugeholt hatte, als sie beschlossen hatte, ihre eigene Firma zu gründen.

Die Art, wie Gabriel sie dabei mit gespannter Aufmerksamkeit ansah und genau im richtigen Moment die richtigen Fragen stellte, gaben ihr das Gefühl, dass sie etwas wirklich Erstaunliches geleistet hatte und dass die Schwierigkeiten und Hindernisse, mit denen sie dabei konfrontiert gewesen war, ihre Leistung eher noch vergrößert als sie in irgendeiner Form geschmälert hatten.

Und für eine kurze Weile glaubte sie das wirklich.

21

Es wurde dann sehr schnell klar, dass der Sturm nicht so rasch weiterziehen würde, wie Gabriel gehofft hatte … und dass der kleine Propangas-Heizlüfter gegen die rapide sinkenden Temperaturen nichts ausrichten konnte.

Melissa schaltete die Laterne mit der LED-Birne ein, als es dunkel wurde, auch wenn sich dadurch nicht viel änderte, denn wegen des Schneesturms draußen war es den ganzen Tag nicht richtig hell geworden.

„Ich habe das Gefühl, das wird heute eine lange Nacht", sagte Melissa mit einem Seufzer. „Im Moment bin ich noch kein bisschen müde."

Auch Gabriel war nicht müde, aber das lag eher daran, dass er durch ihre Berührung immer noch wie elektrisiert war. Es erforderte seine gesamte Willenskraft, neben ihr zu sitzen, als wären sie nur Freunde, obwohl er sich nichts mehr wünschte, als dort weiterzumachen, wo sie aufgehört hatten.

Und genau das war der Grund, weshalb er den Rest des Abends einen Abstand von dreißig Zentimetern zu ihr hielt. Melissa schien bei der Aussicht, mit ihm in einem Schlafzimmer festzusitzen, nicht halb so besorgt, wie er gedacht hätte, woraus er schloss, dass sie zu diesem Thema vielleicht ganz andere Ansichten vertrat als er. Das wiederum warf jede Menge andere Fragen hinsichtlich ihrer Überzeugungen auf, denen er aber an diesem Abend nicht mehr weiter nachgehen wollte.

„Gibt es noch etwas im Haus, das durchgesehen werden muss?", fragte Gabriel.

In der dritten Schachtel war nichts gewesen außer Unterlagen von Connies Krankenversicherung und alten Versicherungspolicen für ein Auto, das allem Anschein nach 2015 verkauft worden war.

„In dem Schrank sind auch noch jede Menge Schmuck und Accessoires", antwortete sie auf seine Frage. „Ich habe neulich aber nur einen flüchtigen Blick darauf geworfen."

Gabriel schaute auf den Ring an ihrem Finger. „War der Ring auch bei den Sachen?"

Melissa versteckte sofort ihre Hand und sagte defensiv: „Ich dachte nur …"

„Er gehört dir doch, Melissa", sagte Gabriel sanft. „Du kannst damit machen, was du willst. Ich habe den Ring nur bis gestern noch nicht an dir gesehen, daher meine Vermutung."

„Das stimmt." Sie holte tief Luft.

Immer mehr fiel ihm ihre Angewohnheit auf, sich sofort zu erklären oder zu verteidigen, wenn sie das Gefühl hatte, kritisiert zu werden. Er machte sich deshalb eine innere Notiz, vorsichtiger zu sein mit dem, was er sagte und vor allem auch wie er es sagte. Sie hatte sich wirklich hervorragend geschlagen, wenn man ihren holprigen Start ins Leben bedachte, aber jede Minute, die er mit ihr verbrachte, zeigte deutlich, dass sie immer noch tiefe Wunden hatte.

„Willst du die Sachen mitnehmen?", fragte er.

„Ich glaube schon. Ich weiß zwar nicht genau, wie viel sie wert sind, aber es könnte schon allein an reinem Goldwert einiges zusammenkommen. Willst du mir helfen, die Sachen durchzusehen?"

„Klar", antwortete er und blieb auf dem Boden sitzen, während Melissa aufstand, die oberste Schublade aus dem Schubladenturm holte und sie zwischen sie stellte.

Gabriel griff nach einer Brosche aus Jade und sagte: „An die hier erinnere ich mich."

„Wirklich?“

„Ja.“ Er durchforstete sein Gedächtnis, konnte dabei aber nichts weiter zutage befördern als ein Bild von der Brosche an einer weißen Seidenbluse. „Ich glaube, sie hat sie nicht oft getragen, aber ich habe sie einmal an ihr gesehen, als sie sich fein gemacht hatte. Vielleicht für die Kirche.“

Da war es wieder, dieses kurze Zusammenzucken, wenn er von der Kirche sprach. Aber er konnte es nicht lassen. Ob Gott ihn innerlich anstupste oder ob es einfach nur seine eigene Neugier war, jedenfalls hörte er sich selbst sagen: „Soll ich fragen?“

„Was fragen?“ Sie sah ehrlich irritiert aus, woraus er schloss, dass ihr ihre körperliche Reaktion gar nicht bewusst war.

„Nach Menschen in der Kirche, die dich verletzt haben.“

Melissa sah ihm ins Gesicht. „Woher weißt du das?“

Er zuckte mit den Schultern und antwortete: „Ich merke, dass dir das Thema Unbehagen bereitet. Die meisten Leute reagieren gleichgültig oder finden es seltsam, wenn ich davon anfange. Aber bei dir ist es, als würde es dir körperlich wehtun.“

Melissa betrachtete die Hände in ihrem Schoß und drehte den Ring an ihrem Finger. Einen langen Moment dachte er, sie würde nicht antworten, aber dann sagte sie. „Ach, das liegt an einer meiner ersten Pflegefamilien.“

Er drängte sie jetzt nicht weiter, sondern wartete einfach ab.

„Ich hatte wirklich gehofft und auch geglaubt, dass ich dort bleiben könnte, denn sie waren wirklich nett zu mir. Mittlerweile glaube ich, dass es nur aus Mitleid so war. Dann habe ich eines Abends mitbekommen, wie sie sich gestritten haben. Der Mann hatte eigentlich keine Pflegekinder aufnehmen wollen, aber die Frau sagte, das sei ihre Christenpflicht und was denn die Leute denken sollten, wenn sie mich wieder wegschickten? Daraufhin meinte er, es sei doch nicht sein Problem, wenn irgendeine Drogensüchtige geschwängert würde und sich dann nicht um ihr Kind kümmern könne. Er wolle jedenfalls wie geplant in den Urlaub fahren."

Als Melissa jetzt aufblickte, glänzten Tränen in ihren Augen. „Da war ich sieben. Ich hatte wirklich geglaubt, dass sie mich wollten, und dann musste ich hören, dass ich für sie nur ein Hindernis für ihren Urlaub war." Ihr brach die Stimme. „Ja, und das war's dann. Mal ganz abgesehen davon, was sie über meine Mutter gesagt haben. Sie war nämlich nicht drogensüchtig. Daran würde ich mich erinnern."

Sie räusperte sich. „Danach bin ich jedenfalls zum ersten Mal weggelaufen, und das haben sie dann als Begründung genutzt, mich wieder abzugeben."

„Das tut mir so leid, Melissa", sagte er, streckte seine Hand aus und berührte ihr Knie, aber sie reagierte nicht. „Das war unfair. Eine Siebenjährige hätte so etwas auf keinen Fall hören dürfen."

„Darum geht es gar nicht, Gabriel. Es gibt gute Pflegefamilien und schlechte Pflegefamilien. Ich weiß das, denn ich war in guten und schlechten. Worauf ich hinauswill, ist, dass ich nichts als Lügen zu hören bekommen habe. Gut gemeinte Lügen, aber eben Lügen. Und so ist das Christentum. Es ist da, damit man möglichst gut und heilig aussieht, aber es steht nichts dahinter."

Die Worte trafen ihn, aber nicht, weil sie sie zu ihm gesagt hatte, sondern weil sie mit seinem Glauben bisher offenbar nur schlechte Erfahrungen gemacht hatte. Mit einem Glauben, der eigentlich lebensbejahend und authentisch hätte sein sollen, durch den sie aber abgewertet und verletzt worden war. Letzten Endes lief es auf das hinaus, was seine Großmutter immer gesagt hatte: „Das Problem beim Christentum sind die Christen." Das hatte sie natürlich als Scherz gemeint, als Hinweis, dass eben alle Menschen Sünder waren. Aber in diesem Fall konnte er die Aussage absolut nachvollziehen.

Er überlegte kurz und sagte dann: „Bei deinen Erfahrungen kann ich dir das, was du da empfindest, wirklich nicht verübeln. Würde es dich überraschen, wenn ich dir sage, dass ich Christ bin?"

Sie bedachte ihn mit einem Blick, bei dem er sich richtig lächerlich vorkam. „Ja, irgendwie habe ich das vermutet. Wegen ... du weißt schon." Sie machte eine Geste mit der Hand, die wohl ihre derzeitige Situation und seine Entschlossenheit, diese nicht auszunutzen, umreißen sollte. „Aber ich verstehe das. Es ist ja schlimm genug, dass du hier mit mir festsitzt."

„Wie meinst du denn das?", fragte er mit gerunzelter Stirn.

„Na ja, was sollen denn die Leute in deiner Gemeinde sagen, wenn du morgen nicht zum Gottesdienst erscheinst, weil du die ganze Nacht mit einer Frau zusammen warst, die du kaum kennst?"

„Aber wir sind doch nicht mehr sechzehn", bemerkte er grinsend, woraufhin sie ihn nur fragend ansah.

„Ich mache mir keine Sorgen um meinen guten Ruf, Melissa, denn der ist tadellos, und selbst wenn es nicht so wäre, würde ich doch nicht zulassen, dass das, was andere sagen und denken, deine Integrität gefährdet. Was ich in meinem Privatleben tue, geht nur Gott und mich etwas an. Wir wissen, was passiert ist und was nicht."

„Aber wenn du tun und lassen kannst, was du willst, was hat es dann mit den Christen und Sex auf sich?"

Gabriel schüttelte den Kopf und versuchte, nicht zurückzuschrecken. Als wäre es nicht schon Furcht einflößend genug, im Moment der einzige Repräsentant seines Glaubens zu sein, jetzt verlangte sie auch noch von ihm, Jahrhunderte unterschiedlichster Sexualmoral zusammenzufassen.

„Du meinst, warum alle so besessen davon sind, keinen zu haben?"

Sie nickte.

„Also zum Teil, weil, auch wenn Menschen keinen Sex haben, das nicht heißt, dass sie nicht trotzdem daran denken."

Da entwischte ihr ein Lächeln. „Ich glaub ja nicht, dass du das grade gesagt hast!"

„Aber es stimmt doch. Als Teenager war ich davon überzeugt, dass die Erwachsenen durch diese Regeln nur die Kontrolle über uns haben und uns den Spaß verderben wollten. Erst als ich älter war und ein paar Fehler gemacht hatte, ist mir klar geworden, dass eine Beziehung durch Sex eine Intensität bekommt, die sie vielleicht noch gar nicht verkraftet. Und wenn die Beziehung dann zerbricht, fühlt man sich, als hätte man schon zu viel von sich selbst investiert, um sie wieder loszulassen. Bitte verrate Luke meine Erklärung nicht. Er mobbt mich nämlich immer damit, dass ich angeblich zu emotional bin."

Melissa gelang ein Lächeln. „Okay, versprochen. Um ehrlich zu sein, habe ich so ein Gespräch noch nie geführt. Und außerdem nehme ich dir das nicht ab."

„Aber ich meine das wirklich ernst!"

„Ich weiß, dass du das ernst meinst. Aber du bist nur einer von vielen Männern und auf jeden Fall eine Ausnahme. Du bist nicht der einzige Christ, den ich kennengelernt habe, und glaub mir, sie vertreten längst nicht alle den gleichen Standpunkt wie du."

„Nun ja, es gibt viele Leute, die behaupten, Christen zu sein, aber sich nicht entsprechend verhalten. Und jeder, dessen Christsein sich nur daran misst, mit wem er schläft oder nicht schläft, hat nicht begriffen, worum es geht. Aber deshalb verliert doch nicht der gesamte christliche Glaube seine Gültigkeit. Es bedeutet doch nur, dass manche Christen keine besonders guten Beispiele fürs Christsein sind."

Melissa schüttelte zweifelnd den Kopf und sagte: „Du merkst aber schon, dass du mich nicht überzeugen kannst, oder?"

„Ich versuche gar nicht, dich zu überzeugen. Du hast doch gefragt. Und glaub mir, das ist wirklich das letzte Thema, über das ich heute Abend mit dir reden wollte", erklärte er.

„Worüber wolltest du denn dann mit mir reden?“, fragte Melissa im Gegenzug.

Darüber musste Gabriel erst nachdenken. Sie hatten schon tiefgründige Gespräche geführt, und er war sowohl erstaunt als auch berührt, dass sie so viel von sich preisgegeben hatte, was wiederum dafür sorgte, dass er Vorbehalte hatte, eine Beziehung einzugehen, die er später noch einmal würde überdenken müssen.

Schließlich fragte er: „Was ist das Dümmste, was du jemals für einen Mann getan hast?“

„Uuuh. Jetzt willst du es aber wissen, was?“, sagte sie und antwortete dann: „Ich habe mal fast einen geheiratet.“

„Du hast beinah geheiratet? Wie alt warst du denn da?“

„Neunzehn. Ich habe am Empfang einer Designschule gearbeitet und er war einer der Künstler dort. Wir haben einen Wochenendtrip nach Las Vegas gemacht, eins führte zum anderen und …“

„Plötzlich hast du in einem Elvis-Kostüm vor einem Standesbeamten gestanden?“

Sie wurde rot. „Ja, genau so. Zum Glück fanden die Offiziellen dort, dass wir zu betrunken waren, um noch zu wissen, was wir taten, und haben uns weggeschickt. Sagen wir es mal so: Als ich am nächsten Morgen aufwachte, war ich ziemlich erleichtert, dass wir es nicht wirklich getan hatten. Besonders auch weil ich mich einen Monat später von ihm getrennt habe.“

„Wow, das war aber knapp.“

„Ja, sehr knapp. Und was ist mit dir?“

Gabriel musste überlegen. „Also, das Dümmste, was ich einmal für eine Frau getan habe, war, eine Szene aus dem Film *Teen Lover* mit John Cusack vor dem Fenster meiner Highschool-Freundin zu inszenieren.“

Melissa lachte. „Und das fand sie nicht so toll?“

„Ach, ich bin sicher, sie hätte es toll gefunden, wenn ich mir den

Grundriss ihres Hauses richtig gemerkt hätte. Ich stand nämlich leider vor dem Schlafzimmerfenster ihrer Eltern."

Da brach Melissa in schallendes Gelächter aus. „Oh, das klingt perfekt. Ich kann mir genau vorstellen, dass ihr beide bereit wart für deinen John Cusack-Moment und du dann angeschrien wurdest, gefälligst aus ihrem Vorgarten zu verschwinden."

„Nein, so war es gar nicht. Ihre Eltern sind im Grunde wirklich cool damit umgegangen. Ihr Vater sah verärgert aus, aber ich glaube, ihre Mutter fand es sogar richtig süß. Sie hat zur Seite gezeigt und gerufen: ‚Ihr Zimmer ist das da.' Aber inzwischen war der Charme des Augenblicks auch schon vorbei, und mir war das alles so peinlich, dass ich meinen Ghettoblaster genommen habe und nach Hause gerannt bin."

„Ich fasse es ja nicht, dass du überhaupt einen Ghettoblaster aufgetrieben hast. Ich kenne eine Frau, deren Ex-Freund das mit derselben Filmszene auch mal versucht hat, aber einen MP3-Player hoch über den Kopf zu halten, vermittelt einfach nicht dasselbe Feeling."

Melissa wischte sich die Augen und kicherte immer noch leise vor sich hin. Dann stellte sie die nächste Frage: „Okay. Wenn du morgen früh aufwachen würdest und dir einen Beruf aussuchen könntest, in dem du erfolgreich wärest, welcher wäre das dann?"

„Als Arzt."

„Ach, komm schon."

„Nein, wirklich. Die verdienen gut und ich hätte mein Studiendarlehen inzwischen längst abbezahlt."

Sie sah ihn mit leicht zusammengekniffenen Augen an. „Du beantwortest die Frage genau in dem Spirit, den ich gemeint habe."

„Dann ist es doch gut. Und was würdest du machen?"

„Das, was ich jetzt auch mache. Ich will schon, seitdem ich zwölf war Einrichtungen entwerfen, und in meiner Pflegefamilie habe ich viele Wochenenden damit verbracht, das Haus zu renovieren. Das klingt zwar nach Kinderarbeit, aber es hat mir wirklich Spaß gemacht. Meine Pflegemutter hat erlaubt, dass ich als Erstes mein Zimmer neu mache, und dann habe ich nach und nach auch alle anderen Zimmer im Haus renoviert."

Er wies sie nicht darauf hin, dass sie ja doch ein paar positive Erinnerungen an ihre Pflegefamilien hatte, zumindest an diese eine. Doch das war ihr offensichtlich gar nicht bewusst, weil die negativen Erinnerungen alles andere überdeckten.

„Dann lebst du also deinen Traum?"

„Ja, so ziemlich. Ich wünschte nur einfach, ich wüsste alles, was ich nicht weiß … weißt du?"

Er grinste sie an und sie lachte leise. „Also, ich glaube, wir sollten wirklich noch diese Sachen durchgehen. Ich habe hier ein paar Seidenschals gesehen, die von *Hermès* sein könnten."

Sie wussten beide, dass sie nur Zeit totschlugen. Der größte Teil des Schmucks war zwar aus Gold, aber nichts Besonderes. Kleinere Diamanten, etwas größere Halbedelsteine, ein paar antike Stücke, die Melissa beiseitelegte, um sie schätzen zu lassen, doch den Rest ließ sie auf dem Samttablett liegen und ging, um die zweite Schublade zu holen.

Melissa nahm den ersten Schal heraus und murmelte irgendetwas von *Poochie*, was auch immer das bedeutete. Der einzige *Poochie*, den er kannte, war der Comic-Hund aus einer besonders witzigen Folge der *Simpsons*. Er nahm einen Schal in Rosa- und Grüntönen aus der Schublade, dessen Muster ihm irgendwie bekannt vorkam – also nicht, dass er es irgendwie erkannt hätte oder hätte zuordnen können –, und dann hielt er die Luft an.

„Was ist denn?", fragte Melissa und drehte sich mit einem Ruck zu ihm um. „Ist das ein Lilly Pulitzer-Schal?"

„Nein, ich meine nicht den Schal, sondern das hier." Er nahm einen zerknittertes weißes Päckchen vom Boden der Schublade, der zwischen den Seidentüchern versteckt gewesen war.

„Ich glaube, das hier könnte vielleicht noch besser sein."

Melissa hätte schwören können, ihr Herz hätte fünf Sekunden stillgestanden, als sie den Umschlag in Gabriels Hand anstarrte. Als es wieder ansprang, fühlte es sich an wie ein dumpfer Schlag, der ihr fast den Atem nahm.

„Kann ich … kann ich das sehen?"

Er gab ihr den Umschlag, und seine Neckerei erstarb, als wäre ihm völlig klar, was das bedeuten konnte. Melissa schob ihren Finger unter die Lasche des Umschlags, die sich ganz leicht lösen ließ, weil der Kleber durch das Alter brüchig geworden war. Es war jedoch nicht nur ein Brief, sondern es waren mehrere Briefe. Mindestens sechs Stück. Sie waren alle auf gewöhnlichem liniertem Papier geschrieben, und der obere Rand war von der Spiralbindung des Blocks ausgefranst, aus dem die Blätter herausgerissen worden waren. Schon von außen konnte sie die schnörkelige Handschrift in blauer Tinte erkennen, weil der Federhalter so stark aufgedrückt worden war, dass sich die Buchstaben durchgedrückt hatten.

„Ich … ich kann sie mir nicht ansehen", sagte sie leise und ließ den Stapel Briefe in ihren Schoß sinken.

Sie wusste instinktiv, dass es sich hier um das handelte, wonach sie gesucht hatte, aber jetzt, da der Augenblick gekommen war, stellte sie fest, dass sie es gar nicht wissen wollte. Was, wenn alles, was Werner und Gabriel gesagt hatten, nicht stimmte? Was, wenn es zornige Tiraden ihrer Mutter gegen Connie waren, weil sie ihre Tochter rausgeworfen hatte? Oder noch schlimmer, es stand vielleicht darin, dass ihre Mutter sie nicht mehr gewollt hatte. Bei all diesen Möglichkeiten wurde ihr ganz schwindelig.

„Möchtest du, dass ich die Briefe zuerst anschaue?“, fragte Gabriel und streckte die Hand danach aus.

Nachdem sie eine ganze Weile überlegt hatte, gab sie sie ihm tatsächlich. Dabei fiel ein kleines vergilbtes Foto zwischen ihnen auf den Boden.

Melissa hob es so vorsichtig auf, als wäre es eine Bombe, und ihr war so eng ums Herz, dass sie kaum atmen konnte. Das Foto war zerknittert und gewellt, als wäre es irgendwann einmal feucht geworden, aber es waren darauf immer noch eine Frau und ein etwa dreijähriges Mädchen zu erkennen. Im Hintergrund war Wald zu sehen. Das Mädchen strahlte in die Kamera und die Frau schaute auf das Kind. Ihr Gesichtsausdruck zeugte von einer so grenzenlosen Liebe, dass schon allein das Hinschauen wehtat.

„Was ist das?“, fragte Gabriel vorsichtig.

„Ich glaube …“ Sie riss sich vom Anblick des Fotos los, fast zu verblüfft, um etwas zu sagen. „Ich glaube, das bin ich. Mit meiner Mutter.“ Mit zittrigen Fingern reichte sie Gabriel das Bild.

„Sie sieht genauso aus wie du“, sagte er leise. „Kein Wunder, dass dich in der Stadt immer alle sofort erkennen und wissen, wer du bist.“ Er schaute sich das Foto einen Moment lang an und gab es Melissa dann zurück.

Irgendwie war ihr nie in den Sinn gekommen, sich zu fragen, warum es in dem Haus keine Fotos von ihr und Carrie gab. Ihr erster Gedanke dazu war gewesen, dass Connie Green sie erbarmungslos und ein für alle Mal aus ihrem Leben und ihren Erinnerungen gestrichen hatte, doch dieses Foto ließ etwas anderes vermuten. Die zerknitterte Oberfläche sah so aus, als wäre es häufig angeschaut und herumgetragen worden. Vielleicht waren sogar Tränen darauf vergossen worden …

Und dann das Foto selbst … es war kein billiges Foto aus einem Automaten, sondern eines aus einem Fotostudio, eines, für das Carrie Geld ausgegeben und es dann ihrer Mutter geschickt hatte.

Anders hätte sie gar nicht in den Besitz des Bildes gelangen können.

Und plötzlich packte Melissa das unbändige Bedürfnis, zu erfahren, was in den Briefen stand. „Mach sie auf, Gabriel. Ich muss es wissen."

Also faltete Gabriel den obersten Brief sorgfältig auseinander und dann noch einen und noch einen. „Sie sind datiert", erklärte er. „Am besten liest man sie in chronologischer Reihenfolge." Er nahm den ersten in die Hand, überflog ihn und ließ ihn dann langsam wieder sinken. „Sie sind von deiner Mutter."

Melissa hielt die Luft an und wiegte sich im Takt ihres Herzschlags. Selbst nachdem sie das Foto gefunden hatte, hatte sie so etwas nicht zu hoffen gewagt. „Sind sie schlimm?"

Gabriel las weiter, und sie saß mit angehaltenem Atem daneben, während sie auf seine Antwort wartete. Dann erschien ein kaum wahrnehmbares Lächeln auf seinem Gesicht, das ein ganz klein wenig von Traurigkeit gefärbt war.

„Nein, sie sind nicht schlimm. Ich glaube, du solltest es selbst lesen."

Mit zitternden Händen nahm Melissa den ersten Brief entgegen. Es dauerte einen Moment, bis sie die schnörkelige, mädchenhafte Handschrift ihrer Mutter entziffern konnte. Das war nicht die Handschrift einer Frau, sondern die eines Mädchens – es fehlten nur noch die Herzchen als i-Punkte. Dem Datum auf dem Brief nach war Carrie damals erst 23 Jahre alt gewesen, Melissa demnach also etwa fünf. Der Brief musste, unmittelbar bevor sie verlassen worden war, verfasst worden sein. Was, wenn darin der Grund stand, weshalb ihre Mutter sie verlassen hatte? Was, wenn sie erfuhr …?

„Melissa." Gabriels sanfter Ton holte sie zurück in die Gegenwart. „Lies es einfach. Vertrau mir."

Also nahm sie den Brief wieder in die Hand.

Liebe Mama,
ich habe einen Riesenfehler gemacht. Es tut mir so leid, dass ich so von dir weggegangen bin, wie ich es getan habe. Ich war verletzt und wütend und habe gedacht, ich tu das Richtige. Ich dachte, du würdest versuchen, mir meine Tochter wegzunehmen, und habe geglaubt, ich würde das alles alleine schaffen.
Und jetzt herrscht Chaos. Melissa wird so schnell groß und ich schaffe das einfach nicht mehr. Nicht ohne dich.
Bitte … können wir wieder nach Hause kommen?
Deine dich liebende Tochter (der das alles sehr leidtut),
Carrie

Melissa musste schwer schlucken und versuchte zu begreifen, was sie da las. Zum ersten Mal in ihrem Leben war ihre Mutter eine reale Person mit einer schnörkeligen Handschrift und einer verlorenen Jugend. Melissa hatte vielleicht schneller und jünger erwachsen werden müssen als ihre Mutter, aber sie hatten beide die Erfahrung gemacht und begriffen, wie hart und erbarmungslos die Welt sein konnte. Aus welchem Grund auch immer Carrie von zu Hause fortgegangen war, sie hatte zurückkommen wollen – und zwar zusammen mit Melissa.

Ihr liefen jetzt Tränen übers Gesicht und sie wischte sie mit dem Handrücken weg. „Welcher kommt als Nächstes?"

Als sie Gabriels Miene beim Lesen sah, bekam sie Angst.

„Ich weiß es noch nicht, Melissa. Vielleicht ist es am besten, wenn du sie mich erst alle durchlesen lässt, damit ich weiß, wie es ausgeht."

„Nein, ich muss es wissen", sagte sie nur.

Ihr Leben lang hatte sie nach diesen Informationen gesucht, da konnte sie nicht so kurz vorm Ziel abbrechen. Sie streckte also ihre Hand aus und Gabriel gab ihr zögernd den Brief.

Mama,
hast du meinen letzten Brief nicht bekommen? Ich habe ihn vor einer Woche abgeschickt und immer noch nichts von dir gehört. Melissa und ich sind in Denver. Ich suche gerade einen Job, weil wir kein Geld mehr habe, aber ich hatte irgendwie gehofft, dass das nicht mehr nötig werden würde.
Ich weiß, dass ich einen Riesenfehler gemacht habe, und mir ist klar, dass du mir vielleicht nie verzeihst, aber bitte lass nicht zu, dass deine Enkelin durch meine Dummheit leiden muss.
Bitte lass uns nach Hause kommen.
Carrie

Melissa blinzelte. „Was? Connie hat nicht auf ihren Brief reagiert?"

Gabriel überflog die Seiten der Briefe, so schnell er konnte. „Nein, ich glaube, es ist okay … Da ist noch so einer, hier …" Er gab ihn ihr, aber wegen des Tonfalls, in dem er das sagte, las sie ihn gar nicht erst, sondern legte ihn beiseite. „Nein, es gibt einen Grund. Lies den hier als Nächsten."

Mama,
ich bin so erleichtert, dass es dir gut geht und du meine Nachrichten nicht ignoriert hast. Es tut mir leid, dass ich nicht da war, als du angerufen hast. Wir mussten unerwartet das Motel wechseln, aber der Mann am Empfang war nett und mochte Melissa, deshalb hat er den Brief für mich aufgehoben. Er hat ihn mir gegeben, als ich noch einmal dort war, um zu fragen, ob Nachrichten für mich gekommen wären. Wir haben jetzt eine neue Adresse (siehe unten).
Mach dir keine Sorgen um mich. Wir sind dir natürlich sehr dankbar für das Geld, das du geschickt hast. Ich habe nächste Woche wieder ein Vorstellungsgespräch und danach müsste ich mir eigentlich ein Telefon leisten können. Lass uns wissen, wann

du aus dem Krankenhaus entlassen wirst. Ich habe versucht, dich dort anzurufen, aber sie wollten mich nicht mit dir sprechen lassen.

Ich hab dich lieb, Mama. Ich erzähle Melissa viel von dir, und sie kann es gar nicht erwarten, dich kennenzulernen.

In Liebe

Carrie

„Connie war im Krankenhaus?"

Melissa erinnerte sich jetzt wieder an die Krankenunterlagen, die sie durchgegangen war. Sie hatte einfach angenommen, dass es darin um die Krankheit gegangen war, an der sie schließlich auch gestorben war, aber jetzt klang es ja ganz so, als wäre sie schon früher einmal ernsthaft krank gewesen. Diese Information hätte ihr aber kein bisschen weitergeholfen, wenn sie die Briefe mit dem Zusammenhang nicht gehabt hätte. Ihr Herz schlug immer noch schnell und heftig. Das hier war wie eine Seifenoper oder eine Wundertüte, jedenfalls fühlte es sich nicht an wie ihr eigenes Leben.

„Und, gibt es noch etwas?"

„Das ist alles", antwortete Gabriel leise. „Das war der letzte Brief von Carrie. Dann ist da nur noch das hier."

Er hielt einen dickeren Umschlag hoch, einen, den sie für einen Stapel gefalteter Briefe gehalten hatte. Er war noch verschlossen und an Carrie in einem Motel in Littleton adressiert. Ein großes *Zurück an den Absender* war vorne auf den Umschlag gestempelt.

Melissa nahm ihn Gabriel langsam ab, während sich ein unheilvolles Gefühl in ihrem Inneren breitmachte. Sie schob den Finger unter die Lasche des Umschlags und dann kam ein mit stark geneigter spinnendünner Handschrift beschriebenes Blatt hervor. Die Handschrift war ganz offensichtlich nicht Carries, aber Melissa erkannte sie aus den Notizen in den Archivboxen wieder. Es war die Schrift ihrer Großmutter.

Carrie, Liebes,
ich mache mir solche Sorgen um dich. Ich habe jetzt schon seit ein paar Wochen nichts mehr von dir gehört. Ich habe in jedem Motel in Denver, Boulder und Colorado angerufen und nach dir gefragt, habe aber nichts erfahren. Sogar bei deiner alten Adresse hat man mir gesagt, dass dort niemand mit dem Namen wohnt. Warst du dort unter einem anderen Namen gemeldet?
Komm nach Hause. Hier ist dein Platz. Ich weiß, dass du erst wieder auf die Beine kommen wolltest, um nicht als verlorene Tochter heimzukehren. Hör auf, dir über all das Gedanken zu machen. Du bist so nah, und ich weiß nicht mehr, wo ich noch suchen soll.
Ich hab dich lieb,
Mama

Melissa ließ das Blatt sinken. „Das ist alles?"

„Sonst ist nichts in dem Umschlag."

„Der Kontakt ist einfach so abgerissen? Wie konnte denn das passieren? Sie wollte doch nach Hause kommen. Sie wollte mich nach Hause bringen … Wie …?"

Erst als Gabriel sie an sich zog, merkte Melissa, dass sie schluchzte. Wie hatte es dazu kommen können? Carrie hatte unmittelbar vor ihrer Rückkehr nach Jasper Lake gestanden. Warum war sie nicht einfach hinauf in die Berge gefahren? Wenn sie in Denver gelebt und genug Geld für ein Hotel gehabt hatte, dann wäre doch sicher auch Geld für ein Auto oder für einen Mietwagen für einen Tag da gewesen. Nach allem, was Melissa mittlerweile wusste, hätte es nichts ausgemacht, wenn sie nur mit dem, was sie und ihre Tochter am Leibe trugen, zurückgekommen wäre … irgendjemand hätte ihnen geholfen.

Was also war passiert?

Die ganze lange Zeit hatte Melissa gedacht, dass sie die Wahrheit wissen wollte, aber jetzt war diese Wahrheit genauso unbegreiflich, wie sie schon immer gewesen war, ja sogar noch schlimmer, weil sie jetzt wusste, wie nah dran sie gewesen war, eine echte Familie zu haben.

22

Schicht für Schicht schälte sich der Schlaf von Gabriels Bewusstsein, bis er das trübe Licht der ersten Morgendämmerung wahrnahm. Einen Moment lang lag er einfach da, versuchte, sich zu orientieren, und fragte sich, wodurch er wach geworden war. Schon als er sich nur ein ganz klein wenig bewegte, traf ihn die kalte feuchte Luft wie ein Messer.

Mit einem Ruck öffnete er die Augen und sah, wie sein Atem vor seinem Mund zu einem kleinen Wölkchen kondensierte. Er drehte den Kopf ein wenig in die Richtung, wo Melissa wie ein Knäuel zusammengerollt nur wenige Zentimeter von ihm entfernt, unter der schweren Bettdecke und einem Schlafsack, auf dem Bett lag.

Er hatte sie gehalten, während sie gefühlt stundenlang geweint hatte, bis ihr Schluchzen schließlich abgeebbt war und sie, immer noch fest an ihn geklammert, in einen tiefen unruhigen Schlaf gefallen war. Sie hatte sich nicht einmal gerührt, als er sie auf die andere Seite des Bettes umgelagert oder sich später von ihr gelöst hatte, um die Propangasflasche des Heizlüfters zu wechseln, deren Inhalt offenbar irgendwann in den bitterkalten Stunden des frühen Morgens zu Ende gegangen war.

Dass er das Fenster einen Spalt hatte öffnen müssen, um einer möglichen Kohlenmonoxidvergiftung vorzubeugen, hatte es das Zimmer natürlich noch stärker auskühlen lassen. Er war plötzlich froh, dass er daran gedacht hatte, zusätzlich noch den Schlafsack über sie beide zu breiten.

Vorsichtig kroch er unter den Decken hervor und stieg in seine Stiefel. Melissa rührte sich nicht. Entweder hatte sie schon lange nicht mehr genug Schlaf bekommen – was absolut möglich war –, oder sie war emotional völlig erschöpft durch das, was sie am Vorabend erfahren hatte. Und Gabriel konnte es ihr wirklich nicht verdenken. Nachdem sie ein Leben lang gerätselt hatte, was wohl aus ihrer Mutter geworden war und warum ihre Großmutter nicht nach ihr gesucht hatte, blieben die Antworten, von denen sie geglaubt hatte, sie in den Briefen zu finden, nun doch noch außerhalb ihrer Reichweite.

Als Gabriel das Schlafzimmer verließ, nahm er die Reisetasche mit und ging die Treppe hinunter in die Küche, wo Melissa den Gaskocher hatte stehen lassen. Hätte er ein wenig nachgedacht, dann hätte er die Gasflasche aus der Küche nach oben geholt, um das Gas zum Kochen und gleichzeitig auch zum Heizen zu nutzen, aber es war ihnen auch so gelungen, sich warm zu halten. Und zwar nicht auf die Art, die er zu vermeiden versucht hatte. Als sie ihm schluchzend in die Arme gesunken war, hatte er an alles andere gedacht als an die Küsse vom Abend zuvor.

Er nahm den Topf, den Melissa zum Erhitzen der Suppen benutzt hatte, reinigte ihn mit Schnee und füllte dann frischen Schnee hinein, den er schmelzen ließ, um Kaffee zu kochen. Als er nach oben schaute, sah er einen Himmel, wie er nach einem Schneesturm in Colorado typisch war. Es war ein fahles Grau kurz vor der Morgendämmerung, aus dem schon bald ein strahlendes Blau werden würde. Er schätzte, dass etwa ein halber Meter Schnee gefallen war, und das, nachdem der Wetterbericht nicht einmal drei Zentimeter vorhergesagt hatte. So viel also zur Wettervorhersage. Es hatte schon einen Grund, weshalb Gabriel seine Winterausrüstung immer dabeihatte – auch im Sommer.

Als der Schnee im Topf endlich geschmolzen war und das Wasser beinah kochte, drehte er das Gas ab und gab lösliches Kaffeepulver hinein. Ganz bestimmt würden sie als Erstes bei Delia haltmachen, wenn sie wieder in der Stadt waren, aber sie würden beide auch jetzt sofort eine Dosis Koffein brauchen können, um den Kältetrip um den See herum zu überstehen. Er war gerade dabei, Kaffee in zwei Becher zu füllen, als Melissa immer noch verschlafen in der Küchentür auftauchte.

„Rieche ich etwa Kaffee?", fragte sie mit belegter Stimme.

Er reichte ihr wortlos einen der Becher, hielt aber Abstand und sah sie an.

Sie trank den Kaffee in kleinen Schlucken und lächelte ihn kläglich an. „Pulverkaffee."

„Mehr ist leider nicht drin."

„Ich beklage mich ja gar nicht." Sie stand da und trank aus dem Becher, bis sie ihn schließlich sinken ließ und Gabriel direkt ansah. „Wegen gestern Abend, Gabriel. Es war wirklich nicht meine Absicht, dermaßen aufgelöst zu sein."

Entschuldigte sie sich wirklich gerade dafür, dass sie Gefühle hatte?

„Es hätte mich eher überrascht, wenn es nicht so gewesen wäre. Das ist doch auch alles ziemlich viel", sagte er.

Daraufhin errötete sie und schaute weg. „Ich schaue mich hier immer wieder um, sehe mir alles an und denke, dass ich doch eigentlich Erinnerungen daran haben müsste, wenn ... aber ich weiß nicht, was nach dem Wenn kommt. Was ist passiert? Warum ist meine Mutter nicht wieder nach Hause gekommen? Es klingt doch so, als hätten meine Großmutter und sie sich versöhnt. Ich bin in Denver gefunden worden, also nur knapp hundert Kilometer von hier entfernt. Warum hat nie jemand einen Zusammenhang erkannt? Und was ist mit meiner Mutter passiert?"

Der Schmerz in ihrer Stimme hatte seit der vergangenen Nacht nicht nachgelassen, aber jetzt war da noch etwas anderes. Erstens nannte sie Connie und Carrie ihre Großmutter und ihre Mutter. Sie mochte zwar nicht die Antworten bekommen haben, die sie sich gewünscht hatte und die ihr auch zugestanden hätten, doch das, was sie erfahren hatte, veränderte alles.

„Ich weiß es nicht, Melissa", antwortete er schließlich. „Vielleicht werden wir es nie erfahren. Und selbst wenn du es herausfinden könntest, würde dir das, was du erfährst, vielleicht nicht gefallen. Wie wichtig ist es denn für dich, die ganze Wahrheit zu wissen?"

Sie nahm sich eine Weile Zeit zum Überlegen und antwortete dann: „Ich glaube, ich muss alles wissen. Vielleicht ist das nicht möglich, aber nichts wäre schlimmer, als mein Leben lang zu glauben, dass meine Mutter mich einfach verlassen hat, weil sie mich nicht mehr wollte."

Das war der Augenblick, in dem Gabriel schwor, dass er alles in seiner Macht Stehende tun würde, um ihr zu helfen, das herauszufinden.

„Also, wie geht es jetzt weiter?", fragte sie. „Sind die Straßen frei?"

„Das bezweifle ich. Die Straßen, für die das County zuständig ist, sind mittlerweile vielleicht schon geräumt, aber alles andere wird noch tief verschneit sein. Das ist zwar für meinen Truck kein Problem, aber wir müssen vielleicht noch warten, um deinen Wagen freizubekommen."

„So lange es dir nichts ausmacht, mich noch einmal hierherzufahren, um meinen Wagen zu holen, sobald das wieder möglich ist, ist mir das recht."

Er blinzelte sie an. „Ich dachte, du wärest hier fertig. War nicht die einzige Aufgabe, die noch anstand, die Sichtung der persönlichen Unterlagen deiner Großmutter?"

„Das stimmt. Aber es gibt einen Ort, den ich übersehen habe." Ihr rechter Mundwinkel zuckte ein wenig nach oben. „Den Dachboden."

Gabriel runzelte die Stirn. „Aber das Haus hat doch gar keinen Dachboden. Es gibt jedenfalls nirgends eine Öffnung in der Decke für einen Zugang und auch definitiv keine Treppe nach oben."

„Aber das Haus hat einen Dachboden, das kann man von außen sehen. Das ist mir heute Morgen in dem Moment eingefallen, als ich wach geworden bin. Es ist kalt geworden, aber es war dort oben nicht so eisig, weil das Haus so gut gedämmt ist. Deshalb habe ich überlegt, was wohl über uns sein könnte, zwischen uns und dem Schnee auf dem Dach. Und dann ist mir aufgefallen, dass aus der Dachkonstruktion hervorgeht, dass es einen Dachboden geben muss. Wahrscheinlich wurde der irgendwann geschlossen, um die Energieeffizienz des Hauses zu verbessern."

Beeindruckt starrte Gabriel sie an. Er wäre nie auf die Idee gekommen, das Offensichtliche zu hinterfragen. Es gab jede Menge neuere Häuser, die falsche Fenster hatten, sodass es aussah, als gäbe es einen Dachboden, obwohl es dort oben nichts als Dachsparren und Mäuse gab.

„Ich wüsste noch nicht einmal, wo ich danach suchen sollte."

„Aber ich weiß es", sagte Melissa, die sich jetzt mit dem Becher in der Hand an den Küchentisch setzte. „Der Zugang zum Dachboden befindet sich in dem begehbaren Schrank im Schlafzimmer." Und dann musste sie über seinen erstaunten Gesichtsausdruck lachen. „Das ist auch einleuchtend", fuhr sie fort. „In den 80er-Jahren ist dort renoviert worden, denn ursprünglich hat das Schlafzimmer bestimmt kein eigenes Bad gehabt und auch keinen begehbaren Schrank. Ich glaube, dort wo der Schrank ist, befand sich ursprünglich einmal der Aufgang zum Dachboden, und der Platz unter der Treppe war eine Fensternische, in der man sitzen konnte, die dann aber mit in das neue Bad integriert wurde. Ich bin überzeugt, dass, wenn wir in dem begehbaren Schrank einen Durchbruch durch die Decke machen, wir nur Trockenbauwände und Dämmmaterial finden werden."

„Besteht auch die Möglichkeit, dass du dich irrst?", fragte Gabriel, denn er stellte sich gerade vor, wie hundert Jahre altes Holz mit einem Vorschlaghammer eingerissen wurde.

„Klar kann das sein, aber ich glaube es nicht."

Gabriel setzte sich ganz langsam ihr gegenüber an den Tisch. „Was hoffst du denn, dort zu finden? Noch mehr Antiquitäten?"

„Nein, Informationen und Fakten."

„Informationen worüber?"

„Über die Geschichte dieses Hauses. Darüber, wer es gebaut hat und warum." In ihren Augen blitzte etwas auf, das fast ein bisschen verwegen wirkte. „Ich habe mich entschieden, Gabriel. Dieses Haus gehört mir und hätte eigentlich schon immer ein Teil meines Lebens sein sollen. Ich lasse nicht zu, dass es einfach abgerissen wird."

Da machte sein Herz einen Satz, aber dann dämpfte er die plötzliche Erleichterung mit einer gehörigen Portion praktischem Denken. „Was bedeutet das? Dass du hierbleibst?"

Da wurde Melissas Miene wieder verschlossen, und ihm wurde klar, dass es klug von ihm war, seine Begeisterung zu zügeln.

„Bleiben? Nein. Ich habe immer noch ein Leben in Kalifornien. Sagen wir einfach, dass dieses Haus zu viel Geschichte hat, um es dem Erdboden gleichzumachen. Besonders jetzt, da ich weiß, dass Phil Burton mein Onkel ist und er beschlossen hatte, mir diese Tatsache vorzuenthalten."

Gabriel blieb der Mund offen stehen. „Phil Burton ist dein Onkel?"

„Daraus schließe ich, dass du es nicht gewusst hast?"

„Nein! Das hätte ich dir doch gesagt. Woher weißt du das?"

„Von Bruce vom Schneemobil-Verleih. Er ist mit Carrie und meinem Vater zusammen zur Schule gegangen … oder jedenfalls mit dem Typen, mit dem sie damals zusammen war. Es gibt bestimmt irgendwelche genetischen Tests, um das festzustellen, aber ich bezweifle, dass Burton sich dazu bereit erklären würde."

„Er geht ziemlich oft in den Coffeeshop", sagte Gabriel langsam.

Melissa lachte nur. „Du meinst, wir sollten uns illegal eine DNA-Probe besorgen? Ich bin ziemlich sicher, dass das verboten ist, es sei denn, man ist von der Polizei. Und dann auch nur, wenn er wegen Mordes gesucht würde, was ja definitiv nicht der Fall ist." Einen Moment lang saß sie ganz still da.

„Und eigentlich ist mir das auch gar nicht so wichtig, denn es ist ja nicht so, dass mein Vater in meinem Leben irgendeine Rolle gespielt hat. Es war meine Mutter, die sich um mich gekümmert hat, jedenfalls in den ersten Jahren. Das ist für mich wichtiger als die Frage, wer sie geschwängert hat."

Gabriel nickte ab und zu, auch wenn sich in seinem Kopf gerade alles drehte. Im Moment glaubte Melissa vielleicht, dass es keine Rolle für sie spielte, wer ihr biologischer Vater war, aber es war erst zwölf Stunden her, seitdem sie einige Einzelteile ihrer Vergangenheit verstanden hatte. Wenn es noch viel schwerer werden würde, auch die anderen Teile zusammenzubekommen, dann war es doch gut möglich, dass sie wenigstens gern die Informationen hätte, die es über die andere Seite der Familie gab, um sie miteinander zu verknüpfen. Doch es stand ihm absolut nicht zu, sie in diesem Punkt zu drängen. Wenn sie so weit war, würde sie ohnehin tun, was sie wollte. Doch angesichts des Traumas in ihrem Leben würde sie vielleicht nie so weit sein.

Das wiederum brachte ihn auf eine weitere Frage, die auf der Hand lag. Ja, sie hatte ihn geküsst, und es bestand auf jeden Fall eine Verbindung zwischen ihnen, aber sie hatte trotzdem nicht die Absicht zu bleiben. Und außerdem war sie nicht gläubig. Nach seinen Erfahrungen mit Madeline hatte er sich geschworen, nie wieder eine Beziehung mit einer Frau anzufangen, die seinen Glauben nicht teilte, und das bedeutete, dass, was auch immer das hier sein mochte, es nicht weiter gehen würde als bis zu dieser ersten gegenseitigen Anziehung.

Das Problem dabei war nur, dass er über diesen Punkt schon längst hinaus war. Er war noch nicht ganz so weit, sagen zu können, dass wirklich Liebe im Spiel war, aber es ging auf jeden Fall in diese

Richtung. Und in den Augenblicken, nachdem sie ihn geküsst hatte, hatte er das Gefühl gehabt, sie würde vielleicht das Gleiche empfinden wie er. Wenn er schlau war, wünschte er ihr einfach Glück und ließ sie ziehen. Das würde ihnen beiden den Schmerz ersparen, zu dem es unweigerlich kommen würde, wenn die Verbindung zwischen ihnen noch intensiver wurde.

Aber er hatte den Verdacht, dass sie zwar ein etwas besseres Selbstwertgefühl bekommen würde durch das, was sie in Jasper Lake über ihre Herkunft erfuhr, dass sie aber gleich nach ihrer Rückkehr nach Kalifornien wieder in ihre alte Komfortzone rutschen würde, in der Gott wohl existierte, aber fern war – fern von ihrer Vergangenheit und fern von der Wahrheit.

Und am Ende stand erneut die Frage, wer sie war und warum Carrie nie wieder nach Jasper Lake zurückgekehrt war. Er musste ihr helfen, die Wahrheit herauszufinden, und zwar um ihrer beider willen.

23

Wenn in einem Film zwei Menschen während eines Schneesturms in einem alten Haus stranden, dann haben sie entweder Sex oder sie gehen mit einer unerschütterlichen Bindung aus dem Erlebten hervor. Oder aber sie werden Opfer eines Geistes oder eines Serienmörders. Doch weil Melissa Horrorfilme nicht mochte, beschloss sie, das nicht als Möglichkeit mitzuzählen.

In ihrem Fall war jedoch nichts von alledem passiert, so als bräuchte sie eine Extraerinnerung daran, dass das Leben eben kein Film war. Sie lebten noch, ihre Beziehung war immer noch auf ein bisschen Knutscherei beschränkt – und sehr verwirrend – und zwischen ihnen schien es befangener und unbeholfener denn je.

Es war gar nicht so, dass sich ihre Gefühle seit dem vergangenen Abend geändert hatten. Melissa mochte Gabriel immer noch sehr – ja sogar mehr denn je. Ein Teil ihres Kopfes fragte sich, ob der nette Typ, den er spielte, vielleicht nicht mehr war als das – gespielt –, aber anscheinend war er wirklich so nett, wie er tat. Und wenn das kurze Gespräch über den Glauben, das sie geführt hatten, etwas über ihn aussagte, dann, dass er einen echten und aufrichtigen Glauben an Gott hatte. Vielleicht verstand sie das nicht, aber sie musste es auf jeden Fall respektieren.

Die Tatsache, dass er so gequält dreingeschaut hatte, als sie ihm von ihren Erlebnissen mit den Pflegeeltern erzählte, seine Betroffenheit darüber, dass sie alle Christen für Heuchler hielt, schienen wirklich aus seinem tiefsten Innern zu kommen. Sie hatte Respekt vor Menschen, die zu ihren Überzeugungen standen, besonders wenn es bei diesen Überzeugungen um Beziehungen ging.

Aber der Kuss und die Gefühle, sie änderten nichts an der Tatsache, dass sie nur für kurze Zeit in Jasper Lake sein würde, dass sie den Wunsch hatte, das Haus – aber nur dieses eine Haus und nicht die anderen – zu retten. Ihren Lebensunterhalt verdiente sie in Kalifornien und deshalb war dort auch ihr Lebensmittelpunkt. Aber vielleicht, ganz vielleicht, konnte sie ja etwas dazu beitragen, dass sich für Gabriel etwas änderte, wenn sie wieder weg war.

Was sie Gabriel nämlich nicht erzählt hatte, war etwas, das ihr eingefallen war, als sie an diesem Morgen auf ihr Handy geschaut und dort eine Nachricht von Sophie wegen des *Woolridge House* gefunden hatte. Eines gab es, was die Häuser vor der Zerstörung retten konnte: Wenn sie unter Denkmalschutz gestellt wurden.

Für sie bestand kein Zweifel daran, dass diese Häuser von einem ausgebildeten Architekten mit einer klaren künstlerischen Vision entworfen und erbaut worden waren. Alle Häuser unterschieden sich nur in kleinen Details voneinander, wobei Connies Haus das aufwendigste war. Aber alle fünf wiesen die typisch viktorianische Detailverliebtheit auf, die zur damaligen Zeit weit wichtiger gewesen war als alles Praktische. Der Stil war insgesamt eher europäisch als amerikanisch – also eher William Morris als Frank Lloyd Wright –, und dennoch war sie sicher, dass die Häuser aus einer dieser Schulen stammten.

Deshalb hatte Melissa Sophie in einer Textnachricht gebeten, per Express all ihre *Arts and Crafts*-Bücher und -Kataloge nach Jasper Lake zu schicken. Melissa konnte sich nicht erinnern, ob das ein Rucksack oder eine Lastwagenladung voll war, aber aufgrund der langen Reihe von Schock-Emojis, gefolgt von einer ebenso langen Reihe Sch…haufen-Emojis in Sophies Antwort, vermutete sie eher Letzteres.

„Melissa? Bist du noch bei mir?“

Gabriel sah sie an, und erst da merkte sie, dass sie völlig abwesend gewesen war. Sie lachte verlegen und sagte: „Tut mir leid, ich bin immer noch ziemlich müde und ich habe gerade an das Haus gedacht. Du kennst nicht zufällig jemanden, der uns dabei helfen könnte, ein Loch in die Decke zu stemmen, oder?"

„Doch, wahrscheinlich könnte ich jemanden auftreiben."

Melissa sah Gabriel mit leicht zusammengekniffenen Augen an. „Wir brauchen jemanden, der ein ordentliches Quadrat in die Trockenbauwand schneiden und es dann später genauso ordentlich wieder verschließen kann, also niemanden, der sich mit einem Vorschlaghammer ans Werk macht."

Gabriel lachte. „Dann kommt Luke schon mal nicht infrage. Aber im Ernst, ich kenne ein paar Bauunternehmer in der Stadt, die uns helfen könnten."

„Für wie viel?"

„Nur für die Chance, Phil Burton eins auszuwischen."

Melissa lächelte. Die Kleinstadt-Mentalität schien sich langsam für sie auszuzahlen.

„Gut. Und sag ihnen, sie sollen eine Leiter mitbringen. Wenn ich mich nicht irre, müssen wir irgendwie dort hinaufgelangen, um uns umschauen zu können."

„Und wann genau möchtest du diesen kleinen chirurgischen Eingriff vornehmen lassen?", fragte er.

Sie blinzelte kurz und antwortete dann: „Möglichst heute noch."

„Der Gottesdienst ist fast zu Ende und danach machen sich alle auf den Weg zum Mittagessen. Ich bekomme frühestens für morgen jemanden, der hier herauskommt."

Melissa glaubte zwar nicht, dass jede einzelne Person in der Stadt zur Kirche ging, aber sie widersprach lieber nicht. Wahrscheinlich waren alle Freunde von Gabriel, die bereit gewesen wären, ihnen zu helfen, Kirchgänger. Außerdem war ihr kalt, und sie fühlte sich schmuddelig, deshalb war das Einzige, was sie gerade wirklich wollte, ein ausgiebiges, heißes Bad und eine Zahnbürste, um sich die Zähne zu putzen … zweimal. Sie hatte sich selbst eigentlich noch nie für besonders anspruchsvoll gehalten, aber sie hatte auch noch nie länger als 24 Stunden ohne fließendes Wasser und Heizung auskommen müssen.

Als ihre Kaffeebecher leer waren, rückte Gabriel vom Tisch ab und fragte: „Bist du bereit aufzubrechen? Ich nehme die Töpfe und Teller mit nach Hause und wasche sie dort ab. Ich möchte nicht riskieren, irgendwelches Ungeziefer anzulocken."

„Ich bin bereit", antwortete Melissa. „Ich hole nur noch meine Sachen."

Sie reichte ihm ihren Becher und ging dann, immer zwei Stufen auf einmal nehmend, die Treppe hinauf ins Schlafzimmer, wo das zerwühlte Bett und der ausgekippte Inhalt ihrer Handtasche der einzige Hinweis auf ihre Übernachtung waren. Sie warf die Sachen unsortiert zurück in die Tasche, strich die Tagesdecke glatt, rollte dann den Schlafsack zusammen und stopfte ihn wieder in seine Hülle.

Währenddessen versuchte sie, die eine etwas irritierende Tatsache zu ignorieren, die sie nicht verstand. Gabriel hatte zwar gelächelt, als sie heruntergekommen war, aber er hatte sie nicht an sich gezogen oder sie geküsst und auch keinen Hinweis darauf gegeben, dass außer ihrem epischen Zusammenbruch sonst noch irgendetwas Ungewöhnliches passiert war.

Es bestand kein Zweifel, dass er bei dem Kuss gestern Abend absolut bei der Sache gewesen war, aber er war auch absolut entschlossen gewesen, nicht weiterzugehen. Was, wenn das gar nichts mit Anstand zu tun gehabt hatte? Was, wenn er eigentlich gar kein Interesse an ihr hatte, sondern angesichts des emotionalen Aufruhrs der gesamten letzten Woche nur ihre Gefühle nicht hatte verletzen wollen?

Sie blinzelte den plötzlichen Schmerz der Enttäuschung weg und weigerte sich, ihn weiter an sich heranzulassen. Sie war noch nicht einmal eine ganze Woche hier, und im Grunde gab es hier auch nichts, was sie hielt. Aber für Gabriel war das hier seine Heimat, und sein größtes Ziel war es, die Stadt zu retten. Und wenn sie gewusst hätte, was für sie beide das Beste wäre, dann hätte sie sich darauf konzentriert, statt auf die Gefühle, die in seiner Gegenwart in ihr aufkeimten.

Melissa holte ihre Handtasche, den Schlafsack und zwei Archivboxen aus dem begehbaren Schrank und ging die Treppe wieder hinunter ins Erdgeschoss. Das Dröhnen von Gabriels Truck draußen sagte ihr, dass er gerade den Motor aufwärmte. Er hatte immer noch ihre Hausschlüssel, also schnürte sie ihre Stiefel und wartete, dass er wieder an der Eingangstür auftauchte.

Als die Tür aufging, blieb er draußen vor der Schwelle stehen, blies sich in die zusammengelegten Hände und fragte: „Fertig?"

„Fertig. Kannst du mir mit den Archivboxen helfen, dann schließe ich ab."

„Klar."

Er angelte die Hausschlüssel aus seiner Tasche, gab sie ihr und nahm ihr die beiden Boxen ab, während sie hinter ihnen abschloss. Die eisige Luft draußen brannte in ihrer Lunge, aber sie atmete trotzdem tief ein und genoss den Tannennadelduft. Vorsichtig ging sie die Eingangsstufen hinunter zur Straße, und dann drehte sie sich noch einmal in einer Art Halbkreis, um die Umgebung auf sich wirken zu lassen.

Die Landschaft sah aus wie ein Gemälde oder wie in einem Film. Unter der dicken Schneeschicht waren die Umrisse der Häuser, Bäume und Sträucher noch zu erkennen, dahinter lag der See in einem tiefen Tintenblau als Hintergrund der weißen Decke, die bis ans Ufer reichte. Selbst für jemanden, der sich regelmäßig am Pazifik aufhielt, war das ein atemberaubender Anblick.

Gabriel trat ganz langsam neben sie. „Schön, oder? In der Nähe des Highways ist es nicht mehr so schön, wenn er geräumt und gestreut ist, aber diese Seite des Sees bleibt immer völlig unberührt."

„Kommst du oft hierher?"

„Manchmal, um zu angeln oder Kajak zu fahren. Es gibt einen Wanderweg von der Stadt zu den Häusern hier. Er führt ein paar Kilometer durch dichten Wald, aber wenn es einem nichts ausmacht, die Ausrüstung auf dem Rücken zu tragen, ist es eine herrliche Wanderung." Er lächelte sie kurz an. „Bei Schnee würde ich allerdings nicht empfehlen, zu Fuß herzukommen."

„Das muss ich irgendwann einmal machen", sagte Melissa und erinnerte sich erst dann wieder, dass sie ja gar nicht mehr hier sein würde, wenn der Schnee geschmolzen war.

Einen kurzen Moment lang hatte sie einen Tagtraum, wie sie in der Bibliothek ihres Hauses neben einem knisternden Holzfeuer am Kamin saß, während draußen vor dem Fenster der Schnee fiel und sie sich fühlte, als säße sie in einer Schneekugel. Doch das war unmöglich.

„Also, was meinst du? Sollen wir in die Stadt zurückfahren?"

Melissa wurde erneut rot, weil er sie schon wieder beim Tagträumen ertappt hatte.

„Gute Idee. Bist du sicher, dass man jetzt fahren kann?"

„Auf jeden Fall." Er ging durch den knietiefen Schnee voraus zur Seite des Trucks, wo er die Beifahrertür für sie öffnete, bevor er um den Wagen herum zur Fahrerseite stapfte.

Melissa hielt sich, als sie losfuhren, mit aller Kraft an dem Haltegriff über der Tür fest, schrie aber trotzdem erschrocken auf, als der Truck beim Wenden hinten ausbrach.

„Alles okay?", fragte er und schaute zu ihr hinüber.

„Ja, alles gut. Achte gar nicht auf mich. Bevor ich nach Kalifornien gezogen bin, brauchte ich nie selbst zu fahren, und wir Kalifornier geraten ja schon beim ersten Regentropfen in Panik."

Gabriel lachte leise. „Wenn es dich tröstet, kann ich dir verraten, dass es in der Stadt immer noch Leute gibt, die jedes Mal maulen und zetern, wenn Schnee angesagt ist. Und ich kann es ihnen nicht verdenken. Der Alltag wird dadurch ziemlich erschwert, besonders wenn man zur Arbeit pendeln muss. In einem Staat wie Minnesota würden diese Leute niemals überleben."

„Ich würde auch niemals in Minnesota überleben", bemerkte sie, sah aus dem Fenster, und als sie auf den Highway auffuhren, waren ihre Scheiben plötzlich voller Schneematsch, der von einem vorbeifahrenden Lkw aufgewirbelt wurde. „Weißt du, wie man für eine Ahnentafel recherchiert?", fragte sie völlig unvermittelt.

„Wow, das ist aber jetzt ein krasser Themenwechsel. Nein, eigentlich nicht, es sei denn, du bezeichnest es als Recherche einer Ahnenreihe, wenn man sich in eine der Online-Datenbank einloggt. Wie kommst du denn jetzt darauf?"

Melissa drehte sich ein wenig auf dem Sitz, sodass sie ihn ansehen konnte. „Ich habe an die Menschen gedacht, die sich ursprünglich hier in der Gegend angesiedelt haben, um ihr Glück zu machen, und wie hart die Winter gewesen sein müssen. Und dann habe ich daran gedacht, dass der Erbauer der Häuser wahrscheinlich ein Neuankömmling war. In den Steuerlisten vom Ende des 19. Jahrhunderts wird jedenfalls ein J. Green erwähnt."

„Dann glaubst du also, du könntest deine Familie bis zu J. Green zurückverfolgen, um dann herauszufinden, wer der Architekt deiner Häuser gewesen sein könnte? Das ist eine gute Idee, aber wäre es nicht einfacher, *J. Green, Architekt* zu googeln?"

Sie warf ihm einen missbilligenden Blick zu und entgegnete: „Das habe ich doch längst getan, aber ohne Ergebnis. Über die Person gibt es keinerlei Informationen, jedenfalls nicht in den Datenbänken, in denen ich gesucht habe. Ich habe sogar in den Onlinekatalogen der County-Bibliothek nachgeschaut, weil ich dachte, es gibt dort vielleicht ein paar Bücher über Lokalgeschichte. Aber auch da habe ich nichts gefunden."

„Deswegen also jetzt der Dachboden. Dann beten wir mal besser, dass der große Mann im Himmel auf uns herunterlächelt, wenn wir ein Loch in die Decke sägen, denn wenn es dort oben auf dem Dachboden keine Informationen über das Haus deiner Großmutter gibt, sind unsere Möglichkeiten ausgeschöpft."

Jetzt, da sie sich für die Rettung der Häuser und deren Verbindung mit ihrer persönlichen Geschichte interessierte, wurde ihr ganz schlecht, wenn sie an diese Möglichkeit dachte, auch wenn die Wahrscheinlichkeit groß war, dass es genauso kommen würde. Denn letztlich wäre es nur logisch, dass der Dachboden leer geräumt worden war, bevor man ihn endgültig verschlossen hatte. Was wäre, wenn sie nie erfahren würde, was mit ihrer Mutter passiert war oder mit der Person, die das Haus gebaut hatte? War es ihr Schicksal, darüber im Unklaren zu bleiben, welche Beziehung zwischen Jasper Lake und ihrer eigenen Vergangenheit bestand?

„Hey." Gabriel schaute in ihre Richtung, griff nach ihrer Hand und umschloss sie mit seinen kühlen starken Fingern. „Nicht aufgeben. Es sind doch noch einige Möglichkeiten offen, und vielleicht gibt es ja auch noch welche, auf die wir bisher nicht gekommen sind."

Melissas Blick ging zu ihren verschlungenen Händen und ihr Herz machte einen kleinen Hüpfer. Es war unmöglich, bei diesem Anblick nicht daran zu denken, wie gut sie zusammenpassten, wie natürlich sich der Kuss angefühlt hatte, so ganz ohne die sonst vorhandene Unbeholfenheit bei einem ersten Kuss. Das musste doch etwas zu bedeuten haben, oder?

Er zog seine Hand nicht gleich wieder weg, aber dann setzte er den Blinker, um vom Highway auf die Straße nach Jasper Lake abzufahren, und dazu brauchte er beide Hände, denn er musste den Truck durch zwei riesige Schneewälle manövrieren, die der Schneepflug dort beim Räumen aufgehäuft hatte.

Melissa nutzte das Holpern des Wagens, um ihm ihre Hand zu

entziehen, sie in die Tasche zu stecken und sich mit der anderen noch heftiger am Haltegriff über der Tür festzuklammern. Sie wollte lieber gar nicht wissen, ob er erneut nach ihrer Hand greifen würde, wenn er wieder mit einer Hand lenken konnte.

Bevor sie ihn gestern Abend geküsst hatte, schienen die Schlussfolgerungen daraus so einfach zu sein. Doch jetzt wurde ihr klar, dass sie das Ganze nicht komplizierter hätte machen können, selbst wenn sie es bewusst darauf angelegt hätte.

24

Im selben Augenblick, in dem Gabriel vor dem Bed & Breakfast hielt, griff Melissa nach dem Türgriff.

„Danke noch mal“, sagte sie. „Du hast mich gestern Abend wirklich gerettet. Sagst du mir Bescheid, wenn du mit dem Bauunternehmer geredet hast?“

Und noch bevor er darauf etwas sagen konnte, öffnete sie die Beifahrertür und sprang aus dem Truck in den fluffigen weißen Schnee.

Gabriel hob mit fragend gerunzelter Stirn eine Hand, woraufhin Melissa sich zu einem Lächeln zwang und zurückwinkte, obwohl sie sich innerlich verwünschte. Er musste sie für verrückt halten, wie sie sich praktisch aus dem noch fahrenden Auto gestürzt hatte. Aber sie hatte es einfach nicht ausgehalten abzuwarten, wie er sich von ihr verabschieden würde. Mit einem Kuss auf den Mund? Einem Kuss auf die Wange? Oder mit einem freundlichen Klaps auf die Schulter wie zwischen Kumpels? Nein, Letzteres bestimmt nicht, weil das so gar nicht sein Stil war.

Stattdessen grinste sie ihn jetzt noch einmal wie eine Idiotin an und stapfte dann über den Gehweg zur Eingangstreppe von Werner Brandts Bed & Breakfast. Sie hatte Mühe mit dem Schlüssel in dem eingefrorenen Schloss, aber in dem Moment, in dem sie die Tür geöffnet hatte, hörte sie auch schon Schritte ganz hinten im Gang, und dann tauchte Mr Brandt neben ihr auf.

„Ach Melissa! Trotz allem unversehrt, wie ich sehe“, sagte er und gab ihr einen unbeholfenen Klaps auf die Schulter.

Melissa lachte leise über diese ungeschickte Sympathiebekundung. „Hat Gabriel dir gesagt, dass er bei mir war?“

„Ja, das hat er, aber das ist nicht dasselbe, wie dich mit eigenen Augen gesund und munter vor mir zu sehen. Ist er auch hier?“

„Ach … äh … nein. Ich glaube, er musste schnell ins Büro und sich da um ein paar Dinge kümmern. Wegen des abgesagten Feuers und so.“ Das hatte Melissa frei erfunden, und sie hoffte, dass Werner nicht weiter nachfragte.

„Dann komm erst mal herein und wärm dich erst einmal auf. Soll ich dir einen Kaffee machen?“

„Danke, das ist wirklich nett von dir, aber wenn es dir nichts ausmacht, würde ich lieber erst einmal ein heißes Bad nehmen. Obwohl ich den kleinen Gasheizlüfter im Haus hatte, ist es dort nicht richtig warm geworden.“

„Das verstehe ich. Wenn du irgendetwas brauchst, sag einfach Bescheid, ja?“

„Danke, das mache ich“, versicherte Melissa, lächelte Gabriels Großvater noch einmal an und ging dann die Treppe hinauf.

Beim Betreten ihres Zimmers warf sie die Tasche aufs Bett, ging in das angrenzende Bad, schüttelte die Schuhe ab und zog sich im Gehen aus. Die Fliesen unter ihren Füßen waren kalt, genau wie der Badewannenrand, auf den sie sich hockte, um Badewasser einzulassen, aber allein schon die Aussicht auf ein ausgiebiges heißes Bad nahm ihr einen Teil der körperlichen Anspannung, die sie verspürte.

Doch als sie dann in dem heißen Lavendelschaumbad lag, konnte sie es gar nicht erwarten, wieder herauszukommen. Sie musste mit jemandem über die Situation mit Gabriel reden. Fast hätte sie nach ihrem Handy gegriffen, das gerade außerhalb ihrer Reichweite auf ihrem Pullover lag, aber war ihre Beziehung zu Sophie wirklich so eng, dass sie mit ihr darüber reden konnte?

Sie hatten nie miteinander über die jeweiligen Freunde geredet, mit denen sie zusammen waren, höchstens nach einer Trennung über deren schlechte Seiten und Angewohnheiten. Außerdem war es eigentlich gar nicht Melissas Art, sich über Männer den Kopf zu zerbrechen. Sie lernte einen Mann kennen, ging mit ihm aus und traf dann die Entscheidung, ob sie ihn wiedersehen oder die Sache rasch und möglichst komplikationslos beenden wollte. Aber über Gefühle zu reden, sich jede kleinste Kleinigkeit eines Gespräches oder eines Blickes noch einmal ins Gedächtnis zu rufen und zu deuten – das hatte sie seit der Mittelstufe in der Schule nicht mehr getan. Na super. Gabriel hatte sie also in den Zustand einer Mittelstufenschülerin zurückversetzt.

Trotzdem konnte Melissa ihre Rastlosigkeit nicht abschütteln, deshalb blieb sie so lange in der Wanne, bis ihre Finger und Zehen wieder aufgetaut waren, und wickelte sich dann in ein kuschelig weiches Badetuch, während sie sich die Haare richtig trocken föhnte. Als ihre Haare schließlich trocken und geflochten unter ihrer Mütze steckten, zog sich Melissa mehrere Schichten übereinander an, so als würde sie auf eine Antarktis-Expedition gehen. Dann stieg sie wieder in ihre noch feuchten Schneestiefel und trat hinaus in die Kälte.

Schon nach ein paar Hundert Metern begann sie ihre Entscheidung zu bereuen, aber sie hatte ja im Grunde keine andere Wahl, denn ihr Auto stand noch beim Haus am Seeufer. Und sie würde ganz bestimmt nicht Gabriel anrufen, um ihn zu bitten, sie zum Coffeeshop zu fahren, damit sie dort mit Delia über ihn reden konnte.

Sie hatte das tiefe Bedürfnis, mit einem Menschen zu reden, der ihn kannte. Das war doch nur vernünftig. Delia mochte zwar mit ihm befreundet sein, aber sie war auch eine Frau, und in Situationen wie dieser stand die Solidarität zwischen Frauen immer über der Freundschaft.

Als sie beim *Main Street Mocha* ankam, war Melissa ein einziger zähneklappernder Eiszapfen. Ihre Wangen brannten von der Kälte, ihre Nase war komplett taub und ihre Füße spürte sie schon seit geraumer Zeit nicht mehr. Vielleicht hatte sie sich doch noch nicht so gut an die Kälte gewöhnt, wie sie gedacht hatte. Schon einige wenige Hundert Meter Fußweg bei Minustemperaturen lösten bei ihr das Gefühl aus, sie könnte an Unterkühlung sterben.

Zum Glück war der Coffeeshop geöffnet, aber es war brechend voll von Menschen, die sich dort bei heißen Getränken aufwärmten. Manche von ihnen waren gekleidet, als kämen sie gerade aus der Kirche. Vielleicht stimmte ja, was Gabriel behauptete – vielleicht war das hier wirklich eine Stadt von Kirchgängern, auch wenn sie sich dadurch noch mehr als Außenseiterin fühlte als ohnehin schon. Als sie ihren Blick rasch zur Kaffeemaschine schweifen ließ, sah sie, dass die von einem jungen Mädchen bedient wurde. So viel also zu ihrer Hoffnung, vielleicht Delia anzutreffen.

Aber diese kam dann doch noch mit einer großen Kiste irgendwo aus dem Hintergrund und fing an, Stapel von Pappbechern unter dem Tresen zu verstauen.

„Hallo, Delia", begrüßte Melissa sie.

Daraufhin drehte sie sich um, strahlte übers ganze Gesicht und sagte: „Melissa! Du hast es tatsächlich hierhergeschafft! Ich hab schon gedacht, du hättest dich unter deiner Bettdecke verkrochen – was ich dir wirklich nicht verübeln würde."

„Ich hatte gehofft, wir könnten kurz reden", sagte Melissa und fügte dann noch rasch hinzu: „Nur ein bisschen plaudern. Nichts Wichtiges."

Von wegen nichts Wichtiges … durch Gabriel wurde sie wieder zu einer Art liebeskrankem Teenager.

Aber Delia lächelte. „Ja sicher. Ich musste nur kurz hier am Tresen nach dem Rechten sehen, weil Mary die Becher im Lager nicht finden konnte, und sie hatte Sorge, dass sie ihr ausgehen könnten, wenn hier der Ansturm nach der Kirche losgeht. Was darf ich dir denn zubereiten?"

„Ich drängle mich wirklich nicht gerne vor, wenn es so voll ist…"

Doch Delia beugte sich vor, zwinkerte ihr zu und sagte: „Das ist eben der Vorteil, wenn man mit der Besitzerin des Ladens befreundet ist."

Weil Melissa sich jetzt so richtig schuldig fühlte, traute sie sich nicht, etwas Kompliziertes zu bestellen, also sagte sie: „Ein Pfefferminztee wäre großartig."

„Kommt sofort", sagte Delia, ging zum Heißwasserbereiter hinter der Bar und kam kurz darauf mit dem gefüllten Becher zurück. „Komm, wir gehen an den kleinen Tisch da hinten in der Ecke."

Melissa beobachtete Delia dabei, wie sie sich den Weg durch ihren Coffeeshop bahnte. Trotz ihres jugendlich alternativen Aussehens hatte sie etwas Gesetztes, ja beinah Weises an sich, genau die beiden Eigenschaften, von denen Melissa nicht wusste, ob sie sie jemals erlangen würde. Vielleicht lag Delias Sicherheit aber auch einfach daran, dass das *Main Street Mocha* ihr Laden war, ihr Zuhause, der Ort, an dem sie glücklich war.

„Ich bin so froh, dass es dir gut geht", sagte Delia, als sie sich an dem kleinen Tisch außerhalb der Hörweite anderer niedergelassen hatten. „Als Gabriel kam und nach dir gesucht hat, habe ich schon gefürchtet, du wärest irgendwo gestrandet."

„Wenn wir nicht darüber gesprochen hätten, wäre genau das auch passiert. Danke, dass du ihn zum Haus rausgeschickt hast, um nach mir zu schauen. Es wäre eine lange, kalte Nacht geworden, wenn er nicht dort aufgetaucht wäre."

Delia nickte, sagte nichts weiter und sah Melissa auf die für sie so typische konzentrierte Weise einfach nur an. Melissa nippte an ihrem Tee und überlegte, wie sie das Thema, das sie so sehr beschäftigte, am besten zur Sprache bringen sollte.

Schließlich seufzte Delia, legte den Kopf etwas schräg und sagte: „Okay, Melissa, was ist passiert?"

Da wurde Melissa ungefähr zum neunzigsten Mal an diesem Tag

rot. Ja, was war nur mit der selbstsicheren Frau passiert, die von niemandem Bestätigung brauchte?

„Woher weißt du denn, dass etwas passiert ist?“, fragte sie Delia.

„Weil du es gesagt hast“, antwortete die ganz nüchtern und sachlich. „Ist alles in Ordnung? Hast du … etwas getan, das du bereust? Hat Gabriel etwas getan, das du bedauerst?“

Melissa bekam ganz große Augen, als ihr klar wurde, was Delia damit andeutete, auch wenn ihr bei dem harten Tonfall, in dem Delia die letzte Frage stellte, das Herz aufging. Jedenfalls war Delia bereit, ihr zur Seite zu stehen, wenn sie Unterstützung brauchte.

„Nein, nichts dergleichen. Also, ich meine, wir haben zwar die Nacht zusammen verbracht, aber nicht miteinander geschlafen.“

Da atmete Delia erleichtert auf. „Okay, gut. Ich hätte auch nicht gedacht, dass das Gabriels Stil ist, aber manchmal kennt man Menschen eben doch nicht so gut, wie man glaubt.“

„Aber ich habe ihn geküsst.“

„Ach.“ Delias Mund bildete vor Staunen ein O. „Und? Es war bestimmt nicht schlecht, oder? Du überlegst doch nicht etwa, wie du ihn jetzt möglichst komplikationslos abservierst, oder?“

Melissa musste über Delias entrüstete Miene lachen. Jedenfalls war die Sache zwischen Gabriel und ihr eindeutig schon einmal Gesprächsthema zwischen Delia und ihren Mädels gewesen, und man brauchte Gabriel ja nur anzuschauen, um zu wissen, weshalb.

Sie senkte die Stimme und antwortete: „Nein, es war nicht schlecht. Es war … gut. Ziemlich gut sogar. So gut, dass man sich bremsen muss, um nicht zu weit zu gehen.“

„Und wo ist dann der Haken?“

Melissa biss sich auf die Unterlippe, weil sie nicht so genau wusste, wie sie die Situation erklären sollte. „Heute Morgen war er plötzlich total reserviert, so als würde er alles bereuen. Ich weiß, dass er sehr religiös ist, aber in der Bibel steht doch nicht, dass man sich nicht küssen darf, oder?“

Delia runzelte die Stirn und antwortete: „Nein, Gott sei Dank nicht. Aber was meinst du mit sehr religiös? Also ich würde ihn jedenfalls nicht so beschreiben."

„Ich meine damit einfach, dass ihm sein Glaube offenbar sehr wichtig ist. Wie viele Männer würden sich denn wohl bewusst dafür entscheiden, so eine Situation nicht ausnutzen? Man ist zu zweit allein … es wird ein bisschen intimer …"

„Also, ja, so ist Gabriel. Sein Glaube bedeutet ihm viel, und es freut mich zu hören, dass dabei anscheinend alle Lebensbereiche eingeschlossen sind. So etwas ist heutzutage, ehrlich gesagt, nicht mehr so leicht zu finden." Delia sah sie nachdenklich an. „Bist du denn gläubig, Melissa?"

Melissa erschrak über die Frage, legte ihre Hände um den Teebecher und antwortete dann: „Also, ich glaube, dass es Gott gibt, aber ich gehe nicht zur Kirche oder so."

„Dann würdest du dich also selbst nicht als Christin bezeichnen?"

Melissa verschluckte sich beinah an ihrem Tee und antwortete dann: „Nein, definitiv nicht."

Daraufhin rieb sich Delia die Nase und sagte: „Also, ich glaube, dass du dieses Gespräch mit ihm und nicht mit mir führen solltest."

„Warum? Habe ich etwas falsch gemacht?"

Delia griff nach Melissas Hand, hielt sie ganz fest und antwortete: „Nein, du hast nichts falsch gemacht."

„Warum willst du mir denn dann nicht sagen, was du denkst?"

Delia sah so aus, als wollte sie nicht antworten, aber schließlich seufzte sie und sagte: „Okay, du kannst nicht sauer auf mich sein, wenn ich das hier falsch verstanden habe, weil du wirklich mit Gabriel reden musst. Aber wenn ich dir einen Tipp geben sollte, dann würde ich sagen, dass er die ganze Sache entweder bremst, weil du bald wieder weg bist, oder, weil du keine Christin bist."

„Das ist doch ein Scherz, oder?", fragte Melissa und sah Delia blinzelnd an. „Das heißt also, dass es keine Rolle spielt, wie gern wir einander haben oder wie gut wir zusammenpassen – er ist nicht weiter interessiert, weil ich keine Kirchgängerin bin?“

Delia lächelte, aber in ihrem Blick lag ein Hauch von Traurigkeit. „Es geht dabei nicht um Kirche, Melissa. Christen daten ganz allgemein nur Leute, die dasselbe glauben wie sie, weil das sonst so wäre, als … würde man versuchen, eine Maschine nach zwei verschiedenen Gebrauchsanweisungen zu bedienen. Es würde unweigerlich zu Konflikten führen, weil ihr das Leben völlig unterschiedlich betrachtet und angeht.“

„Und das ist tatsächlich so wichtig für ihn?“

„Ich kann natürlich nicht für ihn sprechen, aber ich erinnere mich, wie er einmal erzählt hat, dass seine letzte Freundin und er sich getrennt haben, weil sie zu verschiedene Ziele hatten und auch einen zu unterschiedlichen Glauben. Und ja, deshalb glaube ich, dass das ein ganz wesentlicher Faktor sein könnte.“

„Wow!“, sagte Melissa, weil ihr dazu sonst nichts einfiel. Sie fühlte sich durch diese Eröffnung völlig überrumpelt und wusste nicht, ob es ihr jetzt besser oder schlechter ging. Also hatte er sie vielleicht wirklich gern, fühlte sich tatsächlich zu ihr hingezogen, aber nach ihrem Gespräch war ihm dann klar geworden, dass es für sie keine gemeinsame Zukunft geben konnte.

„Tut mir leid, Melissa. Ich glaube, dass ihr unbedingt miteinander reden solltet, so peinlich und unangenehm das auch sein könnte.“

„Nein, das ist schon in Ordnung. Ich dachte nur, dass ich vielleicht irgendetwas falsch gemacht habe, dabei liegt es daran, dass ich *falsch bin*.“ Melissa rückte ihren Stuhl zurück und sagte zum Abschluss: „Danke für die Information. Ich bin dir dafür sehr dankbar.“

„Melissa …“

Aber sie winkte ab und sagte: „Ist schon gut. Danke für den Tee, Delia.“

Damit machte sie auf dem Absatz kehrt und verließ, so schnell sie konnte, den Coffeeshop, fest entschlossen, es ins Freie zu schaffen, bevor sich die heißen Tränen, die sich in ihren Augen sammelten, lösten und ihr über ihr Gesicht liefen.

Das hatte sie nun davon, dass sie die Sache nicht auf sich hatte beruhen lassen können. Dass sie Grenzen verrücken wollte, die unverrückbar waren. Denn jetzt war sie nicht mehr nur nervös oder hatte Angst, sondern sie empfand Hoffnungslosigkeit. Sie war sich vielleicht noch nicht ganz sicher, was sie eigentlich von Gabriel wollte, aber er hatte ihr mehr als deutlich zu verstehen gegeben, dass er nichts von *ihr* wollte.

25

Nachdem er Melissa beim Bed & Breakfast abgesetzt hatte, fuhr Gabriel auf direktem Weg nach Hause und wurde von einem unglaublich aufgeregten Fitz, der sich unbändig freute, fast umgeworfen. Er hatte Luke gebeten, während seiner Abwesenheit den Hund zu füttern und ein bisschen mit ihm zu spielen, aber das war natürlich nicht dasselbe, als wäre das Herrchen selbst zu Hause. Gabriel lachte und kraulte den Hund, bis der nur noch ein zappelndes Bündel Freude war.

„So, bereit zum Fressen?", fragte er, woraufhin der Hund die Ohren aufstellte und ihm in die Küche folgte, wo der leere Hundenapf stand.

Gabriel füllte Futter in den Napf, aber in Gedanken war er längst wieder bei Melissa. Er wusste nicht so recht, was er davon halten sollte, wie sie auseinandergegangen waren. Sie hatten es nicht geschafft, miteinander über das zu sprechen, was nach den beiden leidenschaftlichen Küssen passiert war, denn sie hatten danach erst über Glaubensthemen gesprochen und dann die Briefe von Melissas Mutter gefunden. Heute Morgen war dann alles sehr unbehaglich gewesen … und das auch schon bevor sie praktisch aus dem noch fahrenden Auto gesprungen war, um den Abschied zu umgehen.

Es musste an ihm gelegen haben. Er hätte auf der Rückfahrt nicht ihre Hand nehmen sollen, aber das war einfach ein Moment der Schwäche gewesen, das plötzliche Bedürfnis, wieder eine Verbindung mit ihr herzustellen, obwohl er dazu nicht das Recht hatte.

Dass sie beim Abschied so kühl gewesen war, machte es ihm leichter. Wenn sie das Ganze doch lieber etwas langsamer angehen wollte, dann bewahrte ihn das vor dem schweren und unangenehmen Gespräch darüber, weshalb sie seiner Meinung nach in ihrer Beziehung nicht weitergehen sollten. Auch wenn sich sein Herz etwas ganz anderes wünschte.

Er atmete geräuschvoll aus und fluchte leise. Es hatte absolut keinen Sinn zu versuchen, es zu leugnen oder es anders zu bezeichnen, um seine Selbstachtung zu wahren – er war gerade dabei, sich in Melissa Green zu verlieben.

„Also dieses Mal hast du es wirklich geschafft, dich richtig hineinzureiten." Er hatte sich geschworen, so etwas nie wieder zu tun, und dann nichts Besseres zu tun gehabt, als es gleich noch einmal zu wiederholen.

Aber es war nicht fair, Melissa mit Madeline zu vergleichen, denn sie hatten keinerlei Ähnlichkeit miteinander. Das Einzige, was Madeline und er gemeinsam gehabt hatten, war der Beruf gewesen. Melissa und er dagegen hatten einen ähnlichen Humor, eine Vorliebe für Geschichte, und der Art nach zu urteilen, wie Melissa bei seinem Konzert mitgegangen war, auch einen sehr ähnlichen Musikgeschmack. Man durfte in einer Beziehung nie die Bedeutung der Ähnlichkeiten im Musikgeschmack unterschätzen.

Doch Melissa war noch so verletzt von alldem, was sie erlebt hatte, dass er nicht sicher war, ob sie überhaupt in Betracht zog, dass sie Gott in ihrem Leben brauchen könnte. Bis jetzt hatte sie immer nur die Erfahrung gemacht, dass der einzige Mensch, auf den sie sich verlassen konnte, sie selbst war. Und indem er sich gerade etwas zurückzog, untermauerte er diese Überzeugung noch.

Er stöhnte leise auf und fragte sich, was er tun sollte. Das Einzige, was nicht infrage kam, war, einfach zu verschwinden, denn er hatte ihr ja versprochen, ihr dabei zu helfen, alles über ihre Vergangenheit in Erfahrung zu bringen, was möglich war. Der erste Schritt dabei bestand darin, jemanden zu finden, der am nächsten Morgen ein Loch in die Decke des Schlafzimmers sägte. Er rief also die Kontakte in seinem Handy auf und scrollte durch die Namen und Nummern.

Mike Millan, das war ein Bauunternehmer im Ruhestand, der in der Gegend alle möglichen Arbeiten übernahm, für die andere Handwerker keine Zeit hatten. Weil er direkt in der Stadt wohnte, wählte er seine Nummer und freute sich, als Mike schon beim ersten Klingeln das Gespräch annahm.

„Hey, Mike, hier ist Gabriel. Ich wollte dich um einen Gefallen bitten", sagte er und erklärte dann die Situation und was zu tun war.

„Du hast mich schon an der Angel gehabt, als du von einem *verborgenen Schatz* gesprochen hast, dabei auch noch Phil Burton eins auszuwischen zu können, ist noch ein Extrabonus. Ich bin um 9:00 da."

„Perfekt, danke. Dafür hast du was gut bei mir", beendete Gabriel das Gespräch und war zufrieden, dass er wenigstens diesen Punkt schon mal abhaken konnte.

Aber selbst wenn sie dort etwas fänden, das ihnen weiterhalf, mehr über die Geschichte des Hauses und seinen Architekten in Erfahrung zu bringen, bekam Melissa dadurch keinerlei Informationen darüber, was mit ihrer Mutter passiert war und warum sie nicht mit ihr nach Jasper Lake zurückgekommen war. Dazu brauchten sie etwas ganz anderes.

Konnte er …? Würde Melissa ihm vorwerfen, dass er sich in ihr Leben einmischte, oder würde sie ihm dafür danken?

Nein, so durfte er nicht an die Sache herangehen. Melissa musste ein für alle Mal die Wahrheit über ihre Herkunft erfahren. Sie würde sich dafür vielleicht nicht bei ihm bedanken, ja vielleicht würde sie sogar wütend werden, aber das hieß ja nicht, dass er damit nicht das Richtige tat.

Gabriel ging zu seinem Laptop, recherchierte ein paar Minuten im Internet und nahm dann noch einmal sein Handy zur Hand.

Und schon Minuten später hatte er seinen Plan auf den Weg gebracht.

Auf Gedeih oder Verderb.

Melissa meldete sich den ganzen Tag nicht mehr bei ihm, sodass Gabriel wie ein Idiot fast zwanghaft immer wieder auf sein Handy schaute. Schließlich schickte er ihr eine Nachricht, dass der Handwerker sich um 9:00 Uhr mit ihnen am Haus treffen wolle und er sie beim Bed & Breakfast abholen würde. Er rechnete mit irgendeiner Art von Antwort oder Kommentar, dass sie gespannt sei, was sie im Haus finden würden, doch er bekam nur das Daumen-hoch-Emoji.

Sie blieb also distanziert.

„Hoffen wir das Beste", sagte er laut zu sich selbst.

Fitz legte den Kopf schräg, als glaubte er ihm nicht. Aber das war schon okay, er glaubte sich ja auch selbst nicht.

Als Gabriel seine eigene Rastlosigkeit nicht mehr aushielt, zog er Mantel und Stiefel an, schob seinen Laptop in den Rucksack und wagte sich nach draußen zu seinem Truck. Nicht einmal er war so verrückt, zu Fuß durch den Schnee zu stapfen, um einen Kaffee trinken zu gehen. Anscheinend hatten alle die gleiche Idee gehabt wie er, denn die Straße vor dem *Main Street Mocha* war voller Autos, die in beide Richtungen fuhren, und die großen Fenster des Coffeeshops zur Straße hin waren beschlagen durch die Körperwärme der vielen Gäste.

Gabriel klopfte sich den Schnee von den Stiefeln, bevor er das Lokal betrat. Delias Teilzeitkraft, eine Oberstufenschülerin namens Mary, bediente die Espressomaschine und die Kasse, als hätte sie nie etwas anderes getan. Und im Grunde war das tatsächlich so, denn sie arbeitete schon bei Delia, seitdem sie legal eine Arbeit annehmen durfte, also mit vierzehn Jahren. Wer auch immer behauptete, Teenager wären unfähig und unzuverlässig, hatte noch nie die Mädchen kennengelernt, die bei Delia arbeiteten.

Er bestellte einen extraheißen Americano und schlenderte dann hinüber zu dem Ecktisch, wo er sich auf einen Stuhl fallen ließ und seinen Laptop auspackte. Als er Melissa versprochen hatte, ihr zu helfen, hatte er bezüglich seiner eigenen Arbeitsbelastung stark untertrieben. In Wirklichkeit hatte er noch Berge von Arbeit zu bewältigen. Das erste 3-D-Computermodell war fast fertig – das Modell, das zeigte, wie Jasper Lake aussehen würde, wenn Burton seine Pläne verwirklichte –, und langsam glaubte er, dass er seine Sache ein bisschen zu gut gemacht hatte.

Das Modell sah nämlich modern und ansprechend aus, so wie die mondänen Skiorte Breckenridge oder Vail. Allerdings hatte er noch nicht das Verkehrsaufkommen eingefügt und die Läden weggenommen, die unweigerlich von den großen Ketten verdrängt werden würden, wenn Jasper Lake vom Kommerz beherrscht werden würde. Darüber hinaus musste er noch das Modell von seiner eigenen Vision für Jasper Lake zusammenstellen, das auf dem aufbaute, was in der Stadt bereits vorhanden war.

In dem Augenblick, in dem er darüber nachdachte, wurde eine Tasse so heftig vor ihm auf den Tisch geknallt, dass der Kaffee über den Rand schwappte, gefährlich nah an seinen Laptop heran. Er blickte auf und sah Delia vor sich stehen, immer noch in ihrem Gottesdienstoutfit, die Hände in die Hüften gestemmt.

„Also diesmal hast du es wirklich verbockt."

„Ich freue mich auch, dich zu sehen, Delia", sagte er ganz ruhig, obwohl ihre Worte und ihre Miene ihn innerlich in Angst und Schrecken versetzten. „Was ist denn los?"

Sie zog einen Stuhl unter dem Tisch hervor und trommelte rastlos mit den Fingern auf die Tischplatte. „Melissa war da, um mit mir zu reden."

Oha. Er hatte keine Ahnung, warum das etwas Schlechtes sein sollte, aber dem Blick nach, mit dem ihn Delia bedachte, war es das.

„Warum fängst du etwas an, wenn du genau weißt, dass du dich darauf gar nicht verbindlich einlassen kannst?“

Gabriel wand sich innerlich, fuhr sich mit den Händen durchs Haar und zögerte. „Sie hat dir also davon erzählt?“

„Dass du sie geküsst und einen Rückzieher gemacht hast? Ja.“

„Hey, also das stimmt so nicht ganz. Sie hat mich zuerst geküsst.“

Da legte Delia den Kopf schräg und erklärte: „Ja, und du warst an der ganzen Sache nur widerwillig beteiligt. Versteh schon.“

Da hatte sie nicht ganz unrecht, aber es war ja nicht so, dass er mit ihr geschlafen und sich dann aus dem Staub gemacht hätte. Ein Kuss war … nicht mehr und nicht weniger als ein Kuss, ein Erkunden. Manchmal führte er zu mehr, manchmal eben auch nicht. Aber ihm war bewusst, dass er bereits dabei war, sich zu rechtfertigen.

Delias Miene wurde weicher. „Wenn ich mich recht erinnere, hast du vor Kurzem noch gesagt, du würdest dich nie wieder auf eine Frau einlassen, die nicht Christin ist.“

„Das ist genau der Grund, weshalb ich bei der Sache gebremst habe.“

„Ja klar, aber das hättest du vielleicht vor dem Kuss tun sollen. “

Er schaute finster drein und sagte dann: „Ich weiß, dass wir Freunde sind, Delia, aber woher kommt dein plötzliches Interesse? Außer dass du mich ständig drängst, mehr mit Frauen auszugehen, interessierst du dich doch sonst nicht so für mein Liebesleben, oder?“

„Doch, das tue ich, wenn es einem Menschen wehtut, den ich als Freundin betrachte. Melissa ist zu mir gekommen und hat mich um Rat gefragt und ich musste es ihr sagen.“

„Du musstest ihr was sagen …?“

„Dass du nichts mit Frauen anfängst, die deinen Glauben nicht teilen.“

„Delia!“ Gabriel starrte sie fassungslos an und merkte, wie Zorn in ihm aufstieg. „Das stand dir absolut nicht zu!“

„Na ja, sie hat gedacht, sie hätte etwas getan, das dich verletzt oder erschreckt hat. Was hätte ich ihr denn sagen sollen? Sie ist eine Freundin, Gabriel. Ich konnte und wollte sie nicht anlügen.“

„Trotzdem ...“ Er hatte keine Ahnung, wie Melissa diese Information wohl aufgenommen hatte, aber er vermutete, nicht besonders gut. „Ich muss mit ihr reden.“

„Ja, ich habe ihr auch gesagt, dass sie mit dir selbst darüber reden muss, aber es würde mich sehr wundern, wenn sie es von sich aus anspricht.“ Zum ersten Mal sah Delia jetzt kleinlaut aus. „Sie hat irgendwie dichtgemacht, und ich habe gedacht, dass es ihr vielleicht besser geht, wenn sie glaubt, es hätte nichts mit ihr als Person zu tun. Schließlich kennt ihr euch ja erst seit einer Woche. Da kann es doch noch nichts Ernstes sein.“

„Genau“, sagte Gabriel, aber im tiefsten Inneren wusste er, dass es nicht so war.

Sie mochten sich zwar erst vor einer Woche kennengelernt haben, aber da war irgendetwas zwischen ihnen, das über eine Beziehung in der Kennenlernphase weit hinausging. Etwas, das ihm sagte, dass es zwischen ihnen eine tiefe Verbindung gab.

Was sollte er damit anfangen?

Delia ging wieder und ließ Gabriel mit seinen Gedanken darüber, was er getan hatte, dort sitzen. Er funktionierte wie auf Autopilot, wenn es um Melissa ging, und ignorierte die Gefühle, von denen er wusste, dass sie sich irgendwo in ihm zusammenbrauten. Er hatte zugelassen, dass seine eigene Blindheit ihn davon abhielt, Gott zu fragen, wie es mit der Beziehung weitergehen sollte, und er hatte, ohne es zu wollen, einen Menschen verletzt, der ihm etwas bedeutete.

Deshalb holte er sein Handy heraus und schrieb Melissa eine Nachricht. *Hast du Zeit zu reden?*

Mit der Antwort dauerte es so lange, dass er schon dachte, sie schliefe oder würde ihn ignorieren.

Aber dann antwortete sie schließlich doch: *Ich bin im Bed & Breakfast und erledige einige Arbeiten, die liegen geblieben sind. Lass uns morgen reden, wenn du mich abholst.*

Das war das Allerletzte, was er wollte: ein ernstes Gespräch in seinem Truck auf dem Weg zu einem handwerklichen Abenteuer. Aber Melissas Antwort war eine klare Abfuhr, ein Hinweis darauf, dass er sie wirklich verletzt hatte, und deshalb musste er ihre Bedingungen jetzt akzeptieren.

Wahrscheinlich war es sogar ganz gut, dass ihm so noch ein wenig Zeit zum Nachdenken blieb, denn er musste sich darüber Gedanken machen, was er eigentlich wollte, und bereit sein, dabei auch zu bleiben, egal, was das für ihre aufkeimende Freundschaft bedeuten mochte.

Er hatte nur das ungute Gefühl, dass es nach dem Gespräch keine Freundschaft mehr geben würde, die diese Bezeichnung noch verdient hatte.

26

Melissa ignorierte den Schmerz in ihrer Brust, den sie jedes Mal verspürte, wenn sie an Gabriel dachte, und konzentrierte sich stattdessen auf den Computerbildschirm. Sie hatte nicht das Recht, sich aufzuregen, kein Recht, Dinge zu erwarten, die Gabriel ihr nicht versprochen hatte. Im Grunde war es sogar gut, dass sich die Sache für sie geklärt hatte.

Innerhalb von nur einer Woche hatte sie vollkommen den Grund vergessen, weshalb sie überhaupt nach Jasper Lake gekommen war – nämlich um ihre Immobilien zu verkaufen und dann das Haus kaufen zu können, das seit ein paar Jahren für sie so etwas wie ein Zuhause geworden war. Die Fotos vom *Woolridge House* durchzugehen und sich dabei Notizen auf ihrem kleinen Taschenblock dazu machen, war eine gute Möglichkeit, ihren Fokus wieder neu auszurichten.

Sie musste jedoch zugeben, dass Gabriel nicht das Einzige war, was ihre Gedanken immer wieder zurück nach Jasper Lake zog. Sie hatte bisher jedem Gefühl widerstanden, dass sie eine persönliche Verbindung zu dem kleinen Bergstädtchen haben könnte, und die fehlenden Teile ihrer persönlichen Vergangenheit hatten schmerzliche Löcher in ihrem Inneren hinterlassen.

Aber nachdem sie die Briefe ihrer Mutter gefunden hatten, war alles anders. Ihre Geschichte hatte zwar immer noch Lücken, und das, was sie durch die Briefe erfahren hatte, änderte nichts an der Tatsache, dass Dinge schiefgelaufen waren, auf eine Weise, die sie nicht einmal ansatzweise begriff. Aber eines, das sie immer gefürchtet hatte, war durch die Briefe geklärt worden: Sie war weder unerwünscht noch ungeliebt gewesen.

Sie war geliebt worden!

Ihre Mutter hatte versucht, sie wieder nach Hause zu ihrer Familie zu bringen und ihr dadurch ein besseres Leben zu ermöglichen. Was auch immer passiert sein mochte, dass ihre Mutter dieses Ziel nicht weiterverfolgt und auch erreicht hatte, Melissa konnte jetzt sicher sein, dass sie nicht einfach aussortiert worden war als Fehler oder Ballast oder als etwas, das es nicht wert war, geliebt zu werden. Egal, was Gabriel über sie dachte.

Melissa seufzte und legte den Notizblock beiseite, weil sie sich jetzt unmöglich auf das alte Haus in Kalifornien konzentrieren konnte, und, um ehrlich zu sein, gab es bei dem Projekt auch gerade wenig, was sie tun konnte. Aus Gründen, die sie nicht ganz verstand, war es ihr nicht gelungen, sich mit den Eigentümern des Hauses in Verbindung zu setzen, um ihnen mitzuteilen, dass sie den Auftrag gern übernehmen würde. Irgendetwas sagte ihr, dass sie niemals in der Lage sein würde, ihr altes Leben fortzusetzen, bevor sie nicht die Geschichte in Jasper Lake in irgendeiner Form zu einem Abschluss gebracht hatte.

Es hatte keinen Sinn, es weiter hinauszuschieben. Sie musste wissen, was los war. Also rief sie die Ahnenforschungsseite im Internet auf und richtete einen Account ein, dann gab sie ihre Kreditkartennummer ein, um den Monatsbeitrag zu bezahlen, durch den sie dann Zugang zu allen Originalunterlagen hätte, die dort vorhanden waren. Und dann saß sie da und starrte auf den leeren, weißen Bildschirm mit einem Suchfeld.

Kurz zögerte sie noch, aber dann gab sie Melissa Green ein, gefolgt von ihrem Geburtsdatum. Im letzten Moment änderte sie noch ihren Geburtsort in Colorado um, obwohl sie keine Ahnung hatte, wo genau ihr Geburtsort war. Ein Symbol zeigte an, dass die

Suche im Gang war, und Melissa hielt die Luft an. Nur um dann die Nachricht *kein Ergebnis* zu lesen.

Hmmm, das war enttäuschend, kam aber auch nicht völlig unerwartet. Also gab sie als Nächstes den Namen ihrer Mutter ein, Caroline Green.

Wieder nichts.

Sie überlegte kurz und gab dann Caroline Green und Jasper Lake in das Suchfeld ein.

Erneut kein Ergebnis.

Sie brauchte eindeutig ein Geburtsdatum und wollte in der Archivbox mit den Gesundheitsunterlagen ihrer Großmutter nachschauen … nur um festzustellen, dass sie diese bei ihrem fluchtartigen Abgang aus Gabriels Truck im Wagen zurückgelassen hatte. Sie wand sich innerlich und wägte ab zwischen der Notwendigkeit, mit der sie die Information brauchte, und der Peinlichkeit, die es bedeutete, ihm jetzt zu schreiben und ihn um etwas bitten zu müssen, nachdem sie ihn dermaßen hatte abblitzen lassen.

Der Wunsch, schnell an die nötige Information zu kommen, war schließlich stärker, und sie schrieb ihm: *Ich habe die Archivboxen in deinem Wagen vergessen. Bist du gerade irgendwo, wo du an die Sachen herankommst?*

Eine Minute später antwortete er: *Klar. Was brauchst du? Soll ich dir die Boxen bringen?*

Nein, das war das Allerletzte, was sie jetzt gebrauchen konnte. Sie war gerade im Flow, und da wäre er nur eine Ablenkung, besonders wenn er über das Geschehene reden wollte. *Nein, ich brauche nur das Geburtsdatum meiner Großmutter. Das müsstest du eigentlich bei den Gesundheitsunterlagen finden.*

Es vergingen wieder ein paar Minuten, und Melissa fragte sich schon, wo er wohl gerade war. Zu Hause? Beim Mittagessen? Sie hatte ihn jedenfalls offenbar hinaus in Schnee und Eis geschickt, um nach den Boxen zu schauen.

Und dann schrieb er zurück: *04. 01. 1951. Brauchst du sonst noch etwas, wo ich schon mal dabei bin?*

Nein, ich glaube nicht. Danke.

Sie legte das Handy wieder hin und gab das Geburtsdatum in das Eingabefeld ein. Als dieses Mal das kleine Wartesymbol erschien, dauerte es nicht lange, und es tauchten drei Ergebnisse auf. Eines in St. Louis Missouri, das zweite in Charleston, South Carolina. Und das dritte? Longmont, Colorado.

Melissas Herz pochte heftig, als sie auf den Pfeil klickte, der sie zu dem gewünschten Ergebnis leitete. Sie hatte damit gerechnet, zu einer Geburtsurkunde zu gelangen, aber stattdessen war es eine notarielle Urkunde über ein Haus in Denver, als dessen Eigentümer Jonathan und Constanze Green eingetragen waren.

Am liebsten hätte sie sich mit der Hand an die Stirn geklatscht. Sie hatte die Suche mit Connies Ehenamen gestartet. Aber jetzt, da sie auch den Namen ihres Großvaters kannte, würde sie vielleicht auch eine Heiratsurkunde finden.

Sie musste die Suche ein paarmal anpassen, bevor es ein passendes, weil plausibles Resultat gab: eine Heiratsurkunde von Jonathan William Green und Constanze Amelia Jankowsky.

Melissa stieß ein schrilles Lachen aus. Sie hatte also zum Teil polnische Wurzeln? Damit hätte sie wirklich nicht gerechnet. Richtig zappelig vor Spannung, was sie wohl finden würde, gab sie als Nächstes Connies Mädchennamen ein.

Kein Ergebnis.

Sie stieß einen tiefen Seufzer aus und ließ sich gegen die Kissen am Kopfende des Bettes sinken. Das war wirklich enttäuschend. Sie war sich so sicher gewesen, jetzt etwas Wichtiges über ihre Vergangenheit in Erfahrung zu bringen, etwas, das ihr sogar bei der Sache mit dem Haus weiterhelfen könnte, und jetzt war sie wieder in einer Sackgasse gelandet.

Eine ganze Weile starrte sie einfach nur an die Decke, verfolgte mit ihrem Blick den glatten Putz, der in das Hohlkehlenprofil überging, und spürte, wie ein Gefühl des Scheiterns sie überkam. Aber dann setzte sie sich mit einem Ruck kerzengerade auf.

Wie töricht sie war. Der ursprüngliche Eigentümer – oder jedenfalls ein früher Eigentümer – war kein Jankowsky gewesen, sondern ein Green. Es war ein Verwandter großväterlicherseits und nicht großmütterlicherseits gewesen.

Melissa verdrehte die Augen über ihren Denkfehler und gab dann den Namen und das Geburtsdatum ihres Großvaters ein. Die Suche erbrachte eine kurze Liste von Ergebnissen: die Heiratsurkunde, die notarielle Besitzurkunde des Hauses in Denver und sogar eine Einberufung zum Militär. Jonathan Green war anscheinend bei der Marine gewesen. Und dann stieß sie auf etwas, womit sie hätte rechnen müssen, es aber nicht getan hatte: eine Sterbeurkunde vom 5. November 1993.

Eine unerwartete Welle der Enttäuschung überrollte sie. Bis jetzt hatte sie gar nicht viel an ihren Großvater gedacht, weil sie sich nur auf Connie und Carrie konzentriert hatte. Aber jetzt merkte sie, dass sie im Hinterkopf immer die Hoffnung gehabt hatte, er würde noch leben – als eine letzte Verbindung zu ihrer Familie. Und so weit hergeholt es auch sein mochte, als eine der letzten Verbindungen zum Ursprung des Hauses.

Frustriert klappte sie den Laptop zu. Sie hatte zwar ein klein wenig mehr in Erfahrung gebracht, als sie schon gewusst hatte – dass sie großmütterlicherseits eine Jankowsky war –, aber über das Haus und wie es auf Umwegen wieder zurück an ein Familienmitglied gelangt war, hatte sie keine neuen Erkenntnisse gewonnen. Und es war ja noch nicht einmal sicher, ob J. Green und Jonathan Green überhaupt verwandt gewesen waren. Green war ein gängiger Name, und vielleicht interpretierte sie einfach viel zu viel in die Informationen hinein, die ihr jetzt vorlagen.

Nein, wenn sie etwas Hilfreiches über die Familie Green erfahren wollte und darüber, wie diese Häuser mit der Geschichte von Jasper Lake verflochten waren, dann musste das durch das Haus selbst geschehen. Sie hoffte nur, dass sie auf mehr als nur den Staub von Leichtbauwänden stoßen würden, wenn sie dort morgen ein Loch in die Decke des Schlafzimmers sägten.

27

Am nächsten Morgen wartete Melissa schon draußen auf Gabriel, als er angefahren kam und vor dem Bed & Breakfast hielt. Sie bibberte vor Kälte, war aber mehr als bereit zu schauen, ob das Haus irgendwelche Geheimnisse barg. Wenigstens lag die Temperatur an diesem Morgen nur noch knapp unter dem Gefrierpunkt. An den Rändern begann der Schnee bereits zu tauen, auch wenn sie nicht richtig begriff, wie das sein konnte bei dem kalten, fast silbrig wirkenden Sonnenschein. Sie schob sich den Trageriemen ihrer Handtasche auf die Schulter, ging vorsichtig über den rutschigen Gehweg zur Beifahrertür des Trucks und stieg ein, bevor Gabriel aussteigen und ihr die Tür aufhalten konnte.

„Morgen", sagte sie munter, als sie auf dem Beifahrersitz Platz nahm und sich anschnallte. „Bist du bereit?"

Gabriel blinzelte ein paarmal, als er sie ansah, und schien sich dann zusammenzureißen. „Ich hoffe, dass wir dort nicht grundlos ein Riesenchaos anrichten."

„Stell es dir einfach wie eine Schatzsuche vor. Man findet nicht immer etwas Wertvolles, aber das eigentlich Spannende daran ist die Möglichkeit, dass es passieren könnte."

Sie übertrieb es vielleicht gerade etwas mit ihrer Munterkeit, aber totale Verdrängung war die einzige Möglichkeit, es einigermaßen durch diesen gemeinsamen Tag zu schaffen. Je eher sie so tat, als bedeutete er ihr nichts, desto eher würde sie es wirklich glauben.

Sie starteten und Gabriel fuhr sehr langsam die inzwischen geräumte Straße entlang.

„Ich glaube, wir sollten reden, Melissa“, sagte er.

„Nicht nötig“, entgegnete sie darauf kurz angebunden. „Delia hat es mir schon erklärt.“

„Ja, ich weiß. Und ich wünschte, sie hätte es nicht getan, weil das etwas so Persönliches ist, dass du es von mir selbst hättest erfahren müssen.“

Doch Melissa winkte nur ab. Hätte sie doch bloß auch den plötzlich heftigen inneren Schmerz abwinken können, den sie verspürte. „Ist schon in Ordnung. Ich hätte nicht gedacht, dass du in Bezug darauf, wen du datest, so streng bist. Hätte ich es gewusst, hätte ich dich niemals geküsst.“

Als Gabriel jetzt an einer Kreuzung anhalten musste, legte er seine Hand auf ihren Arm und sagte: „Das war mein Fehler, Melissa, nicht deiner. Es tut mir wirklich leid. Ich wollte dich auf keinen Fall verletzen.“

„Schon gut“, sagte sie darauf nur mit einem Achselzucken. „Wir haben eben viel Zeit miteinander verbracht, und durch all das, was ich herausgefunden habe, ist das Ganze ja auch ziemlich emotional geworden. Da ist es doch ganz natürlich, dass ich mich ein wenig habe mitreißen lassen. Aber ich fahre ja bald wieder nach Hause, sodass alles, wovon wir geglaubt haben, dass es sich gerade zwischen uns … entwickelt … sowieso zu Ende gewesen wäre.“

Ihre Ansage sorgte allem Anschein nach dafür, dass Gabriel sich innerlich abschottete. Er nickte nur kurz, fuhr auf den Highway auf und der Rest der Fahrt um den See herum verlief dann schweigend. Durchs Autofenster betrachtete Melissa die Landschaft wie beim ersten Mal, als sie mit ihm zusammen zu den Häusern am Lakeshore gefahren war, aber unter der dicken Schneedecke sah alles ganz anders aus.

Alle Formen und Umrisse waren jetzt weich und unscharf,

und die harten Kanten, die mit weißem Schnee bedeckt waren, glitzerten im Sonnenschein wie eine Schicht Diamantenstaub. Sie hatte ganz vergessen, wie sehr sie das Licht bei Neuschnee liebte. Schon als Kind hatte es ihr das Gefühl gegeben, dass alles möglich war und dass sich ihr eine völlig neue Welt offenbaren würde, wenn der Schnee wieder geschmolzen sein würde, und zwar eine, die vorher nicht da gewesen war – eine Welt, die wie neugeboren war.

Jetzt als Erwachsene wusste sie allerdings, dass dies Gedanken waren, die der blühenden Kinderfantasie entsprungen waren. Es hatte Jahre gedauert, bis sie die Realitäten des Lebens wirklich verinnerlicht hatte.

Als Gabriel schließlich hinter Melissas Mietwagen hielt, sah das Haus genauso aus, wie sie es zurückgelassen hatten. Sogar ihre Fußspuren waren noch auf der ansonsten völlig unberührten weißen Schneedecke zu erkennen. Sie stieg aus dem Truck aus und stapfte direkt in eine Schneewehe hinein. Der Schnee schmolz, als er mit ihrer warmen Jeans in Berührung kam, und die Nässe drang ihr oben in die Stiefel hinein.

Na toll, jetzt würde sie den ganzen Vormittag so durchnässt herumlaufen müssen, und es gab keine Aussicht auf eine Heizung im Haus, an der die Sachen trocknen konnten.

Gabriel stieg gerade aus seinem Truck, als ein alter, zerbeulter Ford hinter ihm hielt, auf dessen Dach eine Leiter befestigt war und auf der Ladefläche Werkzeug in orangefarbenen 20-Liter-Eimern aus dem Baumarkt. Ein älterer Mann mit einem grauen Pferdeschwanz und einer abgewetzten olivgrünen Jacke stieg vorsichtig aus dem Wagen, so als wäre er nicht ganz sicher, ob ihn seine Beine wirklich tragen würden.

Aber er stapfte durch den Schnee, um Gabriel die Hand zu geben, und dann schaute er über die Ladefläche von Gabriels Truck und sagte: „Sie müssen Melissa Green sein. Ich bin Mike Millan. Ich habe gehört, Sie möchten einen chirurgischen Eingriff an der Zimmerdecke des Schlafzimmers vornehmen."

Das Wort chirurgisch sorgte dafür, dass sich die Ängste, die sie vielleicht gehabt hatte, etwas legten. Deshalb nickte sie und erklärte dann: „Ich hoffe, dass ich Hinweise auf den Architekten oder Erbauer des Hauses finde."

„Dann lassen Sie uns am besten gleich loslegen", schlug Mike vor, ging zurück zu seinem Truck, holte einen der Eimer von der Ladefläche und sagte dann mit einer Geste an Gabriel gewandt: „Wenn du dich nützlich machen willst, könntest du dem alten Mann hier einen Gefallen tun und dir die Leiter schnappen."

Melissa grinste Gabriel an, der nur leise lachte und den Gehweg zur Eingangstür vorausging. Sie schloss zu ihnen auf und stampfte sich so viel Schnee wie möglich von den Stiefeln, bevor sie das Haus betrat. Mike dagegen ging einfach so ins Haus. Sie würde ein paar Lappen oder Handtücher auftreiben müssen, damit der geschmolzene Schnee keinen Schaden an der Versiegelung der Hartholzböden anrichtete.

„So, dann schauen wir doch mal, was wir hier haben. Wenn Gabriel irgendwann mal mit der Leiter hier ankommt …", sagte Mike und zwinkerte ihr zu.

„Folgen Sie mir", sagte Melissa, ging ihnen voraus die Treppe hinauf und dann den kurzen Gang zum Hauptschlafzimmer entlang, wo sie auf den begehbaren Schrank zeigte. „So wie ich den typischen Grundriss von *Craftsman*-Häusern kenne und verstehe, müsste dieser Bereich eigentlich der Treppenaufgang zum Dachboden gewesen sein."

Mike ging in den Schrank hinein und begann, mit den Fingerknöcheln die Wände abzuklopfen. „Könnte sein. Das klingt nicht nach Putzträger und Putz, aber das Haus ist alt, da ist fast alles möglich. Es ist jedenfalls schwer zu sagen, ohne die Wand zu öffnen."

„Aber das werden wir nicht tun", sagte Melissa alarmiert.

„Nein, ich glaube auch nicht, dass das nötig sein wird."

Endlich tauchte nun auch Gabriel mit viel Geklapper und völlig außer Atem mit der Leiter auf. „Okay, wohin soll die?"

„Stell sie hier hin", sagte Mike und trat zur Seite. „Ich fange mit einer Handsäge an und schaue, was unter den Trockenbauplatten ist, bevor wir den Generator anschmeißen."

Ja klar. Natürlich brauchten sie einen Generator, denn wenn sie elektrische Werkzeuge benutzen wollten, brauchten sie Strom. Melissa war froh, dass er an dieses kleine Detail gedacht hatte, denn sonst wäre ihre Fahrt hierher pure Zeitverschwendung gewesen.

Als Gabriel die Leiter aufgestellt hatte, nahm Mike etwas aus dem Werkzeugeimer, das wie ein spitzes, gezacktes Messer aussah, und stieg die ersten paar Sprossen der Leiter hinauf, stieß die Säge in die Decke und fing an zu sägen.

„Das ist kein Putzträger mit Putz darauf", sagte er. „Das heißt, höchstwahrscheinlich ist es nicht die ursprüngliche Zimmerdecke." Plötzlich hielt er im Sägen inne und erklärte: „Da ist ein Träger."

„Was bedeutet das?", fragte Melissa und ihr Herz schlug sehr schnell.

Er antwortete nicht, sondern sägte weiter, bis er ein rechteckiges Loch aus der Decke gesägt hatte, in das er seine Hand steckte und das ausgesägte Stück in zwei Teilen herauszog. Dabei kamen knallpinkfarbenes Dämmmaterial und jede Menge Staub mit herunter. Mike nahm eine Taschenlampe zur Hand und richtete sie in den Raum darüber.

„Es gibt einen Dachboden", sagte er. „Ich glaube, ich brauche die Motorsäge gar nicht. Sind Sie so lieb und geben mir den Schraubenzieher, Schätzchen?"

Melissa erlaubte sich ein verstohlenes Augenverdrehen hinsichtlich der Verniedlichung, fand dann aber den Akkuschraubenzieher und reichte ihn Mike.

Er drehte ein paar lange Schrauben aus irgendetwas heraus. „Hammer?"

Melissa hielt wieder die Luft an, als er mit dem Hammer ein Stück mit den Maßen 60 x 120 cm aus der Decke löste und es dann herausriss. Dann stieg er auf der Leiter eine Sprosse höher, steckte seinen Kopf durch das Loch und schaute sich um.

Als er wieder heruntergestiegen kam, sagte er zu Melissa: „Sie hatten recht. Es gibt einen Dachboden. Möchten Sie hinaufschauen?"

Ihr war vor Aufregung ganz schwummerig, als sie sich an Mike vorbeiquetschte und die Leiter zu dem Hohlraum weiter hinaufstieg. Kalte Luft – noch kälter als im Rest des Hauses – traf sie in dem Moment, als sie den Kopf durch die Öffnung steckte. Als sie eine Hand nach unten ausstreckte, gab Gabriel ihr eine Taschenlampe, die sie in den Raum richtete.

Ja, das war ein Dachboden, dunkel und zugig ... und absolut leer. Enttäuschung überfiel sie und nahm ihr sowohl den Atem als auch alle Hoffnung, die sie gehabt hatte.

„Na gut, das war absolute Zeitverschwendung und dazu noch eine Riesensauerei", sagte sie und stieg wieder herunter.

„Was genau hatten Sie denn zu finden gehofft?"

„Ich weiß es auch nicht", sagte Melissa. „Vielleicht irgendwelche Papiere oder Dokumente oder alte Möbel? Ein großes Ölporträt vom Eigentümer mit einem glänzenden Schild daran mit der Aufschrift: *Ich habe dieses Haus gebaut.*"

Beim letzten Wort brach ihr die Stimme und verdarb dadurch den flapsigen Tonfall, den sie beabsichtigt hatte. Gabriel warf ihr einen mitfühlenden Blick zu.

„Bis jetzt bin ich immer nur in Sackgassen gelandet, was den Architekten des Hauses betrifft", erklärte sie.

„Sie suchen also Baupläne und so etwas?", fragte Mike.

Melissa nickte. „Ich brauche etwas, woraus hervorgeht, wer der

Architekt des Hauses war. Das ist für mich die einzige Möglichkeit, sein genaues Alter und die historische Bedeutung zu bestimmen."

Mike ging wieder an ihr vorbei und nahm ein Stück Holz in die Hand, das er aus der Decke geschnitten hatte. „Haben Sie schon in die Treppenpfosten hineingeschaut?"

Melissa blinzelte. „In die Treppenpfosten? Sie meinen die Pfosten im Geländer?"

„Ja. Früher haben die Architekten die Baupläne solcher Häuser manchmal in die Treppenpfosten gesteckt oder hinter den Kaminsims." Er kratzte sich am Bart. „Wissen Sie, einmal habe ich etwas unter einem Dielenbrett gefunden, als ich den Originalfußboden erneuert habe. Aber dort möchten Sie wahrscheinlich lieber nicht suchen, oder?"

Melissa schaute zu Gabriel, der ihr signalisierte, dass sie wohl gerade das Gleiche dachten: Da hatten sie soeben ein riesiges Loch in die Decke sägen lassen, dabei hätten sie lieber bei den Treppenpfosten oder dem Kamin anfangen sollen. Und dann wurde Melissa plötzlich angst und bange, denn wenn sich die Baupläne irgendwo in diesem Haus befanden, konnten sie wirklich überall sein. Sie verließ den begehbaren Schrank, ging zurück ins Schlafzimmer und ließ sich absolut ernüchtert auf die Bettkante sinken. Sie konnten das gesamte Haus auseinandernehmen und würden vielleicht trotzdem nichts finden.

Gabriel kam zu ihr, setzte sich neben sie und fragte: „Gibst du schon auf?"

„Was denn sonst? Ich zerstöre doch nicht das Haus meiner Großmutter auf der Suche nach etwas, das vielleicht gar nicht hier ist."

„Ach, hast du das so verstanden? Ich habe es so verstanden, dass man noch im Treppenpfosten und hinter dem Kaminsims suchen könnte. Also theoretisch sogar hinter zwei Kaminsimsen, weil es im Haus zwei Kamine gibt."

Gabriels Tonfall entfachte einen Funken Hoffnung in ihrer trüben Stimmung. Und so fragte sie den Handwerker: „Glauben Sie, wir bekommen die Abdeckung des Treppenpfostens ab, ohne ihn allzu sehr zu beschädigen, Mike?"

„Wir können es versuchen", antwortete der.

Gabriel grinste. „Siehst du? Wir können es versuchen. Das ist nicht gerade ein lautstarkes Ja, aber im Moment würde ich sagen, dass wir es machen."

Jetzt, da es einen Plan B gab, konnte sie kaum noch still sitzen, während Mike Gabriel nach unten schickte, um den anderen Eimer mit Fugengitterband und Fertigspachtelmasse und alle Werkzeuge zu holen, die nötig waren, um die Decke wieder zu schließen. Als er damit fertig war, brauchte die Stelle nur noch zu trocknen und dann frisch gestrichen zu werden. Niemand würde jemals merken, dass in dem begehbaren Schrank einmal ein Loch in der Decke gewesen war.

Mike stieg wieder von der Leiter und wischte sich die staubigen Hände an seiner Jeans ab. „So, und jetzt brechen wir einen Treppenpfosten auf, oder was?"

„Immer langsam, Mike. Melissa ist gerade kreideweiß geworden. Wir gehen es so vorsichtig wie möglich an, ja?"

„Ich versuch's, aber der Lack ist alt, ich möchte nur, dass du realistisch bist."

Am Ende war es dann aber gar nicht so schwierig. Mike fuhr mit der Spitze eines Cutter-Messers um die Nahtstelle zwischen dem Pfosten und der Abdeckung, klopfte die Abdeckung vorsichtig mit dem Gummihammer ab und warf einen Blick in den Pfosten.

„Was ist drin?", fragte Melissa und wagte kaum hinzuschauen.

Mike trat zur Seite und antwortete: „Sehen Sie selbst."

Ihr wurde richtig bange, als sie zu dem Pfosten ging. Ihr wäre nie in den Sinn gekommen, dass der Pfosten vielleicht gar nicht massiv sein könnte, sondern aus vier zusammengeleimten Holzteilen bestand, mit einem Hohlraum in der Mitte. Angstvoll nahm sie die Taschenlampe, leuchtete in den Hohlraum hinein und rechnete damit, nur Holz anzuleuchten, aber das Licht fiel auf ein Bündel zusammengerollter Papiere.

28

Melissas Herz pochte heftig, als sie in den Hohlraum hineingriff und die Rolle herauszog. Es bestand kein Zweifel, was das war – die dunkelblaue Farbe verriet es –, aber die Seiten waren zerknittert, weil sie anscheinend irgendwann einmal feucht geworden waren, und das Gummiband, das die Rolle zusammenhielt, zerbröselte in dem Moment, in dem sie es berührte. Sie hielt die Luft an, als sie die Blätter auseinanderrollte.

Es war eine Außenansicht des Hauses und über der Abbildung standen in kunstvoller alter Handschrift die Worte *Lakeshore Drive Nr. 3*.

Mit großen Augen sah Melissa Gabriel an. „Das sind sie", sagte sie und war so verblüfft, dass sie kaum einen klaren Gedanken fassen konnte.

Gabriel führte sie zu einem Beistelltischchen unter dem Fenster im Salon und half ihr, die Pläne auszubreiten, während Mike zwar auch neugierig war, sich aber ein bisschen im Hintergrund hielt.

„Gibt es einen Hinweis auf den Architekten?", fragte Gabriel ganz ruhig über Melissas Schulter blickend.

Sie überflog das Blatt ein zweites Mal, doch es war nur die Außenansicht des Hauses darauf, die sich kaum von der derzeitigen Ansicht unterschied. Sie schüttelte den Kopf und antwortete: „Ich sehe nichts."

Da nahm Gabriel das brüchige Blatt Papier hoch, rollte es wieder zusammen und legte es beiseite, damit sie sich das zweite Blatt genauer anschauen konnten. Darauf stand *Lakeshore Drive Nr. 3, Erdgeschoss* und es war der Grundriss mit allen relevanten Schnitten zu sehen.

„Auch keine Unterschrift", murmelte Melissa. „Eines wissen wir jetzt aber wenigstens, nämlich dass der Architekt Brite, zumindest aber Europäer war."

Daraufhin sah Gabriel sie mit gerunzelter Stirn fragend an.

„Amerikaner bezeichnen das Erdgeschoss als erste Etage. Das war meines Wissens schon immer so. Der Begriff *Erdgeschoss* wird nur in Europa verwendet."

„Ich glaube, das lässt sich ganz leicht herausfinden", sagte Gabriel und nahm das zweite Blatt hoch, sodass jetzt das Obergeschoss des Hauses zu sehen war. Darauf stand *Lakeshore Drive Nr. 3, 1. Etage.* „Sieht so aus, als hättest du recht."

Da nahm Melissas Aufregung noch einmal zu. Vielleicht war das der Grund, weshalb sie keine Informationen über einen J. Green hatte finden können. Wenn er erst kurz vor dem Bau der Häuser eingewandert war, dann gab es möglicherweise gar keine Angaben über ihn, besonders wenn er nicht über Ellis Island eingewandert war, eine der wenigen Einrichtungen, die die alten Angaben auf Papier bereits digitalisiert hatte.

Sie schaute sich die Pläne jetzt genauer an und verspürte einen heftigen Anflug von Befriedigung darüber, dass sie recht gehabt hatte: Der alte Treppenaufgang hatte tatsächlich zwischen Connies Schlafzimmer und dem Bad im Obergeschoss gelegen. Was Architektur anging, war sie fit wie eh und je.

„Aber immer noch keine vollständige Signatur?", fragte Gabriel erneut direkt neben ihrem Ohr.

Sie erschrak, zuckte zusammen und ihre Haut kribbelte aufgrund seiner plötzlichen Nähe.

„Nein, noch nicht. Aber welcher Architekt signierte denn seine

Pläne nicht?", fragte sie und ihr Magen zog sich schmerzhaft zusammen.

War es möglich, dass sie nach alldem, was sie jetzt unternommen hatten, immer noch kein Stück weitergekommen waren bei der Suche nach dem Namen des Architekten? Doch dann blätterte sie das letzte Blatt um und holte tief Luft. Es waren Detailzeichnungen einzelner Holzarbeiten im Inneren des Hauses, mit Querschnitten und Profilen von jeder Zierleiste, sogar von den geschnitzten Akeleien, die sie bei der ersten Besichtigung so bewundert hatte. Außerdem gab es Anmerkungen zu den Holzarten und den Lacken, die dafür verwendet werden sollten. Und ganz unten auf dem Blatt standen die Worte: *Lakeshore Drive Nr. 3, Clear Creek County, Colorado – Jasper Green, Architekt, London, England, 1899.*

Ein Schauer ging ihr über den ganzen Körper. Ganz langsam drehte sie sich zu Gabriel um. „Jasper Green – wie … Jasper Lake?"

Melissa lachte leise, aber mit ihren Gedanken war sie schon viel weiter. Jetzt, da sie wusste, dass der Architekt aus England gekommen war, hatte sie einen Ansatzpunkt. Ihr Spezialgebiet war die amerikanische *Arts and Crafts*-Bewegung, vielleicht war das der Grund, weshalb sie noch nie von Jasper Green gehört hatte. Aber da in dem Haus Tapeten von William Morris und andere dekorative Elemente verwendet worden waren, die ihr eher europäisch als amerikanisch vorkamen, ergab das einen Sinn.

Warum hatte sie nicht daran gedacht, auch nach Schülern von Morris in England zu recherchieren?

„Das könnte was Großes sein", murmelte Gabriel und holte sie dadurch wieder zurück in die Gegenwart. „Ist dir klar, was das bedeutet? Wenn Jasper Lake wirklich seinen Namen von Jasper Green hat, dann war er vielleicht der Gründer der Stadt, und das hier könnten die ersten Gebäude des Ortes gewesen sein." Er ergriff Melissas Hand und drückte sie. „Du hast vielleicht gerade alles gerettet."

Und dann entfernte er sich wieder ein bisschen und fragte: „Aber wie finden wir das heraus?"

„Eins nach dem anderen. Lass uns erst mal recherchieren, ob Jasper Green ein bekannter Architekt war. Das reicht ja vielleicht schon aus, damit die Häuser unter Denkmalschutz gestellt werden."

Sie holte ihr Handy heraus und fand die Sendungsverfolgung der Bücher, die Sophie geschickt hatte. Dann suchte sie die Sendungsnummer und sagte: „Da steht, dass die Bücher, die ich mir von zu Hause habe schicken lassen, schon zugestellt worden sind."

Gabriel sprang auf, als hätte er auf heißen Kohlen gesessen. „Könntest du den Treppenpfosten wieder verschließen, Mike? Wir müssen zurück in die Stadt."

Mike hatte den ganzen Vorgang mit leichter Erheiterung verfolgt und sagte jetzt: „Mich interessiert nur, ob das Ganze hier Burton und seinen Plänen einen Strich durch die Rechnung macht."

Gabriel und Melissa wechselten einen Blick und antworteten wie aus einem Munde: „Oh ja!"

Da grinste Mike und sagte: „Mehr brauche ich jetzt nicht zu wissen. Ich mache das hier fertig und dann können wir absperren."

Melissa trat ungeduldig von einem Fuß auf den anderen, während Mike die Abdeckung wieder auf dem Treppenpfosten befestigte und dann sein Werkzeug zusammenräumte. Gabriel rollte vorsichtig die Pläne zusammen und gab sie Melissa zur Aufbewahrung, aber sie konnte damit jetzt nicht viel mehr tun, als sie sich unter den Arm zu klemmen und über den Fund zu staunen. Wenn Jasper Green eine wichtige Persönlichkeit gewesen war oder wenn er etwas mit der Gründung der Stadt zu tun gehabt hatte, dann hatten sie jetzt das, was sie brauchten, um den Stadtrat auf ihre Seite zu bekommen und die Änderung des Flächennutzungsplanes zu erreichen. Sie hatten ihr schlagendes Argument gefunden.

Und Melissa hatte außerdem einen wenig bekannten Teil ihrer Vergangenheit aufgedeckt. Staunend sah sie sich die Pläne an. War das der Grund für ihre Liebe zur Architektur und Gestaltung? Lag es ihr im wahrsten Sinne des Wortes im Blut?

„Können wir dann …?", fragte Mike und schaute von draußen zur Haustür hinein.

Melissa war mit einem Ruck wieder in der Gegenwart und umarmte spontan den Handwerker.

„Wofür war das denn?", fragte er erstaunt.

„Danke, dass Sie uns geholfen haben. Wenn Sie die Sache mit dem Treppenpfosten nicht erwähnt hätten, wären wir nie auf die Idee gekommen, dort nachzuschauen. Wie sind Sie denn darauf gekommen?"

Mike zuckte mit den Schultern. „Meine Frau schaut gern diese englischen Krimis und da ist doch immer irgendwo etwas in solchen Treppenpfosten oder hinter Kaminsimsen versteckt."

Melissa sah Gabriel an und dann fingen sie beide an zu lachen. „Dann sagen Sie Ihrer Frau vielen Dank, dass sie solche Krimis schaut."

Sie blickten noch einmal an dem Haus hinauf und gingen dann durch den Schnee zu ihren Autos, die am Straßenrand geparkt waren. Die ganze Zeit drückte Melissa innerlich die Daumen und schickte Gebete an wen auch immer, dass in den Büchern, die schon im Bed & Breakfast auf sie warteten, wirklich etwas über den Architekten der Häuser stand. Zwischen den Stoßstangen von Gabriels Truck und Melissas Mietwagen blieben sie stehen.

„Das war wirklich ein Glückstreffer", sagte Gabriel. „Jetzt müssen wir einfach schauen, ob wir nachverfolgen können, wie Jasper Green von England nach Colorado gekommen ist. Es macht mich fertig, dass all die ganz alten Aufzeichnungen der Stadt durch das Hochwasser zerstört worden sind. Irgendetwas über ihn hätten wir bestimmt in dem Archiv gefunden."

„Vielleicht ja auch nicht. Und wer weiß … damals haben sich die Menschen an einem Ort niedergelassen, die Stadt drum herum breitete sich immer weiter aus und oft benannten sie den Ort erst nach dem Tod des Gründers nach ihm. Vielleicht hat er also gar nicht mehr miterlebt, dass der Ort nach ihm benannt wurde."

„Das kann natürlich auch sein. Aber was ist mit dem J. Green in dem Steuerregister?"

Melissa hielt inne. Das war eine gute Frage. „Wir können nicht wissen, ob das Jasper war. Könnte auch ein Kind von ihm oder seine Witwe sein."

„Schon möglich. Ich habe das Gefühl, dass sich mit jeder Information, die wir bekommen, noch mehr Fragen auftun."

Melissa warf ihm ein kleinlautes Lächeln zu. „Wem sagst du das!"

Da nahm Gabriel ihre Hand und sagte: „Wir finden heraus, was mit deiner Mutter passiert ist, Melissa. Irgendwie schaffen wir das. Ich verspreche es dir."

Einen Moment lang wollte sie ihm gern glauben, wollte, dass ihre Hand in der Wärme seiner Berührung blieb, aber dann erinnerte sie sich wieder daran, dass, was auch immer sie für ihn empfinden mochte, aus einer Beziehung mit ihm nichts werden konnte.

Sie zog also langsam ihre Hand weg und sagte in unbeschwertem Ton: „Versprich nichts, was du nicht halten kannst, Gabriel."

Da sah er sie irritiert an und erst in dem Moment wurde ihm die Doppeldeutigkeit ihrer Aussage bewusst.

Aber sie hatten jetzt keine Zeit, sich mit einer Beziehung zu befassen, die schon zu Ende war, bevor sie überhaupt begonnen hatte.

Genau in dem Moment, als das Schweigen zwischen ihnen unbehaglich wurde, deutete Gabriel mit dem Kopf auf ihren Mietwagen und fragte: „Hast du eine Schneebürste dabei, um all den Schnee wegzufegen?"

„Eine was?"

Gabriel lachte und sagte: „Warte kurz."

Dann ging er zum Rücksitz seines Trucks und kam mit einem Plastikgerät zurück, das aus einem langen Stil bestand, an dessen einem Ende eine Art Bürste saß und am anderen ein Eiskratzer. Sie griff danach, was er jedoch ignorierte, und dann begann er, die dicke Schneeschicht von den Autofenstern zu fegen. Melissa wurde rot. Selbst nach alldem, was zwischen ihnen so merkwürdig gelaufen war, behandelte er sie immer noch freundlich.

Vielleicht blieb sie deshalb auf halbem Weg zur Fahrertür noch einmal stehen und fragte: „Du hast doch immer noch vor, mit mir ins Bed & Breakfast zu fahren, oder?"

Er schien überrascht und antwortete: „Ja klar, wenn das für dich in Ordnung ist."

Sie nickte kurz. „Ich könnte Hilfe gut gebrauchen. Kommst du nach?"

„Okay. Wir sehen uns dann dort."

Melissa zögerte einen Moment, schloss dann das Auto auf und stieg in den völlig ausgekühlten Wagen. Fast bedauerte sie jetzt, dass sie ihren Mietwagen abholte, aber nicht weil sie eine Ausrede gebraucht hätte, um Zeit mit Gabriel zu verbringen, sondern weil sie durch die Stille im Wagen und das Alleinsein viel zu viel Zeit zum Nachdenken hatte. Deshalb war sie froh, als sie schließlich vor dem Bed & Breakfast ankam. Gabriel hielt hinter ihr am Straßenrand und sie gingen rasch den rutschigen Weg zum Eingang hinauf.

Sobald sie das Haus betreten hatten, rief Gabriel laut: „Opa?", und schon im nächsten Moment tauchte Werner Brandt auf.

Er hatte eine Schürze um und wischte sich die Hände an einem Küchentuch ab. „Da bist du ja, Melissa. Es ist ein Paket für dich gekommen. Es steht direkt hinter dir auf dem Boden."

Sie drehten sich um und sahen einen großen Karton, der ziemlich ramponiert aussah und Wasserflecken hatte, ansonsten aber unbeschädigt war.

„Dürfen wir dein Esszimmer benutzen, Opa? Wir müssen eine Reihe von Büchern ausbreiten", fragte Gabriel.

Mr Brandt zuckte mit den Schultern und sagte: „Ich wüsste nicht, was dagegenspricht. Es wird sonst ja gar nicht mehr genutzt." Dann legte er neugierig den Kopf schräg und fragte: „Was hast du denn da?"

„Wir haben herausgefunden, wer der Architekt der Häuser am Lakeshore Drive war", sagte Melissa, bevor Gabriel antworten konnte. „Jetzt müssen wir schauen, ob es in der einschlägigen Fachliteratur irgendwelche Informationen über ihn gibt."

Da gingen Mr Brandts Augenbrauen nach oben und er fragte erstaunt: „Die hast du dir alle aus Kalifornien schicken lassen?"

„Ach, das ist nur ein kleiner Teil meiner Sammlung. In meiner Bibliothek gibt es fast nur Fachbücher, Nachschlagewerke und Kataloge", erklärte sie und ihre Antwort löste ein schmerzliches Heimweh nach ihrem Haus in Pasadena aus.

Sie war zwar erst seit einer Woche weg, aber es fühlte sich an, als wäre sie völlig abgeschnitten von ihrem alten Leben; als wäre es ein Traum, an den sie sich nur noch bruchstückhaft erinnerte. Wie konnte sich ihr Abstecher in die Berge von Jasper Lake realer anfühlen als das Leben, das sie sich über lange Zeit so mühevoll aufgebaut hatte?

Sie sah Gabriel an und in ihrem Brustkorb krampfte sich alles zusammen. Es lag an ihm. Schon bei der ersten Begegnung hatte sie sich zu ihm hingezogen gefühlt, als wären sie durch ein unsichtbares Band miteinander verbunden. Selbst als sie versucht hatte, alles zu leugnen – dass sie sich zu ihm hingezogen fühlte, ihre Hoffnung auf das, was sie hier vielleicht finden könnte –, hatte sie sich langsam in ihn verliebt. In seine Freundlichkeit und in die sanfte Art, mit der er sie berührte, wenn er sie trösten oder beruhigen wollte, aber nicht wusste, wie, und in seine leidenschaftliche Art zu küssen und seine Zurückhaltung hinterher. Das alles summierte sich zu einer Persönlichkeit, die sie hätte lieben können. Aber er wollte sie nicht.

Tränen brannten ihr in den Augen. „Weißt du was?", sagte sie plötzlich. „Warum überlässt du das hier nicht einfach mir?"

Werner Brandt sah die beiden abwechselnd an und kam offenbar zu dem Schluss, dass zwischen ihnen mehr im Gang war, als man auf den ersten Blick sehen konnte.

Aber Gabriel hatte kein ganz so gutes Gespür für die Situation und entgegnete: „Ach was, zu zweit geht es doch viel schneller."

Den Blick auf den Boden geheftet, antwortete Melissa darauf: „Ich kann das nicht, Gabriel. Ich kann nicht so tun, als ob."

„Wie meinst du das?"

Sie lachte herb, sah ihn aber immer noch nicht an und antwortete schließlich: „Ich kann nicht so tun, als wäre ich nicht gerade dabei, mich in dich zu verlieben. Und ich glaube auch nicht, dass du nichts für mich empfindest. Es sind nur deine törichten Überzeugungen, die uns im Weg stehen, und ich kann dich nicht ansehen, ohne wütend zu werden und verletzt zu sein und absolut irritiert darüber, dass ein intelligenter Mensch wie du sich an dermaßen altmodische Regeln und Maßstäbe hält."

„Melissa …"

Aber sie ging an ihm vorbei zu dem Paket und nahm es hoch. Sie hatte Mühe, es zu heben, weil es so schwer war, und sie würde sich vielleicht wehtun, wenn sie es allein nach oben schleppte, aber sie war zu wütend, um einzugestehen, dass sie es allein nicht schaffte.

„Ich rufe dich an, wenn ich etwas finde. Ansonsten … ich glaube nicht, dass wir uns sonst noch etwas zu sagen haben", erklärte sie und begann, mit der schweren Last die Treppe hinaufzugehen, wobei sie gefährlich ins Wanken geriet. Aber er kam nicht hinterher, um ihr zu helfen, und sie wusste nicht, ob sie sich dadurch besser fühlte oder nicht.

Als sie auf dem Treppenabsatz angekommen war, sagte er noch einmal ihren Namen, und sie drehte sich um in der Hoffnung, dass das, was sie gesagt hatte, bei ihm angekommen war und er vielleicht doch noch seine Meinung ändern würde.

Aber er sah sie nur traurig an und sagte: „Es tut mir leid, Melissa. Ich weiß, dass du mich wahrscheinlich gerade hasst, und egal, ob es altmodische Regeln und Maßstäbe sind oder nicht, es ist eben das, was ich glaube. Und das kann ich weder für dich noch für sonst jemanden einfach über Bord werfen."

Daraufhin nickte Melissa nur einmal knapp, ging weiter in ihr Zimmer, stieß mit der Hüfte die Tür zu und stellte anschließend die Kiste mit einem dumpfen Laut auf dem Boden ab. Und dann ließ sie sich daneben zu Boden sinken und weinte, als würde ihr das Herz brechen.

Aber das tat es nicht. Würde es nicht. Konnte es nicht. Man konnte nichts zerbrechen, das bereits vor langer Zeit zerstört worden war.

Gabriel wusste, dass er wieder zurück zur Arbeit fahren musste, aber nach dieser Konfrontation mit Melissa konnte er unmöglich so tun, als wäre nichts passiert. Auf einmal merkte er, dass er wie ferngesteuert zu Fuß in Richtung des *Main Street Mocha* ging und die beißende Kälte als Strafe für seine eigene Blödheit auf sich nahm.

Die ganze Misere lag nur daran, dass er versuchte, Melissa nicht wehzutun, weil er wusste, dass nichts Gutes daraus werden konnte, wenn sie einfach so weitermachten. Sein Fehler bestand nicht darin, dass er seinen Überzeugungen treu geblieben war, sondern dass er sie außer Acht gelassen hatte. Er hatte zugelassen, dass er kurz die Kontrolle verloren hatte, und dadurch hatte sie das Gefühl gehabt, es könnte vielleicht eine gemeinsame Zukunft für sie beide geben. Das mochte zwar nicht gerade logisch sein, aber das waren Herzensdinge ja eigentlich nie. Und jetzt hatte er einem Menschen wehgetan, an dem ihm wirklich etwas lag.

Offenbar war ihm sein Kummer anzusehen, denn als er an den

Tresen des *Main Street Mocha* trat, um zu bestellen, zog Delia bei seinem Anblick ein Gesicht. „Oha, das sieht ja gar nicht gut aus."

„Danke", sagte er. „Kann ich einfach einen kleinen Americano bekommen?"

„Kannst du, wenn du mir sagst, was mit dir los ist."

Gabriel schaute sich um. Jetzt am Nachmittag waren zwar schon einige Gäste in dem Coffeeshop, aber es war nicht voll. Trotzdem war ihm nicht danach, an der Kasse sein Innerstes nach außen zu kehren.

„Erst Koffein", sagte er deshalb.

„Okay. Das kann ich akzeptieren." Als er sein Portemonnaie zückte, winkte sie ab. „Mit dem Bezahlen kannst du warten, bis ich entschieden habe, ob du mir leidtust oder nicht. Wenn ja, geht der Kaffee aufs Haus, wenn nicht, bezahlst du das Doppelte."

Darüber musste Gabriel lächeln. Delia schaffte es irgendwie immer, ihn aufzuheitern, auch wenn er absolut am Boden war. „Abgemacht. Dann mach einen großen daraus. Ich glaube nämlich, dass ich nicht bezahlen muss."

Daraufhin schaute Delia ihn amüsiert an und deutete dann streng auf den Ecktisch. „Setz dich da hin. Ich bringe dir gleich deinen Kaffee. Und halte dein Portemonnaie bereit."

Gabriel schmunzelte, obwohl ihm innerlich kein bisschen danach zumute war. Er setzte sich an das Fenster, auf das sie gezeigt hatte, und trommelte mit den Fingern auf die Tischplatte, während er auf sein Getränk wartete. Kurz darauf stellte Delia eine Steinguttasse vor ihn auf den Tisch und setzte sich selbst auf den Stuhl ihm gegenüber.

„Ich bin in Melissa verliebt", sagte er.

Sie reagierte nicht.

„Aber aus Gründen, die auf der Hand liegen, kann das nicht funktionieren."

Sie sagte immer noch nichts.

„Die Sache ist die, dass ich es eigentlich gar nicht so weit kommen lassen wollte, aber irgendwas … hat sie. Ich kann nichts dagegen tun. Sie ist klug und witzig und …"

„Verletzt?", schlug Delia vor.

Gabriel blinzelte. „Ja, auch das irgendwie. Aber deshalb habe ich mich nicht in sie verliebt."

Delia faltete ihre Hände auf dem Tisch und erklärte dann: „Ich sage das aus Liebe, Gabriel, aber du bringst da was durcheinander."

Er lehnte sich auf seinem Stuhl zurück und war etwas beleidigt, obwohl er nicht richtig wusste, weshalb. „Natürlich bin ich durcheinander."

„Sie ist erst seit einer Woche hier, Gabriel. Du bist nicht verliebt. Du hast nur einen Menschen gefunden, den du bewundern kannst und zu dem du dich hingezogen fühlst. Das ist etwas anderes. Verliebt bist du nicht in sie, sondern in die Gelegenheit zu helfen."

„Nein! Das ist es absolut nicht."

Delia griff über den Tisch und legte ihre Hand auf seine. „Du bist ein Helfer und Kümmerer und Retter, Gabriel. Das bist du schon immer gewesen. Deshalb bist du auch nach Jasper Lake zurückgekommen und hast für das Bürgermeisteramt kandidiert. Du hast ein Problem gesehen und hast gedacht, dass du helfen kannst."

„Ist das denn etwas Schlechtes?"

„Nein, das ist sogar etwas sehr Gutes. Das gehört zu den Dingen, die dich zu einem großartigen Freund machen und zu einem potenziell großartigen Bürgermeister. Über Letzteres ist das letzte Wort zwar noch nicht gesprochen, aber ich setze große Hoffnung in dich."

Sie zwinkerte ihm zu und fuhr fort: „Aber seit Melissa Green in die Stadt gekommen ist, bin ich mir nicht so sicher, ob du sie wirklich als Menschen siehst. Zunächst hast du in ihr die Lösung für die Probleme der Stadt gesehen. Und dann hast du in ihr jemanden gesehen, der du helfen, die du retten kannst."

Sie sah ihn an und erklärte: „Und jetzt sag mir, dass ich unrecht habe."

Er wollte protestieren, aber dann musste er daran denken, wie er Melissa versprochen hatte, mit ihr zusammen herauszufinden, was mit ihrer Mutter passiert war, und an die Schritte, die er bereits unternommen hatte, um dieses Versprechen einzulösen.

„Also gut, vielleicht hast du so gesehen recht. Aber ich glaube immer noch nicht, dass das etwas Schlechtes ist."

„Es ist auch nichts Schlechtes! Absolut nicht. Aber es ist etwas anderes als Liebe. Und wenn daraus eine Beziehung wird, ist es Co-Abhängigkeit." Sie hob kapitulierend die Hände und fuhr fort: „Ich bin keine Psychologin, aber ich habe genug Zeit bei Therapeuten verbracht, um zu wissen, dass Beziehungen, die damit beginnen, dass zwei Menschen sich brauchen, zum Scheitern verurteilt sind. Sie hat ihre Probleme und du hast deine. Vielleicht solltet ihr euch darauf konzentrieren, wie ihr jeweils an euren eigenen Problemen arbeiten könnt, statt darauf, wie ihr zusammenkommen könnt. Und danach … wer weiß?"

Was Delia da sagte, ergab wirklich Sinn, aber er konnte es nicht ganz annehmen. Nicht, wenn ein kostenloser Americano auf dem Spiel stand. „Aber sie reist diese Woche ab und dann sehe ich sie vielleicht nie wieder."

„Dann soll es vielleicht einfach nicht sein", sagte sie, aber dann wurde ihr Lächeln sanfter, und sie fuhr fort: „Sag mal, Gabriel, wer hat hier eigentlich das Sagen, du oder Gott?"

Die offensichtliche Antwort darauf war natürlich Gott, aber als er den Mund aufmachte, um das auszusprechen, konnte er nicht mit gutem Gewissen so tun, als würde er wirklich Gott die Führung in seinem Leben überlassen.

„Okay, also gut, du hast deinen Standpunkt jetzt klargemacht."

Das hieß ja nicht, dass er ihm gefallen musste. Warum sonst sollte Melissa in sein Leben gekommen sein, außer um eine Beziehung mit ihm aufzubauen?

Er fühlte sich so töricht an, das auch nur zu denken, wenn die

Antwort doch klar auf der Hand lag. Natürlich gab es ebenso andere Gründe, zum Beispiel seine Stadt zu retten oder Melissa dabei zu helfen, die Wahrheit über ihre Vergangenheit herauszufinden, damit sie von ihrem Trauma des Verlassenwerdens geheilt werden konnte.

Aber als er das sagte, fixierte Delia ihn mit einem prüfenden Blick und sagte: „Da ist schon wieder dein Helferkomplex im Spiel. Du kennst doch sicher auch die Weisheit, dass man zuerst vor der eigenen Haustür kehren soll, oder?"

„Ja klar."

Tief im Inneren wusste er, dass Delia mit dem, was sie da sagte, gar nicht so falschlag, aber das konnte er im Moment nicht eingestehen. Oder vielleicht wollte er es auch einfach nicht.

„Ich habe noch andere Neuigkeiten, die dich vielleicht interessieren, aber erst muss ich wissen, ob ich meinen Kaffee bezahlen muss", lenkte er ab.

Delia lächelte. „Der geht aufs Haus. Du bist so grade eben erbärmlich genug, dass er dir zusteht."

„Na, da habe ich ja noch mal Glück gehabt."

„Und welche Neuigkeiten hast du?"

„Wir haben die Baupläne der Lakeshore Häuser gefunden ... von einem der Häuser jedenfalls, und die stammen von einem englischen Architekten namens Jasper Green."

Delias Augenbrauen gingen mit einem Ruck nach oben. „Interessant. Glaubst du, dass die Stadt nach ihm benannt worden ist?"

„Das könnte schon sein. Das ist der nächste Punkt auf der To-do-Liste. Wir müssen versuchen, Informationen darüber aufzutreiben, wer er war und woher er kam. Aber das ist der Durchbruch, auf den wir gewartet haben. So oder so glaube ich, dass wir dadurch ein gutes Argument dafür haben, dass die Häuser am See eine historische Bedeutung haben und deshalb der Flächennutzungsplan geändert werden muss. "

„Das sind ja großartige Neuigkeiten, Gabriel. Das freut mich wirklich." In dem Moment ging die Tür des Coffeeshops bimmelnd auf und ein Kunde kam herein. Delia stand auf und sagte: „Halte mich auf dem Laufenden, ja?"

„Mach ich."

Und dann saß er da, nippte an seinem Americano und grübelte über das nach, was Delia gesagt hatte, bevor er der Versuchung erlag, das unangenehme Thema einfach beiseitezuschieben. Verwechselte er wirklich den Wunsch zu helfen mit Liebe?

Er konnte nicht leugnen, dass das zumindest möglich war. Schließlich hatte er ein Talent dafür, sich vorzustellen, wie etwas sein könnte, statt zu sehen, wie es tatsächlich war. Genau das war auch der Grund für seine Berufswahl gewesen, ebenso wie dafür, für das Bürgermeisteramt in Jasper Lake zu kandidieren. Und es war auch der Grund, weshalb er die Häuser am Lakeshore retten wollte.

Er hatte große Visionen für die Zukunft, solange er sie mit wenig Zeit und Aufwand umsetzen konnte. Und wenn er ganz ehrlich war, dann war das, was er gerade empfand, in erster Linie ganz normale Anziehung. Es schien übertrieben, dabei von Begierde zu sprechen. Aber er kannte Melissa auf keinen Fall schon gut genug, um zu wissen, ob er sie liebte. Er wusste nur, dass da eine Verbindung bestand, die er näher ausloten wollte, um herauszufinden, ob es für sie eine gemeinsame Zukunft gab, in der sie glücklich sein konnten. Und diese Zukunftsvision wollte er nicht ohne Weiteres aufgeben.

Er trank den Rest seines Kaffees in einem Zug aus und schob dann seinen Stuhl zurück. Es gab viele Versionen der Zukunft, und die Version, in der das *Main Street Mocha* von einer der großen Ketten geschluckt wurde und potenziell wichtige Teile der Architektur von Colorado zugunsten einer Hotelanlage zerstört würden, wollte er sich lieber gar nicht vorstellen.

Es wurde Zeit, sich an die Arbeit zu machen.

29

Sophie hatte ihr wirklich einen Riesenberg Fachliteratur geschickt. Melissa riss das Klebeband von dem großen Karton, öffnete ihn und packte dann immer zwei Bücher auf einmal aus. Es waren wissenschaftliche Wälzer über die Geschichte der *Arts and Crafts*-Bewegung dabei, in anderen Werken ging es um *Craftsman*-Möbel, Tapetenentwürfe und -muster von William Morris und um die unterschiedlichen Varianten dieses Architekturstils. Außerdem waren auch noch eine Handvoll Kataloge der Auktionshäuser *Christie's* und *Sotheby's* aus den vergangenen Jahrzehnten dabei.

Melissa hatte keine Ahnung, wie Sophie entschieden hatte, welche Bücher für ihre Recherche wichtig sein könnten, außer dass sie jedes einzelne Buch angeschaut und kurz durchgeblättert hatte … was, soweit sie ihre ehemalige Assistentin und jetzige Teilhaberin kannte, durchaus möglich war.

Mit dem Architekturbüchern fing Melissa an. Sie setzte sich ans Kopfende des Bettes, zog dann einen schweren Band nach dem anderen auf ihren Schoß, und obwohl sie nur die Inhaltsverzeichnisse überflog, vergingen Stunden, bis sie alle durchgegangen war – doch der Name Jasper Green tauchte kein einziges Mal auf.

Frustriert blies sie sich eine Haarsträhne aus dem Gesicht. Sie hatte darauf gesetzt, irgendwo auf Informationen über ihn zu stoßen, und einen kurzen irrwitzigen Moment lang war sie versucht gewesen, Gabriel anzurufen und ihn zu bitten, herüberzukommen und ihr zu helfen, die Bücherberge zu sichten, aber er hatte ihr ja mehr als deutlich zu verstehen gegeben, dass er nicht mit ihr zusammen sein wollte. Über ihre gemeinsame Beziehung zu den Häusern und was deren Verkauf für die Stadt bedeuten würde hinaus war er ganz offensichtlich nicht an ihr interessiert. Sie schob einen dicken Architekturwälzer von ihrem Schoß und zog den nächsten heran.

Sie wollte ihr Unterfangen gerade für hoffnungslos erklären, als ihr ein dünnes Büchlein in die Hände fiel – eigentlich eher eine Broschüre –, die sie vor langer Zeit einmal von einem Kongress in London mitgebracht hatte. Es war schlecht gedruckt und gebunden, eindeutig die Bemühung von jemandem, der beruflich mit Antiquitäten zu tun hatte, aber keine Ahnung vom Verlegen von Büchern. Doch sie erinnerte sich noch, dass sie es inhaltlich solide und zuverlässig gefunden hatte.

Es ging darin um die *Art Workers' Guild*, eine in England gegründeten Organisation, mit dem Anliegen, Praktiker sowohl aus der Kunst als auch aus dem Kunsthandwerk gleichberechtigt und auf Augenhöhe zusammenzubringen – eine kaum bekannte Nebenerscheinung der Ideale von William Morris, wenn nicht sogar seines charakteristischen persönlichen Geschmacks. Melissa war dermaßen fasziniert von diesem historischen Aspekt, dass sie dabei halb vergaß, wonach sie eigentlich auf der Suche war, als sie von den frühen Meistern der Gilde und ihrer Philosophie las. Und als sie die Broschüre schon fast halb durchgelesen hatte, stieß sie auf folgenden Abschnitt:

Im Geiste der Philosophie der Gilde, der zufolge es keine klare Trennlinie zwischen Kunst und Architektur geben sollte, waren viele der ersten Mitglieder sowohl fähige Architekten als auch bildende Künstler. Ein Mitglied, das die Spannungen der Epoche besonders deutlich zum Ausdruck brachte, war Jasper Green, ein Bildhauer, Kunsthandwerker und Architekt, der sich wegen deren zunehmender Anfeindungen gegenüber dem Kunsthandwerk von der Royal Academy losgesagt hatte.

Melissas Herz geriet aus dem Takt, und zwar so lange, dass es ihr wie eine Ewigkeit vorkam. Sie überflog rasch den Rest der Broschüre, dieses Mal nur noch auf die Suche nach dem Namen Jasper Green, doch der tauchte kein weiteres Mal mehr auf.

Aber jedenfalls gab es ihn. Jasper Green war Architekt, Bildhauer und Kunsthandwerker gewesen – das war der alte Begriff für das, was inzwischen als Produktdesigner bezeichnet wurde. Sie wusste jetzt, dass er einmal Mitglied der *Royal Academy* und auch der *Art Workers' Guild* gewesen war, was bedeutete, dass sie recht gehabt hatte mit ihrer Vermutung, er könne Brite gewesen sein. Natürlich wusste sie immer noch nicht, was ihn nach Amerika verschlagen hatte, wo überall er Häuser in Tischlergotik von außen und im *Craftsman*-Stil von innen gestaltet hatte, aber es war zumindest ein Anfang. Es war eine Bestätigung ihrer Vermutungen.

Melissa sprang vom Bett und griff nach ihrem Handy. In diesem Moment war es ihr egal, dass sie sich geschworen hatte, Gabriel nicht zu kontaktieren, jetzt, da es eine Lösung für ihre Probleme gab. Sie gab seine Nummer ein und wartete nicht einmal ab, bis er sich gemeldet hatte, sondern legte sofort los.

„Ich hab's, Gabe! Jasper Green war in den 1880ern Mitglied der *Art Workers' Guild* in London. Dadurch sind die Häuser historisch wertvoll, und zwar sowohl aufgrund ihrer Architektur als auch wegen ihres Alters. Wir können beantragen, dass sie unter Denkmalschutz gestellt werden."

Eine Weile blieb es still in der Leitung, und sie dachte schon, er hätte einfach aufgelegt. Doch dann antwortete er – und seine Stimme klang vorsichtig, ja beinah wachsam: „Und wie lange würde das dauern?"

„Das ist von Bundesstaat zu Bundesstaat unterschiedlich, aber normalerweise ungefähr drei Monate. Warum fragst du?"

Er räusperte sich und antwortete dann: „So viel Zeit haben wir nicht, Melissa. Die Häuser werden in 30 Tagen zum Abriss freigegeben."

Zwanzig Minuten später setzte sich Melissa an einen ruhigen Ecktisch im *Main Street Mocha*, wobei die Entscheidung, sich an einem neutralen Ort zu treffen, fast automatisch gefallen war. Seit Gabriel sie darüber informiert hatte, dass die Häuser abgerissen werden sollten, ging es in ihrem Kopf drunter und drüber. Warum waren die Häuser zum Abriss freigegeben worden, ohne dass sie als Eigentümerin es erfahren hatte?

Aber in ihrem Kopf klang das längst nicht so wohlformuliert, sondern da hallten nur immer wieder die Worte: Warum? Warum? Warum? Warum?

Delia schaute fragend zwischen Gabriel und Melissa hin und her, als sie ihnen die bestellten Getränke brachte, sagte aber nichts.

Melissa ignorierte den Pfefferminzmocha und senkte ihre Stimme und fragte: „Also, was soll das heißen, dass meine Häuser zum Abriss freigegeben sind?"

Gabriel holte ein gefaltetes Blatt Papier hervor, das so aussah, als wäre es zerknüllt und dann wieder glatt gestrichen worden.

„Das hat Burton aus reiner *Gefälligkeit* an mein Büro geschickt. In Wirklichkeit will er sich aber damit brüsten, dass er das Verfahren zur Freigabe zum Abriss in Gang gesetzt hat. Anscheinend hat er erfahren, dass wir die Originalbaupläne der Häuser gefunden haben und dass ungenehmigte Veränderungen an den Häusern vorgenommen wurden. Das in Verbindung mit den Problemen an den Fundamenten … du wirst jedenfalls morgen eine Benachrichtigung an den Türen der Häuser vorfinden, wenn sie nicht schon dort hängen."

Völlig fassungslos setzte sich Melissa auf ihrem Stuhl zurück. „Das verstehe ich nicht. Wie hat er das denn so schnell erfahren? Wir haben die Baupläne doch erst heute gefunden."

„Ich vermute, dass er Mike über den Weg gelaufen ist und der damit geprahlt hat, dass wir die Originalbaupläne gefunden haben. Ich bin sicher, er hat nicht bedacht, dass uns das schaden könnte, und er hat unterschätzt, wozu Burton bereit und fähig ist, um die Grundstücke zu bekommen, auf denen die Häuser stehen."

„Mit so etwas hat Burton doch von Anfang an gedroht. Ich habe nur die Andeutungen nicht richtig verstanden."

Melissa massierte sich die Schläfen und zwang sich, trotz des plötzlichen Adrenalinschubs, der durch ihren ganzen Körper schoss, rational zu denken. Es musste einen Ausweg geben.

„Ich dachte, dass Hauseigentümer auch ohne Baugenehmigung Änderungen vornehmen dürfen", sagte sie.

„Na ja, aber wir haben keine Beweise, dass sie tatsächlich vom Eigentümer durchgeführt wurden. Und wenn die Arbeiten ohne Genehmigung von jemand anderem als Connie oder Jonathan Green durchgeführt wurden, dann haben die Häuser keinen Bestandsschutz. Im Prinzip behauptet Burton, dass die Häuser wegen ungenehmigter Umbauten und fehlender Wartung in den vergangenen Jahren nicht sicher sind. Uns wird jetzt eine Frist von dreißig Tagen eingeräumt, um sie den Bauvorschriften entsprechend instand zu setzen, sonst werden sie als Gefahr für die öffentliche Sicherheit zum Abriss freigegeben."

Entsetzt starrte Melissa Gabriel an. „Wie ist das möglich? Sie haben die Häuser ja nicht einmal begutachtet, um festzustellen, was gemacht werden muss, oder ob sie überhaupt wirklich eine Gefahr darstellen."

Gabriels Ton klang bitter, als er erklärte: „Also, wenn ich das richtig sehe, hat Burton einen Maulwurf in der Bezirksregierung sitzen."

Nach dieser Einschätzung bekam sie den Mund gar nicht wieder zu. Sie hatte hier in der Kleinstadt mit allem Möglichen gerechnet – Bürokratie, dem langsamen Tempo in kleinen Countys, Widerstand gegen Veränderungen –, aber nicht mit Korruption.

„Dann glaubst du also …“, sie senkte die Stimme, als die Worte viel zu laut herauskamen und die Gäste vom Nachbartisch schon zu ihnen herüberschauten, „er hat jemanden bestochen?“

„Ich glaube nicht, dass es etwas so Offensichtliches wie Bestechung war, sondern wahrscheinlich eher eine Bemerkung im richtigen Moment zur richtigen Person, dass das Projekt dem County durch Gewerbe- und Grundsteuern viel Geld einbringen würde und dass er einen legalen Weg wisse, das zu realisieren.“ Gabriel ließ sich auf seinen Stuhl zurücksinken und sah völlig ratlos aus. „Er hat ja nicht unrecht, so steht es in den Bauvorschriften des Countys. Obwohl es mich sehr wundern würde, wenn diese Vorschriften schon jemals genutzt wurden, um alte Häuser abzureißen und den Weg für ein kommerzielles Bauprojekt frei zu machen.“

„Ja, es sorgt dafür, dass Enteignung aussieht, als wäre es etwas Grundehrliches und ganz Normales“, sagte Melissa bitter. „Aber du hast doch gerade gesagt, dass uns eine Frist von dreißig Tagen eingeräumt wird, um nachzuweisen, dass wir die Häuser den Bauvorschriften entsprechend herrichten können. Da steht also nicht, dass diese Instandsetzungsarbeiten in dreißig Tagen abgeschlossen sein müssen, oder?“

Gabriel nickte. „Das stimmt. Wir müssen auf die Benachrichtigung reagieren, dann alle nötigen Genehmigungen einholen und alles Notwendige in die Wege leiten.“

„Dann machen wir das doch. Nichts leichter als das.“

„So einfach ist das aber nicht, Melissa. Solche Dinge kosten viel Geld. Ganz zu schweigen von der Tatsache, dass du, wenn du es schaffst, die Häuser zu retten, sie immer noch zurückbauen musst, sodass sie den ursprünglichen Bauplänen entsprechen, damit sie dann als schützenswert aufgeführt und unter Denkmalschutz gestellt werden können.“

Melissa lehnte sich zurück und sagte: „Aber so viel Geld habe ich nicht.“

„Ich weiß. Und ich auch nicht."

„Was ich allerdings nicht verstehe, ist, warum sie die Häuser praktisch enteignen und zum Abriss freigeben, mir das Land, auf dem sie stehen, aber immer noch gehört."

„Das jetzt allerdings erheblich weniger wert ist. Burton spart das, was die Häuser wert sind, und bezahlt nur noch die Grundstücke. Bei den derzeitigen Preisen für Immobilien ist das eine Riesenersparnis für ihn. Und abgesehen davon ist es ziemlich nutzlos, unbebautes und unfruchtbares Land zu behalten."

Obwohl sie rasende Wut verspürte, musste sie einräumen, dass Burton schlau war. Er hatte die Angelegenheit aus jedem nur erdenklichen Winkel bedacht und er hatte sie gewarnt. Da sie sein erstes Angebot ausgeschlagen hatte und auch nicht vorhatte, an dieser Entscheidung etwas zu ändern, begann er jetzt eben Druck zu machen. Das war zwar eindeutig unmoralisch, aber absolut legal.

Weil Gabriel nur vor sich hin starrte, sah sie ihn an und fragte: „Alles in Ordnung, Gabe?"

Da sah er sie wieder an, aber sein leicht verzogener Mund deutete darauf hin, dass die Gedanken, die er gerade gehabt hatte, ihm keinen Spaß machten.

„Ich kenne vielleicht jemanden, der uns helfen könnte."

Melissa sah ihn blinzelnd an und fragte: „Ach ja? Warum hast du denn dann so lange gewartet, dich mit ihm in Verbindung zu setzen?"

„Weil ich mal gesagt habe, dass ich nie wieder ein Wort mit ihm reden würde, und an dieses Versprechen habe ich mich bis jetzt gehalten. Aber jetzt habe ich vielleicht keine andere Wahl." Gabriel strich sich erschöpft übers Gesicht. „Ich muss meinen Vater anrufen."

30

Gabriel sagte sonst niemandem, was er vorhatte. Nicht seinem Großvater und ganz sicher auch nicht seiner Mutter. Sein Großvater wäre bestimmt vorsichtig optimistisch gewesen. Er hatte ihm immer gesagt, dass er sich nur selbst schade, wenn er den Kontakt zu seinem Vater abbreche. Und seine Mutter? Was sie sagen würde, wollte er sich lieber gar nicht vorstellen. Nachdem er damals herausgefunden hatte, wer sein leiblicher Vater wirklich war, und er sich danach Richtung Jasper Lake aus dem Staub gemacht hatte, hatten sie darüber nie wieder ein Wort verloren.

Er hatte keine Ahnung, wie sein Vater wohl reagieren würde.

Nein, nicht sein Vater, sondern sein Erzeuger. Der Mann, der rein biologisch dafür verantwortlich war, dass es ihn überhaupt gab – Robert Miller.

Obwohl Gabriel seit Melissas Ankunft ohnehin kaum im Büro gewesen war, rief er Linda an, um ihr zu sagen, dass er ein, zwei Tage auswärts zu tun hätte. Danach rief er Luke an und bat ihn, sich während seiner Abwesenheit um Fitz zu kümmern. Bis zum Büro seines Vaters in Denver war es zwar nur eine Autostunde, aber er hatte keine Ahnung, ob Robert ihn überhaupt empfangen würde. Er packte also ein paar Sachen für eine Übernachtung ein, steckte seinen Laptop in den Rucksack und stieg in seinen Truck, als die Sonne über dem höchsten Gipfel stand.

In dem Moment, in dem er die Stadtgrenze hinter sich ließ, atmete Gabriel aus. Er fühlte sich, als hätte er seit Monaten nicht durchgeatmet, und dieses Engegefühl vermischte sich mit der Anspannung und Verkrampftheit, die sich seit der Konfrontation mit Melissa eingestellt hatte. Er mochte immer noch nicht an ihren verletzten Blick denken, als er ihr gesagt hatte, dass es wegen ihrer unterschiedlichen Überzeugungen keine gemeinsame Zukunft für sie geben könne. Immer wieder fragte er sich, was er hätte anders machen können, um sie und auch sich selbst zu schonen.

Denn jetzt, da er wusste, dass die Zeit ihrer Zusammenarbeit langsam zu Ende ging, weil sie in nicht einmal einer Woche wieder nach Kalifornien zurückkehren wollte, nahm ihm die Vorstellung, dass sie nicht mehr da sein würde, die Luft zum Atmen. In so kurzer Zeit hatte sie auf eine Weise ihren Weg in sein Leben gefunden, wie er es nie für möglich gehalten hätte. Und er konnte es auch nicht erklären.

Es gab zwar einige Gemeinsamkeiten zwischen ihnen, aber es war nicht zu leugnen, dass die Verbindung, die er schon beim ersten Blick verspürt hatte, mehr als nur Anziehung war. Es war, als ob … er das fehlende Teil von sich gefunden hatte. Doch anscheinend hatte Gott diese Info nicht bekommen.

Gabriel presste die Hände fest ums Lenkrad. Er wusste, dass dieser Gedanke nicht fair war, denn wenn jemand die Situation missverstanden hatte, dann er selbst. Er konnte nicht die Möglichkeit von der Hand weisen, dass sie aus einem anderen Grund in sein Leben getreten war als dem, ihn glücklich zu machen. Er hatte ihr nur geholfen, ein paar Details über ihre Mutter und ihre Großmutter herauszufinden, und wenigstens hatte er es geschafft, mit ihr über seinen Glauben zu sprechen, bevor der einen Keil zwischen sie getrieben hatte. Vielleicht war mehr für sie beide einfach nicht vorgesehen, sosehr ihn diese Vorstellung auch schmerzte.

„Dein Plan hat sich nicht geändert, Gabe“, sagte er streng zu sich selbst, als er auf den Highway auffuhr, der zur Interstate 70 führte und dann die Berge hinunter nach Denver. Sein Plan war immer gewesen, die Stadt zu retten. Deshalb war er nach Jasper Lake geführt worden, und deshalb würde er auch alles tun, um diesen Plan durchzuführen. Selbst wenn das bedeutete, dass er das Versprechen nicht halten würde, das er sich und seiner Mutter vor vielen Jahren gegeben hatte.

Als die Straße nach dem steilen Abfall wieder ebener wurde und dann in die sanften Berghänge von Jefferson County überging, hatte er einen Plan. Er würde sich nicht als Sohn an Robert wenden, sondern als Staatsdiener, der eine Bitte an einen Geschäftsmann richtete, eine Bitte, deren Erfüllung ihm Gewinn einbringen würde. Denn wenn es eines gab, was er über seinen biologischen Vater wusste, dann, dass er nie die eigenen Interessen aus dem Blick verlor.

Gabriel war plötzlich froh, dass er sich entschieden hatte, Hemd und Sakko anzuziehen, auch wenn die wasserdichten Boots nicht recht zu dem Geschäftsmann-Image passten, das er gern vermitteln wollte. Aber sie waren schließlich in Colorado und hier kam man auch in Jeans und Cowboystiefeln zu hochoffiziellen Sitzungen oder ging im Fleecepullover in Vier-Sterne-Restaurants. Und er bezweifelte, dass das im Büro seines Vaters anders war.

Es war lange her, dass Gabriel in dem Firmengebäude gewesen war, und er brauchte sein Navi, um in die Innenstadt hineinzufinden, wo sich in zwei Etagen eines viktorianischen Backsteingebäudes der Sitz der *Miller Property Group* mit den verschiedenen Branchen von Roberts Unternehmen befand: Immobilien, Entwicklung und Erschließung, Investment und Architektur. Die Firma war ein Beweis für das rasante Wirtschaftswachstum in Colorado. Das kleine ortsansässige Architekturbüro hatte sich zu einem Unternehmen gemausert, das sämtliche Bereiche der Projektentwicklung umfasste.

Der Unterschied zwischen Burton und Robert war ein moralischer: Roberts Firma war auf Erhaltung und Wiederherstellung von Bausubstanz spezialisiert, darauf, bestehende Gebäude neuen Nutzungsmöglichkeiten zuzuführen, dabei aber deren architektonische und historische Einzigartigkeit zu bewahren. Das entbehrte nicht einer gewissen Ironie, wenn man bedachte, dass es Roberts Mangel an persönlicher Moral war, dem Gabriel überhaupt seine Existenz zu verdanken hatte.

Gabriel stellte seinen Wagen in der Tiefgarage des Bürokomplexes ab und nahm sich noch einen Moment Zeit, sich bewusst gerade aufzurichten und die Schultern zu straffen, bevor er die Tür des Trucks öffnete. Noch einmal atmete er tief durch. *Jetzt oder nie.*

Er musste auf den Firmenschildern in der Eingangshalle des Gebäudes nachschauen, in welchem Stockwerk sich das Büro seines Vaters befand. Er drückte auf die 3 und hielt die Luft an, als die Türen sich schlossen und der Aufzug fast geräuschlos in die dritte Etage glitt.

Die Türen öffneten sich wieder, und er betrat einen Gang, der in einen weitläufigen Empfangsbereich mündete. Er ging geradewegs zu dem Mahagonitresen und zwang sich zu einem Lächeln in Richtung der jungen Frau, die dort saß.

„Mein Name ist Gabriel Brandt. Ich möchte gern zu Robert Miller."

Ganz kurz war Verwunderung in ihrem Blick zu erkennen – sie wusste offenbar, wer er war –, aber dann gelang ihr ein freundliches Lächeln und sie deutete mit der Hand zum Wartebereich auf der rechten Seite.

„Ich schaue, ob er gerade zu sprechen ist. Bitte machen Sie es sich doch bequem, und bedienen Sie sich auch mit Kaffee oder Tee, wenn Sie möchten."

„Danke", sagte Gabriel und erwiderte ihr Lächeln, obwohl er innerlich wegen der Dinge, die er gerade vorhatte, zitterte. Er hatte seit … wie lange … über 10 Jahren … nicht mehr mit Robert gesprochen. Und das letzte Mal war es dazu auch nur gekommen, weil er ihm zufällig auf einer Weihnachtsparty in Denver über den

Weg gelaufen war. Anscheinend hatten sie gemeinsame geschäftliche Kontakte. Statt sich zu setzen, holte er sich jetzt eine Tasse Kaffee aus dem Automaten, aber als der erste Schluck in seinem nervösen Magen ankam, merkte er, wie die Säure brannte.

„Gabriel! Was für eine Überraschung!“

Als er die Männerstimme hinter sich hörte, drehte er sich mit einem Ruck um und stellte den Kaffeebecher rasch auf dem Tisch ab. Er blinzelte. Das Bild, das er von seinem Vater hatte, hatte nicht den Zeitfaktor berücksichtigt: In den vergangenen zehn Jahren waren die Falten um Roberts Augenpartie tiefer geworden, sein dunkles Haar hatte silberne Strähnen und seine sportliche Figur war weicher und etwas rundlicher geworden. Doch trotz dieser Veränderungen war sofort zu erkennen, dass die beiden Vater und Sohn waren.

Gabriel fand seine Stimme wieder und war froh, dass sie kraftvoll und fest klang. „Sorry, dass ich einfach so hereinschneie. Hast du einen Moment Zeit?“

„Für dich immer.“

Robert trat zur Seite und bedeutete Gabriel mit einer Geste, in den Gang vorauszugehen, an dem ganz hinten sein Büro lag. Gabriel war erleichtert, dass er nicht versuchte, ihn zu umarmen oder auf eine andere Weise zu berühren. Er behandelte ihn im Grunde wie einen befreundeten Geschäftspartner, was in diesem Fall ja auch absolut zutreffend war.

„Erste Tür rechts“, sagte Robert mit gesenkter Stimme, und Gabriel betrat ein überraschend kleines Büro, das nur mit einem alten Schreibtisch, einem passenden Sideboard und zwei Stühlen eingerichtet war.

Auf dem Schreibtisch lagen Stapel von Unterlagen, und die Wände waren mit Whiteboards voller Immobilienabbildungen und -plänen gepflastert statt mit Kunst, wie er erwartet hatte. Robert setzte sich nicht auf den imponierenden Ledersessel hinter dem

Schreibtisch, sondern drehte einen der beiden Besucherstühle so, dass er Gabriel darauf gegenübersaß.

„Was kann ich für dich tun, mein Junge?" Er sagte das wie eine Redewendung und nicht als Anrede für seinen leiblichen Sohn, aber es kratzte trotzdem an Gabriels Nerven.

„Ich habe dir einen geschäftlichen Vorschlag zu machen."

Daraufhin sah Robert ihn lange an, nickte dann und sagte: „Ich höre."

Gabriel zögerte, aber Robert schien es ernst zu meinen, also fing er ganz am Anfang an. Wie er zum Bürgermeister von Jasper Lake gewählt worden war, um den ursprünglichen Charakter der Stadt zu erhalten, wie dies nun durch Burtons Hotelprojekt gefährdet war, und wie üble Deals hinter den Kulissen dafür sorgten, dass Melissas Häuser jetzt vom Abriss bedroht waren. Als Gabriel fertig war, saß Robert einfach da, den Kopf in den Nacken gelegt, und dachte nach.

„Das ist eine knifflige Situation", sagte er schließlich, sah Gabriel ins Gesicht und fuhr dann fort: „Ich weiß nicht, wie ich dir konkret und auf direktem Wege helfen kann, denn momentan konzentrieren wir uns mit unseren Projekten ausschließlich auf Denver, und meine Firma ist ganz und gar mit der Lobbyarbeit beschäftigt, die nötig ist, um Flächennutzungspläne zu ändern, damit die unverantwortliche Entwicklung, die gerade in den nicht so wohlhabenden Wohngegenden stattfindet, nicht weitergeht."

Gabriels Hoffnung schwand. Er konnte den Standpunkt seines Vaters nachvollziehen – aber ob er nicht für ihn eine Ausnahme machen würde? Er wusste nicht, warum er überhaupt hergekommen war, denn er hatte schon vor langer Zeit sämtliche Brücken zu ihm abgebrochen, und es war nur eine törichte Hoffnung, die ihn auf die Idee gebracht hatte, dass vielleicht irgendein Rest väterlichen Verantwortungsgefühls Robert dazu bringen könnte zu helfen. Das Schlimmste dabei war, dass Gabriel es ihm nicht einmal verübeln konnte.

Aber Robert war noch nicht fertig. Er nahm einen Notizblock vom Schreibtisch, notierte darauf mehrere Namen und Telefonnummern, riss das Blatt dann ab und gab es Gabriel.

„Die erste Nummer ist die einer Anwältin, mit der ich zusammenarbeite. Die rufst du zuerst an und bittest sie, wegen eines laufenden Denkmalschutzverfahrens einen Antrag auf Beendigung des Abrissverfahrens zu stellen. Sie kennt sich gut aus mit den Gerichten im County, und die meisten Richter werden sich nicht die Mühe machen, gegen sie zu entscheiden, weil sie den Ruf hat, sie dann mit Anträgen zu bombardieren, bis sie kapitulieren."

Während er das sagte, ging ein kaum wahrnehmbares Lächeln über sein Gesicht – entweder mochte er die Frau sehr, oder er bewunderte ihre Hartnäckigkeit. Vielleicht auch beides.

„Die zweite Nummer ist die von Winnie Johnson, das ist eine Freundin, von der ich weiß, dass sie mit der Erhaltung historischer Gebäude in Colorado zu tun hat. Sie gehört auch dem Gremium an, das über die Zuteilung von Fördergeldern für die Erhaltung historischer Gebäude entscheidet. Die Antragsfrist ist eigentlich schon abgelaufen, aber ich weiß zufällig, dass die Projekte, die gefördert werden sollen, noch nicht bekanntgegeben worden sind. Vielleicht ist das Gremium ja bereit, ein bisschen an der Frist zu drehen, wenn du ihr erzählst, was du mir erzählt hast. Das könnte dir immerhin ein bisschen Zeit verschaffen, die Häuser so herzurichten, dass sie den Bauvorschriften entsprechen, und dadurch das Abrissverfahren abzuwenden.

In der Zwischenzeit müssen du und diese Melissa, die du erwähnt hast, eure Bewerbung für das Verzeichnis schützenswerter Baudenkmäler einreichen. Am besten bis gestern. Diese Bewerbung braucht Pam nämlich für ihren Antrag. Und dann drängt ihr auf der Grundlage dieser Dinge – und zwar heftig –, dass der Stadtrat den Flächennutzungsplan ändert. Sofort. Stellt einen Antrag und lass darüber abstimmen. Decke die schmutzigen Tricks auf, die dieser

Typ anzuwenden bereit ist, um die Einzigartigkeit eurer Stadt zu zerstören. Frag die Leute vom Stadtrat, wie viel ihnen ihre Eigenständigkeit und Unabhängigkeit wert ist."

Roberts Augen funkelten. „Wenn es eines gibt, was ich über die Menschen aus Colorado weiß, besonders die in den Bergen, dann, dass ihnen ihr Lebensstil und ihre Unabhängigkeit sehr viel bedeuten. Mach ihnen bewusst, dass sie einen Außenstehenden über ihre Zukunft bestimmen lassen, wenn sie sich für das Projekt entscheiden."

Er hielt Gabriels Blick stand. „Das ist keine Sache von Fakten, Gabriel, sondern von Emotionen und von Persönlichkeit. Ob es dir gefällt oder nicht, du hast dich dafür entschieden, in dieser Stadt ein Leiter zu sein, also leite auch. Ich habe keinen Zweifel daran, dass du in der Lage bist, die Sache so zu drehen, wie du sie haben willst."

Gabriel überflog das Blatt Papier in seiner Hand, ohne wirklich etwas zu sehen. Mit so etwas hatte er nicht gerechnet, als er gekommen war. Er hatte gehofft, dass Robert sein Scheckheft zücken und sie retten würde. Er hatte gedacht, dass sein Vater vielleicht immer noch Schuldgefühle haben würde wegen der Art, wie er seinen Sohn und dessen Mutter damals so hatte hängen lassen.

Stattdessen verhielt er sich wie … ein Vater. Ein Vater, der ihn beriet und sein Selbstvertrauen stärkte. Nur, dass er im Unterschied zu einem wirklichen Vater nicht da gewesen war. Das waren alles nur leere Phrasen. Es war seine Art, ihn möglichst schnell wieder loszuwerden, um sich wieder an seine eigentliche Arbeit machen zu können.

„Woher weißt du denn, ob ich leiten kann?", fragte Gabriel. „Du weißt doch so gut wie gar nichts über mich."

Da gingen Roberts Mundwinkel nach oben, aber es sah eher wie eine Grimasse aus als wie ein Lächeln. „Das war deine Entscheidung, mein Junge, nicht meine. Und ich wage zu behaupten, dass ich sehr viel mehr über dich weiß, als du glaubst." Dabei deutete er mit dem Kopf auf die Anrichte hinter sich.

Zum ersten Mal sah Gabriel die Fotos, die darauf standen. Wie zu erwarten, gab es da mehrere Aufnahmen von Roberts Töchtern, aber auch eine von ihm und seiner Mutter bei seinem Highschool-Abschluss. Darauf strahlten sie auf eine Weise zur Seite, aus der klar hervorging, dass sie in die Kamera von jemand anderem schauten. Außerdem gab es ein weiteres Foto von ihm, auf dem er dem Präsidenten seiner Universität die Hand drückte und sein Masterzeugnis entgegennahm. Das Bild war offenbar aus großer Entfernung aufgenommen worden.

„Ich habe mich ferngehalten, weil ich deinen Wunsch respektieren wollte", sagte Robert ganz ruhig und mit leicht gepresster Stimme. „Aber das heißt nicht, dass mir nichts an dir gelegen hat oder dass ich nicht stolz auf dich bin." Jetzt verwandelte sich die Grimasse in etwas, das schon mehr Ähnlichkeit mit einem Lächeln hatte. „Ich habe alles aus der Ferne verfolgt. Ich hoffe, du bist deshalb nicht wütend."

„Ich weiß nicht, wie ich das finde", sagte er nur.

Es fühlte sich aber irgendwie übergriffig an, fast ein bisschen unheimlich, dass Robert ohne sein Wissen bei seinen Abschlussfeiern dabei gewesen war. Er war Gabriel zwar nicht mit einem Teleobjektiv durch die ganze Stadt gefolgt, aber die Vorstellung, dass er da gewesen war, ohne dass Gabriel es gewusst hatte …

Robert nickte noch einmal kurz und sagte dann: „Ruf Pam und Winnie an. Möglichst heute noch. Sie werden deine Anrufe entgegennehmen und können dir bei dem ganzen Prozedere helfen. Rette deine Stadt, Gabriel." Dann stand er auf und fügte noch hinzu: „Und wenn du eine Entscheidung darüber triffst, wie du über das andere denkst, oder wenn du nur mal reden willst, Dampf ablassen, mir sagen willst, was für ein schrecklich abwesender Vater ich gewesen bin …", da war wieder dieses kläglich verzerrte Lächeln, „… dann weißt du ja, wo du mich findest."

Daraufhin stand Gabriel auch auf, zögerte kurz, drückte dann aber doch Roberts ausgestreckte Hand und sagte: „Danke, dass du mich empfangen hast, und danke für deinen Rat."

„Viel Glück. Du findest selbst hinaus, oder? Ich bin schon spät dran für ein Meeting."

Gabriel nickte langsam, drehte sich in Richtung Tür und spürte, dass Robert hinterherkam. Aber er drehte sich nicht noch einmal um, weil er nicht sehen wollte, ob er stolz oder beunruhigt oder traurig aussah.

Auf dem Weg hinaus lächelte Gabriel die Frau am Empfang an und ging dann gleichermaßen unruhig wie gespannt zum Aufzug. Er hatte jetzt einen Schlachtplan, einen Weg, wie er sowohl die Häuser als auch die Stadt retten konnte. Das half Melissa zwar nicht mit ihrem Haus in Kalifornien, aber es verhinderte, dass ihre Immobilien ihren gesamten Wert verloren.

Wenn es doch bloß auch verhindern konnte, dass er sie ganz verlor.

31

Während der gesamten Zeit, in der Gabriel in Denver war, fühlte sich Melissa, als würde sie die Luft anhalten. Gabriel hatte ihr irgendwann doch noch erzählt, was sein Vater beruflich machte und warum er ihnen vielleicht würde helfen können, aber trotzdem war ihr klar, dass der Ausgang der ganzen Sache höchst ungewiss war. Welcher Mann würde denn wohl einen Sohn mit offenen Armen empfangen, nachdem der vor über zehn Jahren den Kontakt zu ihm abgebrochen hatte? Melissa erwartete jedenfalls gar nichts, und das wiederum bedeutete, dass sie sich selbst darum kümmern musste, dass es weiterging und die nächsten Schritte klappten.

Sie war davon ausgegangen, dass es ein unkomplizierter Vorgang sein würde, Denkmalschutz für ihre Häuser zu beantragen. Sie musste nur die entsprechenden Formulare herunterladen, sie ausfüllen und dann per Mail zurückschicken. Sie hätte es besser wissen müssen, besonders weil es sich um ein bürokratisches Verfahren handelte. Sie brauchte fast den ganzen Vormittag, um die Internetseite der zuständigen Behörde zu verstehen und dann alle erforderlichen Formulare für den Antrag auf Denkmalschutz für ihre Häuser herunterzuladen. Von dort wurde sie dann zur Historischen Gesellschaft von Colorado zwecks weiterer Informationen weitergeleitet. Es sah so aus, als ob es dort Fördergelder bis zu einer Höhe von 200.000 Dollar für die Erhaltung historisch bedeutsamer Gebäude gab.

Dabei erfuhr sie zwei sehr unangenehme Dinge: Erstens war die Frist für die Vergabe der Fördergelder für den Herbst bereits abgelaufen und zweitens: wenn es tatsächlich gelingen sollte, dass die Häuser unter Denkmalschutz gestellt wurden, bedeutete das noch längst nicht, dass der Abriss vom Tisch war. Privateigentümer hatten zwar das Recht, ihre Immobilien nach Belieben abzureißen, zu renovieren, zu verändern oder neu aufzubauen, ohne dass sich der Staat oder die örtlichen Behörden einmischen konnten, aber das County konnte immer noch den Abriss der Häuser verfügen, wenn sie als Gefahr für die Allgemeinheit eingestuft wurden.

Es war also möglich, dass sich die vermeintliche Wunderwaffe gegen eine mögliche Abrissverfügung als ungefähr so wirkungsvoll wie eine Wasserpistole im Vergleich zu einem Revolver erweisen würde.

Melissa seufzte und ließ den Kopf in die Hände sinken. Sie hatte langsam das Gefühl, dass sie am Ende dieses ganzen Bewerbungsprozesses mit leeren Händen dastehen könnte. Irgendwann hatte sie aufgehört, sich Gedanken darüber zu machen, ob sie das Haus in Pasadena kaufen konnte, dafür quälte sie jetzt die Vorstellung, vielleicht auch die letzte Verbindung zu ihrer Vergangenheit zu verlieren. Jetzt, da sie – wenn auch sehr spät – erfahren hatte, dass sie eine Familie gehabt hatte, von der sie geliebt worden war, bedeutete Connie Greens Haus ihr etwas. Und aus demselben Grund bedeutete ihr auch die Stadt nun etwas. Und auch Gabriel bedeutete ihr etwas.

Auch wenn Letzteres wohl zu nichts führen würde. Das hatte er ihr jedenfalls sehr deutlich zu verstehen gegeben. Und es hatte keinen Einfluss auf das, was sie hier zu erledigen hatte. Zum ersten Mal in ihrem Leben und aus Gründen, die sie selbst nicht verstand, war sie versucht zu beten.

Aber das war doch albern. Sie war ja nicht einmal davon überzeugt, dass Gott ihre Existenz überhaupt zur Kenntnis nahm.

Jedenfalls hatte er sich ihr in den Jahren, in denen sie ihn dringend gebraucht hätte, nicht zu erkennen gegeben. Weshalb also hätte sie sich die Mühe machen sollen, ihn wegen etwas so Unbedeutendem wie der Rettung eines Hauses, von dem sie vor ein paar Wochen noch nicht einmal gewusst hatte, aus seinem Schlummer zu wecken?

Und dennoch … sie merkte, wie sie Worte in ihrem Kopf formulierte, wenn nicht an Gott, dann jedenfalls ans Universum: *Bitte. Bitte lass mich dieses Haus nicht verlieren. Ich glaube, nach allem, was ich schon verloren habe, könnte ich das nicht ertragen.*

Sie hatte diese Worte kaum in ihrem Kopf geordnet, da klingelte ihr Handy und riss sie aus ihren Gedanken. Als sie es in die Hand nahm, sah sie Gabriels Nummer auf dem Display, nahm nach kurzem Zögern den Anruf an und meldete sich zögerlich: „Hallo?".

„Melissa. Bin ich froh, dass du drangegangen bist. Ich komme gerade aus dem Büro meines Vaters."

Ihre Hoffnung wuchs. „Hilft er dir? Hat er Interesse, hier zu investieren?"

„Nein, nicht direkt" antwortete Gabriel, und die Hoffnung von eben, die so zerbrechlich war wie Porzellan, stürzte ab und zerschellte. „Aber er hat eine andere Idee." Gabriel berichtete ihr also von dem Vorschlag seines Vaters, sich mit der Historischen Gesellschaft in Verbindung zu setzen und sich um Fördergelder zu bewerben.

„Diese Möglichkeit habe ich auch schon recherchiert", sagte Melissa und gab sich große Mühe, nicht enttäuscht zu klingen. „Aber die Antragsfrist ist schon abgelaufen."

„Ich weiß, aber bis jetzt hatten wir ja auch noch nicht die Empfehlung eines Mitgliedes des Gremiums und den privaten Kontakt zu einer der Entscheidungsträgerinnen. Das bedeutet zwar noch nicht, dass sie die anderen Mitglieder auf ihre Seite bringen kann, aber mein Vater war ziemlich sicher, dass sie angesichts der außergewöhnlichen Situation und der offensichtlichen Dringlichkeit den verspäteten Antrag noch annehmen."

Da fasste Melissa wieder Mut. „Wirklich?“, fragte sie.

„Ja, wirklich. Aber es gibt noch mehr. Mein Vater hat mir den Namen und den Kontakt einer Anwältin gegeben. Ich habe sie bereits angerufen, und weil ich schon mal in Denver bin, treffe ich mich noch heute Nachmittag mit ihr. Sie ist bereit, beim Bezirksgericht eine einstweilige Verfügung gegen den Abriss zu beantragen, und sie ist ziemlich sicher, dass dem Antrag stattgegeben wird.“

Aus Gründen, die sie nicht erklären konnte, kamen Melissa die Tränen. „Wirklich?“, wiederholte sie noch einmal mit erstickter Stimme.

Gabriels Stimme wurde jetzt weicher. „Wirklich, Melissa. Wir werden nicht zulassen, dass Burton mit seinen Plänen durchkommt. Wir werden dagegen kämpfen und gewinnen.“

„Danke, Gabriel. Mir ist klar, dass das auch für die Stadt ist, aber …“, sagte sie mit halb erstickter Stimme.

„Ich weiß ja, wie viel dir das bedeutet, Melissa, und dass du das nicht vorhattest, als du nach Jasper Lake gekommen bist, aber ich verstehe sehr gut, dass du diese Verbindung zu deiner Vergangenheit aufrechterhalten möchtest.“

Melissa musste schwer schlucken und nickte, bevor ihr bewusst wurde, dass er das gar nicht sehen konnte. Jetzt gesellte sich Hoffnung zu dem Schmerz in ihrer Brust, noch zart und zerbrechlich, aber neu. „Danke, Gabriel. Ich fange gleich mit dem Antrag auf Denkmalschutz an.“

„Gute Idee. Ich rufe dich wieder an, wenn ich mit der Anwältin gesprochen habe.“ Er hielt inne. „So Gott will, haben wir bis zu deiner Abreise alles in trockenen Tüchern.“

„Großartig. Halte mich doch bitte auf dem Laufenden, wie es weitergeht, ja?“

Und damit beendete sie das Gespräch, aber sie musste weiter an seine Worte „so Gott will“ denken. Vielleicht war es nur eine Floskel gewesen, aber sie wunderte sich trotzdem darüber. Im Zusammenhang mit ihrem zaghaften Gebet fühlte sich das Timing seines Anrufs einfach zu passend an.

Aber das war doch albern. Oder?

Melissa schob den Laptop von ihrem Schoß aufs Bett und zog die Boots an, die auf dem Teppich davorstanden. Ja, sie musste sich an die Bewerbung um Denkmalschutz für die Häuser machen, aber in der Checkliste dafür stand eindeutig, dass Fotos der Objekte und der historisch wertvollen Elemente eingereicht werden mussten. Weil es dort draußen bei den Häusern aber keinen Strom gab, musste sie die Fotos machen, solange es noch Tageslicht gab, und deshalb erledigte sie das am besten sofort. Sie durfte keine Zeit verlieren.

Melissa zog sich eine Jacke über den dicken Pullover, dann die Mütze über die Ohren und wappnete sich gegen die Kälte, die sie draußen erwartete. Zum Glück lag auf den Straßen eine festgefahrene Schneedecke, sodass sie viel sicherer fuhr als an dem Tag nach dem Schneesturm.

Als sie vor ihrem Haus anhielt, stand ein großer, schwarzer SUV davor. Mit gerunzelter Stirn stieg sie langsam aus. Spuren im Schnee vor dem Haus bewiesen, dass vor Kurzem jemand hier gewesen sein musste … oder noch da war.

„Hallo?", rief sie und fand es selbst ganz furchtbar, wie zögerlich und unsicher ihre Stimme klang. Zum ersten Mal wurde ihr bewusst, wie abgeschieden die Häuser hier draußen lagen. Auf der einen Seite des Hauses lag der See, auf der anderen Seite gab es keine Häuser außer ein paar vereinzelte Jagdhütten. Die Atmosphäre in der Stadt selbst war so freundlich, dass ihr nie in den Sinn gekommen war, sich wegen der Abgeschiedenheit Sorgen zu machen. Aber jetzt …

Sei nicht blöd. Wahrscheinlich war es der Mitarbeiter vom Ordnungsamt, der die Benachrichtigung an die Tür geklebt hatte. Nachdem sie jetzt die Straße überquert hatte und auf dem Gehweg vor dem Haus stand, sah sie, dass tatsächlich etwas an der Eingangstür klebte.

Und dann hörte sie von der Rückseite des Hauses Schnee knirschen. Sie wappnete sich, und in dem Augenblick kam auch schon eine große Gestalt um die Ecke, die sich dann als nur allzu vertrauter Anblick entpuppte: Phil Burton.

Die Angst, die sie gerade noch verspürt hatte, verwandelte sich in pure Wut. Sie stemmte die Hände in die Hüften und starrte ihn an, während er mit einem amüsierten Lächeln auf sie zukam.

„Guten Morgen, Melissa. Ich habe hier draußen nicht mit Ihnen gerechnet. Sind Sie gekommen, um sich von dem Haus zu verabschieden?"

Sie hatte bisher noch nie jemanden für durch und durch böse gehalten und auch Burton hatte sie eher als Opportunisten eingeschätzt. Sie hatte vielleicht dem Baulöwen gegenüber eine angespannte Haltung gehabt, aber gehasst hatte sie ihn nicht. Bis zu diesem Moment.

Er versuchte, sie aus der Fassung zu bringen, wollte ihr demonstrieren, dass er gewonnen hatte und wie sehr er sich darüber freute. Aber Melissa schluckte seinen Köder nicht, sondern sagte nur ganz ruhig und sachlich: „Sie begehen gerade Hausfriedensbruch. Das hier ist mein Grundstück."

„Jetzt kommen Sie schon, Melissa. Wir wissen doch beide, dass es nicht mehr lange Ihnen gehört."

Sie wollte sich nicht verraten, deshalb biss sie nur die Zähne zusammen und sagte: „Bis jetzt haben Sie noch nicht mehr erreicht, als das Abrissverfahren zu eröffnen. Die Häuser werden vielleicht abgerissen, aber mal angenommen, Sie stecken dahinter, wie kommen Sie eigentlich auf die Idee, dass ich Ihnen jemals Land verkaufen würde?" Sie drehte sich um und schaute über den See. „Da Sie hier eine Hotelanlage bauen wollen, habe ich mir überlegt, die Grundstücke als Wertanlage zu behalten. Ich nehme an, dass sie in zehn Jahren … wie viel wert sind? Mindestens ein, zwei Millionen? Und wenn ich genügend Geduld aufbringe, bekomme ich dafür, was ich will."

Für einen Augenblick wirkte Burton unsicher, also hatte sie zumindest Zweifel gesät. Aber dann wurde seine Miene wieder stahlhart und er lächelte. „Wenn Sie das vorhaben, habe ich dagegen keine Einwände. Behalten Sie Ihr Land und ich baue drum herum und nutze den unverbauten Blick auf den See über Ihr Anwesen hinweg. Wer wird schon für mehrere Millionen Dollar ein Haus direkt neben einer Hotelanlage bauen wollen?"

An der Stelle hatte er sie und das wusste er auch. Aber sie hatte ihn mit dem, was sie gesagt hatte, nur in die Irre führen wollen – sie wollte nämlich nicht, dass er auch nur einen Moment lang auf die Idee kam, dass sie gerichtlich gegen ihn vorgehen würde oder dass sie sich um Fördergelder der Historischen Gesellschaft bewerben würde. Sollte er sich doch an seinem vermeintlichen Sieg berauschen, solange er noch konnte. Der Gedanke, wie geschockt er sein würde, wenn sich das Blatt für ihn wendete, brachte sie innerlich zum Lächeln. Wenn er nicht so entschlossen gewesen wäre, das Ganze auf die persönliche Ebene zu zerren, wäre sie wahrscheinlich nicht so entschlossen gewesen, sich über seine unweigerliche Niederlage zu freuen.

Doch das warf eine weitere Frage auf, nämlich warum er diese ganze Angelegenheit so persönlich nahm? Sie konnte verstehen, dass er sich die Grundstücke für sein Bauprojekt sichern wollte, aber an dieser Seite des Sees gab es noch sehr viel mehr Land, und ihre Häuser standen nicht einmal auf Grundstücken, von denen aus man den besten Seeblick hatte. An einem Abschnitt einen halben Kilometer weiter die Straße hinunter gab es sogar eine kleine geschützte Bucht, die sich perfekt geeignet hätte, um dort im Sommer Paddel- und Ruderboote zu Wasser zu lassen. Warum also wollte er unbedingt genau diese Stelle für seine Hotelanlage?

Sich seines Sieges in ihrem kleinen Scharmützel sicher, ging er so nah an ihr vorbei, dass er sie leicht berührte und trat dann auf die verschneite Straße.

Da rief Melissa ihm hinterher: „Was haben Sie eigentlich von der ganzen Sache?"

Er blieb stehen. „Wie meinen Sie das?"

„Es gibt bessere Standorte für eine Hotelanlage, und in Anbetracht der Menge an Geld, das Sie bereit sind, für dieses Land hier zum Fenster hinauszuwerfen, ist mir klar, dass es nicht nur um Geld gehen kann. Also warum liegt Ihnen so viel daran, diese Häuser abzureißen"

Burton sagte nichts, und sie wusste, dass sie ins Schwarze getroffen hatte. Einen langen Moment dachte sie, er würde ihre Frage nicht beantworten, aber dann kam er mit drohender Miene wieder auf sie zu und fragte: „Wollen Sie das wirklich wissen?"

Melissa trat einen Schritt zurück, straffte aber die Schultern und antwortete: „Würde ich sonst fragen?"

„Also gut. Die alte Hexe hat meine Familie zerstört. Sie hat meinen Bruder auf dem Gewissen."

Völlig schockiert blinzelte Melissa ihn an. „Ich dachte, Ihr Bruder wäre bei einem Autounfall ums Leben gekommen. Und außerdem hat er meine Mutter verlassen, nicht umgekehrt."

„Wie ich sehe, überrascht Sie die Familienverbindung nicht", entgegnete er mit einem harten Lachen. „Ich rede nicht von Ihrer Mutter, obwohl die auch eine Nervensäge war. Ich rede von Ihrer Großmutter."

Melissa musste schwer schlucken. „Das verstehe ich nicht."

„Natürlich verstehen Sie das nicht. Wenn es nämlich eines gab, worin Connie gut war, dann die Wahrheit zu vertuschen. Sie hat über ein Jahrzehnt lang die Wahrheit über ihren Mann geheim gehalten, obwohl jeder wusste, dass er vom anderen Ufer war. Nein, mein Bruder hat Ihre Mutter geliebt, und aus Gründen, die ich absolut nicht nachvollziehen kann, war er bereit, alles aufzugeben für das kleine Flittchen. Er wollte nur erst das College abschließen, damit er für sie und das Balg sorgen konnte."

Er lächelte ein ganz klein wenig, so als würde ihm erst jetzt bewusst, dass er gerade von ihr, Melissa, sprach. „Er hatte eigentlich ein Football-Stipendium, aber nein, Connie Green hat gedrängt und Druck gemacht; hat verlangt, dass das Baby nicht unehelich geboren werden dürfe, damit nicht, Gott behüte, irgendjemand auf die Idee kommen könnte, dass sie ihre Tochter nicht absolut perfekt erzogen hätte."

Wie in Schockstarre sah Melissa ihn an. Das war eine ganz andere Geschichte als die, die sie bis jetzt gehört hatte, und auch eine ganz andere als die, die sie sich vorgestellt hatte.

„Er wollte sie heiraten?"

„Für sie hat er das Studium sausen lassen, hat sich den Pflichten der Familie gegenüber entzogen und hat den einzigen Job angenommen, der sich für einen neunzehnjährigen Studienabbrecher bot – als Arbeiter auf den Öl- und Gasförderfeldern im Süden von Colorado. Der tödliche Autounfall ist passiert, als er nach einem Besuch bei ihr auf dem Rückweg dorthin war."

Bei dieser Enthüllung bekam Melissa ganz weiche Knie und schaute sich nach einer Möglichkeit um, sich kurz zu setzen, konnte aber keine entdecken. „Ich dachte, er wäre betrunken gefahren."

„Das hat der Leichenbeschauer gesagt, aber der hat sich geirrt. Wussten Sie, dass der Alkoholgehalt im Blut nach dem Tod steigen und so zu einem falschen Ergebnis führen kann? Recherchieren Sie das ruhig. Er hat überhaupt keinen Alkohol getrunken. Nie. Er hatte zwar den Ruf, dass er gern feierte, aber das lag nur daran, dass er im Footballteam war."

Burtons Blick war irgendwo in die Ferne gerichtet, und Melissa merkte, dass er ganz kurz vergessen hatte, dass sie da war. „Er war der Gute von uns beiden", fuhr er fort. „Er wollte Arzt werden. Ein Footballspieler, der Arzt werden wollte. Meine Eltern haben fest damit gerechnet, dass er sich im Alter um sie kümmern und sie versorgen würde." Wieder stieß Burton dieses harte Lachen aus und fuhr dann in bitterem Ton fort: „Sie können ja mal raten, was daraus geworden ist, nachdem er tot war."

Bei all diesen Enthüllungen blieb Melissa richtig die Luft weg. Sie war nicht von ihrer Mutter verlassen worden und ihre Mutter war nicht von ihrem Freund verlassen worden. Irgendwie spielte Connie Green durch ihre Härte und Unnachgiebigkeit offenbar eine nicht unerhebliche Rolle bei der ganzen Sache.

Eine ungute Entscheidung hatte eine Lawine ausgelöst und eine ganze Familie zerstört. Nein, zwei. Denn als sie jetzt Phil Burton anschaute, sah sie nicht das Böse in ihm, sondern sie sah Verbitterung und Kummer und die Weigerung zu vergeben, die ihn bei lebendigem Leibe zerfraß. Für alles, was seiner Familie zugestoßen war, machte er ihre Familie verantwortlich, obwohl das alles jetzt schon fast dreißig Jahre zurücklag und sein Bruder schließlich auch seinen Anteil daran gehabt hatte.

Und was noch beunruhigender war, ein klein wenig von dieser Haltung stellte sie auch bei sich selbst fest.

„Sie müssen das loslassen", sagte sie leise.

Ihm war deutlich anzumerken, dass so etwas das Allerletzte war, womit er gerechnet hatte. Sie fuhr fort: „Ich habe mein ganzes Leben damit verbracht, meine Mutter dafür zu hassen, dass sie mich verlassen hat, meinen Vater, dass er nicht da war, und zuletzt meine Großmutter, weil sie nicht einmal versucht hat, mich zu finden, obwohl sie wusste, dass es mich gab und ich am Leben war. Ich hatte eigentlich vor, die Häuser so schnell wie möglich zu verkaufen, weil ich, genau wie Sie, die Erinnerung an die Familie, die ich eigentlich hätte haben sollen, so schnell wie möglich auslöschen wollte."

Sie holte einmal tief Luft und sah ihn dann an. „Aber wissen Sie, was mir klar geworden ist? Es spielt keine Rolle. Es ändert nämlich absolut gar nichts. Sie haben meinen Hass noch nicht einmal bemerkt, aber mir selbst hat er geschadet."

Sie lächelte ihn traurig an. „Sie können diese Häuser dem Erdboden gleichmachen, aber Ihr Hass wird immer noch da sein und Sie bei lebendigem Leib auffressen."

Sie sahen sich in die Augen, und Melissa hielt die Luft an, während sie auf seine Reaktion wartete. Einen Moment lang hatte sie das Gefühl, zu ihm durchgedrungen zu sein, aber dann grinste er nur hämisch und sagte: „Genießen Sie die letzten dreißig Tage mit den Häusern und mit Ihrer Vergebung. Mir ist Rache lieber."

Und mit diesen Worten machte er kehrt, überquerte die Straße, stieg in seinen Wagen und knallte die Tür so heftig zu, dass die Scheibe klapperte. Aber er warf ihr noch einen letzten eindringlichen Blick zu, als er auf der Straße wendete und dann in Richtung Highway davonfuhr.

Melissa schaffte es stehen zu bleiben, bis die Rücklichter seines Wagens nicht mehr zu sehen waren, dann bekam sie weiche Knie. Sie taumelte den Weg zur Eingangstreppe hinauf und brach dann auf den vereisten Stufen vor Connie Greens Haus zusammen. Und aus Gründen, die sie selbst nicht richtig verstand, liefen ihr jetzt die Tränen übers Gesicht, die sie die ganze Zeit zurückgehalten hatte.

Jetzt verstand sie. Ihre Mutter hatte sie gewollt. Ihr Vater hatte ihre Mutter anscheinend so sehr geliebt, dass er bereit gewesen war, seine eigenen Zukunftspläne für sie aufzugeben. Und ihre Großmutter hatte zwar viele Fehler gemacht, aber versucht, sie zu korrigieren, auch wenn es dazu dann leider zu spät gewesen war. Zufall, Pech, wie auch immer man es bezeichnen wollte, es war dazwischengekommen und hatte Melissa ein Schicksal auferlegt, das eigentlich keinem Kind zugemutet werden sollte.

Sie wusste nicht, wie lange sie dort auf der Eingangstreppe des Hauses gesessen und sowohl um das Leben geweint hatte, das sie eigentlich hätte haben sollen, als auch über das, welches sie tatsächlich gelebt hatte. Sie empfand heftigen Kummer darüber, dass sie diejenigen, die unbeabsichtigt für dieses Schicksal verantwortlich waren, nie kennenlernen würde. Sie machte jeden dieser Menschen für die Entscheidungen verantwortlich, die er getroffen hatte. Und dann vergab sie ihnen.

Als sie schließlich aufstand – das Gesicht nass von Tränen, mit einem ganz hohlen Gefühl in ihrem Inneren und einem Hintern, der ganz taub war vom kalten Beton –, da fühlte sie sich wie ein anderer Mensch, ein Mensch, der bereit war, sich dem zu stellen, was auch immer das Leben für ihn bereithielt.

32

Es war schon dunkel, als Gabriel an diesem Abend vom Highway auf die Straße nach Jasper Lake abfuhr. In seinem Kopf kreisten die Gedanken, aber zum ersten Mal seit Monaten verspürte er wieder Hoffnung.

Das Treffen mit der Anwältin hatte fast den ganzen Nachmittag gedauert. Er war froh, dass er ein paar Fotos von den Bauplänen des Hauses dabeigehabt hatte, denn als sie sie gesehen hatte, war sie mit seinem Vater absolut einer Meinung gewesen.

„Kein Richter in diesem County würde ein Abrissverfahren für diese Häuser bis zum Ende durchwinken", sagte sie mit großer Bestimmtheit. „Nicht bei all den Anstrengungen, die derzeit unternommen werden, um die Ursprünglichkeit in den Bergen zu erhalten. Niemand möchte dafür verantwortlich sein, einen Teil der Geschichte von Colorado zu zerstören, besonders nicht, wenn sie irgendwann ein Touristenmagnet werden könnte."

Der Antrag würde bis Ende der Woche eingereicht werden, und die Anwältin glaubte, dass schon ein paar Tage später eine Entscheidung vorliegen würde. Die komprimierte Art des Verfahrens bedeutete besonders viel Arbeit für die Anwälte, aber das machte ihr anscheinend nichts aus. Gabriel hatte den Verdacht, dass das an der persönlichen Empfehlung durch seinen Vater lag, für dessen Unternehmen sie sehr viel arbeitete.

Als Gabriel jetzt langsam durch die Stadt fuhr, überlegte er, ob er gleich nach Hause fahren sollte, aber dann merkte er, dass er wie automatisch den Weg zum Bed & Breakfast eingeschlagen hatte. Er betrat das Haus mit seinem eigenen Schlüssel durch den Haupteingang. Währenddessen schrieb er Melissa eine Nachricht. *Kannst du nach unten in den Salon kommen? Ich habe Neuigkeiten.*

Kurz darauf hörte er oben Schritte und dann, wie eine Tür auf- und wieder zuging.

Im nächsten Moment tauchte Melissa oben an der Treppe auf. „Gabriel! Ich habe nicht damit gerechnet, dass du heute noch zurückkommst. Hast du alles unter Dach und Fach gebracht?"

„Komm, lass uns im Salon reden", schlug er vor und deutete in Richtung des gemütlichen Wohnraums. Sie sah ihn fragend an, folgte ihm aber und ließ sich auf einem der Polstersessel am Kamin nieder.

„Ich habe heute Nachmittag mit der Anwältin gesprochen und sie wird bis Ende der Woche eine einstweilige Verfügung beantragen. Darüber müsste eigentlich bis Ende nächster Woche entschieden sein, wenn nicht sogar schon früher. Natürlich muss aus einer einstweiligen Verfügung gegen den Abriss dann noch eine endgültige Entscheidung werden, aber wenn wir die Fördergelder von der Historischen Gesellschaft bekommen, dann müssten wir eigentlich auch alle Genehmigungen für die Rücknahme der ungenehmigten Veränderungen bekommen, und dann wird die Abrissverfügung zurückgenommen. Das ist im Grunde nur eine Überbrückungsmaßnahme, bis wir wissen, wie es weitergeht, auch wenn es für uns viel Arbeit bedeutet, weil wir die Baupläne für die Genehmigungen der baulichen Veränderungen an den Häusern vorbereiten müssen. Ich glaube aber, wenn wir die nächsten ein, zwei Wochen ranklotzen, müssten wir damit rechtzeitig fertig werden …"

„Gabriel", unterbrach Melissa ihn, „ich fahre wieder nach Hause."

Er unterbrach sich selbst in dem, was er noch sagen wollte. „Nach Hause? Jetzt?"

Sie sah ihm nicht in die Augen. „Wir haben alles erledigt, was wir uns vorgenommen hatten. Wenn du so sicher bist, dass die Sache zu unseren Gunsten entschieden wird, dann bleibt für euch nichts mehr zu tun, was ich nicht auch von Kalifornien aus erledigen könnte. Ich bin schon viel zu lange weg."

Sie zögerte und erklärte dann: „Ich habe ein Projekt in Pasadena angenommen, mit dem ich nächste Woche anfange."

Gabriel war wie vor den Kopf gestoßen. Sie reiste ab? Ja klar. Es bestand für sie jetzt gar kein Grund mehr zu bleiben. Er hatte gewusst, dass sie irgendwann nach Kalifornien zurückkehren würde, aber er hatte nicht richtig begriffen, was das bedeutete und wie es sein würde, ohne sie an dem Projekt weiterzuarbeiten. Was es für seinen Alltag bedeutete, wenn sie nicht mehr daran beteiligt war.

„Wenn das wegen uns ist, Melissa ..."

„Nein, ist es nicht", entgegnete sie mit Entschiedenheit. „Ich laufe nicht weg und ich will auch niemanden bestrafen. Mir ist nur klar geworden, dass es einfach zu schwierig ist, ... das ... zu zweit zu machen, wenn es für uns beide keine gemeinsame Zukunft gibt."

Sie schluckte schwer. „Deshalb habe ich beschlossen, die Häuser in eine Stiftung einzubringen und dich zum Treuhänder einzusetzen."

Er starrte sie an. „Wie bitte? Ich dachte ... Brauchtest du nicht ...?"

Melissa schüttelte den Kopf. „Es ist etwas passiert, Gabriel. Ich bin zufällig Phil Burton begegnet, und er hat mir den Grund verraten, weshalb er diese Immobilien unbedingt haben will. Es ist eine Art Racheakt. Er macht nämlich die Greens für den Tod seines Bruders verantwortlich, und mir ist klar geworden, dass das Haus für viel zu viele Menschen, einschließlich mir, viel zu wichtig ist. Kein Haus kann so wichtig sein."

Sie lächelte ihn matt an. „Auch das Haus in Pasadena nicht. Ich möchte es wirklich nicht verlieren, aber ich werde mich nicht in irgendetwas hineinstürzen, bevor ich es mir noch einmal gründlich überlegt habe. Ich werde mich auch bestimmt nicht unter Druck setzen lassen, etwas zu verkaufen, das seit Generationen in Familienbesitz ist, ohne erst gründlich darüber nachzudenken."

Sie holte noch einmal tief Luft und fuhr dann fort: „Aber es wird mir schwerfallen, einige der Entscheidungen zu treffen und auch all die Baugenehmigungen zusammenzubekommen. Deshalb möchte ich dich mit allen nötigen Vollmachten ausstatten – natürlich vorausgesetzt, du bist einverstanden. Mir ist bewusst, dass das sehr viel verlangt ist."

Gabriel saß einfach nur da und war so geschockt von dieser Eröffnung, dass ihm die Worte fehlten. Und dann bemerkte er diese kaum wahrnehmbare Veränderung bei ihr: Da war ein Frieden, den sie bis zu diesem Augenblick nicht ausgestrahlt hatte. Die winzigen Falten auf ihrer Stirn waren geglättet, die Mundwinkel kaum merklich hochgezogen, sodass ihm erst jetzt auffiel, dass er ihre leicht grimmige Miene nie richtig wahrgenommen hatte. Sie schien irgendwie ... angekommen zu sein. Was war an diesem Tag passiert, das zu dieser Veränderung geführt hatte?

Doch sie wartete immer noch auf seine Antwort auf ihr Angebot. „Natürlich nehme ich es an. Danke, Melissa. Es ist wirklich großzügig von dir, mir zum Wohl der Stadt die Vollmachten für deine Immobilien zu übertragen."

Sie zuckte kaum wahrnehmbar mit einer Schulter. „Ach, so großzügig ist das eigentlich gar nicht. Ich glaube, es ist zum Besten aller und du kennst dich mit der Stadt viel besser aus als ich. Ich vertraue dir."

Diese drei Worte waren es, die ihn schwerer trafen als alles andere, was sie gesagt hatte. Der Schmerz explodierte geradezu in seiner Brust. „Melissa ..."

Sie stand vom Sessel auf und unterbrach ihn: „Mach es nicht noch schwerer, als es schon ist, Gabriel. Ich weiß, dass das mit uns einfach nicht sein soll. Aber vielleicht hat es ja trotzdem einen Grund, dass wir uns begegnet sind."

Traurig lächelte sie ihn an und fuhr fort: „Ende der Woche werde ich mit der Bewerbung um die Fördergelder der Historischen Gesellschaft fertig sein und noch den Antrag stellen, bevor ich abreise. Ich schicke dir dann ein Exemplar davon zu. Und ich habe mich auch schon mit Matthew Avery in Verbindung gesetzt. Er meldet sich bei dir, wenn du die Papiere für deine Vollmachten bei der neu eingerichteten Stiftung unterschreiben kannst."

„Danke, Melissa." Gabriel stand jetzt auch auf, wusste aber nicht so recht, was er sagen sollte.

Im Grunde gab es auch gar nichts mehr zu sagen. Das hier war das Ende von etwas, das kaum begonnen hatte. Ein kurzes Aufblinken in ihrem Leben, zwei Wochen, die Melissa vergessen würde, sobald sie wieder in Kalifornien war und sich in ihr neues Projekt gestürzt hatte. Aber irgendwie glaubte Gabriel nicht, dass er sie so schnell vergessen würde.

Und dann überraschte sie ihn, denn sie kam auf ihn zu, schlang ihre Arme um seine Körpermitte, legte ihren Kopf an seine Brust und umarmte ihn lange. Als sie sich wieder von ihm löste, stellte sie sich auf die Zehenspitzen und hauchte einen Kuss auf seinen Mund.

„Nein. Ich danke dir. Ich glaube nicht, dass ich das alles ohne dich geschafft hätte."

Und bevor er überlegen konnte, wie er darauf reagieren sollte, war sie schon wieder auf dem Weg nach oben und schloss die Tür ihres Zimmers. Dieses Mal allerdings nicht mit einem Knall, sondern einem leisen, kaum hörbaren Klick.

Melissa schloss leise die Tür hinter sich und lehnte sich mit der Stirn gegen die massive Holzvertäfelung, unfähig, sich noch weiter von Gabriel zu entfernen, als sie es bereits getan hatte. Sie war immer so gut darin gewesen, sich innerlich vor Abschiedsschmerz zu schützen, hatte nie zurückgeschaut, wenn sie eine Pflegefamilie hatte verlassen müssen, hatte sich nie erlaubt, darüber nachzudenken, was sie verloren hatte und was wohl als Nächstes auf sie zukam. Sie hatte sich einen so harten und sicheren Panzer um ihr Inneres zugelegt, dass nichts ihn durchdringen konnte, weder Liebe noch Verlust.

Doch jetzt spürte sie Risse in diesem Panzer. Es fühlte sich an wie ein körperlicher Schmerz, ein Zerreißen. Sie holte einmal zittrig tief Luft und ihr kamen die Tränen. All die Jahre hatte sie Angst gehabt, dass ihr das Herz brechen würde durch das scharfe Schwert des Verrats und des Verlustes, nur um jetzt festzustellen, dass es sich eher so anfühlte, als würden völlig eingefrorene Gliedmaßen langsam auftauen, nachdem sie einen langen Tag in der Kälte gewesen waren. Schmerzhaft prickelnd … und dennoch mit dem Gefühl, dass es so genau richtig war, dass gerade ein Gleichgewicht wiederhergestellt wurde.

Sie wischte sich die Tränen ab, ging zum Bett, ließ den Kummer wirklich zu, sodass sie ihn spürte, und staunte darüber, dass er sie nicht umbrachte. Sie würde Gabriel vermissen. Sie wünschte, das Ganze wäre anders ausgegangen, aber sie konnte nicht so tun, als wäre sie jemand – etwas –, das sie für ihn einfach nicht sein konnte. Und vielleicht war das der eindeutigste Beweis dafür, dass sie hier wirklich etwas gelernt hatte.

Die Frage war: Wer war sie?

Sie hatte sich immer als Pflegekind gesehen, das von der eigenen Mutter nicht erwünscht gewesen war. Aber sie war gar nicht unerwünscht gewesen. Sie hatte eine völlig falsche Vorstellung gehabt.

Sie hatte sich selbst als einen Menschen gesehen, der sich nur auf sich selbst verlassen konnte, selbst dann, wenn sie Menschen um sich hatte, die bereit waren, ihr zu helfen. Doch jetzt überließ sie die Kontrolle über ihre Immobilien freiwillig jemandem, den sie kaum kannte, einfach weil sie ihm vertraute.

Ob sie sich selbst auch noch in anderen Bereichen dermaßen

falsch eingeschätzt hatte? Was war zum Beispiel mit der Einschätzung, dass sie eine Person war, die nicht lieben konnte? Das Ziehen in ihrem Magen, wenn sie an Gabriel dachte, schien auch diese Einschätzung zu widerlegen.

Was war mit ihrer Überzeugung, dass sie ungeliebt war? Sowohl ihr Vater als auch ihre Mutter hatten um ihretwillen große Opfer gebracht, auch wenn es am Ende dann doch nicht gut ausgegangen war.

Und schließlich die Einschätzung, dass sie jemand war, die von Gott vergessen war? Erst in diesem Moment kam eine Erinnerung wieder hoch, etwas undeutlich, weil es schon so lange her war, so flüchtig, dass sie nicht einmal ganz sicher sein konnte, ob es tatsächlich eine Erinnerung war und nicht etwas, das sie sich einbildete.

Sie saß auf dem Schoß einer Frau und blätterte in einem Bilderbuch. Nein, es war eine Bilderbibel. Und sie sangen ein Lied: „Jesus liebt mich."

Ob das ihre Mutter gewesen war? Das war eigentlich nicht möglich, aber sie musste es gewesen sein. Melissa wusste mit Sicherheit, dass es nicht in einer ihrer ersten Pflegefamilien gewesen war. Dort hatte es wenig bis gar keinen Körperkontakt mit den Pflegeeltern gegeben und ganz sicher hätte niemand von ihnen sie auf den Schoß genommen.

Sie erinnerte sich, dass sie mit einer der Pflegefamilien ein paarmal in die Sonntagschule gegangen war, das war in der Familie gewesen, die so hart über ihre Mutter geurteilt hatte. Doch da war sie schon viel zu alt gewesen, um noch bei jemandem auf dem Schoß zu sitzen, und außerdem hatte sie an diese Zeit ziemlich genaue Erinnerungen.

Nein, die Frau aus ihrer Erinnerung musste ihre Mutter sein. Sie drehte und wendete dieses Bild in ihrem Kopf, während sie sich bettfertig machte, sich abschminkte und den Schlafanzug anzog. Und je länger sie daran dachte, desto überzeugter war sie, dass es sich tatsächlich um eine Erinnerung handelte. Denn sie hatte dabei ein Glücksgefühl, ein beruhigendes, tröstliches Gefühl, und das war etwas, das sie in sonst keinem Abschnitt ihrer Kindheit empfunden hatte. Außer vielleicht der Wärme, die sie damals im Park gespürt hatte, als Nancy Novak sie an sich gezogen und vor Erleichterung geweint hatte, als sie sie wiedergefunden hatte.

Sie hatte diese beiden Erinnerungen im Kopf, als sie sich ins Bett legte und sich ein bisschen weniger allein fühlte als seit langer Zeit.

33

Obwohl sie fast rund um die Uhr arbeitete, brauchte Melissa doch noch fast die gesamte Woche, um den Antrag auf Denkmalschutz für ihre Häuser zu Ende zu bringen. Grund dafür war unter anderem die aussichtslos scheinende Suche nach Antragsformularen und Informationen, auf die sie von den unterschiedlichen Internetseiten und Links geschickt wurde, wegen des Prüfens und nochmaligen Prüfens, ob sie auch wirklich alles richtig ausgefüllt und bedacht hatte.

Sie machte neue Fotos von den Häusern, weil die ersten Fotos die architektonischen Besonderheiten und Details nicht gut genug wiedergaben, und ordnete sie dann so, dass sie die Häuser im besten Licht zeigten und sie möglichst gut erhalten wirken ließen. Sie musste tatsächlich nach Georgetown fahren, um jemanden zu finden, der mit den brüchigen alten Bauplänen umgehen und sie einscannen konnte, ohne sie zu zerstören, damit sie sie zusammen mit Kopien der Broschüre über Jasper Green an den Antrag anhängen konnte.

Auch über ihn recherchierte sie noch weiter und fand im Internet ein paar neue Quellen, in denen er erwähnt wurde – und zwar in einer Diashow von der Kunstschule in Chicago und in einem Katalog bei eBay, für den sie viel zu viel bezahlte. Es gelang ihr außerdem, Jasper Greens Namen auf der Namensliste der *Royal Academy* zu finden und dann noch ein paar Fotos von Skulpturen von ihm, die in irgendwelchen unbedeutenden englischen Museen ausgestellt waren. Dennoch war sie nur mäßig zuversichtlich, dass sie die Bedeutung des Architekten und seiner Beziehung zu Colorado deutlich genug dargestellt und genügend untermauert hatte.

Es war dann schließlich ein Anruf bei der immer noch bestehenden *Art Workers' Guild* in England, der das letzte noch fehlende Puzzleteil zutage brachte, und zwar ein Foto seines Namens auf einem Fresco, das den Saal der Gilde zierte, direkt neben den wichtigsten Kunsthandwerkern und Architekten seiner Epoche. Wenn sie schon nicht seine Bedeutung für Kunst und Architektur nachweisen konnte, dann doch wenigstens seine Nähe zu den einflussreichsten Persönlichkeiten der *Arts and Crafts*-Bewegung. Dass es nur so wenige Werke von ihm gab, würde sicher dabei helfen zu untermauern, wie wichtig es war, das wenige, was noch erhalten war, nicht auch noch zu vernichten.

Als sie auf Senden klickte und den Antrag auf Denkmalschutz mit einer Blindkopie an Gabriel endlich abschickte, war es schon Freitagnachmittag. Ihre Taschen waren gepackt und ihr Flug ab Denver für den nächsten Tag gebucht. Sie klappte ihren Laptop zu und atmete einmal tief durch. Jetzt würde sie nur noch beim Notar die Papiere zur Gründung der Stiftung unterschreiben. Der Anwalt hatte ihr zugesichert, mit Gabriel erst dann einen Termin zu vereinbaren, wenn sie unterschrieben hatte und wieder weg war.

Sie war innerlich bereit, alles zurückzulassen, was sie hier bekommen hatte, aber bei Gabriel fiel es ihr am schwersten. Zu wissen, dass er nur auf der anderen Straßenseite in seinem Büro saß, war pure Folter. Das *Main Street Mocha* mied sie lieber, um ihm dort nicht vielleicht doch noch über den Weg zu laufen. Stattdessen entschied sie sich für einen Kaffee in der Küche des Bed & Breakfast. An einem Tag hatte sie Gabriel vom Fenster ihres Zimmers aus gesehen, als er mit Fitz Gassi ging, und hatte rasch die Gardine fallen lassen, als er zu ihrem Zimmer hinaufgeschaut hatte. Aber das war wahrscheinlich nur Zufall gewesen und kein Hinweis darauf, dass er sie hatte sehen wollen. Sie musste einfach glauben, dass es so war, sonst wäre es zu schwierig, ihn zurückzulassen.

Irgendwie dachte sie, dass er vielleicht noch einmal auftauchen würde, um sich zu verabschieden, als sie am nächsten Morgen im Bed & Breakfast auscheckte, aber es war nur sein Großvater da, als sie mit ihrer Reisetasche die Treppe herunterkam.

„Wie viel schulde ich dir, Werner?", fragte sie.

Er winkte ab und konnte ihr nicht in die Augen sehen. „Pfff. Es war mir ein Vergnügen, dich hierzuhaben. Besonders nach allem, was du für Gabriel und die Stadt getan hast."

Ihr kam es vor, als würde da etwas überbewertet, das sie in erster Linie für sich selbst getan hatte. Sie griff in ihre Handtasche und zählte eine Handvoll Hundertdollarscheine ab, so viel, wie ihrer Schätzung nach das Zimmer bei ihr in Kalifornien gekostet hätte.

Werner Brandt machte große Augen und sagte dann: „Aber das ist viel zu viel."

Daraufhin nahm Melissa einen Hunderter wieder weg, um ihn zu beschwichtigen, und drückte ihm die restlichen Scheine in die Hand.

„Bitte. Es war mir ein Vergnügen. Ich bin sehr dankbar, dass ich hier wohnen konnte. Und danke für den Kaffee und das Frühstück."

Sie lächelte den Inhaber der Pension etwas kleinlaut an, denn sie wusste, er kannte nicht den wahren Grund dafür, dass sie nicht wie sonst ihren Kaffee auswärts getrunken hatte. Trotzdem würde sie noch einmal ins *Main Street Mocha* gehen müssen, um sich vor ihrer Abreise von Delia zu verabschieden. Es war wirklich schade, dass sie nicht bleiben konnte. Sie hatte nämlich das Gefühl, dass die Eigentümerin des Coffeeshops ebenso Freundin hätte werden können, wie sie ihr spontan eine Mentorin gewesen war.

Ganz unerwartet umarmte Werner Brandt Melissa zum Abschied, und sie musste fliehen, weil ihr erneut die Tränen kamen. Sie würde doch wohl die Stadt verlassen können, ohne zu weinen – oder Gabriel zu sehen. Es musste ihr einfach gelingen.

Als sie jedoch zu ihrem Mietwagen ging, der am Straßenrand geparkt war, lag auf der Motorhaube, direkt an der Windschutzscheibe, ein dickes Päckchen. Sie verstaute ihre Reisetasche auf der Rückbank, bevor sie es vorsichtig herunternahm. Es schien ein Schnellhefter zu sein, mindestens drei Zentimeter dick, verpackt in einer dicken, durchsichtigen Plastikfolie. Mit gerunzelter Stirn packte sie ihn aus.

Vorne auf dem Hefter war mit einer Büroklammer ein handschriftlich beschriebener Zettel angeklemmt. Die Schrift war irgendwie kantig männlich, schon bevor sie die Unterschrift sah. Ihr war klar, dass es Gabriels war.

Melissa, es tut mir leid, wenn ich eine Grenze überschritten habe, aber es gibt ein paar Dinge, die du erfahren musst, bevor du wieder abreist.

Da packte sie die Angst, ohne dass sie recht wusste, warum. Sie schlug den Hefter auf und fand zuoberst einen Brief von der Privatdetektei Alvarez.

Lieber Gabriel,
beiliegend die erbetenen Informationen bezüglich Melissa Green und ihrer Mutter Caroline Green. Wäre das alles heute in einer Zeit vernetzter Computersysteme passiert, wäre ich sicher, dass Miss Green ihre Großmutter wiedergesehen hätte, kurz nachdem sie gefunden wurde. Leider verwendeten die örtlichen Strafverfolgungsbehörden und die Sozialbehörden in den 90er-Jahren unterschiedliche, nicht miteinander vernetzte Systeme. Es ist also demnach sowohl ein Versagen der Technik als auch der zuständigen Behördenmitarbeiter, dass das Kind nicht in seine Familie

zurückgeführt wurde. Ich hoffe, dass die beigefügten Polizeiprotokolle Miss Green etwas mehr Aufschluss über die Vorgänge damals geben können.

Melissa hatte jetzt so heftiges Herzklopfen, dass ihr schwindelig wurde. Die Worte auf dem Blatt Papier verschwammen vor ihren Augen. Hatte Gabriel wirklich einen Privatdetektiv engagiert, um Aufschluss über ihre Vergangenheit zu bekommen? Sie musste mehrere Minuten bewusst ein- und ausatmen und starrte durch die Windschutzscheibe nach draußen, bevor sie den Mut hatte, sich anzuschauen, welche Dokumente sich noch in dem Hefter befanden.

Und was sie dort fand, war wirklich unglaublich. Sie musste es mehrmals lesen, um zu begreifen, was die Berichte aussagten, um sich dann zusammenzureimen, was genau passiert war.

Am 21. April 1997 war eine Frau, auf die die Beschreibung von Caroline Green passte, die aber als Jane Doe identifiziert wurde, auf einem Fußgängerüberweg in Golden, Colorado, überfahren worden und hatte dabei tödliche Verletzungen erlitten. Sie hatte weder eine Handtasche noch irgendwelche Papiere bei sich gehabt. Die Polizei hatte allerdings den Verdacht, dass ein Zeuge den Unfall mit Fahrerflucht beobachtet und die Wertsachen gestohlen hatte, denn die Frau war gut gekleidet und hatte aller Wahrscheinlichkeit nach eine Handtasche bei sich gehabt. Die Vermisstenmeldungen wurden durchgegangen und ihre Fingerabdrücke mit registrierten Abdrücken abgeglichen, aber es gab keine Treffer. Weil sich niemand meldete, der sie kannte, wurde sie den Bestimmungen der Stadt entsprechend eingeäschert.

Weiter südlich, in Littleton, Colorado, wurde am selben Tag ein Kind, das als Melissa Green identifiziert wurde, in einer Kinderbetreuungs-Einrichtung abgegeben und bis zum Schließen dieser Einrichtung nicht wieder abgeholt. Den Mitarbeitern dort war nichts

Ungewöhnliches an der Frau aufgefallen, die das Kind gebracht hatte, und sie hatten sich erst Sorgen gemacht, als sie nicht, wie angekündigt, ein paar Stunden später ihr Kind wieder abgeholt hatte. Das Kind war gut versorgt und gepflegt und hatte einen Rucksack dabei, der auf der Innenseite mit seinem Namen versehen war.

Die Polizei hatte den Verdacht, dass das Mädchen von einem Elternteil ausgesetzt oder vielleicht sogar entführt worden und dann dort abgegeben worden war. Als auch bundesweit keine passende Vermisstenmeldung für ein etwa fünf Jahre altes Mädchens auftauchte, auf das die Beschreibung passte, und sich auch niemand meldete, zu dem das Kind gehörte, wurde es unter die Obhut des Jugendamtes gestellt und von dort aus dann in eine Pflegefamilie vermittelt. Eine neue Geburtsurkunde und Sozialversicherungsnummer wurden ausgestellt, und weil es kein genaues Geburtsdatum gab, kam niemand darauf, dass es sich um Melissa Green handelte, die im Clear Creek County geboren worden war.

Melissa saß starr vor ungläubigem Staunen da, unfähig zu begreifen, was sie gerade las. Ihre Mutter hatte sie also gar nicht verlassen. Sie hatte Melissa nicht abgeholt, weil sie ums Leben gekommen war, als sie etwas zu erledigen hatte, worüber Melissa nur spekulieren konnte. Vielleicht hatte sie einen Termin bei einem Anwalt gehabt oder ein Bewerbungsgespräch für einen Job oder sie hatte nach einem Gebrauchtwagen gesucht .... Und es war einfach Pech gewesen oder hatte am Versagen der Kommunikation zwischen den Behörden gelegen, dass nie jemand den Unfall mit Fahrerflucht und ein verlassenes Kind im Nachbarcounty miteinander in Verbindung gebracht hatte.

Melissa rechnete damit, dass ihr jetzt die Tränen kommen würden, aber sie war so geschockt, dass sie nicht einmal weinen konnte. Ganz tief in ihrem Innern hatte ein Teil von ihr gehofft, dass ihre Mutter noch am Leben sei, dass sie sie selbst würde fragen können, was passiert war, dass ihre Mutter eine Erklärung haben würde für all das, was Melissa durchgemacht hatte. Sie hatte gehofft, dass dadurch dieser Schmerz vergehen würde.

Aber mit dieser Hoffnung war es jetzt endgültig vorbei. Die Worte auf dem Blatt Papier verschwammen und sie legte den Bericht beiseite. Sie leugnete den Schmerz nicht, der kommen würde, aber er musste noch warten, denn es befanden sich weitere Dokumente in dem Ordner.

Sie überblätterte die Polizeiberichte und fand die Niederschrift eines Interviews mit Bill und Nancy Novak, ihren Pflegeeltern. Sie überflog die ersten Fragen und stieß dann auf folgende Aussagen:

JA: Wie ist Melissa Green zu Ihnen gekommen?

NN: Wir hatten einen Adoptionsantrag gestellt und standen auf einer entsprechenden Liste. Da wir keine leiblichen Kinder bekommen konnten, wollten wir ein Kind adoptieren, das eine Familie brauchte. Als die Agentur mit einem Mädchen zu uns kam, das schon in vier Pflegefamilien gewesen war, immer wieder ans Jugendamt zurückgegeben worden war und jetzt in einem Heim lebte, weil es immer wieder weglief, wollten wir es eigentlich auch nicht bei uns aufnehmen.

JA: Und warum haben Sie es dann doch getan?

NN: Das war Gott. Das ist die einzige Erklärung. Ich war am Telefon und wollte gerade sagen, dass wir sie nicht nehmen, weil sie in den vorherigen Pflegefamilien einer Adoption nicht zugestimmt hatte, aber stattdessen hörte ich mich fragen, wann sie kommen würde (Lachen). Ich beendete das Telefonat, sah Bill an und fragte ihn: „Was war denn das jetzt gerade?“ Er zuckte nur mit den Achseln und meinte, da sei uns wohl gerade etwas aus der Hand genommen worden.

JA: Und wie hat sich Melissa bei Ihnen eingelebt?

BN: Es war hart. Sie war abwechselnd trotzig und distanziert. Und eines Nachts ist sie dann weggelaufen. Sechs Stunden lang wussten wir nicht, wo sie war. Meine Frau war in Panik. Wir konnten immer nur denken, was einem kleinen Mädchen wie ihr dort draußen alles zustoßen konnte und wie allein wir sie gelassen hatten. Wir sind dann in der Stadt herumgefahren und haben sie schließlich in einem Park neben ihrer alten Grundschule gefunden. Wir waren so erleichtert. Nancy hat sie gefühlt eine Stunde lang nur festgehalten und geweint.

NN: Als ich sie dann wieder ins Bett bringen wollte, saß sie vollständig bekleidet mit gepackter Tasche auf der Bettkante, weil sie dachte, wir würden sie jetzt wieder zurückgeben. Ich habe ihre Kleidung wieder ausgepackt, ihr ihren Schlafanzug gegeben und ihr gesagt, sie müsse jetzt ins Bett, wenn sie am nächsten Morgen nicht zu spät zu Schule kommen wolle. (NN wischt sich Tränen ab.) Sie ist danach vielleicht nicht sehr viel offener geworden, aber sie ist auch nie wieder weggelaufen.

Melissa hielt inne und der Druck auf ihrem Brustkorb war jetzt fast unerträglich. Sie erinnerte sich an den Augenblick, als Nancy sie an sich gedrückt und geweint hatte, aber bis dahin hatte sie sich nicht an den Kummer auf dem Heimweg erinnert. Wie sie noch Stunden aufgewesen war, während ihre Pflegeeltern darüber gesprochen hatten, was sie jetzt mit ihr machen sollten, und wie sie gedacht hatte, dass es nur eine Frage der Zeit sei, bis sie wieder zurück ins Heim müsse. Sie war einen Schritt zu weit gegangen und hatte das einzig Gute vermasselt, das sie jemals in ihrem Leben erfahren hatte. Die Erinnerung an dieses Gefühl traf sie so heftig, dass sie ein paarmal gegen die Übelkeit anschlucken musste, bevor sie weiterlesen konnte.

JA: Sie haben vorhin erwähnt, dass Sie Melissa eigentlich adoptieren wollten. Hat sich daran danach etwas geändert?

NN: Nein! Wir wollten sie immer noch adoptieren, aber Melissa hat immer wieder signalisiert, wie fest sie davon überzeugt war, dass ihre Mutter eines Tages kommen und sie abholen würde. Sie war nicht bereit, einer Adoption zuzustimmen.

BN: Das war schwer für uns. Wir wollten, dass sie zu unserer Familie gehört, aber letztlich haben wir dann entschieden, dass es wichtiger war, das zu tun, was sie brauchte, als das, was wir uns wünschten. Sie brauchte ein stabiles Zuhause und das konnten wir ihr bieten. Das war das Mindeste, was wir für sie tun konnten nach allem, was sie schon durchgemacht hatte.

Bei diesen Worten blinzelte Melissa ihre Tränen weg. Was meinten sie damit? Sie erinnerte sich nicht daran, dass sie jemals so etwas gesagt hatte. Das Einzige aus ihrer Teenagerzeit, woran sie sich verschwommen erinnerte, war dass sie sich immer als Außenseiterin gefühlt hatte, weil sie ein Pflegekind war, und die Pflegeeltern nie den Schritt getan hatten, ihr auch ihren Nachnamen zu geben.

War es möglich, dass sie selbst das abgelehnt hatte? War es möglich, dass sie sich die ganze Zeit falsch erinnert hatte? Hatte sie zugelassen, dass eine irrtümliche Annahme ihr ganzes Leben beeinträchtigt hatte, ohne dass es ihr bewusst gewesen war?

Sie schaute auf die Uhr in ihrem Mietwagen. Bis zum Abflug blieben ihr noch fünf Stunden. Dann schaute sie noch einmal auf das Blatt Papier, auf dem die Adresse von Bill und Nancy Novak stand. Sie hatte keine Wahl. Sie musste die Wahrheit wissen, und zwar die vollständige Wahrheit.

34

Melissa stand vor dem Haus aus den 60er-Jahren in einer ruhigen Straße in Littleton und betrachtete die Fassade so genau, als wäre sie bei einer Hausbegutachtung. Sie hatte die Adresse ihrer letzten Pflegefamilie in ihr Navi eingegeben und gedacht, dass sie das Haus nach zehn Jahren sicher nicht mehr wiedererkennen würde, doch in dem Moment, in dem sie in die Straße eingebogen war, hatte sie gewusst, wohin sie musste, als würde sie magisch angezogen.

Erinnerungen stürmten auf sie ein, und jetzt verstand sie auch, weshalb sie sie verdrängt hatte: Sie erinnerte sich an die Nächte, in denen sie in ihrem neuen Zimmer geweint und sich gewünscht hatte, wieder in die alte Pflegefamilie zurückzukönnen, weil sie dort zwar unglücklich gewesen war, sich aber wenigstens ausgekannt hatte. Wieder war sie in der Schule die Neue gewesen und hatte versucht, ihren Status als Pflegekind so lange wie möglich zu verbergen. Sie erinnerte sich erneut an den Tag, als es dann doch herausgekommen war und das Getuschel darüber begonnen hatte, was wohl mit ihren Eltern war.

Aber das war nicht alles. Es gab nämlich auch schöne Erinnerungen: Wie sie zu Weihnachten mit ihrem neuen Fahrrad die Straße auf und ab gefahren war und ihr Pflegevater Bill dabei neben ihr hergerannt war, um sie zu stützen, bis sie allein die Balance halten konnte. Oder wie sie nach einem anstrengenden Schultag mit Nancy auf der Veranda gesessen und heißen Kakao getrunken hatte.

Wie sie an ihrem 16. Geburtstag, unmittelbar nachdem ihr der Führerschein ausgehändigt worden war, mit dem Kombi ihrer Pflegeeltern rückwärts die Auffahrt heruntergefahren war.

Und dann erinnerte sie sich wieder an den Tag, als sie mit einem Koffer, in dem all ihre Habseligkeiten waren – die Klamotten und Schuhe, die sie sich von dem Gehalt gekauft hatte, das sie mit ihrem Teilzeitjob verdient hatte –, fortgegangen war, ohne noch einmal zurückzublicken.

Melissa musste jetzt schwer schlucken und Tränen brannten in ihren Augen. Wahrscheinlich hätte sie lieber vorher anrufen sollen. Es gab schließlich keine Garantie, dass die Novaks sie überhaupt sehen wollten, und ihr Flug ging in drei Stunden. Eigentlich hatte sie gar nicht die Zeit, diesen ungeplanten Zwischenstopp einzulegen.

Trotzdem wusste sie, dass sie das hier schon viel früher hätte tun sollen. Ihr war jetzt klar, dass sie ihr Leben nicht fortsetzen konnte, bevor sie nicht mit ihrer Vergangenheit abgeschlossen hatte. Ein paar der Antworten, die sie brauchte, hatte sie schon, und vielleicht würde sie ja von Bill und Nancy die restlichen bekommen.

Auf der Auffahrt vor dem Haus standen zwei Autos, und zwar der alte Kombi, den die Novaks damals schon gehabt hatten, und ein neuer SUV. Sie konnte also ziemlich sicher sein, dass die beiden zu Hause waren, als sie ihren Mietwagen am Bordstein parkte, dann die Straße überquerte und zum Eingang ging. Sie wappnete sich für die Ungewissheit, wie sie empfangen werden würde. Vielleicht wollten sie sie ja gar nicht sehen, weil sie damals ohne ein Wort gegangen war und sich danach kein einziges Mal mehr gemeldet hatte, um zu sagen, wie es ihr ging. Vielleicht hatten ihre Pflegeeltern die letzten zehn Jahre immer nur gedacht, wie undankbar sie doch war, obwohl sie ihr geholfen hatten. Und so ganz unrecht hätten sie damit sicher nicht.

Melissa atmete noch einmal tief durch, schüttelte ihre Zweifel und Vorbehalte ab und klopfte an die Tür. Zur Sicherheit klingelte sie noch zusätzlich.

Irgendwo im Haus bellte ein Hund und eine Frauenstimme beruhigte ihn. Jetzt schlug Melissa das Herz bis zum Hals. Bill und Nancy hatten nie einen Hund besessen. Hätte nicht die vertraute Familienkutsche mit derselben kleinen Delle an der Stoßstange, die sie verursacht hatte, auf der Auffahrt gestanden, dann hätte sie wahrscheinlich gedacht, die Novaks wohnten nicht mehr hier.

Und dann ging die Tür auf, und Nancy Novak stand vor ihr, einen hechelnden Golden Retriever am Halsband haltend. Sie sah natürlich älter aus, als Melissa sie in Erinnerung hatte, und ihr blondes Haar war von ein paar silbern Strähnen durchzogen, aber sie sah schlank und fit aus wie eh und je. Sehr aufrecht und mit einem Lächeln für die Person, die geklingelt hatte, stand sie da, und dann sah man in ihrem Gesicht, wie es ihr langsam dämmerte.

„Melissa?“, fragte sie völlig entgeistert.

Ihr Name aus dem Mund ihrer Pflegemutter versetzte ihr einen Stich mitten ins Herz. Einen Moment lang hatte sie sich nämlich gefragt, ob Nancy sie überhaupt wiedererkennen würde.

„Hallo, Nancy. Eigentlich wollte ich gar nicht so unangekündigt hereinschneien, aber ich war in Colorado und …“

Nancy standen Tränen in den Augen und dann drehte sie sich um und rief: „Komm schnell her, Bill! Du glaubst nicht, wer hier ist.“

Melissa stand immer noch vor der Tür, aber Nancy schien unfähig, etwas zu sagen.

„Kann ich hereinkommen?“, fragte Melissa zögerlich.

Nancy gab sich sichtlich einen Ruck. „Ja natürlich. Komm doch, komm rein. Ich war nur überrascht, weil ich nicht damit gerechnet … hätte nie gedacht …“

Sie schloss abrupt den Mund und trat zur Seite, damit Melissa eintreten konnte. In dem Moment, als sie das Hundehalsband losließ, fing der Hund an, um Melissas Beine herumzutänzeln und ihre Hand zu beschnüffeln und anzustupsen.

„Wahrscheinlich kannst du Fitz noch an meinen Stiefeln riechen, was?", murmelte Melissa und kniete sich hin, um den Hund zu kraulen.

Sie war sich bewusst, dass sie dadurch das Unvermeidliche nur hinauszögerte, aber es war so viel einfacher, dem freundlichen Hund ins Gesicht zu sehen, als sich der Miene ihrer Pflegemutter zu stellen.

In dem Moment kam Bill aus dem hinteren Teil des Hauses um die Ecke und erstarrte. „Melissa?"

Sie richtete sich auf und entgegnete: „Hallo, Bill. Tut mir leid, dass ich so unangekündigt bei euch hereinschneie. Ich war in der Stadt und …" Sie brach ab, weil ihr bewusst wurde, dass sie gerade das Wiedersehen vermasselte, aber im Moment wusste sie ja noch nicht einmal, ob sie überhaupt willkommen war. „Könnten wir uns vielleicht hinsetzen und kurz reden?"

Bill, der sich schneller wieder gefangen hatte als seine Frau, lächelte. „Natürlich, Melissa. Du weißt doch, dass du hier jederzeit willkommen bist. Wir sind nur überrascht. Wenn auch vielleicht nicht ganz so sehr wie über den Besuch eines Privatdetektivs."

Er deutete mit der Hand in Richtung des angrenzenden Wohnzimmers, woraufhin Melissa zögernd vorausging und auf einem der Sessel in der Nähe des großen Fensters Platz nahm.

„Das tut mir wirklich leid. Den habe nicht ich engagiert, sondern ein … Freund von mir …, um ein paar Antworten auf offene Fragen für mich zu bekommen. Ich habe davon gar nichts gewusst."

Bill und Nancy setzten sich auf das Ledersofa ihr gegenüber und Nancy griff wie automatisch nach Bills Hand. Die Geste machte Melissa nervös. Nachdem sie zehn Jahre bei dem Ehepaar gelebt hatte, wusste sie nämlich, was sie zu bedeuten hatte. Nancy griff immer nach der Hand ihres Mannes, wenn sie nicht wusste, was auf sie zukam. Die Novaks waren also genauso nervös und unsicher wie sie selbst.

„Das macht wirklich nichts, Melissa", sagte Bill. „Wir wussten nur nicht so genau, ob wir überhaupt mit dem Detektiv sprechen sollten. Aber seine Fragen waren nicht aufdringlich ... oder jedenfalls schien es nicht so, als handelte es sich um etwas, das dir schaden oder dich irgendwie belasten könnte."

Das sah Bill ähnlich. Er dachte immer praktisch. Nancy starrte Melissa immer noch an, als wäre sie ein Geist.

„Ich weiß eigentlich selbst nicht recht, weshalb ich hier bin", sagte Melissa schließlich. „Ich habe den Bericht erst heute Morgen bekommen und ..."

Sie versuchte, ihre Gedanken zu sortieren. Wie war es möglich, dass sie acht Jahre bei Bill und Nancy gelebt hatte und jetzt das Gefühl hatte, sie wären Fremde? Vielleicht, weil sie inzwischen schon länger weg war, als sie bei ihnen gelebt hatte. Zweidrittel ihres Lebens hatte sie ohne die ehemaligen Pflegeeltern verbracht.

„Meine Mutter hat mich gar nicht verlassen. Sie ist ums Leben gekommen. Meine Eltern beide, aber zu unterschiedlichen Zeitpunkten."

Nancy schlug sich die Hand vor den Mund und ihr kamen wieder die Tränen. Melissa hatte ganz vergessen, was für ein weiches Herz sie hatte.

„Das tut mir so leid, Melissa. Es muss sehr schwer für dich gewesen sein, das zu erfahren."

„Ja, das war es. Aber ehrlich gesagt, war auch Erleichterung dabei." Melissa schluckte wieder schwer und fühlte sich schuldig, weil sie so etwas gedacht hatte und es jetzt auch noch laut aussprach. „Mir war gar nicht bewusst, wie sehr ich gehofft habe, dass ich meine Mutter eines Tages finden und sie mir alles erklären würde."

„Aber das ist doch absolut verständlich", sagte Nancy. „Deshalb …", sie unterbrach sich und schaute zu Bill hinüber, der ihr kaum merklich die Hand drückte.

„Nein, was wolltest du sagen? ‚Deshalb …' was?", fragte Melissa und sah die beiden abwechselnd an. „Bitte sagt es mir."

Bill räusperte sich und erklärte dann: „Deshalb haben wir dich auch nicht weiter gedrängt, als du entschieden hattest, dich nicht von uns adoptieren zu lassen."

Melissa blinzelte. „Ihr habt mich gefragt, ob ich von euch adoptiert werden möchte?"

Das hatte sie zwar schon in dem Bericht des Privatdetektivs gelesen, aber sie hatte es nicht recht glauben können. An so etwas Wichtiges hätte sie sich doch erinnern müssen …

„Ja, ungefähr ein Jahr nachdem du zu uns gekommen bist", sagte Nancy. „Du hattest dich allem Anschein nach gut eingelebt, hattest Freunde gefunden und schienst glücklich hier."

Melissa konnte sich nicht erinnern, hier glücklich gewesen zu sein, aber als sie jetzt hörte, was Nancy sagte, blitzten Erinnerungen an Zeiten auf, in denen alles friedlich gewesen war. Sie hatte sich eingelebt. Aber es fühlte sich nicht so sehr an wie Glück, sondern eher so, als hätte sie einfach nur endlich ihr Schicksal akzeptiert.

Laut sagte sie: „Das muss wohl so gewesen sein. Was habe ich denn gesagt, als ihr mich gefragt habt, ob ich von euch adoptiert werden möchte?"

Nancy nagte an ihrer Unterlippe und antwortete: „Du hast gesagt, dass deine Mama irgendwo sei und du sie eines Tages finden würdest und dass wir niemals deine Familie sein würden." In ihren Augen schimmerten Tränen, die sie aber rasch wegwischte. „Das konnten wir dir natürlich nicht übel nehmen, aber danach hast du dich dann immer mehr zurückgezogen, bist immer öfter in deinem Zimmer geblieben und wolltest deine Freunde nicht sehen. Wir dachten … also wir haben dann gedacht, dass es besser wäre, dich in Ruhe zu lassen und dich nicht weiter zu drängen. Wir wollten dich nicht unnötig aufregen."

Melissa wurde rot und ihr wurde abwechselnd heiß und kalt. Das Einzige, woran sie sich aus dieser Zeit erinnerte, waren die Gefühle, mit denen sie nicht fertigwurde und die sie jetzt als Schuldgefühle benennen konnte. Schuldgefühle dafür, dass ihr das Leben bei Bill und Nancy gefiel. Schuldgefühle, weil sie vielleicht eines Tages gar nicht mehr an ihre Mutter denken würde. Und noch mehr Schuldgefühle, als sie merkte, dass sie sich nicht mehr an das Gesicht ihrer Mutter erinnern konnte.

„Es tut mir leid", sagte Melissa leise. „Ich wollte euch nie wehtun."

„Nein", entgegnete Bill resolut. „Wir nehmen dir das nicht übel, Melissa. Wir wussten ja, worauf wir uns einlassen, als wir uns als Pflegeeltern beworben haben. Auch wenn es manchmal ... schwierig war."

Melissa merkte jetzt, dass sie unruhig wurde. Sie stand auf, ging eine Weile im Wohnzimmer umher und schaute sich an, was noch wie früher war und was sich verändert hatte. Sie erinnerte sich jetzt wieder an all das, was sie verdrängt hatte: das tägliche Abendessen mit der Familie an dem verschrammten Eichentisch; wie Nancy sie jeden Tag von der Schule abgeholt hatte; wie Bill ihr am Couchtisch in ihrem Zimmer bei den Mathe-Hausaufgaben geholfen hatte; an den Weihnachtsbaum, der jedes Jahr am Sonntag nach Thanksgiving in einer Ecke des Wohnzimmers aufgestellt wurde; an den alljährlichen Kauf eines neuen Tannenbaumornaments und an das Geburtstagsbanner mit ihrem Namen darauf, das jedes Jahr zu ihrem Ehrentag über dem Kamin aufgehängt wurde.

Zwei Dinge wurden Melissa jetzt klar. Das Erste war, dass sie keine Ahnung hatte, wann ihr richtiger Geburtstag war, und das Zweite, dass all die Jahre, die sie geglaubt hatte, sie wäre ein Waisenkind, immer Menschen da gewesen waren, die sich um sie gekümmert und ihr Halt gegeben hatten. Sie hatte nur so sehr in ihrem eigenen Verlust und Schmerz festgesteckt, dass sie das nicht hatte sehen können.

Sie wandte sich jetzt wieder Bill und Nancy zu und schluckte gegen den Kloß in ihrem Hals an. „Danke für alles, was ihr für mich getan habt. Es tut mir so leid, dass ich nicht … dass ich …"

Nancy stieß einen erstickten Laut aus, sprang auf und schloss sie in die Arme. „Ach Melissa, Liebling, wir haben dich so vermisst. Aber es stand uns nicht zu … wir wollten dich nicht drängen und schon gar nicht zwingen, etwas zu tun, das du nicht wolltest."

Bill stand auf, ging zu den beiden und legte seine beruhigende warme Hand auf Melissas Schulter. „Das Wichtigste ist, dass du nach Hause gekommen bist. Wir haben so gehofft, dass das eines Tages passieren würde."

Es waren die Worte *nach Hause*, die ihr schließlich den Rest gaben. Die Tränen, die sie die ganze Zeit mühsam unterdrückt hatte, lösten sich jetzt, liefen ihr übers Gesicht, flossen reichlich, begleitet von tiefen Schluchzern, und durchnässten Nancys Pullover. Bill umfasste die beiden Frauen, indem er ihnen die Arme um die Schultern legte, während sie weinten. Sie hatte keine Ahnung, wie lange das so ging, aber als sie sich schließlich von den beiden löste, vermutete sie, dass sie völlig verweint und verquollen aussah. Aber Nancy und Bill lächelten sie an.

Nancy fand zuerst die Sprache wieder. „Wir wollten gerade eine Kleinigkeit zu Mittag essen. Möchtest du uns Gesellschaft leisten und mitessen?"

Und obwohl sie dadurch wahrscheinlich ihren Flug verpassen würde, nickte Melissa und antwortete: „Ja, das würde ich sehr gerne."

Es war fast surreal, wieder in dem Haus ihrer Pflegeeltern zu sein und an dem vertrauten Eichentisch zu sitzen, während Nancy in der Küche damit beschäftigt war, Roastbeef-Sandwiches zuzubereiten.

„Kann ich dir helfen?", fragte Melissa mehr als einmal, aber Nancy schickte sie jedes Mal zurück zum Tisch, wo Bill ihr eifrig Fragen nach ihrem Leben in den vergangenen zehn Jahren stellte.

Sie hatte ihnen schon erzählt, wie sie zu einer kostenlosen Ausbildung als Innenausstatterin gekommen war, dass sie allerding keinen offiziellen Abschluss hatte, berichtete von der Zeit, als sie am Empfang der Kunstschule gearbeitet und danach dann ihre eigene Firma gegründet hatte.

„Am Montag beginne ich mit einem neuen Projekt in Pasadena. Ich restauriere dort ein altes *Craftsman*-Haus in einem historischen Stadtviertel."

„Und was machst du dann hier in Colorado?", fragte Bill leicht irritiert. „Ich habe gedacht, du hättest den Privatdetektiv engagiert, weil du irgendwo weit weg lebst."

„Ach, das ist eine ziemlich lange Geschichte."

Bill und Nancy wechselten einen Blick und dann sagte Nancy lächelnd: „Wir haben Zeit."

Daraufhin erzählte sie, wie sie die Häuser in Jasper Lake geerbt und den Briefwechsel zwischen ihrer Mutter und ihrer Großmutter gefunden hatte.

Nancy schnappte nach Luft. „Du warst deiner Herkunft so nah und hattest keine Ahnung?"

Melissa schüttelte den Kopf. „Nein. Das hatte irgendetwas mit nicht vernetzten Computersystemen zu tun. Man hat mir gesagt, dass so etwas heute ganz sicher nicht mehr passieren würde."

Nancy stellte jetzt eine Platte in die Mitte des Tisches, auf der Sandwichhälften hübsch angerichtet waren, dekoriert mit gewaschenen Trauben und sauren Gurken, ihr übliches Angebot für informelle Treffen mit Gästen. Sie behandelten sie wie einen Gast, und Melissa wusste nicht so genau, ob sie sich dadurch geehrt fühlen oder verletzt sein sollte. Sie nahm an, dass die beiden nach zehn Jahren wahrscheinlich genauso unsicher und unbeholfen waren wie sie selbst.

Bill nahm jetzt Nancys Hand und hielt die andere ihr hin. „Sollen wir vor dem Essen noch danken?", fragte er.

Melissa blinzelte erstaunt, gab ihm dann aber zögernd die eine und Nancy die andere Hand. Dann senkten die beiden die Köpfe. Melissa tat es ihnen gleich, beobachtete die beiden aber zwischen ihren Wimpern hindurch.

„Lieber Gott", betete Bill, „wir danken dir, dass du heute Melissa zu uns zurückgebracht hast. Wir danken dir für deine Gnade und dafür, dass du Melissa in den letzten zehn Jahren behütet und ihr so viele Erfolge geschenkt hast. Wir bitten dich, hilf ihr doch, das zu finden, wonach sie auf der Suche ist. Amen. Ach ja, und segne bitte dieses Essen."

Melissa und Nancy lachten über den Zusatz im letzten Moment und ließen die Hände wieder los, aber die letzten Worte blieben Melissa im Kopf. *Hilf ihr, genau das zu finden, wonach sie auf der Suche ist.* Ja, wonach war sie eigentlich auf der Suche?

Nancy bedeutete ihr mit einer Geste, sich zu bedienen, und sie nahm wie automatisch eine Sandwichhälfte und ein paar Weintrauben. Saure Gurken hatte sie noch nie gemocht.

„Also wann ist das denn passiert?", fragte sie.

„Wann ist was passiert?", fragte Bill.

„Na, die Sache mit dem Beten. Ich kann mich nicht erinnern, dass ihr besonders gläubig wart, als ich bei euch gelebt habe." Sie wand sich innerlich, weil sie selbst merkte, wie vorwurfsvoll das aus ihrem Mund klang, aber das schienen Bill und Nancy gar nicht zu merken.

„Also", begann Bill langsam. „Ich bin in einer Episkopalgemeinde groß geworden, aber ich würde nicht sagen, dass ich jemals wirklich gläubig war."

„Und ich hätte mich als Agnostikerin bezeichnet", sagte Nancy und lachte ein bisschen unsicher. „Obwohl ich glaube, dass es dabei weniger darum ging, nicht zu wissen, ob Gott existiert, als um die Frage, warum nicht alles ein bisschen mehr so lief, wie ich es mir wünschte, wenn es ihn wirklich gab."

Melissa wand sich wieder, weil sie gerade ihre eigenen Gedanken aus Nancys Mund hörte.

„Aber nachdem … ich glaube wir haben einfach Trost gebraucht. Bill hat mich gebeten, mit ihm in die Kirche zu kommen – na ja, im Grunde hat er so lange gedrängelt, bis ich mitgegangen bin – und da ist uns klar geworden, dass wir das, wonach wir all die Jahre gesucht hatten, bereits hatten."

„Und was war das?", fragte Melissa.

„Eine Familie."

Sie konnte das Wort nicht hören, ohne dass es ihr einen Stich versetzte, aber jetzt war ihre Neugier geweckt. „Wie denn das?"

Bill griff nach Nancys Hand und drückte sie, aber sein Blick blieb bei Melissa. „Hast du dich je gefragt, warum wir Pflegeeltern geworden sind und ein Kind adoptieren wollten?"

Nein, eigentlich nicht. Dass es ihr nie in den Sinn gekommen war, sich diese Fragen zu stellen, war ein Beweis für ihr kindisches Kreisen um sich selbst.

„Wir haben jahrelang versucht, ein Kind zu bekommen", sagte Nancy leise. „Aber nach sechs Fehlgeburten hatten wir den Eindruck, dass es wohl nicht sein sollte. Also beschlossen wir, uns als Pflegeeltern zu bewerben. Um ehrlich zu sein, wollten wir eigentlich gern ein Baby, aber dann bekamen wir den Anruf, und es wurde eine Notfallunterbringung für ein zehnjähriges Mädchen gebraucht. Und … na ja, da konnten wir einfach nicht Nein sagen."

Diesen Teil kannte Melissa schon aus dem Interview mit der Privatdetektei, aber sie wollte es von ihnen selbst hören. „Warum nicht?"

Bill lachte leise vor sich hin. „Also mittlerweile ist ziemlich offensichtlich, dass es Gott war, der da im Hintergrund gewirkt hat. Wir dachten, wir wollten ein Baby, und wir bekamen ein Mädchen, das schon fast ein Teenager war. Wir dachten, wir wollten adoptieren, aber am Ende waren wir Pflegeeltern."

Melissa bekam jetzt Schuldgefühle und sie legte ihr angebissenes Sandwich ab. „Es tut mir leid. Wenn ihr mich nicht bei euch aufgenommen hättet, dann hättet ihr vielleicht ein Baby bekommen, wie ihr es euch gewünscht hattet."

„Aber genau das versuchen wir dir doch gerade die ganze Zeit zu erklären", sagte Nancy darauf. „Es tut uns kein bisschen leid. Du warst genau das Kind, das wir gebraucht haben. Du hast uns klargemacht, dass es bei dem, was wir uns wünschten, nicht um uns ging." Ihr kamen jetzt wieder die Tränen. „Du hast uns zu Eltern gemacht."

Daraufhin füllten sich auch Melissas Augen wieder mit Tränen, und sie rieb sich die Nase, damit das Brennen verschwand. Sie hatte auf dieser Reise schon mehr geweint als in den gesamten vergangenen zehn Jahren, und sie fürchtete, dass sie wegen ihrer verlaufenen Wimperntusche aussah wie ein Waschbär.

„Aber zum Elternsein gehört eben auch das Loslassen. Und nachdem du weg warst, ist uns klar geworden, dass du unser Lebensinhalt geworden warst – was, nebenbei bemerkt, ja im Grunde nichts Schlechtes ist –, und das Loch, das entstand, als du weg warst, hat dann bewirkt, dass wir angefangen haben, uns Fragen zu stellen. Und dabei haben wir die Leere in unserem Leben bemerkt."

„Und da habt ihr dann in die Kirche gefunden?", vermutete Melissa.

„Da haben wir Jesus gefunden", korrigierte Bill. „Es war sicher kein Zufall, dass es in dem ersten Gottesdienst, den wir besucht haben, darum ging, wie Gott uns durch Jesus als seine Söhne und Töchter adoptieren möchte. Ich erinnere mich daran, wie ich schon als Jugendlicher diese Bibelstelle gehört und nicht verstanden habe." Er sah ein bisschen betreten aus. „Ich habe immer gedacht, dass der Status als Adoptivkind etwas weniger wert ist als der eines leiblichen Kindes."

„Wir hätten dich nicht mehr lieben können, wenn wir deine biologischen Eltern gewesen wären, Melissa", sagte Nancy leise. „Aber es war deine und ganz allein deine Entscheidung, ob du adoptiert werden wolltest. Wir wollten es dir nicht aufzwingen. Wir konnten nicht mehr tun, als dich zu lieben, so gut wir konnten."

„Und uns wurde klar, dass Gott genauso auch mit uns umgeht. Er hat nur darauf gewartet, dass wir sein Angebot annehmen." Bill lächelte. „Und der Rest ist ja bekannt."

Voller Unbehagen rutschte Melissa auf ihrem Stuhl hin und her. Sie wusste nicht so genau, ob es an dem Gespräch über Gott lag oder daran, dass es um ihre damalige Weigerung ging, sich adoptieren zu lassen. Als ihr jetzt Erinnerungen an Abende genau an diesem Esstisch kamen und daran, wie gut sie hier behandelt worden war, wie sehr ihre Pflegeeltern sie wirklich geliebt hatten, konnte sie die Schuldgefühlte, die sie bedrängten, nicht mehr wegschieben.

Die Novaks hatten sie als Familienmitglied aufgenommen und sie hatte dieses Angebot ausgeschlagen. Sie war so sehr damit beschäftigt gewesen, an all das zu denken, was sie verloren hatte, dass sie gar nicht auf die Idee gekommen war zu überlegen, was sie im Gegenzug bekommen hatte. Im Grunde wäre es absolut nicht nötig gewesen, sich in den vergangenen zehn Jahren dermaßen allein zu fühlen.

Sie merkte kaum, dass wieder Tränen zu fließen begannen. „Was passiert denn, wenn einem das zu spät klar wird?", flüsterte sie.

Bill und Nancy griffen gleichzeitig nach ihren Händen, aber es war Nancy, die dann sagte: „Es ist nie zu spät, Melissa. Du bist unsere Tochter, egal, ob das auch juristisch bestätigt ist oder nicht. Wenn du willst, bist du immer ein Teil unserer Familie. Wir haben nur darauf gewartet, dass du wieder nach Hause kommst."

Das war zu viel. Das alles war zu viel. Was sie über ihre biologische Familie erfahren hatte, die Sache mit Gabriel und dann noch die schmerzliche Erkenntnis, was sie mit ihrer Pflegefamilie alles aufgegeben, ja weggeworfen hatte. Sie zog ihre Hände weg und stand so abrupt auf, dass ihr Stuhl umkippte und auf die Fliesen des Küchenfußbodens fiel.

„Es tut mir leid, aber ich kann das hier nicht", brachte sie gerade noch heraus, bevor sie aus der Küche nach draußen floh und sich plötzlich auf der Veranda des Hauses wiederfand, das den größten Teil ihrer Kindheit ihr Zuhause gewesen war.

Aber sie stellte fest, dass sie nicht die Treppe hinuntergehen konnte. Sie brachte es einfach nicht fertig, noch einmal davonzulaufen. Ihre Füße waren wie festgewachsen. Sie schluckte, rieb sich die verweinten Augen und setzte sich auf die Verandaschaukel. Sie hatte neue geblümte Polster, quietschte aber immer noch genauso wie früher.

Nachdem sie ein paar Minuten lang vor sich hin geschaukelt hatte, ging die Eingangstür auf, Bill kam zu ihr nach draußen und fragte: „Kann ich dir Gesellschaft leisten?"

Melissa rutschte ein Stück, um ihm Platz zu machen, konnte ihn aber nicht ansehen. Er saß neben ihr, sagte jedoch nichts, sondern setzte nur die Schaukel wieder ein ganz klein wenig in Bewegung.

Schließlich hielt Melissa das Schweigen nicht mehr aus und sagte: „Es tut mir leid."

„Was tut dir leid?"

„Wie ich Nancy und dich behandelt habe. Ich hätte damals Ja sagen sollen."

Bill bremste die Schaukel abrupt ab und entgegnete: „Das ist doch nicht deine Schuld, Melissa. Vielleicht hätten wir es dir gar nicht sagen sollen. Wir haben nie gewollt, dass du unsere Lasten trägst."

Sie schaute zu ihm hin. „Ich kann mich nicht einmal daran erinnern, dass ihr mich gefragt habt, ob ich einverstanden bin, wenn ihr mich adoptiert."

„Du hast damals gelitten, weil es immer wieder so große Veränderungen in deinem Leben gab. Das haben wir auch verstanden."

„Ich habe das nicht verstanden", sagte Melissa. „Ich habe mein gesamtes Erwachsenenleben das Gefühl gehabt, niemanden zu haben, auf den ich zählen kann. Es hat sich immer so angefühlt, als hätte ich kein Sicherheitsnetz und würde bei der nächsten falschen Entscheidung abstürzen und auf der Straße sitzen."

Bill nickte und setzte die Schaukel wieder in Gang. „Aber weißt du was? Es ist nie zu spät."

„Doch", widersprach sie. „Ich würde sagen, es ist ungefähr zehn Jahre zu spät."

„Nicht unbedingt. Es gibt auch die Erwachsenen-Adoption."

Jetzt war es Melissa, die das Schaukeln unterbrach. „Ihr meint das wirklich ernst, oder?"

„Ja natürlich meinen wir das ernst", entgegnete Bill und sah sie an. „Eine solche Adoption unterscheidet sich ein bisschen von dem Verfahren bei Kindern, ist aber trotzdem rechtlich bindend."

Melissa ging das Herz auf, und sie hatte das Gefühl, es könnte jeden Moment stehen bleiben. Sie hatte gerade erst ihre Wurzeln in der Familie Green entdeckt, hatte gerade erst erfahren, dass sie eine Burton wäre, wenn nichts dazwischengekommen wäre. Und jetzt bat Bill sie, darüber nachzudenken, ob sie eine Novak werden wollte? Sie hatte keine Ahnung, was sie auf diese Frage antworten sollte. Aber dass er überhaupt gefragt hatte …

Sie griff nach seiner Hand und drückte sie. „Du kannst dir gar nicht vorstellen, wie viel mir das bedeutet", sagte sie. „Aber das ist eine schwerwiegende Entscheidung. Ich habe das Gefühl, mein Nachname ist das Einzige, was mir geblieben ist, die einzige noch vorhandene Verbindung zur Familie meiner Mutter."

Seine Stimme klang enttäuscht, als er sagte: „Das verstehe ich.

Und wir haben uns auch schon gedacht, dass du vielleicht so empfindest. Deshalb ist Nancy auch nicht mit mir zu dir nach draußen gekommen."

Weil sie nicht noch eine weitere Enttäuschung hätte ertragen können. Dieser unausgesprochene Grund stand zwischen ihnen.

„Aber es gibt doch auch andere Arten von Familien, oder?", fragte Melissa sanft. „Nur weil es nicht juristisch bestätigt ist, heißt das doch nicht … Also, ich meine, ich habe mir schon immer einen Platz gewünscht, wo ich Weihnachten verbringen kann."

Da breitete sich ganz langsam ein Lächeln auf Bills Gesicht aus. „Wir haben immer noch den Socken, in dem du immer deine Geschenke bekommen hast."

„Bist du sicher, dass das für euch so in Ordnung wäre? Ich weiß, dass ihr euch eure eigene Familie anders vorgestellt habt …"

Er lächelte und drückte ihre Hand. „Wir lieben dich, Melissa. Daran hat sich nie etwas geändert. Wir nehmen dich so, wie wir dich bekommen können."

Der Anflug von Selbstironie in dem, was er da sagte, brachte sie zum Lachen, und ihr ging das Herz auf. Sogar Bill musste klar sein, dass das, was er ihr gerade anbot, fürs Erste – und vielleicht für immer – zu viel war. Aber zu wissen, dass sie nicht allein war … sich auf der Grundlage von Liebe und Dankbarkeit für das, was sie für sie getan hatten, für eine Familie entscheiden zu können … das bedeutete bestimmt mehr als alles, was je ein Richter verkünden konnte.

Dennoch wurde sie jetzt in die Realität zurückgeholt. Sie schaute auf ihre Uhr und sagte: „Ich weiß nicht, ob ich meinen Flug noch bekomme, aber wahrscheinlich sollte ich es wenigstens versuchen."

Bill sah enttäuscht aus, nickte aber. „Dann packen wir deine Sandwiches eben ein und du kannst sie am Gate essen."

„Danke." Sie stand auf, strich sich den Stoff ihrer Jeans glatt und sagte: „Aber ich komme wieder. Und ich kann euch doch auch anrufen, oder?"

Bill legte ihr den Arm um die Schultern und drückte sie. „Aber natürlich kannst du das."

Melissa blieb noch ein bisschen auf der Veranda, bis Bill zusammen mit Nancy zurückkam. Sie hatte das Lunchpaket für den Flieger in der Hand – ihr unberührtes Sandwich, ein paar Chips und Weintrauben – keine sauren Gurken – und ein paar selbst gebackene Schokokekse. Melissa umarmte ihre Pflegeeltern zum Abschied und versprach, in Kontakt zu bleiben. Dabei fühlte sie sich erschöpft, aber gleichzeitig auch unendlich erleichtert.

Sie winkte noch ein letztes Mal, nachdem sie in ihren Mietwagen gestiegen war, und fuhr los. Das, was sie da gerade getan hatte, war absolut notwendig gewesen, und wenn sie sich nicht irrte, dann hatten Bill und Nancy es ebenso nötig gehabt. Auch wenn sie bald 2.000 Kilometer entfernt sein würde, füllte das Wissen, dass die beiden dort auf sie warteten und dass sie sie zu Weihnachten wiedersehen würde, eine leere Stelle in ihrer Seele aus, von der sie gar nicht gewusst hatte, dass sie da gewesen war.

Doch ihr war auch klar, dass dieses Haus nicht mehr ihr Zuhause war, wie es das gewesen wäre, wenn die Novaks ihre leiblichen Eltern gewesen wären. Kinder mussten das Nest verlassen und sich ein eigenes Leben aufbauen. Und so abrupt dieses Verlassen auch stattgefunden hatte und ungeachtet der Bindungen, die dabei unnötig gekappt worden waren, hatten sie ihr, ohne es zu wissen, Flügel geschenkt.

Es war Zeit, nach Hause zu fliegen.

35

Es stellte sich dann heraus, dass Melissa sich gar nicht so sehr hätte zu beeilen brauchen. Einige Unwetter hatten zu einer Verspätung ihres Fluges in Denver geführt, und als sie schließlich bei ihrem Haus in Pasadena ankam, war es längst dunkel.

Sehr dunkel. Das Licht auf der Veranda vor dem Haus war mit einer Zeitschaltuhr programmiert und brannte, aber im Haus war es stockfinster.

Melissa schaltete das Licht im Flur an und rief: „Sophie? Bist du zu Hause?"

Was für eine törichte Frage. Es war Samstagabend, da war Sophie entweder bei ihrem Freund oder mit Freunden in einem Klub. Auch Melissa wäre am Samstagabend sicher unterwegs gewesen, wäre sie zu Hause geblieben. Und dennoch fühlte sich das Leben, das sie hier vor Jasper Lake geführt hatte, nach nur zwei Wochen Abwesenheit völlig fremd an. Als wäre ihr *glamouröses* Leben in Kalifornien nur ein Traum gewesen und durch die Zeit in den Bergen wäre sie nun aufgewacht und in der Realität angekommen.

Jetzt dramatisiere das Ganze mal nicht so, schalt sie sich selbst, ging den Flur entlang in ihr Zimmer und stellte dort ihre Tasche ab. Erst da bemerkte sie die für Sophies Verhältnisse überraschend analoge Nachricht an der Tür.

Bin das Wochenende bei Sean und Sonntagabend zurück, XOXO, Sophie

Das erklärte alles. So gern sie Sophie auch gesehen hätte, bedauerte sie es absolut nicht, dass sie den Sonntag für sich allein haben würde. Melissa war sich nämlich nicht sicher, ob sie alle Fragen, die Sophie wahrscheinlich stellen würde, angemessen beantworten konnte. Ja, sie war sich nicht einmal sicher, ob sie momentan in der Lage war, sie sich selbst zu beantworten. Wahrscheinlich war es gut, sich etwas Zeit, Raum und Stille zu nehmen, um all das zu sortieren, was sie in den vergangenen Tagen erfahren hatte.

Außerdem hatte sie dadurch auch ungestörte Zeit, das Chaos zu ordnen, auf das sie nach ihrer Abwesenheit unweigerlich im Büro stoßen würde. Man konnte über Sophie vieles behaupten, aber nicht, dass sie organisiert war.

Doch Melissa hatte jetzt noch nicht die Energie, sich damit zu befassen, nicht ohne ein heißes Getränk. Sie ging also in die Küche und schaltete auf dem Weg dorthin alle Lichter an, bis das ganze Haus hell erleuchtet war. Alles war picobello aufgeräumt. Es stand kein schmutziges Geschirr in der Spüle, der Geschirrspüler war ausgeräumt und die Arbeitsflächen waren blitzblank gewischt. Das bedeutete, dass Sophie wahrscheinlich in der gesamten Zeit, in der Melissa verreist gewesen war, nicht da gewesen war und außer Haus gearbeitet hatte. Sie schaltete den Wasserkocher ein, hängte einen Teebeutel in ihren Becher und wünschte sich einen kurzen Moment lang Delias fantastischen Kokosmilch-Seenebel. Aber sie musste sich mit einem guten altmodischen englischen Tee begnügen.

Kurz darauf ging sie mit ihrem dampfenden Teebecher wieder zurück ins Büro und zog im Eingangsbereich ihre Boots aus. Dann wappnete sie sich für die Arbeit und schaltete das Licht an.

Sie blinzelte erstaunt und war einen Moment lang versucht, das Licht wieder aus- und dann noch einmal einzuschalten, um zu schauen, ob sich dann immer noch dasselbe Bild bot. Statt chaotisch mit Bergen von Papieren und Büchern vollgeräumt, wie sie es erwartet hatte, war auch das Büro makellos aufgeräumt und ordentlich.

Melissa schlenderte hinüber zu ihrem Schreibtisch, der normalerweise mit Post und allem möglichen Papierkram überlief, aber auch dort war alles ordentlich aufgeräumt. Im Posteingangskorb lagen zwar ein paar Sachen, aber sie waren nicht einfach mitsamt dem Umschlag hineingeworfen worden, sondern die Post war aus dem Umschlag genommen, glatt gestrichen und, wenn nötig, mit Post-its mit Anmerkungen versehen worden. Auch auf ihrem Schreibtisch lagen zwei Stapel Papiere.

Der linke Stapel schien aus Schriftstücken zu bestehen, auf die Sophie schon reagiert hatte, Rechnungen, die sie bezahlt hatte, und anderen dringenden Angelegenheiten, alles mit Klebenotizen mit Erklärungen versehen. Bei dem anderen kleineren Stapel handelte es sich um Angelegenheiten, um die sich Melissa kümmern musste, wenn sie wieder da war, alle mit entsprechendem Datum versehen.

Melissa starrte einen Moment lang nur ungläubig auf ihren Schreibtisch und ging dann zu Sophies Arbeitsplatz hinüber. Der war noch sauberer und aufgeräumter als ihrer und das übliche Durcheinander von Fotos und Stoffmustern war an die Pinnwand hinter dem Schreibtisch befördert worden.

Wer hatte Sophie entführt und sie gegen einen Ordnungsroboter ausgetauscht, während sie weg gewesen war? Wer war dieser organisierte Dynamo?

Aus purer Neugier klickte sie Sophies Maus an, um den Computerbildschirm zu aktivieren. Der Computer ging ohne Passwort an. Weil sie in ihrem Büro nur zu zweit waren, hatten sie es nie für notwendig gehalten, ihre Rechner mit Passwörtern zu schützen. Auf dem Bildschirm erschien ein Zeichenprogramm mit einem Grundriss: Das war das *Mid-Century*-Haus-Projekt, das Sophie im vergangenen Monat angenommen hatte. Erst jetzt wurde Melissa bewusst, dass sie sich nie erkundigt oder selbst angeschaut hatte, wie das Projekt vorankam, und sie hatte Sophie auch nie gefragt, ob sie Hilfe brauchte. Sie klickte auf den 3-D-Button, woraufhin eine Animation von dem fertigen Projekt auftauchte.

Und dann holte sie noch einmal tief Luft. Es war völlig anders, als Melissa es geplant hätte, aber das war einer der Gründe, weshalb sie so sehr staunte. Nachdem sie sich seit Beginn ihrer Karriere auf Restaurierungen spezialisiert hatte, hätte sie wahrscheinlich versucht, die 60er-Jahre-Identität des Hauses so originaltreu wie möglich wiederherzustellen. Sophie dagegen hatte eher die entgegengesetzte Richtung eingeschlagen.

Es waren Stücke aus der Mitte des 20. Jahrhunderts vertreten, die sie mit cleanen, modernen Möbeln und imposanten Antiquitäten kombiniert hatte. Ein geradliniges *Mid-Century*-Sofa stand auf einem Perserteppich in gedämpften Farben vor einem weißen dänischen Couchtisch aus Emaille im *Saarinen*-Stil. Und auf eine Art, die schockierend schien, aber erstaunlich gut funktionierte, war der gesamte Raum mit einer gedämpften, aber dennoch dramatisch anmutenden Tapete tapeziert. Es sah einfach fantastisch aus.

Melissa nahm auf Sophies Stuhl Platz und war plötzlich von einer Mischung aus Schock und Schuldgefühlen gepackt. Sie hatte ihre Assistentin, die nicht mehr ihre Assistentin, sondern ihre Design-Partnerin war, völlig unterschätzt. Die ganze Zeit hatte sie sich für Sophies Mentorin gehalten und dabei hatte sie sie nur ausgebremst.

Erst da fiel Melissa das blinkende Licht des Anrufbeantworters ihres Geschäftsanschlusses auf. Sie drückte auf Abspielen.

Hallo, das ist eine Nachricht an Sophie Daniels. Mein Name ist Roberta Lyons. Ich bin eine Freundin der Familie Thomas. Sie renovieren zurzeit ihr Haus in Long Beach und ich würde gern mit Ihnen über ein Renovierungsprojekt an meinem eigenen Haus in Glendale sprechen. Es ist ebenfalls ein Mid-Century-*Haus, wenn auch längst nicht so imposant wie das der Thomases, aber mir gefällt der Stil …*

Melissa drückte wieder auf den Abspielen-Knopf, damit die Nachricht nicht als abgehört zu erkennen war. Es sah ganz so aus, als ob Sophie sich jetzt selbst einen Namen als Designerin machte. Melissa wartete auf Gefühle wie Eifersucht und Verletztheit, aber seltsamerweise empfand sie nur ein vages Gefühl von Stolz. Es wurde Zeit, dass Sophie Anerkennung für ihre Arbeit bekam. Sie hatte offensichtlich nicht nur die Firma in Gang gehalten, während Melissa weg gewesen war, sondern hatte drei neue Aufträge an Land gezogen. Vielleicht brauchte sie die Häuser in Jasper Lake ja doch nicht zu verkaufen, um das Haus hier in Pasadena halten zu können. Die neuen Kunden würden viel dazu beitragen, dass sie solvent blieben.

Aber als der Gedanke an Jasper Lake erst einmal in ihrem Kopf war, wurde sie ihn nur schwer wieder los. Nachdem sie Zeit in Connie Greens Haus verbracht hatte und dann noch bei den Novaks, empfand sie das große wunderschöne Haus, in dem sie sich jetzt befand und das sich einmal so vertraut angefühlt hatte, … nur wie ein Haus, mehr nicht. Ein Haus, in dem sie Schutz gefunden, das ihr einen Wohnsitz und die Voraussetzung für ihren Lebensunterhalt gegeben hatte und das etwas gewesen war, das sie ihr Eigenes nennen konnte, aber es war eben auch nur ein Haus, ein Gebäude – mehr nicht.

Sie fühlte sich jetzt unerklärlich rastlos, stand von Sophies Schreibtischstuhl auf und ging durch den Flur in ihr Schlafzimmer. Was sie gerade empfand, war bestimmt nur eine Art reflexhafte Reaktion auf all die Veränderungen, die sie erlebt hatte. Es war wie der Kulturschock, den sie jedes Mal erlebte, wenn sie nach Europa reiste und dann wieder bei ihrer Rückkehr in die USA. Sie merkte plötzlich, dass sie an beiden Orten Dinge für selbstverständlich hielt und wieder andere vermisste. Gelegentlich gab es auch Menschen, die sie vermisste.

Melissa seufzte, öffnete den Reißverschluss ihrer Reisetasche und nahm die Papiere heraus, die sie in die Seitentasche gesteckt hatte –

den Stoß Unterlagen von dem Privatdetektiv und den Briefwechsel zwischen Connie und Carrie. Sie tauschte Jeans und Pulli gegen eine Jogginghose und ein Top, breitete ihre flauschige Bettdecke über ihren gekreuzten Beinen aus und begann, die Papiere durchzugehen, die da vor ihr lagen.

Nach ein paar Minuten wurde ihr bewusst, dass sie einen zeitlichen Ablauf erstellte auf der Suche nach … sie wusste es nicht. Was sie über die Umstände erfahren hatte, unter denen sie verlassen worden war, milderte ihre schlimmen Erinnerungen zwar etwas ab, löschten sie aber nicht aus. Sie konnten die Jahrzehnte, in denen sie sich ungeliebt, unerwünscht und entwurzelt gefühlt hatte, nicht einfach auslöschen. Der Wunsch, eine Familie zu haben, zu der sie gehörte und der sie nicht nur einfach zugewiesen worden war. Die Tatsache, dass sie unbewusst danach gestrebt und darauf hingearbeitet hatte zu erfahren, wer sie war, dass sie immer versucht hatte zu beweisen, dass sie mehr war als nur eine Waise, die von einer Pflegefamilie zur nächsten weitergereicht worden war und nichts besaß, außer einem schwarzen Müllbeutel mit all ihren irdischen Besitztümern.

Aber als sie jetzt das Ganze objektiv betrachtete, so wie es in Form der Dokumente und Fotos vor ihr lag, kam ihr ihr Leben gar nicht mehr so entwurzelt oder willkürlich vor, wie sie es damals empfunden hatte. Hätte sie das, was sie in letzter Zeit erfahren hatte, alles schon vor ein paar Jahren gewusst, wäre sie dann bereit gewesen, es zu akzeptieren? Oder hätte sie mit ihrer inneren Verschlossenheit alles abgelehnt, was mit den Menschen zu tun hatte, von denen sie glaubte, dass sie sie verletzt hatten?

Ohne richtig zu merken, was sie eigentlich tat, nahm sie ihr Handy und gab eine Nummer ein. Mit überraschtem, nein geschocktem Tonfall nahm Gabriel das Gespräch beim zweiten Klingeln an.

„Melissa! Damit habe ich wirklich nicht gerechnet. Ist alles in Ordnung?“

Sie ließ sich in ihr Kissen zurücksinken und Tränen brannten in ihren Augen. Bis jetzt war ihr gar nicht bewusst gewesen, wie sehr sie ihn vermisst hatte, wie sehr sie sich gewünscht hatte, seine Stimme zu hören. Abgesehen von dem, was an jenem einen Abend zwischen ihnen passiert war, war er ein Freund gewesen, jemand, an dem ihr wirklich etwas lag und dessen Meinung ihr wichtig war.

Sie merkte jetzt, dass sie nicht wusste, was sie auf seine Frage antworten sollte, deshalb sagte sie wahrheitsgemäß: „Ich weiß es nicht."

Es folgte eine lange Pause am anderen Ende der Leitung. „Möchtest du darüber reden?"

Sie zog sich die Decke hoch bis zu den Schultern, drehte sich auf die Seite und hielt sich, fast vollständig unter der Decke begraben, das Handy ans Ohr.

„Glaubst du, dass alles aus einem bestimmten Grund geschieht?"

„Du meinst, ob ich glaube, dass alles, was passiert, auch so sein soll?", fragte Gabriel nach.

„Ja."

Er ließ sich Zeit mit der Antwort. „Nein, eigentlich nicht. Also, ich glaube an einen großen Plan, aber ich glaube auch, dass wir durch unsere einzelnen persönlichen Entscheidungen unsere Rolle in diesem Plan mitgestalten. Ich habe schon falsche oder schlechte Entscheidungen getroffen, die mich vom Kurs abgebracht haben. Ich habe Dinge getan, von denen ich wusste, dass sie falsch waren, zumindest aber, dass sie nicht gut für mich waren, und dann musste ich mit den Folgen leben."

„Aber du glaubst an einen großen Plan, glaubst, dass es einen Gott gibt, der die Strippen zieht …"

Da wurde seine Stimme weich und er antwortete: „Du weißt, dass ich das glaube, auch wenn ich das nicht als Strippenziehen bezeichnen würde, sondern eher als sanftes Anstupsen. Warum fragst du mich das alles, Melissa?"

Sie musste schlucken und sagte dann: „Ich habe heute meine Pflegeeltern besucht.“

„Ach wirklich? Wie war es?“

Im selben Moment wurde ihr klar, dass sie sich noch gar nicht bei ihm dafür bedankt hatte, dass er den Privatdetektiv engagiert hatte. Aber das musste noch warten. Sie war noch nicht so weit, das Thema zu beenden, bei dem sie gerade waren, denn sie brauchte unbedingt eine Antwort auf die Frage, die sie immer noch nicht richtig formulieren konnte.

„Es war wirklich gut. Aber auch schlimm, weil mir klar geworden ist, dass die Erinnerungen an meine Kindheit ziemlich ungenau waren.“

„Ach. Auf gute oder auf schlechte Art ungenau?“

„Ich habe alles nur durch die Brille meines eigenen Traumas gesehen. Als ich wieder im Haus meiner Pflegeeltern war, habe ich mich plötzlich auch an das viele Gute erinnert, das ich durch sie erfahren habe, an die Normalität, die ich dort acht Jahre lang erlebt habe.“

„Dann waren sie also letztlich doch gute Pflegeeltern.“

„Sie waren gute Eltern. Punkt.“ Sie musste gegen den Kloß in ihrem Hals an schlucken. „Mir war gar nicht klar, wie weh ich ihnen damit getan habe, dass ich ihre Liebe abgewiesen habe.“

„Du warst noch ein Kind, Melissa. Ein traumatisiertes Kind, das auch noch all die Ungewissheit und das Herumgeschobenwerden im staatlichen Betreuungssystem erleben musste.“

„Aber ich bin am Ende eben doch an einem guten Ort gelandet. Und ich habe es ihnen zu verdanken, dass aus mir eine lebenstüchtige Erwachsene geworden ist, auch wenn mir das damals natürlich nicht klar war.“

„Und jetzt hast du deshalb Schuldgefühle?“

Melissa befeuchtete ihre Lippen und hatte fast Angst, die Gedanken auszusprechen, die ihr im Kopf herumgingen. „Es ist nur …

wenn ich mit meinen Erinnerungen an meine Zeit dort so falschlag, wo habe ich dann sonst noch falschgelegen?"

Gabriels Tonfall wurde zurückhaltend, als er fragte: „Zum Beispiel?"

„Zum Beispiel ..." Sie konnte es fast nicht aussprechen. „Zum Beispiel in Bezug auf Gott."

Sie hörte, wie Gabriel ausatmete, und hatte ein Gefühl im Bauch, das Ähnlichkeit hatte mit der Angst, die sie empfunden hatte, bevor sie ihn geküsst hatte. Was er wohl jetzt dachte? Ob er sich über sie lustig machen würde? Ob er das nur für eine Methode von ihr hielt, ihn dazu zu bringen, wieder mit ihr zu reden? Eine Masche, um zu erreichen, dass sie doch noch ein Paar wurden?

Dieser Gedanke war ihr bis jetzt noch gar nicht gekommen und sie schob ihn rasch weg. Sogar ihr war klar, dass die Frage, die sie sich stellte, sehr viel wichtiger war als die Frage nach einem Mann fürs Leben.

Schließlich sagte Gabriel: „Ich kann dir nur sagen, was ich erlebt habe, Melissa. Du weißt ja, dass ich wütend war auf meine Eltern wegen all der Dinge, die passiert waren, und ich war auch wütend auf Gott. Ich wollte nichts mit ihm zu tun haben und das lag nicht zuletzt an meiner Mutter. Sie war angeblich eine Christin, hatte sich auf eine Affäre mit einem verheirateten Mann eingelassen und mich über zehn Jahre lang über meine Herkunft belogen. Ich habe zugelassen, dass ihre Probleme in ihrer Beziehung zu Gott meine Beziehung zu ihm jahrelang behindert haben."

„Wie bist du denn darüber hinweggekommen?", fragte Melissa. „Was war der Wendepunkt?" Sie konnte nicht glauben, dass sie das gerade gefragt hatte, aber sie wollte es wirklich wissen.

„Ich weiß es nicht. Es gab da nicht ein einzelnes Ereignis oder Erlebnis. Ich glaube, es hat sich einfach langsam entwickelt, und zwar dadurch, dass ich bei meinen Großeltern gesehen habe, wie sie geglaubt und ihren Glauben im Alltag gelebt haben. Und ob du es glaubst oder nicht, auch deine Großmutter hatte einen Anteil daran. Ich kann es mir nur so erklären, dass sie damals ihre Lektion aus den Ereignissen gelernt hat, nachdem das mit deiner Mutter passiert war. Sie hat viel von Gnade und Barmherzigkeit gesprochen, hat immer wieder betont, dass Gott uns unsere Fehler vergibt und wie schwach unser eigener Glaube ist. Irgendwie … habe ich dadurch begriffen, dass Gott die ganze Zeit auf mich gewartet hat. Geduldig. Ohne zu drängen oder sogar zu zwingen."

„Hm." Melissa stellte fest, dass sie mehr nicht sagen konnte, weil sich ihre Gedanken förmlich überschlugen.

„Sag doch was, Melissa. Du kannst mir wirklich alles sagen. Was auch immer wir vielleicht mal gewesen sind, wir können doch trotzdem Freunde sein."

Bei diesen Worten krampfte sich ihr Herz zusammen. *Was auch immer sie hätten werden können.* Nein, damit konnte sie sich jetzt nicht befassen. Und Gabriel war vielleicht der einzige Mensch, der verstehen konnte, was sie empfand und womit sie gerade rang.

„Ich glaube, … ich habe Gott immer die Schuld an dem gegeben, was mir passiert ist. So als hätte er in seinem Job geschlafen und mich im Stich gelassen. Und ich glaube, ich werde nie verstehen, dass meine Eltern beide und im Abstand von nur wenigen Jahren bei Verkehrsunfällen ums Leben gekommen sind. Das ist doch genauso unwahrscheinlich, wie von einem Blitz getroffen zu werden, oder?"

Gabriel machte ein Geräusch, das vielleicht Zustimmung signalisierte, vielleicht aber auch nur, dass er ihre Aussage zur Kenntnis genommen hatte. Doch sie nahm es als Bestätigung.

„Aber wenn ich zurückblicke … dann sind auch viele positive Dinge passiert, die genauso unerklärlich sind. Ich wurde von wirklich guten Pflegeeltern aufgenommen, die ihr Bestes gegeben haben, mir mein Trauma zu erleichtern und dabei zu helfen, dass ich es überwinde, auch wenn mir das damals gar nicht klar war. Und dann bin ich durch *Zufall* an diese Designschule geraten, wo ich meinen Beruf und meine Berufung gefunden habe. Und dann habe ich durch einen weiteren *Zufall* meinen Mentor gefunden und eine eigene Firma gegründet. Ich habe eine Geschäftspartnerin gefunden … die, nebenbei bemerkt, den Laden hier in meiner Abwesenheit besser geführt hat … als ich es je gekonnt habe … und dann habe ich genau in dem Augenblick, in dem ich vielleicht bereit war, es zu hören, all das über meine Familie erfahren, und ich habe dich kennengelernt." Sie nagte an ihrer Unterlippe. „Was, wenn das alles kein Zufall war?"

„Ich glaube sowieso nicht an Zufälle, Melissa. Ich glaube nur an die Folgen unseres Handelns und an Gottes Vorsehung. Und Gott sei Dank hebt seine Vorsehung häufig unsere törichten Entscheidungen auf."

Der kleinlaute Tonfall, in dem er das sagte, brachte sie unerwartet zum Lachen. „Wenn das stimmt, wäre es wirklich tröstlich."

„Das stimmt wirklich, Melissa. Das weiß ich. Ich habe es nämlich selbst erlebt. Und du kannst den angeblichen Zufall vergessen. Es findet ja nicht nur dein Leben auf diesem Zeitstrahl statt. Kurz nach meinem Amtseintritt als Bürgermeister habe ich erfahren, dass dein Haus ans County zurückfällt. Und Bürgermeister bin ich nur geworden, weil ich meinen Job verloren hatte … was sich, ehrlich gesagt, damals angefühlt hat wie das Schlimmste, was mir passieren konnte. Wenn das nicht eine ganze Kette von Ereignissen in Gang gesetzt hätte, würdest du dann diese Fragen überhaupt stellen?"

Ihr Herz klopfte jetzt etwas zu heftig. „Wahrscheinlich nicht. Ich hab nur … Was soll ich denn jetzt tun?"

„Das kannst nur du selbst beantworten. Sag mir eins, Melissa, was hältst du im tiefsten Inneren für wahr? Ich meine nicht, was dir von irgendwem gesagt worden ist, sondern glaubst du immer noch, dass alles, was in deinem Leben passiert ist, Zufall war?"

Eine einzelne Träne löste sich aus ihren Wimpern und lief ihr übers Gesicht. „Wahrscheinlich nicht."

„Und was willst du mit dieser Erkenntnis jetzt anfangen?"

Sie wusste es, konnte es aber nicht aussprechen. „Es ist zu spät, Gabriel. Ich wüsste gar nicht, wo ich anfangen soll."

„Es ist nie zu spät, Melissa. Gott liebt dich. Er hat dich schon immer geliebt und auch nie damit aufgehört."

Diese Worte, die sehr viel Ähnlichkeit mit dem hatten, was Bill ein paar Stunden zuvor zu ihr gesagt hatte, bewirkten, dass sie abrupt innehielt. „Was hast du gerade gesagt?"

„Gott nimmt uns so, wie wir sind. Kaputt, durcheinander, treulos und unsicher. Wir brauchen nicht mehr zu tun, als ihn anzunehmen. Wir müssen erkennen, dass nur Gott gegen die innere Leere hilft, die wir alle durch alles Mögliche auszufüllen versuchen. Deshalb hat er seinen Sohn als Opfer auf die Erde geschickt, um durch ihn eine Brücke über die Schlucht hinwegzubauen, die durch unsere Sünde zwischen ihm und uns entstanden ist. Ob wir über diese Brücke gehen oder nicht, entscheiden allein wir."

Melissa weinte jetzt wirklich, und sie wusste nicht einmal, warum. Sie wollte so gern glauben, dass das, was er sagte, wahr war. Dass es, wenn es schon keinen Sinn für ihr Leben gab, so doch wenigsten einen Plan, jemanden, der ihre Schritte lenkte. Und dass sie nicht allein war, wie sie immer geglaubt hatte.

Aber war es nicht auch genau das gewesen, was sie über Bill und Nancy gedacht hatte? Dass sie nichts mehr mit ihr zu tun haben wollten, weil sie fortgegangen war? Dabei hatten sie die ganze Zeit darauf gewartet, dass sie zurückkommen und das Angebot annehmen würde, zu ihrer Familie zu gehören.

Bei Gabriel klang es, als wäre es so einfach, zu Gott zu kommen.

„Was soll ich nur tun?", flüsterte sie.

„Glauben", sagte Gabriel ebenso leise. „Zu glauben ist eine Entscheidung, Melissa."

Und zum ersten Mal in ihrem Leben fühlte es sich wie eine einfache Entscheidung an.

„Ich entscheide mich zu glauben", sagte sie.

Gabriel atmete aus, als hätte er die ganze Zeit die Luft angehalten. „Dann willkommen in der Familie, Melissa."

Diese Worte waren es – mehr als alle anderen –, durch die bei ihr alle Dämme brachen. Eine ganze Weile konnte sie nur noch ins Telefon weinen. So lange, dass sie irgendwann aufs Display schauen musste, um sich zu vergewissern, ob die Verbindung überhaupt noch bestand. Sie fand keine Worte, um auszudrücken, was sie empfand, während alles, was sie zurückgehalten hatte – die Einsamkeit, die Trauer und die Furcht – aus ihr herausbrach. Irgendwo im Hinterkopf wusste sie, dass Gabriel sie für verrückt halten musste. Aber er war immer noch da.

Als schließlich keine Tränen mehr kamen, war es seine ruhige Stimme am anderen Ende der Leitung, die sie zurückholte. Er sprach mit ihr darüber, was ihre Entscheidung jetzt bedeutete, und ermutigte sie, sich eine Gemeinde mit einem Pastor zu suchen, der ihr weiterhelfen konnte, den eingeschlagenen Weg fortzusetzen. Er riet ihr, sich eine Bibel zu kaufen und darin zu lesen. Wie oft hatte sie sich eine Gebrauchsanleitung fürs Leben gewünscht, und jetzt erfuhr sie, dass es tatsächlich eine gab.

Sie glaubte, dass es eine ganze Weile dauern würde, bis sie sich als Christin würde bezeichnen können bei all den Emotionen und schlechten Erinnerungen, mit denen der Begriff für sie befrachtet war. Es würde reichen müssen zu sagen, dass sie Gott gefunden hatte und dass sie Jesus kennenlernen würde. Das war wenigstens ehrlich.

Als sie das Gespräch mit Gabriel schließlich beendete, war es bereits früher Morgen. Sie war innerlich ganz wund, ohne richtig erklären zu können, warum. Sie hatte gedacht, dass nach so einer Entscheidung Licht vom Himmel strömen, Chöre singen und sich unerklärliche Freude einstellen würde. Nicht dieses wunde, schmerzende Gefühl darüber, dass ihr jetzt Dinge, die ihr immer lieb und teuer gewesen waren – ihre Überzeugungen und ihr Vorurteil –, genommen und durch etwas Neues ersetzt werden würden.

Aber vielleicht gehörte das ja dazu, wenn man heil wurde. Sie erinnerte sich plötzlich an die Zeit, als sie sich schlimm das Knie verrenkt hatte. Sie war damals dreizehn gewesen, und es hatte so wehgetan, dass sie niemanden an das Knie hatte heranlassen können, am allerwenigsten einen Arzt. Das Einrenken war ungeheuer schmerzhaft gewesen, aber danach hatte sich unendliche Erleichterung eingestellt. Es hatte zwar noch wehgetan, während die Schwellung zurückgegangen war, aber dann war das Gelenk wieder stärker geworden.

So schwer diese Erfahrung auch gewesen war, als sie die Augen schloss und in den Schlaf glitt, war da auch eine große Portion Erleichterung.

36

Gabriel legte sein Handy weg, ließ sich in die Sofapolster sinken und war gleichzeitig völlig erledigt und ziemlich aufgedreht. Als er Melissas Anruf angenommen hatte, hätte er niemals damit gerechnet, dass sie mit Gedanken über Gott und Erlösung rang.

Während ihres Gesprächs hatte er innerlich immer wieder gebetet: *Bitte, Herr, hilf mir, dass ich sie nicht vom Weg abbringe. Bitte hilf, dass ich sie nicht durcheinanderbringe. Schenke mir die richtigen Worte.* Und allem Anschein nach hatte Gott sein Gebet erhört, denn als sie das Gespräch beendeten, war Melissa ein neuer Mensch.

Fitz stupste seine Hand an, als Zeichen, dass er ihn weiterstreicheln sollte, wie er es – völlig unbewusst – die ganze Zeit während des Gesprächs mit Melissa getan hatte. Gabriel lachte leise und kraulte dem Hund die Ohren.

„Du alte Schmusebacke. Jetzt erwartest du wahrscheinlich jeden Abend stundenlange Hundemassage, was?"

Nachdem Melissa so viel geweint hatte, schlief sie mittlerweile wahrscheinlich tief und fest. Aber Gabriel hatte die ganze Zeit nur einen Gedanken, der ihm keine Ruhe mehr ließ, den er aber eigentlich nicht hätte haben sollen. *Das einzige Hindernis für eine Beziehung zwischen mir und Melissa besteht nicht mehr.*

Trotzdem war es so, als würde er schon allein bei dem Gedanken an eine Liebesbeziehung mit ihr gegen eine innere Wand rennen. Da war ein klares, eindeutiges Nein. Gott war ihm gegenüber selten so deutlich, aber bei dieser Antwort bestand kein Zweifel.

War es darum gegangen? War ihre Freundschaft, ihre kaum angefangene Liebesgeschichte nur ein Mittel gewesen, um Melissa zu Jesus zu bringen? War Gabriel nur eine Station auf dem Weg, den Gott für Melissa vorgesehen hatte? Als sie angerufen hatte, hatte er halb gehofft, dass sie nach Hause gekommen war und dort gemerkt hatte, dass Kalifornien nicht der Ort war, an dem sie sein wollte, und dass sie wieder nach Jasper Lake zurückkehren wollte. Doch nun ließ sich die Möglichkeit nicht leugnen, dass vielleicht nichts von alledem seinetwegen, sondern alles ausschließlich ihretwegen passiert war.

Nein, das stimmte so nicht. Sie hatten zusammenarbeiten müssen. Der Anwalt hatte eine einstweilige Verfügung beantragt und war optimistisch, dass dem Antrag am Montag oder Dienstag stattgegeben werden würde. Sein Vater hatte ihn angerufen und gesagt, seine Freundin bei der Historischen Gesellschaft von Colorado habe bestätigt, dass der Antrag auf Fördergelder eingegangen sei und trotz der bereits abgelaufenen Frist noch berücksichtigt werde. Es hatte sich herausgestellt, dass sie geschichtsbegeistert war und ein ganz besonderes Faible für die *Arts and Crafts*-Bewegung in England hatte. Noch etwas, das unmöglich ein Zufall sein konnte.

Wäre Melissa nicht gekommen, würde er nicht am nächsten Montag im Stadtrat den Antrag auf Änderung des Flächennutzungsplanes stellen. Und ganz sicher würde er auch nicht wieder mit seinem Vater reden, auch wenn sich das ein bisschen anfühlte wie ein schlecht sitzender Anzug. Roberts Status als Freund der Familie, den er früher gehabt hatte, passte nicht mehr, und jetzt würden sie herausfinden müssen, wie sie ihre neue Vater-Sohn-Beziehung gestalten sollten. Wenn Gabriel ganz ehrlich war, hatte er sich das insgeheim immer gewünscht, es sich aber nie eingestanden.

Doch jetzt war er sich nicht sicher, ob das ausreichte, denn durch das Gespräch mit Melissa war ihm klar geworden, dass sie in zwei kurzen Wochen zu einem der wichtigsten Menschen in seinem Leben geworden war. Das schien unmöglich. Sie hatten zusammengearbeitet und sich zweimal geküsst, aber er konnte nicht anders, als ihren Wagemut zu bewundern, ganz besonders weil sie selbst ihre Schritte gar nicht als mutig wahrnahm.

Innerhalb von zwei Wochen war ihre Welt völlig auf den Kopf gestellt worden. Sie hatte alles, was sie über ihre Vergangenheit und ihre Familie zu wissen geglaubt hatte, neu einordnen und bewerten müssen. Sie hatte wieder Kontakt mit ihren Pflegeeltern aufgenommen und gemerkt, dass manche ihrer Erinnerungen ungenau oder sogar falsch waren. Und sie hatte keine Angst gehabt, ihre lang gehegte Überzeugung aufzugeben, als sie mit dem Beweis konfrontiert gewesen war, dass das Leben tatsächlich nicht willkürlich war, sondern dass sie in all den Jahren von einem liebenden und geduldigen Gott geleitet worden war.

Wie konnte er sie nicht lieben? Ob sie jemals die Chance gehabt hatten, sich zu verlieben oder nicht, er wollte nur ihr Bestes, auch wenn er den Preis dafür bezahlte. Aus diesem Grund würde er die Warnung beherzigen, nichts zu tun und nicht preiszugeben, wie tief seine Gefühle für sie waren. Denn momentan schien nicht wichtig zu sein, was er wollte, nicht, wenn es eine andere neue Beziehung behinderte, an der sie arbeitete.

„Weißt du was, Fitz?“, sagte er mit einem Seufzer. „Sei froh, dass du ein Hund bist. Denn manchmal ist es wirklich besch …, ein Mensch zu sein.“

Aber Fitz robbte sich nur ein Stück vor, damit ein noch größerer Teil von seinem großen Hundekörper Platz auf dem Sofa hatte.

„Vielen Dank auch, Kumpel. Du bist auf meiner Seite, solange ich für Futter und Kraulen sorge, was?“

Gabriel mochte ja absolut überzeugt sein, dass Gott einen Plan hatte. Er mochte bereit sein, sich an diesen Plan zu halten, aber das bedeutete nicht, dass der Plan ihm auch gefallen musste.

Weil Sophie bei ihrem Freund war, erschrak Melissa fast zu Tode, als am Spätvormittag des nächsten Tages die Haustür zuschlug. Sie sprang von ihrem Bürostuhl auf und steckte den Kopf zur Bürotür hinaus, eine Hand auf dem pochenden Herzen.

„Bist du das, Sophie?“

Ihre Mitbewohnerin blieb wie angewurzelt stehen. „Oh, tut mir leid, Melissa. Ich wollte nur rasch etwas holen. Ich habe gar nicht damit gerechnet, dass du hier bist.“

Melissa blinzelte sie an. Die lebhafte, selbstsichere Sophie stand schuldbewusst vor ihr und Melissa sagte: „Ich habe dir eine Nachricht geschickt, dass ich gestern kommen würde. Hast du sie nicht bekommen?“

„Doch, habe ich. Ich ... es ist nur ...“ Sophie trat von einem Fuß auf den anderen und schaute sich in dem Raum um.

Melissa kniff die Augen etwas zusammen und fragte dann: „Was ist los, Sophie? Rede mit mir.“

Mit einer Geste zu den Stühlen an dem runden Besprechungstisch bat Sophie, dass sie sich setzten. „Ich wollte wirklich nicht, dass du es so erfährst.“

Melissa blinzelte. „Was sollte ich nicht wie erfahren?“

Sophie verzog das Gesicht. „Ich habe ein Jobangebot.“

„Wie bitte?“

„Und ich habe es angenommen“, fuhr Sophie rasch fort. „Es tut mir wirklich leid, Melissa. Ich bin so dankbar für alles, was ich von dir gelernt habe, und es war großartig, bei dir zu arbeiten, aber die vergangenen beiden Wochen haben mir gezeigt, dass ich mehr kann als das, was ich hier mache. Das Thomas-Projekt läuft richtig gut, und es gibt noch mehr Leute, die mich engagieren wollen ... die Kundenanfragen nach mir gehen durch die Decke.“ Sie griff nach Melissas Hand. „Kannst du mir verzeihen?“

Melissa saß da wie in Schockstarre und dann fing sie an zu lachen.

Sophie sah erschrocken aus.

„Wie lange sind wir schon Freundinnen, Sophie?"

Sophie sah sie an, als müsste sie sich in Acht nehmen, weil es eine Fangfrage war. Und erst da wurde Melissa klar, dass das, was sie als Freundschaft betrachtet hatte, für Sophie, die auch außerhalb der Designerszene noch Freunde hatte, vielleicht gar nicht das Gleiche bedeutete. Melissa war Sophies Mentorin gewesen, ihre Mitbewohnerin, aber hatte zwischen ihnen jemals eine wirklich intensive persönliche Beziehung bestanden?

„Wie lange arbeiten wir jetzt schon zusammen?", formulierte sie ihre Frage noch einmal neu. „Vier Jahre, oder?"

Sophie nickte.

„In dieser Zeit habe ich immer Angst gehabte, irgendetwas in dieser Firma aus den Händen zu geben, weil sie alles war, was ich hatte. Ich musste dafür sorgen, dass sie läuft, weil ich, wie du ja weißt, sonst keine Sicherheiten im Rücken habe. Aber nachdem ich weg war und jetzt zurückgekommen bin und hier alles so vorgefunden habe … da ist mir klar geworden, dass ich dich total unterschätzt habe. Du kannst so viel mehr als ich dir zugetraut und zugelassen habe. Du bist eine hervorragende, eigenständige Designerin und anscheinend bist du eine ebenso gute Geschäftsfrau." Sie holte einmal tief Luft. „Eigentlich wollte ich dich sogar fragen, ob du nicht Partnerin in meiner Firma werden willst."

Mit großen Augen sah Sophie sie jetzt an. „Ich … also, ich weiß gar nicht, was ich sagen soll."

„Sag Ja oder Nein. Es ist deine Entscheidung."

Sophie zögerte und sagte dann: „Folgendes, Melissa. Ich habe gesehen, was du alles tun musst, um diese Firma aufzubauen und zu führen. Ich sehe, wie das Geld rausgeht, ich sehe, wie nah wir an jedem Monatsende an den roten Zahlen sind, und ich glaube einfach nicht, dass es mein Ding ist, so viel Verantwortung zu übernehmen."

„Das verstehe ich“, sagte Melissa, auch wenn die Hoffnung, die sie gerade noch gehabt hatte, im Nu verflogen war. „Bist du ganz sicher, dass du nicht bleiben willst? Natürlich als gleichberechtigte Designerin und nicht mehr als meine Assistentin.“

Sophie wand sich ein bisschen und sagte dann: „Das Jobangebot, das ich habe, kommt von Joseph Kramer, Melissa.“

„Wow.“ Melissa lehnte sich auf ihrem Stuhl zurück. „Joseph Kramer? Wow.“

„Ich hoffe, du empfindest das nicht als Verrat, denn schließlich war er es ja, der dir eine Chance gegeben hat. Und dass er mir die Stelle angeboten hat, liegt unter anderem an der Tatsache, dass ich bei dir arbeite. Er spricht in den höchsten Tönen über dich und deine Arbeit. Aber wir wissen ja auch beide, dass ich als Designerin einen ganz anderen Stil und auch eine andere Arbeitsweise habe als du …“, Sophie zuckte mit den Schultern.

„Und ich kann dort sehr viel mehr verdienen. Ich weiß, dass das nicht der entscheidende Faktor sein sollte, aber für mich ist es das. Südkalifornien ist teuer, und ein höheres Einkommen entscheidet darüber, ob ich irgendwann einmal ein eigenes Haus oder eine eigene Wohnung haben werde oder weiter an meinem Arbeitsplatz wohnen muss. Ich weiß, dass dir genau das gut gefällt, aber ich muss auch manchmal einfach Abstand haben von der Arbeit. Deshalb bin ich so oft bei Sean.“

Als Melissa jetzt Sophies Sicht der Dinge hörte, wurde ihr klar, wie begriffsstutzig sie gewesen war. Für Sophie war das hier nur ein Job, nicht ihr Zuhause. Sie war nie bereit gewesen, so viel wie Melissa einzusetzen, um dieses Haus halten zu können. Und Melissa wusste auf einmal nicht mehr so genau, warum sie selbst so sehr daran hing.

„Im Grunde bin ich sogar froh, dass du das sagst“, erklärte Melissa. „Ich werde dieses Haus nämlich aufgeben.“

Sophie schnappte nach Luft. „Willst du mich auf den Arm nehmen? Tust du das, weil du die Immobilien in Colorado nicht verkaufen kannst?"

„Zum Teil", antwortete Melissa, erklärte aber nicht, dass sie die Gründe für ihre Entscheidung selbst erst ganz langsam zu begreifen begann. „Aber auch, weil ich aus falschen Gründen daran festgehalten habe. Ich habe gedacht, dieses Haus wäre mein Zuhause, und war überzeugt, dass ein Zuhause das Wichtigste im Leben ist. Mir wird aber immer klarer, dass es noch wichtigere Dinge gibt."

„Und … was wirst du jetzt tun?"

„Na ja, wir haben den neuen Mietvertrag nicht unterschrieben, also werde ich mir wohl eine neue Bleibe suchen", antwortete Melissa. „Bis Weihnachten habe ich noch Verpflichtungen, aber über die Feiertage fahre ich wieder nach Colorado. Ich gehe also davon aus, dass wir das Haus bis dahin geräumt haben müssen. Ist das für dich ein Problem?"

Sophie schüttelte den Kopf. „Ich lagere meine Möbel einfach ein, bis ich eine Wohnung gefunden habe, und bis dahin kann ich bei Sean wohnen."

„Gut." Melissa setzte sich wieder zurück und faltete die Hände im Schoß. Was gab es auch sonst noch zu sagen?

„Ist alles in Ordnung, Melissa? Du kommst mir so … verändert vor."

Melissa holte tief Luft, aber sie bekam einfach nicht das Lächeln aus ihrem Gesicht, auch wenn es ganz leicht ironisch angehaucht war, und antwortete: „Du hast ja keine Ahnung."

„Dann war die Reise nach Colorado also etwas Gutes?"

„Sie war genau das, was ich gebraucht habe", antwortete Melissa. „Ich fühle mich wie ein anderer Mensch." Sie würde noch damit warten, Sophie zu erzählen, dass sie Gott gefunden hatte …

Bei all den Veränderungen, die Melissa gerade angekündigt hatte, konnte Sophie sonst vielleicht noch glauben, dass sie in einer Sekte gelandet war, der sie all ihr Geld überschrieben hatte. Außerdem wusste Melissa nicht, wie sie das, was sie erlebt hatte, in Worte fassen sollte und was es eigentlich konkret für sie bedeutete. Außer dass es sich so anfühlte, als hätte sie jahrelang alle Last der Welt mit sich herumgeschleppt und sie jetzt endlich auf die richtigen Schultern umgeladen.

„Ich muss sagen, dass ich wirklich erleichtert bin über deine Reaktion. Ich habe gedacht, dass du dich vielleicht verraten fühlen könntest."

Melissa ließ die Worte auf sich wirken und nickte dann ganz langsam. „Noch vor einem Monat wäre das auch so gewesen, weil die Firma alles war, was ich hatte. Meine gesamte Hoffnung hing an ihrem Erfolg. Aber jetzt …" Sie schüttelte den Kopf. „Die Firma ist mir zwar wichtig, aber nicht mehr das einzig Wichtige in meinem Leben."

Sophie starrte sie immer noch völlig entgeistert an. „Dann besprechen wir also meine berufliche Veränderung und auch alles Weitere am Montag?"

Melissa nickte. „Und den neuen Kunden solltest du mitnehmen. Ich weiß, dass er hier angerufen und ausdrücklich nach dir gefragt hat. Und offen gestanden, ist *Mid-Century* auch nicht so mein Ding. Ich bleibe lieber bei der Restaurierung historischer Gebäude."

Sophie gab sich wirklich Mühe, nicht allzu begeistert zu wirken, aber es gelang ihr nicht. Völlig unerwartet stand sie auf, schlang Melissa die Arme um den Hals und sagte: „Danke, Melissa. Für alles."

„Gern geschehen, Sophie. Du bist so weit. Das haben alle außer mir schon längst bemerkt und das tut mir leid", sagte Melissa und löste sich von ihr. „Und jetzt geh. Ich weiß, dass du eigentlich nur kurz vorbeischauen wolltest."

Und dann schaute Melissa zu, wie ihre Assistentin – ihre ehemalige Assistentin und auch demnächst ehemalige Angestellte – das Büro verließ, und ließ sich wieder auf den Stuhl sinken. Sie hatte von einem Moment auf den anderen beschlossen, dieses Haus aufzugeben, auch wenn sie daran schon gedacht hatte, seitdem sie beschlossen hatte, die Immobilien in Colorado zu behalten. Sie war mittlerweile bekannt genug, um auch von einem kleineren Haus ohne Showroom aus arbeiten zu können. Ihre Möbel würde sie mit in dem Lager unterbringen, das sie schon für die Antiquitäten gemietet hatte, und sie wäre endlich die erdrückend hohe Miete los.

Es fühlte sich an wie der richtige Schritt.

Und dann fragte sie sich, ob sie darüber vielleicht beten sollte. Es war völlig neu für sie, sich in ihren Gedanken und Plänen von Gott leiten zu lassen. Und sie hatte keine Ahnung, wie er antworten würde. Mit hörbaren Worten? Mit Zeichen? Mit dem Gefühl, dass sie das Richtige tat?

Zeigst du mir bitte die nächsten Schritte? Ich möchte keinen Fehler machen.

Das war vielleicht nicht so eloquent, wie sich Gebete normalerweise anhörten, aber bei Gabriel hörte es sich immer ganz unkompliziert an. Jetzt brauchte sie nur noch auf eine Antwort von Gott zu warten.

37

Der Antrag wurde mit sieben zu zwei Stimmen angenommen, und als Burton die Entscheidung erfuhr, stürmte er aus dem Raum und knallte die Tür des Sitzungssaals hinter sich zu. Gabriel wusste nicht so genau, was befriedigender war – die Tatsache, dass der Stadtrat sich seinem Antrag auf Änderung des Flächennutzungsplanes angeschlossen und mit ihm gestimmt hatte, oder die Tatsache, dass Burton darüber so erbost war.

Er hatte sogar die Vermutung, dass erst das großspurige Auftreten des Bauunternehmers bei einigen Stadträten dafür gesorgt hatte, ihre Meinung doch noch zu ändern und für Gabriels Antrag zu stimmen. Nach einer inoffiziellen Umfrage war er nämlich davon ausgegangen, dass die Abstimmung nur knapp mit fünf zu vier Stimmen zu seinen Gunsten ausgehen würde, aber solche Vorhersagen waren immer heikel – es hätte auch anders ausgehen können.

Dem Antrag auf eine einstweilige Verfügung zum Stopp des Abrisses der Häuser war, wie der Anwalt vorhergesagt hatte, am Nachmittag stattgegeben worden. Aber es war eben nur ein Aufschub, denn auch wenn die Änderung des Flächennutzungsplanes mittlerweile beschlossen war, lief das Abrissverfahren weiter, und man würde sich demnächst wieder damit befassen müssen. Als Nächstes mussten die Häuser jetzt so instand gesetzt und teilweise auch zurückgebaut werden, dass sie wieder den ursprünglichen Plänen entsprachen. Es durften keine ungenehmigten Umbauten mehr vorhanden sein und alles musste sämtlichen Bauvorschriften entsprechen.

Gabriel wünschte sich verzweifelt, Melissa anzurufen und ihr das alles zu erzählen, aber jedes Mal, wenn er versuchte, ihre Nummer zu wählen, stieß er auf ein klares inneres Nein. Gott war da offenbar absolut eindeutig. Als er beim Eingeben ihrer E-Mail-Adresse keinen derart heftigen Widerstand verspürte, schickte er ihr eine schnelle Nachricht: *Die einstweilige Verfügung ist durch und der Stadtrat hat für die Änderung des Flächennutzungsplanes zu einem Gebiet für historische Wohnhäuser gestimmt. Damit ist die Sache jetzt in trockenen Tüchern.*

Er steckte sein Handy wieder in die Tasche und versuchte, nicht die Minuten zu zählen, bis sie antwortete. Denn wenn sie es nicht tat … dann würde sich das mehr wie ein Schlussstrich anfühlen als eine eindeutige Anweisung von Gott.

„Das verstehe ich nicht", sagte Melissa. „Wir haben alles vorbereitet, um heute mit dem Projekt zu beginnen."

Louise Marquette, die Eigentümerin des *Woolridge House*, sah sie voller Mitgefühl an und antwortete: „Das tut mir wirklich sehr leid, Melissa, aber als wir keine Antwort von Ihnen bekommen haben, keine Auftragsbestätigung, da sind wir davon ausgegangen, dass Sie keine freien Kapazitäten haben. Und obwohl Sie auf jeden Fall unsere erste Wahl waren, haben wir dann gedacht, dass wir vielleicht mit jemandem, der sich mit dem Projekt identifizieren und sich ganz darauf konzentrieren kann, besser dran sind."

Völlig schockiert starrte Melissa Louise an. Das konnte doch nicht wahr sein! Die Anzahlung für das *Woolridge*-Projekt hätte sie finanziell über die Feiertage bringen und dann noch für den Umzug und die ersten paar Monate Miete reichen sollen, wo auch immer sie eine Unterkunft finden würde. Erst wollte sie noch versuchen, die Auftraggeberin umzustimmen, aber deren Entscheidung stand fest, und dazu noch etwas zu sagen, wäre einfach unprofessionell gewesen.

Sie stand also auf, gab Louise die Hand und sagte: „Es tut mir sehr leid, dass es nicht geklappt hat. Das Haus, das Sie hier haben, ist wirklich ein Schmuckstück, und ich hoffe, dass Sie von dem Ergebnis der Renovierung begeistert sein werden."

„Das hoffen wir auch. Danke, Melissa, und noch mal, es tut mir wirklich leid."

Melissa verließ das Haus, stieg in ihr Auto und suchte dort auf ihrem Handy sofort nach der Bestätigungs-E-Mail, in der sie auch den Beginn des Projektes für heute terminiert hatte. Irgendwann fand sie sie dann auch – in ihrem Entwürfe-Ordner.

Ungläubig starrte sie auf das Display. War ihr das wirklich passiert? Hatte sie vergessen, auf Senden zu klicken? Bei allem, was zu dem betreffenden Zeitpunkt los gewesen war, hielt sie es zwar für möglich, aber es sah ihr so gar nicht ähnlich.

Sie fuhr sich mit einer Hand durchs Haar und drängte die aufsteigende Panik zurück. *„Alle Dinge dienen denen, die Gott lieben, zum Besten"*, murmelte sie noch einmal vor sich hin. Das war ein Vers, den sie gelernt hatte, als sie gestern Abend zögerlich in eine Kirchengemeinde in ihrer Nähe gegangen war. „Du hast wirklich eine ganz eigene Art, Lektionen zu untermauern", murmelte sie vor sich hin.

„Okay. Was jetzt?" Sie richtete ihre Worte an das Autodach und bekam – was nicht weiter verwunderlich war – keine klare Antwort. Sie hoffte, dass sie überhaupt irgendeine Antwort bekommen würde, bevor ihr das Geld ausging und sie obdachlos war.

Sie lehnte sich zurück an die Kopfstütze und konzentrierte sich darauf, tief und gleichmäßig zu atmen, um ihr flattriges Herz zu beruhigen. Alles war gut. Es war schließlich nicht so, dass sie gar keine Aufträge hatte. Es gab ein paar Projekte nach den Feiertagen, und zwischen Thanksgiving und Weihnachten hatte sie auch schon einen Auftrag – Sophie hatte ihn ihr per Mail geschickt – für eine schnelle Küchenumgestaltung, die vielversprechend schien. Dass der große Auftrag nicht zustande gekommen war, bedeutete nicht, dass sie in Schwierigkeiten war. Sie musste sich nur konkret überlegen, wie sie das Geschäft in Gang halten konnte, während sie sich eine billigere Unterkunft suchte und ohne Sophies Unterstützung weitermachte.

In dem Moment kam aus dem Handy das Signal für eine eingegangene E-Mail. Ihr klopfte das Herz bis zum Hals, als sie den Absender sah: Gabriel Brandt. Sie öffnete die Mail und las: *Die einstweilige Verfügung ist durch und der Stadtrat hat für die Änderung des Flächennutzungsplanes in ein Gebiet für historische Wohnhäuser gestimmt. Damit ist die Sache jetzt in trockenen Tüchern.*

Mit gerunzelter Stirn las sie die Mail noch einmal. Das war alles? Natürlich war sie begeistert darüber, dass sie sich gegen Burton und seine Rachepläne durchgesetzt hatte, aber Gabriel und sie hatten Sonntagnacht fünf Stunden miteinander telefoniert. Und das war jetzt alles, was er ihr zu sagen hatte? Keine Frage, ob bei ihr alles in Ordnung sei und es ihr gut ginge? Keine Nachfrage, ob sie eine Gemeinde gefunden habe, wie er es ihr empfohlen hatte, oder ob sie sich schon eine Bibel gekauft hatte? Kein Wort darüber, dass er sie vermisste oder dass er sich wünschte, sie wäre da, um ihn zu unterstützen bei dem, was jetzt in Jasper Lake als Nächstes anstand.

Melissa schüttelte einmal kräftig den Kopf, um diese Gedanken abzuschütteln. Sie ärgerte sich nicht über ihn, sondern über sich selbst. Hatte sie nicht geglaubt, dass es jetzt, da sie denselben Glauben hatten – so neu ihrer auch noch sein mochte –, Hoffnung für sie beide geben könnte? Dass er seinen Entschluss, keine Beziehung mit ihr einzugehen, noch einmal überdenken würde?

Aber das war doch eigentlich gar nicht das Entscheidende, oder? Das war nicht der Grund, weshalb sie sich für Jesus entschieden hatte. Diese Entscheidung hatte sie getroffen, weil es unmöglich war, weiterhin zu ignorieren, wie Gott bereits in ihrem Leben gewirkt und die Katastrophen zu ihrem Guten genutzt hatte. Sie brauchte diese Beziehung zu Gott um ihretwillen und nicht als Eintrittskarte für eine Liebesbeziehung mit Gabriel.

Sie tippte also eine Antwort ein, die genauso knapp und vorsichtig war wie seine Nachricht: *Das freut mich zu hören. Halte mich auf dem Laufenden und lass mich wissen, wenn ich dir bei irgendetwas helfen kann.*

Dann steckte sie ihr Handy wieder in den Becherhalter des Wagens und drehte den Zündschlüssel im Schloss. Dabei ignorierte sie den Schmerz in ihrer Brust, der sich dort anscheinend richtig eingenistet hatte und gar nicht mehr nachlassen wollte. Aber es gab schließlich gerade vieles, was sie davon ablenkte; vieles, was verhinderte, dass sie sich näher mit der Ironie der ganzen Situation befasste: Da verlor sie endlich ihre Angst vor Beziehungen, aber das passierte leider zu spät, um die Beziehung einzugehen, die sie sich so sehnlich wünschte …

Gabriel hatte genügend Arbeit, die ihn von seinen ständigen Gedanken an Melissa ablenkte, denn sie war das Erste, woran er morgens beim Aufwachen dachte, und das Letzte, wenn er abends ins Bett ging. Doch er hatte eine klare Anweisung von oben, und sosehr er sich auch wünschte, dass ihre kurze und knappe Antwort daran etwas änderte, wusste er, dass er gerade nur nach Gründen suchte, noch einmal ihre Stimme zu hören.

Jetzt, da die einstweilige Verfügung ergangen und der Flächennutzungsplan geändert worden war, musste er sich Gedanken darüber machen, was an die Stelle der Hotelanlage treten sollte, um die Steuereinnahmen der Stadt zu erhöhen. Er war gewählt worden, um die derzeitige Situation zu verbessern, und daran hatte sich nichts geändert: Die Lage der Stadt war nämlich unverändert kritisch. Es bestand nach wie vor die Gefahr, dass sie ganz langsam verschwand, weil Saison für Saison weniger Feriengäste kamen. Dass er gegen Burtons Hotelprojekt in Jasper Lake war, sprach ja nicht gegen die Notwendigkeit, dass in Jasper Lake etwas passieren musste, damit die Stadt sich erholte, weiterentwickelte und überlebensfähig blieb.

Die Antwort auf diese offene Frage kam von einer Seite, die er so gar nicht mehr auf dem Plan gehabt hatte. Als es in Lindas Mittagspause an seine Bürotür klopfte und er aufblickte in der Erwartung, dass ein Bürger von Jasper Lake vorbeischaute, um rasch etwas mit ihm zu besprechen, traute er seinen Augen kaum, denn da stand sein Vater vor ihm. Gabriel stand auf und war so überrascht, dass er kein Wort herausbrachte.

Irgendwann fand er dann aber seine Sprache wieder, gab seinem Vater die Hand und sagte: „Mit dir habe ich hier wirklich nicht gerechnet. Möchtest du dich setzen?"

Robert ergriff zögerlich seine Hand und zog dann einen der beiden Stühle zu sich, die vor Gabriels Schreibtisch standen. „Das hier ist eine richtig hübsche kleine Stadt, mein Junge, wirklich beeindruckend."

Etwas unsicher und unbeholfen setzte sich Gabriel wieder hinter seinen Schreibtisch und fühlte sich, als würde er einen Fremden treffen, dessen Motive er nicht recht verstand. Und das war gar nicht so weit von der Wahrheit entfernt.

„Bist du zum ersten Mal hier?", fragte er seinen Vater.

„Nein, aber zum ersten Mal seit vielen Jahren. Vor der großen Flut mit den Überschwemmungen war der Ort ein richtiger Touristenmagnet. Ich weiß nicht, ob sich die Ferienorte hier oben in den Bergen von der Katastrophe jemals wieder richtig erholt haben."

„Vermutlich nicht", sagte Gabriel und war froh, dass es um ein Thema ging, bei dem er sich auskannte. „Aber wir sind gerade dabei, ein paar Ideen zu entwickeln, um die Situation zu verbessern." Er schaute seinen Vater an, der so aussah, als wäre ihm genauso unbehaglich zumute wie ihm selbst. „Was führt dich hier herauf in die Berge? Um mit mir zu reden, hättest du doch auch anrufen können."

„Ja, aber ich wollte dich persönlich sprechen", erklärte Robert, beugte sich auf seinem Stuhl ein bisschen vor und fuhr fort: „Ich will dir einen Vorschlag machen."

„Ach ja?"

„Es ist ein geschäftlicher Vorschlag. Nach dem Ergebnis eurer Bewerbung um die Fördergelder ..."

„Moment. Moment mal. Du weißt etwas Neues über unsere Bewerbung?"

Robert sah irritiert aus. „Dann hast du es also noch gar nicht gehört? Als Winnie mich angerufen hat, bin ich davon ausgegangen, dass du schon benachrichtigt worden bist. Sie war bereit, eure Bewerbung noch zu berücksichtigen, aber der Rest des Gremiums fand es nicht fair, für euch bezüglich der Frist eine Ausnahme zu machen. Deshalb ist euer Projekt auf das Frühjahr verschoben worden. Ich habe gehört, dass eure Chancen, die Fördergelder dann zu bekommen, sehr gut stehen, aber offiziell darüber entschieden wird erst im Mai oder Juni ... und soweit ich es verstanden habe ..."

„... ist das viel zu spät. Da hast du recht. Die einstweilige Verfügung gegen den Abriss ist, wie der Name ja schon sagt, nur zeitlich begrenzt wirksam. Und langfristig wird es den Abriss nicht einmal verhindern können, wenn die Häuser unter Denkmalschutz gestellt werden."

Roberts Neuigkeiten verschlugen ihm regelrecht den Atem, sodass er sich erst einmal nur auf seinem Stuhl zurücklehnen konnte. Er hatte sich ganz auf die Fördergelder verlassen, um damit die Reparaturen und Rückbauten an den Häusern durchführen zu lassen. War ihre ganze Arbeit nun umsonst gewesen?

Aber dann fiel ihm wieder ein, dass Robert gesagt hatte, er wolle ihm einen geschäftlichen Vorschlag machen. Er war bestimmt nicht den ganzen Weg hergekommen, nur um die schlechte Nachricht persönlich zu überbringen, von der er zudem noch geglaubt hatte, Gabriel würde sie bereits kennen.

„Welchen Vorschlag wolltest du mir denn machen? Eins steht nämlich fest: Wir brauchen jetzt andere Ideen."

„Genau", bestätigte Robert, holte eine Mappe aus seinem Aktenkoffer und schob sie Gabriel über den Schreibtisch zu. „Die ist von Astrid Elison, einer jungen Architektin, die seit ein paar Jahren für mich arbeitet."

Gabriel schlug die Mappe auf. Der Inhalt war sehr interessant: Es befanden sich darin Abbildungen und grafische Darstellungen ihrer Entwürfe mit hin und wieder eingeklinkten Schwarz-Weiß-Fotos, die dabei halfen, das Gefühl für eine Struktur zu vermitteln. Allerdings waren sie so angeordnet, dass sie eine Geschichte erzählten, sodass man die Mappe auch wie eine Art Bilderbuch sehen konnte und nicht nur wie das Portfolio einer Architektin. Gabriel hatte während seiner Arbeit bei der Non-Profit-Organisation schon etliche solcher Mappen zu sehen bekommen, doch von dieser hier war er richtig beeindruckt.

Er wusste allerdings immer noch nicht, was das mit ihm zu tun hatte, und das sagte er auch.

„Astrids Spezialgebiet ist nachhaltige Architektur mit möglichst vielseitig nutzbarem Raum. Ganz besonders interessiert sie sich dabei für die Schnittstellen mit dem Denkmalschutz und der Erhaltung alter Gebäude sowie der Stadtentwicklung. Das ist zum Teil auch der Grund, weshalb sie unbedingt für mich arbeiten wollte." Robert lächelte. „Dass sie mich regelrecht gejagt hat, wäre wahrscheinlich die zutreffendere Formulierung. Sie ist gerade dabei, sich für ein staatliches Stipendium zu bewerben, und deshalb habe ich ihr gegenüber Jasper Lake als mögliches Projekt erwähnt."

Gabriels Augenbrauen gingen hoch. „Sie will herkommen und sich hier engagieren?"

„Na ja, das müsstest du schon mit ihr selbst besprechen, wenn du interessiert bist."

„Warum ist sie dann nicht hier und spricht für sich selbst?"

„Weil ich das Projekt zum Teil finanzieren würde, indem sie weiter bei mir angestellt wäre. Und wenn wir uns auf eine Regelung einigen, wovon die Stadt Jasper Lake, Astrid und meine Firma profitieren, dann bin ich sogar bereit, in das Projekt zu investieren." Robert lächelte kaum merklich. „Und außerdem ... wollte ich beim zweiten Gespräch, das ich seit Jahrzehnten mit meinem Sohn habe, keine Zweiundzwanzigjährige dabeihaben."

Jetzt konnte Gabriel nicht anders, als das Lächeln seines Vaters zu erwidern, obwohl ihm von den vielen Gedanken der Kopf schwirrte. „Und was ist, wenn sie das Stipendium nicht bekommt?"

„Dann würde ich trotzdem investieren, vorausgesetzt, es würde sich finanziell für mich lohnen. Aber bis zu einer Entscheidung darüber werden sicher noch Monate vergehen. Es kostet viel Zeit, solche Projekte anzuschieben."

Gabriel lehnte sich auf dem Stuhl zurück, aber an der Idee fehlte noch etwas; Astrid war bestimmt nicht die Einzige, die sich für nachhaltige Architektur und Erhaltung alter Bausubstanz interessierte. Sie brauchte einen besonderen Aufhänger, eine innovative Idee als Ansatz, wenn sie auch nur die geringste Chance haben wollte, das Stipendium zu bekommen. Und dann kam ihm der zündende Gedanke, der so überdeutlich auf der Hand lag, dass er sich fragte, warum er darauf nicht schon längst gekommen war. „Wie steht Astrid denn zur modernen Informationstechnologie?"

Robert runzelte irritiert die Stirn. „Wie meinst du das?"

„Na, wie wäre es denn, wenn sie einen Entwurf für eine Community für mobiles Arbeiten einreichen würde? Das würde dem Projekt noch den Aspekt der Nachhaltigkeit verleihen, denn Jasper

Lake ist ein Ort, in dem man kein Auto braucht, weil alles fußläufig oder mit dem Fahrrad erreichbar ist. Damit würde das Pendeln zum Arbeitsplatz wegfallen, sodass keine fossilen Brennstoffe verbraucht würden und die Umwelt viel weniger belastet würde. Damit würden Coworking-Räumlichkeiten und möglichst vielseitig nutzbare Gebäude gebraucht. Ich sehe schon den Slogan vor mir: *Virtuelles Arbeiten in der schönsten Stadt von Colorado.*"

„Aber das ist dir nicht erst gerade eben spontan eingefallen, oder?", fragte Robert und seine Miene wurde nachdenklich.

„Nein. Die Idee stammt von Melissa. Vor ein paar Wochen hatten wir eine Art Brainstorming, und sie hat dabei diesen Vorschlag eingebracht, um die Stadt durch niedrige Kosten für Start-up-Unternehmen und die Möglichkeit auf einer besseren Work-Life Balance auch für jüngere Leute und junge Familien attraktiver zu machen. Sie hat gesagt, dass das den Millenials wichtig sei, und wenn wir als Stadt überleben wollen, dann ist es meine Generation, die sich wieder für ein Leben in der Kleinstadt entscheiden muss. Das ist genau die Generation, die das Klientel für Yogastudios, Mountainbike-Läden und Biomärkte stellt."

„Was wiederum den Einzelhandel in der Stadt beleben würde …"

„Und dadurch würden wir wieder zu einer eigenständigen, voll funktionsfähigen Stadt, die nicht von anderen Städten hinsichtlich der Versorgung mit Waren und Dienstleistungen abhängig wäre", beendete Gabriel seine Ausführungen.

Robert saß eine ganze Weile einfach nur da und dachte über die Idee nach. Dann lächelte er und sagte: „Das gefällt mir. Lass mich das Astrid vorschlagen, und dann schauen wir mal, was sie dazu sagt. Wenn sie interessiert ist, könnt ihr euch ja miteinander in Verbindung setzen."

„Ich habe aber noch eine Bitte."

„Und die wäre?"

„Ich möchte, dass Melissa Green mit ins Planungsteam kommt."

Wieder umspielte ein Lächeln die Mundwinkel seines Vaters und er fragte: „Aus persönlichen oder aus praktischen Gründen?“

„Um ehrlich zu sein, ein bisschen von beidem. Sie ist auf die Restaurierung historischer Gebäude spezialisiert und die Verbindung unterschiedlicher Architekturstile. Glaub mir, wir brauchen die Hilfe von einer wie ihr.“

„Bittest du mich gerade darum, sie auch einzustellen?“

Daran hatte Gabriel eigentlich gar nicht gedacht, aber jetzt, da Robert es sagte, klang das nach einer idealen Lösung. Er war nicht sicher, ob sie zurückkommen würde, wenn er sie darum bäte, und die Bezahlung, die er ihr bieten konnte, wenn sie als Angestellte bei der Stadt Jasper Lake arbeitete, war nicht zu vergleichen mit dem, was sie als Designerin verdiente. Wenn sie aber stattdessen für Robert arbeitete und nur indirekt mit ihm … Er wartete auf den inneren Klaps, den er bisher jedes Mal verspürt hatte, wenn er versucht hatte, sich mit Melissa in Verbindung zu setzen, aber der war dieses Mal auffällig abwesend. Anscheinend war die besprochene Vorgehensweise für Gott in Ordnung. Jedenfalls hoffte Gabriel das, jetzt, wo er es ausgesprochen hatte.

„Ja, genau das ist meine Bitte.“

Robert sah Gabriel einen Moment lang direkt an und sagte dann: „Wenn wir das Projekt wirklich auf den Weg bringen … und wenn ich entscheide, in es zu investieren, und wir dann loslegen … dann setze ich mich mit ihr in Verbindung. Aber eins muss dir klar sein, Gabriel … das ist keine schnelle Sache. Es wird mindestens ein Jahr dauern, bis auch nur die Erdarbeiten beginnen können, vielleicht zehn Jahre, bis wir die Grundidee hinter den Gebäuden tatsächlich erkennen können, und wahrscheinlich sogar noch länger, bis wir absehen können, ob das Projekt erfolgreich ist oder nicht. Bist du bereit, auch langfristig dabeizubleiben? Vielleicht bist du dann gar nicht mehr Bürgermeister, aber Jasper Lake braucht jemanden, der das bis zum Ende durchzieht. Bist du sicher, dass du derjenige bist, der sich darauf einlassen kann?“

Noch vor einem halben Jahr hätte er nicht gewusst, was er auf die Frage antworten soll. Um den Bürgermeisterposten in Jasper Lake hatte er sich beworben, weil er orientierungslos gewesen war und nicht gewusst hatte, wohin Gott ihn als Nächstes führen wollte. Jetzt schien es so, als ob seine Zeit in Jasper Lake nicht ein, zwei Jahre umfassen würde, sondern eher ein Jahrzehnt, und zwar mit oder ohne Melissa.

Ganz langsam nickte Gabriel jetzt und sagte: „Wenn wir das umsetzen können, dann bin ich bis zum Schluss dabei.“

Daraufhin stand Robert auf und gab ihm die Hand. „Dann spreche ich als Nächstes mit Astrid und bitte sie, sich mit dir in Verbindung zu setzen. So wie ich sie kenne, wird sie deine Idee als einmalige Herausforderung betrachten ... und ich glaube, dass sie dadurch gute Chancen hat, auch noch das Stipendium zu bekommen.“

Gabriel stand jetzt ebenfalls auf und drückte seinem Vater die Hand. „Danke, dass du persönlich vorbeigekommen bist.“ Dann schaute er zu, wie sein Vater seinen Aktenkoffer nahm und ging, aber als er fast an der Tür war, rief Gabriel ihm noch nach: „Es ist fast Mittagszeit. Du willst doch sicher eine Kleinigkeit essen, oder? In der *Cantina* am Ende der Straße gibt es einen fantastischen Grillteller.“

Überrascht drehte Robert sich noch einmal um. „Also, bei Gegrilltem sage ich nie Nein.“

Und so fuhr Gabriel seinen Computer herunter, nahm sein Jackett von der Rückenlehne seines Stuhls und die Autoschlüssel aus der Schublade, aber dann grinste er, legte die Schlüssel wieder zurück und sagte: „Ach was, es ist alles fußläufig zu erreichen.“

38

Melissa hatte gedacht, dass es schwierig werden würde, aus dem Haus in Pasadena auszuziehen, aber als sie ein letztes Mal durch die kahlen Räume ging, wurde ihr einmal mehr bewusst, was ihr im Grunde schon immer klar gewesen war: Es war nur ein Haus. Und dennoch war es auch mehr gewesen als das, nämlich ein Schutzraum, eine Zuflucht, wenn sie eine gebraucht hatte, weil sie nicht wusste, wie die nächsten Schritte aussahen. Doch eines war dieses Haus nie gewesen: ein Zuhause.

Sehr zufrieden mit sich selbst, dass sie nichts vergessen hatte und das Haus in dem gleichen Zustand war wie zu dem Zeitpunkt, als sie eingezogen war, verließ sie es und sperrte ein letztes Mal die Eingangstür ab.

All ihre persönlichen Sachen und Möbel waren in den gemieteten Lagerräumen der Firma verstaut. Der neue Mietvertrag war noch nicht unterschrieben, das sollte geschehen, wenn sie nach ihren Weihnachtsferien aus Colorado zurückkam. Sie hatte sich endlich für eine neue Bleibe entschieden, und zwar ein sehr viel kleineres, aber ebenso charmantes *American Foursquare*-Haus im nahe gelegenen Glendale.

Die Eigentümerin hatte mit der Vertragsunterzeichnung getrödelt, sodass Melissa ihr schließlich eine Nachricht auf dem AB hinterlassen hatte, in der sie sie bat, ihr doch den Vertrag per Mail zu schicken. Sie würde ihn dann am nächsten Tag unterschrieben zurücksenden. Sie wollte kein Risiko eingehen, ihren Neuanfang irgendwie zu vermasseln, aber dennoch machte der Neustart sie längst nicht so nervös wie ihre Fahrt nach Denver.

In der vergangenen Woche hatten Bill und Nancy ihr fast ununterbrochen Nachrichten geschickt. Sie hatten ihre Ankunftszeit am Flughafen bestätigt, ihr mitgeteilt, dass ihr Zimmer bereit sei, und sich vergewissert, dass sie keine Nahrungsmittelallergien entwickelt hatte, seitdem sie bei ihnen ausgezogen war. Es war lustig und herzerfrischend, dass sie wegen des Wiedersehens genauso nervös waren wie sie selbst.

Ob sie einen Teil der nächsten beiden Wochen auch in Jasper Lake verbringen wollte, hatte sie noch nicht entschieden. Sie hatte seit Wochen nichts mehr von Gabriel gehört, und die letzte E-Mail hatte er nur geschrieben, um sich zu erkundigen, wie es ihr ging, und ihr mitzuteilen, dass mit ihren Häusern alles in Ordnung war, dass die einstweilige Verfügung in Kraft war und dass er auf einige große Entscheidungen wartete, bevor er mit der Beantragung der Baugenehmigungen für die Um- und Rückbauten an den Häusern weitermachen konnte.

Es war nichts Persönliches dabei gewesen. Nichts, was sie auf die Idee hätte kommen lassen, dass sie ihm weiterhin so sehr im Kopf herumspukte wie er ihr. Wahrscheinlich war er mittlerweile mit einer Einheimischen liiert.

Es gab nicht sehr viele junge Singles in Jasper Lake, und ihr kam es so vor, als ob sich die wenigen, die es gab, ziemlich rasch fanden und Pärchen bildeten. Ihr Magen zog sich zusammen bei dem Gedanken, dass zum Beispiel er und Rebecca zusammenkommen könnten.

„Jetzt aber mal ganz ruhig bleiben, Melissa. An den Gedanken wirst du dich gewöhnen müssen und du kannst Jasper Lake ja nicht ewig meiden." Sie war wie gelähmt gewesen bei dem Gedanken, die Häuser doch zu verkaufen, aber sie konnte auch nicht leugnen, dass es weder ihr noch sonst jemandem nützte, wenn sie die immer noch gut erhaltenen Immobilien behielt. Wenn Häuser nicht genutzt wurden, verfielen sie.

Den ganzen Weg zum Flughafen und dann während der Wartezeit am Gate wälzte sie diese und andere schwere Gedanken. Als sie schließlich in den Flieger stieg, hatte sie beschlossen, in den sauren Apfel zu beißen und sich mit Gabriel in Verbindung zu setzen, wenn sie in Colorado war. Schließlich war er als Treuhänder der Stiftung eingesetzt, und sie mussten entscheiden, was mit den Häusern passieren sollte. Selbst wenn es wieder alle möglichen Gefühle bei ihr auslösen würde, wenn sie ihn sah, Gefühle, mit denen sie eigentlich abgeschlossen hatte.

Sobald sie an Bord des Fliegers war, holte sie ihr Handy heraus und schickte ihm eine Nachricht: *Bin unterwegs nach Colorado. Bleibe zwei Wochen, um mit Bill und Nancy Weihnachten zu feiern. Wir sollten uns treffen und besprechen, wie es mit den Häusern weitergeht.* Dann schaltete sie ihr Handy in den Flugmodus, sodass sie sich erst nach der Landung mit einer möglichen Antwort befassen musste.

Während des zweieinhalbstündigen Fluges blätterte sie in den Zeitschriften, die sie sich am Flughafen noch gekauft hatte und bei deren Lektüre sie sich absolut nicht zu konzentrieren brauchte. Sie konnte ohnehin an nichts anderes denken als daran, was sie am Flughafen in Denver erwartete. In dem Augenblick, in dem das Flugzeug aufsetzte – genauso holprig wie beim letzten Mal –, begann ihr Magen nervös zu hüpfen. Als das Fasten-Seatbelt-Zeichen erlosch, schaltete sie ihr Handy wieder ein, und sofort ploppten diverse Nachrichten auf.

Sie hielt die Luft an, weil sie damit rechnete, dass auch eine von Gabriel dabei sein würde, aber sein Name tauchte nicht auf. Stattdessen kamen abwechselnd Nachrichten von Bill und Nancy.

Sind auf dem Weg zum Flughafen.

Wir sind jetzt da. Melde dich, wenn du gelandet bist.

Bist du schon gelandet?

Melissa musste lächeln und tippte für jeden von ihnen eine Antwort: *Bin gerade gelandet. Habe nur Handgepäck. Müsste in 20–25 Min. rauskommen.*

Es war eine ganz neue Erfahrung, dass jemand dermaßen gespannt auf ihre Ankunft wartete. Und sie konnte nicht leugnen, dass ihr bei dem Gedanken wohlig warm ums Herz wurde. So war es also, eine Familie zu haben. Und obwohl sie sicher war, dass sie an diese Reise nach Colorado zu hohe Erwartungen knüpfte, konnte sie nicht anders, als sich darüber zu freuen, dass sie diesen Schritt gewagt hatte.

Sie trat gerade aus dem Terminal, als der neue weinrote SUV auch schon am Bordstein hielt. Melissa blinzelte, als Nancy und Bill beide aus dem Wagen sprangen. Nancy war als Erste bei ihr und schloss sie so fest in die Arme, als hätte sie Angst gehabt, Melissa würde vielleicht doch nicht kommen. Bill nahm ihr Gepäck, verstaute es im Kofferraum, kam dann noch einmal zu ihr und umarmte sie etwas zurückhaltender.

„Und, können wir …?“, fragte er.

Nancy ging zur hinteren Tür, um dort einzusteigen, aber Melissa schüttelte den Kopf. „Nein, nein. Kinder sitzen doch immer hinten, oder?“

Dann grinste sie die beiden an, rutschte auf die Rückbank und zog ihren Rucksack neben sich. Bill und Nancy stiegen ebenfalls wieder ein und anschließend fuhren sie los.

Bill warf ihr durch den Rückspiegel Blicke zu, aber Nancy drehte sich sofort zu ihr um und stellte gleich eine ganze Reihe von Fragen: „Wie war dein Flug? Wie hat es mit der Übergabe deines Hauses in Kalifornien geklappt? War es schwer für dich?“

Melissa lächelte. „Der Flug war gut. Und das Haus aufzugeben, war genauso schwer, wie ich es mir vorgestellt hatte. Jetzt warte ich auf eine E-Mail von der neuen Vermieterin. Ich habe ein hinreißendes Haus in Glendale gefunden, in dem Platz für ein Büro und für Besprechungen mit Kunden ist, also glaube ich, dass ich zurechtkomme. Es ist sehr viel günstiger als das alte und das ist eine große Erleichterung."

„Also, ich hoffe, es stört dich nicht, dass wir Pläne gemacht haben für die Zeit, in der du hier bist", sagte Bill.

„Nein, natürlich nicht. Ich habe nicht damit gerechnet, dass ihr die ganze Zeit mit mir abhängen wollt", sagte Melissa, obwohl sie genau das gehofft hatte.

„Nein, Dummerchen", sagte Nancy. „Wir meinen, dass wir Pläne für … oder besser gesagt mit … dir gemacht haben. Wir haben noch Karten für die diesjährige *Christmas Home Tour* ergattert. Wir haben auch letztes Jahr schon an einer solchen Tour teilgenommen und all die wunderschön dekorierten Häusern in Belcaro und Bonnie Rae bestaunt. Dieses Jahr geht die Tour in renovierte und restaurierte historische Häuser in University Park. Wir haben uns gedacht, dass das doch genau dein Metier ist, oder?"

„Das klingt ganz wunderbar. Sophie und ich haben letztes Jahr an der *Holiday Look In Home Tour* zugunsten des Symphonieorchesters in Pasadena teilgenommen."

„Bei deinem Interesse für historische Architektur findest du hier in Denver bestimmt vieles, was dir gefällt. Es gibt hier viele Gebäude im Missionsstil oder spanischen Stil, aber auch viel *Mid-Century* und *Craftsman*. Und wenn ich mich nicht irre, interessierst du dich doch für letztere Stile ganz besonders, oder?"

„Ja es stimmt, ich liebe *Craftsman*-Häuser." *Besonders die in Jasper Lake,* dachte sie, sprach es aber nicht aus. „Ich weiß nicht, ob ich jemals aus Kalifornien weggehen könnte. Ich bin dort inzwischen fest verwurzelt und bekannt, aber leider nicht über die Grenzen des Bundesstaates hinaus. Ich müsste noch einmal bei Null anfangen, wenn ich dort fortginge, und dazu habe ich einfach zu lange und zu hart für den Erfolg meiner Firma gearbeitet."

„Du klingst aber, als ob du darüber schon nachgedacht hättest", antwortete Bill ganz direkt.

Das hatte sie … und außerdem auch ziemlich viel darüber gebetet … aber das bedeutete nicht, dass sie es nie tun würde. Es kam ihr nicht sinnvoll vor, jetzt ihr ganzes Leben zusammenzupacken und umzuziehen, es sei denn, es gäbe dafür einen gewichtigen Grund. Dabei schaute sie reflexartig auf ihr Handy. Gabriel hatte immer noch nicht geantwortet.

Dafür war eine Mail von ihrer künftigen Vermieterin eingegangen. Melissa war kurz abgelenkt von Nancys Ausführungen, warum Denver ein so wundervoller Ort zum Leben war – offenbar dachte sie gar nicht mehr daran, dass Melissa ja den größten Teil ihrer Kindheit dort verbracht hatte –, und öffnete die Nachricht.

Sie war kurz, und als sie sie las, sank ihr der Mut.

Liebe Melissa,
es tut mir leid, Ihnen das im letzten Moment antun zu müssen, aber meine Mieter haben beschlossen, den Mietvertrag doch noch einmal um zwei Jahre zu verlängern. Weil sie nun schon seit fünf Jahren in meinem Haus wohnen, finde ich es nur fair, ihrer Bitte nachzukommen.
Ich hoffe, dass ich Ihnen damit keine allzu großen Unannehmlichkeiten bereite, und bedanke mich für Ihr Verständnis.

„Ist irgendetwas, Melissa?", fragte Bill und betrachtete sie besorgt durch den Rückspiegel.

Melissa löschte die Nachricht und antwortete: „Nein, alles in Ordnung. Nur eine geschäftliche Mail."

„Ich hoffe auf jeden Fall, dass du dich ein bisschen entspannen kannst, solange du hier bist", sagte Nancy etwas zögerlich. „Nach dem, was du erzählt hast, arbeitest du ziemlich viel und hart."

„Ach, ich bin sicher, dass ich mich entspannen kann. Ich musste mich nur noch um ein paar letzte Kleinigkeiten kümmern", erklärte sie und ließ ihr Handy in den Rucksack plumpsen.

„So, jetzt bin ich fertig und gehöre ganz euch."

„Wenn das so ist", sagte Nancy darauf, „dann würden wir gerne auf dem Weg nach Hause noch irgendwo zum Essen einkehren."

„Das kling gut", sagte Melissa dazu und meinte es auch so.

Doch ihre Begeisterung hielt ungefähr nur vier Tage an. Es war nicht etwa so, dass Bill und Nancy nicht so nett oder liebevoll gewesen wären wie leibliche Eltern. Nein, sie waren sogar in jeder Hinsicht so, wie Eltern sein sollten, und deshalb auch besorgt, neugierig und aufdringlich.

Auf der *Home Tour* – die wirklich schön und inspirierend gewesen war – hatte Melissa den Fehler begangen zu erzählen, dass sie das Haus in Kalifornien nun doch nicht bekäme, und seitdem drängte Nancy sie, in Denver zu bleiben. Bill dagegen war besorgt um ihre finanzielle Situation und machte sich Gedanken, ob sie über die Runden kommen würde, wenn sie noch einmal ganz von vorne anfinge. Nancy bot sofort an, dass sie doch als Übergangslösung bei ihnen wohnen könne, aber Melissa lehnte sofort höflich ab.

Diese Einmischung ihrer Pflegeeltern störte sie zwar, gab ihr aber auch ein warmes, heimeliges Gefühl. Wenn Sophie sich darüber beklagt hatte, wie ihre Eltern sich ständig in ihre Angelegenheiten einmischten und versuchten, ihr ungebeten Rat zu geben, war Melissa insgeheim ein bisschen eifersüchtig darauf gewesen, dass ihre Mitbewohnerin Menschen hatte, denen so viel an ihr lag, dass sie sich Sorgen um sie machten. Jetzt, da sie sich in der gleichen Situation befand, begriff sie, dass es möglich war, gleichzeitig dankbar zu sein und sich zu ärgern. Und ihr war auch klar, dass sie nicht länger als diese paar Wochen bei den Novaks wohnen würde.

Vielleicht war es dieser Gemütszustand, der dafür sorgte, dass sie, ohne zu zögern, an ihr Handy ging, als Gabriels Name auf dem Display auftauchte.

„Gabe! Ich habe mich schon gefragt, ob du meine Nachricht überhaupt bekommen hast."

„Hallo, Melissa." Seine Stimme war intensiv und vertraut, ergoss sich über sie wie warmer Honig und löste ein Gefühl in ihr aus, das wie ein inneres Seufzen war. „Ich wollte dich nicht im Urlaub und bei deinem Wiedersehen mit Bill und Nancy stören."

Melissa schaute sich im Wohnzimmer um, und obwohl alles darauf hindeutete, dass Nancy und Bill immer noch im Vorgarten waren und die Weihnachtsbeleuchtung installierten, begab sie sich lieber in den Garten hinter dem Haus.

„Ach, glaub mir, ich bin ganz froh über die Störung."

Sein Ton wurde besorgt. „Läuft es nicht gut?"

Melissa lachte. „Es läuft genauso, wie ich mir einen typischen Besuch bei den Eltern vorgestellt habe."

„Ach so, ich verstehe. Nun, wenn das so ist, dann gehe ich mal davon aus, dass du eine kleine Ablenkung ganz gut gebrauchen könntest, oder? Hier in Jasper Lake wird morgen der riesige Weihnachtsbaum aufgestellt und es wird ein großes Lagerfeuer veranstaltet. Ich erinnere mich, dass wir das letzte Lagerfeuer wegen des Schneesturms verpasst haben."

Bei der Erinnerung daran wurde Melissa rot. Sie zögerte, bevor sie antwortete. Auf so eine Einladung hatte sie zwar im Grunde gewartet, aber sollte sie wirklich Gabriel besuchen? Welchen Sinn hatte es, ihn bei so einem geselligen Anlass zu sehen, wenn es ihr dann vielleicht das Herz brechen würde?

„Ach, ich weiß nicht recht", sagte sie schließlich ganz langsam. „Außerdem bin ich mit dem Flugzeug gekommen. Ich habe also gar kein Auto hier."

„Ich kann dich abholen. Das ist doch nicht weit. Außerdem würde ich gern deine Pflegeeltern kennenlernen."

„Nein!", platzte es aus Melissa heraus, weil sie sich vorstellte, was passieren würde, sobald sie Gabriel einmal gesehen hätten. Wenn sie erführen, dass sie romantische Gefühle für den Bürgermeister von Jasper Lake hegte, dann würden die Fragen kein Ende mehr nehmen. „Ich leihe mir eins von ihren Autos. Dagegen haben sie bestimmt nichts. Wir müssen sowieso darüber reden, was mit den Häusern passieren soll."

„Ja", sagte er. „Das müssen wir."

„Dann komme ich also morgen Nachmittag, sodass wir vor dem Feuer noch genügend Zeit haben, alles Geschäftliche zu regeln, ja?"

Seine Stimme war wieder ganz warm, als er sagte: „Ich kann es kaum erwarten. Bis dann."

„Ich freue mich auch. Bis morgen dann", sagte Melissa und beendete das Gespräch. Einen Moment lang stand sie noch da mit einem flattrigen Gefühl im Bauch.

Hör auf, in alles etwas hineinzuinterpretieren. Das bedeutet gar nichts. Warum sollte er sich nach zwei Monaten Funkstille plötzlich wieder mit dir in Verbindung setzen, außer weil du ihm geschrieben hast, dass ihr reden müsst?

„Worauf freust du dich?"

Erschrocken wirbelte Melissa herum und sah, dass Nancy mit Arbeitshandschuhen an den Händen, einer aufgerollten Lichterkette und mit wissendem Blick hinter ihr stand.

„Ach, das war nur Gabriel, der Mann, mit dem ich hinsichtlich meiner Häuser zusammengearbeitet habe."

„Ach, nur der Typ, der einen Privatdetektiv engagiert hat, um für dich etwas über deine Vergangenheit in Erfahrung zu bringen?"

Wieder wurde Melissa rot. „Gabriel ist der Bürgermeister von Jasper Lake. Es war ..." Ihr fiel kein leicht erklärbarer Grund ein, warum er das für sie getan hatte, und Nancys Miene nach war ihr das auch sehr bewusst. „Ich wollte morgen hinfahren. Vielleicht bleibe ich über Nacht, vielleicht aber auch nicht. Könnte ich eventuell eines von euren Autos ausleihen? Wenn nicht, kann ich mir auch einen Wagen mieten ..."

Nancy winkte ab und antwortete: „Nein, du kannst gern den SUV nehmen."

„Aber ich wollte euch wirklich nicht euren neuen Wagen wegnehmen …"

„Er hat Allradantrieb und Winterreifen, und mir wäre wohler, wenn du damit fährst, besonders weil du in die Berge fährst, und das auch noch im Dezember. Es ist zwar kein Schnee vorhergesagt, aber man kann nie wissen. Es gibt hier sehr plötzliche Wetterumschwünge."

„Ja, das stimmt", bestätigte Melissa schwach, weil sie ja aus eigener Erfahrung wusste, wie zutreffend diese Aussage war. Sie war sogar ein wenig enttäuscht, dass sie nicht mehr die Chance bekommen würde, noch einmal in den Häusern am See festzusitzen.

Schluss jetzt! Wenn du eine Chance haben willst, die Angelegenheit unbeschadet zu überstehen, dann musst du absolut professionell bleiben. Freundlich, aber nicht romantisch. Eine weitere Zurückweisung würdest du nämlich nicht verkraften.

„Danke", sagte sie schließlich. „Bis Heiligabend bin ich auf jeden Fall wieder zurück."

Nancy sah sie eine ganze Weile einfach nur an, kam dann zu Melissa herüber und legte ihr die behandschuhte Hand auf die Schulter. „Du weißt, wie viel Freude es uns gemacht hat, dich diese Woche hierzuhaben, oder?"

Daraufhin lächelte Melissa und antwortete: „Ja, und mir hat es Freude gemacht, hier zu sein."

„Wir möchten, dass du dich hier immer willkommen fühlst. Aber wenn du merkst, dass … du etwas anderes möchtest … zum Beispiel über Weihnachten oben in Jasper Lake bleiben … dann können wir das absolut verstehen."

„Warum sollte ich denn in Jasper Lake bleiben wollen?"

Nancy bedachte sie mit einem vielsagenden Lächeln. „Du vergisst, dass ich schon in deiner Teenagerzeit deine Pflegemutter war.

Und du warst nie besonders gut darin zu verbergen, wenn du dich für einen Jungen interessiert hast." Sie lachte leise. „Na ja, in diesem Fall eben für einen Mann. Willst du mir wirklich erzählen, dass dieser Gabriel nur ein Freund oder ein Geschäftspartner ist?"

Als Antwort nagte Melissa an ihrer Unterlippe.

„Das habe ich mir gedacht", bemerkte Nancy und zog sie in eine kurze Umarmung. „Mach dir über uns keine Gedanken. Wir haben immer nur gewollt, dass du glücklich bist. Und wenn sich herausstellt, dass es dich glücklich macht, Weihnachten mit Gabriel in Jasper Lake zu verbringen … wer sind wir denn, dass wir uns da einmischen? Und außerdem bekommst du deine Weihnachtsgeschenke trotzdem."

Melissa zwang sich zu lächeln, aber Nancys Worte bewirkten wieder dieses Flattern in ihrem Bauch. Sie wollte sich eigentlich bedanken, sagte dann aber: „Und was ist, wenn ich die ganze Situation falsch deute? Was, wenn er wirklich nur über Geschäftliches mit mir sprechen will, so wie ich es ihm angekündigt habe?"

„Nun, in dem Fall ist er ein Idiot und du bist ohne ihn besser dran." Nancy zwinkerte ihr zu. „So, und jetzt kannst du uns ja vielleicht noch beim Aufhängen der letzten Lichterkette helfen. Ich fürchte, wenn man Bill nicht sagt, dass es jetzt reicht, dann kauft er noch mehr."

Melissa folgte ihrer Pflegemutter durchs Haus zurück in den Vorgarten, wo Bill tatsächlich eine geschmackvolle Weihnachtsdeko in etwas verwandelt hatte, das vermutlich noch vom Weltraum aus zu sehen war.

Sie schaute sich das Ganze eine Weile an, legte dann jeweils einen Arm um Bills und Nancys Taille, zog sie an sich und sagte: „Danke euch beiden. Es ist perfekt."

39

Alles war bereit für das alljährliche feierliche Aufstellen des riesigen Weihnachtsbaums und Einschalten der Weihnachtsbeleuchtung, aber Gabriel umkreiste immer noch den Platz und ging die Main Street auf und ab, um alles ein letztes Mal zu kontrollieren. Traditionell fand die Weihnachtsbaumzeremonie immer am Samstag vor Weihnachten statt, aber die Stadt hatte sich bereits seit Anfang Dezember immer mehr in ein Weihnachtswunderland verwandelt.

Die Dachüberstände der Läden waren mit Girlanden geschmückt und an fast jeder Tür hing ein Kranz. Weitere Girlanden aus künstlichem Grün schmückten die altmodischen Straßenlaternen, und an jeder Straßenecke stand ein Feuerkorb, der Wärme für die Einheimischen und die Touristen abstrahlte, die in der Vorweihnachtszeit zu Besuch in die kleine Stadt kamen.

Er blieb vor einem dieser Feuerkörbe in der Nähe des Rathauses stehen und hielt die Hände in die Wärme des Holzfeuers. Obwohl er dick eingepackt war und Handschuhe anhatte, war ihm kalt. Das konnte man daran sehen, dass sein Atem bei jedem Atemzug vor seinem Mund zu Wölkchen kondensierte.

Ein Motorengeräusch lenkte seine Aufmerksamkeit auf einen SUV, der jetzt die Straße heraufkam, und dann setzte sein Herz kurz aus – bis ihm klar wurde, dass der SUV nicht Melissa, sondern seinem Vater gehörte. Robert hielt vor dem Gebäude und stieg aus, dick eingepackt in Daunenjacke und Stiefel. Gabriel schlenderte zu ihm hinüber und wartete dann am Straßenrand auf seinen Vater, der ihn sofort fest umarmte.

„Ist sie schon da?", fragte er schon während dieser Begrüßung.

„Noch nicht."

Robert stieß ihn mit der Schulter an. „Mach dir keine Sorgen. Ich bin sicher, dass sie positiv auf deine Frage reagieren wird." Als Gabriel daraufhin nur die Augenbrauen hochzog, grinste er. „Unsere Frage natürlich. Die geschäftliche. Natürlich."

„Ja, danke." Gabriel steckte die Hände in die Hosentaschen, um nicht die ganze Zeit an irgendetwas herumzufummeln. Er war nervös wie ein Rennpferd am Start, seitdem er Melissas Nachricht gelesen hatte, aber bis gestern war noch nicht der richtige Zeitpunkt gewesen, darauf zu antworten. Er hatte immer versucht, auf die Führung Gottes zu achten, aber noch nie hatte er eine so eindeutige Kommunikation erlebt wie seitdem er Melissa kannte. Angesichts ihres noch jungen Glaubens und der Art, wie er mit ihr verblieben war, würde er ganz bestimmt nichts überstürzen.

Dennoch hatten seine Gefühle für Melissa kein bisschen nachgelassen. Im Gegenteil, er hatte in den vergangenen Monaten sehr viel Klarheit gewonnen. Sie kannten sich nicht gut, und vielleicht würde aus ihrer Beziehung nicht mehr werden, aber trotz einiger lockerer Flirts mit ein paar Singlefrauen aus der Stadt, zu denen es verstärkt gekommen war, seitdem Melissa nach Kalifornien zurückgekehrt war, hatte er sich für keine von ihnen wirklich interessiert. Und er hatte noch nicht einmal Interesse daran, Interesse an einer anderen Frau zu haben. Vielleicht wollte Gott, dass sie die Sache bei diesem Treffen ein für alle Mal klärten.

„Du siehst so nervös aus wie ein Mann kurz vor dem Jawort", sagte Robert, woraufhin Gabriel ihm nur einen erzürnten Blick zuwarf. Robert lachte leise. „Tut mir leid. Worüber machst du dir größere Sorgen – dass Melissa das Jobangebot ausschlägt oder dass sie dein Angebot nicht annimmt?"

„Über beides", gestand Gabriel ehrlich. „Obwohl ich glaube, dass sie von dem Job einfach zu fasziniert sein wird, um ihn abzulehnen. Zumindest hoffe ich das."

Astrid und er hatten in den vergangenen Monaten eng zusammengearbeitet, um dem Stadtrat einen ersten vorläufigen Plan vorzulegen. Die Entscheidung diesbezüglich würde aber noch Monate dauern. Robert war jedoch von ihrer Vision so beeindruckt gewesen, dass er jetzt schon mehrere Millionen Dollar für das Projekt zugesagt hatte.

„Hast du Burton in letzter Zeit mal gesehen?", fragte Robert mit einem bösen Blitzen in den Augen.

„Komischerweise nicht besonders oft", antwortete Gabriel grinsend. „Er ist immer noch sauer, dass er die Immobilien und das Land nicht bekommen hat."

Es stellte sich heraus, dass Melissa recht gehabt hatte. Ohne die paar Hektar Land am See, die ihr gehörten, war das Land, das Burton schon für sich in Anspruch nahm, längst nicht so viel wert, wie er gedacht hatte – ganz zu schweigen von der Tatsache, dass es ihm noch gar nicht gehörte und dass er es nur bekam, wenn er den gesamten Uferbereich erwerben konnte. Er hatte mächtig geblufft, um sie dazu zu bringen, dass sie kampflos aufgab. Gabriel empfand eine Welle von Stolz darüber, dass sie seine Rachepläne durchschaut hatte. Jetzt konnte er nur noch darauf warten, ihr zu zeigen, was sie vorhatten.

„Kommt Astrid nicht?", fragte Gabriel und schaute auf die Uhr. Melissa hatte ihm schon vor einer Stunde eine Nachricht geschrieben, dass sie unterwegs sei. Sie müsste also jeden Moment eintreffen.

Robert bemerkte die Ungeduld seines Sohnes, verkniff es sich aber, sie zu kommentieren. „Nein, sie ist zu ihrer Familie nach Minnesota geflogen, um dort Weihnachten zu feiern. Sie hat gesagt, sie vertraut deiner Fähigkeit, Melissa den Plan vorzustellen, weil du mehr als die Hälfte dazu beigesteuert hast."

„Wohl kaum. Ich habe nur …“ Die Worte erstarben auf seinen Lippen, und er hielt die Luft an, als er einen unbekannten SUV auf sie zukommen sah. Das konnte jeder sein, denn während dieser Woche, in der die Weihnachtsbaumzeremonie stattfand, waren jede Menge Touristen in der Stadt. Aber dann sah er ein vertrautes Gesicht, das von blonden Locken eingerahmt war, und sein Herz schlug plötzlich doppelt so schnell.

„Showtime“, murmelte Robert ganz leise. „Ich gehe mal lieber hinein und warte dort.“

„Nein, bleib“, beruhigte er seinen Vater und brachte ihn zum Schweigen, während Melissa den Wagen parkte und ausstieg.

Wie hatte er nur vergessen können, wie schön sie war? Sie war wärmer angezogen als beim letzten Mal. Das zeigte ihm, dass sie mittlerweile auf die frostigen Temperaturen eingestellt war, und die kalte Luft, auf die sie plötzlich traf, färbte ihre blassen Wangen rosig. Ihre Miene spiegelte seine eigene Unsicherheit wider, als sie die Wagentür zuschlug und sich ihre Handtasche über die Schulter hängte.

„Hi, Melissa“, sagte Gabriel herzlich und wartete auf dem Gehweg auf sie.

Einen Moment lang überlegte er, ob er es wagen sollte, und dann schloss er sie in die Arme. Nach kurzem Zögern erwiderte sie seine Umarmung. Es fühlte sich richtig an. Es fühlte sich an, als hätte sie nie fortgehen sollen. Er atmete den Duft ihres Parfums ein, Jasmin und Vanille, und ließ sie dann zögerlich wieder los.

Melissas Augen waren weit aufgerissen und sie wirkte verwirrt, so als wüsste sie nicht, was sie als Nächstes tun sollte. Gabriel trat einen Schritt zur Seite und sagte dann: „Ich möchte dir gern Robert Miller vorstellen, meinen Vater.“

„Es freut mich sehr, dich kennenzulernen, Melissa“, sagte jetzt auch Robert und begrüßte sie mit einer Umarmung. Gabriel hätte ihn dafür küssen können, denn dadurch wirkte seine eigene Begrüßung weniger peinlich.

Melissa löste sich aus der Umarmung und lachte atemlos. „Also das ist ja mal eine Begrüßung. Freut mich, dich kennenzulernen, Robert."

„In unserer Familie umarmen wir gern", sagte Robert mit einem Achselzucken, und Gabriel fragte sich, ob das wirklich stimmte. Auf seine Mutter traf es zu, aber jetzt wurde ihm plötzlich klar, wie wenig er eigentlich über seinen Vater wusste, selbst jetzt noch, nachdem er schon seit Monaten mit ihm zusammenarbeitete.

„Es ist kalt hier draußen. Sollen wir nicht lieber hineingehen?", fragte er, deutete auf die Eingangstür des Rathauses und hielt sie ihnen auf. Als sie drinnen waren, flitzte er voraus, um sie in einen Konferenzraum zu dirigieren statt in sein Büro.

„Warum gehen wir denn hier hinein?", fragte Melissa.

„Hier ist mehr Platz", antwortete Gabriel. „Wir müssen dir etwas zeigen."

Er ließ sich ein bisschen zurückfallen, während Robert und Melissa den Raum betraten, und freute sich, als sie überrascht tief einatmete. An den mit Stoff bespannten Wänden des Konferenzraumes wurden die Abbildungen der neuen Bauprojekte der Stadt präsentiert.

„Was ist das alles?", fragte sie und ging von einer Abbildung zur nächsten.

„Das ist der Entwurf, den wir bei der *Gesellschaft für nachhaltige Planung und Architektur* einreichen wollen", erklärte Gabriel. „Ein großes Wort, ich weiß. Die Gebäudeentwürfe stammen von Astrid Elison, einer der Architektinnen meines Vaters. Die städtebauliche Einbindung der Gebäude ist von meiner Wenigkeit entworfen worden."

Jetzt ging ein Lächeln über Melissas Gesicht. „Radwege? Coworking Spaces? Und was ist das hier? Green Village?"

Gabriel trat neben sie. „Ich gebe zu, dass das meine Idee war. Das hier rechts sind die Grundstücke mit deinen Häusern." Er zeigte mit dem Finger auf die Stelle. „Der Rest ist eine Mischung aus Eigentumswohnungen, Apartmenthäusern und Einfamilienhäusern. Alle im typischen Stil von Jasper Lake entworfen, mit nachhaltigen Materialien um Grünflächen für die Allgemeinheit herum angeordnet." Er grinste.

„Dein Nachname bietet sich doch geradezu an für alle möglichen nützlichen Wortspiele."

Melissa lachte, aber ihre Miene drückte immer noch pures Staunen aus. „Das ist unglaublich. Ich hätte nie damit gerechnet ... und was ist das?" Sie ging zur letzten Schautafel, an der Marketing- und Werbematerial gezeigt wurden.

„Das ist eine Werbekampagne, die eine ortsansässige Werbeagentur für uns entworfen hat. Erkennst du den Slogan wieder?"

„*Virtuell arbeiten in der schönsten Stadt von Colorado*", sagte sie fast tonlos. „Der Slogan stammt doch von mir."

„Und er ist brillant. Wir möchten gerne das kleinstädtische Gemeinschaftsgefühl erhalten, aber uns ist auch klar, dass wir junge Singles und Familien brauchen, wenn wir wollen, dass die Stadt weiterexistiert und wieder wächst. Wir haben schon ein paar Unternehmen gefunden, deren Mitarbeiter überwiegend online arbeiten und die jetzt überlegen, unsere Bemühungen hier zu unterstützen und finanziell zu fördern." Er stupste sie am Arm an und sagte: „Und das ist alles deine Idee, Melissa."

Sie drehte sich einmal im Kreis und schaute sich alle Abbildungen noch einmal nacheinander an. „Das ist fantastisch, Gabriel. Es gefällt mir sehr. Astrid und du und ich nehme an, du, Robert, haben da wirklich etwas Großartiges zustande gebracht."

„Es fehlt uns nur noch ein Element", sagte Robert und trat näher an sie heran. „Es kam uns nicht richtig vor, mit dem Projekt weiterzumachen, besonders mit Green Village, ohne die einzige verbliebene Green-Nachfahrin mit im Boot zu haben. Ich habe mir deine Arbeiten angeschaut, Melissa. Du hast einen tadellosen Blick für

Erhaltung, aber auch ein starkes Verständnis dafür, wie moderne Raumgestaltung funktioniert. Eine Designerin mit deinem Auge können wir in unserem Team gut gebrauchen."

Melissa blieb der Mund offen stehen, und Gabriel merkte, dass dies das Letzte war, womit sie gerechnet hatte. „Ihr bietet mir einen Job an?", fragte sie fassungslos und schaute dann zwischen den beiden Männern hin und her.

„Ich biete dir einen Job an", korrigierte Robert sie. „Du wärst dann bei der *Miller Property Group* angestellt. Das Gehalt müssten wir natürlich noch aushandeln. Ich gehe aber davon aus, dass du Vollzeit für das Jasper-Lake-Projekt arbeiten würdest, oder?"

„Und für wie lange?"

„Nun ja, wir befinden uns in der ersten Phase des Projektes, das ungefähr fünf Jahre dauern wird, und bis zur endgültigen Fertigstellung könnten es auch zehn werden."

„Fünf bis zehn Jahre?", fragte sie zaghaft.

„Überleg es dir", sagte Robert. „Einzelheiten können wir später besprechen. Ich weiß, das ist gerade sehr viel auf einmal für dich." Dann nickte er ihr noch einmal mit einem Lächeln zu und verließ diskret den Raum.

Mit großen Augen drehte sich Melissa jetzt noch einmal um die eigene Achse. „Das ist fantastisch", sagte sie lächelnd. „Und auf diese Weise können meine Häuser erhalten werden."

Gabriel zuckte mit einer Schulter und sagte dann: „Aber ich fürchte, sie werden dir keine 1,7 Millionen einbringen."

Melissa lächelte ihn kleinlaut an und erklärte dann: „Ich habe das Haus in Pasadena aufgegeben."

„Was?"

„Ich habe das Haus aufgegeben. Als Sophie zu einer anderen Firma gewechselt hat, ist mir klar geworden, dass es keinen Grund mehr gab, das Haus noch zu halten." Und mit einem Achselzucken fuhr sie fort: „Ich habe mal gedacht, es würde mein Lebensgefühl ändern, wenn ich etwas besitze, aber sosehr ich es mir auch gewünscht habe, es war einfach kein Zuhause."

„Dann ist offensichtlich viel passiert, seitdem wir das letzte Mal miteinander gesprochen haben. Wollen wir ein bisschen durch die Stadt spazieren und du erzählst mir davon?"

„Ja gerne", antwortete Melissa und lächelte ihn an.

40

Die Luft war kalt, aber Melissa war durch die Neuigkeiten des Nachmittags und durch Gabriels Nähe so aufgewühlt, dass sie es gar nicht merkte. Alles, was sie spürte, war seine Körperwärme, die durch den Ärmel ihrer Jacke drang, als sie jetzt zusammen die Straße entlanggingen.

„Deine armen Hände", bemerkte er und schaute dabei auf ihre Finger, die durch die Kälte krebsrot geworden waren, weil sie ihre Handschuhe im Wagen vergessen hatte. Er zog einen seiner Fingerhandschuhe aus, verflocht seine Finger mit ihren und steckte dann beide Hände in seine Manteltasche. „Besser?"

„Besser", antwortete sie atemlos. Sie mochte sich zwar eingeredet haben, auch ohne ihn leben zu können und dass sie diesen Tag ohne große Gefühle würde hinter sich bringen können, aber schon allein die Berührung seiner Haut strafte diese Gedanken Lügen.

„Erzähl mir alles, was passiert ist", sagte er nach einer Weile.

„Alles? Ich glaube kaum, dass du alles wissen willst."

„Doch, das möchte ich." Sein Blick hatte eine Intensität, die bewirkte, dass sie noch einen Herzinfarkt erlitt, wenn sie ihre unruhigen Gedanken nicht bald in den Griff bekam.

Sie nahm sich einen Moment Zeit, um sich auf die Weihnachtsdekoration zu konzentrieren, durch die die kleine Stadt in den Bergen sich in ein Weihnachtswunderland verwandelt hatte.

„Ich habe viel nachgedacht", sagte sie schließlich. „Nachdem ich … Christin geworden bin, musste ich alles, was ich über das

Leben zu wissen glaubte, noch einmal aus einer neuen Sicht betrachten. Ich habe überall nach Sicherheit und Sinn gesucht, konnte aber beides nicht finden, weder in der Arbeit noch in meinem Haus, ja nicht einmal in Wut und Bitterkeit. Ich hatte schon so lange mit all diesen Dingen gelebt und mir immer wieder gesagt, dass ich mich auf niemanden außer mich selbst verlassen kann, und konnte aus diesem Grund niemanden an mich heranlassen. Ich dachte, Sophie wäre meine Freundin, aber im Grunde habe ich sie nie nahe genug an mich herangelassen, dass sie wirklich eine Freundin werden konnte. Bill und Nancy wollten meine Eltern sein, aber ich habe auch das nicht zugelassen."

Gabriel ging einfach nur neben ihr her, hörte ganz ruhig zu und war dadurch eine stabilisierende Kraft in ihrem Gefühlschaos.

„Und schlimmer noch, ich habe wegen all meiner schlechten Erfahrungen zugelassen, dass Wut und Bitterkeit mein Bild von Gott bestimmt haben. Aber sosehr ich ihn auch geleugnet habe, er war immer da. Er hat trotzdem im Hintergrund gewirkt, und ich weiß gar nicht, ob mir klar gewesen ist, wie sehr. Vielleicht werde ich nie verstehen, wie sehr."

Ein Beispiel dafür war die Tatsache, dass sie vor vier Tagen die Absage für das Haus in Glendale bekommen hatte oder dass sie gerade keinen Auftrag hatte, um den sie sich kümmern musste, oder dass sie heute ein fantastisches Jobangebot bekommen hatte. Und das auch noch in Jasper Lake.

Aber war das wirklich ein Beispiel für das Wirken Gottes, oder war es eine Prüfung, die sie bestehen musste? Eine Versuchung, der sie widerstehen musste?

„Das hört sich so an, als wären deine vergangenen Monate ziemlich ausgefüllt gewesen", bemerkte Gabriel ganz ruhig.

„Und wie war es bei dir? Was hast du so gemacht?", fragte sie jetzt ihn.

„Dich vermisst."

Da blieb sie abrupt stehen. „Aber … du hast nie angerufen oder geschrieben. Ich habe gedacht … ich habe angenommen …“

Gabriel lächelte hilflos. „Ich habe jeden Tag das Telefon in die Hand genommen und jedes Mal hat Gott mir gesagt: *Nicht jetzt.*“

„Im Sinne von … einer Stimme von oben?“

„Nein, eher wie eine Schraubzwinge um den Brustkorb oder ein Impuls im Kopf. Aus welchem Grund auch immer wollte er nicht, dass ich mich mit dir in Verbindung setze, und ich glaube, ich verstehe jetzt auch, warum.“

„Na, da bist du dann aber der Einzige“, murmelte Melissa daraufhin, obwohl sie verstand, was er sagen wollte.

Sie hatte während dieser Zeit tief greifende Dinge für sich geklärt, und das wäre unmöglich gewesen, wenn sie durch Gabriel abgelenkt gewesen wäre.

„Ich dachte, ich wäre dir egal. Ich habe gedacht, du hättest mich vergessen.“

Da wandte Gabriel sich ihr abrupt zu, zog ihre Hände aus seiner Tasche und griff nach ihrer anderen Hand. „Ich habe auch nicht einen Tag aufgehört, an dich zu denken, Melissa“, sagte er. „Es hat mich fast umgebracht, ruhig zu bleiben und mich nicht zu melden. Natürlich habe ich versucht, mir einzureden, dass es auch ohne dich geht, aber geglaubt habe ich das eigentlich keinen Moment.“

Ihr Herz schlug jetzt so heftig, dass sie kaum atmen konnte.

„Was willst du damit sagen, Gabriel?“

Da zog er sie behutsam an sich, legte eine Hand an ihre Taille und strich ihr mit der anderen eine Haarsträhne aus ihrem Gesicht. „Ich bitte dich hierzubleiben. Bei mir. Ich weiß nicht, ob das wirklich die wahre Liebe ist, Melissa. Vielleicht ist es zu früh, um das zu wissen, aber ich bitte dich, uns eine Chance zu geben, es herauszufinden.“

Und dann senkte er den Kopf und hauchte ihr einen Kuss auf den Mund, der sich gleichzeitig so vertraut und so neu, so fragend und so sicher anfühlte. Als sie ihm die Arme um den Hals schlang und seinen Kuss mit einem Aufwallen von Gefühl erwiderte, vergaß sie völlig, dass sie mitten auf einem öffentlichen Gehweg standen. In diesem Moment gab es nur sie beide, voller Hoffnung, Liebe und Ungewissheit – und ohne irgendwelche Garantien.

Doch eine Garantie hatte sie: Wenn sie den Sprung wagte, wenn sie ihr Herz riskierte, dann gab es jemanden, der sie auffing. Welche Entscheidung sie auch immer traf, sie brauchte sie nicht aus Angst zu treffen, denn sie war nicht allein. Ihr Herz pochte und ihr Magen hüpfte nervös. Sie setzte auf ihn und ließ alles andere hinter sich. Aber war ihnen der Weg bis zu diesem Moment hin nicht geebnet worden?

Sie stellte sich auf die Zehenspitzen und küsste ihn noch einmal, eine Geste, die eigentlich kurz und liebevoll hatte sein sollen, aus der aber dann etwas ganz anderes wurde. Sie brach in Lachen aus.

„War das ein Ja? Du bleibst?“, fragte Gabriel mit funkelnden Augen.

„Das war ein Ja.“

Da nahm Gabriel strahlend wieder ihre Hand, und seine Miene ließ erkennen, wie aufgedreht er innerlich war. Und erst da bemerkte sie, wie immer mehr Menschen in Richtung des Marktplatzes unterwegs waren, um mitzubekommen, wie die Beleuchtung des riesigen Weihnachtsbaums eingeschaltet wurde. Als sie sich dem Menschenstrom anschlossen, wurden ihnen immer wieder amüsierte Blicke zugeworfen, sodass sie sich fragten, wie viele Menschen wohl gesehen hatten, wie sie sich völlig selbstvergessen geküsst hatten.

Als die Menge jetzt von zehn zurückzählte, streckte sich Melissa und flüsterte Gabriel ins Ohr: „Solltest nicht eigentlich du das machen?“

„Diese ehrenvolle Aufgabe habe ich Luke übertragen, weil ich lieber hier bei dir stehen wollte, wenn die Lichter angehen.“

„Fünf ... vier ... drei ... zwei ... eins ...“

Der Schalter wurde umgelegt, und der Baum erstrahlte mit glitzernden weißen Lichtern in unterschiedlichsten Größen, sodass es aussah wie eine Wolke von Glühwürmchen. Gabriel beugte sich noch einmal zu ihr hinunter, um sie zu küssen, sodass sie völlig vergaß, was sie gerade gedacht hatte und wo sie war, bis Applaus und Jubelrufe auf dem Platz aufbrandeten. Sie blickte auf, weil sie sich fragte, was sie wohl verpasst hatte, bis ihr klar wurde, dass alle Blicke auf sie gerichtet waren.

Sie wurde dunkelrot und vergrub ihr Gesicht an Gabriels Brust, aber er lachte nur leise und stupste sie an, damit sie in all die lächelnden Gesichter schauen konnte.

„Willkommen daheim, Melissa Green."

MIX
Papier aus verantwortungsvollen Quellen
FSC® C014496

Die amerikanische Originalausgabe ist im Verlag
Tyndale House Publishers, Carol Stream, Il 60188, USA erschienen
unter dem Titel „Provenance".

1. Auflage 2022
Bestell-Nr. 817906
ISBN 978-3-95734-906-4

Umschlaggestaltung: Hanni Plato
Umschlagmotive: Mauritius Images, Alamy Stock Photos / Dave Newman
(Verlagsausgabe); Getty Images, Denis Tangney Jr (Clubausgabe)
Übersetzung: Antje Balters
Satz: Vornehm Mediengestaltung, München
Druck und Verarbeitung: GGP Media GmbH, Pößneck
Printed in Germany

www.gerth.de